한국전쟁 이야기 집성 5

- 총칼 아래 갸륵한 목숨 -

신동흔 김경섭 김귀옥 김명수 김명자
김민수 김정은 김종군 김진환 김효실
남경우 박경열 박샘이 박현숙 박혜진
심우장 오정미 유효철 이부희 이승민
이원영 정진아 조홍윤 한상효 황승업

저자 소개

신동흔: 건국대 국어국문학과 교수
김경섭: 을지대 교양학부 교수
김명수: 건국대 박사과정
김민수: 건국대 박사과정
김종군: 건국대 HK교수
김효실: 건국대 박사과정 수료
박경열: 호서대 전임연구원
박현숙: 건국대 전임연구원
심우장: 국민대 국어국문학과 교수
유효철: 건국대 박사과정 수료
이승민: 건국대 박사과정
정진아: 건국대 HK교수
한상효: 건국대 강사
김귀옥: 한성대 교양교육연구원 교수
김명자: 건국대 박사과정 수료
김정은: 건국대 강사
김진환: 통일부 통일교육원 교수
남경우: 건국대 HK연구원
박샘이: 건국대 석사과정 졸업
박혜진: 서울대 박사과정 수료
오정미: 건국대 전임연구원
이부희: 건국대 석사과정 수료
이원영: 건국대 강사
조홍윤: 건국대 전임연구원
황승업: 건국대 박사과정 수료

한국전쟁 이야기 집성 5

초판 인쇄 2017년 6월 20일
초판 발행 2017년 6월 25일

지은이 신동흔 외 | **펴낸이** 박찬익 | **편집장** 권이준 | **책임편집** 정봉선
펴낸곳 ㈜ **박이정** | **주소** 서울시 동대문구 천호대로 16가길 4
전화 02) 922-1192~3 | **팩스** 02) 928-4683 | **홈페이지** www.pjbook.com
이메일 pijbook@naver.com | **등록** 2014년 8월 22일 제305-2014-000028호

ISBN 979-11-5848-303-6 (94810)
ISBN 979-11-5848-298-5 (세트)

* 책값은 뒤표지에 있습니다.

이 책은 2011년도 정부(교육과학기술부)의 재원으로 한국학중앙연구원의 지원을 받아 수행된 연구임.
과제번호: AKS-2011-EBZ-3101. 과제명: 한국전쟁 체험담 조사연구

신동흔 김경섭 김귀옥 김명수 김명자 김민수 김정은 김종군 김진환 김효실 남경우 박경열 박샘이 박현숙 박혜진 심우장 오정미 유효철 이부희 이승민 이원영 정진아 조홍윤 한상효 황승업

한국전쟁 이야기 집성 5

총칼 아래 가륵한 목숨

(주)박이정

일러두기

1. 이 책은 2011년도 정부(교육과학기술부)의 재원으로 한국학중앙연구원의 지원을 받아 수행되었다. 과제명은 "한국전쟁 체험담 조사연구"이다. (과제번호 AKS-2011-EBZ-3101).
2. 본 자료집은 개별 구연자를 기본 단위로 하여 구성된다. 현지조사를 통해 수집한 약 300건의 자료 가운데 가치가 높다고 판단되는 162건(공동구연 포함)의 구연 자료를 선별하여 주제유형 별로 나누어 각 권에 수록하였다.
3. 본 자료집은 한국전쟁 체험을 기본 축으로 삼는 가운데 전쟁 전후의 생활체험에 관한 내용까지를 포괄하였다. 자료는 제보자가 구술한 내용을 최대한 충실히 반영하는 방식으로 정리하였다.
4. 본 자료집에 이야기를 수록한 구연자들에게는 사전에 정보 공개 동의를 받았다. 구연자가 요청한 경우나 기타 필요하다고 판단되는 경우에는 구연자 성명을 가명으로 표기하고 사진을 생략하였다.
5. 구연자 단위로 구술내용을 반영한 제목을 정하였으며, 기본 조사 정보와 구연자 정보, 이야기 개요, 주제어를 제시하고 나서 이야기 본문을 실었다. 구술내용을 쉽게 이해할 수 있도록 하기 위해 본문 사이사이에 중간 제목을 넣었다.
6. 이야기 본문은 녹음된 내용을 그대로 받아 적었으며, 현장상황을 생생히 전하기 위해 조사자와 청중의 반응 부분을 함께 담았다. 본 구연과 상관없는 대화나 언술은 조금씩 덜어낸 곳도 있다.

머리말

– 수백 명의 구술로 만난 한국 현대사의 생생한 진실 –

처음에 저이들이 누군가 하고 경계심을 나타내던 노인들은 한국전쟁 때의 사연을 들려 달라는 말에 대부분 몸가짐을 달리하고서 조사자들 앞으로 바짝 다가왔다. 당시의 상처를 되새기기조차 싫은지 조사자들을 외면하거나 구술을 사양하는 분들도 있었지만, 자신이 겪은 역사의 진실을 후세에 알려야 한다는 책무감을 나타내는 분들이 더 많았다. 일단 이야기가 시작되면 조사자들이 할 일은 거의 없었다. 그분들이 가슴 밑바닥으로부터 끌어올려 구연하는 놀라운 이야기들에, 60년이 넘도록 가슴속에 생생하게 간직해 온 그때 그 순간의 삶의 진실에 충실히 귀를 기울이는 것으로 충분했다. 조사가 더 늦어지지 않아서 이분들이 그토록 남기고 싶어하는 역사적 체험을 갈무리하게 된 것은 정말 다행스러운 일이었다.

그간 한국전쟁 체험에 대한 조사는 역사학 쪽에서 많이 이루어졌었다. 전쟁의 주요 국면에 얽힌 역사적 사실과 관련되는 정보를 얻는 데 주안점을 둔 조사였다. 이야기 형태의 체험담은 주로 전쟁 참전용사의 수기나 학살피해자들의 진술이라는 형태로 보고가 이루어졌다. 말 그대로 사람을 죽고 죽이는 '전쟁'에 초점을 맞춘 이야기들이었으며, 다소 특수하고 주관적인 방향으로 치우친 성향이 짙은 이야기들이었다. 체험이나 시각이 양 극단으로 나누어진다는 점도 두드러진 특징이었다.

이에 대하여 우리는 처음부터 보통사람들의 다양한 경험을 두루 포용한다는 입장에서 한국전쟁이라는 역사에 접근했으며, 제보자의 진술을 구술 그대로 충실히 반영한다고 하는 학술적 방법론에 의거하여 현지조사와 정리 작업을 수행했다. 그 조사는 구술사보다 구비문학적 방법에 입각한 것이었다. 한국전쟁을 축으로 한 역사적 경험이 구체적 사건과 정경을 생생하게 담아낸 '이야기'로 포착될 수 있도록 하는 데 최대한 신경을 썼다. 그 작업을 하는 데 큰 어려움은 없었다. 수많은 제보자들은 전쟁에 얽힌 기막힌 사연들을 지니고 있었고, 그것을 곡진하게 풀어냈다. 간혹 세상에 대한 논평을 연설 형태로 풀어내는 제보자도 있었으나 경험의 연장선상에서 충분히 그리 할 수 있는 바였다. 우리는 성실한 청자가 되어 그 이야기에 함께 했다. 제보자들의 구술을 가능한 한 끊지 않았으며, 때로는 탄성과 한숨으로 동조하기도 했다. 그렇게 그들의 구술은 오롯한 삶의 담화가 될 수 있었다.

한국전쟁 체험담 자료조사는 조별 작업으로 수행되었다. 서너 명씩 조를 이루어서 지역별로 제보자를 물색하고 조사를 진행하였다. 총괄적 조사인 만큼 지역별, 유형별로 균형과 다양성을 확보할 수 있도록 신경을 썼다. '보통사람'들을 기본 축으로 삼는 가운데, 한국전쟁에 대한 특별한 체험을 한 제보자들을 다양하게 찾아내고자 했다. 전체적으로 남성과 여성 제보자를 균등하게 포괄하였으며, 제보자 구성과 구연내용이 이념적으로 좌우 한쪽에 치우치지 않도록 했다. 한국전쟁이라는 현대사의 국면이 '있는 그대로' 다양하게 포착될 수 있도록 노력했다.

전체적으로 한국전쟁 체험담을 구연한 화자는 약 300명에 이른다. 자료공개 동의를 얻은 194건의 자료로 한국전쟁 구술자료 DB를 구성하여 결과를 보고했다. 그 중 자료적 가치가 높다고 생각되는 자료들을 선별한 뒤 자료의 재점검과 교정 작업을 거쳐 최종적으로 10권의 자료집에 162건(공동구연 포함)의 자료를 수록하게 되었다. 자료는 인상적인 사연을 중심으로 하여 주제유형 별로 분류함으로써 다양한 전쟁 경험이 일목요연하게 드러날 수 있도록 했다. 각 권별 구성을 간단히 소개하면 다음과 같다.

1권 – 이것이 전쟁이다: 전쟁이란 어떤 것인지, 그 참상과 고난과 단적으로 잘 보여주는 이야기들을 실었다. 특정 지역의 전쟁 경험을 여러 제보자가 다각도로 구연한 자료를 나란히 수록하여 전쟁체험이 입체적으로 드러날 수 있도록 했다.

2권 – 전장의 사선 속에서: 다양한 참전담 자료를 한데 모았다. 육군 외에 해병대와 해군, 공군, 경찰, 치안대 등 다양한 형태로 전쟁을 체험한 사연들이 실려 있다.

3권 – 피난 또 하나의 전쟁: 피난에 얽힌 다양한 사연을 모았다. 북한에서 월남한 사연과 남한 내에서의 피난에 얽힌 사연, 피난 수용소에서 생활한 사연 등을 수록했다.

4권 – 이념과 생존 사이에서: 이념 문제로 갈등과 고난, 그리고 피해가 발생한 사연들을 모았다. 보통사람들이 좌우 이념의 틈바구니에서 어렵게 세월을 헤쳐온 사연들도 수록되어 있다.

5권 – 총칼 아래 가륵한 목숨: 전쟁의 와중에서 죄없이 억울한 죽음과 피해를 겪은 사연들을 모았다. 역사적으로 이름난 주요 사건 외에 일반적인 피해담도 포괄하였다.

6권 – 전쟁 속을 살아낸다는 일: 전쟁의 와중에서 보통사람들이 겪은 다양한 고난 체험을 펼쳐낸 이야기들을 모았다. 특히 여성들의 전쟁고난담이 주종을 이룬다.

7권 – 내가 겪은 특별한 전쟁: 남다른 위치 또는 특별한 직업을 바탕으로 한국전쟁을 특수하게 치른 사연을 전하는 이야기들을 한데 모았다.

8권 – 전쟁 속에 꽃핀 인간애: 전쟁의 와중에 인정을 저버리지 않고 서로를 돕거나 살린 사연 등 미담의 요소를 포함한 사연들을 수록했다.

9권 – 전쟁체험, 이런 사연도: 전쟁중에 겪은 놀랍고 기막힌 사연들을 담은 자료들을 모았다. 설화적 요소가 있는 이야기들도 이 권에 수록했다.

10권 – 우리에게 전쟁이 남긴 것: 한국전쟁 체험을 전하는 한편으로, 전쟁에 대한 분석과 논평을 적극 진술한 사연을 모았으며, 전쟁 후의 사연을 주요하게 구연한 자료들을 수록했다.

160명이 넘는 역사의 산 증인들이 펼쳐낸 생생한 한국전쟁 이야기들은 그간 공식적 역사를 통해 알려진 것과 다른 차원의 의미 있는 자료가 되어줄 것이다.

이 자료집을 통해 사실로서의 역사와 이야기로서의 역사 사이의 균형이 이루어질 수 있는 중요한 기반이 갖추어진 것으로 생각한다. 앞으로 역사적 경험에 대한 문학적 연구의 새로운 장이 열릴 수 있기를 기대한다. 그를 통해 역사적 삶의 총체적이고 균형있는 재구가 가능하게 될 것으로 믿는다. 아울러 이 책에 실린 수많은 사연은 소설이나 드라마, 다큐멘터리, 공연과 웹툰, 게임 등 문화예술 창작에도 좋은 소재가 되어 줄 수 있을 것이다.

이 책은 한국학중앙연구원 기초토대연구 지원 사업에 힘입어 진행되었다. 적시에 지원이 이루어져서 중요한 조사사업을 차질 없이 수행하게 된 것을 다행으로 여기며 연구지원에 대해 감사의 뜻을 밝힌다. 그 의미 깊은 사업을 실질적으로 맡아서 감당한 핵심 주역은 현지조사와 자료정리의 실무를 맡아 수고한 전임연구원과 연구보조원들이었다. 팀장을 맡아서 일련의 길고 힘든 작업을 훌륭히 감당해준 김경섭, 박경열, 박현숙, 오정미 박사와 김명수, 김명자, 김민수, 김정은, 김효실, 남경우, 박샘이, 박혜진, 유효철, 이부희, 이승민, 이원영, 조홍윤, 한상효, 황승업 연구원의 노고에 감사와 사랑의 마음을 전한다. 공동연구원으로서 현지조사와 연구작업을 적극 뒷받침해준 김귀옥, 김종군, 심우장 교수께도 깊이 감사드린다. 까다롭고 복잡한 출판 작업을 기꺼이 맡아서 좋은 책을 만들어주신 박이정 출판의 박찬익 사장님과 김려생님, 권이준님, 정봉선님을 비롯한 편집자들께도 이 자리를 빌려 감사의 뜻을 전한다.

이 책은 다른 누구보다도 이야기를 들려주신 제보자들에 의해 이루어진 것이다. 조사자들을 반갑게 맞이해 주시고 가슴속에 묻어두었던 이야기를 풀어내 주신 역사의 주인공들께 머리 숙여 감사드린다. 그분들의 분투와 고난을 잊지 않고 대한민국의 미래를 훌륭히 열어나가는 것이 우리의 몫일 것이다.

2017년 6월

저자를 대표하여 신 동 흔

차례

인민군, 연합군, 중공군에 얽힌 기억

이 순 희

"시찰비행기가 그게 한바퀴 돌드니 으르르르 허구 그 방앗간을 막 치구 동네를 쑥밭을 맨들어놓구"

자 료 명: 20140212이순희(구리)
조 사 일: 2014년 02월 12일
조사시간: 53분
구 연 자: 이순희(여·1936년생)
조 사 자: 박현숙, 황승업, 김현희
조사장소: 경기도 구리시 인창동 (노인회관)

[조사과정 및 구연상황]

제보자는 조사자가 구비문학조사 때 만났다. 조사를 마치고 제보자에게 한국전쟁체험담 조사취지를 설명하고 인터뷰에 응할 의향이 있는지를 물었더니 흔쾌히 승낙하여 따로 일정을 잡고 아침 일찍 노인회관에서 만났다. 허이쁜 제보자가 먼저 나와 계셔서 채록을 하고 있는 도중에 오셔서 허이쁜 제보자의 채록을 마친 뒤 인터뷰를 진행하였다.

[구연자 정보]

이순희 제보자는 1936년 경기도 퇴계원에서 태어났다. 21살 전쟁 통에 경기도 구리로 시집을 왔다. 부친이 남편감이 잘생기고 마음도 착해 보인다고 하여 시집을 보냈다고 한다. 제보자는 비교적 조용한 말투로 천천히 구연을 하였다. 종종 구연 내용을 잊어버려 이야기가 끊기기도 하였다. 제보자는 예전에는 정신이 좋았는데, 지금은 막상 이야기를 하려면 잘 잊는다면서 안타까워하였다.

[이야기 개요]

일제강점기 때 큰어머니가 아들이 징용으로 끌려가자 졸도하여 사망하였다. 친척이 큰 공장에 시켜준다고 하여 갔는데 허드렛 집안일만 시켰다. 얼마 후 아버지가 전쟁이 났다면서 제보자를 데리러 왔다. 제보자는 그때 한국전쟁이 일어난 걸 알았다. 아버지를 따라 피난길에 나섰다. 인민군들이 아버지가 숨겨놓은 양식을 찾아서 가져갔다. 또 인민군들이 동네 유지 아들인 오빠를 잡아가서 고문을 하였다. 제보자의 모친이 아들 찾으러 갔다가 아들의 비명소리를 들었다. 오빠는 제보자가 영민하여 인민군들이 간첩으로 만들지도 모르니까 제보자에게 방공호에 숨어 지내라고 하였다. 1.4후퇴 때 한강을 건너 피난을 가려고 하니, 마차만 한강을 건너게 하였다. 할 수 없이 마차만 한강으로 보냈다가 소와 피난짐을 모두 잃어버리기도 하였다. 연합군들이 여성들을 농락한다고 하여 밤이면 숨어 지내야 했다.

제보자는 피난처에서 처녀가 전쟁으로 약혼자가 행방불명 되었는데, 그의 사주단지를 들고 피난 왔다면서 슬피 우는 모습을 목격하기도 하였다. 제보자의 남편은 폭격을 피해 논둑의 풀을 잡고 살아서 돌아왔다.

[주제어] 징용, 공장취직, 가사일, 피난, 묘자리, 인민군, 식량, 폭격, 용인 쑥대밭, 고문, 방공호, 똥물, 고문후유증, 결혼, 1.4후퇴, 피난, 청방, 연합군, 중공군, 단화, 약혼자, 행방불명, 중공군, 오줌둥이

[1] 일제 때 아들이 징용으로 끌려가자 졸도한 큰어머니

[조사자: 할머니 원래 친정이 어디라고 하셨어요?] 퇴계원. [조사자: 퇴계원에서. 결혼은 몇 살에 하셨다고 그랬어요?] 스물한 살. [조사자: 그러면 전쟁은 친정에서 겪으셨다고 그랬죠?] 스물 셋에 전쟁 겪었지. 열한 살에 왜정 겪으고. [조사자: 그럼 왜정 때 겪었던 일부터 죽 좀 해주세요.] 접때 했잖아. [조사자: 으. 들었는데.] 그것두 많지. 생각나는 대로 허믄 많은데 막상 헐래믄 또 잊어버려. 역사얘기가 많은데 헐래믄 잊어버려.

[조사자: 그 왜정 때 얘기를 쪼끔 해주세요.] 왜정 때 열한 살이라요 쪼끔 이상해요. 우리 사촌오빠가 저기 우리 오빠들은 나이가 쪼금 그때만 해도 어려서 징용을 끌려가지 않으셨는데. 우리 큰집오빠가 아드님 하나 따님 하난데 큰집 오빠가 그때 일본정치 때 그니깐 징용이야 징용. 말하자믄 거기 가 일 허래는. 왜정. 일본 가서 일 허래는. 그래서 갔었는데 우리 큰어머니가 아드님 하나 거기 보내서 돌아가셨어.

돌아가셨는데 삼오제날 우리 오빠가 들어 오셨어 해방이 돼가지구. 그래니 얼마나 식구들이 원통허구 분허우. 밤낮 잡숫지 않고 그냥 일허고 대니시다니 돌아가신지 삼오날 우리 오빠가 들어오셨으니. 그래 식구들이 뭐 난리지 큰집 작은집이. 막 대성통곡을 허고. 그냥 이렇게 그냥 졸도해서 돌아가셨어. 우리 큰어머니가. 참 얌전하신데. 말수도 없으시고 교양도 있으시고 몰르시는 게 없는 양반이 그냥 부엌에서 나오다 그냥 졸도해서 돌아가셨는데. 그래가지고 산소에 갔는데 증말 많이 울었어. 자손 못 보고 돌아가신 게 얼마나 한이야.

그래서 겪으고 인제 뭐 말해 뭘 해. 여북하믄 내가 일본 거를 요만한 비누한 쪼가리를 안 써. 그게 아주 노이로제가 걸려가지구. 쓴 거래곤 우리 조카메누리가 양산 하나하고 저 남방같이 하나 생긴 거 이렇게 된 거 참 좋아. 그때만 해도 엄청 비싼 거. 사다줬는데 여태 있어 그거. 안 입구 내가. 우산을 쓰고 다녔어. 그도 양산은. 내가 비누 한 짝 썼으믄 비누년이야. 쇠를 갈구 남덜은 그냥 일제래믄 빠져죽어. 우리 한국 사람들. 그래서 싫대는 거야. 왜 그렇게 맘이 약해. 뭘 그렇게 우리거만 해두 실컷 쓰고 남을 텐데 그냥 일본 것만 좋아가지구. 왜들 그렇게 사느냐구.

[조사자: 그럼 할머니 그때 일제시대 때 학교는 다니셨어요?] 학교 다녔는데 일본사람, 그때 그 선생님 그 이름두 잃어버렸다. 가나야마 선생이었었나? 한 두 시간씩 가리켰어. 두 시간씩 우리 한글 가르치구. [조사자: 한글이요?] 한글을 가르쳤어 그래두. 한글 선생두 멫 있었어. [조사자: 그분도 한국분인데 이름을 일본 이름으로?] 아니. 그 양반은 일본사람인지 모르겠어 그거를. 우리는 다 일본, 저기 출석부두 일본이었어.

그랬는데 너무 너무나 싫은 거야 약이 오르구. 왜 일본 사람 걸 뭐허러 쓰느냐 먹느냐 배우느냐 이게 싫어가지구. 난 너머 그거 보믄 예민한가봐. 아주 일본이래믄 치가 떨리구 꼴두 보기 싫은데 남들 보므는 일본서 뭐해왔다, 뭐해왔다. 그래 그럭 허구들 살어라. 나라를 뺏겨두 좋으냐들.

[조사자: 그럼 할머니는 해방되구 엄청 기쁘셨겠어요, 어린 나이에도?] 그럼 말두 못했지. [조사자: 어떻게 하셨어요, 해방되고?] 해방되구. 막 노래허구 그냥 애들 데려다가 놓구 춤추구 놀구 이랬어. 너머너머 기뻐가지구. 우리 동해물과 불르구. [조사자: 아— 애국가를 부르셨어요?] 그럼 우리 동해물과. 그냥 어른들두 난리가 나구 뭐 그냥 퇴계원이 빨딱 뒤집혔지.

[2] 일제 때 드나들었던 일본인 친구집

근데 그때두 왜정이 왜정 사람이 와서 살었는데 우리 친구 하나가 그집 딸이야. 거길 내가 철 몰르구 갔어. 갔는데 밭에다 도마도도 심구 뭐 딸기두 심구 그래서 줘. 줘서 먹기는 먹었는데 자꾸 내가 이상해져 내 마음이.

'내가 왜 이런 걸 여기 와서 먹지? 왜 재허구 놀지?'

근데 너무너무 약은 거야. 그 집 왜정 그 애들, 딸 하나가. 근데 우리를 이용헌 건가봐. 내가 생각, 나중에 생각하니까 이용을 헌 것 같애. 근데 넘어가지는 않지만 배신감이 들어가드라구.

'아 왜 우리가 일본 걸 먹구, 일본말을 하구, 일본집을 내가 왜 가지?'

그서부텀 자꾸 인제 그랬어.

"낼 또 와."

그러믄

"그쎄, 인제 봐서."

자꾸 그서부텀 약어져 사람이. 싫어.

[조사자: 그럼 그분들이 계속 거기 살았어요? 안 떠나고?] 해방되고 떠났지. [조사자: 해방되고 떠났어요?] 응. 그 집이 지끔 눈에 삼삼해. 일본집. 근데 인제 많이는 안 살고 내 친구. 그 집 하나 인제 퇴계원서 몇 집 되는지 됐었어, 하여간. 근데 인제 나는 걔네 집만 갔지. 그래가지구 내가 약어지기두 많이 약어지구 걔땜에. 들은 것도 많고 본 것도 많은데 배신감이 가.

'내가 이러면 안 되지. 왜 거기 걸 먹구 거기 걸 말을 듣구 거기 집일 가냐.'

그러고. 그때서부텀 싫어져가지구 자꾸 안 갔는데 얼만 안 있다가 팔월십오 일 날 해방이 된 거야. 그때 그 좋은 얘기를 엇다 다 허우. 요새두 애들이 느끼까 그래 해방된 얘기. [조사자: 저희도 일본제품 안 쓰겠습니다.] 증말이야. 나 비누 한 짝 안 썼어.

[3] 피난 가서 폭격에 죽을 뻔한 일

[조사자: 그러면 할머니는 전쟁 일어난 건, 한국전쟁 일어난 건 언제 아셨어요?] 육이오? [조사자: 육이오 난 건 어떻게 아셨어요?] 육이오는 저기 우리 친척집일 갔는데, 그 집이가 큰 공장을 해. 근데 거길 날 너어 준다구. 그때는 돈 벌 길이 없었어요. 그서 거기를 갔는데 나를 이용을 허드라고. 저기 이제 나 속을 아니까 부잣집이니깐. 우리두 부자였었어. 그런데두 머리가 앞서가지구 그런 데를 공장이니까 내가 보내달라구 그랬어, 우리 아부지보구. 그랬드니 보내주시드라고. 거기 가서 그도 사람이 공장생활 허므는 좀 좋은 게 있잖어 또.

그서 갔드니 나를 이용을 해. 살살 집엣일을 시키드라고. 저기 공장 일을, 공장을 안 내보내구. 그런데 일을 그땐 전화가 있어 뭐 있어. 집헌테 얘기를 헐수가 없고 혼자만 고민을 헌거야. 내가 왜 우리집두 일두 많고 맨 과수원 밭으로 먹을 게 하나씩 있구 이런데. 쌀두 산더미같이 쌓이구. 여기 와서 그냥 이걸 왜 내가 아니꼽게 부엌엘 들어가야 되구 이런지 배신감이 들구 이런데. 뭐 연락을 헐 수가 있어? 그서 연락을 못허구 혼자 끙끙대구 있는데.

하루는 우리 아부지가 데릴러 오셨어. 그래 퇴계원이니깐 이 큰길이 있어 가지구 먼저 통해 뭐든지. 그래가지구 저기 내가 그랬지. 나는 아부지 따라 간다구. 그랬드니 왜 가는데, 공장에 너 줄 텐데. 아니라구 나는 우리 집이 갈 거라구 그래서 왔어. 육이오가 났으니께 온 거야.

왔드니 피란을 가야 헌대는구만. 피란을 가야한대. 그서 갔는데, 피란을 가는데 저 용인엘 갔어. 용인엘 갔는데 인제 거기서 밥을 해 먹구 오는데 세상에 그때는 비행기가 흔칠 않았어요. 용인에를 신갈 내려가는 데 거기에 방앗간이 하나 큰 게 있어. 그래 방앗간에서 인제 쌀을 쪼끔 얻어다가, 우리 어머니가 그 방앗간에 그 쌀 많은데 그 싸래기를 가져오셨어. 또 솔직허셔. 남이 쪄논 거를 그래가지구 그냥 우리 식구들이 그걸 어떻게 먹느냐구. 또 가셔서 쌀을 요만큼 퍼가지구 오셨어. 그서 밥을 지어가지구 방으루 한식구가 먹었는데. 우리 아부지가 새벽에 저녁에 그러셔.

"일찍 일어나거라."

우리 올케보구. 그서 새벽같이 우리 올케가 일어나서 밥을 했는데 아니 밥을 먹구 상도 안 치구 우리 아부지가 빨리 나가야한데, 이 집이서. 빨리 나가야하니까는 죄 준비들 허라구. 그래서 싸논 보따리니깐. 상두 그냥 내비러두구 뭐 밥그릇이구 물 하나 못 떠다 먹구 그냥 거기를 나오는데.

그 잔 데서 거기 방앗간 있으니깐 밤에 중국늠이 머리에 쓰구 앞치마를 둘르구 산이로 올라가드래. 우리 아부지가 보시니까. 노인네들 잠이 없으시잖아. 그서 나가서 담배 피시구 이랬는데. 아우 벌써 우리가 산을 요롷게 넘어가니까는 비행기가 네 대가 뜬 거야, 네 대가. 시찰비행기가. 그러드니 그게 한바퀴 돌드니 으르르르 으르르르 허구 그 방앗간을 막 치구 동네를 쑥밭을 맨들어놓구. 저만치 가니까는 그냥 그 연기가 동네루 하나가 뻗치는 거야. 동네두 컸나봐 그때. 동네두 못 봤는데 볼 새두 없구 못 봤는데 연기가 그냥 하늘로 죄 뻗쳐가지구 저것 줌 돌려다보라구. 우리 아부지가 돌려다보라고.

"우리가 여태까지 여기 있었는데 느들 있었으믄 다 죽었다."

우리 아부지가 천재셔, 천재. 그서 인제 그냥 뒤도 안돌아다보구 뭐 그냥 뭐 죽어라 살어라 하구 죄들 따러 나서서 우리 아부지만 따러오는 거지.

[4] 잘못 된 어머니 묘자리를 고치다

그서 인제 집에 오니까 불이 다 탄거야 집이. 그래가지구 탔는데 어뜷게 할 수가 있어? 가보니까 다 잿바다지. 그서 인제 고 워루 집이 하나 있었는데 마루허구 부엌허구 방 두 개만 있어. 아무 것두 없구. 그서 인제 그 집이 가서 사는데. 저기야 뭐야 대문간에 이렇게, 그때는 돌담이야 돌담. 그 집이가 이렇게 문이 있는데, 돌담이 있는데 돌담이 넓었어. 넓은데 거기에 세상에나 증말 이만해. 이만헌 게 한 셋은 얼켜가지구 그냥 나와서 있는 거야, 구랭이가. 그서 내 어린 나이에두 누구보구 그 얘길 못허구 나 혼자만 끙끙 앓았어. 저게 좋을 건가 나쁠 건가 했는데 지끔 겉은 믿음만 가지믄 내가 이기는데 그때는 믿음두 없구 아무것도 몰랐거든. 그서 큰일났어.

그랬는데 우리 어무니가 그냥 그때 돌아가시드라고. 돌아가셨는데 산소를, 참 큰 지관을 갖다가, 산수자리 보는 양반을 아주 우리허구 친한 양반인데, 잘 보는 양반인데, 그 양반이 지관을 보셨는데 우리가 자꾸 거기서부텀 망해가. 이상하게 망해가. 뭐든지 허믄 안 돼.

그래가지구 내가 시집을 왔는데, 시집을 와가지구 우리가 집을 또 크게 지었어. 이 동구능서 사다 지었어요, 재목이구 뭐구. 그래서 오룡집으루다 그냥 부연 달구 잘 지었어 마루두 크구. 우리집 안에 우물두 있구, 그냥 좋은데. 인제 거기 이렇게 그냥 우리 엄니가 돌아가시구 인제 집을 또 지어놨는데 챔욀 팔았어. 청량리루 마차루 한없이 싣구 가서 파는데, 그땐 챔외 하나가 이만씩들 했어. 근데 큰 거만 죄 사가드래. 마차에서 내려노므는 그 상회가 있는데 그땐 배고픈 시대니까 큰 거만 잘 팔리는 거야. 요런 건 안 팔리구. 그서 돈을 많이 해가지구 집을 지셨는데 아이구 세상에나. 우리 엄니, 그서 내가 거기서 잘 진 집에서 시집을 여길 왔는데. 저기 과연네 있지요 과연네. 거기 과연 엄니가 나를 참 좋아하셨어요. 참 위해줬어. 그서

"색시– 색시–"

내가 동만이를 업구 있으니까

"색시- 색시- 이리 잠깐 와 봐요, 와 봐요."

이랬니 저랬니도 안하셔.

"와 봐요, 와 봐요."

그래 가니까는 총각 하나가 와 앉았어. 그드니 점 보는 이야. 점 보는 것두 이룷게 보지 않구 글씨루다 다 풀어서 봐. 생일 생시 너 가지구. 그드니 날 보구 큰일났대, 우리집이 우리 친정집이가. 나 있을 땐 그러나 저러나 괜찮었는데 나 시집 오구 그냥 우리 아부지, 우리 산소가 저 마석이에요. 종종산이 그르니깐 육이오 때니깐 저저 임송, 임송 올라가는 데 거기가 산소자리가 좋아서 인제 거그다 썼는데 산소 자리가, 우리 엄니 산소자리가 그룷게 망허대. 그래서 이제 우리 아부지 돌아가시믄서 밀래를 같이 헐라고 파니까는 그 여자, 그 여기 도는 여자가 산소를 당장 가서 파보래. 물이 한강이래. 그 좋은 산에 어트게 물이 한강이야? 그서 인제 거길 우리 아부지보고 내가 네 번을 갔어. 네 번을 가가지구 막 울믄서

"아부지, 아부지. 우리 조카들 살릴래믄 어무니 산소 화장, 저기 밀래 해드리자."구.

긋드니 우리 아부지가 가만히 있는 산소를 어뚷게 파느냐 그러셔.

"조카들이, 우리 조카들이 잘 돼야지. 저르다 잘못 되믄 어뜩해 아부지? 나는 조카들 없으믄 못 살아요. 그냥 걔들 없으믄 못살아요."

내가 막 마룻바닥을 치믄서 울었어. 그래 그 양반이 뭐라고 허는고 허니 파가지구 하얀 물이 되믄 집이 그냥 아주 그양 뭐, 뭐처럼 일어난대. 근데 빨건 물이라 집안이 가라앉구 망거진대는 거야. 근데 정말 그룷게 되드라구. 그래서 인제 산소를 파가지구 증말 보니깐, 근데 그이가 그래 뼈가 발뼈가 머리에가 있구 머리뼈가 알래가 있구 둥둥 뜨구 이랬대.

그서 인제 날 받아가지구 우리 엄니 화장, 저기 산소를 화장을 해가지고 인제 저리 그땐 화장두 안했나봐. 우린 화장할 줄 몰라 우리 집안은. 그래서

그걸 산, 뼈를 가주 가서 묻구 우리 아부지하고 같이. 그래는데 그 산, 저기야 증말 파니까는 머리에가 있구, 여기에가 있구 그래. 그 인제 얼른 못허고 또 산을 파가지구 인제 대동사람이 다 모여서 거다 밀래를 해서 산소를 해놨는데. 그걸 그룹게 헐 때 보니까는 그때는 우리 아부지가 허셨나봐. 산소 이룹게 해놓구선 또 헐 때 우리 아부지가 돌아가셨으니까. 그냥 산소 우리 어무니 산소를 파니까는 그래 아부지, 내가 막 울믄서

"아부지 증말 그래요? 제 말이 맞아요?"

그랬드니

"그래 맞더라."

그러구 눈물이 막 나시는 거야, 우리 아부지가 막 우시는 거야.

"세상에 느이 어머니가 몇십 년을 그러구 산소에 있었으니 집안이 될 수가 있느냐?"

그래가지구 인제 어떻게 할 수가 없어. 그래가지구 그름 우리 조카들만 잘 돼믄 괜찮다구

"아부지 인제 안심허구 많이 잡수시고 사세요."

이러구 인제 나는 왔어. 와가지구 있는데 그거 참 이상해. 그 산소자리, 그 여자가, 그 남자 총각이 앞은 길이 있고 밑에는 개울이 있고 딱 맞드라구 말 허는 소리가. 그렇다구 빨리 화장을, 저기 산소 자리 욺겨야지 그냥 두믄 애덜까지도 안 좋대는 말을 허잖아. 그래서 내가. 나 땜에 우리집안이 그래도 지끔 그만큼 사는 거 같애. 그냥 뒀으므는 밀래 안 했으믄 애들까지 아마 어떻게 됐는지 몰라.

[5] 인민군에게 빼앗긴 식량

[조사자: 전쟁 중에 결혼을 하셨어요?] 그릏지 전쟁 나구. 나구 했지. 전쟁 나구 했지. [조사자: 전쟁 중에는 결혼을 약소하게 하나요? 아니면 그냥 예전에

하던 방식으로 그대로 하나요?] 그냥 구식으루다. [조사자: 구식으로?] 육이오 때가 열여섯 살이구 스물한 살에 했으니까.

[조사자: 피난 가셨던 얘기 좀 해주세요.] 그래 피난 갔던 얘기가 그게 제일 중요해 나한테는. 그 비행기 폭격헌 거. 그래는데 나중에 인제 용인 사는 사람이 정말 우리동네에서 그 사람하고 연락이 됐는지 그때 내가 그 소리를 들었어. 용인이 쑥바다가 됐다고 그러드라고. [조사자: 폭격으로?] 으 폭격으루. 그때 쑥바다가 될 거 같애. 연기가 그냥 하늘로 하나야. 그 방앗간에 쌀 그런 거 다 거그서 탔겠지.

[조사자: 그럼 어머니가 안 계셔서 집안 살림을 할머니가 하셨어요?] 우리 올케. [조사자: 올케언니가 하셨어요?] 올케가 나 네 살에 시집오셨대. 그래가지구 난 시누가 아니라 따님같이 대했어 나를. 그래서 밤낮 당신 따님은 네 살이구 나는 이제, 아니 나는 네 살이구 당신 따님은 또 나보담 네 살 차이가 있어. 그래두 만날 날보구 욕 한마디를 안하셔. 으트게 정말.

[허이쁜: 우린 전쟁 나서 여기 집 탄 건 못 봤어. 멀리 피난 갔다가 와서.] 여기 새루리, 불 났다고 인제 소등이 나서 산 위에 가서 봤어요 우리 뒷동산에 올라가서 보니까 여기가 그냥. [허이쁜: 난리통에?] 그럼요. [허이쁜: 그때 피란 안 가셨수?] 그냥 그때 들어왔대니까. [허이쁜: 우린 안 들어왔어.] 우리가 들어왔는데 새루리가 다 탔어. [허이쁜: 끝난 다음에 들어왔어.] 우리 일찍 들 어왔어요. [조사자: 그래 어때요? 불 난 상황이?] 집이 다 탔지 뭐. 이 웃동네. 우리 저 새루리. [허이쁜: 이 동넨 집 없었어.] 근데 여기두 다 탔어. 다 타구 읎어.

[조사자: 그럼 할머니 여기 왔을 때는 중공군들이 주둔을 하고 있었어요?] 피란 갔다 올 때? [조사자: 예, 왔을 때.] 그때 인민군이 많아가지구 세상에. 내 참 그 얘기를 좀 해야 돼. 우리가 농사를 많이 지었거든. 많이 져가지구 인제 피란을, 피란을 허구 들어왔는데, 이제 인민군들이 그냥 점령을 헌거야. 그래가지구 인제 배들이 고프니까는 막 땅들을 뚜들기고 댕기는 거야. 총대 가지구 대니믄선. 그 땅에 뭐 있는 줄 알고.

그래는데 우리가 이 뒷곁이 증말 이만해. 뒷곁이 돈대 우에가. 근데 그거를 쭉 파구서 밤에 우에가 쌀, 베 이런 걸 하날 묻구. 산에서 이 서까래 이런 걸 비어다가 이렇게 이렇게 놓구, 거그다 싹 덮어가지구 흙으루다 허구 낭구를 싸놨는데 그걸 총대루다가 치댕기믄서 보믄 쌀 들은 게 다 쿵쿵해. 벌써 그 사람들은 보잖아두 다 알어. 이룽게 이룽게 이룽게 허믄 짚대미두 크구 이러니깐 뭐 엇다 쌀을 어다 둬. 그르니까 그거 의심을 허구 파본거야.

그서 그걸 다 끄내논 거야. 다 끄내서 그냥 싸논 걸 우리 아부지가 우리 식구가 열 명이나 열한 명인데 그래두 겨울 먹을 건 좀 달라구. 봄인가 그때가 그런가봐. 근데 그거 먹을 것 좀 달라고 그랬드니 중국, 내가 그래서 중국 사람이라구 그래. 중국사람은 주래. 이렇게 우리 아부지가 욕심두 안부리구 이것만 달라구 그랬어, 두 가마니만. 애덜 이룽게 밥 멕여야 헌다구. 두 가마니만 달랬드니 인민군새끼들은 총대루 우리 아부지를 때리구 노인네를. 저기 뭐야 중국사람은 하나, 하나만 주재. 근디 인민군이 안준대 그것두.

그러구 벼를 한 가마니 줬나봐. 벼 찧지 않은 거. 그 눈깔들이 그 새끼들두 먹구 사는데 뒤집혔으니깐 주겠어 허긴. 봉의 집을 만났는데. 그래서 인제 그걸 절구가, 이른 절구가 있으니깐 날마다 쪄가지구 우리 올케가. 그것두 광에 가서 쪘지, 이른 한 데서 못 쪄. 쌀 있는 줄 알구 막 달래구 때리구 이러니까. 그래가지구 쪄가지구 밥을 해먹었어.

[6] 인민군에게 잡혀간 오빠

또 우리 오빠가 인제 그때는 동네 유지믄 잡아가. 이 퇴계원은 유명났어. 빨갱이가 많구 지서가 있구 이래가지구 우리오빠를 또 잡어가는 거야. 우리 큰오빠를. 그러드니 우리 어무니가 밥을 해가지구 이른 냄비에다 이만큼을 싸가지구 국을 끓이구 반찬을 해가지구 인제 보재기에다 싸가지구 그 지서에를 가니까 막 으악 소리를 지르는 소리가 나드래. 그서 우리 어무니는 밥을 해가지구 문을 열구 들어가셨는데, 그러구 보니까 우리 오빠 목소리드래. 막 털썩털썩 때리구. 그걸 겪은 걸 여북허믄 내가 치가 떨린다구. 나는 지끔두 저놈들이 콩가지구 메주를 쑨대두 곧이 안 들어. 일본놈허구 똑같어 허는 행동들이. 베이삭 다 와서 이룽게 이룽게 몇 개 달렸나 그거 조사허구, 조 이삭 조사허구 그래 간 놈들이야. 일본놈들두 그러드니 저기 이북놈들두 똑같은 행동을 허드라고.

그래가지구……. 이룽게 잊어버려 얘기를. [조사자: 오빠.] 응. 그래가지구 그냥 마루에서 오시드니 그냥 그 밥그릇을 팽개치시는 거야. 그르구 막 마룻바닥을 뚜드리믄서

"내가 저놈들 웬수를 언제 갚느냐?"구.

"금덩어리같은 내자식을 갖다 두드려 패드라."구.

그러구 우리 엄니를 막 내쫓드래 그냥. 가시라구 그냥. 이걸 부르래는 거지. 웬만한 사람은 다 저리 넘어갔어. 많이 넘어갔어. 근데 우리는 그냥 막 여가 숨구, 저가 숨구 방공호를 해놓구 그냥 숨어가지구 우리 오빠가 안가셨지.

[7] 간첩노릇 시킬까봐 방공호에 숨어 지내다

그서 내가 나는 철을 몰르니깐 육이오가 뭔지두 그땐 첨엔 몰라가지구 또 친구네 집을 그룹게 댕겼네. 저기 긋드니 우리오빠가 밤에 불르시드라고, 사랑방으로 불르셔. 가니까는

"너 밤에 나가지 말아라."

"왜 오빠?"

그랬드니

"나가믄 안돼. 잼들이 무슨 짓을 헐른지 몰라. 그르니까는 있는 거 보이지 말라."고.

그러시드라고. 그런데 지서에서 자꾸 연락이 오는 거야. 나오라고 나를 간첩 맨들라고. 그래서 우리 오빠가 말 안들었으믄 나 저리 넘어갔는지두 몰라. 우리 친구들 몇 넘어 갔어, 저리. 퇴계원서 아마 한 뒷인가 넘어갔대는 소릴 들었어. [조사자: 어떤 걸 시켜요 지서에서? 고 사람들한테?] 고리 넘어가지, 냉겨보내지 뭐. [조사자: 북으로 올려보낸다구?] 으. 간첩으루. [조사자: 할머니가 똘똘해가지구 데려갈라구 그랬나보다.] 몰라 그거는. 그렇다고 나가 비치지 말라고 그러셔서 방공호에 가서 그룹게 있었어.

밤이믄 집이 와 있구 낮에는 껌껌헌 그 흙속에 가서 있는데, 왜 이룹게 흙냄새가 나서 아주 미치겠는 거야 그냥. 아주 그냥 까, 까스 냄새 나 잘 맡지, 전기 냄새 잘 맡지 흙냄새 잘 맡지. 그럼 그냥 고리 고 문간에 가서 그냥 손수건을 대고 요로고 앉았는 거야. 냄새가 싫어가지구 흙냄새가 싫어가지구. 그러니 밥을 먹을 수가 있어? 뭘 헐수가 있어?

'은제나 그냥 끝이 나지?'

'은제나 끝이 나지?'

날마다 그것만 걱정허다가 하룻저녁에는 우리 아부지가 들어와가지구 불르셔. 나가니까는 그냥 그 퇴계원 길 이길이나 똑같잖어. 그냥 올라가니 올라

가드래, 민간들이. 군인들은 산으루 해서 내뛰지만 민간들이 그냥 올라가는데, 그게 인제 다 이북 물들구 이런 사람들이 거기 집중을 해서 올라가는 거구. 우리 남한 좋은 사람들은 자꾸 숨구 어디 가서. 보이지 않게. [허이쁜: 우리 동네는 빨갱이 읎었어.] 우리 동네는 많었어요. 그래가지구 살긴 살었는데. 이 머리가 혼동돼가지구 그 어려운 거 겪었는데 다 잊어버리구.

[8] 똥물로 고문후유증을 풀다

[조사자: 오빠는 가서 얼마 만에 나오셨어요?] 나오시기는 금새 나오셨지요. [조사자: 고문을 많이 받으셨대요?] 그럼. 그래서 일을 못허고 돌아가셨어요. 이 엉댕이가, 이 엉댕이를 총대루다가 하두 맞어갖구 이릏게 피지를 못하구 이러구 사시다가 일생을 가셨어. 비만 오믄 그냥. 그러니 우리 아부지가 똥물, 똥물을 다 걸러가지구 그걸 다 멕이시구. 우리 아부지 때문에 그만큼 사시다가 돌아가신 거야.

[조사자: 그 똥물을 먹이면 약이 되나요?] 혈이 풀린대. 우리 언내 때도 그게 생각이 나. [조사자: 어혈이?] 으. 어혈이 풀린대. 인제 화장실에다가 병에다가, 그땐 병이나 있수? 어뜬 것인가 몰라 뚜가린가? 이런 거 끈을 메가지구 거기 인제 이걸 헝겊으루다 봉해가지구 노끈, 그땐 노끈이야. 노끈밲이 없어. 그거루다 챙챙 옭아매가지구 그리 똥물을 걸러가지구 내려간 거를 몇 번 멕이시드라구. 그래서 그만큼 사시다 돌아가셨지. 그렇찮으믄 벌써 돌아가셨어. [조사자: 그러면 오빠가 방공호에 숨어 지내신 거, 지서에 끌려갔단 오시고 나서예요, 그 전에예요?] 전에두 그러구 지내구두 그렇지. 이렇게 길에구 뭐구 못 다녀. 무서워서.

[9] 방공호에 숨어 지내다

[조사자: 그래도 국군이 들어오고 나서는 좀 괜찮지 않았어요?] 국군이 들어왔으니깐 살었지 그럼. 그래두 빨리 들어온 거야 국군이. 빨리 들어온 거야. 그때는 경찰들이 총이구 일본경찰들이 이룽게 돌아 동네를. 유난히 돌아. 그러믄 잽히므는 끌려가는 거야. 지서루다.

[조사자: 할머니는 어릴 때라 소년단 이런 활동은 안하셨어요?] 소년단 글쎄 꾸밀라구 오래는 거 우리 오빠가 감춰준 거야 나를. 그랬지, 그냥 있었으믄 저리 넘어갔는지 몰라. 철 몰르구 가지. [조사자: 가면 노래도 가르쳐주고?] 몰르지 그거는. [조사자: 그런다 하드라구요.] 몰르지. [조사자: 아예 안 가셨으니까?] 으. 우리 오빠가 그거를 먼저 알구선 절대 비치지 말라고 그래서 방공호에만 숨어가지구. 그 문을 나무루다 죄 싸놨으니깐 그걸 찾질 못해서.

[조사자: 방공호를 어디다 만들어놨어?] 여 뒤에. [조사자: 집 뒤에?] 요기 산이야. [조사자: 거기다 땅을 파서?] 응. 땅을 파가지고. [조사자: 거기서 숨어 지내고 거기다가 나무를 덮어요?] 그럼. [조사자: 그러면 식사는 누가 그렇게 날라다 줘요?] 식사? 식사 밤이믄 쪼금 갖다주시구. [조사자: 밤에?] 밤에. 낮이믄 누가 보까봐 동네사람두 못 믿어, 못 믿어. 근데 왜냐믄 우리가 그때 좀 딴 사람들이 어려운 사람이 너무너무 많은데 그거를 샘들을 허드라구. 잘 사는 집이 있으므는 그걸 샘을 해. 근데 우리 아래 우에 맨 어려운 사람이니까는 정말 어려워. 그래가지구 그걸 발각이 나므는 자꾸 신고를 헐른지 모르거든. 그 사람들은 사상을 믿을 수가 없는 사람들이야. 원체 배들이 고프니까.

그러니 그 저 지끔 돌아갔지만 우리 웃집 사는 마나님이 우리 큰집이허구 같이 인제 피란통에, 그집두 집이 타구 이랬으니까 인제 거기 방을 얻어가지구 살았어, 우리 큰집동네. 우리 큰집을 갈래믄 그 양반을 만나. 만나믄 나를 불르구 막 우시는 거야 그냥. 엄마가 밥을 많이 줘서 내가 살았는데 엄마두 못보구 느이두 못보는구나 허구. 그 나는 그때 어렸으니까 몰르지 잘. 그런

걸 갖다 줬는지 주셨는지 잘 몰르는데 가끔 와서 부엌에 밥은 잡수는 걸 봤어. 부뚜막에서. 그래가지구 인제 그건 거만 겪었지.

[10] 1.4후퇴 때 피난살이

[조사자: 할머니네두 피난 가실 때는 마차에다가?] 마차에는 겨울에. [조사자: 겨울에?] 겨울에. 그르니까 피란을 세 번을 갔으니까. [조사자: 그럼 처음 얘기하신 거는 첫 번째 간 피난이고 두 번째는 또 어떻게 가셨어요?] 두 번째 간 거는 또 봄피란 나갔었는데 그거 생각은 안나 어떻게 돼서 봄피란 갔다 온 거. [조사자: 그 얼음길 지나서 가던 피난이?] 그것만 잘 생각이 나 그래두. [조사자: 그거 지나갈 때는 그때 소가 빠졌다구?] 소가, 소가. [조사자: 그 얘기 좀 해주세요.] 이제 피난을 가게 됐는데 소에다가, 마차 소니까 그냥 쌀을 멫 가마니 이제 옷보따리 하나씩, 또 솥단지들 그런 걸 얹구. 우리 조카 세 명, 또 동네 애, 남자분이 부역단위로 끌려가셨으니까는 인제 그 애기엄마식구들 데리구 그 언내 하나 넷을, 넷을 마차에다 얹어가지구 이렇게 오묵하게 해놓구서 이불을 그냥 죄 쓰게 맨들어 놨어.

그때 추니깐. 그래가지구 피란을 가는데 한강을 가니까는 마차만 건너가게 해. 우리는 못 가게 해 사람은. 그래서

"우린 마차가 있는데 어뜩 허느냐?"구.

그랬드니 경찰들이 저리 강나루루 돌아가면은 얼음두 얼구 그랬으니까는 수원 가믄 마차를 만난대. 근데 내 생각에 만나기는 어디가 만나? [조사자: 그러니까.] 그런데두 어쩔 수가 없어. 한강을 가질 못하게 허니까. 마차만 보내니까. 그서 정말 밤새두룩 걸어서 수원을 갔잖우. 그드니 마차가 뭐 하나나 있어? 사람만 하나지. [조사자: 그러면 다 잃어버리셨어요?] 아니 우리 식구는, 식구는 다 같이 갔는데 마차는 이제 넷허구 큰집 오빠, 우리 오빠는 그때 군인이 아니구 그때 뭐죠 그게? 것두 잊어부렀네. 그 저 청방, 청방으루 나가시

구. 그러니까 이제 우리 식구는 죄 여자들뿐이야. 우리 작은오빠두 그때 학생이니까 뭘루 나가구. 허다 이룽게 잊어버려.

[조사자: 그래서요?] 그래가지구 피란가다가 잘 데가 있어? 집이 읎어서 옛날엔 거기 저기 쇠빙구 그 한강 건너에 모래사장이었어 다. 모래밭이드라구 가니까는. 그 파. 옴해서 파느냐구. 거기 사람들은 머리가 빨리 돌아가서 파를 이룽게 옴을 해놓구 깊이 파가지구. 근데 그게 구댕이루 된 게 파팬 구댕이가 있는데 그 속에 가서 잔 거야 우리가. 거그서 자구서 인제 걸어서 간 거야 또.

또 인제 한없이 갔지. 갔드니 식구를 뭘 만나. 그래가지구 도루 또 건너왔어 우리아부지가 빨리 집이루 가자구. 죽어두 집이가 죽자구. 그래가지구 오니까 집이 없잖아 먼저 타구. 그래니 뭐 어뜩해. 남의 집이 가서 또 살았지. 그르다 집을 진 건가봐 아마. 지끔 헷갈려 세 번을 피란을 갔으니까. 멫 년 전만해도 다 알겠드니 이제 헷갈려.

[조사자: 청방이라는 게 뭐예요 할머니?] 군인덜, 예비군인. [조사자: 예비군인? 남자들 미리 이제 불러가지구?] 학생들을 다 예비군인 맨드는 거야. [조사자: 그래서 남자들은 거기로 가야 돼? 청방으로?] 그렇지. 다 데려가지. 그래서 남자들이나 있어 집에? 없어. [조사자: 그럼 집은 어떻게 지으셨어요?] 집은 인제 그때 지내구. 우리오빠 들어오시구 그르구 인제 저기 육이오 끝나구 진 거여, 짔어.

[11] 연합군이 무서워서 숨어 지내다

[조사자: 할머니 혹시 전쟁 중에 너무 힘들 때 누가 도와줬거나 또는 할머니 집에서 누구를 도와줬거나, 도움을 받았거나 도움을 줬거나 그런 기억이 있으세요?] 도움, 그때는 받을 길두 없구. [조사자: 크게 아니더라구 뭐 자질구레하게 고마웠던 일.] 그쎄. 그런 건 잘 생각이 몰르겠네. 우리 식구들이 남에게 신세

지는 분도 아니구 있으믄 누굴 잘 주시는데 뭐가 있어야지. 농사짓는데 괭이루다가 이룽게 파가지구 짓고 비료두 없지. 그르니까는 농사가 되지를 않드라구. 논들은 좋은데 물두 안말르구 좋은데 되지를 않아. 심으믄 심은대루 세 개 심으믄 세 개 이룽게 올라오구, 네 개 심으믄 네 개 올라오구 베 이삭두 아주 가느다랗구. 그거 퇴비두 맨들어서 풀해서 썩히구 이래야 되는데 그걸 못허니까는 뭐 저 논두랑 깎어서 그냥 휘휘 던지시드라구. 진지 잡수시라구 가므는, 우리 논두 가까워, 진지 잡수시라구 가므는 이룽게 논두랑에서 풀을 죄 이룽게 던지셔. 그거 썩으믄 그거밲이 없어.

산에두 못 가셔 무서워서. [조사자: 왜? 어디 데려가요?] 뭐 풀숲에 나쁜놈들 숨어 있을까봐 못 들어가시드라구. 그때는 다 풀숲에서. [조사자: 그래두 이 동네는 산에 숨어있던 빨갱이들은 없었나 봐요?] 있었지 뭘 없었어. 있지, 있지. [조사자: 그럼 할머니는 중공군이랑 인민군들 있을 때도 있었고?] 다 봤지. [조사자: 그러면 미군이나.] 미군? [조사자: 이렇게 외국군인들.] 외국 군인두 많었어. [조사자: 외국군인도 보셨어요?] 많었어. 나중에.

[조사자: 그 군인들 있을 때는 어땠어요?] 그 군인들 있을 때 그래두 무난히 잘 살었어. [조사자: 할머니 말로는 집집마다.] 집집마다 다니지. 그러믄 우리 아부지가 그럴 때 일을 안시키셔 낮에. [조사자: 왜요?] 그런 사람들 올까봐.

[허이쁜: 욕 뵀어. 끌어다가 욕을 봬서 우리 집에 와서 우리 장 속에다가 숨었는데.] [조사자: 할머니도 숨어 지냈어요?] 그럼. 우리 저 광이 광이 그때 저기야. 뭐가 큰 게 있었어. 거기다 나무를 꽉꽉 해놓시구 거기 굴을 파가지구 그 속에 가서 이렇게 이렇게 해가지구 낮이믄 들어앉아 있었어, 거기서. 그래서 그런 사람들은 우리 올케허구 나하고 우리 조카딸을 어린애지, 우리 어무니는 노인네지 이르니까는 괜찮구. 이제 또

"할무니 할무니, 고모 고모 갔어."

이랜다구. (화자 웃음) [허이쁜: 우린 새루리 가서 꼭 잤어요, 새루리. 우리 형님, 나, 미자 엄마 셋이.] 그래 낮이래두 그 사람들 눈에 안띄야지 눈에만

띠믄 밤에 온대. 밤에 온대 집집마다.

근데 낮에, 그 우리가 보기만 했지 문틈으루다 보기만 했어. 낭구 틈으루다가. 그러믄 벌써 그 사람들 구두소리, 그때 구두신은 사람 별루 없잖어. 그저 단화들 신구 그냥 저벅저벅 댕기는 소리가 나. 그럼 또 오나보다구. 그러믄 그래도 거길 안뒤지드라구. 그 인제 딴 데서 뒤졌으므는 거길 뒤질 텐데 그런 일은 없었나봐. 그러니까 안뒤지지. 그렇게 살았어. [조사자: 그럼 그 사람들은 군화를 안신고 단화를 신고 다녔어요?] 단환가봐, 그때. 군화도 없었나봐. [조사자: 중공군들은?] 중공군도 그냥 소리는 나. 이룽게 이룽게 쿵쿵쿵쿵 오는 소리는 나는데 그래두 그 신은 뭔지도 몰라.

[조사자: 중공군들이 먹성이 좋아요?] 먹성 좋아. 내가 그거는, 중국사람 올 때는 참 처녀들이 댕겨두 쳐다보지두 않어. 그 사람들은 총살이야. [조사자: 쳐다보면?] 쳐다보구 저 여자를 농락허믄 총살이야.

[12] 전쟁통에 약혼자와 헤어져 울기만 하던 색시

근데 그거는 생각난다. 우리 사랑방이 무척 컸어. 두 칸인가 이룽게 됐는데. 피란민들이 그리 이북에서 그냥 와가지구 그냥 방으로 하나씩 차. 그냥 드러눠서는 못자. 들여다보믄 문열구 닫구 볼 때 죄 앉어서 자.

근데 한 여자가 처녀래. 거기 밥 푸러 와서 얘기허는데 저렇게 처녀가 울구 있대. 그래서

"왜그러냐?"구.

우리 올케가 그랬드니, 그때 강완도 춘천이래나 춘천 신랑이 저하구 약혼식을 했대. 근데 그 남자두 어뚷게 해서 이북여자하구 약혼식을 했지. 그랬는데 신랑이 행방불명이잖아? 육이오가 났으니까. 그래 사줏단지를 들구 왔대. 들구와서 그룽게 운대는 거야, 밥두 안먹구. 근데 우리 큰 가마솥에다 국을 끓이구 밥을 두 솥씩 국솥에 밥솥에, 밥을 하나씩 허구 가마솥에는 무국을

끓이구 이랬는데 그 사람들이 그냥 동이루 퍼가는 거야. 퍼다가 자기네가 노놔 먹어 끓여만 주면은.

근데 그 처녀가 그냥 궁금했어. 무척 궁금했어. 신랑은 만났나 허구. 근데 뭐 내가 얘기해볼 데가 있어? 어떤 때 내가 그 생각두 했어. 테레비에 가서 아 저 방송국에 가서 물어보고 싶은 생각두 있구 그랬는데 그게 가능허겠수? 만났는지 그게 궁금해. [조사자: 만났으면 좋겠는거죠?] 어어. 어트게 우는지 거 한방에 있는 양반들이 죄 불쌍해서 못보겠다구 그러드라구. 그냥 사줏단지 끼구 앉아서. 근데 여자는 아주 탐실허게 잘 생겼드라구. 그때 우리는 애들인데두 아주 탐시럽게 보여. 그냥 노다지 이러구 앉었어. 밥두 안먹는대. 그냥 울기만 헌대. 그렇게 기가 맥힌 일이 한두 가지가 아니지. 그러니 저눔들이 여태까지 깨질 않구 사니 뭐허냐 그러는 거야.

[13] 배고프다고 더러운 것도 오줌도 받아 먹던 중공군

[조사자: 중공군이 먹성이 좋은 걸 어떻게 보셨어요?] 먹성이 좋은 거? 중국 사람들이 우리 사랑방에 와서 또 있었어. 그런데 쳐다보지두 않어. 그거는 총살이래. 그 사람들은 각자가 서루 총살이래. 죽인대. 누구 누구 저 사람 그런다고 그러지 않구 그 자리에서 죽인대. 그건 교육은 잘 시켰어.

[조사자: 밥 먹는 양두 많아요?] 먹는 양두 이룷게 몰르지. 그 사람들은 그릇을 가주 댕겨. [조사자: 어떤 그릇이에요? 커요?] 항고. 항고가 있어. 요런 항고가. 밥 해먹는 항고가. 근데 잘 만나는 인제 밥을 큰솥에다 해먹지만 그 사람들은 인제 항고에다 불 때서 산에 겉은 데 가서 해먹는 그릇이 있어. 그른 데다 받어 먹으니까 몰라 그거는.

[조사자: 어디 가면 요강에다두 밥을 받아 먹었다구.] 요강에두 먹구 저기 그때는 농사들 짓느냐구 오줌을 이룷게 받아서 썩히는 게 있어요. 이만큼씩 허는 거 항아리 동이가. 그걸 쏟아버리구 득득 해가지구 거기다 국을 퍼가지구

가. 아휴 나 그것두 들었어, 어려서. 오줌둥이에다 퍼가지 갔다구. 그래두 배가 고픈데 어떡해.

날오줌두 우리 재아부지 군인 가서 받어먹었대는대. [조사자: 날오줌? 그건 무슨 얘기예요?] 우리 즈아부지 일선지구에 군인생활 팔 년을 했는데 육이오를 전장으로 다 겪은 거야. 열여덟 살에 군인 가셔가지구. [조사자: 할아버지한테 들으신 얘기 좀 해주세요.] 그 얘기. 옹진이래, 옹진. 그래서 그래요. 배만 고파보래, 애들 밥 안 먹는데 배고프게 놔두래. 삼 일만 굶어보래. 아유 오줌두 먹었어. 말은 해 뭐해. 소 오줌두 받어 먹었어. 꼬치에 올러가믄 물이 없대는 거야. 전쟁허러 올라가믄. 그 얘기 좀 허께. 올라갔는데 물이 없어가지구 날오줌을 받어 먹었대는 얘기는 있구.

[14] 비행기 폭격을 피해 살아온 남편

또 내려와가지구 그냥 비행기가 어트게 폭격을 허는지 그냥 거기서 엄청 죽었대요, 군인들이. 근데 우리 즈아부지는 그래두 그때 약었나봐. 그 왜 논에 물 대는 거 있지 이렇게. 이렇게 둑 있어. 둑 있는데 그리 물이 하나가 내려가는데 그러믄 그 군대 옷을 입구 총 미구 그리 그냥 저기 이제 물이 철철 내려가는 데 이 둑이 풀, 풀을 바짝 붙구 그냥 이릏게 그냥 같이 떠내려간데 같이 붙잡구 풀을.

그러믄 비행기에서 아무리 내려다봐두 그때는 그거 뭐라구 그러지 그걸 뭐라구 그러드라. 조명. 조명을 환하게 비춰서 개미 겨가는 것두 보인대. 근데 그걸 조명이 그래두 그거는 감춰주는지 총살을 안하드래. 그 조명이 그냥 몇 번씩 돌구 그냥 그렇게 산을 뒤집어 엎구 그걸 따라 내려온 거래, 물살을. 거기 혹시 숨어서 오나 허구 그냥 쫙 비치믄 그냥 그 풀을 붙잡구 그냥 아주 죽어라 허구 내려온대. 그 얘기는 수십 번 들었어, 내가. 너무 불쌍해가지구 나두 울구. 그래두 총상 하나, 하나 요런 파편 하나 안 맞었대. 즈 아부지가

요. 그서 당신은 마음이 착해서 그런가보다구. (웃음)

[조사자: 언제 오셨어요, 그럼 집으로는?] 집으루? [조사자: 네.] 결혼해서 그니까 그 해가 언제지? 내가 결혼을 스물한 살에 했으니까. [조사자: 그럼 결혼을 하시고 영감님이 제대하셨어요?] 스물다섯 살에 제대해가지구 그 해루 결혼을 한 거야. [조사자: 아— 제대하고?] 으. 봄에 결혼허구. 아주 선을 보러 오셨는데 내가 아주 얼굴이 새카매. 그래서 엄마, 세상에 무슨 사람이 생기긴 잘 생겼는데 우리 아부지가 반하셨어요, 즈 아부지한테. 밥두 안 굶기구 마음두 착하구 생기기두 잘 생겼다구 일등사윗감이라구. 그서 내 속으루 그랬어.

그래가지구 아주 그냥 그걸 그래는데, 배가 고파가지구 도저히 올 길이 없드래. 지쳐가지구. [조사자: 그러면 선을 보러 오실 때는 할아버지가 군에 있을 때잖아요?] 제대. [조사자: 제대하고 오셨어요?] 제대하구. [조사자: 근데 아버님은 어디가 그렇게 마음에 들어하셨을까 사윗감을?] 잘 생겼다구. [조사자: 잘 생겨서? 할머니두 마음에 드셨어요?] 나는 몰라. 우리 아부지 영이라믄 한 번두 거절을 안했으니까. [조사자: 못 생겨도 좋았어요? 할머니?] 그럼. 못생기구 잘생기구 부모 마음이 젤이지 내 맘이야 뭐.

[조사자: 시집 안가고 싶지 않았어요?] 안가구 싶었지. 돈 벌구, 돈 벌구 싶었는데 돈 벌 게 없어. 남의 집 식모밲에. 식몬데 우리 아부지가 식모겉은 거는 허게 허시나. 그래 공장에 보낸대는 게 그렇게 아는 집에서 그냥 데려갈 땐 공장에 너준다구 데려가드니 일을 나를 살살 시킨 거야 자꾸. 그르니까 내 눈치가 틀려가거든. 나는 이러구는 싫다. 내가 밥이 읎어 온 것두 아니구 그럼 안 되지.

[조사자: 할머니 택시 타구 시집오셨다구요?] 으. 택시 타구. 그때 택시가 처음 나왔어. 처음 나온 게 아니라 다 가마 타구 가드라구, 우리 친구들이. 근데 나만 택시 타구 여기를 왔어. 그래두 우리 큰집이가 그땐, (큰소리로 웃으며) 택시를 타야. 택시를 보냈드라구. 근데 뭐 육이오가 나서 집 다 타구 농사 못짓구 이래니깐 뭐 어렵지 다 그때 다 어려웠어. 쌀밥이 금이야 금. 다

수수 깨먹구 보리 깨먹구 무슨 밀가루두 고급이야, 그때는. 그렇게들 살었대. 힘들게 살었어, 그때는. 지끔 총각 처녀들 복이 많아가지고 이룹게 좋은 세상에서 사는 거지. [조사자: 할머니들 고생하신 덕분에 저희가 편안하게 사는 거죠.] 그걸 알어야 돼. 우리는 밤을 낮으로 삼고 산 사람들이야. [조사자: 거기다 할머니는 인민군이 오면 숨어 지내고 또 유엔군이 오면 또 숨어지내야 되고.] 그때 나이가 많지는 않은데 내가 키가 컸어. 그 키야 지끔. 그르니까는 우리 오빠가 아주 교육을 단단히 시킨 거야. 낮에 그 사람들 눈에 띠믄 밤에 온다. 그러 아주 저걸 삼어가지고 낮에는 없는 걸로 우리 식구가 없는 거로.

속초에서 만난 다섯 할머니의 전쟁이야기

노 순 현 외

"그 우리들은 나이가 있어서 어리고 학생이어서 그 봉변은 안 당했는데 언니들은 아주 죽을 고생했지."

자 료 명: 20130830노순현외(속초)
조 사 일: 2013년 8월 30일
조사시간: 90분
구 연 자: 노순현(여 · 1931년생) 외 4인
조 사 자: 오정미, 김효실, 한상효
조사장소: 강원도 속초시 부월마을경로당

[조사과정 및 구연상황]

마을회관에는 5명의 할머니들이 모여 계셨다. 모두 강원도 토박이들로, 속초를 비롯하여 속초인근의 고성, 양양 지역에서 전쟁을 겪으신 분들이다. 과거 속초는 북한 지역으로, 당시의 북한 지역의 교육부터 시작해서 다양한 전쟁담을 다섯 분이 서로 만담을 하듯 이야기를 주고받았다. 어느 한분이 주도하는 이야기판이 아니라, 모두 서로의 전쟁 경험담을 공유하는 공동의 이야기판이었다.

[구연자 정보]

다섯분의 할머님들은 모두 강원도가 고향인 분들로, 속초와 그 주변 지역에서 전쟁을 경험하였다. 가장 연장자인 노순현과 김난기, 최봉열은 양양이 고향이고, 남복엽은 속초토박이, 주병옥은 고성에서 전쟁을 경험하였다.

[이야기 개요]

노순현 할머니는 원래 양양에서 살았는데, 전쟁 전 양양은 북한 지역이었다. 할머니의 아버지는 인민군들이 여성들을 데려다가 전쟁훈련을 시키자 할머니를 원산에 있는 공장으로 보냈다. 전쟁이 나자 할머니는 열흘을 걸어 부모님이 있는 곳까지 왔다고 하였다. 또한 국군들이 와서 집을 모두 태워, 산에 있는 굴에 가서 살았다고 하였다.

최봉열 할머니는 속초 지역의 국군들이 속초지역에 처녀들을 강제로 겁탈하며 피해를 끼쳤다고 했다. 또한 국군들은 민간인의 집을 태우고, 심지어 사람들을 학살하기도 했다고 하였다. 마을 사람들은 집을 뺏기고, 산 속의 방공호나 땅 위에 굴을 파고 살았다고 한다.

김난기 할머니는 양양에 살았는데 전쟁이 나자 산에 들어가 피난을 하였고, 아버지는 이웃집 아저씨와 국군한테 가서 이것저것을 가져오기도 하였는데, 이웃집 아저씨가 그만 지뢰를 밟아 죽었다는 이야기를 하였다.

이외에도 할머니들은 각자 경험한 전쟁의 공포에 대해 말하면서 특히, 비행기가 마을을 공습했던 기억과 실제 국군과 인민군이 전투를 벌였던 장면을 자세히 묘사하였다. 또한 전투 후 퇴각하는 인민군들을 보면서 불쌍하다는 감정을 느끼기도 했다고 하였다.

[주제어] 방공호, 국군, 겁탈, 방화, 학살, 폭격, 미군, 인민군, 전투, 인민정치, 지뢰, 죽음

[1] 노순현 : 인민군의 전쟁 훈련을 피해 원산까지 갔다 속초까지 내려오다.

[조사자: 혹시 연세가 어떻게 되세요? 할머니?] [노순현: 83세.] [조사자: 왜 이렇게 건강하세요? 83세시고. 고향이 어디이신 거세요?] [노순현: 우린 저 가현면 있어.] [조사자: 속초?]

[노순현: 양양. 가현면, 강현면 사교리 있었어.] [조사자: 거기가 고향?] [노순현: 친정 내 태어난 고향.]

[조사자: 네네. 그런데 전쟁 때 그럼 어디에 계셨어요? 할머니?]

[노순현: 전쟁 때는, 인공 때, 인제 우리가 인공 시대 전쟁을 맞았잖아. 네네 일제시대 때,] 그전에 잘 몰랐잖아. 그런데 이제 인공 정치가 우리가 한 오 년 겪었잖아? 여기서. 그런데 여가 그때 인공 정치였었어. 그때. 그래 겪었는데 내가 그때 열여섯 살, 열일곱 살 됐나봐. 열일곱 살째, 열여섯이 그렇게 됐는데.

[최봉열: 6.25 났을 때? 뭐 형님이 더 됐지, 그때.]

[노순현: 아니여. 그래가지고 (옆의 할머니를 보며) 아 그래 인공정치 때, 하도 군인을 나오나잖아. 우리를, 여자들을 (그랬지). 그 그래 그때 이런 몸빼가 있었나. 몸빼도 없고. 치마만 입었는데 훈련하러 나오래. 그래 치마를 이렇게 찍어맸지. 이렇게 찍어 매가지고 바지 모냥 해 입고 이제 훈련을 하는데. 낭그(나무) 총 해서 둘러미고 이러고 훈련을 하래. 그래 산에 끼 올라가 있는 일화산 나가라, 이화산 나가라. 돌격해라. 총 쏴라 이랬어. 그래 그런 거 하다가 우리 큰아버지는 그전에 배워서 했어. 배워서 가지고 이제 좀 그거 했는데, 다 큰 여식아가 그런델 나가니까 좀 안 좋았잖아. 그러니까 우리 저기 어딜로 공장에 좀 가거라. 그때는 저 이북정치니까 원산 쪽에 가서 공장에 가서 일하면 그런 훈련을 안 한다 그러드라고. 그래서 인제 우리가 우리 사촌하고 육촌하고 나하고 서이가 갔어. 똑같은 인자. 꽃다운 나이지. 아직 시집도 안가고 처녀들이지. 서이가 가서 인제 하나는 우리 사촌은 평양 가고 육촌하고 나하고는 원산서 살았어. 공장에 제방 공장에 다녔어. 어 거기 며칠 다니다가 거기는 가니까 훈련도 없고 뭐 공장에 다님 일하는 것밖에 몰랐거든. 그래 그렇게 하다본께 아군이 들어왔어 거기. 하루 저녁에 아군이 들어왔는데 아군이 피난가라는데 저 안변이라는 데 원산 안변이라는 데 피난을 갔어. 또 가서 얼마 안있다나께는 저, 국군이 아군이 들어왔잖아. 인공정치 때 글로 피난을 갔는데 거 가서 공장에 데니다가 아군이 들어왔다고 뭐 만세 부르러 나오래. 그래 내가 만세 부르고 우리 언니가 거기 있었는데 언니랑 이제 우리 사촌하고 내려왔어 이제. 원산에 또 내려왔어. 내려오니까 뭔머, 비행기가 폭격을 해가지고 공장에 갔다 오는데 넓은 질이 폭탄을 떨궈서 다 함정같이 떨어져서 우리가 오질 못했어. 집으로. 그래서 빙 돌아서 어캐어케 해서 집에를 오니까 뭐 집에도 굴러보코민기 우리 형부랑 한바 다 어디로 피난 가고 없더라고. 그래 우리 언니하고 우리들만 남았는데, 이 어린들만 남으니 이 형부를 찾으러 갈 수는 없고, 우리 언니하고 나하고 사촌하고 육촌하고 서이서 먹을 기 뭐 하나나 있나. 그 원산 큰 이렇게 곡식가리 아주 대를 이렇게

몟 동네 식갈이 한 걸 막 가져오더라고 사람들이. 가져오는 거 우리는 가 끌고올 매이도 안돼. 여자들인데 어떻게 가 가져와. 그래 나무도 한 거 조금씩 빌랬어. 빌려서 절구에다 넣고 찧어 그걸. 찌가지고 거기다가 끄래 먹고 갈아먹고 쑥 쒀가지고 풀 먹고 이랬어. 원산서.

글다가 쬐금 안정이 되니까 아군들이 어떻게 됐는지 뭐 배급 쪼금 나오더라고 아군이 줬는지 인민군이 줬는지 그건 잘 모르겠어. 배급이 조금 나와 그래 보리쌀 나오고 밀 나오고 저, 저저 옥수수 나오고 그런 걸 맹에다가 다 갈아서 그냥 죽 끓여 먹고 그랬어. 우리 언니하고 서이서 살지 형부는 어디가고 없고. 서이가 살다가께는 우리 아 저저 동네 아줌마 친정집 동네 아주머니가 하나 애기를 업고서는 평양 가 살다가 공장 가 있다가 나오대. 나오다 어케 만났어 날. 고 고 원산 시장에 나갔다가, 아주 내가 우리 언니가 누구고다 집어 던지고 난 저 아저씨 따라 집에 간다고 꼭 붙들었지 그 아저씨를. 근데 그 아저씨가 애기 하나 업고 걸래가지고 아저씨 두 내우하고 오더라고. 근데 나는 거기 따라온다고 언니는 거리에 집어꼰 던지서꼰지고 나는 집이 어머니 아버지한테 간다고 아주 꼭 그 아저씨를 붙잡았어.

그래 가지고 나오는 도중에 내가 기리까 처년데 이미 저저 미군놈들 있지 아군들 있지 인저 거기서 내가 거기서 그 숲을 빠져 나갈라니 힘들잖아. 힘들어 가지고 옷을 이렇게 아주머니 행세 했어. 뭔 치마 이런 걸 얻어 입고, 머리 이렇게 뒤해서 꽂지고, 애기 인제 그 아주머니가 우리 외가집 진외가 아주머니야 그 아주머니가. 애기 시 살, 두 살짜리는 업고 니 살짜리는 걸리 가지고 오는 걸 내가 갸 업고 원산서 여까지 내려왔어. 원산 여를 걸어내려 왔어. 네 살짜리를 걸어 내려왔어.]

[최봉열: 그니까 며칠을 걸어내려왔겠지.]

[노순현: 한 열흘 나왔어. 열흘 나왔는데]

[조사자: 그분들, 그분들하고 같이]

[노순현: 인저 외삼촌하고 외숙모하고 인제 나하고 그짝 애기들 둘 하고 다

섯이지, 기 한 삼십 리 오다가 아무 빈집에 들어갔지 질 옆에 빈집에 들어가믄, 집 쎘었어. 가믄 뭐 먹을 기 있나, 없지. 업으면 저 어른 데 보면 동네가 집이 있어. 그럼 우리 외숙모가 요만한 반탱이 하나 들고 밥 읃으러 가. 밥 읃으러 가믄 뭐 별별 거 다 얻어와, 김치도 얻어오고 장도 얻어오고 다 읃어와. 기믄 건너 요만한 반탱이 하나 가지면 저녁 먹고 아침 먹고 낮에 먹으면 과양 오고 그래 또 오다가 또 저녁에 오믄 한 구 일만에 우리 언니네 집이 이 여기 이 부월리 거기서 인자 떠나온지 마직막을 우리 언니네 집에 왔어여 부월리, 옆에 여기 와서 자고 여길 오니 오니까 막 밥, 대접 잘 해주고 잘 먹었지 잘 먹구. 구월 그믐날 그기 음력으로 구월 그믐날 집으로 집에 들어갔꼔 집에 어머니가 베 휘비고 전사떡 하더라고 구월 그믐날이니까.]

[조사자: 전사떡이 뭐예요?]

[노순현: 노순현: 시제떡.]

(그 판에도 무신 전사 지냈나?)

[노순현: 아고, 하더떠믄. 우리 어머니는 베 휘비고. 그래 가지고 와 가지고 셋이 도 와가지고 사는 기. 야 참 우리가 내 저꺼지 이제 집이 아군들이 저저, (옆의 할머니를 보면서) 아군들이 나갈 때 불 질렀나? 인민군대가 질렀나?]

(일동: 아 아군들이 질렀어.)

[노순현: (할머니들을 보면서) 아군들이 질렀어. 그래 인제 나와 가지곤 그 인제 아군들이 들어왔었잖아. 들어왔는데 아군들하고 같이 살았어. 그런데 근데 그때 하도 설레가지고. 우리는 마치 아버지들이 저 산에다가 굴을 파고 남자 한 굴, 여자 한 굴, 들어가서 살았어. 그리고 밤으로 밥 날라다 주고, 그래서 야쨃은 굴에서 살았는데 첨에 무슨 옻칠을 올리면 뭐 군인들이 뭐 이렇게 간다 그래서 우리가 거기서 옻을 막 발랐잖아. 낭글 나가가지고 옻을 매 깎았디 옻이 이렇게 올라서 이렇게 붓드라고. 그래서 그래가지고 집에 내려와야지 어떻게 할 수가 없어. 내려오니까 군인들이 와글 올 올랐다니까 다

이렇게 가. (웃음)

글고 그런데 글쎄 그 지중에 군인들이 나가가지고 불을 싹 살렀잖아. 나가 갖고 불쌈는디 쫓아 댕겼다. 또 보가라. 그 불을 쌂는기 옆에 건물 가에 있는 사람은 건물 간에 집어 싸놓고 그래 집이 다 타고 또 우리 큰 집은 제집이니까 건물가리가 없었어. 이 방에 댕기매 자리걸이 있잖아 그 옛날 제사자리 있는 걸 말아서 거기다 불을 싸넣더라고 내가 쫓아댕기매 다 봤다네. 그렇게 한길이 나매 쫓아다니매 다 봤다네.]

[청중: 그걸 무서워서 들어왔나?]

[노순현: 아이야. 그때는 마이, 마이 댕겼어. 그렇게. 그래 불을 다 타니까 아무것도 없지 뭐. 그리곤 동짓달, 음력으로 동짓달 스물닷새 날이야. 그날 불을 싸놓으니 쇠도 죽고. (웃음) 춥긴하고 갈 덴 없고 집 하나도 없이 동네 싹 타니까. 동네 집 탄 그루테기 있잖아. 그거를 그냥 한 쿠에다가 이렇게 뫄놓고 한 모테이 한 일고여덟 집 한 모테이 씩 살았어. 우리가. 불 그냥 불 쬐고 그냥 멍석 하나씩 나누어 갖다 깔고 쇠 긔에도 죽은 거 갖다가 가마에다 밖에다 불 놓은 거 사방에 천지지. 사방 난 거 천지지 그 기둥 타던 양매지가. 그래 그런 거 빼고선 쇠를 잡어서 이렇게 끓여 먹었어.]

[조사자: 어차피 죽는 소니까.]

[노순현: 다 죽었어. 불에 타서 죽었어. 그래 그러고나서 이제, 저짝에 산에다 무슨 굴을 파고서 나가 살았어. 그제서. 굴을 파고선 한 집에서 한 집씩 두 집씩 세집씩, 굴을 이렇게 파고선 우데기로 기 들가지고는 거긴 좀 넓게 해가지고 두 집씩 세 집씩 들어가 살았어. 살고 있다감은 이짝 원집에 나가믄은 쇠가 그대도 살은 소가 있었어. 쇠 여물거리 주러 나왔다 들어가라믄 비행기가 어째 싹싹싹색 하다가 팍 떨궈, 팍 나가다말구 비행기가 딱 그러믄 무조건 엎어져야해. 한번은 그 옆에 집 아저씨하고 둘이 집에 나왔다 나는 어케 먼저 들어가고 그 아저씨는 둘이서 얼짝 대다가 왔어 쌕쌕이가 거다 드래 쐈어. 그 아저씨는 시제 여길 맞아가지고, 그 다음에 나오니까 조여서 나오니까

죽었더라고. 여기 여기 (허벅지) 쏴가지고 그래도 이불을 잡아쌌대야. 바로 우리 옆에 집 아저씨가. 바로 우리 아래 윗집인데. 나는 그래도 먼저 들어가 살고. 그래가지고서는 그 아저씨는 참 죽고 참 함포가 저 우리가 살던 바다하고 멀어. 함포소리가 (함포의 구경을 묘사하며) 이런 건가 그래. 꽝. 그니까 거리가 한 십리 넘잖아. 그래도 와. 우리는 그런, 그런 정난을 겪었어. 그리고 살다가 그 구데기 우데기서 이렇게 또 굴에서 살다가 또 밖에 나가서 그 집 터가 있잖아. 집 터에다가 낭글이 낭그떼기 이렇게 올라가지고 거기다 짚을 이렇게 둘르고 그 굴에서 또 살았어 그 집 터에 나와서 그래도 굴 때니까 굴이 뜨시잖아. 그 이제 아군 나왔을 때. 그 그렇게 살다가 결국에 내가 시집 왔지. 시집 올 적에 그래도 집을 짔어. 그 불탄 자리에다가 낭그떼기로 거기다가 우리 아버지가 처음에 이제 우리 살 집 한 칸만 이렇게 해서 꾸며서 낭그를 깎아서 우리 아버지가 깎아서 해서 한 칸 살고, 또 살며 또 그 옆에다 한 칸 짓고. 이래가지고 살다가 살아가지고 난 시집 일루왔지. 그째 사는 거 말도 못해. 밥두 타 다서 불내가 나서 못 먹어. 다 먹어도 쌀 탄 건 못 먹어. 냄새가 확인내가 나서 썩은 것도 다 우그면 먹지만. 불탄 것 못 먹어 냄새가 나서.]

[청중: 썩은 것도 시굿던데]

[노순현: 아 그래도 그건 탄 것보다 덜 해.]

[청중: 그래도 배고프니 맛있대야.]

[노순현: 아 맛있지. 그럼.]

[노순현: 그렇게 살다 스물, 스물 한살에 여기 시집왔지. 그래 와서 지금까지 여기 있어. 지금. 나는 그런 정난 겪었어.]

[조사자: 할머니 그럼. 그때 같이 공장에 갔던 언니는, 그럼 거기 있는 거네요? 북한에.]

사촌은 저 평양에 간 게 아직 안 나왔어. 아직.

[조사자: 그러니까 그냥 거기서 살고]

[노순현: 육춘, 육춘하고 나하고는 언니네 집에 있다 같이 나왔지. 그 언니는 저 삼척에 있어. 글루 시집갔어. 그때 시집 안 시구, 그래 삼척에 시집가고 난 일루 왔지. 우리는 별 정난 다 겪었어. (웃음)]

[조사자: 그럼 원산, 원산에 갔을 때, 전쟁이 터져서 다시 친정 엄마 아빠 있는 곳으로.]

[노순현: 그럼 왔지. 왔는데 열흘 만에 나왔어. 여까지는 구일 만에 오고 우리 집에 여기서 또, 우리 집이 한 삼십 리 돼. 열흘 만에 집에 도착했어, 그래 이 언니네 집에서 마지막에 밥 해먹고 갔잖아.]

[조사자: 어디 언니? 이 언니]

[노순현: 이 언니. 내 언니여, 육촌 언닌데. 이 언니가 요기서 살았어. 여 부월리서 근데 시집 와서 여 와서 살았지. 언니는. 그래 여와서 밥 해먹고 집에 갔지. 갔겠는, 우리 어머니가 베로, 베, 베 베 마당 하더라구. 어느 집들은 떡치고 전사 지낸다고.]

[조사자: 그러면 그땐 할머니 여기도 인민군도 가고]

[노순현: 그럼.

[조사자: 가구 또.]

[노순현: 또 왔다가 갔어.]

[조사자: 군인도 왔다가 또 한 번 인민군이 또 왔다.]

[노순현: 또 왔어. 또]

(원래는 여기가 이북이여.)

[노순현: 그래 아군이 왔다가 또 나가고 또 인민군이 조금 나왔다가 그냥 아주 들어갔지.]

[조사자: 사실 전쟁 났을 때 그때는 여기가 이북이었던 거예요?]

[노순현: 그럼 여기가 이북이었어.]

[2] 최봉열: 인민정치 아래서의 교육

[최봉열: 우리는 학교 다닐 적에 사변 났거든. 아이 근데 쎅쎅이는 쎅하면 머리 맡에 와. 쎅쎅이 썼다 하면 확 학교 앞에 그거여. 산림터거든. 웅— 웅— 소리가 나가 한 번 나면 쎅쎅이가 머리맡에 와서 학생들이 죄 찌나나든 창문으로 쌔까맣게 날리믄 폭격을 그냥 퍼 붓는데 거 방공호를 미처 못가서믄 그래도 맞아 죽지는 않는데, 쌔까맣게 거 군청 뒤에 바로 반공혼데 글루 막 극내다르면. 죽을 고생했어. 그 학교 다니면서, 가다가 폭격을 하면 남의 논이고 뭐고 막 들어앉아 치마 뭉티기로 그냥.]

[노순현: 오산 사돈네 그냥 한 굴에서 살았어. 남자 사돈 여자 사돈. (웃음) 요만한 집에서 한 칸에서 몇 집이 살았어.]

[최봉열: 지금 학생들 그랬다믄 학교도 못 가. 그러하군 얘지막은 학교까지 다 타니까 어떻게 어서 공부하남. 방공호 안에서 전깃불 달아놓고 공부했어. 그르다가 그제선 그제선 인민군 나갔다 아군 나갔다 톱질을 하는 거여. 그래니꺼는 졸업생들도 학교 졸업이 그째는 여름에 졸업인데 졸업도 못 마쳤어.]

[노순현: 훈련은 안 받았어? 우리는 조산 학교 가서 참 많이 했다. 운동, 저저저 사격.]

[남복엽: 우리들은 학생이니까 훈련 안 받았지.]

[노순현: 그래 지집은 훈련을 안 했을거야.]

[조사자: 훈련 받는 이야기 좀 해주세요. 그게 저희는 경험 못한 새로운 거니까 말하자면 군인 훈련 받은 거잖아요.]

[노순현: 그 군인 훈련을 받았는데 옷을 이렇게 입고 나와서 거 사격 훈련하는 걸 가르치더구만. 이 소 이렇게 총 쏘는 거 가르치고]

[최봉열: 저 인민군들이 훈련했지?)]

[노순열: 어, 어 우리도 했어. 저 학교가서 했어.]

[최봉열: 그러니까 민청위원들이 저 우리들 언니들이 총 가지고 학교 마들 막 훈련 받는 거 봤어.]

[노순현: 어 우리들이 학교서 많이 했어. 그래 인제 나그총을 깎아 주더라고. 낭그총으로 (낭그총으로 싹 훈련받더라고) 옷은 이제 그렇게 우리 맘대로 뭐 치마 화가지고 몸빼라고 입고 그걸 총을 밀고 뭐 차려 이렇게 앞으로 가 뒤로 가 뭐, 차려 하고 뭐하고 그런 거 뭐 뒤로 돌아 앞으로 돌아 다했지 뭐. 그래 이러해서 이제 한 번 총을 확뜩하고 가다가 "일호산 돌격" 하믄 아주 빨리 가가지고 (포복자세를 취하면서) 턱 엎드려 가지고 이렇게 해가지고. 또 "이호산 돌격" 하믄 아주 또 가가지고 이렇게 하고 엎드리고 삼호산까지 가구.]

[조사자: 삼화산?]

삼호산. 이 세 번째까지 가. [조사자: 아 세 번째까지.] 돌격하는 게 (돌격하는 게) 난 그거 했어.

[3] 국군에 의해 자행된 속초지역의 피해

[최봉열: 야 근데 이 아군은 여느 것 다 좋은 데 왜 그렇게 전쟁 하러 다니매 전쟁 할 생각은 안 하고 여자만 밝혀. 야– 우리 언니들, 우리 형님들. 막, 순, 그 누데기 입고 그냥 아주 머리 안 빗고 세수도 안 하고 무스워서 그래 가지고는 끌고 가지고는 싹 끌고 가 가지고는 아주 그냥 어머니들이, 어머니

들이 그 색시 데리고 다니면서 문턱에 가서 아군들이 밤새 대패고 놀다 아침에 놀면 끌고 오고 그랬어 아 우 기가 막혀. 근데 인민군들은 그런 거 없었어. (한방에서 자두 여잔 안 건들렸어.) 우리들 학교 다닐 적에 내무소원들, 인민군 남자들, 여자들, 거기 3개대 4개대가 있었는데 그 사람들, 이 숙소가 숙소서 자는데 절대 그런 것들 없어. 근데 아군은 여든 것 다 좋은데 여자만 밝히고 그래. 기가 맥혔어. 우리들은. 그 우리들은 나이가 있어서 어리고 학생이어서 그 봉변은 안 당했는데 언니들은 아주 죽을 고생했지.]

[노순열: 우리가 하다 못해 원산 쪽에 갔다니. 우리 큰 아버지가 아주 어떻게 너희들이 그런 걸 하겠냐고 원산리에 가 공장에 댕기래서 우리가 서이가 올라 갔잖어. 근데.]

[최봉열: 야. 그 사변 때 폭격하는 걸 학생들이 못 봐서 그리지. 말도 말도 못해. 그냥 부쩡거리가 이만큼씩 한 게 마당에 와 떨어지고, 우물 와 떨어지고 소로 와 떨어지고 그래도 그 소고기 먹고 살았어. (웃음) 폭격에 맞아 죽으니까 대가리 배건 다 내다 버리고 살코기만 발래서. 그지지 뭐 사는 게 뭐 사는 게.]

[노순현: 야 그래도 집은 안 태웠잖어. 거긴.]

[최봉열: 타 태웠어. 밥 먹는데 나오라 그러더니까.]

[노순현: 거기도 다 태웠나?]

[최봉열: 하나도 숟가락 하나 못 가지고 나왔어. 밥 먹는데 빨리 나와 총을 미고 나오라는데 어떻게 안 나와 그래 싹 나오니까 집에 다 싹 불 질러 노니, 추워 동짓달인데 어디로 가나. 그래 내 집 타는데 빙빙 도래 앉아서 불 찌지 뭐, 갈 데가 없으니까 어떻하게나. 거서 밤새도록 불 찌고서니 (소고기 궈 먹고) 그럼. 그래 아침에 자고 나니까 뭐 여기 이런 데 산이나 있잖어. 양양, 조산은 산이란 게 보통 있잖아요. 기래, 감자 구뎅이 채만 팠어, 아버지들이. 그래 가지고서는 이렇게 덕대를 하고 그래서 감자 구뎅이,]

[노순현: 우리는 산에다 굴 팠어.]

[최봉열: 여기 그 다음에 커 가지고 처녀가 돼서 시집을 오니까 방공호가 막 산 밑으로 파서 얼마나 좋나. 거기는 (손으로 삼각형을 만들면서) 다 이럭하고 파니까]

[노순현: 그래도 온돌 놓고.]

[최봉열: 예. 온돌 놓고]

[노순현: 밥 해 먹었어. 거기서]

[최봉열: 우리는 온돌도 못 놨어. 그래 가지고 그 다음에 아군들이 그 다음에 인제 좀 자재해 가지고 들어왔는데 집을, 산에 가서 삐뚤삐뚤한 낭그만 져 좋은 낭그를 이 다음에 평화되면 집 짓는다고 삐뚤삐뚤한 나무만 져다놨어. 아버지들이 집을 져 놓으니까 저가 먼저 들어가고 어딜 들어오게 해내니? 우리가 지은 데래도. 자기들이 주둔하고 우리들은 그지처럼 바깥에서 그 사람들이 간 다음에. 그 뭐뭐 장탄 총으로 쏘는데 아군은 법도 없어. 인민군도 그렇겠지만 아군도 법이 없어 처음에 들어와서 그저 죄가 있으나 없으나 빨 저 사람이 미운 사람이 빨갱이다 하면 무조건 쏴 죽여. 여름에 그냥 방공호를 기다맣게 파고서는 조-기 갖다 세우고서는 청소 해가지고는 우리 오빠들이랑 우리 언니들이랑 찾으러 와서 시체 하나 하나 더듬으니까 없다고. 그래 가지고 저 멀래기 가서도 그렇고. 요요기 한 자리 지금 이마트 자리 거기 아주 쭉 이방 우물 파고 사람을 쭉쭉 세우고 막 쏴 죽였어. 참 많이 죽였어. 노순현: 저기 털보네 집 자리 거기드매서도 많이 죽었어. 거기서 오산 사람 청계 사람 거 갖다 만힝 죽였어.]

[최봉열: 그 우리 어머니들이랑 논밭따나 죄도 없는 거 아군들이 그냥 참 청년들 눈에 비키는 거 싹 잡아가 무조건, 무조건 엮어 가지고 가니까 뭐뭐뭐 그러니까 무조건 빨갱이라고]

[조사자: 그러면 할머니 오빠들도 그때 당시에]

[최봉열: 응응 그래가지고서. 무조건 다 죽였어. 어디가 죽었는지도 몰라. 그러니까 우리 올게들이 스물대여섯 되가지고 혼자 되가지고 구십이 넘어서

죽었네.]

[노순현: 그래 애들 있으니까 꼼짝을 못했지. 옛날엔 어디 막 못 갔잖아.]

[최봉열: 그럼 어딜 가. 시부모들하고 죽을 고생만 하다 죽었지.]

[조사자: 그럼 할머니는 그럼 전쟁 당시에 여기서 살고 계셨던 거예요?]

[최봉열: 양양, 양양 조사. 우리는 거기서 야간 핵교를 댕겼거든. (여기 시집을 왔어.]

[남복엽: 아이 말도 못 해. 피난, 포격 그냥 학교 나갔다 폭격기가 퍼붓고. 양양 광산에 갖다가 폭격 하는 거 보면 두두두두 그 동네 솔밭에다가 뭐. 매일,]

[최봉열: 지금 비행기 타면 탄내라 그럴 거야. 옛날에 그래도 논둑에 엎어지면 못 본다고 다 무조건 가서 엎드려. 어. 학교 갔다가 논에 미처 못 들어가면 그 자리에 그냥 옷이 교복이 어떻게.. 비행기 앵앵앵 나면 막 빠져서 뒤에 대낭구 밭이 있는데 그 밑에서 굴 파고 거기에 들어가 숨었다고 비행기가 가면 또 가면. 그날 또 살아와야 가지고 그래]

[조사자: 근데 그 방공호가 옛날에는 산이 있는 데는 산을 파서 땅 속에 이렇게 들어갔는데 산이 어떤 지역은 방공호를 어떻게 해요?]

[최봉열: 방공호가 없으니까 그냥 구뎅이를 파.]

[조사자: 그냥 바닥에 어 바닥을 지프게 파.] 그리고 가끔 나무를 이를 글로 질러, 글로 질르고 그 위에다 거적데기나 지풀이나 놓고 그냥 그글 묻은 그 안으로 들어가는 거여. 그냥 그렇하고 살았다고 이 산이 있는 데는 산을 파구 (우리는 산을 팠어.)]

[조사자: 여기는 좀 고급 방공호고]

[최봉열: 그럼.]

[남복엽: 기와집이야 기와집.]

[최봉열: 거기 초가집도 말도 못해. 그게 이제 마루는 탔잖아. 마루는 타고 마루를 타는 거기를 이제 가니까 누지가 치이고, 거기는 근데 땅 파는 거 보

다는 낫지. 그 집 다 탄 다음에서는 그제선 마루 탄 밑에 거기 이제 파고서는 인제 구들장 다 이컬래고 그 밑을 파니까 누지가 덜 치이더하고 그렇게 하니까 또 비행기는 공습하는 뭐 가주, 막 밥 먹다가 쫓겨나간 기는 뭐 그지 같은 게 뭐 하나 남은 게 있나 무슨, 그래도 이젠 이불을 하나씩 끌고 나가지. 나갈 제 동짓날이나니까 덮고 자야지.]

[남복엽: 그래도 이불은 다 끌어냈어.]

[최봉열: 우리는 이불도 다 못 끌어냈어.]

[남복엽: 그기 보통 나뭇가리에다 쌓아 놓니까 우리는 끌어냈지.]

[최봉열: 우리는 그 뭐 끌어낼 제가 어디 있나. 그 이불 끌고 와간 돌돌 말아서 그 굴, 위에다 밑에다 쪽 기다랗게 해서 달아맨다. 그러니까 비행기 공격을 하면 온 집안 식구가 거기다 머리만 들이 밀구.] (일동 웃음)

[조사자: 이불 속에 이불만.]

[최봉열: 머리만 밀어 넣는데 그런데 우리 올게가 우리 올게가 이젠 그 코리를 하나 가지고 나왔대? 오코리, 거기다 우선 입을 옷만 조금, 너 가지고 그거 갖다가 우리 조카가 세 살인데 인제 걔를 그 밑에다가 대가리를 낳두고 코리를 걔 위에 달아맸는데, 비행기 공습 하고 간 다음에 코리를 열어 보니까 총알이 들어가서 뱅뱅뱅뱅뱅 돌아가서 뱅뱅뱅뱅 돌다 못해 그걸 못 뚫었어요. 그거를. 그 코리 밑바닥을 못 뚫어서, 칭칭 갬겨 가지고. 그 밑바닥만 뚫었으면, 우리 조카 머스마가 직방 죽었지. 기관총은 이 굴 흙을 많이 못 파더라고. 이 공습한 다음에 이제 대강당에서 실컷 퍼붓고 나서 나가보면은 총알이 요만큼씩 한게 아주 누렇게 쏟아 졌지 뭐. 근데 이거 보면 굴을 요만큼씩밖에 못 뚫었어. 그러니까 굴, 머리를 잔-뜩 아주 메웠지 뭐. 그리니까, 그래도 이거 공습하고 간 다음에는 우리 동생들 머스마들이 그걸 나가 줘 가지고 활을 맹그는데 이만큼 채워서 맹글어 맸거든.(총알들을 모아 묶어서 등 뒤로 매고 다닌다는 뜻인 듯) 그 다음에 엿장수들이 그거 걷으러 다니데? 그리고 엿 사먹었어 그거 가지고.] (웃음)

[조사자: 아 엿장수들이 그 총알을.]

[최봉열: 어 총알을, 놋쇠잖아 그기. 놋쇠니까. 그 다음에 아군들이 그 다음에는 아군들이 폭격도 안하고 인제 그렇게 됐기에. 들어와서 정치를 하기 시작하니까. 총알이 뭐 집 근처에 아주 주울라면 집 근처 무더기로 매일. 하도 폭격을 해서 이 만큼씩 둥지 줄 하나…. 우리 큰아버지 이렇게 우리 사는 집 있는데 고기 이렇게 들어가는 거 보고 퍼부어 가지고 우리 큰아버지가 거기서 즉사해서 돌아가시고 아주 대들보가 몽창 내려 앉았어. 거 돌아가신 거 보고 거기서. 그 우리 웃째 아저씨도 나는 먼저 나고 그 아저씨가 예의 어물쩍 대더구만 급하니까 집에 들어가서 잡으니까 여 여기도 싹 맞았더라고. 여 여기 얼마나 많이 맞았는지 여기가 터져가지고]

[노순현: 그맘 때 그렇해서 많이 죽었어. 피난 갔다오다가 뭐 다리 끊어지니까 우리 조카 하나는 다리가 끊어져 펄펄펄 뛰더니 걔 데리고 오다가 그걸 어떡하나 그걸 데리고 오면 그거 아무래도 죽지 병원도 없고. 그냥 거기다 (그냥 버리고 와) 그냥 버리고 왔어.]

[조사자: 다친 조카 어떻게 할 수가 없으니까.]

[4] 인민정치 아래에서의 삶

(최봉열 할머니는 인민정치 하에서 교육을 받고서는 외삼촌을 자본주의에 물들었다고 비난하기도 했다고 말하였다. 또한 노순현 할머니는 북한에는 농사를 지어도 다 빼앗아가 살기가 힘들었다고 하였다.)

[최봉열: 그래도 인공 때, 인공 교육을 받아가지고 그맘 때 걔가 오학년인데, "인민공화국 만세" 하더래 그래도. (웃음) 그러니까 그저 빨갱이 물이 다 온통 사상이 꽉 들여 찼으니까 아군이 들어오니까 그때 솔직히 뭐 저렇게 잘 살기고 허우대 멀쩡한 기 미 제국주의 식민지 노릇을 한다고 저렇게 어리석노 하고 아주, 나는 우리 외삼촌이 월남을 해가지고 들어와 가지고 나하고

참 많이 싸왔죠. 외삼촌 그렇게 똑똑한 기 미 제국주의 식민지 노릇할라고 그 따위 행세 하고 성화시럽게 댕기나니, 아 니는 그래서 이북정치 덕에 잘 먹고 잘 살았냐고 욕을, 욕을, 하하 그래 진짜 살아보니 대한민국이 이렇게 좋은줄 몰랐어.]

[**노순현**: 이북정치는 농사 지가지고 하여튼 쌀을 열가마니 했다하믄 한 서너 말 주나? 한 90프로 더 가져 갔어. 싹 가져가고 없어. 하다못해 팥이고 콩이고 이렇게 조금씩 하잖아? 싹 가져가 (농사 짓다 하믄 싹 가져가) 먹을 건 요만큼밖에 안 줘. 그건 되박, 저저 기름 짠 찌그래기 줘서 그걸로 밥 해 먹었어. 그래 밥을 먹었어. 에그 말을 말어. 그리군 다 가져가고 콩 배급 주네. 콩 배급 주면 콩을 이만큼씩 담가가지고 갈아가지고 거기다 나무 놓고 끓여. 밥이나 제대로 해 먹었나.]

[**최봉열**: 야 지금 학생들 공부하지 얼마나 좋노. 자기 머리가 하기 싫어 못하지 우리는 연습장이 없어가지고 새멘, 조, 그 세멘조 그거 가서 그것도 못 얻어 와 사와 사다가 그거 걸 껍데기 이걸로 책을 메가지고 연습장 하고 문조

는 그냥 글씨 쓸라면 일어나유, 서필로 쓸라면 그럼 그걸 따로 모아 다듬어 가지고 책으로 쓰고 그랬어. 그리고 백노지, 서기조합이라고 지금 말하자면 농협이여. 농협에 그 백노지 오면 그것도 빨리 서책서로 가여 얻지, 못 얻어 와 몇 장씩 사다. 그거를 사다 책을 매면 고급이지 뭐. 그것도 우리가 양양 댕기거든 그거 어느 날 가서 학교 다녀오다가 가달라면 그거 사고 못 가달라면 못 사고. 에고 에고.]

[조사자: 할머니 그럼. 속초에서 다른 데로 피난을 가진 않으셨어요?]

[노순현: 우리는 피난은 안 갔어.]

[조사자: 속초 분들은 다 속초에 계셨네요.]

[주병옥: 피난 안 가셨구나].

[노순현: 친정에서 피난을 다 겪고 왔는데 뭐.]

[최봉열: 조금씩 나갔다 들어왔어.]

[노순현: 나가긴 갔지. 집에 있을 적에 저 합포 있잖아. 저기 합포가서 닷새 밤을 잤는데 닷새밤을 자는데 쌀을 가져가서 조금만 항고 있잖아. 옛날에, 항고. 고기다 항고에다 하나 해 가지고 온 집안 식구가 한 숟갈씩 퍼 먹고 사람 위에 사람 올라 앉았어. 자는 거. 요만한 데 아는 집이 있어서 이제 거긴 집이 안 타서 걸 끄들어가 피난을 갔는데 마당에다 보따리를 다 갖다 놓고 있는데 앉을 데가 없는데 동짓달이니까 춥지. 그니까 사람 위에 여기 앉고 여기 앉고 막 앉았어. 앉아서 새웠지.]

[주병옥: 아침에 일어날라면 이게 안 떨어져.]

[노순현: 그래가지고 밖에 나가나가서 항구에다 밥을 해가지고 또 제각기 제 식구들 한 숟갈씩 먹지. 지금 그카면 아들 뭔소린가 할 거야. 지금 젊은 아들 지금 뭐 이북 저 어쩌고 해야 무수와서 난 이제 거 가면 죽어도 못 가. 이대로 자살해 죽었지, 못 가지 진짜. 아우 못 가지 거길 어떻게 가. 그런 짓을 어떻게 하누.]

[5] 남복엽: 실제로 경험한 전쟁의 공포

[남복엽: 인민군 군대가 들어와서 이제 발밭, 옛날에는 발밭이잖아. 발밭에서 "비행기 온다. 저 비행기 온다. 비행기 온다." 그렇게 그 인민군 군대가 그 시끼들이 저들 먹을라고 비행기 저기 있으니까 만만히 보곤 가리피가 앞산도 높고 뒷산도 높잖아. 그러니까 비행기 와서 방아 찧는데 저 비행기로 오니까 인민군 군대가 둘이 방아 찧는 걸 그걸 내려다 보고 한 번 씩 쏘겠다 그래 우리는 얼른 그 방아 있는데 가서 (엎드리는 자세를 취하면서) 근데 그것들이 그래도 안 죽겠다고 정 그러니까 우리 위에 마짝 엎드린 거야. 우리 위에 엎드리니 한참 지나간 뒤에 총알, 그 산이 인제 뭐 보리가 치면 저 수그리면서 간단 말이여.]

[노순현: 아 그 밑에는 못 쐈구나]

[남복엽: 못 쐈어.]

[최봉열: 근데 비행기가 뜬다 하면 그 양양 군청에 싸이렌이 있거든 그건 거긴 이젠 그 싸이렌이 이제 양양 일대는 다 들래. 엉 소리 나면 숨어야 해. 근데 한 번 엉 소리 날라하면 B-29는 저기 높이 떠서 소리가 나는데 이 쌕쌕이는 머리맡에 와서 쏴. 나갈라면 선생님이 체례체례 문으로, 교실문으로 나갈라면 체례체례가 뭐야, 아래로 죽을까봐, 창문 바깥으로 새까맣게 나가면 선생님은 아주 미칠 지경이지 뭐, 총을 막 들이퍼붓지, 아고 말도 못해.]

[조사자: 전쟁 중인데도 학교, 학교에서 학생들이 공부를 하고 있었어요? 전쟁 중인지 아는데도?]

[최봉열: 응응, 그리다가 이제 그리고 실컷 그러니까 이제 우리 그맘 때는 졸업 맞는 기 이제, 여름에 졸업 맞던 오학년, 국민학교 오학년, (그때는 국민학교 오학년 밖에 없었어.) 근데 이제 우리 그맘 때 우리가 중학교를 다니는데 인제 넷 달만 하는데, 그러니까 7월 달인데, 6.25가 났잖아. 그래서 졸업도 못 맡았어. 나는 그제서는 학교가 그만 진공이 그 학교, 피난을 갔어.

피난을 갔다고.]

[남복엽: 난 진짜 무시무시한 거 겪었어. 난 이제 우리 친정집이 못 살어가지고, 난 저 가래핀지에 가 있는데 밤새도록 폭죽을 치래대고 하데 저 아군은 아주 싹 주둔하고 와 있는데 또 인민군대가 들어오는 거야. 야, 그때, 밤새도록 아군은 저 쪽 산에 있고, 인민군은 이 쪽 산에, 밤새도록 싸움을 해, 저짝에서 꽝하면 이 짝에서 두두두두(총 쏘는 소리), 저짝에서 꽝하면 이짝에서 두두두두 이 지랄,]

[김난기: 이남 총은 따쿵따쿵하고 이북 총은 따발총 다다다다 해. 소리 들어보면 이북에서 그랬는지, 이남에서 그랬는지 알어.]

[남복엽: 아침에 나가니까 아군들은 밤새도록 와가지고, 가는데 거기도 집에 그 집에 들어와 가지고 우리 시엄니 집에 들어와가지고 밤에 쌀을 갈데, 그것들도 머리가 좋데, 금방 새쌀 하니까 안 익거든, 밥망에다가 (쒔지?) 아니 죽도 아니여. 물에다 담가가지고 불은 걸 망에다 갈더라고 밤새도록. 그러니까 내가 그때 쪼그만 게 뭘하나 나가봤더니, 갈아, 밤새도록 갈더니, 가마에다가 보자기를 입혀고 쪄 그걸. 그걸 찌는데 쪄가지고 이렇게 비가지고 그걸 막 싸가지고 그 가래피 뒤에 산이 높잖아. 그 산도 못 갔겠는데 인민군대가 확 들이달리면서 가마 밑이 뜨끈뜨근 불땐 자리 되지. 아우 우리 시엄니 막 떨어. 다 죽이거든 잘 못하면. 그래서 “여기 인민군들 온 적 있나”, 아우 우리 모른다고 우린 여기서 자서, 몰른다고 여기서 뭐 해 가지 않았네 아 모른다고 우리 알지도 모한다고. 아 글쎄 저 웃, 여긴 아랫마을이고 윗마을에는 인민군대가 들쩨 있었어. 그군매, 아 있었는데, 이것들이 집집마다 돌아댕기매 뭐로 총으로 꽝꽝, 보따리들 싸논 거기에 숨어서 총 쏘는 거야. 아 거기 사람 없다고 쏘지 말라고 쏘지 말라고 그래. 그것들이 아침에 들어가, 밀려들어가고 인민군대 들어가고 반이 돌아왔는데 새벽에, 초저녁이다. 초저녁에 이제, 인민군대가 하나 들어와서 밥 좀 달라 그래. 야 인민군대 그래서 나 불쌍한지 알어. 다 죽었을 거여. 그 사람이. 인민군대가 밥 좀 달라 하는데

내가 그 집 간평. 우리 시어머니 집이 좀 높어. 기 내려다 본 기, 아직도 신작로 길로 오십길로 넘어가는 데로 새까매. 그냥. 근데. (인민군대가?) 응 후퇴했지. 들어가느냐고. 그래서 내가 가서 이렇게 보니까. 이 신 신은 사람이 열에 하나 둘 밖에 없어. 싹 맨바닥. 그래 그렇게 가는 기 글쎄. 이 발꼬락에서 피가 철철. 이 발자국 짔는 데마다 피가 시 빨건 기. 야 어떤 것들은 그 쪼그만 걸, 이 이북에서 인구없이 인민군들 그냥 막 끌고 갔어. [최봉열: 순 학생들을 데리고 가서.) 총 다 빠진 거를, 이렇게 질질질, 여기(어깨)다 민지. 그래 가지고 밤새도록 들어가데. 아유, 나는 그기 너무 불쌍해. 오십기도 못 가서 아군들이 확 들이 달렸으니 그 것들이 어떻게 되겠니.]

[노순현: 신이 찌개답이라고 아주 운동화가 요만한 게]

[남복엽: 그건 고급이래야 들어. 야 그 맨발로 그냥 가]

[최봉열: 근데 총살을 시키는 것을 봤는데 사람들 보니까 쪼요기 세워놓고, 인민군들 쪼요기 세워놓고, 국군들이 쏘는데, 이 죽을 적에 아직 그기, 이 머리에 이슬이 하얗다는데, 이 머리가 그러니까 겁이 나서 그렇겠지. 이슬이 하얗다는데. 그 철모르는 게, 애가, 철모르는 학생들 너무 많이 죽었어. 전쟁도 안 해보고, 군에 뽑혀가고 전쟁에 나왔으니까, 전쟁터에 또.]

[남복엽: 아군이 제일 또 인제, 우리 시엄 집에 와 있는데 인민군대가 우리 뒷산에 와 있으니, 이것들이 그래서 수색대가 얼마나 무십노, 수색대가 제일 무서운 겨, 그것들 그 집에 주둔하고 있었거든. 아 얼마나 무스운지 그래도 나 그때 시방도 시꺼멓고 쪼그만데, 그때는 얼마나 볼 만 했겠니. (일동 웃음) 그러니까 난 오란 말 안해. 아 그 새끼들이 난 오라고 안 해. 저런 색시들, 젊은 여자들, 색시들은 다 붙잡아 가. 우리 친구들은 다 붙잡혀 갔다왔어. 근데, 난 그 새까만 것도 한 덕이여. 그래서 난 안 붙잡혀 갔다왔어. 자. 이튿날 아침 날이 훤한데 그 뒷산에 올라가서 글쎄, 인민군 군대 하나 붙잡아 가지고. 난 아주 그 생각하면 난 아주 지긋지긋한 것도 많아. 인민군대 붙잡아 와 가지곤, 우리 시엄니 집이 마당이 넓어. 그 집이 부자잖아. 양산 산다

말여. 이 귓밥을 집게로 찝어 가지고 그 마당 그 큰데 그 8칸 집이니 어마어마 하지. 귓밥을 찝어가지곤 그 큰 마당을 빙빙빙빙, 이 찝어갈 때, 글쎄 이게 귀가 짤려가지고 피가 철철 나면 또 이 짝 귓밥을 또 찝어가지고 거기를 돌려.]

[노순현: 아군들이?]

[남복엽: 그래 인민군대 붙잡아 와가지고. 이제 애 말려 죽일라고. 빙빙빙빙 돌다가.]

[노순현: 서로 그랬어. 서로 그랬어.]

[남복엽: 아프다고 막 그러면 끌고 나가 앞에다 돌라 앉혀. 돌아 앉히면 총 쏴서 죽였어. 아이 무서워라.]

[6] 김난기: 지뢰를 밟아 죽은 이웃집 아저씨

[김난기: 6.25는 6월 25일 날. 밤에 6.25가 터졌어. 6월 25일 날 밤에 아유, 군인들이 우리 마당으로 해서, 우리 마당이 넓잖아. 다 간 게, 이 인민군 애들이 바글바글 했었어. 또 빤히 치다보는 데는 또 아군이여. 근데, 우리 마당으로 해서 인제 개울을 건너서 그 산으로 올라갔는데. 그날이 6월 25일인데, 복숭아가 인제 요만큼(손가락 두 마디정도) 했어. 복숭아 나무가 마당에 복숭아 나무가 아주 잘 났는데 허 이상하게 싸움 난다는 소리도 모르고 군인들이 그날 진작에 그 산으로 다 뛰어 올라가. 그래 이상하다. 저렇게 산으로 다 올라가나 하는데 밤에 자다보니 뭐 따콩따콩 하고 드르륵드르륵 하더만 자는 사이에 인민군들이 싹 올래가버렸잖아. 그래가지고는 아군들은 뭐 여자들 데리고 여자들 데리고 놀다가 총도 하나 못 가져가고 맨 몸뚱이만 쫓겨 간 거야. 그래 가지고 뭐 밤에 들으니까 어디 갔다, 그렇게 나가니 어디까지 갔다. 그러니 아군은 총도 한 번 못 쏴보고 인민군들 있는 데 그냥 밀려 간거야.]

[조사자: 할머니도 여기서 사신 거세요? 여기 속초에?]

[김난기: 나는 양양 현북에서 살았어. 그러니까 그 삼팔선이거든 거가. 그런데 뭐 그 이튿날 되니 뭐 어디까지 갔다, 뭐 그 이튿날은 또 어디까지 갔다. 뭐 서울까지 갔다, 이렇게 나는데 근데 그 이북에서 먹을 게 하나도 없잖아. 근데는 이제 참 부모님들이 그 이남 군인들 있는데 올라가면 먹을 것도 많고 무슨, 옷도 많고 무슨, 저 이런 깡통에 차고 다니는 거 있잖아. (항고) (밀가루 통) 그것도 갖고 오고 별거 다 가져왔어. 그 이웃에 아저씨가 하나 우리 아버지가 가자 그래드래, 그때 우리 아버지가 안 간다 그러더니만은 아이고 가면 얼마든지 가져온다고 가재, 그래 우리 아버지가 따라 가다가 따라 가게 거기 전 지뢰지, 밑에 전 지뢰를 사용, 할 줄도 모하는데, 가서 뭐 항고도 가져오고 뭐, 별 거 다 가져오다, 그 아저시가 지뢰를 밟아서 죽었어.]

[노순현: 그런 걸 뭐하러 가져오나.]

[김난기: 한번도 이북에 살며 없으니까 이남에 많으니까 아 그걸 많이 가져왔단 말여. 가서. 인저 우리 아버지는 네다 죽으려고 가지고와도 어떻게 살아서 왔어.]

[7] 최봉열: 애기를 울려 군인들의 위협을 피했던 새댁

[최봉열: 야 그맘 때는 이 피난 안 들어간 여자들이 얼마나 고통을 받았는지 아니? 우리 웃집에 새댁하나는 하도 얘기를 업고 가서는 이제 애기를 업고 가야 그놈들 들 당하거든. 그러니까 아 울으라고 궁둥이를 얼마나 끄잡았는지 아이 궁뎅이가 신작로가 들어가지고. 불쌍해서 못 봐.] (일동웃음)

[조사자: 애기 울려서]

[최봉열: 안 당할라고, 아군한테 안 당할라고. 양짝 궁뎅이를 하도, 세상에 그거 눈물이 나 못 봐 아가 피가 막 맺히고, 갸가 지금도 어디 있어, 저 양양에서 살어. 지 엄마는 죽었는데. 아우 너무 불쌍해서 못 봐.]

[8] 전쟁 중에 여성들을 겁탈했던 국군의 만행

[조사자: (남복엽 할머니에게) 할머니 아까 할머니한테 광산 아가씨 이야기 막 하셨는데 잘 안 들렸거든요. 요기 할머니 이야기 듣느냐고 그 이야기 다시 해주세요.]

[남복엽: 뭐뭐 광산 얘기? 국군들이 나보고 내가 쪼그마하니까 "야 일루와 일루와" 이래. 그래서 "예" 그치라고 쫓아갔단 말야. 간빵 주는 재미에. 간빵 아주 이만한 거(손바닥 만한 것)도 있고, 요만한 거(손가락 마디 만한 거) 뭐 다시마도 있고 명태 조매인 것도 이만큼씩 줘 가면, 그래서 "너희 언니 있니?" 그래 "우리 언니 시집가고 없어요." 그래, "너 똑바로 말해, 안 그러면 죽인다." 아 죽여도 나 우리 언니 없는 걸 없다 그러지 뭐. "저 아버지가, 우리 어머니, 아버지가 저렇게 늙었는데 무슨 언니가 있어." 내가 인제, 내가 그때 말은 잘 했어. 그래 이러면 또 와서 한 바퀴 쉬 돌다가 양조장 작은집 딸. 나보다 한 살 더 먹은, 갸를 붙잡아 가더라고, '야 말 잘 했다. 내가.' 야 너무 우스워.]

[노순현: 야 어떻게 안 붙들어 갔지?]

[최봉열: 나이가 들어도 쬐그매 했으니까.]

[남복엽: 쪼그만 데다가 새까만 거, 뭐 그다지 볼 게 있나. 16살인데 시방.]

[노순현: 그럼 나는 19살 됐겠다.]

[남복엽: 쪼그맣지 뭐.]

김난기: 내가 13살이야.]

[남복엽: 야 그 다음 날 아침에 왔는데, 지 엄마가 밤새도록 그냥 있었거든, 즈 엄마가 밤새도록 잠을 못 자. 나는 그랬어. "군인들 가면 건빵 주고 뭐. 얼마나 좋겠어. 건빵 주고 잘 멕이겠지 뭐 자고 못되고, 왜 저렇게 복고치노." 이랬어. 그때 거지같이 그랬어.]

[조사자: 그 옆에 언니는 데려간 거예요? 국군이?]

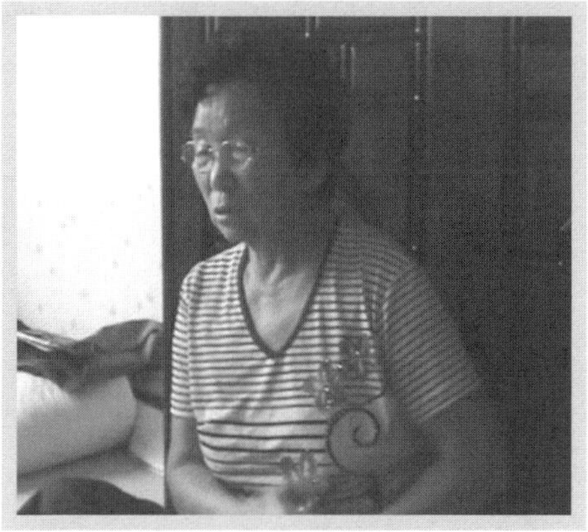

[남복엽: 데리고 갔지. 그러니 그 엄마 아버지가 잠을 못 자는 거여. 가자하면 가야돼. 안 가면 죽이는 거여.]

[최봉열: 피난 안 간 아가씨들은 안당하곤 안 돼.

[남복엽: 가자하면 가야지 안 가면 죽이는데 뭐. 죽는 거 보단 낫거든. 그 문지방에다 이렇게 야 난 이런 거다가, 이렇게 서라 하고(다리를 벌리고 서는 시늉을 하며) 여기가 넘어가는 문지방이지. 이렇게 하고 서라 그래 가지고는 총을 딱 싸면 일루(다리 사이로)총알이 탕, 탕야. 또 이렇게 하고 서라(팔을 벌리고 서면서) 그러면 총알이 일루 빠지고 일루 빠지고(겨드랑이 근처로 총알이 지나가면서) 그래 정신이 다 빠지는 거여. 아유 무서워.

[조사자: 딸내미 데려갈려고. 여자애를 데려가려고 그렇게 국군이?]

[남복엽: 다른 사람이 이제, 나말로 다른 사람이 이제, 다른 여자를 군인들이 가자해서 안 가니까 혼내는 거지 이제 인젠. 겁주고 인젠 뉘 죽인다 한데 이건 죽은 똑같지. 이렇게(총 앞에서 팔을 벌리고)하고 있으니 총이 앞으로 뒤로 막 나가는데 그게 뭐. 에휴. 그리고 또 고 다음에 아가씨 하나 저 송해 있는데 갈피 데려 왔는데 그거 이제 우리 친척이렌데 언니 그 시엄니 그 집 조카딸인지 키가 크더라고, 좀 잘 났어 그래도. 델고 오더니만은 밤새, 뭔지랄 밤새도록 아침에 글쎄 그 언니가, 내가 철데기 없는 게 철이 없긴 없었어. 조그마 하지만. 그 뭐 마당에 그 새끼들 잔뜩 그 지랄하는데 거긴 뭐한다고 왜 갔을까. (일동웃음)

[조사자: 아, 할머니가 궁금하지 애기니까 이 뭔지 모르고.]

[노순현: 그래도 그때 열일곱이잖니?

[남복엽: 열여섯이야 열여섯. 그래 쌔까맣고 조그맣잖아. 시방도 조금한데 뭐 볼게 있겠나.

[조사자: 그 앞을 왔다갔다 하면서 구경을 하셨어요?]

[남복엽: 그 방이 있는데 문 열어 놓고 군인들이 잔뜩 들어가 앉았는데 거기가 이렇게 드리따 봤다 마당에 가서. "야 거기 애기 일루와." "안 들어가요." 이래. 그래 이렇게 본게 그 아가씨들을 글쎄 홀딱 베껴놓고 바짝 요렇게 앉혀 논거야. 옷도 안 입히고 홀딱 베껴놓고, 빤스도 안 입히고. 내가 보니까 젖만 이렇게 감추더라고. 못 나가게 하니야 그러지, 나간다고. 그 짓하다 이젠 화장실에 간다 그러면 옷을 쪼 입히는 거여. 막 울어. 날 보더니, 이렇게 날 보더니, 아주 막 우는 거야. 그러니 또 운다고 주둥이 확 깔리더라고. 울지 말라고. 하여간 좋은 구경 많이 했어. 난 진짜 아 아고 무시워라.

[최봉열: 그 다음에 그 다음에, 인제 아군이 저 경상도까지 들어갔다 후퇴할 적에 또 아군이 들어온다니까 그 바람에 또 피난, 이북으로 간 기야. 그래서 피난 다 들어 간 거야. (일동: 그래서 많이 들어갔어.) 그래 가지고 아가씨들이 참.

[노순현: 한 번 들어갔다 나갔다 하는 바람이 돼서 많이 들어갔어. (그래서 많이 피난 갔어.)

[최봉열: 그래서 우리, 우리 동개비들은 연 사당 동창 가가지고 동창이 없어. 다 들어갔어.

[조사자: 어딜 들어갔단 말이에요?]

[최봉열: 이북에 들어갔지. 아군이.

[조사자: 또 못된 짓 하니까.]

[최봉열: 응, 또 아군이 들어온다 하니까 아유 가야된다고 무조건 죄 없는 사람들이 많이 갔다고.]

[조사자: 처음에 아군들이 와서 (그럼) 여자들한테 너무 나쁜 짓을 많이 하니까. 또 국군 들어온다니까. 이북으로 도망을 가버렸구나.]

[노순현: 그땐 들어왔다 나갔다 하니까 또 나올 줄 알았지.]

[최봉열: 또 나올 줄 알았지.]

[8] 인민군 아래서 전쟁 훈련을 받은 이야기

[남복엽: 군인부대가 한 가지 좋은 건 우리 저 곰 바깥서 무릇, 형님은 훈련 안 받았나?]

[노순현: 나 많이 얘기 했잖아.]

[남복현: 우리 곰 바깥서 곰 박 교실 큰 데 거 가서 훈련을 15시서 받고 오는데 남자들은 이쪽에서 자고 여자들은 이쪽에서 자. 그래도 하나 안 건드려, 인민군, 아군 같애 봐, 택도 없지. 그래서 한 방에서 계속 딩굴미, 이따가 일주일 되면 집에서 장 떨어지면 장 가져오라 하고 쌀 가져오라 하고. 그럼 또 집에 와서 가져가고. 우리는 총도 깎아 가지고 어깨에 총 하면 어깨에 착.]

[노순현: 나도 그랬어. 그래서 그거 안 할라고 원산까지 쫓겨 나갔다 왔어.]

[남복엽: 뒤로 돌아 앞으로 돌아, 앞으로 가 우리 그런 거, 또 인제]

[노순현: 삼호산까지 돌격했다는데]

[남복엽: 또 무슨 옷 사라 만들어가지고, 한 주머니, 한 주머니면 고춧가루 넣고 한 주머니는 보관해서 채 넣고 그래가지고 두 개씩 네 개씩 만들어 오라고 그래.]

[최봉열: 그거 갖고 인제 뭐할라 그래.]

[남복엽: 그거 아군들 들어오면 딱 넣져, 에이 뭐 맞으라고 가만히 있데?] (웃음)

[최봉열: 어리석어.]

[남복엽: 그랬으면 먹지도 못하는 고춧가루 안 가져오는, 안 가져가면 안 되거든 해 가져오라니, 막 가져간 거야.]

[노순현: 흙 가져 가서 고추라 그러면 되지.]

[남복엽: 아니야, 다 빼쳐 봐. 냄새 맡아보고.]

[노순현: 엄마야.]

[남복엽: 우리는 아주 교육 무섭게 받았어.]

[노순현: 난 그런 거 안 할라고 원산 갔어.]

[남복엽: 그래 가지고는 가져가면 싹 검창해가지고는 그러면 좀 나쁜 것들은 여기다 돌려놓는데 그 다음에 얼마나 간섭을 주는지 몰라. 혼 내켜 아주.]

[9] 인민정치 아래서 총화를 했던 기억

[노순현: 아 혼내키고 비판 받고 그러지.]

[남복엽: 비판하고 엎으렸다 일어나고.]

[노순현: 그날 내가 뭐뭐 한 걸 그날 따라서 다 자기 비판해야 해. 내가 뭐 어떻게 자기 비판하고 잘 한 것도 자기 비판하고 내가 그날 진중에 한 거를 그날 가서 다 고해야해.]

[조사자: 누구에게 가서?]

[일동: 민청회의 가서 제일 높은 사람한테 가서.]

[노순현: 민청회의에 가서, 민청회의 단장이나 그 때 뭐라고 했니]

[최봉열: 민청의원장이 따로 있고.]

[노순현: 민청 의원장이라 그러니. 잘 못하면 그 자리에서 지적하고 벌 받고.]

[조사자: 머리 나쁘면 안 되겠어요.]

[노순현: 그럼, 그날 되는대로 다 곧이곧대로 다 이야기 해야해.]

[최봉열: 그래 인공 때는 문맹자가 없잖아. 싹 어머니들도 저녁으로 글 배우러 가야하는데 이 지금 보면 경상도 그쪽으로 문맹자가 너무 많어.]

[노순현: 나도 그래서 나 문맹퇴치했어. 인공 때. 나 학교 안 다녔잖아.]

[최봉열: 전에 우리 어머니들도 지금 살면 백살이 넘었는데 그런 거 배워서

싹 잘 알았어.]

[조사자: 진짜 북한에 사셔서 그때 당시 할머니들은 그때 글자 다 아시고?]

[최봉열: 싹 다 배우고, 문맹자라는 게 없었어.]

[노순현: '가', '야'서부터 다 배웠어.]

[최봉열: 'ㄱ', 'ㄴ'에서부터]

[조사자: 요기 솔직히 충청도에서 보면 글씨 못 읽는 할머니들이 많거든요.]

[최봉열: 그래 지금 보면 저런 데 문맹자가 많단 말여, 저 경상도,]

[노순현: 진짜 많더라고.]

[최봉열: 진짜 많어.]

[노순현: 우리는 다 어깨너머로 배워서 글을 다 알거든]

[최봉열: 그럼 옛날에 문맹자가 없어.]

[노순현: 이북 정치때 그런 건 잘 했어.]

[최봉열: 그래서 문명 퇴치라고 다 그거 해가지고.]

[노순현: 근데 아군에서는 진짜 그짝은 많이 나오더라고.]

[10] 전쟁 중에 여성들을 겁탈했던 국군의 만행(2)

[조사자: 근데 할머니 그 얘기 좀만 더 해주세요. 그래서 왔다갔다 하면서 아가씨들 벗고 있는 모습…….]

[남복엽: 재밌나?

[조사자: 왜냐하면 진짜 여기에 살아있는 풍경이거든요. 그때 당시의]

[남복엽: 그래 홀딱 베껴놨다가 이제 화장실 간다 그러면 옷 입혀가지고 인제 갔다가 지키고 있어 문턱에 가만히 이러고, 도망 가구로, 지키고 있다가 나오면 또 데리고 들어가는 거여. 저 할머니들 여기 발가면, 저기 주방에 왔다갔다 하면, "이거 우리 색시여, 이거 우리 색시여." 이 지랄해.]

[최봉열: 왜정 때 위안부 노릇을 한 거여.]

[조사자: 그러게 맞네요.]

[남복엽: 그래 그 여자들 시방 싹 들어갔어. 다 들어갔어. 그래도 혼인하면 여기 있을 수밖에.]

[조사자: 얼마나 무서웠겠어요.]

[남복엽: 무수우나 마나지. 말이 쉽지. 근데 내가 참 아까 얘기한 게, 저 북염서 저 우리 무슨 무족 간 언니가 됐는데]

(통화 벨소리)

[남복엽: 그래 가지고 인제, 델고 왔는데]

[조사자: 누굴 데리고 와요?]

[남복엽: 우리 친척 언니라는데]

[조사자: 아 친척언니를 데리고 왔다는데.]

[남복엽: 데리고 왔다는데, 말을 안 들으, 말을 잘 안 들으니까 이 놈들이 한 사람만 당하는 게 아니야, 몇 사람들이 그 지랄해. 그러니까 이 여자가 그만 싫다 그러니까 저 나 간다 그러니까 가라 그러고 저 만큼 가는 걸 글쎄, 여길(가슴)을 쐈으면 차라리 죽기나 하지, 여기 복상서에 총을 쏴가지고 늬 집 가라 그러는, 이 총을 쏴는기 피가 철철철 흐르는게, 발자국 갈 때마다 덥벅덥벅, 뭐 고갱이를 어떻게 넘어갔는지 몰라, 가다가 즈 집에, 그 다음에 얘기 들어으니까 즈 집에 또 송해를 넘으니까 산이 이렇거든 넘어가는데 그 못 가 가지고 오빠가 와서 데리고 갔는데 즈 오빠까지 잡아, 오빠가 델고 왔는데 그 새끼들이 또 어떻게 뒤를 밟아 가지고 오빠를 글쎄 붙잡가지고 인민군대, 델고 끌고 간 거야 이제. 그래가지고. 그래 그래 가지고 그 집을 또 거길 모르니까, 거길 넘어가지고 또 새신하니까 더 가 가지고, 다 끌어오곤 죽인다고 막 지랄하니까 할 수 없이 따라 와야지. 다 당한 거야. 아으,]

[조사자: 안 온다니까 죽여도 그냥 죽인 게 아니라, 이렇게 복사뼈를, 잔인하다.]

[남복엽: 총을 들이대니까 죽을까봐 그러지, 쏜다 하면 그냥 파리 목숨이랑 한 가지야. 딱 잡아빼면 죽는 거야. 뭐 사람 죽이는 게 무슨 파리 죽이는 거 막상이야 무슨, 에유 무서워. 에으. 그런 세월 도로 올까봐, 손주 새끼들이 "야 6.25 재밌었겠다."]

따다다다다 이래. 아흐 무스워라.

[11] 아버지 대신 총을 맞아 죽은 소

[최봉열: 옛날에 그랬다. 할아버지들이 이승만이하고 김일성이 하고 그 둘 놈이 아까운 청춘 다 죽였다고, 다 죽였다고. 할아버지들이 모여서]

[남복엽: 야 그 새끼들은 우리 시엄니 집이 그 전에 팔 칸 집이었으니 얼마나 크노, 짚을 하나 빼가지고 창밖에 들어다가 붙어 버리고 불을 다 싸놔, 그렇게 창 밖에 불을 싸놓면 하나도 사람 못 깨어나서 그 집이 부잔기, 쌀 몇 가마씩 든 단지 뭐,]

[조사자: 불 지른 것도 국군인 거잖아요.]

일동: 국군이 그랬어.]

[최봉열: 후퇴하다 그랬어. 그래 저녁 먹는데 빨리 나오라고 총을 둘러매고 나오라니, 어느 영이라고 안 나오노, 우리들도 숟가락도 하나 못 가져 나왔어.]

[남복엽: 그래 가지고 밤새도록 불탄 데 가서 그걸따라 집 탄 거 끌어다가 밤새도록 그거 만,]

[최봉열: 그래가지고 그 숯 타다가 밥 해먹으니 뜨듯한 게 좋더라고.]

[노순현: 여기 탄다고 살짝 하거든 태웠잖아. 그래도 우리, 그래서 불탄다고 막 끌어냈어. 그래도 대충 내 입고 먹을 건 끌어냈지. 그래서 살았지.]

[최봉열: 우리들은 눈에 찍히는 것만, 우리 언니가 나오면은 바가지, 꾸래미 그까짓 거 뭐 대단하다고 가말 꾸래미 뚝 그거 아주 막 홱 집어 냈댔어.]

[노순현: 그래도 방앗간에 불 안 싸놨기야. 우리 아버지도 여는 것은 못 가져 나오는데 황소를 끄려다가 방앗간에 내놨더니 방앗간엔 불 안 싸놨는데 그 다음에 폭격을 하니까 우리 굴에 있는데 우리 아버지가, 숲에 안에 가 이렇게 엎드렸는데 아버지 죽는다고 소리 지르고 울었더니, 폭격하고 간 다음에 가 보껜 황소가 우차 손데 궁뎅이 툭 누고 나가면서 아버지가 안 죽었어. (엄마야 쇠 덕에 살았네) 우리 아버지가 숲에 안에 가 이렇게 엎드렸는데 쇠 궁뎅이, 기관총이 뚫어가, 그래가지고 그 소로 온 동네가 포식했지 뭐.]

[최봉열: 피난 나갈 적에 쇠에다가 잔뜩 실고 나가는데 비행기 남한 비행기가 들어오면서는 총으로 내려 함포 사격을 하니까는 쇠가 벌룩 짐을 실었는데 뒤집어져 가지고 눈이 이만하데, (눈이 튀나오지) 다리가 이러지, 그 앞에 보니까 처녀 아이가 쓰러져 가지고 총에 맞아 가지고 그런 거 보고 그냥 갔지 뭐. 그리고 젊은 군인이여 인민군댄지, 국군인지 그건 모르는데 총에 맞아 가지고 뱅그르르 돌아가데. 총 맞으니까는 사람이 뱅글뱅글 돌더니만은 팍 쓰러지더라구. 그런 거도 놓고 그냥 갔어.]

[노순현: 우리 외숙모가 내려오는 거 보니까 사람 밟고 넘어 왔대. 하도 많이 죽어서 많이 넘어 왔는데 우리도 원산서 넘어오는 길을 죽은 사람도 있었지, 있긴 있었는데 밟지 않아서 그러는데 그때만 해도 동사지, 그렇니까 동사가 들어갔는데, 싹 사람을 그 반동분자들 이제 말아 놓고는 때리는 거야. 때리고 아으, 말도 말어.]

[남복엽: 때려 갖고 말을 억지로 만들어 그렇게,]

[최봉열: 그러니까 급하니까 아군 것들이 그러는 거지.]

[남복엽: 했다 그러지.]

[노순현: 우린 그래도 거기서 무슨 쪽지를 해줬어. 그래도 이남으로 나간다고 쪽지해줘가지고 비키면 암말도 안 해 우리 나가는 거는. 그래서 우리는 무조건 나왔지. 나왔는데. 이따 자라 그랬지. 그런 건 봤지. 그래 통총 고조 오다가는 미군들이 싸움하더라고 그래서 하루 묵었어. 거서 하루 쉈어. 그대

로 그 원산서 여까지 열흘 만에 내려왔어. 걸어서. 네 살짜리 업고 내가 그 머스마가 지금 나이 많어. 살긴 살았어. [최봉열: 형님이 살은 기 살았지.) 내가 업고 나왔나.]

[남복엽: 지금 만나면 너무 반가워 하겠네 지 업고 왔다고.]

[노순현: 있어.]

[12] 전쟁 중에 만났던 미군에 대한 기억

[조사자: 동란 땐 어땠어요? 어르신들. 동란 때도 속초는 어땠어요?]

[노순현: 동란이 뭐여?]

[조사자: 동란. 그니까 중공군이 1.4 후퇴해서 다시, 그때 중공군이 여기까지 왔어요?]

[노순현: 중공군, 그때 안 왔어.]

[최봉열: 중공군, 그 중국, 많이 왔다 그러더라고. 근데 동해는 안 나왔어. 이 동해론 안 왔어. 여긴 인민군대, 국군만 들어왔다 나갔다 하지, 중공군은 못 봤어.]

[주병옥: 국군이 쭉 들어왔다가 후퇴해서 나가고 인민군들이 들어왔다가,]

[최봉열: 근데 중부로 많이 왔지.]

[주병옥: 그 중국군이 왔으면 더 했지. 그때.]

[최봉열: 그때 떼놈이 왔으면 더 했겠지.]

[주병옥: 그래 떼놈 안 왔어.]

[최봉열: 우린 보질 못했어, 떼놈들, 중공군 나왔다 해도 그건 못 봤어.]

[주병옥: 우리 8.15때, 그 이 저기 중공군이 막 나왔댔잖아. 러시아 싸워서 나와가지고. 회장을 막 씹어 먹으면서.]

[최봉열: 그거는 노시깨들이 했지.]

[주병옥: 노시깨들이?]

[최봉열: 한 짝으로 들어가면 한 짝으로 나오고. 우리는 노시깨들 빵도 많이 먹었어. 훈련하매.]

[조사자: 그게 언젠 거예요?]

[최봉열: 그거는 인공 때.]

[주병옥: 우리는 세 번 겪었어. 일본 놈들 쫓겨 갈 적에 얼마나 겪었나. 그런 세월이 다시는 없어야 할 텐데. 젊은 사람들이 살 저기.]

[조사자: 맞아요. 걱정돼요.]

[최봉열: 젊은 사람들은 6.25 사변을 못 봤으니 그러지. 아휴]

[주병옥: 지금은 간다, 피난도 못 가. 차가 어떻게 나가나. 사람 빠져 나가기도 힘든데.]

[최봉열: 맞아. 집집이 차가, 한집이 차가 한 대씩 아니라 두 대씩 집집마다 있어.]

[조사자: 그럼 속초에서 전쟁 때 인민군하고 국군만 본 거네요? 미군이나 연합군이라고 해서 백인들, 미군이나 깜댕이들은 없었어요?]

[최봉열: 김대가 요거거는 사변 끝나고 이제.]

[주병옥: 미군 막 왔지.]

[조사자: 그 얘기 좀 해주세요.]

[주병옥: 길에 가다가도 봉지를 막 던져.]

[최봉열: 미군들이 그래도 순하더라고. 아주 과자를 막 내 뻐려. 쪼코렛트 과자 이런 거 많이 던졌어. 그 사람들은 겁탈하거나 그러지 않어. 아군들이 그랬지. 그 사람들은. 저 양공주들 있었잖어. 그 사람들은, 곳곳에 양공주들이 많으니까, 그째는 양갈보라 그랬지, 그 사람들만 상대하지 민가는 아주 괴롭히지 않더라고.]

[남복엽: 선발대들이 들어오매 그 지랄했어. 선발대가 제일 무서웠어.]

[최봉열: 아군이 그렇게, 백골부댄지 뭐]

[주병옥: 아군들이 그 선발대여.]

[최봉열: 미군들은 깜댕이, 미군들은 양공주만 가지고 그랬지, 민간인들은 해코지 안 했지.]

[13] 국군들의 행포

[남복엽: 기 카든데 뭐, "우리는 오늘 살고 내일 죽었지, 내 목숨 내놨다. 건드리지 말라." 그러든데, 양선생 아버지가 이랬거든, "이 사람들아 우리가 사람 사는 데는 자네도 부모가 있지 않겠느냐." 그러니까 아 이렇게 총을 드리 밀며, "아 뭐여? 우리는 오늘 살다 내일 죽을 지 몰러 뭐라고 떠들어." 이랬다고 꼼짝도 못하고 가만있지 어떡해.]

[최봉열: 아 그래도 가만 있던데. 우리 아버지가 지프차에 오르며 너희는 부모 형제도 없냐고 너희 대장 있는 데로 가자고 우리 아버지가 원래도 무섭거든 차에 올라 앉아 가지고 빨리 가자 이놈아 차 몰라 하니까 할아버지 내리라 그러든데 뭐.]

[남복엽: 저 집은 대장만 들었어. 집이 좋으니까 그러지. 높은 대장만 들어서 여러 사람들이 아주.]

[최봉열: 뭐 집이 나빠도 대장들은 다 집을 빼앗고 들어 앉더구만.]

[노순현: 나 시집 온 기, 우리 집엔 본부장이 살고 시집오니까 우리 친정은 다 태워도 여긴 안 태웠어. 여긴 안 태웠는데 시집오니까 우리가 큰 기와집이야. 이게 본부부장이 싹 들어앉고 우리는 그 너머에 철둑 너머에 집을 요만하게 우데기 져 놓고 이제 난 글로 시집 왔거든 근데 내 잔칫떡을 한 거를 그 철둑에서 보초 스는 사람들이 무어고 떡이고 다 훔쳐갔어. 보초 스는 사람이, 난 그래서 잔칫떡 요만한 것도 안 얻어먹은 게 나여, 난 한 쪼가리도 못 먹어봤어. 잔칫떡. 군인들이 다 훔쳐 갔어.]

[최봉열: 처음에 아군들은 배를 많이 골았어. 배를 많이 골았어.]

[노순현: 그래 그 본부장이 우리 집에서 살고 저 편안하지. 우리는 그 다음

에 그 집에서 살고. 이제 그러다가는 한 2년인지 살았어. 2년인지 살드라니까는 이제 그 사람이 본부장이 나가데. 나가고 또 우리를, 양 짝에 위에 짝에 행랑채하고 이 짝 밖에 사랑하고 우리 살라 그러고 저는 안채에서만 살더라고. 그래 그때 내가 시집왔지, 우리 시누 시집갔지 그러니까 하면 둘이 갔잖아. 그래 우리 시누는 바깥 사랑, 원 체는 본부장이 살고, 이 짝에는 시누가 살고. 그리고 이짝 행랑채에서, 나, 우리 시어머니, 시아버지, 시누, 시아재비, 또 옛날 일꾼 살던 방이여, 그 방이. 옛날에 우리 일꾼 방이 따로 있더라고. 이 소 여물 끓여 주고. 그래 그 방에서 몇 이 사는 줄 아나? 우리 어머니, 우리 시아재비들 둘, 우리 시누들 둘, 아 시누 하나 시집 갔으니까 너이가 이젠 이렇게(가로로) 자고. 나하고 우리 아범하곤 이렇게(세로로) 자곤 이랬어. 그렇게 해서 거저 이렇게 살지 못해서. 그래서 아들 하나 못 낳어. 내가 금방 아들 못 낳어. (웃음) 시집 와서 난 한 삼년 있다가 낳어.]

[남복엽: 원래 군단이 들어 앉아 있었어.]

[노순현: 그래 군단이 들어 앉아 있었어. 우리 집에 그 본부장이 있었어.]

[주병옥: 피난 나와서 보니까 여기 천호동 거기 내려가는 길. 거기 싹 군단이 들어 섰던데.]

[노순현: 또 일루 군단이 들어 서 있었어. 군단이 있어 가지고 우리 시어머니는 이삿제 밥 하러 댕기더라고. 그래 이삿제 밥 하러 댕기매 우리가 밥을 안 해 먹었어. 밥 해주고 밥 얻어다 주고 그거 해 먹고 살았어. 그런데 그 원 채에도 글쎄 양짝에서 살고 저는 본채서 살고 그랬어. 그래 어느 맘 때, 어느 몇 해 더 살다가, 꽤 오래 살았어. 애기 낳기 전에 그래도 갔어. 다 가서 내가 거저 한 삼 년 살다가 내가 그 사람들 나가고 애기 낳지. 그래도 한 삼 년 살았어 그래도. 그 원채에서 원채 큰 집 나두고, 우린 그 마루채에서 살고, 우리 시누는 이짝 사랑 옛날 할아버지들 방에서 살고.]

[김난기: 이 동네는 불에 안 탄겨?]

[노순현: 이 동네는 안 탔어. 이 동네는 옛날 집 그대로 있어.]

[김난기: 난 이 동네 안 살아서. 어 안 탔구나.]

[노순현: 어 안 탔어. 촌에만 태웠어. 촌에만 그 인민군들 감출까봐. 그래서 촌에만 태웠어. 그때. 그래 여기는 하나도 안 탔어.]

[최봉열: 조산 거기 이 동네서 밖에 인민군들이 무기를 아주 잔뜩 깎아 놨거든, 그래서 아군들이 들어올 제 쓰고 나갈 때 하고 들어올 제 폭격하고.]

[노순현: 에그 이젠 그런 시절 오면 못 써.]

[최봉열: 아으 그럼 못 살어 못 살어.]

[노순현: 그냥 죽는 게 낫지. 그냥 죽는 게 낫어. 어 피난 가라 그래도 피난도 못가고.]

[최봉열: 지금 학생들 데모하고 지랄해야 제코도 모르고 그렇게 이렇게 좋은 세상에 그냥 가만히 살지.]

[주병옥: 그때도 염병이 걸렸겠나? 염병이 걸려가지고]

[노순현: 그때 많이 앓았어.]

[주병옥: 어머니하고 이모하고 손목을 잡고 나가는데 땅이 빨갔다 퍼랬다.]

[최봉열: 미제약이 그렇게 좋대, 양키들이 약 갖다 주니까 다 낫더라고.]

[주병옥: 그러게 저 삼척 가가주고요, 방앗간에서 집 안에서 잔뜩 모여서 방앗간에서 있는데 뭐 고춧가루를 술에 타서 이걸 먹고 땀을 내면 살다 그러대. 그래 고춧가루에 그걸 타서 먹고 이불을 푹 뒤집어 써놓기니 금방이 이게 (가슴이) 막혀서 죽을 지경이여. 아주 거서 얼마나 그랬는지 이불이 홀떡 벗겨났는데 땀이 무준데 그리고 살아났어. 염병이 떨어졌어.]

[노순현: 우리 아범이 나하고 삼년 만에 우리 애기 하나 낳고 다 세 사람 다 군인 갔잖아. 군인 갔어. 큰 아 낳고, 큰 딸 낳고 세 살 먹던 해 김네 아버지 하고 우리 아범하고 또 누구하고 서이가 갔어. 군인 그래 갔는데 우리가 다 참 병길이 죽고 그랬잖아. 그랬는데 (기민이 아버지) 기민이 아버지 하고 같이 갔어. 근데 그때 기민이 아버지 안 해 왔잖아. 워낙 죽었잖아. 거 가서 죽었어. 그래 글쎄 군인 갔다가]

[주병옥: 인민군대 가서 죽었나? 국군 가서 죽었나?]

[노순현: 국군에 가서 죽었어. 내 시집 오고 나서 몇 년 있다 갔어 군인을, 나 오고 나서도 몇 년 있다가 갔어. 있다 갔는데 내가 우리 달을 삼 년, 시집 와서 삼 년 있다가 낳고 갸 세 살 먹던 해 갔으니까 한 오년 있다 갔어. 시집 오고. 그리고 군인 갔어.]

[최봉열: 길어 그맘 때는. 우리 영감도 군인가서.]

[노순현: 삼년 삼년 살았어. 삼년 살다 왔어 그러니까는 기민이 아버지 그때 가서 죽은 거적지. 그 어머니 상가도 거의 안 했잖아.]

[주병옥: 시어머니가 정신이 획가닥 했단 어땐지]

[노순현: 아 풍이여. 풍에 걸렸어.]

[주병옥: 그때 내가 살아가니까 정신이 이미 획가닥 했디 이 소리 하고 저 소리하고.]

[노순현: 거 풍 맞았어.]

[조사자: 할머니 근데 부잣집이어서 대장들이 계급이 위인 대장들이 많이 들어 온 거잖아요.]

[노순현: 근데 그래도 대장들이면 나쁘게 여자짓하고 그러면 못하게 제제하고 하고.]

[남복엽: 그래 그러니까 그 집에는 못 들어가지. 그집에 여느 쫄뱅이들은 못 들어와 방이 빈 데도. 저 다른 데 가지.]

[조사자: 그럼 그 나쁜 짓들은 결국 대장들이 한 거네요.]

[남복엽: 아니지, 졸뱅이들이지 대장들은 안 그래.]

[최봉열: 대장도 하는 사람들은 있어.]

[노순현: 여자들 다 데리고 와서 그랬어. 그때는 다 데리고 와서 그랬어. 우리 집에 와서 그런 거 갸들이 와서 그랬어.]

[최봉열: 다 그런 게 아니고 그 중에도 또 좋은 사람도 있고, 좋은 사람은 안 그랬어.]

[노순현: 주인을 내쫒으고 글세 지가 복판에 들어가 사는 게 어딨나. 그렇게 몇 년을 살았는데, 저거는 원 채에서 다 살고 우리 시누는 이쪽 방에서 살고, 나는 우리 마루채에서 살고 그렇게 살았어. 몇 년을 그렇게 살았어.]

[조사자: 그럼 여기서 사시면서 다 속초 강원도를 벗어나서 피난을 가신 분은 아무도 안 계신 거예요?]

[노순현: 여기 없어.]

[주병옥: 우리는 저 고성에서 피난 나와가지고 저저 삼척 쯤에 거 어디가? 울진이가?]

[조사자: 거기도 강원도지. 글로 피난을 가셨구나.]

[주병옥: 그치 글로 갔지.]

[노순현: 그럼 강원도 떴었던 사람은 없어. 저 함경도 사람들이 부산으로……]

[주병옥: 6.25때 우리는 삼남맨데 오빠하고 딸만 둘 살고 머스마들 셋이 죽었잖아. 총에 맞아 죽고, 미군하고 국군하고 짝짝꿍, 굴에 있다 가서는 그 날 국군이 들어온다 하는 바람에 굴에서 나와 가지고서는 집에 이렇게 와 있다가 국군하고 인민군대하고 싸움이 붙어가지고 죽어가지고. 우리 오빠가 군인 나가가지고 우리 오빠는 총에 안 맞았는데도 막 헛소리하고 그냥 막 날뛰고 그래. 이래 가지고 숫한 애 먹고 고쳤다고 군인나가서. 오빠 지금 잘 살아요.]

[14] 속초 지역 할머니들이 피난을 가지 않은 이유

[조사자: 근데 여기 어르신들은 피난을 안 가셨을까요. 보통 말씀 들어보면 요기 지역에 특성 같아요. 다른 지역은 막 피난을 멀리 가셨거든요.]

[최봉열: 여기서 전쟁은 안 했잖어. 전쟁을 안 했잖어. 왔다 갔다 왔다 갔다만 했지 일로 들어왔다 들어왔다만 하지 전쟁은 저 아래가 하고 저 들어가

하고.]

[조사자: 여기서는 전쟁만, 인민군이 주둔했다 나가고 국군이 주둔했다 나가고.]

[최봉열: 그래서 여기서 저 폭격만 들이 했지. 그 폭격하는 건 피난 나가도 폭격 맞고 들어가도 폭격 맞어. 마찬가지여. 그 미국 비행기가 드나들면서 좀 있으면 한국 비행기가.]

[조사자: 이 속초에서 전투가 벌어지거나 그러진 않았군요.]

[최봉열: 어 전투는 안 했거든. 그저 폭격만 들이 쏟았지. 그때 폭격은 이북 들어가도 폭격 맞고 나가도, 피난 가도 폭격맞고 그러니까.]

[노순현: 아군들 들어가고 나가고 하는 바람에 그런 거 감시하다가 총에 맞아서 그 더 많이 죽었지. 그렇게해서 죽은 거지. 싸움은 안 했지]

[주병옥: 국군이 인민군대 행세해가지고 말도 보고 많이도 죽이고 그랬지.]

[최봉열: 국군이 인민군 옷 입으니까 인민군인 줄 알고 아군들 보고 욕하다가 세게 맞았지. 많이 죽었지. 인민군인줄 알고.]

[조사자: 인민군인 줄 알고 국군 욕하다가 알고 보니 국군이야.]

[최봉열: 그렇지, 그러니까 너는 빨갱이다 그러고 죽였지.]

김난기: 어느 게 인민군인지 어느 게 아군인지 잘 몰라.]

[최봉열: 서로 옷을 막 바꿔 입으니까.]

[주병옥: 국군이, 인민군대가 국군 행세하고 이러고 다 했지.]

[최봉열: 그래 가지고 많이 죽었어.]

[15] 전쟁 때문에 아버지와 세 남동생을 잃다.

[조사자: 그럼 혹시 어르신들 중에 조금 슬픈 얘기이긴 하지만 가슴 아프긴 하지만, 전쟁 때문에 가족 중에 누구 오빠나 아버지나 또는 언니나 돌아가신 분 있으세요?]

[주병옥: 우리 오빠가 죽은 게 아니라 남동생 셋이 죽었다고.]

[조사자: 어떻게 죽은 거예요?]

[주병옥: 그 짝짝쿵 판에서 총에 맞아서 죽었다고 위에 우리 머슴아 하나는 이렇게 엎드려 있는데 가보니까는 이렇게(등 뒤로 손이 묶여 있는데)하고 엎드려 있는데 손바닥으로 총알이 들어가가지고 일루 가가지고 배가 이렇게 휘젓지. 총알이 나와서. 그리고 여느 동생애들은 그냥 뭐 옆구리를 맞았는지 하여튼 피가 이런 걸 그냥 대충 산에다 어물기고. 그냥 국군하고 나갔지 뭐. 아버지는 우리 작은 아버지가 서울 이남에 나가서 공부했거든 근데 우리 아버지가 늘 간혹 간혹 드나들면서 그때는 이런 요새 실 있잖아. 무명실 이런 덩거리를 가져와서 이제 이렇게 하고 이남에 드나들고 친척들 서울에, 서울에서 살았어. 친척들이. 그러니까 반동으로 몰려가지고 백패는 그건 사람 취급도 못해. 그래가지고 몰래 가지고 몰수 싹 시키니까는 이 백가리 농살 지서 왜 백구 묻어 놓잖니. 거기다가 늘 갖다가 다 이렇게 쳐놔. 몰수 하는 날, 문에 다가가도 우리 집이 8칸 집이 됐는데 우리가, 이렇게 이렇게 각개로 다 쳐놓고, 다 그래 나가래. 그래서 나무집에 좀 있다가 그 다음엔 라디오 들으니 국군이 언제 들어온다는 어디 들어왔다, 어디 들어왔다 이러는 바람에 굴을 저 산에다 팠지. 파서 있다가서는 국군이 내일이면 여기 들어온다 하니까는 우리도 내려왔지. 그리고 아버지는 붙들려 갔어. 그 빨갱이들한테 붙들려 갔어. 가 돌아가셨겠지. 뭐.]

[조사자: 여기 속초에 사시는 조금 어른 성인 남자들은 다 인민군, 국군 다 끌려간 거예요?]

[주병옥: 그렇지.]

[최봉열: 저기 청년들은, 인민군대 안 가고, 국군 짐 지고 들어갔지.]

[주병옥: 처음에는 국군, 인공 때 그렇게 반공분자로 몰려 가지고 뭐 여기서 저기도 못가고 저기 어디 갈라 해도 뭐 쓰고 이러잖아. 시말서를 쓰는지. 손님이 와도 그러고 이 고기를 사서 끄내 먹지를 못했다는데. 하도 감시가 심해서. 소고기 같은 거.]

[조사자: 왜 소고기 먹으면 안돼요?]

[주병옥: 빨갱이들이 그렇게 감시가 심하다고.]

[조사자: 아 잘 먹고 살면 안 되니까.]

[주병옥: 그래서 밤중에 불을 이렇게 아구를 막아놓고. 불 떼고 쌓고, 이러는 걸 우리들이 봤어요. 그래 가지고 살다가 국군이 들어오니까 우리 아버지는 면에 댕겼지. 거기 고성에서. 면에 댕기다가 국군이 후퇴해 나가는 바람에 이제 한기식이라고 같이 있던 직원들이랑 배타고 갈라고 친구들하고 다 약속을 해놓고 집에 와서 밤에 가족들이랑 나가니까 배가 떠났잖어. 그래 가지고는 그래 할 수 없어서. 가족들이 걸어 갈 순 없잖아. 동짓달 피난에. 그래 가지고 와 가지고는 우리 아버지, 라디오간가 있었는데 그걸 들으니까는 삼월 달에는 꼭 들어온다는 거야. 인제 저 고성 저 간성 가 가지고 거기서 더 가서 무슨 마차진인가 우리 고모부하고 고모부 형하고 그래 사돈이 되지 그렇게 두분이, 그 양반들도 그런 기강에 따라서는 나와 가지고 우리집에 와서 우리끼리 있지 말고 산중에 들어가서 파고 있자고. 그래 산중에 가서 파고서 삼월 달에 온다니까는 파고 있다간선 쌀 가지러 밤에 가만히 왔다가 꼭 붙들려 갔잖아. 그래 아버지가. 그래 가는데 돌아 가셨지 뭐. 가매 이거 무릎, 이거를 무릎 하도 차서 이게 부러졌대. 다리가. 그 같이 간 사람이 그 사람은 어디맨가 가서 뛰었대. 그래가지고는 가만히 있다 몰래 왔드래요. 산으로 머드매 해서 나왔는데 다리가 그렇게 돼서끌려 갔다고. 그 우리 오빠가 금강산, 그때 천불 갈 적에 지사를 이렇게 형님이 봐와가지고 우리 오빠가 싸 가지고 가서 그걸 이고 거길 가서 차에서 내려가지고 제사를 지내고 왔다는데. (잠시 침묵) 그리고는 우리 어머니가 화병이 나가지고 피난 나와가지고 어머니하고 네 식구가 사는데 계속 앓는는 거야. 병원에 백의사라고 있었어. 그전에. 그 의사한테 데려 가니까는 여기(가슴에) 화가 악에 피듯이 해가지고 약이 없대. 저런 설악산 이런 데 가서 수양해야겠더라고. 그래 설악산에 가서 수양을 하는데 점점 더 하지 뭐. 그렇게는 그래 내려와 가지고는 얼마 안 있다가 돌아가셨어. 그래 가지고 오빠하고 나하고 이

제 우리 동생하고 어떻게 살 수 가 없어 가지고 이모네 집에서 사는데 이모네 집에서도 일 년 이 년 사는데 그 이북서 저제 영감들 패들 나와가지고 맨날 그 사람들 빨래만 시키줬어. 빨래를 기가 막히게 시키주고 밥 해주고.]

[남복엽: 돈 주대? 빨래 주고.]

[주병옥: 돈이 다 뭐야. 밥만 빌어 먹는 게 그러지. 그럼 우리 어머니도 아픈 게 거기 와 있는 게,]

[남복엽: 군대가 빨래 시키고 돈 안 주나?]

[주병옥: 군대가 아니지, 그때 피난 나와 가지고 이 집들이지. 이 집 영감(최봉열 할머니를 가리키면서) 빨래는 안 시켰지만은 그 친구들이 친구들 와서 우리 이모네 집에 와서 원산 사람들이 모여가지고서는 옛날에 우리 이모네 집이 장사를 했거든, 근데 거기 와서 들끓고 있는데 그 독범이 재복이 이런 사람들이 "어멈 어멈" 하고 다니고서는 맨날 가족이 없으니 거기서 빨래 벗어놓으면 빨래 씻고 아유- 말도 못 해.]

[조사자: 피난민들, 피난민들 빨래를 해주고. 거기서 밥을 얻어 먹는 거예요? 같이 빨래 해준 값으로.]

[주병옥: 아이, 빨래 해 준 값이 아니래, 그렇게 그 집이 우리 이모네 집이 식당을 하는데 그 원산 사람들이 매일 드는데 어머니 빨래 좀 빨아 달라고 그렇게 벗어 놓면 우리 이모님은 바빠서 못하고 내가 우리가 그 집도 딸래미가 있고, 나하고 동개비인데 둘이 그렇게 빨았다는데. 그래서 살다가 그 다음에 이 년인가 같이 살다가 우리 오빠가 저, 버스표 끊는데 거기매 취직을 했어. 처음에 메리야스 장사를 했지. 메리야스 장사를 중앙시장에서 나하고 둘이 하다가 오빠가 버스 모는 거기매로 표 끊는 데로 가고 내가 했던 메리야스 장사를 그만 두고, 잡화, 그 장사를 채려 가지고 좀 했지. 락스 장사도 하고 별 장사 다 해 봤어. 나도. 처음에는 어떻게 할 수 없어 가지고 깜바구를 튀겨 가지고 나가서 봉지 담아서 다 팔그구, 그래 저녁으로 우리 이모가 매일 와서 자요. 그 다음에 차츰차츰 돈을 벌으리까 집을 샀어. 집

을 사니까 상점을 잡화를 이렇게 시장에서 그것도 제비 뽑는데, 당첨이 돼 가지고 이제, 그걸 했던 걸 그걸 팔구서는 들어와서 상점을 이렇게 채려가지고, 별 거 다하고 김치를 날마다 해서 한번에 쌔여 놓면 열무김치는 잘 팔려. 하여튼 돈을 장사를 잘 돼 가지고 돈을 이렇게 애들 책에 뭐 잡화도 갖다놓고 쌀도 갖다놓고 파는 게, 돈 그냥 방에 들이 던졌어 그냥. 장사를 해가지고 돈을 벌어가지고 집을 그렇게 샀다우, 집을 삼칸 짜리를 하나 사구, 앞에다 점방을 꽤 크게 꾸몄지. 그 그래 우리 어머니가 일찍 돌아 가셨으니 뭐 사는게 그래도 먹고 사는 건 걱정이 없데, 장사를 하니까는. 그래 살다 가서는, 참 우리 큰 시누 있잖아. 큰 시누 시아버지가 날 중신 섰잖아. 우리 친정어머니가 장천 엄 서방 네 진사 집 막내딸이래요. 그래 글쎄, 아유 – 그래 가지고 시누의 시아버지가 날 중신을 섰어요. 그래서 여길 왔잖어.]

[최봉열: 잘 왔지. 잘 왔어. (웃음)

와 가지고 나는 부모가 있어서 잘 살고 이밥 먹고 좋은 줄 알았더니, 와 보니 먹을 것도 없고, 빚만 잔뜩 지고. 죽을 고생을 했잖어. 그 얘기 다 하자면 골치가 아파.]

[노순현: 그때 했던 장사가 끝까지 장사 했구만.]

[주병옥: 그럼. 그래도 그때 돈 벌라고 글쎄, 거기서 나중에 댕기매, 그렇게 쌀을, 쌀 한 가마, 보리쌀 한 가마 실어날르고 부식 기리고 원정 다니면서도 내가 많이 부식 걷어왔어. 겨란이고 뭐고. 이제 걸어다가 팔구 진씨 네한테 물어 보면 알려줘. 그래 그 집 다니매 걸어다가 팔구.]

빨치산 치하의 힘들었던 날들

이 귀 례

"즈그 작은 아버지, 고마 산으로 올라 가삐렀어. 산에 빨치산이 되빘는디, 조카가 견딜 수가 있는가, 잡아다가 패 싸서. 긍게 고만 조카도 저 반란군 따라 올라 가삐서"

자 료 명: 20120110이귀례(하동)
조 사 일: 2012년 1월 10일
조사시간: 약 110분
구 연 자: 이귀례(여 · 1935년생)
조 사 자: 김종군, 김경섭, 김정은, 김효실, 이부희
조사장소: 경상남도 하동군 화개면 이귀례 자택

[조사과정 및 구연상황]

조사팀이 방문한 하동군 화개면(일명 화개골) 일대는 여수, 순천 사건 발발 후 군경에게 쫓겨 백운산을 넘어 온 인원들이 1차 빨치산 활동을 전개한 곳이다. 밤이면 빨치산, 낮이면 군경에게 시달리며 온갖 역경을 경험했던 분들

을 도처에서 만날 수 있었다. 그 중의 한 분을 저녁에 방문하기로 약속하고 자택을 찾아 갔다. 화자와 잘 아는 사이인 조사팀원이 있어서 조사가 순조롭게 진행되었다.

[구연자 정보]

이귀례 화자는 1935년생으로 이곳 하동군 화개면 용강리에서 나고 컸으며 결혼 후에도 줄곧 이곳에서 살아온 토박이다. 홀어머니와 살다가 시집을 갔는데 시댁은 무척 가난했고 남편이 군 생활을 오래하는 바람에 홀로 살림을 꾸려나가느라 무척 고생했다. 슬하에 아들 셋, 딸 둘을 두었고 빨치산이 자주 출몰했던 고향 마을이어서 그 고생도 힘들었다고 한다.

[이야기 개요]

일제시대 공출이 심했다. 아무리 양식을 숨겨놓아도 모두 찾아 가져가버렸다. 해방이 되어도 먹을 것이 없어서 소나무 껍데기, 도토리 등을 주워다 먹었다. 반란군이 왔을 당시 남편은 방위군에 있었다. 위험한 시절이라 일찍 시집을 갔는데 절에 피신해서 시댁 식구들과 한방에서 잠을 잤다. 너무 어린 나이라 결혼 생활에 대해 아는 바가 없어서 많이 싸웠다. 남편이 오랜 군생활을 하느라 생활이 어려웠다. 결혼 전 마을에 빨치산이 내려와 밥을 먹었는데, 빨치산에서 귀순한 사람이 할머니를 찾아온 일이 있었다. 당시 가족 중에서 빨치산이 있으면 잡혀가 고생을 했었다.

[주제어] 반란군, 남편, 방위군, 결혼, 가난, 홀어머니, 자식, 귀순, 공출

[1] 해방 전과 결혼 초의 가난

(낮에 조사자들이 어디서 조사를 했는지 담소를 나누며 시작함.)

낮에 어디서? 저 강가네 갔었어? [조사자: 예. 의신에도.] [조사자: 의신도

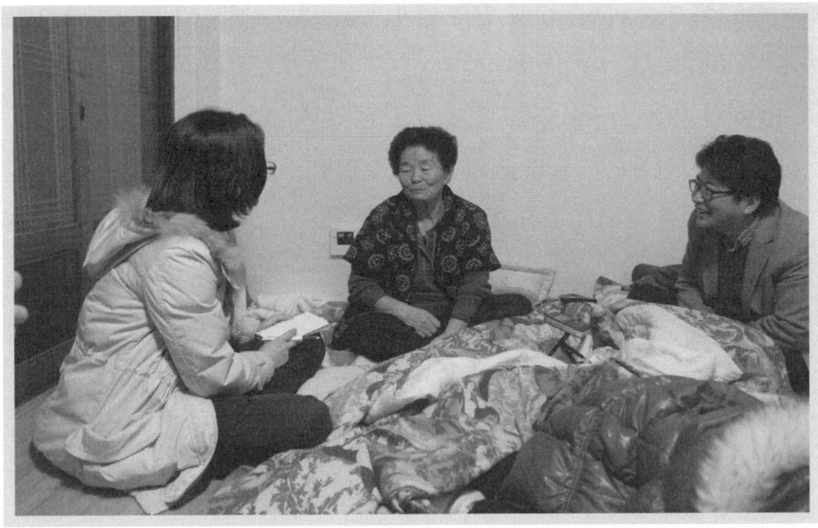

가고. 범왕. 할머니 범왕 계셨다고 그랬죠?] 저- 의신. 우리 시아재 집이 거기 있담서. [조사자: 거기 시아재고.] [조사자: 어. 시동생.] [조사자: 어-. 거기 계셨고. 할머니도 범왕 사셨다고 그랬잖아요?] [조사자: 시갓집이 범왕이라.] 나는 여가 토백이라. [조사자: 여가 원래 태생이고요?] 여그서 인제 커갖고 여그서 속에 나온 데로 시게 봐갖고는. [조사자: 근데 여기까지 막 내려왔던거에요, 그러며는? 반란군이?] 반란군이 여기까지 내려오기마 해? 저- 장터 맨 식객도하고 난리 났지. 이 너무 너무. 반란군이 여기 뭐 의신 가서 다- 듣고 와서. 맨날 그 소리가 그 소리지. [조사자: 아니 또. 인자 옛날 이야기를 물어보고 해.] [조사사: (전날 노인정에서) 코가 그렇게 쎄-했다는 얘기는 할머니밖에 안 해주셔.] [조사자: 어. 코가 쎄한거에 그냥 눈떴다는 할머니 밖에 없어요.] 어!

[조사자: 토벌대가 원래 여기 있었어요?] 공비 토벌헐 때? [조사자: 어. 토벌대들이. 여 군인이 와, 경찰이 와 주둔을 했어?] 경찰이 와 있는거이, 아이고. 경찰들이. 여 기동대들이 여 여 밑에 자네(조사자) 집 밑 저 영승이(동네 사람) 집 전망진디. 거기에서 인자 여기 걔들 대청들이 인자 거기 삼서 인자 이 용

강사람들 가서 인자 번갈아서 밥을 해줘. 없는 사람들이 인자 부역 거준다(그어준다) 해갖고. [조사자: 밥해주고?] 하모. 거 가서 밥하게 해주고. 들어오면 또 딴 사람 없는 사람이 또 부역허고 또 부역해주고. 긍게 뭐 그때 양슥(양식)이 있는거이 뭐 수시밥. [조사자: 아, 수수밥.] 하모. 수시밥, 보리쌀 그걸 그또 그거 인자 허고 거기서 한청 대원들 밥을 해주고. [조사자: 그 사람들 양식은 즈그 갖고 와?] 아이구-. 멘(면)에서 다 해주지. 수시 같은 거. 수시 같은 거. 보리 같은 거. 그러믄 엄(없)이 살믄 인자 없는 사람들이 그 수시 그놈 까불라하고 그 껍등, 안버리는거 그거 다 갖다 묵었어. [조사자: 수시 그거?] 하-. 수시 그 까불고 그거 껍등 내비릴꺼. 시방 같으면 차다도(쳐다도) 안 볼걸. [조사자 웃음] 그걸 갖고 와서 인자 소금을 여(넣어) 갖고 여리 꼬-옥 꼭 찌갖고 쪄. 쪄갖고 그양 그걸 먹고 그리 살아.

그렇게, 그렇게 애렵게(어렵게) 살았어. [조사자: 먹을 걸 그냥 다 가져가니. 아이고 그래서.] 먹을거이 엄서. [조사자: 없어요?] 하모. 없어. [조사자: 아이고.] 뭐 비료가, 비료도 엄(없)재. 대차 뭐 땅에서나 댄져놔야(던져 놔봐야) 이놈으 만날 전장이 되논게, 쬐깨게 일하고 거름을 시간이 엄서. 거름 장만할 시간도 없고. 돈이 없이 비료도 없고. 살 수도 없고. 그렁께 쌀 때 쌀 떨어지고 보리 때 보리 떨어지고.

인자 보리 모가지 퍼러-머면(퍼렇게 되면) 쪼까-이 살벌러면 그걸 뜯는거라 가서 인자. 소쿠리 가 가서. 메꾸리 하나 갖다놓고 소쿠리 가 가서 뜯어. 뜯어다 말고 집에 와서 인자 물을 부어갖고 쪄. 쪄갖고 고놈을 비벼갖고 인자 까불라고. 낮에 점심꺼리가 없는 거이라. 그러믄 그걸 비벼가지고 까불라갖고 또 솥에다 볶아. 갈아야된께. 솥에다 볶아갖고. 또 맷돌에다 갈아. 그래갖고 인자 뭐 훌렁-허니 끼리(끓여)갖고 저 어른도 한 그릇, 아(아이)도 한 그릇 그래가 그러고 살아. 배가 고파서도 풀을 안 묵고 비게(베게)도 이거 잡아댕길 힘도 없어 뭐든게. 배가 고파갖고. [조사자: 아이고. 그거를 안 되는구만.] 하모.

그때 인자 시절에는 우리들이 집이 잘 산게 그때는. 인제 뭐 팽상 쌀도 시키 놓고 묵고 땅에다 묻어놓고 먹고 살았어도 없는 사람들은 배가 고파서, 통–통 부어서 아파 죽는 사람이 있어. 저 웃동네 살, 사는 사람이. 범, 범침이라고 하는 사람이 하나가 살아. 근데 그 사람은 굶어죽었어. [조사자: 아이고.] 퉁– 퉁 부어서. 워디로 가도 대차 줄거이 없으니까 안줘. 소쿠리 들고 밥을 얻으러 댕기도. [조사자: 먹을 게 없으니까.] 하나도 못 묵고 굶어 죽어. [조사자: 아이고.]

또 7, 8월 되면 감이 마이 여네 인자 감이. 그러고 면장집 밑에 막 감이 요만쓱 감이 여덟 대라 우리 친정이. 그것도 가 지켜야 돼. [조사자: 누가 따간께.] 청년들도 나서면 작대기를 툭 건드리 갖고 주숴묵고.(주워 먹고.) 그만 사람은 풀 뜯어먹으면 감 때 열려. 배가 고픈께. 따다 묵어.

뭐 밀지울 허고 인자 간거는 푹 까고 또 도거탕 같이. [조사자: 밀키울하고요?] 밀지울, 지울. [조사자: 밀지울?] 밀가리 뽀신 그 지울. [조사자: 음–. 밀껍데기.] 무거리, 무거리. 무거리 그것허고 감허고 인자 짓는단말야 풋감을 주워다가. 그것도 감나무 없는 사람은 못쭈아. [조사자: 그걸 찌면 뭐이가 되이?] 인제 들어봐. 찌갖고. 요만–씩 개, 개빵요리 요리 맨들와, 떡을. 그래갖고 소쿠리에 담아 쪄. 솥에다가. 그라고 끄니를(끼니로) 사는거라. [조사자: 그러면 그게 뭔 맛일까요?] 맛있기는, 배가 고픈디 맛은 뭐 맛이라. 배가 고파 죽겠는디. 배가 고파 죽겠는디.

아이 그, 그런 한 시대가 한 3년 갔으거이만 그런 숭년이. [조사자: 흉년에다가 아이고.] 숭년이. 그래갖고 아이 우리들 삼으만면서도 뭐 보리밥 요맨씩 노나 묵고는 점심때는 배가 고프거든. 그럼 감을 따오는거야 멀리. 따다가 삼사면서. 사면서 고놈을 탁– 깨갖고. 그놈 묵으믄 어찌 그리 맛있는가 몰라. [조사자: 떨은 걸? 단감을?] [조사자: 떫어도 맛있어요?] 떫은감. 단감이 뭐이라. 떫은 감도 못 읃어 먹어. 긍게 감나무 없는 사람 못 읃어 먹어. 긍게 내가 가, 감을 지켰어. 감을 지키믄 저짝 나무 밑에 쪼금 앉았다 보믄 요짝에 와서 곰–방 떨어갖고 막 치매고 어디고 쥐고 도망을 가는 거야. 아이고 그래 그리 험한 세상을 마이 살았어.

[조사자: 친정에 그렇게 먹을 게 많으며는.] 그때– [조사자: 막 가져가고 이런 거는.] 밀지울 먹고 말하자믄 그 감 돌랐 따 먹고 그 시절은 일본 때 시절이라. [조사자: 아, 그거는 일제시대 얘기 해 주신거고.] 일본때 공출 싹– 해삐리고. 비료도 엄고. 예를 들어서 논 서마지기 부치고, 뭐 열댓 가마이 공출 내라하믄 내 아–무 것도 먹을 거 없어도 바쳐야 돼. 싹 바치기로 아무것도 엄는거이라. [조사자: 공출해서. 아이고.]

그렁께 비료도 엄고 거름도 엄, 거름을 장만할 때도 우리 한– 우리 열두 살 먹어선가 해방이 됐을거인데. [조사자: 열두 살쯤에 해방됐고.] 인자 아부지가 열두살 묵어서 돌아가셨거든. 그때 어무이랑 인자 머시마랑 데리고 인자 우리 사는데. 인제 이렇게 요 높이도 재, 잿대로 재고 거름을. 저 높이도 재. 재야돼. 그러믄 그 높이를 몬(못) 세우먼 가랑잎을 태산같이 빳빳헌 놈을 막 가마에로 가랑잎도 처시몬해. 저건 저렇게 없어. 갈비고 뭐 해다가 막 엉성허니 요렇게 속에다 여. 여갖고 이렇게. [조사자: 퇴비를 맨들어.] 퇴비를 목표를 세워야 되니까. 그렇고 옆에 재고 우에 재고. 그걸 안차면 인자 언제든지 와서 담당직원이 멘(면)에서 와서 잡아 죽일런께. 안허믄 안되거든. [조사자: 그럼 그걸 그다가 아니면 자기 논에 해라해.] 자기 논에 해서 뭐 거라. [조사자: 아 그렇게 자기 논에 그걸 해야 식량이 많이 난께.] 그렇지. 공출 빼갈라고.

이 이 구들장을 파고 인제 도아지를 이렇게 묻어놓고. 그 공기를 통해야지 안 썩지. 또 쌀이 썩어. 그러믄 요만–한 대롱을 꽉 너놔. 저 공기통을 인제 이 째깐–하게 내놔. 요리 바깥 거시기로 쪼–까 숨구녕을. 그것도 여수같이 막 챙을, 창을 갖고 댕김서, 쇠창을 갖고 댕김서 담당 직원들이. 요리 찔러갖고 인저 알갱이만 싹– 털어갖뿌러. 멘에서 와 싹 털어가. [조사자: 그 일제 때.] 하모, 일제 때.

그래갖고 우리 넘새밭에 인제 이렇–게 구들 파갖고. 그때 우리 농사가 스무마지기도 다 못 다 먹었거든. 친정에. 저 외양도 너마지기, 신촌도 두마지기, 저 밀어태도 두마지기. 전시 논이라. 그래갖고 인자 호패를 모으노면 잡아 죽일란께. 그만 아즉도 모르고 점심도 모르고 가서 얕으며는, 그때는 긁어다가 속에도 이어고 우에 퇴, 퇴비를 인자 썩어로가고 우에다 인제 이렇게 막 엉성-허니 재갖고. 그러믄 인자 우리가 집을 보고 있으면 인자 담당 직원들이 와서 찾으면 막 겁이 나갖고 '벌벌벌벌' 떨어. [조사자: 응. 겁나지.]

고향사지간에, 일재리주구. 하나 아부지가 그때 이장을 했구먼 우리 그짝 집이. 저집, 저짝에 양종식이 직계 내가 컸거든. 그짝 집이가 시방 사업 박살낸 집이. 거가 인자 일진집이라. 고향서 산, [조사자: 네. 사니까.] 고향살든간에. 순경들도 막 긴칼차고 막 새카만 옷을 입거든 그전에는, 일본시대에는. 그 집을 뭐 어 뭐 뭐 무서봐 갖고 뭐 못 내다봐. '벌벌벌벌벌' 떨고 막. 순경들이 왜 그리 무서봐. 시방 순경이 와도 팍팍 놀래 사람들이. 암도 안허고. 그때는 막 '벌벌벌벌' 떨어.

그렇게 해방이 와갖고는 막- 남자들은 날마다 솔까지, 솔까지 산에 가서 솔때기 따와야 하거든. 그러면 그걸 따갖고와서 소, 솔까 지름을 내. 지름. 솔까지름 내오고 이저 그 지름에다 풀을 쒀갖고. 뭐 어디, 어디 피한게 산에 올라갔잖아 만-날 솔까지. 그래갖고 솔지름을 낼라고 보믄 만날 솔개지 지름해놘다고 남자들은. 그 일본놈들이 다 밀고 나와갖고 허구언 고마 삼서 한국 사람 그만 사람도 아이고. 고마 사람도 아이고 뭐 팽개치고 막.

그냥 일본 시대에 뭐도 배고 고픈게 인저 내가 열 네 살 먹었는가 몰라. 그때 진봉이 누부 나와 한 동갑이라. [조사자: 저 안양 산다는 사람?] 아이! 안양 살다가 저 부산가 죽었어. 우리 둘이 솔쿠러를('솔 주우려고'의 의미) 갔어. 어른들 따라서 점심을 싸 짊어지고. 나는 그때. [조사자: 송기, 송기. 소나무.] 솔나무에서 요리 껍더기를 내삐리고. 양쪽을 요-리 비고, 또 요-리 비게하고. 껍등을 조리 비고, 짝-이랏시. 그러믄 해갖고 와서 이제 몰야. 몰야 혼저. 또 그때는. [조사자: 빻아여?] 고때가 빻시와갖고 가리(가루)를 내는거야. 그러고 밥하고 인저 밑에다 깔고 인저 쌀 쪼까이 밥을 해놓으면 호빵매이로 발-그래해. 그래갖고 도토릴를 주와다가 인제 또 기양 밥도 해놓으며는 개밥에 도토리라더만. 쌀 째-까이하고 도토리밥을 해노믄, 도토리는 도도토리대로 도글도글 구르고, 밥은 밥대로. 소금도 못 사먹어 갖고 소금 한대나 구해노마. [조사자: 소금도 귀하고.] 그 도토리로 우러갖고 인제 찌갖고 소금 훅 쳐갖고 그래고 집어먹고 살고. 사람 사는 것도 아니라 그때는. 굶어 살아, 굶어서.

그래 살다가 인자 나 열두 살 먹어선가 해방이 됐을거라. 그때 해방이 되는께 그만 손을 잡고 온지 동네마다 꽹괘리를 치고, 이제 난리가 났지. 북도 두드리고 고마. 막 동네마다 막 한동네 한 마리씩 막 채 잡아먹고 만세를 부리고 고만. 그때 인자 솔까지, 솔까지 허러 연방 그날 그래도 갔어. 그 날도 산에 갔는디 해뱅이 되고 난리가 났지. 그래 거 참 일본놈들 쨏겨(쫓겨) 들어가고 한국을 도로 찾아갖고, 살았어. 일본 시대가 여 반란군 시대보다 더 무서웠어. 싹- 공출로 바치기리때. 양슥(양식)이 없는 기여. 그렁께 나락이 쪼깜 소록-허면 인자 알 들락말락허면 인자 나락을 비어 오는거이라. 익은 모가지만. 베 갖고 와서 인자 홀테에다 훑어. 써홀테. 거따 훑어갖고 쪄갖고 몰야. 몰야고 또 그놈 찌갖고 인자. 그놈을 올게죽을 꼬시기라 꼬심. [조사자: 올겨 심지라 그거이?] 그 올게 심지가 '모'이라. 고놈 찌, 찌 인자 찌갖고 인자 한웅큼씩 넣고 호박 이파리, 호박 이파리, 저 저 저 콩 이파리, 콩 이파리. 그러고 인자 막 뜯어여서 그 올개살 한웅큼 엮어 내 끼리. 그래갖고 한 그릇씩 묵고. 그래 살았어 일본시대에는. 이 인제 반란시대에 뭐 그건 말-할 것도 산거는. 말할 것도 없어. [조사자: 그 해방되고 좋았는데. 이제 반란시대 또 와갖고.] 하모.

[2] 남편의 부재와 빨치산 치하의 생활상

반란시대가 또 와갖고 인자. 여순 반란사건 났다 말 듣고, 그만 우에서부터 해내려오는기라. [조사자 :밑에서 하계서부터 올라왔어, 반란군들이?] 반란군들이, 반란군들이 막 이북서 넘어서 왔지. [조사자: 어디서?] 이북서 밀고 넘어왔어 요리. [조사자: 6.25때? 그 전에는 반란군 못봤어? 용강에 안 왔어요? 49년에 저 섬진강 건너서, 여수, 순천서 그 사람들은 용강까지 안 왔었어?] 그것들이 인자 저거 저거 인자 이북서 넘어온 뒤에, 이북서 넘어온 뒤에 인자 그 지방 빨갱이가 생겼지. 하모 그 뒤에 [조사자: 용강 동네도 그렇게 조금 빨치산 갔다 온 사람도 있어?] 이동네는 하—나 없지 하내없지 그거는. [조사자: 용강은 하나도 없고.] 이 동네는 그 사건나고 뭐 가서 뚜드리맞고 그렇게 막 봉변 본 사람도 없었고. 사상자 하나도 없어.

근디 그 성문에 그 전에 소나무수라고 우리 그때보만 그 사람이, 소나무수라고 그 집 아들래들이 그 뭐 조금 연관되갖고 여기 못살고 이새(이사) 갔다 아이가. [조사자: 아, 그 사람들은. 그러믄 하계, 하계골내 그렇게 옛날 저 좀 가담했던 사람들은 다 그만 고향 떴겠네?] 다 떳지. [조사자: 못살아?] 못살아. 아휴. 삼촌들이. [조사자: 외삼촌?] 삼신 삼시롱 무리 들어갖고. 전주로 살러 갔다 아이가. 자—꾸 잡아다 죅일라는디(죽이려는데) 살 수가 없지. [조사자: 누가? 우리 경찰서에서?] 그렇지. 날마다 잡아다 패고.

그때는 이승만이 대통령 할 때 아매 그랬을거이라. 그때 누가 우리 동네 간부를 했어. 여자 간부를 했다고. 간부라 그래 그때. [조사자: 아즈매가?] [조사자: 아휴, 간부하셨구나.] 반장을 한거이라. 하모 그랬는디. 아따 고마 그 인자 그 전에 양촌댁이 가 있는거, 양촌댁이 거가 우두머리라. [조사자: 간부 우두머리?] 하모. 아따 그래갖고 고만 난장에 그만 이승만이 어쩌고 인자 대뜸 모르고 드러갔는데. 그 인자 가담 된 사람 다 잡아들이는거이라. 개만 짖어도 고마 가슴이 쿵덕거리고 잠을 못자. 개가 요만한 놈이 막 울어대만. [조사자: 잡으로 오는가 싶어서?] 하모. 정신 왔다갔다해. [조사자: 이승만 시킨 시대에 뭘 했다 해가지고 혹시나 이제 정권 바뀌고 나서.] 하모 잡아들이지. 잡아들여 갖고는 이동네 여자들이 간부가 다섯인디. 양촌댁이는 가서 막 지서 가서 빰을 맞고 난리가 났거든. 그렁게 우린 그 밑에 사람은 잡으러 올꺼이라. 밤낮으로 죽겄지 인자 이놈으 이거 막. '벌벌벌벌' 떨고. 근디 그 시간 오래 안가데? 박정희가 대통령나고. [조사자: 박정희가 곧 들어왔잖아.] 하모. 그래노니 조금 낫대. 아이고 무서봐, 무서봐 너무 무서봐.

아이 우리집 영감은 그렁께 또 9년을 총을 맸단께. 여 향토방위, 방위서 갖고 여 우리 인자 하동, 하계 멘 지키는 사람들. 그 장총 매고 팽상 모패 그거 둘러쓰고. 뭐 지, 집이 들어오들 몬해. 이자 절로 시집을 갔는디 절에 못 들어온단께. 어디 마누래, 섣달 시월 사일날 결혼해갖고 정월 초 이튿날 도로 나가더만. 도로 다가불고.

그러도 또 방이란 거이. 시할매, 시아바지, 시숙, 우리 밑에 은신 그거 재종아제, 시누, 동생. 그마 식구가 몇 대며는 또 숙자 신랑, 그러고 또 시아재. 그래 방으로 하나라. 그런데 절에 방을 하나를 얻어갖고 있는디. 아 방이 또 요만–한 방이 뒤에 골방이 하나 있어. 새살문이라 문이. 재살문도 아이고 막 문이 칸이 요만–씩 오더만. 근디 그걸 보리로 안하고, 보리도 안하고. 저 방에 앉았으면 요방 앉은거이 누 자는거 까지 다 비. 근디 그기 새각시를 그 방을 자래. [조사자: 신방이네.] 하모 신방. 가서 자라는디.

아이 이적지를 얘기를 해봐. 저녁에 누 자는디. 아 인자 신랑은 인자 스물세 살인가– 먹고 나는 열일곱 살 뭔 철이 있는가. 생–전 총각이 뭐 어찐지도 모르고 간 사람이. 자꾸 베개를 내려돌라 소리도 못하고 저 방에 들은께. 요래요래 함서 인자 비게를 내려도래. 비게를 내려준께 한 개 더 내려오래. 자기 비고, 하나 더 내려놨다. 열일곱 살 먹응께 뭐 신랑이 뭐뭐 뭐 내우지간이 어떻게 뭐 사는 그것도 모르는기라. 아무것도 몰라. [조사자: 신랑은 알아. 스무세살이라.](웃음) 하모. 옆에 누웠응께. 자–꾸 요래 발로 나를 끄냉디. 아 그래 인자 또 자–꾸 피해간다 요래갖고. 자–꾸 피해 인자 저만치 가 '벌벌벌벌' 떨고 있어. 아 인제 저 방에서 인자 시어마는 담배를 포캄포캄 그러고 앉았네. (모두 웃음) 저 저 여 문 사잇문 이냄–씩 요래 생긴 문이 있대. 그

다 떨어진데서. 담배, 그때는 왜 대통 담배 아인가? 담배 꼭대기 탁탁 하는. 탁탁 두드리마,

"저 놈이 사람 배랬거이라, 저 놈이 사람 배랬거이라."

시어매이가 하는 소리가. 뭐 그래싸. 것도 나는 이해가 안가지 내가. 아이 내가 아무 잘못이도 없는디. 자—꾸 이리 나를 꼬집어 뜯어더라고. 딱— 꼬집어 뜯어부리 신랑이. '엉—엉' 울며 나가버렸어. 내방이라고 앞에 앞에 이저 마리가 그대로 절에. 방이 있어. 저짝에 큰— 지대방이 있고. 마루에 가서 인자 주구장우 울고 앉았어 인자. 푹—푹 울고 앉았응게. 내가 아무 잘못이도 없는디. 날 시급하고 막 발로 차 삐리고 막. 얼매가 울고있응게. 우리 시할머니는 앉아서

"니가 자다가 방구꼈냐?"

자—꾸 그래 건드리고. 시어마이는 담뱃대를 탁탁탁탁 두드림서

"저 놈이 사람 배리 꺼이라. 저 놈이 사람 배리 꺼이라."

그래쌋고. 아 자—꾸 그래. 우리 시아재 그거는,

"참 내 자다가 왜 싸울꼬."

속에나 방이 없응게 싹— 한방에 시아바재까지 한방에 자고. 그러니 그 철따가지도 없는걸 데려다놓고 대차 자꾸. 난 잘못이 뭐고. [조사자: 그런다고 되냐고.] 그 속도 모르고 얼매나 울었단게 나가. 울고 앉았응게로 우리 시아재가 우리 손 밑이거든. 그 갔다 왔다매. [조사자: 네, 태종 할아버지.]

"참 자다가 왜 싸울꼬?"

자—꾸 그럼서 자꾸 싱글싱글 웃더라고 시아재는. 그래 시방 그 팽생 그렇게 내가 철이 없는기라. 그나마 섣달이 생일이라. 근디 열 살밖에 안되지. 섣달에 결혼했응게. [조사자: 그렇게 결혼한 해에 전쟁난 거에요?] 핵교도 못 댕겼지, 전에는. 핵교도 못 댕겼어.

[조사자: 열일곱 살 때 시집오셨고?] 열일곱 살 때 시집을 가도 내가 섣달을 생일이 들었기 때문에 열 살 백에는 안돼. 그래논께. [조사자: 섣달이었구나

생신이.] 하모. 철떼기없었지잉. 그러고 뭐 오빠도 있고잉. 아버지가 좀 젊고 그랬지마는 이 참 낸중에 장난으로라도 대충은 알지마는 아무것도 몰라. 아– 무것도 모른 사람을 데려다가 고매 그러니. 시방도 내가 잠이 안와 가만– 생각하면 우리 부모들도 죄를 마이 짓다싶어. 그 어린 거를 시집을 보낼거이 가? 왜 그러냐면 반란군, 순경 들어오면 처녀 있는데만 매고 댕기는 거이라. [조사자: 그러니 빨리 보냈구나.] 하모. 그렁께 인자 그만 실수헐까이 일찍꺼니 보내버렸어. 막 형제간들 많고 우애좋고 막– 그런 집안에 어울리라고 기준이 오빠랑 야단이 났어. 자네들이 비니 허락을 해줬어.

아이 시집을 그저 새벽 밖에 물이 있어서 거가 빨래하고 있는디. 뭐 째깐한 사람이 장총을 매고 뭐 모포를 요리 쥐고 뭐 와. 내려가더라고. 내려가면서 쫓–아가. 달음질치고. 그렁게 내내 그 사람이 우리 신랑이라. (웃음) 신랑 코 끝에 오는가 모르고. 그래 난중에 본 께, 장개와서 얼매 있다 본께로 그 사람이 그 사람이더라고. (웃음) 그렇게 허정 세월을 그 전에 우리 그때는. [조사자: 그 당시 소개(피난) 나와 있어도 혼사들도 다 허고. 결혼도 다 허고 했네. 그렁께 소개 나와 집 떠나 나와있어도.] 그랬제. 소개 나와 절에 삶서 자기는 대원에 댕기고. 그래 대원에, 못들어오는기라 항상. 옷은 벗어, 빨래를 벗어도 이 이저 영감은 내가 와서 인자 갖다주믄 인자 갈아입고 가고. [조사자: 대원하시니까.] 반란군이 들어와싼게 몬와 절에도. 항상 산에가 산게 신랑이. 하모 지킬라고 산에 가서. 그럼 팽상도 시집은 가도 뭐 뭐 서방 꼬라지도 못 보지 항상. 무서워서 서로 피하거나 뭐 못 와.

그래 베는, 우리가 질샘(길쌈)이 좋아 베는 잘 짜고. 메고 짜고 막 그랬거든. 열일곱 살 먹어도. 열세 살 먹어서부터 베를 짰어. 바리 짤라갖고 요리 뻗으면 입이 안 벌어지고, 요리 오그리면 베가 이리 벌어지고. 요따가 막 부태 속에다 두 대기를 지어갖고 그래갖고 베를 짜고 그랬어.

그랬는디 그 험난한 세상을 겪어갖고는 아 인자 섣달에 결혼했으니 말하자면 내년 봄이지. 설을 샜응게. 긍께 그거를 인자 새를 먹어놔싼게 땅을 파갖고 모를 안 심는가. 날보고 인자 가자는 거여. 그놈으 새벽에 네시나 일어나 새밥을 해먹고 인제 점심을 해서 이고. 그때는 생전 뭣자리, 깽짜리 보다놓고 그 사람이. 그 여 따라 되겠다고. [조사자: 그 저 범왕까지?] 하모. 이십리를 걸어서. [조사자: 농사짓고.] 그라고는 그 땅 파고 인자 또 어둑어둑 허면 또 내려와. 절에 가서 밤에 밥을 해먹고. 이 사 그래 살았어도 오래 내려옴서.

그 인자 대원에 한 3년 그러고 그러고 사는디. 군인이 나와. [조사자: 영장이 나왔어.] 응. 5월 달에. 5월 달에 또 군인이 나와 버렸어. 군인도 뭐 가는 줄도 모르겠고만 훔치시 가삐리논께. 잔재도 같이 갔는데. 잔재는 눈이 안 좋아서 오구. 우리집 영감은 들어간기라. 그사 얼-매나 제주도가서 배가 고파서 욕을 봤는가. 물은, 물은 귀치(귀하지). [조사자: 제주도로 가셨구나.] 밥 싹 깎아주믄 반배도 안차지. 지 집 생각이고 뭐고 암- 것도 안 나고. 가서 우리 집이 가서 뱁, 보리뱁이라도 밥이나 한 그릇 묵을까. 그 생각 뱎에는 아나고. 배가 고파갖고.

그래갖고 인자 그때는 만-1년, 2년 만엔가 휴가를 왔어. 만 4년 만에. [조사자: 제대를 하고.] 제대를 한께로 말하자믄 5년이 걸리더라고. 그렁게 휴가를 온기라. 휴가를 왔으믄 그래 좀, 이제 범왕 있응께 휴가를 왔어. [조사자: 그때 전쟁은 끝났고?] 전장 한참 후지. [조사자: 아, 반란군들 있을때라.] 하모. 그렁께 이제 와서 인자 뭐 참 마누래오래 왔든게 이왕 한자리도 못해. 겁이 난께 인자. 얼른 왔다 또 우리 처갓집을 찾아갔어야 하는데 못했어. [조사자: 네, 범왕엔 못있고.]

그도 인자 하루집- 되아지를 지키라고 가래 신랑, 각시. [조사자: 뭘 지키라고 가래?] 되아지 지키러. [조사자: 돼지.] 이자 날이 무룩되는 데서 고개가 지는디 되아지가 와노면 난리를 쳐삐리. [조사자: 아, 산돼지가?] 어. 산돼지가. 되아지를 지키러가라네. 그인자 우리 시아바지가 여 한문 글을 굉장히 마이 배우고. [조사자: 한문을?] 한문. 여 이장도 멫-년하고 그 집이 댐배 기를 때. 총대도 마이 여시고 그랬거든. 참 인물이. [조사자: 담배 뭐라고?] 댐배, 댐배

버리, 총대. [조사자: 거그 우리 담배 농사를 지었어요?] 그 전에 댐배벌이를 마이 했지. 우리 영철이 낳던 해 그냥 내가 댐배벌이허고. [조사자: 어디.] 범왕서. [조사자: 골 안에 다 담배 심었었어?] 하모. 댐배. 그러고 먹고 살았지 뭐. 그저 가는디. 내가 추접스런 이야기를 해여. [조사자: 응. 해봐.]

아 그래 되아지를 지키러 인자 신랑, 각시 가는디. 아이 그날따라 되아지막에서라도 한번 만나보게 놔둘꺼인디. 시아바지가 애같으니 따라오시는기라. 따라와 또. 따라와갖고는 인자 막에가 인자 속에서 인자 되아지 오는거 보구. 인자 반란군 어디 흔적 있는가 인자 시아바지 애 같으진께 잽힐까 주변을 둘러보고 있어야된께. 아 그러면 좀 소변을, 지금 생각이 그래. 소변을 좀 나가서잉 되아지 둘러보는 척 좀 있다가 오면 될꺼인디. 안나가더라고 저녁내. 안나가, 한 방에. 한방에, 요만-한 막, 막, 막을 치놓고 되아지를 지키고. 아이 신랑은 뚝-같이 눕는디. 시아바지는 요기 눕고, 우리 둘이는 요리 눕는데. 아이 자다가 가슴에 자꾸 손이와, 신랭이. 그래 어찌 꺼이라. 어쩔 수가 없제. [조사자: 시아버지 누워 계시니까 어떡하면 좋아.] 살찍-히 오래 띠내고, 인자 요러고 가만-히 돌아눕고. 저녁내 그러고 말았지 어째. 시아재가 옆에 자는디. [조사자: 어떻게 안타깝다.] 참말로 아이고. 그래 시방 생각이 그래. 시아바지도잉. [조사자: 눈치가 너무 없으시네.] 눈치는 있지마는 자기 살라고. [조사자: 아, 나가기가 무서우시구나.] 반란군이 와있나 있나. 무서워서 못 나갔신기라. 못나가지. [조사자: 상황이 그러네.] 하모. 시방 생각하믄 그 소변누는 시간도 없든가. 그렇게 오랜만에 와갖고 새삼 마누래 한번 만나볼래는디. 그 시아바지가 따라와서 그래 한방, 막도 요만-하게 쳐놓고. 사람 쳐다보듯이 누. 요렇게. 혼자 막 되아지 지키는 막이거든. 농가에. 그런 세상도 다 살아봤어. [조사자: 독한 술을 드려가지고 그냥.] [조사자: 글쎄 주무시게 했어야 되는데, 이게 왠일이야.]

그래갖고서 살고 또 한 2년 있응게 또 휴가를 왔어. [조사자: 2년 있다가 또 그러고.] 그때는 휴가도 없어. 1년 차고 넘고 인자 2년이나 되면 휴가 한번씩

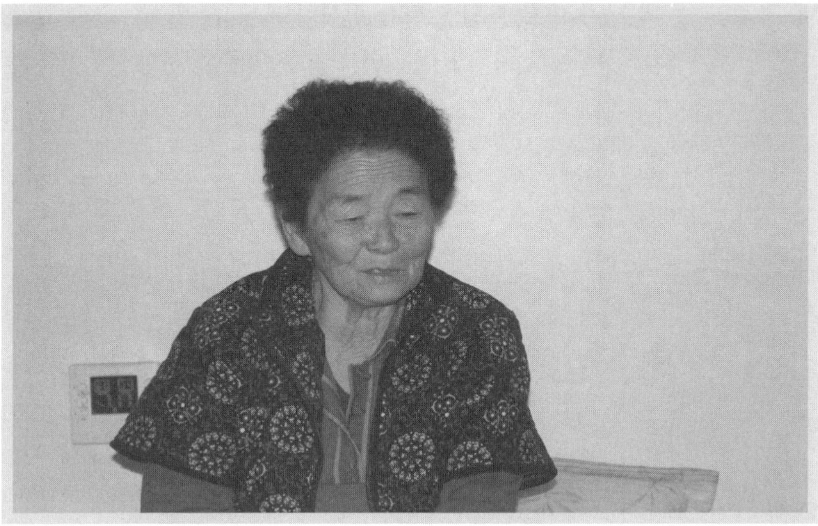

오는데. 그래 휴가 왔는데 어찌 야물싸 우리 큰 아들이 생겼어. [조사자: 어, 그때.] 어. 큰아들 생겨갖고 있는데. 우리 동서가 또 뭐라는 줄 알아? 하여튼 야멸쎄게 그러네.

"군인들은 약을 멕여싸서 애기를, 애기가 안생긴다는디. 어찌 애기가 안생기아?"

그 소리가 가슴에 맺혀서 인자. [조사자: 에이 그런 말을 했구만.]

그러니 이제 큰동서가 또 인자. 군인에를 제일로 처음에 시숙이 가고이. 한해. 또 그 밑에 우리 집 영감이 가고 그 밑에 우리 시아재가 가는거야. 한해 서이가 가삐리. 그렁께 인자 제대할 때도 먼저 간 사람 먼저 들어오고. 가운데 간 사람 가운데 들어오고, 마지막 또 오고. 그렇게 오고. 그렇게 여자들이 벌이가 없응게. 산에도 못 댕기고. 시아바지는 평생에 서당글만 배우고 선비가 되갖고 지게도 못져. 숙자 신랑 거 열댓살 먹고. 그렇고 인자 나무해 새기도 힘드는 거이라. 뭐 먹고 살 재주가 없어. 치맛자락만 한뱅이라. 그렁게 막 그때는 뭐 난리 바람에 뭐 어디가 고사리 하나 끊어먹을 수가 있나. 입산 금지가 되부 산에도 못가. [조사자: 입산 금지였어요?] 하모. 여 여 논뚜렁에 요런데 인제 들에 쑥이나 뜯어다가 싹 나갖고 먹을까. 아무것도 고사리 하나도 못 끊여.

그 인자 참 그래 인자 멘에서 인자 군에를 서이가 갔다고 인자 우유가리를 내주더라고. 우유가리. 우유가리라고 허연 가리가 있어. 근데 누린내가 나서 마 못 먹어. 그 누린내 나는 그걸 인제 요만-씩헌 푸대를 줘. 그렇게 쑥허고 섞어서 인자 쪄갖고. 그걸 인제 집어묵고 물 묵고. 그래 끼니를 챙기는기라. 그러고 기냥도 집어 묵으면 또 달짝지근허니 또 먹을만 해. [조사자: 우유가리가?] 우유가리가. 애내가 나. 막 얄궂은 냄새가 남시롱. 비위 약해서 못먹어. 그래 그거, 그거 양식이라고.

그러고 첫 휴가를 왔는디. 첫휴가 오잖여. 두번이, 두 번 휴가를 와갖고. 첫 휴가와서 참 윤철이(큰아들) 낳았다. 생겼다. 두 번 휴가를 왔는디. 서이가 군에를 가논께로. 돈을 여비를 타야 강원도를 가지. [조사자: 복귀를 할라믄.] 아 시방 와갖고 갈 날짜 가야될거 아이야. 비가 태-산 같이도 왔네. 큰물이 져갖고 여 여 여 장뚜룩막 여그 사람이 건네를 못가 둘레서 가고 막 그랬어. 물이 들어 와 갖고. 멘에 휴가비 타러 가더라고 영감이. 가논게, 시숙이 먼저 왔어 휴가를. 먼저 와놓고 휴가비 타고 가삐렀어. 우리 영감은 가운데가 되갖고 휴가비 타러 안 주는거야 멘에서. 내일 모레 인자 말하자면 인자, [조사자: 복귀를.] 강원도를 들어 가야할 꺼인디. 휴가비를 안줘. 그래 그양 가삐렸어 고만. 휴가비 타러 간 사람이. 간다 말도 없이 그마 군에를 가버렸어. 멘에서 바로. 그래 인자 내가 어찌 살꺼라 또. 환장을 해서 죽갔지 인자. 가다가 끄집어 내려서 뚜드려 패는가 싶으고 고마. 죽겄는기라 여이. 그에 그렇게 험난한 세상을 살았어. 그래고 가 갖고되니 어찌어찌 얻어먹었는가. 강원도 가는 하루에 못가거든. 이틀 사흘 걸리지. 그래갖고 그도 안 죽고 갔대. 안 죽고 갔어. [조사자: 하나도 없이 그냥 빈손으로.] 그렇게 고생도 마이도 했어.

시방은 뭐 뭐 뭔 군인이라더라. 재향군인이라데. 오래 산 사람은 팔마씩(8만원씩) 타먹어. 요새. 전시 때 헌 사람. 우리 영감 일찍 돌아 가셨는고. 그도 못타먹고. 그것도 못 해먹고 가셔뿌렸지.

[조사자: 그 큰 아들을 몇 살 때 나셨어요, 그래서? 그게 몇 살.] 큰 아들 스물하나에. 시방 오십 일곱이고. 내가 칠십 일곱이고 그럴까이. 아이고 불쌍해라. 이 약 보기도 싫어. 어떻게 고생했던지 간에. 아이고.

[3] 결혼 전의 빨치산 경험담

(조사자가 전날 경로당에서 한 이야기를 다시 해달라고 부탁함.)

그래 인자 시월 열 아흐레 날이 우리 친정 하나씨(할아버지) 제일(제사)이라. 나는 그때 한 결혼 해갖고인가, 안했을 거인가 몰라. 근디 방에 있는디. 곶감도 그땐 마이 깎았어. 멘장집(면자집) 밑에 요런 곶감 깎는 나무가 여덟대나 있어갖고는 겁-나게 깎아 달아 놨는디. 대부대가 시월에 내려온 거이라. 시월달에. 비가 부슬부슬 오는디 왔어, 왔는디. 아 한사람은 만날 마루끝에가 앉았어. 앉아서 안 추더라고. 그러더만 어머이가 안됐다고 곶감도 빼다주고 이거라고 하나 드시라고. 딴 사람들은 그 술 보글보글 끓여갖고 막 도아지 새끼를 요만한 거를 하나 해놨으니 어떻게 잘 묵는가. 그 싹 발라먹고 그러고 있는디.

그 사람은 술도 안먹고. 가만-히 앉았어. 그러더만 이제 새벽녘 된께로, 뭐이

"하끼나리, 하끼나리."

그러고 그양,

"얼로 우로, 얼로 우로."

막 가시나들 뭐이 막 난리가 나는거라. 막 골목, 골목에 부르고 댕기고 인

자. 빨치산이 올라가야된께. 즈그 동무 하나 없응께 인자 난리가 나. 우리는 겁이나서 벌벌 떨고 밤에 앉았는데. 그 사람이 가갖고 인자 그 우리 아래 사는 사람이 있어. 그집 짚덤 속에 숨었었대. 짚덤 속에 숨어갖고 하동 사찰계에 가서 귀순을 했어. 귀순을 해갖고 내 처녀 땐 가부다 결혼 안했었다.

멩주베를 차놓고 짜는디. 어머이도 안계시고는. 아니 막 이런데가 막 번적번적허니 뭐 붙이고 막 근사해갖고. 군복을 입고. 아 뭐 또 순경같은 옷을 입고 막 그래갖고 와서 찾는단말이야. 얼매나 겁이 났게 또 인자. 겁이나 죽겄지. 그때는 막 순경 근이(근처에) 막 와 '벌벌벌벌' 떨어. 그래 인자 마루에 이러고 있응게,

"놀래지 마시오!"

허면서,

"할머니 어디가시냐?"고 그래.

들에 일가셨다 그렇게 허는 소리가 그래. 아무저께 그때 몇월 메칟날 대부대가 내려왔을 때 자기도 왔었대. 마루에 앉았응께 할머니가 곶감도 빼다주고 그리 잘해주시더라고 안 쏜다고. 그때 아랫집이 가서 살짝 비끼가서 숨었다가 인자 귀순했다고. 의신에 우 집에 가믄 그 전에 일진이 주고 고향 사진관에 시할매, 진주할매. 즈그 진주할매 딸이 의신 하나 살았어. 그집이 쇠(소)를 한마리 몰고 가다 반란군들이, 그 집에다 버리고 갔데. 그거 조사하러 간다더라고. 그 사찰계 있는 사람이. 아이 그래갖고 안 잊이삐리고 그랬는디 어찌 낮에 집에 찾아왔는가 몰라. 그래 찾아왔데 그 사람이. 그래 만약에 여 반란군이나 뭐이나 이 뭔 일 그슨 이야기 했다간 큰일 날 뻔 할고마. 어 큰일 날 뻔. [조사자 : 그렇게 귀순한 사람 대체로 다 반란군 토벌하는데 또 가담을 해서 그 일을 맡아서 해요?] 그 사람들은 사찰계에 늘 있지. 하동에 사찰계에. [조사자: 귀순을 하모.]

저– 인제 저– 대방 강도란 사람은 여 여 정금 우에 대방, 대방 그 사람은 즈그 작은 아버지, 즈그 아버지 빨갱이라. 빨갱이 물들어갖고. 지서에서 잡

아다가 늘- 패서 고춧가루물을 코에다 들이붓지. 즈그 작은 아버지, 즈그 아버지 고마 산으로 올라가 삐렸어. 산에 빨치산이 되빘는디. 조카가 견딜 수가 있는가. 잡아다가 패 싸서 긍게 고만 조카도 귀순. 저 반란군 따라 올라가삐서.

그리고 요 사람이 어찌어찌 틈을 타고 귀순을 한 거야. 강도란 사람이. 요리 귀순을 했는디. 귀순을 해갖고 여 화계사람 마이(많이) 살렸어. 면직 뭐 좀 뭐 해먹던 사람도 잡아가믄 그 사람이 보내주고. 빨갱이 말하자믄 대장을 했었던갑소. 그래갖고는 마이 살려주고, 세도 못그면 마이 돌려보내주고 그렇게 했어. 하계 청년은 된단 사람인디. 애기가 문딩이가 되갖고 자슥을 못키웠다. 그라고 하계서 기를 못피. 여 대장을 허면서도 여 그때 중대장을 허면서러도 여그 만날 있고. 날보고 하는 소리가 즈그 아버지하고 한학년이라고. 고모, 소년 고모, 소년 고모 평생그래. 키도 크고 남자가 참- 인물도 좋아. 그런디 못살아서 전주가 처갓집인디. 할 수없으니 그 저 출생이 끝난께 지내삐리고 전주로 이사를 가삐렸어.

이사가갖고 즈그 작은 아버지 초상때 영철이 작은 아들이 조문을 간께 대방으로. 그 인자 어머이가 그리 물어 싸트라 그 그렁께로. 아 마침 강도가 왔더라네. [조사자: 아, 왔어?] 어. 그래 날보고 한번 만내보자고. 대방으로 오라고 전화가 왔더라고. 그래 못 갔지. 안갔지 고마. 안가고 인제 서울가서 또 전화를 했더라고. [조사자: 서울산대? 그 사람이?] 뭐 인제 전주 있었는데 서울로 또 이사를 갔는 감대. 그래갖고 서울서 전화가 한번 왔더만. 간 김에 고모를 한번 만내보고 갔어야 되는데. 난중에 언젠가는 한번 만내 보자더만 죽었는가 고마 기척도 없네. 참- 그 사람도 똑똑허고 인물도 좋고 참- 좋아. 근디 막 애기가 고 나쁜 물이 들어갖고 자슥을 못했어.

빨갱이 조-까만 물이 띠갖다 하믄 잡아다가 고마. [조사자: 잡아다가.] 하믄. 참 총살 안해도 직이는(죽이는) 세상을 낸께. 무서버서 꼼짝도 못해. [조사자: 그러면 범왕 살 때는 시집가서 인자, 범왕 있을때는 삼형제가 다 군대 갔다는데 그 반란군들이 몰랐어요?] 반란군 그 가도 그런 건 타치 안 하대? [조사자: 아- 그 몰랐.] 반란군이 언제 그런걸 뭐 그 조사랑 일이. 호적 태자 빘다니까 멘에(호적 태워버렸다니까 면에). 멘에 시키, 그래갖고 호적을 싹 태자 버린거여. 싹 태자비려 버려논게 뭐이 순경인가 뭐인가 모르지 즈그가. 옆에서 인자 우리들이 나쁜 짓이나 하고 살았으면 모라고 들어가지마는 그리 안해 논께 모르는 거이라. 넘어 간 거이라 그때는.

쪼-깜 인심 몬 얻고 말하자믄 산 사람들은 애먼 사람도 모라게(모르게)가 마이 절단 났지. [조사자: 그면 인제 동네에서도 즈거하고 척을 지고 살믄 그렇게 반란군들한테 말 한마디 잘못 건네노면?] 그렇지. 하모. 그렇지 그러고 빨갱이로 몰아붙이서 두드려 패서 조지고. 이 동네 같이 깨끗한 동네는 없었어. 이 동네는. [조사자: 범왕은 또 그러고.] 이 동네는 뭐 그런 사상자 있고 잽히가고 그런건 없어. 근디 성문에 한 집이 있었고, 대비로 저 삼신으로 있었지. 골안으로는 벨 없었어. [조사자: 여기 와서 많이 지내셨겠네.] 하모. [조사자: 범왕에 있을 수가 없어가지고.]

그래 우리 오빠도 하나 저 이용군이라고 있어 이용군. 응? 저 저 반란군들이. [조사자: 아-의용군.] 하모. 억지로 끌고가 갖고. [조사자: 의용군?] 하모. 그 의용군에 가갖고 있다가 그 저거 밀려올라가는 바람에 인자 살아갖고 나와 갖고 다시 군인해 갖고, 군인해가서 전사당했다. 군인해가서. 참- 오빠가 인물도 좋고 얼매나 예삐게 생겼다고. 그러고 뭐 전사당해삐리고. 지뢰를 밟아비렸더래. 그래갖고 죽었어. [조사자: 지뢰를 밟고, 아이고.] 지뢰를 밟아갖고. [조사자: 가슴 아프네요.] 그래갖고 돌아가셔 삐렸는데.

이 그때 세상에는 배가 고파서도 죽고 뭐 고만 전쟁 땀새 사람이 어디로 한랑으로 댕겨야 뭐 벌어다 먹지마는 만-날 문 앞 밖에를 못나가니. 밤새 갖혀갖고. 참 우리 저 저 큰 아들이 저거 시방 오십 일곱인디, 영철이 그 군인에를 인자 내일 모레 갈꺼인디. 우리 복심이 알제? 복심이 이 사람이 맨날 우리 딸, 큰 딸허고 동기라. 국민핵교때 같이 핵교를 댕기면 만날 허해. [조사

자: 자식 같죠?] 암. 그래 인자 이 사람하고 우리 딸하고 팽-상 공부도 왔다갔다 팽상. [조사자: 아유, 그러셨어요?] 좋게 지내. [조사자: 딸도 공부 잘하셨구만.] [조사자: 그럼.] 그래갖고 저. 이야기를 자꾸만 잊어 삐리니까. 깜빡깜빡 잊어버려. [조사자: 영철이 형님 얘기하다가 복심.]

군인에 인자, 우리 친정 조캐딸, 조캐딸이 인자 저 거 친구가 서울에 인자 그 육군 본부에 있었어. [조사자: 복심 누나 친구가?] 하모. 봄심이 여자 친구가. 가가 인자 마침 휴가라 온기라 여그를. 아 그래서 날보러 팽상 고모라 하고 고마 인연을 맺어갖고 복심이가,

"아 느그 오빠가 군인 해 가 있는디 어쩔꺼 모르겠다. 좋은데로 가야할 꺼인디."

웬걸 해필 간께 싹- 티오가 다 나가뿌리고 엄따고 광주 보건핵교에다가 딱 해줬어. 광주 보건핵교로 빠졌는디. 하필 광주 사태가 나네 또. [조사자: 아이고.] 아이고. [조사자: 광주면 괜찮을 줄 알았는데.] 하모. 광주 사태가 나삐리 갖고 니에(누에)는 이짝방 저짝방 두방을 다-키워서 곧 올라갈 때가 됐는디. [조사자: 누에? 아.] 자식이 죽겄단디 니에 그까짓게 뭐이 내삐리. 뽕도 안 따고 내삐렸어. 내삐리고 만날 테레비만 쳐다보고 있는 거이라. 테레비쳐다보고 있으면 막 속은 두드리고 펄쩍뛰고 돌아댕기는데. 인자 자식은 다시 못 만내보겠다 싶고 인자 환장을 허겄지. 그때 결혼한지도 얼매 안됐고 큰 아들이.

근디 인자 얼-추 시절이 됐다고 인저 군인을 가갖고 인저 비앙기(비행기)로 실어다 고마 저- 산봉우리에 갖다 내삐렀네. 밤에 비는 장대같이 떨어지는데, 저 산봉우리에다 갖다 내비리더래 군인을. 저놈들 인저 온-갖 지금 폭도들이 일어나서 난리가 난께. 인자 군인을 다 칼이고 뭐이고 총이고 뭐 쏴죽이고 찔러 죽이고 난리가 난께. 사람 푹 찔러 직이갖고 마 차에 고다 싣고, 차에 고다 싣고. 그래가 군인들 싹- 그리 피난을 시켜놨는디. 대차 뭐 산도 설고 물도 설고 그렇-게 비가 떨어지는디. 불이 있냐 뭐가 있냐 산에다 갖다가 사흘을 밥도 안주지. 보급도 없지.

'참 인제는 부모형제간도 인제 끝났는갑다.'

했데. 참 눈물밖엔 안 나고 배는 고프지.

그래가 인제 그때 인제 그 휴전이 얼-추 되았어 인자. 광주 또 우리 막내 있이 작은 어머이가 광주가 인제 친정이라. 근데 여서 비지 않고(보지 않고) 못산다고 광주로 보러 간다고 갔어. 시아재들이 그 하나는 양장점허고 하나는 이자 여장복점을 하고 사촌 시아재들이 사는데. 그 시아재들은, 시아재들은 이저 삼촌되지 말하자면 큰 아들한테. 그래 연락이 왔더래. 돈을 마이 가가서 망게(많이) 필요 없다고 도로 왔더라고 옷허고 돈허고. 도로 부쳤어. 긍게 이제 돈이 떨어진거이여. 그래갖고 휴전이 되어갖고 인자 보초를 서고 있는디. 돈 만원만 저 즈그 삼촌보고 좀 갖다도라더래. 만원을 갖고가는디. 아직도 휴전이 되도 구석구석에 그 놈들이 나돌아지더래. 무서버 죽겠더래고마. 그 인자 그마 갔지.

멘회(면회)를 됐고, 멘회를 갔어. 아직도 막 몽둥이질을 해시고 막 번적거리고 막 차에도 막 펄렁 내리고 막 그래. 그 또 무서워 죽겠는거라 겁이 나고 막. 그래 배추 짐치를, 아이고 배추 짐치를 참- 가닥 짐치 좋아하거든 우리 아들이.

"아이고 배추 짐치나 한 쪼가리 갖고오지."

그러더라고. 배추를 한포기를 사갖고, 시장에서. 작은 집이를 찾아갔어. 밤에 그거를 간을 쳐갖고 담아갖고 그래갖고 그 이튿날 토요일날 또 한번 보고, 일요일날 또 보러 갔어. 아들도 그라 어-찌 그리 밥을 그리 맛있게 먹고 배추 짐치를. 그래 배추 짐치 내 놈서 남아서 인자 갖고 못 들어간께. 군인들이. 인자 갖고 와야 돼. 도로 싼께로 그러더라고.

"짐치 저거 아깝다."

오죽이 먹고 싶어서. 그라고 막 돈 좀 줘 논께 인자 맥주 댓병사고 뭐 인제 한 소대에 갈라묵을라고 막-사다가 또 요리 벌리논께. 순행 도는 사람이 있는갑데 군인들이. 싹 훔쳐 가버리더라고. 그래고 아를 군인을 보내놓고는 그렇게 애간장을 녹혔어. 싸게라. 아이고 저 놈 자식이 잠이나 자는구나.

초학이란거 있어 그전에. 초학. 한기가 들어오마 입주위가 새-파래지면서 '발발발발발' 떨고 오그라져삐리. 암-것도 모르고 노-래지면서 고마. 아 그래갖고 초학을 해갖고 인자 꼭 죽겄는디 서방이란 사람은 대원해서 들어오들 못 허지. 이자 시할매하고 시아바지고 서이 인자 큰- 세를 멕였어 조합세를. 밥을 끼리 주고 있다가 내가 초학을 해갖고 밥도 몬해 주고 고마 죽게가 됐는께. 팔아 비리고 시아바이는 범왕으로 가시고 또 인자 시할머니는 여그 살던 집이 작은 아버지 집에 가삐리. 그렇게 친정에 아무 연락도 안허지. 범왕 시갓집이는 내가 친정간 줄 알고 수수쌀 한 되를 놔두고 가대. 수수쌀 한 되를 양식이란거이. 수수쌀 그놈 풀떼죽 끼리먹다 그게 떨어져삐린께 아무것도 없는 거이 양식이.

그러믄 우리 어머니가 재혼을 했어요. 우리 아부지가 딸 한 개 놓고 못놔. 전에는 자식이 없으면 사람으로도 안이고 내이고 막 그래서. 큰 머슴을 두개나 데리고 삼서 인자 우리 어머이가 재혼을했데 우리 집안으로. 와갖고는 그것 살며 팽-생 내가 한이 맺히는 거이라. 나는 우리 딸네들한테 과부라 소리, 저 재혼했다 소리 안 듣기고 내가 어째도 죽어도 요 집이서 죽어나가야지 싶어서.

양슥도 떨어져비리고. 할무이는 양식이 떨어져삐린께

"니는 범왕으로 가거라."

그러고 요리 용강으로 건네와뿌리고, 시아바이는 범왕으로 가시삐리고. 문을 안으로 신을 신기고 문을 안으로 걸어 잠가놓고. 딱 초학이 인제 지치 갖고 인제 죽게가 되논께. 그렇게 무섬을 타는 사람이 무섭도 안해. 한-개도 안무서워. 절 안에 무섭거든. 그때는 인자 반란군이 그렇게 막 많이 절에 들어오고 그럴때가 아이라. 그래 인제 사흘꺼지는 초학을 했고, 아-무것도 물 한모금도 안먹는디. 뭐 이틀에는 마음이 오싹허고 그더만. 나흘꺼만, 나흘 굶고 딱 몸져삐린께 세상이 밤인가- 낮인가 몰라. 아-무것도 몰라 그만. 뭐 밤도 낮도 모르고. 영 까라 앉어 기린거지.

사흘만에 참, 사흘만에 신랭이 들어왔더라. 사흘을 굶고 드러오니 왔더마는 고개를 요리 또 덜러(돌려)보대. 요리 또 덜러보더만 아이 그러길라무네 요리 눕지 말고 용강으로 가자. 처갓집에 그럼 데려다놓지. 제 목숨이 제일이라. 그마 그때라도 나보고 지까이. 반란군이. 나보고 지까이 그 마누래 요래 또 덜러보더니 나가부리. [조사자: 어쩜 그렇게 야속해.] 그러면 동수더라도 가서 이 데꼬오니라 그러지 그 소리도 시간이 없는 거이라. 시간 여유가 엄서. 만날 산에가 산께. 아 그래갖고 이레를 굶었어.

이레를 굶고 내가 요 집이서 죽어 나가면 설마 재혼했다 소리 안듣고 하모. 아무것이가 시집 못갔단 소리는 안 듣지. 동서는 뭐하러노이나 안살라고 억지쓴다 그러지. 내가 어-째도 내가 느그 집에서 죽어나가지 하고는 고마. 그렁께 이승인지 저승인지도 몰라. 뭐 며칠된지도 모르고만 숨만 붙었다 뿐이지 인자 죽은 사람이지.

아랫방에, 옆방에는 신봉 노장이 살아. 아주 나이 많은 중이 살고. 자기 누님은 구신이나 자신이나 그런 사람이 살더라고. 그게 여그 밑에 방에는 성내리 생이라고 저 외양사람인디 두 내우살고 있었어. 두 내우 사는디 아 거그서 아-무래도 이상하더래. 어디가면 간다 할꺼인디 말도 없고. 좁은 문이라. 문이 새살문이. 첨(침)을 요래 묻혔고 문구녕을 뚫어갖고 들여다본께 내가 누워있더래. 문을 잡아 뜯고 문을 그래갖고 들어가본께. 이라시도 모르고 뭐 보듬어도 모르고 마 영 정신이 나가빘대. 이 사람이 이저 쌀을 구해갖고 막 조랭에다 받치 갖고 그래갖고 갖고 와서 떠 먹였다는거야. 사흘을 구왔는데 그때 정신이 돌아오더라네. 이레를 굶어가. 나 그래 독한 사람이래. 그래갖고는 나를 살려냈대.

그래갖고 이 섣달에 신을 흰고무신 코빼기신 한 켤레 얻어 신은거를 종을 붙어서 내 범왕을 따라 댕김서 이십리를 오르내림서 살피고 올라가고 내려온게 신도 다 떨어진 게 아이가. 신도 다 떨어져 버뿌렸어. 그 신 사신을 돈이 엄어. 엄응께 안에다가 헝겊데기를 데갖고 신을 걸어매줍는 거이라. 시집에 신 그 얻어 신은 흰 고무신. 그거 인제 이리 걸러 매갖고 끼내갖고. 연중에요 주도새에 인자 신랭있응께 주도새에 있다가 산에 올라갔다가 서로 교대를 허고. 신랑 인사시킨다고 저- 보거리 저 저 참나무골에 저리 해서 점-도록 걸어온 거이.

작은 아버지 왔어. 온께 대처 그거 뭐 죽은 목숨이지. 둘러둘러 둘러서 인자 친정으로 안가고 시갓집이 작은 아버이 집이 왔어. 할머이가, 시할머이가 계시는. 시할머이가 그리 나를 잘해줘. 얼-매나 우네 날 잡고.

"니가 세상 거기서 양식도 없이 아무것도 없는 것이 어떻게 니가 살았냐?"

고 그때. 태산같이 울더라고 할머이. 그래 작은 어머이도 양식이 없는 거이라. 내무를 하나 갈아갖고 받이갖고 그거를 물매로 끓여주더라고. 작은 어머이가. 그거를 인자 한번 찌개묵고 난께 그것도 되게 죽겄디야. 내- 굶은 속에다가 매운 탕수를 그걸 다 마시난께 죽겄는 거이라 막. 속에 빠지고. 그런 세상 살았어 나는.

국군에 의한 문경 석봉리 양민학살

채 홍 달

"애기가 죽었는데 총을 맞아 죽은 게 아니고, 엄마가 총을 맞아 죽으니까 거서 그냥 엄마 젖꼭지를 물고 굶어서, 굶고 얼어서 죽었고"

자 료 명: 20120309채홍달(문경)
조 사 일: 2012년 3월 9일
조사시간: 약 50분
구 연 자: 채홍달(남 · 1949년생)
조 사 자: 김경섭, 김효실, 김정은, 이부희
조사장소: 경상북도 문경시 산북면 석봉리 양민학살 현장

[조사과정 및 구연상황]

한국전쟁은 전쟁과정뿐 만아니라 전쟁 전의 이념갈등과 전쟁 후의 상흔을 모두 포괄하는 것이다. 제주 4.3이나 빨치산을 한국전쟁에 포함하여 조사할 수밖에 없는 이유가 여기에 있다. 조사팀이 이런 문제의식으로 주목한 사건이 전쟁 전에 발생한 문경 석달마을 양민학살 사건이다. 국군에 의해 자행된

이 사건의 당사자들로부터 이야기를 듣기 위해 문경시 산북면 석봉리 사건현장을 찾았다. 사전에 연락이 닿은 유족회 간사 분을 사건 현장에서 만나 자세한 이야기를 들었다.

[구연자 정보]

채홍달 화자는 1949년 12월 24일 이곳 석봉리(일명 석달마을)에서 국군 2사단 25연대 3대대 7중대 소속 2개 소대가 들어와 민간인 86명을 학살한 현장에서 살아남은 분이다. 채홍달 화자는 모친이 자신을 임신 중이었다. 제보자의 모친은 어깨 관통상을 입고도 살아남아 제보자 목숨도 보전될 수 있었다. 화자는 채씨 집성촌인 이곳에서 당시 생존자를 중심으로 사건을 재구하고 증거를 확보하는 등 실질적인 노력을 기울여온 유족회 간사이다. 이 사건은 2011년 대법원 공소시효 재검토 판결로 인해 다시 세인의 관심을 끌고 있다. 유족회는 문민정부가 들어선 1993년 이후 이 사건을 세상에 알리고 정부차원의 대책을 힘겹게 요구하고 있다.

[이야기 개요]

군인들이 마을에 갑자기 들이 닥쳐 사람들을 모아두고 총을 쏘았는데, 당시 마을 주민들은 여자들과 노인들이 대부분이었다. 방학식을 하고 돌아오는 아이들을 길목에서 잡아 모아놓고 아이들도 죽였다. 마을을 불태웠는데, 그 불을 보고 불을 끄러 온 다른 마을 사람들도 죽였으며, 시체에도 불을 붙여 태웠다. 마을 주민 124명 중 86명이 사망했고 이 중 14세 이하 어린이가 사망자가 28명이었다. 주변에 친척들이 있는 사람이나 가족이 생존한 사람들은 시체를 찾았으나 그렇지 못한 사람들은 한꺼번에 매장되었다. 이후 국가에서 지원금이 나와서 마을을 재건했는데 어린 학생들이 학살된 장소에 위령비가 세워져 있다.

[주제어] 문경 석봉리, 국군, 양민 학살, 국군2사단 25연대, 방학, 어린이, 위령비, 진상 규명

[1] 문경 석봉리 양민학살 개요

(사건 당시 기록이 담긴 책자를 준 뒤 주변 지형에 대해 소개를 해주었음)

그때 당시 지금 그때 당시로는 전연(전혀) 몰랐는데. 어 호계면 상선암에서 거 군인들이 2개 소대가 넘어왔시오. [조사자: 그게 몇 연댑니까?] 어 25연대, 25연대 아 그 책자에 보면 있는데 고거 인제. [조사자: 25연대구나.] 예예. 25연대, 어 몇 대대더라. 고 책자에 함 보면. [조사자: 저기, 1949년.] 예예. 그래 2개 소댄데. 2소대, 3소댄데, 유진규 소위하고 안택현 중사가 그 한 2개 소대가. [조사자: 호계면 상선암까지?] 예. 거기에서 2개 소대가 모이고, 하나는 점촌에서 출발을 했고, 하나는, 1개 소대는 저쪽에 거 동로라고 하는 예천에서 출발해가 거기서 모이(모여)갖고 현재 이리 왔시요. 왔는데 그 사람들의 거 작전 명령은 어디를 받았는가 하며는. 이 산 대나무산이고 저 산 너머에 들비산이 있다 그랬죠? [조사자: 예.] 들비산이고 그 너머에 당산이 있다 그랬고. 이 산 넘어 석봉산이 있다 그랬잖아요. [조사자: 예.] 그러면 저 거 정찰

명령을 받기를, 어떻게 그 사람들이 명령을 받기는,

"들비산과 당산, 석봉산을 정찰하라!"

그러는 정찰명령을. [조사자: 정찰? 원래 목적은 정찰.] 예. 수색 정찰을 하는 명령을 받고 왔는데. 날이 추와갖고(추워갖고) 어떻게든지 거 길을 몰라 그런지 이리로 넘어왔어요. 이리로 넘어와 갖고. 여기 모여가 당시 마을이 여기거든요. [조사자: 저 자리가 마을자리.] 예. 마을 쪽이 저 위에서, 저 나무 네 개 섰죠? 저기에서부터 저 밑에 저기까지입니다. [조사자: 여기가 옛날 마을 자리였구나.] 예. 마을자린데 저긴데, 여기 와갖고 말하고 그런데 인제.

거기에서 저거는 원인에 대해서는 여러 가지로 엇갈리오. 그 얘기를 군인들이 군이 왔는데, 그날 날씨가 몹시 추웠어요. 추워갖고 추우니깐 그 사람여 오니깐 없으니까 사람들이 모이(모두) 나오라 그러는데 추우니까 잘 안나왔죠. 안 나오니까 마을에 불을 질렀어요. 나오고 불을 질러갖고. 마을 앞에 인제 불을, 불이 타니까 나올꺼 아입니까. 나오니까 전부 모아놓고는 그대로 총살, 집중 사격을 했거야. 마을 딱 포획하고.

그런데 거기에서 인제 고 부분에 대해서는 뭐 여러 가지 뭐 엇갈리는 주장이 나오는데.

'불을 지르니까 사람들이 나왔다',

'나오라 그래갖고 안 나오니까 불을 질렀다.'

불이 먼전지(먼저인지) 나오라고 먼전지. 그런데 어떤 분들은 사람이 먼저 나오라고 그랬는데 사람들이 안 나오니까 집에서. 불을 질렀다고 죽고. 근데 어-떤 거긴가는 그게 추측이지. 그 당사자가 없으니까.

그렇게 해서 1차적으로 요 앞에 쫌 있잖아요. [조사자: 예.] 여기에다 마을 사람들이 전부 모인걸 해갖고, 전부해갖고 거의 다. 한 반수정도는 죽었어요. 그러니까 죽으니까 거기서 다시,

"살은 사람 살려줄 테니까 일어서라."

일어나갖고 해고 다시 요쪽에 쪼금 옆에다가 모아놓고 재 사격을 했는거야. [조사자: 또?] 예. 그래갖고 재사격을 했는데. 그때 없애고. 그러고 인제 재사격을 해갖고 거의 뭐 사람 밑에는 거의 다 죽었지요. 그때 이제 그런 마을에 불을 지르니까 인근 동네에서 [조사자: 불보고?] 어 불끄고, 불끄러온다고 왔던 사람도 [조사자: 또 죽고?] 같이 들어가 또 죽고. [조사자: 아이고.] 그런 경우도 있고.

그 다음에 학생들이 12월 23일 방학하는 날이거든요. 그때도 그런데 인제. 학교 조 산 넘어갖고 조(저, 길을 가리키며) 길 있죠? [조사자: 예.] 길이 있는데 학생들이 인제 넘어오니까. 국민학생들이죠. 저 비 세워놨데 있잖여? 비를 저 자리 세운 게, 저기 와갖고 학생들. [조사자: 학생들을.] 예. 인제 초등학생들 전부 쭉 모아놓고 거기도 집중 사격을 했고.

그러곤 인제 넘어 갔어요. 저 조 길로 따라가 석봉으로 가서 아까 거- 하며는 새목재라고 하는 재가 있어요. 고 너머가 당포거든요. 그래서 그때 작전명령을 거 후일 알았지만 그 넘어갖고 여기서 수색 정찰을 해갖고, 거 그놈에 당포에서 새목재 넘어서 당포에 집결을 하라. 근데 여기서 그렇게 인제 난동만 부리고 그냥. [조사자: 갔어요?] 예, 넘어간거. 그래서 인제 하나 인제 증명할 수 있는 게. 내 이의신청 할데도 없고. 과거사위원회 했는데. 거 거

'그 사람들은 분명 길을 잘못한거다.'

그러며는 여기는 대나무 산이고 그 사람들 작전명령에는

'들비산하고 석봉산 단산을 수색정찰하라!'

고 그랬는데. 거는 이 산너머 저쪽인데 이리 왔다 그러는거는 뭔가 인제 착오가 분명히 있었죠. 그러고 여 와서는 거의 돌발적인 행동이었고. 그러고 여기 사건이 난거는 당시에 중대장도 [조사자: 모르고 있었고.] 예. 모르고 있었고요. 어떤 뭐 사전에 어디를 가갖고 뭐 톡, 여기 그 하니까 혐의가 있으니까 뭐 해라. 근데 나중에는 뭐 했겠죠.

그러고는 해고보니까 잘못했으니까 이 사람들이 어떻게 했는가 하면. 보고를 인제 가갖고 자체보고를 했겠죠.

'뭐 어디를 뭐 가니까 아 산골에 뭐 있는데 뭐 2소대 가갖고 그렇게 했다'

그러니까. 잘못했, 그게 아이다고. 뭐 심하게 인제 중대장이 언성을 높이고 막 그러니까 급하게 인제 벗어날라 그러니까 잘못핸거, 잘못한거 벗어날라 그러니까. 어떻게 하면, 도저히 하튼 무장공비가 마을을 습격해서 피해를 입히고 달아났다. [조사자: 그게 다 날조 된거군요.] [조사자: 무장공비도 없었네요?] 예.

그래갖고 인제 그 다음엔 그래곤 아ㅡ예 묻혀버렸죠. 그래 그거는 무장공비가 나와 갖고 도저히 하튼 무장공비가 마을을 습격해서 민가에 피해를 입히고 산속으로 달아났다. 그렇게 인제 보고돼갖고 그 보고가 어디까지 갔는가하면 미 군사 법무관까지 갔어요.

그러는데 그래서 고 이내 1월 16일날인가, 17일날인가. 충녕국민학교, 그러니까 그 그때는 49년도니까. 무장공비가 그렇게 중무장을 하고, 완전군장을 하고 그렇게 인제 습격을 하고 그런 경우는. [조사자: 그때가 아닌데.] 어. 없었거든요. 그러니까 이기, 이 미군에서 아 사태가 심각 해다 그러고 정부에서도 심각하다. 뭔가 이상하다 그래갖고 다시 조사를 하고 그거를 저 저 국방부에서 국방부장관이 내려와 보고 했는데. 그런데 국방부 장관이 왔을 때 국군이 그랬다는 걸 알았는지 아니면 아니면 무장공비가 그때까지 그렇게 허위보고만 듣고 했는지 그거는. [조사자: 아직 밝혀지지 않았고.] 예. 그거는 알길도 없고. 본인도 당시 협, 그 신승목(신성모) 국방부장관도 이미 오래전에 고인이 됐고. 그거는 아직 밝혀지지는 않앴어요. 그거는 영영 못 밝히겠죠. 신승목 장관이, 국방부장관이 그걸 알고 있었는지.

그래서 인제 신성목 국방부 장관이 와갖고 '김정국민학교' 와갖고 거 연설을 하고 그러고 인제 여기서 집짓고 살아. 그러면서 돈을 그때 당시 인제 백만 원을 주고 갔다 그러더라고. [조사자: 이 마을에요?] 예. 그때 여기서 죽은 사람이 총 86명이, 124명이 살고 있었는데, 스물 네 가구 124명이 살고 있었는데, 86명이 여기서 죽고 스물 네 명이, 아니 스물여섯 명인가요? [조사자: 스물여덟 명.] 스물여덟 명. 그 살아 [조사자: 살아남은.] 예예. 그 중에는 부상자도 한 5명이 있고 살아남은 사람 중에는. 그러 그 중에서 86명 중에서 83명 정도는 바로 즉사를 하고. 현장에서 즉사 하고. 한번은 저 이짝 할머닌데, 그거는 병원에 가갖고 정신 잃고 가는 중에 돌아가시고. 나머지는 전부 그 이튿날 이전에.

근데 이제 제가 듣기로는 그 죽은데 그거는 실지 죽은 사람 중에는 것도 있어요. 그 그 이후에 애기 들었는데 애기가 죽었는데 그는 총을 맞아 죽은 게 아니고. 엄마가 총을 맞아 죽으니까 거서 그냥 엄마 젖꼭지를 물고 굶어서. 굶고 얼어서 죽었고. 그래 저걸 나중에 인제 죽 하니까 엄마 인제 죽어있으니까, 춥고. 그 갑자기 나오니까 뭐 해갖고 다 거 한 것도 아니고 집에 있다 갑자기 나오니까 옷도 제대로 못 챙기고 그러고 나왔죠. 그래 애 인자 죽은 엄마 해갖고, 그렇게 해갖고 혼자서 그냥 예 젖을 빨고 있더래요. 그래갖고 그 다음에는 애기는 우찌 된지 그저 죽었다 그러는 거만 알고. [조사자: 모르는.] 예, 그 그 다음에 뭐 하루를 못 넘겼겠죠. [조사자: 겨울에.]

그래갖고 그렇게 해서 그거를 어떻게 해서 인자 알았는, 그런데 그러고 나서도 어떤 분명히 볼 때 모든 그거는 국군이었었어 모든 차림이. 근데 '국군이다', '아이다(아니다)' 하는기 어디서도 찾을 수가 없어요. 심정은 분명 국군이지만. 그래갖고 뭐 설(說)만 무성하고 그 호적에는 전부 공비출몰에 의해서 사망한 걸로 그래 나와 있고. [조사자: 근데 그 49년 당시 이 주위에 공비가 출몰해서 사람이 상하거나 그런 일이 한건이라도 있었어요?] 없었어요, 이 주위에는. [조사자: 그게 말이 안 되는 거지요.]

그러고 거서 나중에 이제 그 사람들이 할 때는 뭐 나중에는 어떤 핑계를 대지만 이제 그 원인으로 그게 나와 있대. 우리가 올라오다보면 삼북 있잖아요? [조사자: 예.] 삼북에서 올라오다, 쪼금 올라오다보면 좌회전핸데 보면, 했잖아요 우리가. 우회전하면 그쪽으로 우회전해가 한 4키로 들어가며는 얼음고개가 있는데. 거서 공비들이 나와 갖고 경찰서장이 거서 피격을 당해갖고 죽은 일이 있어요. [조사자: 그건 언젭니까?] 고거는 그보다 전이죠. 것도 인제 원인이 딱 외부 서울로 볼 때 하지만. 그기하고 여기하고 [조사자: 여기하고는.] 엄청나게 기본적으로. [조사자: 그렇죠.] 그 사람들은 한 원인으로 같은, 가해자측의 하나 핑계를 볼 수. [조사자: 예.] 그래서 인자 몰랐으요. 모르고 있다가 쭉 해갖고 밝힐라그래도 어떤 아는 곳에 기록상으로는 호적에만 공비출몰로 그렇게 돼있다 이거지. 공비가 여기 출몰해 그렇다는 기록도 없고 국군이 그랬다는 기록도 없고. 그러다가 인제 정부 조사를 해다가 4.19나고 조사 해다가 실패하고 5.16 나면서.

[2] 양민학살 사건의 조사과정

그 인자 90년도 중반에 뭐 미국에서 인제 거, 미국에는 50년 넘으면 군사자료들 비밀이 해제되잖아요. 거기에서 여기에 인제 국군 3사단이 거 여기서 많이 처음에 보고도 차근차근이 나온 게 그게 이 한 자료입니다. 미국, 미국. [조사자: 어떻게 된건지.] 예. 미 국방부 사령부에 보관된 자료가 기밀해제 나온걸 보고. 내용을 제가 하는 거. 거기에 인제 보니까. 국군 3사단이, 아 3사단 이전에, 문경, 문경군 삼봉면 석봉리에 공비들이 출몰을 해갖고 또 민가를 습격해가, 도주하던, 보고에 의하면 도주하던 공비들이 민가를 습격해서 주민을 86명이나 저거 가옥 스물네 채를 전소시키고 산속으로 달아났다. 그래서 이거 심각하게 우려한다. 그러다가 그 다음 보고에서 국군 3사단. [조사자: 이었다.] 예. [조사자: 라고 되어 있었어요?] 예 예.

그래서 그걸 해갖고 하기로 했죠. 그래도 그걸 자료를 내밀어도 국가에서는, 국방부에서는 [조사자: 인정을 안해줬겠네요?] 어.

'자료가 없다. 우리가 국군이 거기서 그랬다는 자료가 없다. 그러고 자료를 확인해도 그거 자료를 설상 나왔다그래도 이미 민, 형사 시효가 다 지났기 때문에 없고. 그래 계속 인제 자료가 없기 때문에 확인할 수가 없다.'

그러다가 인제 저기 나중에 인제 그 국방부에서 인제 그 한게.

'그때 당시에 요렇게 해서 수색, 정찰한 기록이 있다.'

그러다가 인제 과거사위원회에서 조사 시작하고 3사단이 아이고 2사단. 25연대 [조사자: 25연대.] 어. 3대대라고 알고 있습니다. 3대대 거 해갖고. 3소대 7중대 2소대 3소대. 거기서 그랬다고 인제 밝히고. [조사자: 2사단 몇 연대요?] 25연대. [조사자: 25연대.] [조사자: 제가 책자 나중에 찾을께요. 예.] 예. 25연대. 아마 3대대, 3대대 7중대에서 2소대, 3소대. 한 사람은 소대장이 안택휴 중사고, 유진규 소위로 그렇게 했는데.

그러고 여서 한게 그때 당시에 과거사위원회에 조사해갖고 생존자를 찾았어요. 한사람이 인제 찾아갖고. [조사자: 이 군인들 중에서요?] 예예. 생존자를 한 사람을 그 때 당시 중대장, 아 소대장한사람. 유진규 소위는 50년대에 전사했고, 안택휴 중사는 치매가 심해갖고 병원에 있는데 조사가 불가능하다 그러는데. 어 그 당시 사병이었던 사람을 찾아갖고 했는데. 그래갖고 인제 자기는 명령에 따랐다 뭐 했고, 총을 자기가 사격을 했는데. 한다고 여기 사람들 전부 빨갱이니까. [조사자: 다 죽여라.] 쳐라. 그 사람들 안 쏘니까. 그 보니까 그 여기가 전부 뭐 애들이고 여자들이고 남자도 얼마 안되고, 노인들이고. 도저히 이해가 안가지만 사격안하면 군법회의 넘기겠다, 군법으로 처리하겠다. [조사자: 소대장이?] 예. [조사자: 그럼 소대장한테 명령한 사람은 도대체 누구에요?] 그렇께 소대장이 집권으로. [조사자: 그 소대장 두 명이 그러면 이상한 사람들이네.] 예.

그렇게 그거는 한사람은 그기고. 지금 치매가 심해갖고 조사불가, 한 사람은 전사. 그러고 그때 당시로 여러 기관을 통해갖고 경찰서랑 전부 그거 조사핸거 각 소견을 물으면 중대장은 몰랐던 사실이고. 보고 없이 그걸 했고. [조사자: 정말 우발적이네요.] 예. 그래서 이제 소대장 두 사람이 주범인데, 왜 그래했는가 자긴 그냥 뭐 임의로 해갖고 그냥 짐작으로 했는지. 그래갖고 뭐 여러 가지 보믄, 어떤 사람들은 뭐 뭐 혐의를 물으니까 했다 그러는데. 혐의라 그러는건 뭐 어떤 사전에 뭐 정보가 있거나 뭐 여러 가지 있을때 혐의라 그러는게 있잖아요. 근데 여기대한 정보도 없었고. 그 사람들은. 그 이튿날 와갖고 경찰서에서도 그때 뭐든걸 최선을, 경찰서도 했고, 면사무소도 했는데. 거기서도 왜 왔다갔다 하믄 이상없이 잘, 사이좋게 잘 지내던 동네고. 군에서도 잘 지내던 동넨데. 그래서 당시 완전히 돌발적으로 갑자기 일어난.

그래서 인제 가 하고 국방부장관이 와서 어 다시 이제 해라고 마을 여기 안하고 원래 옛날에 그렇잖아요. 불 뜨던 자리는 다시 안 짓는다고 그러잖아요. [조사자: 예.] 그래 마을을 이제 옮기고. 거기서 한 집에 집지라고 약간 나오고. 그러고 군용 모포가 한 집에 두 장씩 나왔어요. 그렇게 이제 뭐 식량도 조금씩 나오고. 그렇게 집, 가옥이 그렇게 전체적으로 스물네 가구에, 한 집에 2만원씩 나왔다는 것 같더라고 집 지라고. 그럼 그 다음에 군용모포. 그거하고 시, 식량은 뭐 조금 나왔다그러는데 어떻게 해가 그건 식량이 거서 나왔는지. 면에서 면장이 줬는지 그건 확실히 잘 모르겠어요.

[조사자: 그러면 채선생님도 그 다 전해들은 얘기시겠네요. 그죠?] 고고 있고. 그때 저는 어 제 사실 유복자요. 그때 저는 엄마 뱃속에 있었어요. 임신 10개월 되는 엄마 그런데 다행히 운 좋게도 살았는 게, 엄마가 이렇게 총 어깨에 관통, [조사자: 여기서?] 예. 관통상을 입었는데도. [조사자: 그럼 지금 환갑 지나셨어요?] 지났어요. [조사자: 너무 정정하셔가지고.] 예. 49년생이에요. [조사자: 아, 49년생이시구나.] [조사자: 딱 그해에.] 예. 그러고 13년을 다 저가 났어요. [조사자: 아, 그렇게 하고 바로.] 예. [조사자: 12월 달에?] 예. [조사자: 12월 한 27일, 28일 요때?] 아 아니, 그렇게 그 해에 12월 24일이 음력으로 11월 5일이거든요. [조사자: 아, 음력으로.] 예. 그러는데 내가 음력 11월 18일날 낳으니까.

그래서 이제 전반적인건 그렇고 이제. 그 외에 하며는 작은 집 형님 여 밭에 있다 그러는데. 거 인제 여기 여 일한다 그러던 분은, 학교 갔다 저 앞에 저기서 비석있는데 거 있다가 거 해갖고 총 헌데. 넘어져갖고 시체에 깔려갖고 거서 옆에 있던 사람 많이 죽고. 또 그믄 나이먹, [조사자: 생존해계신 분이 몇 분이나 계십니까?] 그때 당시에 생존해계신 분들이. [조사자: 현재로 꽤 연세가 높으시겠네요.] 전부 높죠. 제가 [조사자: 팔순이 다 넘으셨겠네요.] 그때 좌우간 뱃속에 생명이 있던 어쨌던간에 생명이 있던 사람으로 제가 제일 막내니깐. [조사자: 그렇네요. 네.]

(화자의 집안 형님이 오셔서 이야기를 이어감.)

예, 그렇습니다. 고때에 [채홍달: 형님이 당시에 네 살요. 저희 형님도 여기.] 내가 할머니 등에 업혀가지고 할머니는 총을 맞아서 병원에 한달 입원해 있다 돌아가싰고, [조사자: 예, 할머니가.] 나는 할머니 등에서 총은 안 맞았어

요. [조사자: 예, 할머니 등에 계시니까. 예.]

그러고 다음에 인제 동생이, 이제 동생이 지금 얘기했잖아요. 이제 그 조사하는 과정에서 이제 직장에 다니느라고 (이가 빠져서 마스크를 한 것에 잠시 양해를 구하심) 그런데 그 조사하는 과정에서 그때 당시에 김이화 경찰서장을 우리가 방문을 했었어요. 대구 칠성당에 사는데. [조사자: 그 당시에 여기 경찰서장.] 예. [조사자: 이 동네 경찰서장.] 문경 경찰서장, 문경 경찰서장 고 당시에. 하고 사건 회견을 한 경찰서장이지요. 경찰서장이 대구에 거 팔십이 넘은 노인이 있는데, 다른 얘기 안합디다. 거 그 당시에 어쨌든간이믄 민감한 얘기가 되가지고. 경찰서장 아무 얘기도, 모른다고 얘기 안해줬어요. 우리는 사실을 밝히기 위해서 아-주 하고, 전 식구가 다 죽었잖아요. 그래서 뭔 근거 있는 자료라도 하나 얻을까 싶어서 가서 얘기좀 해달라고 뭐 그래도 얘기를 안하고 그럽디다. 그래. [조사자: 형님께서 꽤 오래 고생하셨겠네요. 이거 알리려고.] 알릴려고 해야 근거가, 정부에서 못하게 하잖아요. 은폐한 사실이니깐. [조사자: 그 몇 년, 그러니까 언제부터 주로 많이 다니셨어요 알릴려고? 한 몇십년 됐겠네요.] [채홍달: 93년.] [조사자: 93년 이후에.] 김영삼 정부. [조사자: 문민정부 이후에?] 예. [조사자: 아, 그렇지.] 문민정부 이후에. [조사자: 그때쯤 돼야 얘기를 좀 할 수 있겠지. 그전에야 뭐. 군인들이 대통령이었으니까.] 여기 이몽렬씨하고 최홍란씨라고, 그 경찰서에 5. 16나고 경찰서에 잽혀가서 한 70일동안 구류를 산 적이 있어요. 얘기한다고. [조사자: 얘기한다고?] 예. 그렇께 정부에서 은폐한건 확실하지. [조사자: 그럼요, 확실하죠.] [채홍달: 4. 19 나고 그 밝힐라고 또 그렇게 진정을 했거든요. 그게 5. 16 나고 그냥. 저것도 아이고 체포되고, 그냥 구금이죠 뭐. 체포 영장이 떨어지고 뭐 그거 어떤 것도 아이고. 인제 저쪽 위령비 있는 쪽으로.] [조사자: 예, 한번 가시죠.]

(위령비가 있는 곳으로 자리를 옮김)

이유가 하나도 없죠. [조사자: 그렇죠. 자기들 책임소재가 아니니까.] 예. 것도 아이고. 그때는 모든 그어 사상범이나 그런거 잡아가니, 경찰이 잡아갔는데.

그런데 이슨(있는) 지역도 아이고. 그것도 없고, 저것도 없고. [조사자: 그건 뭐 경찰이 동향으로 여기 뭐 마을 보건소가 있었던 것도 아니고, 그건 이유가 안 되는거 같아요. 빨치산이나 공비가 있었다는 거는.]

[조사자: 여기가 행정구역상 당시에는 문경군에 속하는 겁니까?] 예예. [조사자: 지금은 점촌시 문경.] 아니, 문경시. [조사자: 아, 문경시 석봉.] 삼봉면. [조사자: 삼봉면 석봉리.] 예. 그때는 군이다가 인제 점촌시, 문경 두 개로 했다 통합시로 인자 바껴가 문경시로. [조사자: 지금은 문경시가 됐습니까? 아. 문경시구나. 그 옛날 요 마을 이름은 따로 있었습니까? 마을 이름이?] 마을 이름은 그때도 석달이고 지금도 석달이고. [조사자: 석달?] 예. [조사자: 석달.] 동네 이름이 인제 자연부락으로 인제 쪼금쪼금하면 마을 이름이 있잖아요. [조사자: 예예.] 그 석봉리 석달마을. 그 일명 돌담골 그러기도 하고. [조사자: 아. 석봉리 그걸로 알려져있는데. 더 정확한 이름은 석달. 석달마을.] 예. 석봉리 그대로 말해도. [조사자: 석봉리 석달마을 이래야되겠네요. 오히려.] 예예. [청중: 석봉리 1반입니다. 여기가.] [조사자: 아, 여기가요. 아, 석봉리 1반.]

[조사자: 야, 이 산 안에, 골짜기까지 들어와가지고 참.] 골짜기는. 그런데 여서, 그때는 이 길로 사람들이 많이 다녔어요. 왜 그럼, 석봉에서, 그때는 버스가, 버스가 저쪽으로 안다녔고, 그 다니기 시작한지, 우리 올 때 지금 포장 돼버렸지만 거기 올 때 그리 안좋고 하니깐. 이놈에서 점촌을 가자만 전부 산을 넘어 가 이리 옛날에는 전부, 전부 걸어 다녔거든요. 그때만 해도 우리 조끄말 때 해도 사람들이. 점촌까지 얼만데. 우리가 오는 거는 큰 길 따라온다고 돌아서 오고. [조사자: 그러니 마을에 처음에 여기 있었던 이유가 있어요.]

초등학교 방학 날 당한 학살의 날벼락

채 홍 문

"4. 19 나고 그때 국회차원에서 조사가 나왔어요, 전부 여기서 재소하고. 진행이 되다가 5.16이 나 갖고, 그냥 완전히 그대로 없어져버렸죠"

자 료 명: 20120309채홍문(문경)
조 사 일: 2012년 3월 9일
조사시간: 약 75분
구 연 자: 채홍문(남 · 1942년생)
조 사 자: 김경섭, 김효실, 김정은, 이부희
조사장소: 경상북도 문경시 산북면 석봉리 채홍문 자택

[조사과정 및 구연상황]

국군에 의해 자행된 문경 석달마을 양민학살 사건의 전말을 당사자들로부터 이야기를 듣기 위해 문경시 산북면 석봉리 사건현장을 찾았다. 사전에 연락이 닿은 유족회 간사 분에게 사건의 발생 경위와 그 동안의경과를 자세히 듣고 난 후, 당시 직접 체험이 있는 당사자의 현장 증언을 듣기 위해 간사분의 안내로 석봉리 화자의 자택을 방문했다.

[구연자 정보]

채홍문 화자는 석봉리 양민학살 사건당시 초등학생이었다. 그날은 방학식을 한 날이었고 귀가하는 도중에 벌서 마을에서 연기가 일어나는 것을 보았다고 한다. 마을에 도착해 머리가 없어진 친구, 창자를 쏟아내고 고통에 빠진 아저씨, 불에 타 벌써 사망한 할아버지 시체 등을 눈으로 보았다. 그 충격으로 한동안 밤중에 잠자다 깨어 사방을 돌아다니는 증세를 겪어 굿을 하기까지 했다. 졸지에 가족을 잃어버린 그는 평생을 고생하며 살아왔다.

[이야기 개요]

군인들이 마을에서 학살을 하던 당시 채홍문은 학교에서 집으로 돌아오던 중이었다. 군인들에게 끌려갔지만 다행히 총을 맞지 않아 살 수 있었다. 집이 불에 타 오갈 데가 없어 친척집을 전전하며 어렵게 살았다. 학교도 제대로 다니지 못한 채 떠돌이 생활하다가 고향으로 돌아와 오늘날까지 살고 있다. 채홍달의 어머니는 만삭인 몸으로 총을 관통당했지만 살았다. 양수가 터진 몸으로 집으로 걸어가 아이를 낳았고, 그 아이가 채홍달이었다. 채홍달씨가 청중 역할도 함께 해 주었다.

[주제어] 문경 석봉리, 국군, 양민 학살, 방학식, 생지옥, 임산부, 관통상, 고아, 떠돌이 생활, 고난, 유족, 진상 규명

[1] 방학 날이 지옥 같은 날이 되다

[조사자: 그러면 어르신도 학교 갔다 오다가 그럼 보신 겁니까?] 예. [조사자: 그때 얘기만 좀 생각나시는 대로 좀 해주십시오.] 학교 뭐 그때는 저 내가 여덟

살인데. 키가 좀 커가지고. [조사자: 여덟 살.] 예예. 학교 가니까 키 크다고 고만 2학년에. 그때 인제 아 할아버지한테 인제 그 뭐야 한문을 천자같은 걸 배우고 가니께. 글자를 인제 쪼금 인제 그 뭐 눈을 떴는가 고래요. 그라믄 가니께 2학년에 대번 또 키도 크제, 그래 2학년으로 대번 여주대요. [조사자: 키 크고 한문 한다고?] 예. 쪼만치 뭐 그제. 할아버지한테 인자 배울 땐데 천자 인자.

그럴 땐데 학교 갔다가 인제 끄날(그날) 이 저 방학날이라요. 12월 24일날 방학이 되가지고 날이 지금은 추운 것도 아이야. 그때는 맹 옷이 헐벗고 하니까. 맹 더 춥겠지마는, 추운데 여 마장이라는 데 그 오니까 뭐 발-간 같은 게 연기가 뭐 막. 집둥 같이 나고. 그래 요놈에 요 요 산 넘어가면 그 흐름물에라고 그 오니까 뭐 하면 요 난리 났는기야. 노다지 뭐 연기 두 집이고. [조사자: 몇 시쯤이었습니까? 그때가.] 그때가 하여튼 뭐 뭐 저 일, 시간도 잘 모르겠는데. 일찍일께라요. 학교갔다가. [조사자: 방학식하고.] 응응. 방학식을 하고 인제 오는길이니께. 요 요 말라올라서니까 그 군인들이 뭐 뭐 미치고 인제 그때는 뭐 총인지, 뭐 지금 이 총이라 그러지. 총을 밌는지(맸는지) 뭐 알아요? 생전 처음 그놈을. [조사자: 생전 처음 보셨겠네.] 처음이니께.

그래 인제 그때는 뭐 지금 같으면 막하 생각하는 것도 있고 하, 하지만. 그때는 생각하는 게 있어요 뭐? 전혀 모르지. 없어요. [채홍달: 그때 관에서 무슨 얘길하면 죽는 일 외에는 전부다 뭐 죽으라 그러면 죽진 못해도 죽는 시늉이라도 해야 하는 그런 세상이었잖아요. 지금이야 옳고 그른 걸 분간을 해가지고 하지만 그때는.] 그땐 생각하는 게 거의다가 뭐 직이면(죽이면) 직이는 대로 하고 이랬지. 뭐 누기가 생각해가면서 사는 사람은 없어요. [조사자: 그 어르신 삼십 몇 년생이십니까?] 아니, 4, 2년. [조사자: 아 42년생이시구나.] 도장 나이로는 그런데, 본 나이로는 두, 두 살이 더 많아요. [조사자: 40년생이시고.] [조사자: 띠를 알려주시면 저희가 더 좋은데요.] 뱀띠요. [조사자: 뱀띠.] 그 전에는 그 뭐 저 홍역인가 뭐 걸리만 고만 죽는기 많애 가지고. [조사자: 네, 그래서 확실히 한다고.] 거의 다 그래. [조사자: 근데 진짜 정정하시네요. 성함은?] 채홍문이라. [조사자: 채 자, 홍 자, 문 자.] [조사자: 그럼 다 집안이시겠네요.] [채홍달: 예. 재종간, 삼종간.] 재종. 재종간이라. 삼종간은 팔촌.

[조사자: 그럼 여기 넘어오시면서 벌써 총소리나 이런 거 좀 들으셨어요?] 그 참말로 올라서 인께 뭐 군인들이 뭐 서너이, 너이 뭐이래. 뭐 그땐 총을 미고(메고) 뭐 어떠고 어떠고. 그

"꿇어 앉으라!"고 그래.

그러고 그 또 여럿이 인제 간 사람이 많아요. 오는 사람이. 그기 한 그 대여섯 될끼라. 그 먼저 온 사람도 있고. 그래 또 또 꿇어 앉으니낀 자기네끼리 뭐라고 뭐라고 허더니,

"저 짝 가서 죽이라!"

카는지 가라그러. 그 자기는 또 돌아가고. 우리는 일로 그 돌아오니깐 집이고 뭐 하나도 없고 불이고. 사람, 우는 소리 뭐 별 소리가 다 나지. 그래 아까 그 보는데. 그 바우 머린데. 인제 그 재너매 저 그 큰동네에 뭘 갖다

주러 오는 모양이지.

참 그땐 청년들이고 뭐 여럿이라. 꼭 바우에서 뭐 하면 그 막 뭐 총을 맞고 막 여 저 저 이전에 저 이조이 아버지하고 그거는 여길 맞았는데. [조사자: 아.] 막– 뭐 피가 막 이래 막 숨을 쉬니 막 막– 하고. 그땐 옷을 또 뭔 옷을 입었는가. 막강 뭐 바지저고리 인제 그 인인가 뭐 이런 걸 입어놔서. 그래노니 노다지 고마 피를 곳곳이 이를 뭐 바지고 뭐고 피투성인데. 그 동네에 저 등영이라고. 갸하고 나하고 이래 앞대에 이 앞에 이래 쭉 앉았는데. 거의 이 짝엔 뭐 거의 다 죽고. 등영이도 머리가 한개도 없어. 깨지고 뭐. 한쪽 삐딱 하니 이래 누어 보면 죽어버리고. 그래나서 뭐 이 집에 그 사람들 가 버리고 집에 내려가지고 사람은 엄마, 할아버지는 뭐 불에 타가지고 갔잖애요. 그래 아버지가 그 후에 뭘 '우수수' 그 얼어지더래요. 뭐 또 모래 같은 걸 뿌리는데. 쪼금 있으니만 죽은 사람한테 불이 막 다 붙드래요. 그래 할아버지 시체가 다 탔지 뭐. 그래 또 저 이불에 불이 붙어가지고. 동생도 그때 인제 뭐 이름도 안 짓고 이랬는데. 엄마는 죽었는데 그 엄마, 아버지가 이불을 덮어놨는데 죽은 사람 젖을 빨아먹고. 이래도 뭐하고 죽어버리고 그랬지.

[2] 졸지에 고아가 되어 떠돌이 생활을 하다

그래 갈 데 있어? 집은 다 탔으니. 그래 여 문경 행님하고, 여 여 누이하고 이 사람하고 여 배제를 종고모집으로 글로 가라고. 그래 추운데 우짤 수도 없지 뭐. 그래 이 늦게 그걸 갔는데. 오 옷이고 뭐. 그 딴 사람은 괜찮은데 난 또 데가지고(화상을 입어서). 종고모 그 치마를 뭘 뜯어가지고 이따가 붙이고 여도 붙이고. 그래 대가리 꼬매 가지고 또 그날 밥을 얻어먹고. 야단이지 뭐.

그 이튿날은, 또 나는 인제 누이가 그 시집간 지도 얼마 안 돼요. 결혼식을 해서 여 삼봉 한식집으로 갔는데. 그 가 그 있을 수도 없고 그 이튿날 글로 갔는데. 거기도 가보니 사람이 식구가 한집에 열서인가 열너인가 사는데. 뭐 힘도 없어요. 그 뭐 있을 수도 없지. 또 누이가 시집 간지도 얼마 안 되는데. 뭐 그지 같은 게 가 있으니 그래 말할 것도 없지 뭐. [조사자: 솔직히 고아가 된 거.] 예예 그랬죠. 그래 그-도 있을 수도 없고. 그런 뭐 미칠(며칠)이나 있었을 끼라.

그래 아버지가 또 와가지고 나를 데리고 또 여 고모가 저 호계에 있는데. 거 도 데려다 놨는데, 고모가 가서 미칠 있었는데. 그땐 인제 거이 내가 정신 이상 거의 됐는 모양이라. 밤으로 자꾸 나가서 돌아다니고 그러니께. [조사자: 충격이 너무 크셨구나.] 예. 그래 인제 고모가 또 아버지한테 연락을 해가지고 와가지고,

"야가 이상하니께 어떻게 하믄(하면) 좋겠느냐?"고.

그래 지금도 맹글었지 마는. 정말하고 뭐 이래 저 뭘 뭘 양갱이 놓고 뚜드리고 뭐 밥해 놓고 빌고 이런 사람은 있어요. 그래 고모 그기 따라 한번 해보라고. 이 그 아버지하고 일하고 이랬는데. 그걸 해서 그랬는지 어쨌는지 괜찮아지대요. [조사자: 아 굿까지 하셨구나. 참.]

그래가 가지고 또 외갓집에 가이, 외갓집도 먹을 게 없어요, 먹을게. 또 내 여동생이 있었는데. 세 살 적은데 그 놈 뭐 가서 있을 수도 없고 아부지가 만날 데리고 다녀. 왔다갔다 하는 거야. 그래 고생을 하고 지났는데. 그래도 딴 사람은 뭐 가서 있을 데나 있지마는. 참말로 거지지 뭐 옷이고 뭐 그래가지고 다니니. 옷 뜯어 줄 사람도 없고. 거의 다 저 없는 살림이 되노이. 그래 외갓집에 좀 가 있다가 그 있을 수도 없고.

그래 늦게는 여 면에서 뭐 뭐 담욘가 하고, 그땐 뭐 쎄는 안막 그러는거하고. 또 뭐 가잰가 하고 뭐 준다카면서. 그래 여기 와서 뭐 집도 면에서 뭐 조금씩 줘가지고 짓는기 그럴께라이 집을요. 그래 새로 뭐 진 사람도 있고, 안진 사람도 있고 이래. 그러다가 그래 서울 갑도(가도) 조금 있다가 맹 여 와서 이대로 맹 살죠. 딴거 한 개도 없고 고대로 뭐 나갈 수도 없고. 어데갔

다 의지할 데도 없고. 농사꺼리나 있으면 하지만 농사꺼리도 없으이. 참 뭐 말이라곤 참 못하죠. [조사자: 그러면 그 일 있고 난 다음엔 학교는 다시 못다니셨어요?] 학교는 못 다니죠. 학교는 뭐 뭐 할 수도 있어요? 전혀 그 집하곤 끝이죠.

[조사자: 같은 학년에 친구분, 어르신 나이 또래 중에서 여기 지금 몇 명 잘못됐습니까?] 거 지금 홍랑이는 고 같이 갔다 와서 살았고, 홍경, 아재도 살았고 문경 형님도 살았고. 야 이 사람 누이도 고서 살았고 뭐 그런데 뭐 이제 거서 죽은 사람은 거 옆에 있는 그 등영이라고 그 사람은 죽었지. [조사자: 학교에서 일찍 끝나고 온 사람들이 오히려 죽은 거 아니에요?] 아니, 같이 그 고 있던 사람이 죽었고. 먼저 온 사람도 그 뭐 맹 가서 죽은 사람도 있고 그래요. 참 조금 있는 사람은 낫지마는 그래이 농사 지은거 다 죄 버렸지. 사람이 뭐 그래이. 참 말도 못하죠. [조사자: 그러면 그러고 군인들은 바로 싹 빠져 나갔습니까?] 그렇죠 뭐 싹. [조사자: 그 다음날까지 있지도 않고?] 없죠., 뭐 그러고 우리는 저- 갔으니까 없죠. [조사자: 어떻게 된지 모르고.] 예. 없죠. 자기는 다 가버리고.

[채홍달: 동네 가서 그 사람 죽은 거 묻으라고.] 그런 소리도 있는거 같애. 그래가지고 동원을 해서 그 이튿날 뭐 와가지고 여 뭐 시체를 그 뒤에 아까 조금 그 밭에다가 묻고 뭐 이랬다는 소리가 들리죠. [채홍달: 친척들이 있는 사람들은 와서.] 그러니까 친척들이 찾아 묻은 사람은 그리 괜찮고. 한수네 엄마도 묻기는 묻었는데, 늦게 그만 뭐 서로 파간사람 있고 그러다보니 못 찾은 모양이더만. [조사자: 묘는 다 썼습니까?] [채홍달: 묘는 거의 다 쓰는, 그렇게 했어요. 동네 이장이 긴급회의를 소집을 해갖고 거서 그날은 당일 날 저녁에 일단 큰 동네 사람이.] 그 이튿날 왔지, 그 이튿날. [채홍달: 그날 밤에 넘어왔지. 밤에 그때 넘어온 사람이 이인호씨 있잖애요. 이인호씨가 이장인데. 이인호씨 젊은 청년들을 대동을 해갖고.] [조사자: 그래도 수습을 했겠네요.] [채홍달: 예 그래갖고. 저녁에는 수습도 못하고 아주 그냥 너무 그래갖고

방수, 옛날에는 그 라탄이나 그런 게 없었거든요.]

[전화가 와서 이야기를 하던 이야기가 잠시 중단됨.]

[조사자: 그럼 고 다음날부터 마을은 거의 비어있었겠네요? 다 나가고.] 그려 인자 어른들 맨 산 사람들은 자꾸 수습을 하니라고 있었고. [조사자: 그 다음에 관에서 돈이 좀 나와서 집을 다시 짓고.] 야. 헌 집 뜯어다 짓기도 하고 뭐 그때 돈은 얼마 나왔을기라 쪼만치 나와 거지고 집을. 그냥 여 짓지 말고 저 넘에 큰 골 앞에다 지으라 해서 농사지을 수도 없지.

[조사자: 어르신 기억에 군인들 보셨죠? 보고.] 군인이져. [조사자: 군인인지 경찰인지 기억이 나세요?] 군인이지 뭐. 경찰 아이지요. [조사자: 말 소리도 한국사람, 이 동네 사람 말씨고.] 그러고 난 뒤에 뭐 면에서고 뭐 하는 소리가 뭐라고 이걸 감출라고 해는기라. 거의 다 들어보면요. [조사자: 공비가 왔다고.] 공비 뭐 출몰해 죽었다고 지금 호적에도 그리 돼 있더만. 죽은 사람들한테. 거 맥히고 못해. 그짓말로 그래. 호적에 거의 다 그래 나있어요.

[조사자: 할아버지 사시면서요 이거 말씀하시고 그럴려고 했을때요, 못하게 하

거나 또 그런 일은 없었어요?] 뭐 그런건. [조사자: 군사가 설명하거나 그런 일은 없었어요?] 여 저 거 그 후에 김영삼이 뭐 저 와가지고 뭐 모아다놓고 얘기했다는. 나는 참석은 안했는데. 아버지들, 어른들 몇 분 가가지고 했다 소리는 들었어요. [조사자: 그 전에는 조금만이라도 얘기하면 붙잡아가 가지고 70일 동안 구류살게 하고.] [청중: 근데 그까지 갔는데.] 그 후에도.

[3] 유족들의 진실 규명을 위한 노력

[채홍달: 그 후에 고 4.19가 일어나고 정부 유족들 몇 명으로 거 정부에다가 이거를 가갖고 책임자. 그때는 민형사 시효가 사실.] [조사자: 살아 있을 때네요.] [채홍달: 예 시효가. 형사 시효는 살아있음에요. 민사 시효는 60년대에 지났고요. 그 형사시효 15년이잖아요. 그러니까 거 해갖고 거서 인제 거 있는데, 거서 책임자 처벌 요구한게 인제 탄원서 해갖고 그러고 거 민상 배상 그걸 해달라 그래갖고 유족들이 인제 연명으로 탄원서 보냈거든요. 그러고 인제 조사 그러고 4. 19 나고 그때 정부에서 조사가, 국회차원에서 조사가 나왔어요. 나왔는데 그거 해다가 이제 전부 여기서 재소하고. 진행이 되다가 5.16이 나갖고. 그냥 완전히 그대로 없어져버렸죠. 그런데 5.16이 나면서 거. 진정서 여을(넣을) 때 그 했던 사람이 이제 거 대표 그때 있는 사람이 인제 두 사람이 있는데.]

[채홍달: 경찰서 가갖고 두달 동안 구금이 돼 있었죠.] [조사자: 그거는 5.16 이후라는 얘기죠?] [채홍달: 예 5.16 이후. 그러고 아예 그러고 나서는 자체를 전부 이거는 그 다음에 계속 군인이 했으니까. 그 전체 불가능한거다. 그 다음에 그렇다고 또 확실히 군인이 그랬다 그러는 것도.] [조사자: 증명할 길이 없다.] [채홍달: 규명할 길도 없고. 그러고 그럴 사람도 없고요 사실. 다 죽, 사람 다 문, 글이라도 만들어 좀 쓸 수가 있어야 되는데. 다 돌아가시고. 그때 인제 유일하게 인제 학교 둘 다 거 반장하던 사람하고, 그 사람하고 그

다음에 어떤 여자, 학교 다니는 하나는 그때 학생이 있었어요. 근데 학생 신분으로 경찰서 가갖고 인제 그 해갖고 구금 돼 있어야, 구금 돼 있었죠. [조사자: 학생신분에 구금을 당했고, 그 얘길 했다고요?] [채홍달: 예.] 그 인제 도장을 여럿이 인제 받아가지고 같이 연서를 냈는데. 그 안된다 카니까 도로 살았지.

[조사자: 그럼 그 일 이후가 또 다시 이걸 얘기한게?] [채홍달: 93년.] [조사자: 93년. 32년만에?] [채홍달: 예. 그렇께 고때 당시가 박정희 5.16나고 그랬응께 이거는 그면 누가 뭐 하라고 하믄 얘기하며는 이거는 잘못하다가 잽히간다고 그러는게 머리에 딱 백혔죠. 그러고.] [조사자: 겁이나서도 못하겠네요.] [채홍달: 예. 그 다음에 그 박정희 끝나고. [조사자: 전두환대통령?] [채홍달: 예. 그 다음에 민간정부가 들어서면 또 우째 그랬을텐데. 그 다음에 [조사자: 노태우 대통령?] [채홍달: 예. 잠시 최규하 대통령.] [조사자: 잠깐 했었죠.] [채홍달: 잠시지만 아직 고, 고동안에 뭐 아니 것도 아니고. 그 다음에 전두환이고, 노태우고. 그 김영삼이 딱 정권 잡으면서.] [조사자: 아, 그래서 93년 이후에 하셨구나. 그러면 그 문민정부, 그러니까 YS정부나 DJ정부때까지는 별로 성과가 없었겠네요. 저기 정부에서. 문제제기만 하고.]

[채홍달: YS때는 그래서 성과가, 가시적인 성과가 보였었어요. 정부에서 어떤 해주는 건 전부 자료가 없다 불가능이다 그렇게 됐었는데. 그때 그 지역 국회의원이 주축이 돼갖고. 어 그 했는데. 국회의원 83명의 속, 소개장을 받아갖고 특별히 청원이 됐이요. 그러다가 그거 할 때 돼갖고 연말에 그 두 해 2년에 걸쳐 그걸 했는데. 처음에 이십 몇 명이, 스물 여섯명이 국회의원 소개 받아갖고 했는데 회기 지나버리고. 그 이듬해 국회의원 83명은 참 엄청나게 큰겁니다. 그래 됐는데. 그 해 연말 될 때 또 하― 해마다 그거 할 때 되며는 여야가 싸움하고, 싸움한다고.] [조사자: 맨날 회기 넘어가고?] [채홍달: 예. 회기 넘어가 버리고. 그래가가 인지 끝나고.]

[채홍달: 그 다음에 인제 뭐 YS끝나고 그 다음에 김대중 정부 들어서면 그

거는 이제 전부다 본인이 고생을 많이 했던거니까 기대를 했죠. 그러는데 정치인이라 그러는거는 여든 야든 실지 자기네들 그것만 해지. 예를들어 그렇다고 여기 표가 많-이 나오믄 제주도처럼 뭐 몇만표, 몇십만표 나오는 것도 아니고. 우선 죽은 사람이 많고 그 하니까. 안그러며는 여기서 유명한 사람이 나온것도 아이고. 그래 거서는 전부 뭐 처음에 선거할때는 기필코 임기내에, 처음에 되고 나서는 예정지 와갖고 저 집 그 국회의원 들어가고. 그쪽 사람들하고 기필코 임기내에 이거는 해결할거라고. 왔다가면 끝이요.] [조사자: 그렇게 몇 년을.]

[채홍달: 그러고 그 다음에 노무현 정부때도 정부 차원에서 과거사위원회에서 조사한게 이게 큰 성과죠 그래도. 그러고 국가에서 공식적으로 인정하는 그게 됐으니까. 근데 정부 차원에서 뭐 이렇게 해주겠다 노무현 때도 그런거는 없었어요. 거 저 아까도 얘기했지만 국방부장관 그 사과문 얘기. 사과문인지 사기문인지. 여도 보면 책자에 보면 있어요. 거 이거 사과문이 아니고 사기문이다. 사람을 죽여 놓고 이 정도 글로 끝낼라 그러는. 거서 인제 마지막으로 인제 한 방법이 어떤 거기다 정부에서 더 안되고, 국회의원들도 그걸 핼라그라믄 어떤 표를 그 사람들은 표를 의식해서 사는 사람들이기 때문에 거기에 대해서 뭐 전체적으로 어떤 영향력을 행사할 수 없으며는 그라고 인제 법에라도 호소하면 되고. 그런데 다행히 인제 것도 판사들이 어떻게 하느냐에 따라갖고 그라지 인제.]

[4] 채홍달 화자가 탄생한 사연

[채홍달: 저는 이건 또 우리 엄마한테. 엄마가 안계시니까 들은 얘기. 사변나고 그 이듬해 한참동안 진행현황 말씀드릴께요. 바로 요 아까 형님 고모집에 가셨다 그랬잖아요. 거기서 이제 가 그날 저녁 내려가고 조금 있다, 그날 저녁에는 그래 전부 잡은 사람들 피난을 어데 해갖고 다 못가고 이제 날이

저무니까. 저늠에 가면 굴이 있어. 옛날에 광산하던 중석굴이 얕은 굴이 있어요. 그래 거기서 부상자들 것다가 우선 저 막 바람피하고. 전부 집이 다 탔으니 어데 피할 데도 없잖애요. 굴에다 무슨.] 그날 저녁 성한 사람 거기서 잤지 뭐. 완전히 집이 없으니. [채홍달: 거서 인제 부상자는 조금 안쪽으로 놓고 성한 사람은 그래가. 거서 인제 밤새 지내고 그 이튿날 인제 짐 엄마랑 그때 배는 산만해지고. 나 뱃으니까.] [조사자: 꽤 만삭이셨을텐데.]

[채홍달: 예 예. 그러고 인제 형님. 이거는 네 살이니까. 거다 밤에 그 해더니 있다가 이놈으 뭐 모든 만삭이 되니까 네 살짜리 나 못 업고가니까 손 못 잡고 네 살짜리 걸어갖고. 4키로 올라오는데 인제. 거까지 한 4키로 돼요. 갔대요 가니까. 그 이튿날까지 피가 얼마나 나는지. 고모집에 가갖고 거 그때 뭐 의약품이 있나 이 뭐 아무것도 없죠. 그냥 하니까. 총이 관통을 했으니 안했잖아요. 그래갖고 거 누에고치있죠 누에고치 알아요? [조사자 :예.] 거기다가 이불 솜을 둘-둘 막아갖고, 총알 구멍을 막아갖고 그래 지혈을 했대요. 그런 나름에 얼마나. 내려가는데, 그 내려가는데도 피가 움직이는 하-도 나갖고 이리 흘러서 발바닥해니까 이게 얼음이 되갖고 내려가는 동안에 다 얼었는데. 고무신이잖아요. 그렁께 요 또 발은 따뜻하니까 이놈으 발이 미끌미끌해갖고 피에 미끌. 그래갖고 그래갖고 여서 거 갔데요. 가갖고 거서 그렇게 해갖고 누에솜에 해갖고 막아갖고 지혈을 해갖고. 또 걸어서 이제 저-짝 요 점촌하고 비슷해요. 것도 인제 그 외갓집에서 거서 여서 인자 하루 지내고 그 걸어가. 걸어가면 인제 할머니는 그 이튿날 인제 병원으로 후송이 되고. [조사자: 아, 할머니도 같이.] [채홍달: 예. 할머니는 그날 인제 중상이 되갖고 혼자 기동(거동)을 못 할 정도. 점촌 병원에 인제 거 후송이 되갖고 병원에 입원을 하고. 그 한달 만에 돌아가셨어요.] [조사자: 그럼 아버님은?] [채홍달: 아버님은 그때 바로, 현장, 현장에서 돌아가시고.] [조사자: 어머님 고생이 그냥.] [채홍달: 현장에서 바로 엄마 옆에 있는데. 거도 시작하자마자 뭐 바로 가슴에 맞아갖고. 무이고 뭐 얼마 안되갖고 바로 갔단 얘기. 1차 학살지에서

돌아가셨다고.] 여 큰집에 거 홍목이 얘기하믄, 얘기 하여튼 거기서 학교 갔다와 내려오니까. 집이 노다지 불구뎅인데. 여가 모믄 총을 맞고 창자가 다 나와. 군불에 드가는데, 그 인제 문경형님하고 아버지하고 자고 춥고 뭐 아프고 하니께. 자꾸 군불로 들어가니께. 그러다보면 죽어버리고. [채홍달: 저도 인제 거 저한테 종형인데, 사촌인데. 거는 그냥 보다도 배가 터져 갖고 창자가 다 나와. 그래갖고 전부 사람은 다 해더라고. 특별히 죽는 모습을 그 그는 사촌이 죽는 모습을. 그때 살았던 사람은 전부 기억을 해. 그래 인제 거 가갖고 여가서 고모 집에서 그렇게 하고. 그렇게 이제 누나가 있이요. 그때 여덟 살짜리 누나가 있고 네 살짜리 나한테 형님이고, 엄마. 나는 뱃속에 넣갖고. [조사자: 어머니 얼마나 힘드셨을까요.] [채홍달: 그래갖고 이제 뒤뚱 뒤뚱. 한 놈은 앞에 걸리고 여덟살짜리는 네 살짜리 손목잡고. [조사자: 천운으로 살아 나신거네요.] [채홍달: 그래갖고 외갓집 왔는데, 가갖고는 애들 맽게놓고(맡겨놓고). 또 시어머니가 병원에 있으니 그도 언제든지 가봐야 되잖아요. 갔는데 그 가서. 가니까 이제

"애들 어떠냐?"

묻고 그래서 애들 걱정하시더라네. 그래서 계-속 병간호하러. 그 몸 해갖고.

그래가 인제 내 날 때 오는데. 병간호 인제 갔다가 한 집이 한 4키로 남았는데. 아 인제 갔다 집에 가는데, 갔다가 병원에 갔다가 병간호하러 갔다 오는데 이 인제 애기 놀라고 양수가 터져갖고. 그래가 그 몸을 해갖고 외갓집까지 4키로를.] [조사자: 또 걸어가셨어요?] [채홍달: 예. 그래 그때 차가 없었으니까.] [조사자: 너무 고생하셨네 어머니가.] [채홍달: 예. 그러니까 예기니까(옛날이니까) 그렇지. 요즘은 뭐 애기놀라그라믄 한참 가갖고 뭐 해갖고 난리 그러는데. 그래 고무신을 신고 해는데, 그 애기 들으니까 그래갖고 아휴- 아직 집은 멀었는데. 양수는 터져갖고.] [조사자: 아휴. 어떡해.] [채홍달: 이거는 해지, 다리에 물은 흘러내리지.] [조사자: 예. 겨울이잖아요 또.] [채홍달: 예. 흘

러내리지. 그 신을 하니까 신은 자꾸 여 또 고무신. 운동화처럼 이래 된게 아이고 이건 한번 미끄러지면 꺾어져버려 옆으로. 그래갖고 그래서 저를 그렇게 났데요. 저 그때 그 하믄 좀 더 출세를 해 되는데. (웃음) 그래도 어렵게 해갖고 억지로라도 학교라도 다니고. 그렇게해 갖고 그래도 40년 동안 세월 좋게 잘 벌었어요.

[조사자: 집 지어서 사신 거 였어요, 어머니하고?] [채홍달: 에. 여기서 내가 스물, 군대 갔다올때 까지.] [조사자: 여기서 사셨구나.] [채홍달: 군대갔다와서 취업해갖고. 현대다녔었어요. 그러다가 인제 정년퇴직한 게 한 3년 됐어요.] [조사자: 그러셨구나.] [채홍달: 그래갖고 아까 명함도 이제 처음에 그 회사다닐 땐 회사 명함을 다 주니까. 그 해다가 나와서는 명함이 없잖아요. 그런데 오늘 사람들도.] [조사자: 만날 일이 이렇게 계속 있으시고.] [채홍달: 울산가며는 거 하모 그래갖고 뭐 전화번호 가르쳐줄라면, 일일이 또 수첩꺼내고 저 꺼내고.] [조사자: 예. 맞아요 명함 있으셔야죠.] [채홍달: 그 하니까 영 귀찮더라고.] [조사자: 여기 이제 거기 정년퇴임하시고 여기 오셔가지고 뭐 저기 과수농사같은 거 안하세요? 그냥 적적하시잖아요. 혼자 가만 계시면.] [채홍달: 농사지어요. 사과농사 조금 하고, 벼농사.] [조사자: 아까 거기 다 사과밭이고 막 이러니까.] [채홍달: 예. 그래갖고 그 명함에도 보면 사과 앞에 그려놨거든. 사과. (웃음)]

[조사자: 그때 아마 충격으로 약간 정신병이 오신 모양이네요.] 그것도 희안해. 그래도 고모가 그 그 해준기 그기 약이 됐는 모양. [조사자: 마음이 풀리셨나봐요.] [조사자: 무시 못하는거죠.] 참 히안한. [조사자: 밤에 자꾸 걸어나가셨다고요?] 아이. 방으로 자꾸 돌아다니고 이러니께. [조사자: 몽유병 환자처럼.] 야. 그기 이상하지. [조사자: 충격을 안받는게 이상한거죠. 그거 어떻게 충격을 안봤겠어요.] 나이도 몟살때도 안하는디. [조사자: 예, 그런걸 봤는데.]

그래이. 그때는 참 먹을게, 누 집이고 풍부한 집은 쪼금 낫지마는 거의 다 그래요. 고모들 집도 애들이 여섯인데. 바글바글해. 그래이 그렇게 살았는데 내가 또 눈치 있으니 얼마나 저거 하겠어. 그 뭐 아이고 지금이 말해야 뭐 그땐 뭐 말도 못해요. 어데가서 참 옳게 뭐 밥한그릇 얻어먹을데도 없고. [조사자: 여덟살인데 또 얼마나.] 그래 컸으니 뭐이. 지금 고생이, 이때까지 고생이 그리 뭐.

[채홍달: 그 다음에는 당장 정식 교육을 받을래도. 당장 돌아가신 분도 사태도 서럽지만 당장 먹고 살 길이 없잖아. 부모들. [조사자: 돌아가셨고.] [채홍달: 부모들 거의.] [조사자: 집도 없고.] [채홍달: 집도 절도 없이 해갖고. 집은 인제 그래도 뭐 대강 일이라도 해줬다고 그러지만 그 다음에 풍족히 먹을 게 없잖아요. 그러고 잠시 뭐 그 어디서 나왔는가는 몰라도. 한, 한달정도는 먹을 거는 양식을.] [조사자: 나왔어요?] [채홍달: 에. 줬다고 그러더라고. 그래갖고 어디서 나왔는데. 친척집에 오고 그러는데. 또 다음에 그기 나올라 그라므는 1년이 있어야 농사는 수확을 되잖아요. 수확이 되지. 그러고 일할 사람도 없, 많이 돌아가셨으니까 당장 일할 사람도 없고. 그러인제 저희같은 경우에는 제 모친이 그렇게 해서 부상입고 살았고. 사촌 형님 그때 열, 열셋인가 네 살 되고 그랬고. 그 다음에 누나가 그렇게 서시고 고 다음에 곧 아홉 살 됐고. 형님이 조금 있다가 다섯 살이 됐고. 그렇게 실질적으로 일할 사람이 없어요.] [조사자: 없었네요 참.] [채홍달: 그래갖고 나도 그 하며는. 그 어릴때 내가 몇 살땐가 몰라요. 한 다섯 살, 여섯 살부터 산에가서 나무 끊어갖고 묶어갖고 지고.]

[조사자: 그래 동생분, 여동생분들은 잘 사세요?] 잘 사도 못돼요. 거도 뭐 또 가가지고 남편이 또 죽고 없으니 애들 삼남매 데리고 이제 여시개 둘은 갔고. 아들 하나 있는거 장가도 못갔는데. 뭐 요즘 혼자 이래 벌어먹느라 애를 먹는 모양이야. [조사자: 이쪽 부근에 사시는.] 서울에 있어요. [채홍달: 아직까지도.] [조사자: 그걸 뭘로 보상할꺼냐구요. 아이고.] [채홍달: 거 이제 뭐 돌아가신 분도 글로도 고생이지만 산 사람도.] [조사자: 그렇죠.] [채홍달: 당장 생계가 막막해 버리니.] [조사자: 돌아가신 분들은 돌아가신 분들도 그렇지만 산 사람들도 마찬가지죠.]

하여튼 뭐 나도 이제 고생했지마는 동생이 더했지 뭐. [조사자: 어렸으니까.] 어리지. 아버지 따라 다니느라고 애도 많이 먹었지. 말도 못했지. 그래 우리 아버지가 엿장사도 뭐 하고 저 뭐라그래. 저 석유, 옛날에는 석유기름, 호롱불을 썼기 때문에 그걸 지고 또 석유 장사도 하고. 또 뭘 이놈에 가서 에 저 남도네집에 좁살을 한 말 가져오믄 그거 갚아주니라고 여름 내 또 일해야되지. 그걸 갖다가 이래 묵, 시래기나 좀 엮으고 끼래서(끓여) 묵고 그래 살았으니 참 말도 못하죠.

[채홍달: 그 아까 그 다음에 또 증언하실 분 그분은 여자분인데. 그는 하도 한 입이라도 덜기 위해서 집에서 열세살에 시집을 갔어요. 시집을.] [조사자: 아휴, 고생하셨겠어요.] [채홍달: 그렇게 그때는 당장 먹고 사는기 그 저 저 핸드 투 마우스 (웃음) 그래서 이거는 핸드 투 마우스. 손에서 입으로 들어갈거조차도 없어요. 손해 봐야. 그러니까 그래가갖고 그 고생하니 이제는 뭐 전부이 그 그 하는디. 그거는 이제 얘기하믄 그 얘기 가만 들어보면.]

아버지도 그때는 먹을 게 없으니께. 나무를 짊어지고 자가할라고 준비를 했는데. 그래 하도 주위에 가지도 못하고 짚단을 가져와서 방에서 짚지게 이 짚지게 삶다가 뭐 막 오라고 야단지기 나가보니께. 뭐 군인들이 와가지고 뭐 다 모이라하고 집에 불 다 지르고 다니고. 그래 나가가지고 뭐 식구 다 데리고 가서 뭐 할아버지고 뭐 뭐 어데 뭐 살림살이 꺼리고 그럴 여지도 없었데. 그러니 뭐 다 내버렸어.

[채홍달: 이제 그를 일부에서는 국군이 왔으면 대접을 잘 해야되는데. 대접을 잘못했으니까. 요놈들 국군이 왔는데도 환영도 안하고 그러니까. 그래 추측을, 어디까지 그래 추측을. 그래 하는 사람도 있고.] [조사자: 그 무슨 말도 안되는 소리를.] [채홍달: 그래 인제 그렇게 그거는.] [조사자: 왜 그랬는지를 정말 모르겠으니까.] [채홍달: 그거는 정확한거는 아무도 몰라요. 왜 그랬는가. 하여튼 여기부터 전에 해갖고 공비출몰 수시로 잦았다. 아이며는 여기서 거는 그쪽 조사했는데, 저쪽에 있는거 보면 막 공비들이 나와있고 뭐 공비출몰

한, 그 전에 무장공비가 나온적이 없어요. 어데 뭐 방에 뭐. 그러고 어떤 그 기록도 제가 찾아봤거든요. 그래갖고 그 군사람 뭐, 지방 사람들 확인할 데 있는데까지 가갖고 그러면 그래 공비들이 있을라가 실지 여기에는 무장공비 있어야 될 가치가 있는 곳도 아이고요. 왜그러냐믄 걔들하믄 어떤 목적이 있어갖고 공비들이 하는건 있는거고. 그래 할라 그라믄 주변에 그 안에 있어 인제 있는데. 얘네들 산속에 들어가고 했잖아요. 그런데 굳이 마을이 있는데 공비들이 아무 목적없이 산속에 가갖고 걔네들은 어떤 목적을, 산 속에 들어가는데 어떤 목적을 달성하기 위해서 가고 나왔다 들어가고 그러는거지. 그냥 혼자 산속에 들어가는 거는 아니거든요.] [조사자: 그렇죠.] [채홍달: 그 기록도 없고. 저쪽에 그 보니까 문경에서도 인제 가끔 문경군 간에도 일단 그 전에 공비들이 있었던 지역은 들어 있더라구요. 그 인제 그때 그때처럼 무장공비 그 쯤은 안돼고 그랬는데. 그랬는데 근데 그 해도 여기하고는 또 전연 또 거리상으로도 멀고. 몇 동네 지나서 그래 올 이유가.]

[조사자: 현재까지는 제일 이상한 거네요. 그건 뭐 소대장 두 명의 어떤 자의적인 판단. 그거밖에는 없는 거네요 지금까지. 중대장도 모른다고 했으니까.] [채홍달: 그러고 인자 과거사위원회에서도 왜 그랬다 하는 그거는 없이요. 결정문에도 없고. 그래가서 아무런 뭐 어찌됐든 국가기관에서 그랬으니까 이거는 거 국가에서 잘못이고 그 책임은 책임자가 대통령한테 귀속된다.] [조사자: 그리고 공소시효는 없다.] [채홍달: 네.] [조사자: 그렇게 대법원에서 판결이 난거죠?] [채홍달: 예.] [조사자: 공소시효 없다고.] [채홍달: 그런데 없다 하는기.] [조사자: 그게 정확하게 뭐라고 나왔습니까? 공소시효에 대해서.] [채홍달: 공소시효는 없는 게 아이고 인제 그 하며는 일반 범죄에 대해서 형사가 15년이잖아요. 형사범이 사는 경우에. 15년이고. 민사는 한 5년, 5년이고. 아는 날로부터 3년인데. 고걸로 해서 1심, 2심에서 고게 전부 지났기 때문에 패소했어요. 그러는데 그래서 인제 대법원에서 나온게 그러면 그거를 갖다가 비록 그걸 하는 거는, 할 수 있는 입장이 아이다. 공소시효를 잡는 거는 과거사위원

회에서 거 결정문이 난 날로부터 쳐야 된다. 그 그걸 처음에 국가에서 했다고 공식적으로 안게 그때가 처음이니까. 안 날을 과거사위원회에서 결정문이 날라온 날로 봐야된다. 그래갖고 인제 2차에서는 어 지금 인제 나머지 60명이 인제 그 고소했거는. 그거 치며는 또 그 안 날로부터 3년 고 결정문 날라온 날로부터 3년이 지났어요. 그런데 대법원 판례에 보며는 동일 사건에서는 전 판결과 동일하게 공소시효를 정하는 게 맞다. 그러한 대법원 판례가 있어요. 그걸 근거로 전부 다 했거. 그래서 지금.]

[조사자: 그럼 지금. 이 이 일과 관련해서 도와주시는 변호사가 있습니까?] [채홍달: 예. 지금 한거 법률사무소 지향이라고 박득주 변호사가 맡아갖고 하고 있습니다.] [조사자: 그럼 소송 비용 같은 거는?] [채홍달: 그 소송 비용이 상당히, 그분의 도움을 많이 받죠. 왜 그런가하믄 일단 착수금이 없어요. 착수금이 없고 성공했을 때 성공보수금, 성공했을 때 성공보수금을 주는 걸로. 일반 다른데 보통 저 저도 울산에 있을 때 이걸 할라고 그랬는데. 민, 형사 시효가 지났기 때매 거의 가망이 없다. 그런데 가망이 없어도, 자기도 그래도 꼭 할라그러면.] [조사자: 착수금을 달라.] [채홍달: 예. 착수금을 어떤 변호사든지. 그러니까 가망도 희망도 없다. 그런데 착수금 없이는 못한다. 그러니 조금 가망이 있다 그래야 착수금한데, 시효, 공소시효 다 지났는데. 그러면 가만 있어도 그 사람은 착수금만 먹고. 착수금도 또 보통 보니까 비싸게 달라고 그러죠. 어떤 데는 3백, 어떤 데는 5백.]

집단 학살에서 구사일생으로 살아났지만

채 홍 연

"날 11살 그 당시로 돌려달라고, 총 맞았는데 고마 아주 죽었더라면 이 고생도 안하고, 진짜로 너무너무 너무 고생스럽고, 너무 어이가 없고, 너무 참말로 참혹해서요"

자 료 명: 20120310채홍연(문경)
조 사 일: 2012년 3월 10일
조사시간: 약 110분
구 연 자: 채홍연(여 · 1938년생)
조 사 자: 김경섭, 김정은, 김효실, 이부희
조사장소: 경상북도 문경시 산북면 채홍달 선생님 자택

[조사과정 및 구연상황]

하루 전날 국군에 의해 자행된 문경 석달마을 양민학살 사건의 전말을 당사자들로부터 이야기를 듣기 위해 문경시 산북면 석봉리 사건현장을 찾았다. 사전에 연락이 닿은 유족회 간사 분에게 사건의 발생 경위와 그 동안의경과를 자세히 들었고, 당시 직접 체험이 있는 당사자의 현장 증언도 자세하게 들을 수 있었다. 당일은 유족회 간사 분의 소개로 세 번째 피해자를 만나기 위해 자택으로 방문했다.

[구연자 정보]

채홍연 할머니는 석봉리 양민학살 사건 당시 학교는 다니지 않고 집에서 집안일을 거들고 있었다. 정오경부터 국군이 마을에 불을 지르기 시작했고 곧이어 국군의 무차별 총질이 시작되었다. 제보자의 우측 팔을 관통한 총알이 손가락까지 스치고 지나갔다. 많은 피를 흘리고 누워있었는데 군인들이 사망한 것으로 오인한 덕분에 더 이상 자신에게는 쏘지 않았다고 한다. 이 사건 전에 모친은 이미 사망한 상태에서 할머니·아버지와 함께 살았는데, 국군의 학살로 두 분 모두 사망했다. 졸지에 오빠와 단 둘만 남은 고아가 되었고 생활고에 시달리다가 14세에 가난한 집으로 시집을 가 평생을 힘들게 살아왔다.

[이야기 개요]

정오경 "질러, 질러"하는 소리가 산 쪽에서 들리기 시작했다. 국군이 마을에 불을 지르고 있었던 것이다. 곧이어 국군의 무차별 총질이 시작되었다. 제보자의 우측 팔을 관통상을 입고 피를 흘리는 바람에 더 이상 자신에게는 쏘지 않았다고 한다. 졸지에 오빠와 단 둘만 남은 고아가 되었고 생활고에 시달리다가 14세에 가난한 집으로 시집을 갔다. 채홍달 화자의 친척 누님뻘인 제보자는 구연하면서 지난날에 대한 회한으로 눈물을 자주 흘리셨다. 전날의 제보자이자 유족회 간사인 채홍달 화자가 동석해 구연을 도왔다.

[주제어] 문경 석봉리, 국군, 양민 학살, 집단사살, 불, 관통상, 출혈, 고아, 가난, 눈물, 회한, 진상 규명

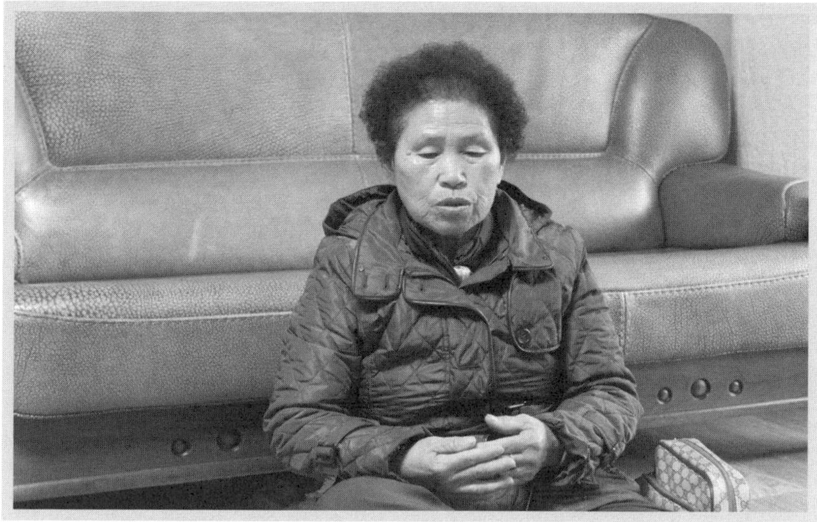

[1] 총을 맞았지만 구사일생으로 살아남다

말도 안 나와요. 그날 어이가 없고. 억울하고. 참혹하고. [조사자: 생각나시는 대로 천천히 말씀해주시면 됩니다. 올해 그러면 연세가 어떻게 되세요?] 그래. 그게 뭐 그때에는. 뭐 우에(어떻게) 돼 가지고 본 나이는 열한 살 이었는데 여섯 살이나 줄어가지고. 여섯 살이나 줄어가지고. [조사자: 본 나이로는 몇 년 생이세요?] 지금 칠십 다섯. [채홍달: 내보다 열한 살이 많으니까. 그러네요. 쥐띠래요.] 오. 범띠. [조사자: 삼십 팔년 생 맞으시죠?] [채홍달: 네네. 삼십팔 년생이십니다. 열세 살 차에. 내가 소띠니까.] [조사자: 성함은?] 그 남원 채. 채홍 [채: 홍까지 저하고 같고요.] 연. [조사자: 그럼 그 당시에 한국나이로는 열 두 살이시네? 그죠? 사십 구년에 일이 그렇게 있으셨으니까. 한국 나이론 열두 살이고 만 나이로는 열 한 살이셨구나.] 예예.

[조사자: 그러면 그 십이월 이십사일 날 댁에 계셨어요? 아니면 학교 갔다 오신 거에요?] 학교도 못 갔어요. 그때는. 학교도 못 갔고. 인제 그 옛날 집에 정초길이 인제 삼월 좀 골짜기인께로 그 이웃집에 인제 할매네 집에 세 살 난 그

우리가 촌래가(촌수가) 낮은께 세 살 난 아재뻘 되는 애기가 있었거든요. 그래 인자 애기 보고 이래, 그 가서 있달께. 점심을 인제 해가지고 먹을려고 차리서(차려서) 말이인자 부엌에서 해가지고 막 갔다. 방으로 또 놀라고 한께 갖다 논다 한께. 그래 그 저 사람들이 내 눈으로 들어온 건 못 봤는데. 이 뒷산에 인제 산 밑이잖아요? [조사자: 예예. 어제 저희 가봤습니다?] 예. 뒷산에서. 말하기를. 호각을 불드라고요. 호각을 분께. 이쪽, 이쪽도 앞산에서 또 인자 말을 하기를.

"질러! 질러! 질러! 질러!"

그래요. 불 지르라 소리라요.

"질러!질러!"

궁께. 그래. 대낮에 그래. 점심상을. 바루 12시. 12시 쯤 돼서. 고래.(그래) 질러. 질러 그런께로. 및(몇) 사람이 내려오더니 인제. 우리 집은 셋째집이고 고 내가 가서 있는 그 아지매, 아재네 집은 둘째집이고. 첫 집이 또 위에 첫머리 또 첫 집이 있어요. 그 집에서부터 불을 지르는데. 인제 옛날에는 저 솔잎. 큰 솔잎 가지 가지고(가지를 가지고) 울(울타리)을 해요. 인제. 짓으마 군(짓어가지고). 울타리라 카는거. 그 울, 울타리를 하는데. 그로코(그렇게) 위에 꼭대기 집에서 불을 지르이. 그 울타리로. 소나무 가지로 불이 붙어서. 집이 타기 시작하거든요. 집이 총총히 있은께. 그래서 점심이고 뭐고 뭐 먹도 못하고 인제 나는 조금 내려오면 밑, 우리 밑에 집인께. 집에 와가지고. 내가 인제 뭐 만질 수 있는 거는 내놓을 수 있는 거는 인제 내놓았단 말이야. 불을 지르니까. 인제 쌀만. 쌀만 그거 이불도 덮고 밥도 해묵고 그럴려고 그릇도 내놓고 뭐 부엌에도 가서 이래. (길게 한숨 내쉬며)

[조사자: 그럼 부모님들은 그 당시에 일 나가셨고 아니면 군인들에게 붙잡혀 있었던 거겠네요?] 그런데 우리 방 노친네 다 계시고 우리 증조할매가 계셨는데 할매는 또 그 밑으로 놀러가시고 우리방 노친네는 석봉. 우리 동네는 석달이고 그쪽은 석봉동네이름. 반장 회의를 갔어요. 반장회의를 인제 어른들이 모

두 가셔서 그레 인제 막 불이. 불꽃이 올라오고 뭐뭐 연기가 나고 이런께 우리방 노친네는 급히 오셨더라구요. 급히 오셔가지고.

[채홍달: 총을 쏠거라 하는건 전혀 몰랐죠.] 저는 전혀. 사람 참말로 나오라고 그래도 나오라고, 나오라고 그러더라구요. 불을 질러놓고는. 나오라고 글고. 그래 살림을 인제 뭐 좀 우리방 낼거는 좀 내놓고 이래 했는데. 고 밑에 집에 이산아재네. 동생은 모르지. [채홍달: 이산아재 알죠.] 이산아재 할배가 다리를 못 걷고 앉은뱅이로 있었어. [채홍달: 그때 가동할배제?] 가동할배제. 그런데 그런거진 다 불러내는기라. 그것도 걸음을 못하는 어른을. 그래가지고 걸음을 그 사람들이 업었는지 하여튼 누가 업었는지 업어 내놓고는 그 불을 고만 그 동네를 싹 다 질러. 다 태웠어요. 집을. 그러고 그지는 총대로 이래이래 하면서 사람을 모는데 우리는 이제 이 위에 살께로 실컷 내려와야 해요. 그 논틀밭을요. 그 지금은 포도밭이 되어있어요. 그 논틀에 까지 이제 사람을 몰아내리는 데 더디 간다고 막 총대로 이리 막 이러면서를. 어른네들, 노인네들 얼른 못 가시잖아요. 그래가지고 그 다 모았단 말이에요. 거기다 다 모아놓고 그 위에 이제. 자기네는 그 위에서 그 장정, 그때는 느티나무 아주 큰 게 있었어요. 그 느티나무 있는데 그 장정이 서고 동네 사람을 논에다 몰아넣고 이래가지고 총을 쏘는데 그래 처음에는 뭐

"빨갱이다!"

카고 막 이런 욕설을 하면서 그 박제춘이라고 그 사람을 먼저 쏘드라고요. 그 사람이 인제.

[조사자: 빨갱이라고 그러면서요?] 네. 빨갱이라고 그러면서.

"니들이 빨갱이 뭐 머리를 깎아주고 뭐 어쨌고."

그 사람이 이발을 인제 어려서 막 조금 했는데 그런 소리를 하면서 그래 욕설을 하고 총을 놨는데 무신 총을 놓았던지.

[조사자: 그 박제춘이란 분한테?] 예. 그래끼리. 그 사람 그래 쏜게로 옆에 있던 참말로 그 안 양반이 막

"여보! 여보!"

고러면서 이런께 고 또 여자도 쏴갔고. 그 세 살 난 그 언나(아이) 안고 있는 것도 다 죽이고. 그 사람 세 식구가 고만. 제일 먼저 그래 다 죽이더라구요. 그리고는 이불을 덮어 쓰고 있었는데도 뭔 총을 놔았는지 이래 피 같은 게 살점이 막 이리 다 태워요. 손등을. 그래가지고 그리고는 인제 뭐 어쨌는지 그 당시나하메 그 거기서는 방 노친네도 돌아가셨고. 총을 맞아 돌아가셨고. 그래 그진(거의) 정신이 없더라구요. 그래 카만이(가만히) 들어본께로

"옮기라. 옮기면 살려줄게. 옮기라."

이 소리는 귀에 들어와요. 그진 이제 정신도 없어. 그래 옮기라 그러는 바람에 옮기 가지고는 어째 옮겼는지 옮기 가지고는 그진 팔짱을 이리 찌고 있는데 이리 돌아가지고 이 손까지(총 자국을 보여주며) 차고 나갔어요. 이렇게 있단 말이에요. 그 처음에는 다 이져오고 여기까지 고만.

[조사자: 손 좀 한번 보여주세요. 아 고쪽으로 총알이.] 요리 맞았거든요. [조사자: 관통해서 거꾸로.] 관통해서 인제. [조사자: 손가락 위로.] 팔짱을 끼고 있은께, 이리 지나갔단 말이에요. 그래 이제 복장을 안 맞았단 말이에요. [조사자: 다행히 그래도 배는 안 맞으셨구나.] 네. 그래 이래 찌고(끼고) 있다가 맞았는데 그리고 났더니 이제는 뭐 그만해. 그때 뭐 그래봤자 한 12시 30분쯤 되었을 낀데 인나(일어나)본께 그진(거의) 여기를 맞았어요. 죽었어요 사람이. 죽었으니께로 건드리고 안 건드려 봤는지 죽었다고 그냥. 인나본께로 해는 인제로 먼 산에 저 산 꼭대기에 햇빛이 좀 있기는 하는데 춥고 눈을 떠 본께 사람도 하메 성한 사람들은 다 어디로 갔어. 나는 죽었는데. 어디로 가고 그 밑에 살던 오십대 되는 오마니는 이 창자를 맞아지고 막 이만침 나온 사람이 둥글 둥글 둥글고 여기 그 국진아재 부친은 우리 할아버지 되는데 어른은 여기를 맞아가지고 막 소리를 지르고 이래 그 아재가 이래 싸매고 있는데 그러다 돌아가시고. 거진 추워서 있을 수가 없었어요. 인나봤어요. 인나봤더니 아프지는 않은데 인젠 이게 [조사자: 피를 많이 흘리셨구나.] 네. 아프지는. 아

픈거는 몰랐죠. 얼어가지고. 그래서 거진은 인제는 가만히 생각한께,

'이렇게 추워서는 못살 것 같아.'

그 위에를 또 인제 우리 집에 내가 인제 내 놓은 살림이 있은께로 올라가서 이, 올라간 께로 올라가가지고 뭐 저 가벼운거를 뭘 이리 덮어서 찾은께 하메 또 그것도 없어졌어요. 사람들이 가져갔는가 뭐 우쨌는가 그래 구신 또 절루 와가지고, 논에 와서 인제 담요를 있었는데 담요를 덮어쓸란께로 이 팔이 말을 안들어요. 이거는 펼쳐지지 그래도 이거는 이래 끌어땡길수가 있는데 이거는 못 움직여가지고 그 담요를 입으로 이러 이래 물고 이렇게 해가지고 덮어쓰고 거진 일(이리)로 왔어요. 거기 가면 인제 와가지고는 옛날에는 인제 고물이라고 하는 인제 집은 다 타도 위에 고물이라카는 그 눌러놓은데. 그래 빈 집에 인제 사는 사람들은 밑이 그 모여 있었어요. 하도 추운께. 그 모여가지고 인제 다른 어른들은 그래도 옆에 뭐 저거하는 어른들은 전 할매도 돌아가시고 방 노친네도 돌아가시고 다 돌아가신께로 뭐 누가 보호해줄 사람도 없고. (깊은 한숨을 푹 쉬며) 그래가지고 다른 어른들은 인제 여기 있으면 또 와서 우째 또 이런께 그 밑에 굴 보셨죠? [조사자: 네.] 캄캄한 굴로 또 인제 갔어요.

[조사자: 아, 굴이 있었다고 했지. 참.] 예. 모두 인제 거진 굴로 들어가 가지고는. 큰 밤중에 벌써 너머 또 그래도 거기 춥고 뭐 이래가지고 인제. 그 당시에 또 김녕으로 이사간 사람이 있었어요. 김녕으로 이사간 사람이 있어가지고 그래, 그래가지고는 인제 그 빈집에 문도 없고 그런데 또 거길 가서 인제 날을 세우고 그래. 그래도 이기 고만 살이 얼어가지고 아픈 줄도 모르고. 그냥 견뎠어요, 견뎠다가. 그래 인제 오빠가 용공장을 인제 그 전날 그 새벽에 난걸 지고 용공장을 가시 가지고 살아나셨거든요. 그래가이 그 어른은 인제 종욱이라 하는데 작은 집에 들어가시서 잠을 자고 그래 한 열시 쯤 올라오시더라구요. 한 열시 쯤 올라오셨는데 (한숨 푹 쉬고) 거기를 또 죽일까봐 겁이 나서 허허허허.(헛 웃음) 또 죽일까봐 겁이 나서 우리 오빠가. 우리 오빠

도 날, 아이고 업지도 못하고 억지로 거기를 한 10리는 됐는데 걸었어요. 10리는 돼는데. 이 팔을 그냥 저거 해가지고 힘도 못 쓰는데. 그리 모 하매, 이틀 그 전날 굶었지. 그래 이틀을 굶었는데 그래도 살라꼬. 그래도 살라꼬 인제 그 사촌언니가 있는데. 그 집을 들어가지고는. 그제는 이제는 아프기 시작하는데 소리를 치고 물을 끓여다 줘도 안되고 그냥 뭐 죽을 지경이지요. 그제는 이제 살이 녹은께 에휴. 참말로. 말로 무어해요. 그 사람들이 내 인생을. 내 인생을 오늘날까지.

그래서 그 병원은 인제 그 이튿날 병원을 우리 사촌 오빠하고. 그땐 차가 없은께, 우리오빠하고 점촌, 서울 병원 업고 하루 종일 갔지요. 하루 종일. 업고 하루종일 가가지고 병원에 들어간께, 이 팔을 끊어야 된다고 그러이. 그 정신은 없는데 우에(왜)그래

"나는 팔을 안 끊는다."고

막 소리 지르고 울었어요. 팔을 안 끊겠다고 울어. 울면서 이 병원을 얼른 나가야지.

"이 병원에 안 있는다!"고

막 소리 지르고 그래. 그 인제 소매를 째 올리고 여기 고마 피가 눌러붙어가지고 벗지도 못하고 한께 이 소매를 째 올려가지고 거진 응급치료를 해주드라구요. 그래서 인제 뭐 어떤 병원에 또 옮겨가지고. 에휴. 그래 한달을 육촌 아저씨 저 뱀골이라는데 거기 사시는데 그 아재가 고생을 그렇게 했네. 나를 업고 댕기고. 재를 넘어댕기메 치료 해주시고. 이리 고생을 하고 그래 인제는 일부 치료는 됐으이. 응급 치료는 했는데 인제는 내 살길이 막막하잖아요. 그진. 그진 참 또 사는게 또 원망스럽더라구요.(눈물을 흘리며) 그만 죽었으면. 그 고생 저 고생 안 하는데. 산게 원망스러운 게

'왜 안죽었나!' 싶고.

그래가지고 숙모가 그 계시는데 숙모도 그때 당시에는 다 못 살잖아요. 여러 남매. 먹고 살기가 힘들었지.

[2] 열 네 살에 시집을 가다

그래가지고 또 남의 집에. 남의 집에 가서 1년을 있다가 그리고 또 살기가 막막해서 앞도 못보고, 시어머님도 앞도 못보고 시아바님도 앞도 못보고. 열여덟 살 난 총각한테루 시집을 보낸다네요. 그리 우째요. 가라고 하면 또 가야지. [조사자: 열네 살에 시집 가셨군요.] 그랬어요. 그 집에는 꼬추 밭도 한때기 없더라구요. 앞을 못보고 어떻게 살아요. 그래서. 그 집에서 가서 사느라고. 안 죽었으면 사는거죠. 먹을 게 뭐 있어요. 맨날 기웃밥에 논둑에, 밭둑에 가서 쑥이나 뜯구 식구는 그래도 일곱 식구드라구요. 어른들이 아무 저걸 못하이. 똑같이 했지요. 나물도 뜯어서 팔고. 뭐 무나무 밭도 캐고. [조사자: 같은 동네였습니까? 시집간데가?] 아니요. 내화라고해요. 그래 그 사람들이 무신 죄가 참말로 얼마나. 그것도. 업인가보지요. 그렇겠지 뭐. 그래 이래 한평생을 그래그래 살다본께 애들 낳고 이랬는데도 먹고 살기 거북하이. 애들 학교도 옳게 못 시켜가지고 애들도 지금 살기가 거북해요. 애들은 한 5남매 되는데. 사는게 그리 거북하고 내 육신이 이래 그나마 또 사랑어른 한번씩 돌아가셔가지고 혼자 이리 살라카이. 그 집은 가도 안하고요. 집에 잠시도 있기 싫어가지고 나갔다 들어오고.

[조사자: 팔은 괜찮으십니까?] 안 괜찮지요. [조사자: 오른팔이네요.] 네. 오른팔이라카이. [조사자: 그러면 평생 아프시겠어요. 아직까지?] 휴우증이 있어가지고요. 계속 아프지. [채홍달: 날이 춥거나 뭐 오래하거나.] 그래니기메 누가 일도 옳게 안 시켜주잖아요. 제대로 일도 못하잖아. 이런께 그냥 안 죽고 사는거래. 그런데 선생님들이 우에우에해서 우리 원한을 풀어주신다니. (한숨 쉬며 눈물을 흘린다.) [채홍달: 나도 어제 이 애기를 하다보니까 옛날 생각이 나가꼬 막 거기서 애기하다가 눈물이. 울 수도 없고. 계속 애기하면 제대로 감정이.]

[조사자: 할머니, 다리 편하게 앉으셔도 됩니다.] 온 몸이. 온 몸이 이래 고만

해. 옛날에는 아주 우째 시리 뻔쳐야 돼. [조사자: 편하게 앉으십쇼.] 예. [조사자: 그 자꾸 옛날 얘기 그거 해서 죄송한데 도대체 왜. 왜 그런 것 같으세요? 지금 생각해보시면. 그분들이. 왜 그랬던 것 같으세요? 가만히 생각해보시면?] 생각을. 뭐 생각은. 뭐 아무 저것도 없이 그 사람들이 인제 지금 이래 다른 사람들이 이 얘기를 들은께요. 어디가서 그런 짓을 하면 자기네 실적. 지금 말하면 뭐래요. 실적을 올린당가요. 그런 저거 할라고 그런거. 그랬다고 모두 은근히 말이. 그런 말이 있데요. [조사자: 마을에 뭐 저기 관이나 이런데 그렇게 책 잡힐 사람이 한명도 없었죠?] 모르지요. 뭐 나는. 나는 그때 뭐 나이가 어린께. 나이가 어리고 뭐 참.

학교도 그땐 아직 그 골짜기 위에 그런데서는 등 넘어 재 넘어 학교도 나흘 있다고 글로(거기로) 안 보내주더라구요. 그 학교 갈 또 형편도 못되고. 처음에 그래. 어떤 선생님들이 모두 오셨는데,

“날 11살. 11살 그 당시로 돌려달라!”고.

무신 소원이 있는가 묻는가, 날 11살 그 당시로 돌려달라고. 지금 고생하는 거이. 이런 고생 그때만 해도 감췄고마. 총도 참 아무말도 안하고 총도 맞았는데 고마 아주 죽었더라만 이 고생도 안하고. 그런 생각이 들어, 진짜로 너무너무 너무 고생스럽고. 너무 어이가 없고. 너무 참말로 참혹해서요.

[3] 채홍달 화자의 또 다른 증언

[채홍달로 화자가 바뀜, 채홍연 화자가 청자의 역할을 했음]

[조사자: (채홍달 어르신을 가르키며) 고모 되신다고요?] [채홍연: 예. 우리 동생.] [조사자: 어제 그 얘기 듣느라고 잠깐 생각 못한게. 그러면 1949년 12월 24일에 일이 있었으니까 그 다음 6월에 6.25가 터졌잖아요. 그러면 이 동네는 어떻게 다들 피난을 가셨나. 아니면 그냥 산골에.] [채홍연: 6.25때는 큰 동네는 가란 소리 안했지요.] [조사자: 그냥 계셨어요. 이 동네에.] [채홍연: 예.] [조사자: 그러

면 이 동네까지 인민군들이 들어왔었습니까?] [채홍연: 왔지요. 인민군들이.] 그 때 인민군들이 내려올때는 그때 인제 피난을 가면서 피난의 명령이 내렸던 모양이에요. 그렇게 해가꼬 피난 가라 그런데 그러더라고. 피난을 인제 저 남쪽으로 인민군들이 내려오니까 가라 그랬는데 집에서 어제 이야기했지만 엄마하고 사촌형 14살짜리. 사촌형이. 누나가. 인제 9살짜리 누나 있고. 그 것도 한 살 더 먹었어요. 다섯 살. 어제 오셨던 분. 형이 있는데 그러면 엄마 를. 어디 피난을 가면 일단 당장 먹을 거 하고 몇 가지는 비록 여름이지만 갖고 가야되잖아요. 먹어야 사니까. 고러고서. 그러면 보따리를 쌌데요. 싸 고. 보따리를 싸갔고. 인제 사촌종형한테 글방 좀 내가 올려메고 누나는 주전 자를 조그마한거 하나 들리고 그러고 인제 형이 다섯 살이니까 멀리 장거리 는 인제 못가니까 들고 걸리고 머리에 보따리 싹 하나 이고.

[조사자: 또 피난을 나셔섰구나.] 네. 나섰는데 그러면 도저히 전체를 못다 걸으니까 제일 여기서 인제 데려가고 나는 그때 인제 2살이니까. 2살짜리 열 해다가는(이렇게 하다가는) 꺼꾸루 도저히 이건 전부 헤어져 띄어놓고 가자. 그래가꼬 마당에다 놓고 집을 나서니까 애 울더라네. 아이고 모르겠다. 죽어 도 모두 여기서 죽자. 나섰다가 다시 고만싶죠. 그렇게 내려간께는. 근데 6.25 때는 사실상 거기는 피해가 별루 없었어요. 내려갈 때는 바루 내려갔다 가 후퇴할 때 전부 산속으로 해서 사방 흩어져서 그러니까 그렇게 뭐 해갖고 인제 집에 와서 마을마다 군자금, 뭐 먹을거 식량을 구하고 하다가 왔다가 후퇴해 갖고 소백산 줄기가 이렇게 문경대를 타고 지나가잖아요. 그렇게 해 서. 지나가는 길이니까. 그래가꼬 내려오다 인제 가면서 피해가꼬 민가들 있 으면은 막 약탈도 해가꼬 밥. 딱 그런다네요. 밥 때 되면 와갔고 그러면. 밥 해갔고. 달라고 거진 하면은. 총 들이다 대면은 그때는 보통 때 같으면은 쉽 게 줬죠. 그런데 그때는 사는 사람도 목숨 못지않게 밥이 귀하니까 저희 엄마 말을 들으면 못 준다고. 총부리 대니까 쏠라면 쏴라고 나도 쏴죽이라고 먹고

살아야 되겠다고. (조사자와 채홍달씨 웃는다.) 우리 애들 먹어야 된다고 못 준다고 막 같이 버텼다는거에요. 그래가꼬 결국 밥을 거기서 총을 냈는데 대고 내려오라 그랬는데도 안주고 그땐 사람이 악만 남으니까 못할게 없더라마. [채홍연: 아휴 그땐 죽은 목숨이 살았으니께 모질구.] 니도 주면 밥두 없구 굶어죽는데 니들 총 맞아서 죽으나 여기서 굶어서 죽으나 똑같다. 못준다. 애들이라도 먹이고 죽자고.

[조사자: 남한 내려갈 때는 급하게 이제 막 국군도 쫓겨가니까 그냥 쑥 내려갔다가 후퇴할 때 이제 패잔병들이나 낙오된 사람들이나.] 네. 패잔병들. 인천상륙작전 할 때 있어서. [조사자: 네네. 급하게 올라가느라고.] 네. 올라가느라고 뭐 그렇게 할 그것도 없데이. 전부 그때는 그대로 말하자면 여기서 나타나는 게릴라가 뭐 도주하듯 결국 민가에 그런 형태정도다. [조사자: 그 정도 안 되는 패잔병들이.] 예. 완전히 패잔병들. 그리고 마을이 어제 갔던 데가 이제 옛날에. [조사자: 이거는 어디 저 산 정상에 찍은 사진이에요?] 예. 대나무 산이라고. 그 산 꼭데기서 내려다 보고 찍은 사진인데. 마을이 아 요기 있네요, 네 여기. [조사자: 저희가 어제 여기 어디쯤 있었던.] 네. 여기고. 마을 올라올 때 찍은거고. 우리가 비석이 선 자리가 요자리고. [조사자: 아. 예전에는 그냥 이렇게 밭이었구나.] 예예. 밭이었고. [조사자: 저희 저 들어서기 전에.] 예. 제일 깊은 자리가 요기구요. 여기가 지금 줄 있는데. [조사자: 그러면 인제 그 학생들이 요렇게 넘어와가꼬 그 다음에 여기서 총격을 당한 거에요? 요렇게 넘어오다가?] 예. 요기가 마을이 있었고 여기 논이고. 논인데 인제. 여기서 논에서 전부. [조사자: 마을 사람들이 여기다 모아 놓고.] 예. 지금은 포도밭이. [조사자: 예. 포도밭. 어제 말씀하신.] 어제. 우리 옛날에 그러고. [채홍연: 논이 있었어요.] 옛날 생각이 지금 났어요. [조사자: 예예. 일단은 뭐 자료를 주셨으니까 일단 제가 다 좀 돌려보게 드리고.] 이런거 가지시도 해가꼬 뭐 스크랩하고 뭐. [조사자 :아니. 저희 저 연락처 아시니까 이분도 명함 드렸으니까.] 자료가 뭐 어떤거 뭐 더 알고 계시고

싶으시다 그러면 더 하고. [조사자: 아마 여기 그 저기 근현대사 하신 분들 좀 이렇게 해서 한번 또 오실지 몰라서. 그때 제가 찾아 뵙고 연락을.]

그리고 인제 또 고 전에 제일 처음 고 사건날 때. 또 인제 요거는. 제가 직접 못했다면. 전 그때 어제 말씀드렸을지 모르는데 어렸으니까 했는데. 백모씨라고 이름을 안 잊어먹은 게 있었어요. 김룡이라고 하는곳에서 사는데 그분은 고 때 한 열일곱, 열여덟 살 됐는데. 상선에 그 돈으로 어디 뭐 받아 오라 해가지고 갔데요. 가갔고 이제 선한들 오다가. 오다가 군인들을 인제 오는 길목에서 군인들을 만났다네요. 그래가꼬 인제 그래. 아–들이

"니 이제 어디서 사냐?"

그래가꼬.

"어디 산다."

그래가꼬 어디가서 그런데. 하순이라 한 곳이 하선.

"돈을 좀 받아올라 돈 받아 오는 길이다."

그래가꼬. [조사자: 하선요?] 네. 하선함이라고 성함입니다. 군인들이 주둔했던 상선 거기서 지면서 인제 고 오다보면 상선 군인들. 군인들 오는 거기를 그래서 그러면.

"어디를 인제 가면 어디로 어디로 가냐?"

"어디어디간다. 그래서 석봉 간다." 그래서.

"석봉 지나가냐?"

"지나간다."

"그러면 같이 서라."

그래가지고 쭈욱 왔대요. 와가꼬 쭈욱 와가꼬 어제 서가꼬 얘기하던데 있잖아요. [조사자: 예예. 거기 삼거리.] 거기 딱 오더니 내세우고 했는데. 그 사람은 인제 군인들 팔십 명 되는. 이게 소대니까. 보통 일개소대 삼사십 명 되잖아요. 고래 이게 소대는 길잖아요. 일렬 종대로 해가꼬 거기 오니까 거서

누가 산에서 인제 나무를 해가꼬 내려오는데 거기서 인제 나무를 지게 에 지고 오는데 그 지게를 딱. 그 하니까 지게를 지고 오더니.

"야! 이리와봐."

그러더라는. 그래 지게를 딱 한들. 지게 지고 서니까 서자마자 총 개머리판으로 고대로 치드라네요. 그게 누군가 하면은. 그 얘기를 왜 하냐면은 그 사람이. 내가 열 네 살때 장에 간다고 하다가 한 몇 시간동안을. 그 사람한테 이야기를 들었어요. 그분이 인제 나무를 해가지고 저희 부친이 있었어요. 그래가꼬 뭐 개머리판으로 그대로 막 내려치고 지게는 뭐 이렇게 하더니. 그리고 군화발로 조인트를 막 까고 그래놓고는 그런데. 가만 보면 이유고 원인도 없이 그냥 지게를 내려놓자마자 그렇게 하더니. 마을로 들어가라 그래요. 그래가고 전부 옆에서 보고 무척 겁이 났죠 인제. 여태까지는 뭐 쭈욱 걸어오기만 했다가. [조사자: 예. 그 백 뭐시기 하는.] 예예.

그 쭈욱 뭐뭐했다가 그냥 군인들이 뭐 실탄 매고 완전 무장 해가꼬 그러더니 그렇게 하더니 그래놓고는 마을로 들어가라고 그러더라. 그러더니 쭈욱 해가꼬 이제 앞에 애들이 몇이 먼저 와있더래요. 선두에 선 사람한테 그전에 그 군인들이 많이 있다보면 누가 또 그중에 뭐 악질도 있고 여러 사람 있다 보면 그 알겠습니까? 그랬는데 그 자기 주변에 있던 사람이 누가 그러는데 선두 섰던 사람은 안 그러는데 그 한참 있다 쭈욱 하더니.

"누구고 하나 헤헤 이놈. 빨갱이들 내려오면 밥 해주고 한 놈들은 다 죽어야된다!"고.

그러면서 전부 쭈욱 하더니 그러더래. 그러더니 전부 또 마을 사람들이 쭈욱 또 내려와서 불지르고 해가꼬 전부 모이라고. 그러니까 인제 언능 거길 가더니 불 질러 명령 내리니까 해더라니.

그래서 인제 그래 이 사람 무척 겁이 났죠 인제. 저 얼어가꼬 난 이 동네 사람도 아니고 지나가던 거긴데 그 앞에서부터 같이 왔으니까 김녕 사람인데,

"집에 갈란다!"

그러니까 그대로 군화발로 참세(차면서)

"이 자식아 일루 들어가." 하도 얼떨결에 그래가꼬 어디 갔다가 그냥 동네 사람도 아닌데 또 그 사람들 모인데 들어갔어요. 그래서 거서 그대로 1차에 사격할 때 안 맞아가꼬 그대로 뭐뭐하길래 일부러 총 쏘길래 넘어지는데 같이 따라 넘어졌데요. 그라고 인제 2차에 살려준다 해가지고 또 옮겨가꼬 그래가꼬 그 사람은 인제 조금 인제 열 한 대여섯 되어서 조금 기가 있었죠. 그래가지고 총 쏘고 뭐 사태가 조금 하다시피 그래가꼬 넘어져가지고 죽은것처럼 가만히 있더래요, 두 번째는 죽은 것 같이 있는게 아니고 그대로 뭐 졸도를 해뿌렀다고 그러던가. [채홍연: 졸도에요. 졸도를 했어요.] 그래가꼬 실컷 얼마나 시간이 지났는지 조용하니까 해가 질려고 하는지 늬엇늬엇 하더라네요. 보니까 막 사람들 아파 죽겠다고 울고 그래가꼬 거기서 그 사람은 혼자서 그러다가 또 가만히니까 돈 받으러 갔다가 심부름 갔다가 오는 길인데 돈뭉치 생각이 나간 그래가꼬 거기서 다니면서 해가꼬네 자기 있던데 거기서 시체더미 뒤지고 돈을 들고 찾아가꼬 집으로 갔대요.

그런데 그분도 한 오륙년 전에 돌아가셨어요. [조사자: 아. 돌아가셨습니까?] 네. 그러고 지금은 인제 일찍 뭐한게 조금은 인제 늦은게. 전부 인제 그때 당시 지금꺼 한번 기억을 내가 확실히 전부 아실만한 분들이 전부 자꾸 돌아가시고 인제는. [채홍연: 안 계시고.] 네. 인제는 자꾸 없어요. 그래 이제 몇 년만 지나면 실목격담은 없어요. 지금도 이미 적응을 하시는 분들은 그때야 좀 어릴 때고 스무 살 넘었던 분은 없어요. [조사자: 군인들은. 그때 가담했던 군인들도. 지금 생존해있는 사람이 거의 없다고 봐야겠네요.] 네. 요거 조사당시에. [조사자: 한분이.] 네. 두 분이 산걸루 되있어요. 그런데 한 사람은 치매가 되고 소대장 안택효 중사는 치매가 되어 조사 불가고. [조사자: 그 주범에 해당되는 사람이에요. 지금 그럼 살아있습니까? 아직] 지금은 아직 요거 한게 2007년 당시 살아 있었고요. [조사자: 지금은 모르시구요?] 네. 지금은 모르구요. 그 다음에 소준섭. 아. 조준섭 이라고 그 때 사병했던 사람. 살아있어요. 그랬는데 인적 사항은 그때 하니까 못 가르쳐주게다꼬. 개인보호차원에서. [조사자: 네네. 그 안택효 중사라는 사람이 지금 그때 치매였던 거죠?] 네네. [조사자: 2007년 당시에?] 네네. [조사자: 이 사람이 2소대 소대장이었던.] 네네. [조사자: 이중기 소위는 사망하고?] 예. 50년도에 사망하고. [조사자: 그럼 이 사람들이 제대를 어떻게 했는지 좀 아십니까? 진급해가지고 제대했는지.] 아마 살아있으면. 안택효 중사요? 진급을 안했겠어요. [조사자: 중사니까 해봤자 상사일거고. 이중기 소위는 뭘로 전역했는지 혹시 아세요? 아. 아니다. 어제 말씀하셨던 6.25때 전사했다고.] 네네. 6.25때 전사. [조사자: 그 다음에 6.25였으니까.] 네.

[4] 양민학살의 진상을 알리기 위한 노력

[채홍연: 어쨌어요. 좀 진작. 진작 그래도 아는 사람이 있을 때에.] 그래도 뭐 쭈욱 하면은 그리고 사실상 그 앞에는 저도 인제 실즉 객지에서 벌어서

먹고 살 때는 여기에 일일이 신경을 못 써요. 우선 산 사람은 살아야 되니까. [조사자: 그렇죠. 네네.] 그래 인제 나도 그래 시골에 왜 왔냐 그러면. 뭐 아무것도 없고. 아무리 그래도 내 고향이기 때문에 왔다. 그래 여기서 돈을 많이 벌 것도 아니고 여기 산 좋고 물 좋고 공기 좋고. 공기 좋은데 여기 말고 얼마든지 있고 그전 때 도시 근교에도 있고. 단지 내가 여기 온건 고향이기 때문에 여기에 왔다. [조사자: 그러면 그 울산에 있을 때 여기 저기 하신 모양이네요.] 그러고 여기에 이 실제했던 것 까지 같이.

[조사자: 그 신문사나 아니면 뭐 잡지사나 이런 데 한번 진정 안해 보셨어요?] 신문사에서 많이 취재를 해야지, 그런데 이제 신문에하고. 잡지에는 주로 제일 많이 나온게 저 이제 시사 저널에서. 지금 시사 거기서 나온 정희상 기자라고. 그 사람 여기에 대해서 찾아와 많이 왔어. [조사자: 아. 시사저널에서요.] 네. 그런데 지금은 그 사람이 새로 그 기자들 나가고 뭐 붕기인가 그거 하다가 시사 인으로 바뀌었죠? [조사자: 어제 그래서 제가 좀 한번 연락을 해볼라구 그랬는데 시사인으로. 이걸 할만한데가 사실 시사인인 것 같아서.] 네. 시사인의 정희상 기자. [조사자: 정희상 본 것 같아요.] 그 이사람. [조사자: 취재를 왔었습니까?] 이 사람은 많이 왔어요. [채홍연: 많이 왔어요. 오기는 많이 왔었는데 아무도 오란데 없더라구.] [조사자 :그런데 그 잡지에 구체적으로 보도 나온거는.] 거기에도 보도도 많이 나왔어요. 시사 인. 시사 저널. 그 다른데도 잡지에는. 시사저널하고 영광문화라고 있는데 그거는 한번 보는 뭐. 너무 소규모니까 전국지가 아니고. 지역지고. 중앙지로는 시사저널. 그 다음에 신문으로는 뭐 수시로 그렇게 큰 이슈화가 아직 안되고 너무 규모가 작아노니까. 그 사람들이 한시적으로.

[조사자: 지금 이 문경 시장 선거를 다시 합니까?] 예. [조사자: 뭐 저기 보궐선거 비슷하게?] 네. 보궐선거. 시장이 국회의원 한다고 사표를 냈어요. [조사자: 지자체 쪽에서는 어제 말씀하셨듯이 애매하다고.] 지자체에서는 애매하곤. 지자체에서는 모든지 한계가 있죠. 지차제로서 해주는. 그리고 이런 걸 원 그어도

중앙정부 지자체에서 도우려고 애를 쓰그던 또 재정적 한계가 있고요. 그러고 이제 도에서 우리들 가라하면 이제 문경도 사실 그렇게 돈이 안 많아요. 그래가꼬 그리고 명분도 시보다는 도에서 더하구 중앙에서 해야 그게 인제 헌데. 도에서는 그거 하니까 제항 의 인제 우리 사건은 당시 뭐 여기 말고 인제 보면 전국에 그 경상북도에도 이런 단체들이 많잖아요. [조사자: 네네.] 한군데 뭘 해주면은 나도 해달라고 보채내질 못한데요. 땔(때어낼) 재간이 없데요. [조사자: 여기저기서 다 우리도 이런일 있었다. 우리도.] 예예.

우리도 해가고 그래서 인제 문경에는 보도연맹하고. [조사자: 보도연맹 사건으로 많이 죽은 것 같더라구요.] 근데 그 두 가지가 있는데 문경에서는 즉 보도연맹이란 하나도 지원이 안되고 있어요. 그리고 여기는 지금껏 보도연맹에서 그 해니까 [조사자: 저기는 해주고.] 우리는 왜 안되냐고? 그래가지고 면으로 내가꼬 내가 그건 면에서 해주는거다. 우리는 모르겠다. 그 때문에 왜 주고 안주냐 그것 때문에. 쭉 하면은.

[조사자: 지금 책. 그래서 그 뭐라고 해야되나. 어떤 식으로 결론이 나는게 제일 좀 유족들 차원에서는 바라는 거라고 할 수 있습니까.] 제일 큰 게 위령사업. 국가 차원에서. 위령사업. 위령사업이고 그 다음에 배상. 그 다음에 첫째가 어떤 그 위령 사업 단순히 뭐 해라 그러면 시에서 하는 것도 있고 여러 가지 있지만은 아직까지는 국가에서 위령. [조사자: 국가에서 해야죠.] 중앙정부가 해가꼬 그 다음에 사죄하고 거기서. 사과가 아닌 사죄가 있어야되요. [조사자: 저도 아까 그 누구지. 이상희 국방장관인가. 이거 말씀하신거죠.] 예예. [조사자: 이런 사과. 이건 정말 사과문이 아니라 사기문이라고 말씀하시는데. 진짜 너무하네. 이걸 글이라고 참.] [채홍연: 너무너무 그럴 수가 없어요.]

[조사자: 그러면 지금 만약 국가가 피해 보상을 한다 그래도 피해 보상 당사자가 없는 사람들도 있겠네요.] 네. 있어요. [조사자: 거기서 절멸이 되가지고. 그런 분들도 있겠네요.] 네. 그래고 이제 지금 피해보상을 헌들 그 보니까 어떤 피해 인제 배상청구하는거는 민법의 기준 해가꼬 상대를 하는게 있는데. 고거

는 이거하고는 별개로 민법에서 인제 그 이게 판결이 나도 그거는 상속순위에 따라가고 배분이 되니까. 그 첫째 인제 그 한분들 후손이 없는 분들은 청구권자가 없어져 버려. 상속권자가 없어지니까 청구를 못하고. [조사자: 그런 분들도 좀 많겠네요.] 그거도 몇 집 있고 그 다음에 지금 누님네 증조모도 되는데. 그거는 인제 옛날에는 딸은 사실상 출가외인이고 시집오면 끝이고 그러고 돼 있어요. 같이 모시고 했는데 누이 오면 변호사한테 그거는 또 딸이 두 분이 있더라고요, 그러면 상속권자가 그 딸한테로 넘어간다 이거죠. 그런데 찾을 길이 없어요. [채홍연: 그분 계시긴 계세요. 팔십누이나이. 부산에 계시어.] 거기서 소송을 해야되는데 그런 누이는 인제 거기서 모시기는 그때 모시고 뭐 시집 정녕 다 했지만 궁극적으로는 [조사자: 따님이 따로 있으니까.] 네. 따님이 있음 뭐해가꼬 내려가서 하든 말든. [조사자: 그런 문제가 있구나.] 네. 그런 경우. [조사자: 복잡하네. 또.] 그 다음에 인제 또 절멸. 인제 가족이 아들이 없어가꼬 양자를 받잖아요. 그럼 사후양자죠. 근데 옛날에 전부 실질 제사 지내고 다해도 호적 정리를 잘 안해요. 호적에 아무것도 없어요. 그러니까. [조사자: 법적으로 효력이.] 네.

법적으로 해가꼬 법원에 그것도 있는데 구체적으로 그거는 변호사에게. 이길 확률이 희박하다. 변호사 비용은 뭐 사회 성사시 주기로 했으니까 하고. 인지세는 날리는 경우가 될 수도 있다. 그래도 본인이 할라 그러면 일단 받아는 주겠다고 그런. 전부 해가꼬 변호사가 그렇게 가망이 없다 그러는데. 뭐 지금 하면 한 80% 이상 거의 한 85% 정도는 소송을 참여했죠. 법원에 인제 새로 2차 하면서 근데 나머지 한 10% 수준은 할 사람이 없어가꼬. [채홍연: 근데 이게 몇 년이 갈란지. 몇 년이 가는지 모르겠어.]

[조사자: 지금 그 과거사진상조사위원회인가. 근데 그게 사실상 없어졌죠.] 네. 없어졌죠. [조사자: 이번 정부 들어와서 없어졌죠.] 네. 고런 한시적인 단체기때문에 국가기관이라도. 2000. [조사자: 노무현 정부때.] 네. 그때 2010년 12월 30일일부로. [조사자: 아. 2010년에 없어졌습니까?] 예. 2010년 12월 30일. 모

든게 끝났어요. [조사자: 그게 좀 더 오래갔으면 좀 일이 더 쉬워졌을텐데.] 근데 이게 아직 조사가 제일 큰게 저희 쪽으로는 사실상 모든 조사가 끝이 났어요. 결론도 났고. 근데 조사를 못한데. [조사자: 어제 대강 설명을 하신게 여기에 다 얘기가 나왔구나. 원래 자기들이 가고자 했던 것으로 가지 않았고.] 정확히 알고 있는 사람이 주변에 그렇게 안 많아요. 그걸 뭐 어떻게 여기서 어떻게 해가꼬. 예를 들어 보도연맹 같은 거 뭐 우째 잡혀가서 죽었다. 뭐 우째가꼬 했다. 그런데 여기에서는 정확한 그 원인 사건발생. 그거를 원인을 모르니. 그게 안나타나니까.

'빨갱이가 나와서 죽였다. 빨갱이. 몰려서 죽었다. 빨갱이가 와서 죽였다.'

[조사자: 여기 지금 미군보고서에는 게릴라 70명이 마을에 들어가서 사람들을 죽였다는 식으로 애기를.] 예예. 고게 이제 처음에 그렇게. 처음에 얘네들이 보고를. 허위보고를 한거죠. [조사자: 아, 그렇게 허위보고를 한거구나. 게릴라가 죽였다고. 군인이 그런건데.] 그리고 지들이 인자 고거는 지들 보고죠. 그러다 거기 국방부 장관이 그러고 뭐 인제. 결국 올해까지 안은 난거죠. [조사자: 허위보곤데.] 예. 그리고 그 다음 보고에서는 3사단. 3사단인데 실제 [조사자: 2사단이라고.] 네네. 2사단이라고. [조사자: 2사단 25연대라고 말씀하셨죠.] 네. 과거사 위원회에서 정부조사. 정밀 조사하니까 2사단에서. [조사자: 아마 그 조사위원회가 좀더 계속 활동을 하면 제가 볼 땐 더 좋았을 것 같은데 이번 정부에선 그걸 없앴으니까. 그 사람들이 아마 볼 수 있는 자료가 더 많을거거든요.] [채홍연: 그렇죠.]모든지 권한이 방대하니까. [조사자: 무조건 열람을 할수 있었을텐데. 그 좀더 전문가들이 보장받으니까.] 네. 그리고 우리도 이거 하는데 어떤 거는 그 고때만 해도 제가 이제 직장생활 할 때이기 때문에 시간이 그렇게 많이 없어가꼬. 그리고 그걸 확인을 할려고 갔더니 어. 정부상대를 그것도 정부공개 신청을 해야 볼 수 있다 그러더라구요. 우선 먹구 살아야 직장생활을 해야 되는데 며칠 후 갈 것도 거리도 가까운 것도 아니고. 서로 왔다갔다 할 수도 없고 그래가꼬. [조사자: 이 저기 누구야. 도자 식자 쓰시는 분은?] 회

장. 예. 대구에 살고 있어요. [조사자: 아. 대구 사시는 구나. 항렬이 더?] 밑에 입니다. [조사자: 밑에. 예. 항렬이 다르네요.] 여기는 조카뻘 돼요. [조사자: 조카뻘인데 나이는 한 살 더 많으시네.] 네. (웃으며) 실제론 두 살 더 많아요. [조사자: 아. 실제로 두 살 더 많으시구나.] 이제 총무님은 어찌 올라가도 고거는 또 야간 그 근무를 하는 게 없고 그래 저녁에 하니까 인제 그때쯤 오면은 6시 전에 나오는. 실제 그 6시 전에 끝이 났는데 와서 시간이 그래도 와서 뭐 딱 몇시부터 몇시까지 딱 정해진게 아니고 오기가 벅찰 수도 있겠다 그러면서 다음에. [조사자: 네. 뭐 다음에도 기회가 있으니까.] [채홍연: 근데 전에 이래 많이 오셔서 많이 가셨거든요. 그랬는데 그 분들은 왜 그래 다 모두 그만. 그래 그 뒤로는.] [조사자: 저희는 지금 어제 오늘 들은거 하고 그 다음에 앞으로 추가조사를 어떻게 해야 될지 학교에 가서 얘기를 해 봐야되는데. 일단 일이 끝나는게 3년 걸려야되기 때문에 책자가 나온다면 그때쯤 나올 것 같고. 할 수 있는 건 일단 이쪽 학교쪽에서, 학술쪽에서. 그 아까 말씀하신 시사 인이나 이런 쪽에 저희가 아는 통로로 계속 좀 공문도 보내고 추가조사를 좀 이슈화 시켜야 된다. 이런 식의 노력은 반드시 할테니까 그건 제가. 제 차원에서 약속드릴 수 있는 것은 그거고요. 그 다음에 저희보다 조금 더 이쪽 일에 전문인 분들이 합동 조사팀 같은걸 꾸려가지고 한번 시간을 내서 내려 오셔가지고.] [채홍연: 그 분들을 먼저 면면히 해 가신 분들이 많았었어요. 그런데도 그분들이 그래 적절히 해주면 얼마나 좋겠어요. 그분들은 더 많은 참말로 상세한 이제 어른들 돌아가시기 전에 오셔서 하셨기 때문에 더 많은 자료가 있고.] [조사자: 그게 2000. 한 2-3년 요 때겠네요. 한 10년전에.] 93년. 94년도에 제일 활발히 조사를 했었고요. [채홍연: 네. 많이 했었어요.] [조사자 :그 저기 YS 정부 들어서고 난 다음에.] 예예. 그러고 고때는 그래서 그라고. 그 위에서. 도위(도의회)에서 그 전원일치로 중앙정부에 진상조사 크기를 국성하자 그래가꼬 공문도 그 해가꼬 도위에서 의결까지 했어요. 해가꼬 보냈는데 중앙정부에서는 한시 너무 바쁘다 어쩌다 그러고 웬간하면 중앙정부에서는 은폐하고 묻을려고 하는

게 정부의. [조사자: 지금 이게 피해규모로는 거창하고 비교했을 때 어느 정도입니까?] 피해규모는 다른데 비하면 여긴 규모가 비교가 안 될만큼 작죠. [조사자: 아. 여기가요.] 예. 한군데 집단 그걸 해가꼬 그걸 가니까. 거창 고거는 회전 여러 소규모고. 마을도 여러 마을이고. [조사자: 거기도 9연대. 제가 알기론 9연대.] 네. 거기는. 고거는 계획적으로 뭐 하고 막 군인들이. 많은 군인들이 와갔고. 여기는 [조사자: 거기는 연대급에서 했으니까 하기야.] 여기는 그냥 돌발. 어느 날 갑자기 뭐뭐뭐 그것도 없이 들어가서 예.

[조사자: 그런데 이게 소대장 2명이 이상해서 그렇게 되었다. 이렇게 결론이 나버리면 사실 웃긴건데 제가 보기에는 그러면 또 더 억울할 수도 있죠.] [채홍연: 더 억울하죠.] [조사자: 소대장 2명이 이상해서 사람을 죽였다 이러면 더 억울한 거죠. 중대장이 몰랐다는 것도 저는 좀 이해가 잘 안돼요.] 기록상으로는 중대장도 몰랐고 보고를 안 했고. [조사자: 그게 말이 안되는데.] [조사자: 중대장은 지가 살아남으려고 어떻게든 조작한 것 같고 소위 한명이랑 중사 한명이 저기 정신이 돌아가지고 팔십 명이 넘는 사람을 죽였다는 것이 이게 상식적으로 말이 안됩니다. 분명히 윗선에 뭐가 있거나.] 그때 전부 모르고 그때 어제 형님도 잠시 얘기했지만 바로 직후에 경찰 서장 찾아갔어요. 대구에서 어렵사리 찾아가꼬. 헌데. [조사자: 그분도 고령이시겠네.] 네. 그때 정년 퇴직하고 대구 찾아가니까 다른 국민학교 교편을 잡고. 하는건 친절하게 해주는데 전부 묻는 것마다 아는 게 없어요. 아는 게 없다. 가니까 다 해결되고 군인이 그렇게 되면 경찰은 일체 하는 게 하나도 없다. [조사자: 그런데 이런 문경 동네 이런데는 그 당시에는 군경 이렇게 작전이나 이런 걸 많이 했죠. 사실.] 그런데 경찰에서는 전연 아는 게 없다고. [조사자: 뭔가 알고 있을텐데.] [채홍연: 알고 있지요.] 그런데 알고 있어도 서장이 전혀 아는게 없고 해결이 다 되었다.

[조사자: 6.25때 피난 안 가셨어요?] [채홍연: 나는 안 갔지요.] [조사자: 그냥 여기 계셨습니까?] [채홍연: 네. 혼자 뭐. 이래저래 살고 뭐.] [조사자: 그땐 아직 시집가시기 전이시겠네요. 6.25 났을 때는요. 그죠?] [채홍연: 그렇지요. 그 후년

에 갔지.] [조사자: 그 다음해에 가셨겠네.] [채홍연: 그래서 뭐. 그 당시 사는것도 사는게 아니죠, 그냥 못살면 못살 듯이 사는 대로. 하휴. 참말로. 이런기 어데 나오면 창피해서 말도 하기 거북하고.] 이건 지금 최근에 절품판에는 나와 있는데 여기에도 보면 (책을 꺼냄) 시에 가봐도 아는게 없고. 경찰 일반. [조사자: 군지입니까? 그게?] 네. 문경시군지. 여기도 그때 상황이 약간씩 나와 있는데. 우리 거기에는 전연 없어요. 그러다가 지금은. 지금 최근에 나온거는.

(페이지를 넘기며) [조사자: 그냥 여기는 뭐 기습. 보면 신문 기사처럼 그런 일이 있었다 이런 식으로.] 어데 뭐 그런. 공비들이 어딜 우쨌다. 어딜. 뭐가 어떻게 했다 그런게 있는데도. 그 석달리에서 무슨 일이 있었다 하는 거는 전연 없어요. 없어요. 거긴 없어요. 다른 데껀 다 나왔는데. 여기도 거긴 인제 나중엔. 없어요. 서에 가도 일반인들이 확인할수 있는게 석봉에서 그런 사건이 있었다 하는 내용이. [조사자: 아. 이 동네. 여기에 49년 4월, 7월, 9월, 10월. 그러니까 4월 말부터 10월 말까지 공비가 출현하긴 출현했네요. 이 동네에.] 이 동네가 아니고. [조사자: 아. 호게네. 호게.] 전부 주변도 아니에요. 그게. 주변도. [조사자: 저쪽 불정리니까. 또 그 동네는 아니죠.] [채홍연: 아니죠.] 불정리면 저기 오다보면 가을서 좀 내려온데 거긴데. [조사자: 아. 예. 마성 지서는 이 동네가 아니죠?] 마성은 또 가을서 내려오면. [조사자: 그러면 이 동네는 다 아니네.] 여기하고는 전부 거리가 출몰하는 것도 그 이전에 전부 먼 곳이에요. 거기하고는. 그래 다른건 없어요. 없어요. [조사자: 다른 건 없네.] 그래. 공비들이 나타났다 어쩌다 그래도. [채홍연: 아무 저것도 없었어요. 우리 동네에는.] 마성은 그 어딘가 하면은 고속도로 서울서 내려오다보면 걔 내려옴 고속도로 내려 서는데 있잖아요. 거기입니다. [조사자: 아. 거기가 마성이구나. 중부 내륙에 내려서면.] 그런데 주변엔 없는데 전연. [채홍연: 그래 이 사람들이 댕기다가. 그런델 찾아 댕기다가 우리 동네를 그냥 장난삼아 했는가. 생각할 때. 장난삼아.] [조사자: 똑같아요. 4월 23일부터 7월 15일, 9월 10일 , 10월 23일. 닥 4-5개 정도 공비출현 이야기가.] [채홍연: 그래 장난삼아 자기네가 고

만 어디 지내다가.] [조사자: 헌데 이 동네하고 아무 상관도 없는.] 네. 저 먼 곳에. [채홍연: 어데로 올라 뛰었다 자기네가 실적을 올리기 위해서 그래서 그랬어요.] [조사자: 그래 이 사람들이 여순반란 때 사람들이 여기까지 넘어온 거네요. 보니까.] [채홍연: 했는데 그기라 아무 우리들은 그 동네에서는] 마성이라 그러는데가 들비라고 그러는데가 있잖아요. [채홍연: 남의 이야기도 못해요.] 뭐 정찰 넘는. 거기서 그 반대편이거든요. 헌데. 이거 필요하면 갖고 가셔도 돼요. [조사자: 아니 괜찮습니다. 찍히면 다 나옵니다.] 저한테 한권이 더 있어요. 그 혹시 최근 혹시 가는 자료가 있을까 해가꼬.

인제 그 활동을 93년도 이후에 나중 사실 상으로 이 사건이 알려지기 시작한 거죠. [조사자: 그러니까 이 군지에. 군지에는 이 이야기가 빠져있네.] 또 서해가도 어딜 기밀문서에 있을랑가 몰라도 일반 열람한데는 없어요. [조사자: 이게 지금 언제 나온겁니까?] 거기 얼마나 다 나온거냐 하면 우리도 위배해갔고 이후에 나왔어요. [조사자: 연도로는 94년에 나왔네요.] 네. 그 이후에 2년마다 1번씩 나오는 걸로 알고 있는. [조사자: 94년에 나왔든지 여기에는 지금.] 이 이후에 94년 이후에 나온거는 인제 석달 사례 경우들이 들어가 있어요. 있다고 그러더라구요. 아직. [조사자: 그 이후 군지에는?] 예. 거기는 인제 사건이. 이런 사건이었어요. 왜 그런가 하면 인제 시장이 맨날 여기 위령제 지낼 때 시장이 참석을 합니까. [조사자: 아. 그래 왔구나. 저희 밥 먹을 때 기호 1번으로 선거 운동 하는 사람이 그 시장 후보가 저기 병원 이사장이라고 그러던데. 병원도 왔던데.] 네. 중앙병원. [조사자: 중앙병원 이사장이에요?] 네. [조사자: 밥 먹을 때 왔던데. 살짝 이야기 해볼걸 그랬네. 그거 아시냐고. 그냥 저희는 이 동네 사람 아닙니다 그러고 말았는데. 한 번 이야기 해볼걸 그랬네. 그러면 그 사람이 유력합니까? 1번으로 나왔어요.] 시장에는 누군가 모르겠어요. 국회의원 나온 사람은. 현 국회의원 그 다음에. 전에 시장 사표 내고 나서려고 하는 사람. 한 사람. 아. 김수찬. 김수찬씨는 제가 잘 모르고. 두 사람은 여기 잘 알아요. 그라고 참석 하는 분들이니까. 그러고 지난 해는 그러면 저걸로 해가꼬 저걸 보내는데. 조사지가 왔는데 그런데 그걸 하더니 그래 여기다 안 넣었어요. 지난해는. 왜 안 넣었냐 하니. 그게 인제 선거법 그렇다 그러더니. 이거를 해가꼬 단순히 온 사람은 딱 나눠주는거는 선거법 위반이 아닌데 그런걸 조사할테고 그 하는데 여기 그 제의 일을 위령제 참석 안 한 사람한테 배포가 나가면은 거기 선거법 위반이라네요. 그래가꼬 그거를 참 선거 이게 뭐꼬. 하다보면 다른데 밖으로도 나가고 뭐 하여간 여러 가지 할 수 있지 그걸 해가지고 그러다 잘 못하면 우리도 하면 언질려 그러다가 잘 못하면. 선거 위반으로 그 잘못이. 민폐끼치겠다 싶어가꼬.

[조사자: 이게 똑같은 겁니까? 사진이 같아서 그런거구나. 이게 19회고, 18회고. 이게 작년에 한 겁니까?] 예. [조사자: 작년 12월 24일날?] 네. 2011년. 고건 2010년이고요. [채홍연: 그러면 의재아재한테. 그런 저기 많는가.] 결론은 그거는 생각하면 이거 하면은 거의 그 하고 또 책자는 다음에 또 오실래요? [조사자: 그 제가 보기에는 이게 뭐 알려져 있는거는 어느 정도 기반이 되어 있는 것 같고. 시사 인에도 한번 나왔었다 하니까. 제일 남은 문제는 국가 배상이 어느 차원에 이루어지는가 이거네요. 그거는 사회적으로 이슈화되가지고 정부도 좀 압력 아닌 압력을 느껴야 움직일텐데. 그 앞으로 그게 문제네 그죠? 이게 인제 모르는 사건이 되지 않을 것 같은데 대법원 판결 나오고 그래서. 그럴려면 지역에서 이렇게 좀 민심이 좀 올라와야 찾을까. 일단.] 그러고 인제 전체적으로 단순히 배상론 그 하면 언급 사람들이 해가꼬 이거 한거 싶은것도. 어떤 실제인데 사태 어려워 관에 군들도 계시지만 같은 경우에.

배상액이 그렇게 저 같은 경우엔 그렇게 중요하게 생각을 안 해요. [조사자: 무슨 말씀인지 알겠습니다.] 이걸 이슈화 해가꼬 알리고 그래 여기서 만약 저는. 국제사법재판소까지 할라구요. 국제사법재판소에는. 저 시효가 없잖아요. 안 이룬 범죄에 대해서 시효가 없기 때문에 되는데 인제 문제는 국제사법재판소 거기서 인제 공고가 여기서 내려와도 한국 정부에서 안 따르면 끝이라고 그렇게 예를 들어가고. 저는 인제 국제재판소에서 힘은 들지만 그렇게 해가꼬 한국정부에 그건 나왔다. 그럼 그 자체만으로도. 국가에 큰 망신이고 선공을 한 셈이죠. [조사자: 사회적인 거니까. 아이고. 거기까지 생각하시었구나. 그것도 참.] 일단 지(저)는 퇴직하고 사회서 직장생활 하면서만 어떤 활동이 불가능했죠. 그러고 관공서 이런 데는 전부 어디 다니는건 평일엔 모든 모임 같은 게 많이 있고 그렇기 되는데. 직장이라고 그러는건 시간이 토요일 밖에 없잖아요. 토요일이라 하면 내가 노는 날은 다른데도 다 놀아. [조사자: 업무도 안하고?] 전부 인제. 이거 하면 거의 혼자 난 이러제 요거를 활동 하려고 그러는데 당시 어른들이 죽은지 현대교육을 받기가 힘들어서 그래가꼬 여기 오니까 뭐 붙잡아갔고 요래요래 이거좀 하라카는데. 나도 이제 꼼짝 못하고 이렇게 잡혀서.

[조사자: 12월 24일 어제 저기. 거기 절 있는데서. 거기 그러면 그 어제 누구지. 채홍문 어르신. 채. 홍군. 그 분도 어르신이죠. 거기가 주소가 어떻게 됩니까? 그 저희가 만약에 차로 온다면 주소를 어디로 찍고 가야 할까요?] 그 마을. 석봉리 2,3,3 찍으면은. [조사자: 석봉리 233] 네. 거기 또 사건 났을 때 고 근지가. 서 있던 부근 위령탑 있는데 있잖아요. 거기가 석봉리 같이석봉리 233이거든요. [조사자: 그러면 네비에 다 나옵니까? 거기까지 다.] 그러면 마을까지는 무조건 다 들어가요. [조사자: 그러면 전등 오면 석봉리.] 233. [조사자: 234.] 3도 되고 4도 되고 그런. 그러면. [조사자: 문경시. 그 절 이름이?] 용선사. [조사자: 용선사입니까?] 네. [조사자: 그러면 그 포도밭이 있죠.] 네. [조사자: 아이고. 거기 포도밭은 진짜.] [채홍연: 그걸 놔뒀어야 됐는데. 그걸 그만 놔뒀으면 일이 더 쉬웠어. 그걸 근데.]

[조사자: 거기가 산골이 정말 무슨 일이 벌어져도 모를 산골 아닙니까?] [채홍연: 그런 산골이라 노은께 이 사람들이 지네가 다 젊은 나이에 자기네가 말하자면 장난 삼아 한거라요. 우발적으로 장난 삼아. 아무 저거도 없는데. 아무 죄도. 어린애들이고 연세 많은 어른들이고. 아무 것도 모르고 바깥일도 모르고 그때 당시만 해도.] 심정만으로도 뭐 그렇죠. 그런데 거기에서 그 전에도

뭐. 그때 당시에 삼부 면장하던 사람을 만났거든요. 여기 사람을. 삼부 면장하던 사람을 만났거든요. 그래가꼬 얘기를 좀 많이 들었어요. 자기는 할라 했는데. 그런데 우연히 뭐 면장을 만나려고. 그때 그 중학교 다닐땐데. 만날려고 만난게 아니고 하다보니 그러게. 니 어디사노. 그러더라고. 저 석봉살아요. 거기서 걸어다녀요. 석봉 어딘데 그 누구 집 아들이고. 석봉 돌담거리래요. 아하 그러면서 깜짝 놀래면서 사고 난데 거기냐. 그렇다고. 과거를. 옛날 이야기들을 하는데 자기도 그 사건이 난지. 서고 면에서도 그날은 몰랐데요. 끝날 때까지. 그리고 저 위에서 연락이 와가꼬 큰일났다 군인들이 와가꼬 뭐 해가꼬 뭐. 마을에 불 지르고 그러고 인제 지서. 파출소를. 그때 지서라고 그러거든요. 지서 하고 그 이튿날에 면장하고. 면에 면장. 지서 주인 올라가 보니까 이거 뭐 완전히 기고만장하고요. 그래가꼬 해든지 보고해가꼬. 이 서를 서로 보고하고. 그래 전부 얘기로는 그 얘기는 나중에 진상조사위원회 하면서 경찰서에서 한 것이. 공식적으로. 공식 루트를 아는 사람은 경찰서에도 사건 끝날 때까지 아무도 없었고요. 그 어떤 형사가 얘기한거 보니까 먼발치로 봐가 보니까 군인들이 어디로 가길래 이상하다해 어디로 가나 해가꼬 하니까. 논밭 위에서 사건을 저지른걸 봤는데. 뭐라고 얘기도 못하고 돌아와부렀다. 그것도 공식이 아니고 비공식으로.

[조사자: 그 소대장이나 중사가 젊으니까 혹시 아까 그렇게 제일 처음에 총 맞은 분이 나이 서른. 박 뭐시기라는 분 같은데. 뭐 감정적으로 싸움이 일어나거나 그랬다는 이야기는 없어요?] 그런 이야기는 없어요. 감히 사람들조차 그 사람들한테 달려들 엄두도 못내죠. [채홍연: 아무 저것도 없었지요.] 그거는 더군다나 그때 뭐 군인이 귀했기 때문에 우리 어릴 때까지만 해도 군인들 총모 쓰고 총 매고 오면 구경하러 쭉 모이는. [채홍연: 우리 여자애들은 군인들을 못 봤어요. 못 봤지요.] 군인들 구경을 못하는 곳인. [조사자: 적대적으로 뭐 이렇게 한 적은 없었지요?] [채홍연: 없었지요. 그냥 고만 동네 들어서면 앞산, 뒷산. 앞산뒷산 자기네가 고만.]

[5] 살아남은 사람들의 슬픔

(다시 채홍연 어르신 이야기)

[조사자: 그러면 그 사건 나던 당시에 할머니께서는 할머니하고 사셨던거에요?] 아버지. 오빠. [조사자: 아버지, 오빠, 할머니 이렇게.] 예. [조사자: 어머님은?] 돌아가시고. 네. [조사자: 그러면 아버님 돌아가시고 할머니도 돌아가시고.] 그래 인제 오빠는 시장을 가셨기 때문에 피했고 저는 집에 있어서 부상을 당했고 그래 그 당시에 그래 뭐 아무것도 아무 어른들도요. 무신 이걸 할라도 또 동네가 비어있었어요. [조사자: 고모 두분은 어디 밖에 나가 출가 하시고. 딸 두분이 있었다고 하셨잖아요.] 아 그분은 한참 벌써 출가하시고요. 그리고. [채홍달: 그분들은 연세가.] [조사자: 연세가 한분은 돌아가시고. 한 분은 부산에 사신다고 그러셨죠?] 네. 한 분은 부산에 계시다하메 팔십 넷, 다섯 살인께로 고령이지요. 그런께 엄두도 못내고요. [조사자: 졸지에 그냥 고아가.] 졸지에 고아가 됐지요.

그래 이 사람들이 들어오면서 어떤 들어오면서 생각을 했나봐요. 이 동네 쪼마난께 동네도 다 비어있고. 누가 하고 말할 사람도 없고 이런께 이 사람들이 앞산 뒷산 이래 마주 서서 호각을 부르고 자기네까지 아몰하고. 고래 한데서 그 요리 방안에 있었으면 또 못 들었을 동 모르겠는데 밖에 나온께,

“질러! 질러!”

말이 여기 말이 아니고요. 그때는 서울말이든 미국 말이든 전 모르지요. 그래 나이는 어리고 한께. 호각을 불기 뒤를

“질러! 질러!”

본께 또 그렇구마이 불이 타 내려오기 시작하니 요래요래 붙어버려요. 집 처마가 전부. 아래채, 우채. 이렇게 붙어난. 고만 울타리를 이래 건내건내서. [채홍달: 근데 거기서 뭐 담배를 피웠다던가. 이상한 낌새가 있었다마. 그런 전부 그 외부에 나갔던 사람들 뭐 들어와서 죽지는 않았구요.] 그렇지요. [채

홍달: 석봉 같은 사람들 전부 불났다고. 빨리 불 끄러 가야한다고 연기가 나니까.] 연기가 나고 동네 뭐뭐 막 그런께 전부 그만. [채홍달: 달아난게 아니고 도루 찾아와서.] 집을, 집이 타는가 싶어가지고 그냥 마을에 불 난줄 알고 전부 쫓아왔는디 그만 그 당시에 와서. 다 몰아서 갖다 세우고 다 돌아가시구. [조사자: 그럼 그 위에 오빠 분은 살아계신가?] 돌아갔어요. 한 4–5일 되었어요. 그 당시고 전부 연세 많은 어른들이라가지고 인지는 일부 참 그때 인제 나이 어린 사람이나 이래 살고 있지 다 돌아가셨어요. 그 지금 살아 계신 분은 그 욱진씨라고 그거를 제일 인제 그때는 청년인께. 좀 오래 사시고,

[조사자: 할머니 또 하실 말씀 있음 찬찬히 또] 그래요. 인제 사는 게 거북하네요. 인제. 인제는 뭐 거 뭐이래 참말로 뭐 인제 갈 날도 얼마 남지 않았지요마는. [조사자: 이걸 후손들이 잘 밝혀야죠. 그래서 이걸 남겨야 합니다. 그래야 인제 후손들이 알고. 이런 일이 있었다는 것을 알고 이런 일이 다시 발생하지 않게 하고 국가가 잘못한 거 개인한테 사과해야 되고 이런걸 저기 기록에다 남긴 다는 것도 중요한거니까. 그런 것만 마음을 좀 푸십시오. 뭐 저희야 겪은 게 아니니까 심정적으로 이해가 되는데 아휴 그 얼마나 힘드셨겠어요.] 예.

[채홍달: 아직까지는 mbc에서 매년 오는데 kbs는 아직. 방송에는 몇 번 나왔어요. 위령제 지내고 나서.] [조사자: 중앙방송에는 나온적 있습니까?] [채홍달: 에. 그랬는데 취재는 아직까지 한 번도 온 적이 없어요.] 오래 살아도 그 고생인데 이거를 참말로 좀 보고 봐야되 는데. 이거를 보고. [조사자: 다른 지역에 뭐 이런 일이 있었다, 이렇게 서로. 서로 정보교환하고 그런거 전혀 없었나요?] [채홍달: 거의 없이는. 여기 해가꼬 하다가 인제 언제 위령제 지내고 같이 왔다갔다 하고 그러면 거기서도 오고. 그런께 저는 인제 웬만하면 그런데는 굉장히 뭐 위급할 때.] [조사자: 그 이렇게 그 마을 단위로 좀 억울하게 양민들이 사망하거나 이런 걸로. 다른 지역도 있을 것 같은데.] [채홍달: 이 주변에요?] [조사자: 아니 다른 도에라도.] [채홍달: 다른 전국적으로 하면 많이 있죠. 고거 하나는요. 어디 하는가 하면. 전국 유족회가 있어요. 서울에.] [조

사자: 아. 따로 있습니까?] [채홍달: 네. 전국 유족회 거기 가면 조동문 사무국장이라고.] [조사자: 정식 명칭 거기가?] [채홍달: 한국 전쟁 전후 민간인. 민간인 피해 학살 전국 유족회 그리 되어있어요. 여기 홈페이지.] [조사자: 민간인 피해 학살. 한국 전쟁 전후 민간인 피해 학살 유족회.]

[조사자: 할아버지는 언제 돌아가셨어요?] 4년 전에. [조사자: 할아버지는 할머니가 이런 일이 있었다는 걸 알고 있지요?] 알지요. [조사자: 같은 동네니까. 얘기는 다 들으셨을 거 아니에요.] 얘기도 듣고 같이 댕기기도 했어요. [조사자: 아, 위령제 하고.] 예. 같이 댕기기도 하고. 살아 계셨으면 들은 게 있고 한께로 더 좀 저거 할 수도 있는데. 세상을 떴으니. 나머지는 인제. 인생 사는 날. 가는 날까지 그게 제일로. (한숨 깊게 쉬며) 말할 수 없네요.

[조사자: 여기 지금 그럼 흉터가 아직 많이 남아 계시겠네요?] 예. 이리 이래 사고나가지고. 처음에는 그냥 그라고. [조사자: 12살 난 여자애를 그렇게 총을.] 여자아이고. 그 사람들이 사람이 아니에요. 네 살난 아기도 쏴고. 보면 닥치는대로 그만. 닥치는대로. 그거를 사람으로. 그 사람들은 그때 당시는 사람으로 태어난 사람들이 아니래요. 그냥 짐승만도 못한 사람. (수첩을 보며) [채홍달: 뒤에 보면 전화번호가 다 나옵니다. 제일 뒤에 나올거에요. 안 그러면 이걸 갖다 좀 보시고.] [조사자: 홍자 육자로 나오네. 여기 석달리 유족 부회장으로.] [채홍달: 부회장이 아니고. 그냥. 아 여기 저저. 운영위원 전국 유족회.] [조사자: 아아. 운영위원.] [채홍달: 운영위원. 저기 서울 사는데. 그 저기 있어요. 건물이. 전에 여러 군데 다니다가 지금 서울대 음대 행정실장 하고 있는 동생이. 근데 저거 하면은 규모로는. 여기가 아주. 소규모가 되어 놓으니까. 제일 적은 것 같은데 적은데. [조사자: 이게 저기 홈페이지가 따로 있습니까?] [채홍달: 네. 있습니다.] [조사자: 홈페이지 들어가면 다 있겠네요. 내용이.] 좀 가져가시오. 가져가시고. [조사자: 아니요. 괜찮습니다. 홈페이지 들어가면 다 있습니다.] [채홍달: 홈페이지 주소 가르쳐드릴까요?] [조사자: 예예. 좀 가르쳐주십시오.]

아이고 뭐. 허허(헛웃음). 참말로. 그 사람들이 어디 잘 사는. 살겠지만. 후손이라도 잘 되겠지요만은. 그래. 한 고을 사람을 너무나 그래. 그럴 수가 없는데. 그 사람들이 너무 참. 참혹한 짓을 했어. 어째가지고. 우리가 참말로 너무 참. 박복해요. 그런지. 동네 사람들을 그렇게 세 살난 애고 뭐 갓난 애고 뭐. 그 사람들은 사람으로 그라고 생각을 안 하고 그 사람들은 그만. 노인이고 뭐 무조건 그만. 무조건 고만해. 짐승으로 생각했는지 어쨌는지 그만. 그 사람들 생각이 어째. 어째 들어가 그랬는지 너무 참혹하게 참. 입이 말같이 말 할 수도 없고. 아이고 참.

인민재판으로 처참하게 돌아가신 아버지

최 광 주

"결성에서 총소리가 '빵빵' 산속에서 아흔 여섯 발인가? 아흔 여섯 발인가를 세고서는 내가 잠이 들은 거로 생각되는데."

자 료 명: 20130214최광주(홍성)
조 사 일: 2013년 2월 14일
조사시간: 32분
구 연 자: 최광주(남 · 1934년생)
조 사 자: 박경열, 유효철, 김명자.
조사장소: 충청남도 홍성군 결성면 읍내리 마을회관

[조사과정 및 구연상황]

강태헌 · 김기용 화자의 제보로 최광주 화자를 만나게 되었다. 최광주 화자는 늦은 시각임에도 불구하고 아버지의 죽음이 억울하다며 조사에 응하였다. 무겁고 슬픈 이야기라 앞선 두 화자는 귀가하였고, 최광주 화자와 조사팀만 있는 상태에서 진행했다. 최광주 화자는 조사 과정에서 아버지 이야기를 할 때 눈물을 흘렸다. 화자는 그 날에 있었던 기억이 아직도 생생하고 억울하다며 울분을 토하였다.

[구연자 정보]

고향은 홍성이고 1934년생으로 전쟁 당시 17세였다. 가족은 6남매로 위로 누나가 세 명, 형, 동생이 있었다. 아버지는 한약재를 파는 한약점상을 하셔서 경제적으로 그리 어렵게 살지 않았다. 호적상으로는 34년생이지만 원래는 33년생이라고 한다. 아버지 호적 등본을 띠어보면 아버지가 결성 초등학교에서 죽었다는 기록을 발견할 수 있다고 한다. 하지만 지금은 아버지 죽음에 대한 어떤 해명이나 보상이 제대로 이루어지지 않아 아버지의 죽음이 허망한 죽음이 되어 버렸다고 안타까워한다.

[이야기 개요]

6.25당시 17세 정도로 기억하고 있다. 인천상륙작전 이후 9.28 수복 직전 후퇴할 때 지역 사람이 지역 빨갱이들의 계획을 들었다고 한다. 민간인들을 창고에 모이게 해서 불을 질러 학살하려한다는 얘기를 엿들은 사람이 이 사실을 마을 사람들에게 알리자 우익에서 인공기 대신 태극기를 창고에 올렸고 그렇게 지역 빨갱이들을 쫓아냈다고 한다.

후퇴하는 정치인, 인민 정부를 지지하는 사람들이 죽창을 가지고 홍성에 보복하러 와서 화자의 아버지와 큰 아버지가 죽는다. 아버지는 한약방을 하셔서 인민군이 들어오자 3개월 정도 숨어 있었는데 우익이 세력을 잡으면서 괜찮다고 생각하여 나왔다가 봉변을 당한다. 이 때 인민재판이 열렸고 재판을 한 결과 처형을 당했다고 한다. 수복 후에 생활이 여의치 않아 피난가려 했으나 아버지는 만류하여 남아 있었고 그 결과 처형을 당하게 된 것이다.

화자는 지금의 지서 자리인 분지소에서 총소리 아흔 여섯 발을 세다 잠이 들었는데 다음날 궁금해서 가보니 아버지가 돌아가셨고 방공호에서 아버지 시체를 찾아서 산 위에 모셨다고 한다. 그 당시 죽은 사람 중 이름을 모르는 사람이 50명에서 60명에 이른다고 한다. 추석이 다가오면 결성면에 제사가 유독 많은 이유가 이것이라고 한다.

[주제어] 지역 빨갱이, 민간인, 아버지, 결성면, 인민재판, 인민군, 우익, 학살, 처형, 총소리, 시체, 분지소, 방공호, 제사

[1] 잠자고 있던 기억을 떠올리다

6.25를 17세로 알고 있거든. 6.25동란에 피해가 많은 동네여 여기 결성면이라는 데가. 간단히 말씀드리자면, 내가 아는 것만, 그때는 난 소년에 속했으니깐. [조사자: 그 때 몇 세정도 되셨어요?] 그해가 17세, 우리 아버지도 그때 돌아가셨었거든. [조사자: 전쟁 중에요?] 열일곱 살로 알고 있어. [청중: 중학교 때라고.]

[조사자: 할아버님, 그전에 뭐 하나 여쭤볼게요. 저희가 나중에 책에 싣게 되면 이름을 공개하실 수도 있고 가명을 쓰실 수도 있는데요, 책에 만약 싣게 되면, 저희가 교촌에 갔더니 얘기를 한 2시간 정도 하셨는데 싣는 건 싫다고 그러시드라구요.] 아, 싣는 걸? [조사자: 왜냐하면 나중에 누군가가 봐서 문제가 시끄러워지는 것도 싫고, 그래서 혹시나 여쭤보는 거에요.] 나는 괜찮어요. [조사자: 괜찮으세요?] 지금 나이가 80이 넘은 사람이 살면은 며칠이나 살거냐 이걸 생각하지. 그러고 뭐 헐 얘기가 있어야지.

[조사자: 할아버지, 전쟁 날 때 어디 있으셨어요? 여기 결성면에 있으셨어요?] 현 위치나 마찬가지지. (청자: 읍내. 우체국 옆에, 지금 도로난데.) [조사자: 거기 피해가 많았다고 그러든데.] 피해라는 게 재산상의 피해는 없고 인명 피해지. [조사자: 피해에 대해서 얘기하기 어렵지는 않으세요?] 뭐가 어려울 게 있어? [조사자: 그 이야기를 좀 해주세요.] 날짜 별로 지금은 다 잊어버려서. [조사자: 기억나시는 대로 하시면 돼요.]

[2] 인천상륙작전 이후 마을에 일어난 보복사건

우리는 나이가 소년, 열일곱 살이나 됐나. 그때 청년들이 헌 일을 빠삭이 그 뒤로 듣기도 하고, 그 당시 더러 경험인거나 마찬가지지. 9.18 수복 직전이지, 인천상륙작전이 성공허고 그러니까, 그 사람들이 다 후퇴허는 찰나여. 그 사람들이 뭔 작전을 쓰느냐, 우리가 듣기로는, 여기 지방, 좀 사상이 빨갱이라고 하지. 이 사람들이 잔재가 있고 그러니까 후퇴할 적에, 계획을 들었어, 비밀, 우리가. 농업 창고라 하지 보통, 그 창고를 다 치웠어. 거기 베(벼)도 있고 허는 거를 치우고, 거기서 회의를 허고 회의를, 문을 꽉 닫고, 학살헌다는 정보를 듣고.

[조사자: 그래서요?] 그런 소리를 듣고 지방 청년들이, 우익단체, 빨갱이 공산주의를 싫어하는 사람들이 궐기를 헌 겨. 암암리에. 있는 디가 그때 분조서라고 하지, 지서 면사무소 같은디 있는 거를 다 태극기로 헌 겨, 의거지 일종에. 그렇게 해서 다 쫓아냈어. 여기만 있지, 나중에 보니까.

그 사람들은 총 가지고서도 서로가 대결을 허다, 그때까지는 인명피해가 없었는디, 이 사람들이 보니 후퇴를 허고 이쪽에는 태극기를 올리고, 그 간에 공산치하에 있던 젊은 사람들이, 그러고 그때가 라디오 막 구했거든, 인천상륙작전이란 것은 비밀리에 들은 걸로 생각해야지. 라디오 있는 사람이 일개 면에 여기서.

그때 공대 다니던 면대용씨라고, 그 양반이 라디오 같은 거, 우리 집 라디오도 고쳐서 주고 했던, 그런 라디오에서 들은 거지, 맥아더가 '인천상륙 성공 했다.' '협공을 헌다.' '낙동강, 또 남하하던 인민군들도 저지 당해갖고 북상, 이북으로 간다.' 이런 내용이. 그렇게 해서 결국은 태극기를 올리고 그때 농창에서 여러 사람이 죽을 걸 만회했다고 할까 그런 격이지. 대충 줄거리만 얘기하는 겨 나는 지금.

그렇게 하고서 며칠이지, 3일 지났을라나. 여기서 후퇴는 정치하는 사람들이니, 분조서 같은 데 인민정부를 수도헌 사람들이 후퇴를 했어. 후퇴란 게 어디냐면 홍성이나 어디 가서 다들 만나가지고 여기를 보복허러 온겨. 보복이란 건 그 사람들은 무기를 갖고 있고 여기는 맨손이고. 죽창여 죽창. 그렇게 해서 고냥 당한거지 뭐. 그래서 그날 음력으로만 알지, 우리네 아버지 되는 분도 그날 돌아가시고 큰아버지도 돌아가시고. 학교 운동장에서 인민재판이라고 그 사람들이 들어와서 꼼짝 말라 하고 다 뒤져가지고 집합시킨 겨 동네 분들을.

그러고서 하나하나 심판을 한 거지. 너 부르조와니 뭐니. 처형, 처형. 순전히 타살이지 뭐. 또 대창으로 쑤시고. 대창으로 쑤신걸 뭐로 아느냐 하면 나는 여기서 사는데, 읍내리 동네서. 성남리라고 누가 소개했다고. 나를 어떻게 찾았냐고 하니까 성남리에서 들었다고 하더라고. 성남리가 3개 부락인데, 내남이라고. 원 우리 고향이지, 본적이고. 그때 결국은 도망가는 거야. 결국은 어디까지 갔냐 하면 내가 흥분해서 이제 서두 없이 얘기가 나올 거 같은데. [조사자: 괜찮아요 할아버님.]

[3] 마을에 불어 닥친 보복사건으로 쌍 상여가 나가다

우리 선친이지, 한약, 약을 거셨거든. 요새는 한의사가 따로 있고 뭐 또 있고. 그때는 한약을 지어서 팔아라 하는 허가, 이렇게, 한약점상이란 이름을 걸어놓고. 인민군들이 들어온 뒤로는 피했지. 한 3개월인가를 따지면은 지하생활 하다가, 여기서 청년들이 탈환했다고 하니까 춤 춰가면서 와서 친구들이랑 만나서 사랑방에서 계신걸 보고, 총소리는 나고, 아버지 이러고 하니까 도망가자 피난가자고 가시자고 하니까. 너 먼저 챙기라고.

그런데 지대가, 초등핵교가 높아요. 거기서 총 쏘는 게, 위로 지나는 소리가 '횽횽' 소리가 나더라고. 결국은 청년 간부급 되는, 힘 좀 쓰던, 파워가 있던 양반도 아 도망가더라고. 그걸 보니까 우리는 어린 마음으로 더 겁이 훌쩍 나서. 부모가 가자니까 안가. 친구들하고 이렇게 얘기 허고.

설마 사람을 그렇게, 그 사람들이 해코지 하면 얼마나 허겠느냐 하는 식으로 있다가, 그걸 보고 난 도망가서 참 이렇게 살아있고, 그 당시 내 선친은 끌려가서 처형당하고. 처형이라고도 허고 그냥 학살이지. 거게 분지소야. 여기서 150미터가면 올라가면 지서 자리라고. 지금 현재는 옮겼지만, 옛날에는 주제손가 라고도 하고 거긴데.

내 동생도 있었거든요. 네 살 밑에 되는 동생하고 아버지, 부모님 다 이렇게 해서 올라가다가, 어머니는 50세 넘은 부인이 빠르면 얼마나 빨러. 거기서 도망가더라도 성공이 되어서 빠지고, 내 동생은 분지소까지 가서, 이렇게 묶여있는, 아버지서부텀 너무 쨌다고 풀러 달라고 해서 풀러주고, 그러고 어떤 사람들은 너는 어리니께 집에 가라고 해서 그놈은 살어 나와서, 지금은 차 사고로 죽었지만 결국.

그렇게 허고서는 나는 나대로 여기서 얼마 안가면 바다거든요. 성남리라는 바다. 거시서 있다 또 얼마나 불안혀. 바다 가지고서도 저 놈들한테 잽힐거 같아서, 서북으로 가서 모산도 근방으로 가서 그날 밤을 지냈거든. 지내는데 결성에서 총소리가 '빵빵' 잠도 안 오고, 산속에서 아흔 여섯 발인가? 아흔 여섯 발인가를 세드락, 세고서는 내가 잠이 들은 거로 생각되는데. 그러고서 식전을 만난거지.

식전이 돼서, 아유 계속 불안혀. 외숙, 외가가 거기가 있어. 서북면 안흥동이라고. 아침 먹으라는데 아침이고 뭐고 생각이 없어요. 갑갑해서, 막 와야겄다고. 거기서 말리는 것도 뿌리치고서, 바다를. 물이 조수차가 많아요 여기는. 이렇게 남대리 서부서.

지금은 다 간사지해서 연육됐구먼 그때는 바다거든. 물 썼을 때는 물을 써서 걷고 건너왔거든. 수영동 오니까. 수영동이란게 얼마 안 되지 서부면이여. 죽창 쓰는 양반들이

"야 너 어디 사네?"

거기서 또 검문을 당하는 거지. 아무데서 산다고 하니까,

"네 아부지가 누구냐?"

아무개라고 아버지 이름 대니까, 고개를 떨구더니 빨리 가보라는 겨. 아 거기서 아주 실망이 돼서 울어가면서 결국은 온 거여. 오니까 뭐 집이 형편없지. 그래서 웬일인가, 육감에 벌써, 수영동이란 디서 나를 누구 아들이냐, 아버지가 누구냐 묻던 사람 말을 생각하니까, 아버지가 돌아가셨다는 걸 감지하고. 괭이 먹이던 게 혼자 집을 지키던구먼. 나 보더니 '냐옹냐옹' 하던 그 기억이 여태 나, 처량하게 뵌.

그러고 있으니까 어머님이 어디서 나타나셔서

"야 너 살았구나. 야 네 아버지는 성남리 작은댁에 모셔있으니까 빨리 가보라."

여기서 뚜드려. 타살헌걸 우리 사촌형님이 반공 구덕이다 묻은걸, 이 사람들은 일종의 빨치산들이라고 소위 그때 그렇게 일컬었는데, 밤새 사람 죽이고 새벽에 도망가, 지덜 갈데로 간 거지. 그 사이를 이용해서 우리 사촌형님이 그런 소식 듣고, 자기 아버지도 죽은 겨, 내게로 있어서는 큰아버지지. 큰아버지 아버지를 반공 구데기서 파서 동네 분들 청년들이, 이 길로 가면. 산만 넘으면 돼. 석성산이라고. 산으로 넘어서 모셨더만 그려. 결국은 3일만에 3일장으로 큰아버지가 앞 상여로 나가고 아버님 뒤 따라서 쌍 상여가 나간 비참한 초상식이, 그 기억이 여태 나는구려.

그 당시 여기서 죽은 양반이 좌우간 주소도 모르고 이름도 모른 사람들이 허다했어요. 결국은 다 타면서 와가지고 죽은 걸로 보지요, 이름도 잘 모르는 사람들은. 그 숫자가 50명에서 60여명이 된 걸로 그때 들었거든, 명 수가. 일개 면에서 한 자리에서 한 동네에서 이 결성 국민핵교란 데서. 딴 디서도 더러 시내에서도 더러 죽긴 했지만서도, 집단으로 학살을 당한디는. 거리에서 죽은 사람들 합디려서 숫자가 한 62명이라고 그 당시 들었는디. 확실한 통계가 맞질 않죠. 난리통굴에 사람이 죽었으니까 뭐. 숫자에 대한 정확성이란 건 떨어지지.

[4] 허망한 죽음이 되어버린 사건

그간에 조사허면서 국가에서 보상이니 뭐 그런 소리 있더먼. 나중에 보상 소리 있더니 왜 실천은 없느냐 허니까, 작전명령 하에 싸우다 죽어야 보상을 받지 가만히 앉아서 뚜드려 맞어 죽은 건 해당이 안된다 이런 결론이더만. 그러니 군대가 있어, 작전명령이 어디가 있어. 허망헌 죽음들 당한거지요. 박근혜 대통령 된 양반 한참 운동헐 적에 통합민주당에서 대통령 후보 나온 이정희 후보 있잖아요. 그런 독한 여자 같으면 우리가 보상 받았을라나 몰러.(웃음)

대충설명은 그려요. 숫자란 것은 정확한 숫자는 못되고 어디에 등록된 숫자도 못되고. 정부에서도 역사적인 것은 흘려버리더먼 그려. 정부에서 어떤 책임감도 안 느끼고. 이 정도면 되지 않겄어요? 더 얘기해야 헐 게 없어요 이제.

[조사자: 아버님 제사는 며칠로 지내시는 거예요?] 음력으로. 8월 스무하루. 음력 8월 21일. 22일날 돌아가셨거든 음력으로. 살으신 날이 그날이요. 하루 전날이지 21일. [조사자: 아까 동생이 있으셨다고 그러셨는데, 원래 형제는 어떻

게?] 3형제지. 위로 누나들이 세 분 있는디 다 출가했고, 형은 대핵곤가 대니고 우덜은 지방에서 중핵교 들어갈 나이죠, 둘이 있었죠, 어머니 허고 세 식구. 일꾼으로 농사짓고, 간단허죠 뭐 시골살림들은.

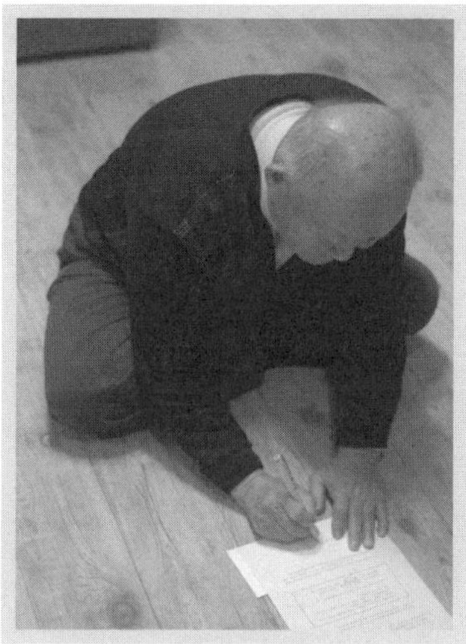

[조사자: 자식은 몇 낳으셨어요?] 아들 3명. 낳다보니까 아들 셋 낳더라구 그려. (웃음) [조사자: 아버님이 돌아가시고 난 다음에 여기 상황은 언제 쯤 괜찮아졌어요. 여파가 있었어요?] 그 뒤로 부텀은 민주화가 계속 이어 나온거라 저 사람들이 여기 와서 무슨 불순헌 행동은 허질 못했지. 지방 사람들은 민주정신이란 게 투철해서, 좀 일찍 서둘러서 인명피해가 더 났다고도 봐지지. 왜냐면은 인천상륙작전하고 낙동강 못 건너가니까, 성공 허고 그러니까, 중간에 3.8선 근방에서 보급이 떨어지니까, 이 사람들이 막 후퇴헐적이거든. 그 때 사고 나서, 그 뒤로는 무난했어요.

[조사자: 할아버님, 결혼은 언제 하셨어요?] 결혼? 1962년도 경으로. 큰 놈 생년월일 기준에서 결혼 따져. (웃음) [조사자: 그 이후에 군대는 따로 안가셨어요?] 그 뒤로 징집 다 갔다 왔죠. 중고등학교 다닌다는 게, 뭐 제대로 다니지도 못하고, 고등학교 나와도 휴학도 허다가 몇 년 놀다 또 들어가고, 왜냐면 농사짓고 뭐헐라니까, 아버지가 주로 한약 걸어서 살림을 허다가, 외화라구 헐까, 벌이를 못하니까, 일꾼 두고 같이 농사짓다, 또 일꾼 사 멕일 돈이 모자라니까, 우덜이 직접 지어 보기도 허고. 고생이 많앴지.

그 당시 돌아가신 양반들 호적등본을 딱 떼면은 학교 운동장에서 돌아가셨다는 것까지 나와. 사망원인이 거기에 다 나와요. 뭐 복잡허게 빨치산들이 들어와서 이렇게 했다 이런 내용은 없구. [조사자: 할아버님, 몇 년생이세요?] 원래는 33생이라야 맞는데 34년생으로 돼있어요. 34년 2월6일 호적상에. 집에서 따지는 건 81세.

돼지고개 사건의 산 증인

임 광 석

"개소리 허지 말라고 그러면서 총을 쏘니까 사람이 코로만 숨 쉬는 게 아니라 총구멍으로 황소 숨소리가 나. 총 맞은 구멍으로 숨소리가 크으헉 크으헉."

자 료 명: 20140418임광석(서천)
조 사 일: 2014년 4월 18일
조사시간: 34분
구 연 자: 임광석(남 · 1941년생)
조 사 자: 박경열, 유효철, 이원영.
조사장소: 충청남도 서천군 서천읍 군사2리 649-2

[조사과정 및 구연상황]

임광석 화자는 근처에 경로당 지리를 물어보기 위해 우연히 만난 인물이다. 비가 많이 내리는 날이었는데 화자는 조사팀에게 경로당을 찾는 이유를 물었다. 조사팀이 이유를 설명하자 자신이 본 특별한 경험이 있다며 얘기해

줄 수 있다고 하였다. 다음 날 조사팀은 화자의 사무실로 찾아갔다. 화자는 자신이 하는 이야기는 자신만이 아는 이야기이고 알려지지 않은 이야기임을 거듭 강조하였다. 조사장소는 밀폐된 공간이었고 낮이었지만 소음이 없었다.

[구연자 정보]

고향은 충청남도 서천군 기산면이다. 1941년 1월생으로 전쟁당시 초등학교 1학년이었다. 가족은 1남 1녀이고 막내였다. 폭격 소리가 심하여 전쟁이 났음을 알았고 부모님과 함께 산으로 피난을 간다. 피난을 가는 도중 목격한 사건이 원초적 장면으로 남아 있다. 총에 맞아 가슴에 구멍이 뚫린 사람이 내는 소리와 총살을 당한 사람들의 손에 묶여 있었던 철사줄을 풀어주었던 마을 주변 사람의 행동이 아직도 가슴에 각인되어 있다. 자식은 남매를 두었다.

[이야기 개요]

저녁에 잠을 자는데 부모님이 화자를 흔들어 깨운다. 인민군이 들어왔으니 피난을 가야 한다고 했다. 잠결에 부모를 따라 산으로 피난을 가는데 총소리가 심하게 들린다. 산으로 들어가면서 숨어서 지켜보니 인민군이 산에 굴을 파고 구리철사로 꼭꼭 묶은 사람들을 일렬로 서게 한 후 총살한다. 굴비 엮이듯이 엮인 많은 사람들이 한꺼번에 쓰러진다. 그 중 어떤 사람은 몸에 총을 맞았는데 총에 맞은 자리가 뚫리자 그 뚫린 곳에서 거친 숨소리가 난다. 다음 날 주변에 살고 있던 사람이 총살이 일어난 곳에 가서 구리줄에 묶여 죽어 있던 사람들의 손을 하나씩 풀어주었다고 한다. 그 사건이 일명 돼지고개 사건이다.

그 곳에서 총살당한 사람들은 서천 사람들이 아닌 다른 지역에서 끌려온 사람들이라 생각한다. 구연자에 의하면 인민군은 자신이 주둔하고 있는 지역에서는 마을 사람들의 환심을 사야하니 총살은 주둔지가 아닌 다른 지역을 택했을 거라는 생각이다. 그 외에 서천 등기소에서 있었던 사건은 직접 목격하지 못했지만 등기소 주위에 있던 피 흔적들은 본 기억이 있다고 한다. 마을 사람들이 시체를 수습하면서 끌고 갈 때 흘렸던 핏자국이 선명하게 남아있었다고 한다.

[주제어] 인민군, 피난, 숨소리, 총소리, 구멍, 구리철사, 총살, 기산면 광암리, 돼지고개, 서천 등기소, 핏자국

[1] 기산 광암리 돼지고개에서 일어난 일

[조사자: 회장님 성함이?] 임광석. [조사자: 몇 년생이세요?] 41년. 1월 12일생. [조사자: 고향이?] 여기서 저기 한산 넘어가는데 기산. 서천군 기산면 광암리. [조사자: 가족은 몇 형제셨어요?] 내가 3대 독자 외 아들이여. 우리 누나 있고. [조사자: 자제들은 몇 두셨어요?] 남매. [조사자: 여기 주소가 어떻게 되나요?] 서천군 서천읍 군사 4리 649-1번지.

[조사자: 전쟁이 났을 때 당시 나이가?] 아홉 살 때. 나 죽으믄 이야기가 묻힐까봐. 내가 하고 싶어서. [조사자: 잘 됐네요.] 지금 산 증인이 나밖에 없을 거여. 우리가 집 몇 채 없는 데서 살았는데 다 죽고, 이사 가고 지금 산막 집 한집 밖에 없어. 제사 지내고 허는 집.

그때 저녁에 잠을 자는데 아버지 어머니가 밤에 나를 깨는 거요. 그래서 보니까 인민군들이 그 산에 굴을 팠어. 굴을 아래 우로 팠어. 근데 차 소리가 나더니 그냥, 그 도로 옆에가 집 하나가 있었는데 함석 일 하는 사람이여. 구연도라고 그 양반 돌아가셨고. 그 양반은 지금 떠나서 없어요.

그런데 저녁에 자는데 나를 산으로 데리고 가드라고. 아버지 어머니랑 셋이 산으로 갔어. 총소리가 나는 거여. 사람을 구리철사로 여기다 이렇게 묶어갖고 세 트럭을, 굴 같이로, 굴 이렇게 파논 거여, 그리 쪽 서갖고 총을 쏴갖고 죽이는 거여. 그런 게 거기서 한다는 소리가

"나도 헐 소리는 하고 죽어야겄다."

거기 묶여있는 사람이. 개소리 허지 말라고 그러면서 총을 쏘니까 사람이 코로만 숨 쉬는 게 아니라 나중에 총에 맞어서 총구멍으로 숨소리가 황소 숨소리가 나.

그 이튿날 거기를 가지 말라고 했는디 인민군들이 서너 명이 거기 가서 소나무 밑에 있는 디 가서 지키고 있드라고. 어머니 아버지가 가지 말라고 했는디 어려서 안 갈 수 있나. 살짝 가봤더니 저녁에 삽 소리도 나고 그랬는데, 가 봤더니 다리도 나오고 팔뚝도 나오고 다 묻지를 못 했드라고.

함석 일 하는 분이 땜쟁이도 하고 그랬는데, 한 달쯤 되니까 각처에서 찾으러 오는 거여. 그 산을, 굴을 파는 거여. 파가지고 그냥 맨 날 통곡을 하는 거여 사람들이 와서. 대전 사람 하나는 동생이 꿈에, '형이 죽었는디 어디어디 와서 스는 자리가 있을 거다.' 그래갖고 그 자리를 파보라고 그런 게 이가 한 것이 나와서 찾어 가기고 하고. 뒤적뒤적 한 달 동안 계속 초상집으로 되는 거야 거기가.

[2] 함석 일 하는 사람이 죽은 사람의 포승줄을 일일이 끊어주다.

그래가지고 그렇게 죽이고 조끔 한 10시까지 인민군들이 지키고 있다가 우리가 살짝 가봤더니 총깍지 같은 것이 굉장히 많이 있어. 바께스로 주워주고 기산 국민학교 내가 다닐 때 애들 주고 친구들 주고 그랬어요. 그러고 나니까 거기가 땅이 걸어가지고 안개 같은 것이 버섯 종륜데 요렇게 피는 게 있어. 팍 건드리면 연기가 팍 나. 그거 모르지? 그런 게 많이, 땅이 걸으니까.

그리고 구연도라는 사람이 팔 때 철사를 다 끊어줬어. 지금도 거기 많이 묻혀 있을 거여. 내가 생각할 적에는 대학생 그 임수경이나 그런 사람들 막 하는데, 인민군 그 이북 사람들을 몰라서 그랴. 우리는 겪은 사람이기 때문에 내가 허고 싶은 얘기는, 그러고 서천에서 여기서 사람 죽였었다고 했잖아 여기. 죽였다고 할 때 한산서 걸어 온, 이장도 허고 뭐 헌 사람들을 주로 끌고 오는 건데, 그 사람들이 끌고 오는 방법은 어떻게 끌고 오냐면,

"이번 한 번만 모임에 가면 회의를 허면은 이번이 마지막이다. 가라."

뭐 죽일라고 했으면, 이놈들이 어느 정도 믿게 허냐면 그냥 걸어가는 거여. 산에서 대열로 끌고 오는 거니까. 변소 갔다 오면 변소 갔다가 따라가서 그 대열로 따라가서 여기 와서 제명이 죽은 거여. 뭐가 이만치 자랐는데. 빠지고 여기서 산 사람도 내가 알기로는 둬 사람 되는 거 같애.

[조사자: 산 사람도 있어요?] 도망 나왔어요. 여기 창고에 나무 같은 거 쌓아 놨으니까 잘 모르고. 그러고 한참 조금 있으니까 인민군들이 광암리에 주둔 허고 있었어. 그 사람들이 수단이 얼마나 좋은가. 참외 같은 것을 다 따먹고 주인이 가서

"우리 참외 왜 다 따 먹냐?"

고 허니까 쌀로 주는 거여. 딴 데서 도둑질 해다가 거기 주는 거여. 그리고 그 근처 사람들한테는 참 잘해 인민군들이. 딴 데에서는 거시기 했을망정 거기 주둔허고 있는 데는 참 잘해. 그리고 거기서 꺼먹솥 걸어놓고 밥도 해먹고

밥도 해서 주고. 그리고 비행기 소리만 나면 나는 그 인민군들 따라서 다닌 거지 인자. 난 모르니까. 그물 같은 거 이런 디다 허고 나무 꼽고 산속으로 들어가고 나도 따라 들어가고 그런 짓을 했어요.

그리고 여기를 그렇게 대열에 끼여서 왔다고 했잖어. 여기 불나고 탔는데, 나중에 보니까 리어카에다 사람을 개 끄실른 것처럼 끄실려 갖고 찾아가지고 갔는데 비포장 도로에 피가 둥둥둥 다 떨어졌어. 거기가 돼지고개라고, 별명이 거시기헌데, 한산서 죽인 데는 기산 돼지고개라고 허는데 거기서 거시기가 다 묻힐 뻔했어. 그놈들이 악랄 혀. 하여튼 변소 간다고 가면 묶인 채로 변소 보고 그 대열에 쫓아가는 거여. 죽일 사람을 데리고 오면서. 나는 거까지여.

[조사자: 아홉 살에 처음 겪으셨던 그것은 전쟁이 나고 나서 얼마정도 지나서, 계절상으로는?] 그때가 그러니까 여름이 된 거 같어. [조사자: 그 사건이 먼저 나고 등기소 사건이 난거죠?] 예. [조사자: 아까 사람들이 굴속에서 다 총살당한.] 여기 굴이 아니라 쪽 호를 파갖고. 그 놈들이 아래위로 호를 팠어 산마두(다) 그 전에. 여기 사람들이 팠지. 그 일꾼들이, 그놈들이 허라고 해서. [조사자: 이거는 기산에서 있었던 일인 거죠?] 예. 기산 광암리. 돼지고개라는데.

[조사자: 그러면 기산 광암리에서 있었던, 그때 끌려갔던 사람들은 주로 어떤 사람들이에요?] 그건 모르지. 딴 데서 왔지. 아마 대전서 양주장 하던 사람이 찾으러 간 거 같애. 맨날 술통 갖다놓고 술 먹고 그냥 초상 마당에. 맨날 파가고, 사람 찾을라고. [조사자: 거기서 죽은 분들 중에 마을 분들도 계셨어요?] 죽은 사람은 마을 분은 없었지. [조사자: 다 외지에서 오신 거예요?] 응.

[조사자: 전쟁이 난 걸 어떻게 알았는지 기억나세요?] 아 그거는. 우리가 학교 다닐 때 다니다가 안다니다가 그랬었어. 그러고 나서 끝날 무렵에 미군들이 들어왔잖아요. 미군 들올 때 셋이가 학교에서 오는 거여. 미군 찝차가 이렇게 간 게 우리가 셋이가 헬로 찾고 그랬어. 그랬더니 이만한 박스를 세 개를 줘요. 던져 줘. 막 쫓아가서 줍는다는 게 나는 늦게 가서 하나도 못 주섰는디,

한 친구가 두 개 줍고 하나는 폭탄이다 폭탄이다 집어 던지고 그래서 내가 그 놈 하나를 가진 적 있어.

거기에 별개 다 있어. 씹어보면 커피 같은 건 그때는 모르잖아. 쓰니께 남 주고. 간스메 같은 거 그런 건 바로. 그러고 나서 조금 있으니까 위문품이라고 그것을 하나씩 줬어. 옛날에 위문품이란 건 뭐냐면. 떼 씨를 우리가 학교 다니면서 떼 씨를 편지봉투다 넣어갖고 미국에 보낸 거 같애. 잔디 씨. 이런 잔디가 없대 미국은. 학교에서.

[조사자: 그때 받었던 구호품 안에는 뭐 뭐 있었어요?] 간스메 같은 것 들었고. [조사자: 통조림.] 커피 같은 거 들었고. 무슨 사탕 같은 거 들었고. 어떤 사람은 시계도 들어있다고 하고. [조사자: 제일 먼저 인민군을 먼저 보셨겠네요?] 그렇지. 나중에, 그놈들 여기서 밥 헐 때는 나중에요. [조사자: 그때 미군을 처음 보셨을 거 아녜요? 느낌이 어땠는지 기억나세요?] 나중에 미군들은 봤지. (웃음). 그 친구들 벌써 둘 다 죽었네 이제 본께.

[조사자: 가족은 다른 피해는 없었어요?] 우리는 별 피해는 없었고. 아버지가 그때 호 파러 댕겼어요. 그때 안 파면 뭐라 그래서. [조사자: 이 이야기가 묻힐 뻔 했다고 그러셨는데 잘 알려지지가 않은 이야기 같애요.] 그렇죠. 알려지지 않았죠. 왜 그냐면 그 사람들이 지금, 거기가 집이 아홉 채 있는데 다 흩어지고 없고, 죽고, 그리고 내가 거기서 살다가 나온 겨.

[3] 돼지고개 사건의 마지막 증언자.

[조사자: 거기서 살다가 이쪽으로 나올 때는 몇 살 정도?] 커서였지. [조사자: 등기소에서 일어난 일은 직접 보셨어요, 들으셨어요?] 들었지. 본 것은 개 끄실려가는 것처럼 리아카에다가 널빤지도 없고 거시기 헌데다 사람 실어 갖고 끌고 가니까 피가 가운데 둥둥둥. 한산까지 가는데 다 비포장도로였어 그때. [조사자: 그 시체를 왜 한산까지?] 거기 사람이니까. 여기서 죽인 건, 이 근처에서 이장도 허고 괜찮은 사람들이었을 거예요 그 사람이.

[조사자: 그 이야기도 들으셨어요? 판교 장에서 폭격이 있어서 많은 사람들이 죽었다고?] 그거 어디 그랬다는데 나는 모르지. 여기는 지금 이 얘기는 돼지고개 얘기는, 거기는 지금 전혀 모를 거여. [조사자: 그때 초등학교 한 2학년 정도였어요?] 초등학교 1학년. [조사자: 부모님은 그때 어떤 일 하셨어요?] 농사일.

그것이 생생허단께. 총으로 맞어가지고 총 맞은 구멍으로 숨소리가 크으헉 크으헉. [조사자: 주변에 사셨기 때문에 그 사건을 아시는 거죠?] 그렇죠. 그때는 거기 살었어. [조사자: 돼지고개 거기서 일어난 것이 등기소 사건이랑 판교 학살 그거랑 또 다른 사건인데.] 거기는 그 동네였기 때문에 거기만 알지 딴데서는 죽었단 말만 들었지. 여기 등기소 사건은 대열 해 오는 것 까지는 봤어요. 갈 때는 개 끄실르는 것처럼 리아카에다 그랬어요.

[조사자: 돼지고개에서 일어난 일이랑 등기소 일어난, 시간적으로.] 잘 모르겄어. 그 상관없을 거여. [조사자: 많이 있다가 일어난 사건이었어요?] 돼지고개. 그렇게 많이 안 됐을 거여. 그러고 나서 며칠, 얼마 안 돼갖고 이놈들이 들어갔잖아. 돼지고개에서. [조사자: 그 일 있고 난 다음에는 별 일없었어요, 끝날 때까지?] 없었고. 또 들어가는 사람들이 이 사람들이 얼마나 거시기헌가. 여기 사람들도 꼬셔가지고 데리고 갔었어. 그 사람들은 죽었을 거여, 가다.

[조사자: 총살을 하기 전에 세워놓고 그 사람들이랑 얘기하고 이런 거 들으신

거 없어요?] '죽어도 할 소리는 하고 죽어야겠다'고, 그러니까 개소리 말라고 허는 소리. 총도 깽매기 총이라고 요렇게 된 거. 깽매기같은 게 달려있어. 꽹과리처럼. 총깎지도 여기치허고 틀리고. 그런 게 그놈들 너무 그렇게 악랄한데. 지금 임수경이랑 허는 짓을 가만히 보면 나는 참 인민군들이 어떤 놈이란 걸 훤히 아는데 거기 편 들어갖고 그러는 거보면 참 씁쓸허지.

[조사자: 아까 말씀 중에 함석 하는 사람이 있으셨잖아요?] 땜쟁이. [조사자: 그 사람 이름이 구연도라고. 그 분이 구리줄로 묶였던 것을 다, 그때는 이미 다 총살이 되고 나서.] 되고 나서 다 파갈 때. 구연도라는 사람은 항아리 같은 거 철사로 빼갖고 뺑끼 칠해갖고 그릇을 썼던 그런 사람인디. [조사자: 이분은 돼지고개에 사시는 분이고?] 그렇지. 길옆에서 살은 거지. 우리는 그 사람 죽이는 줄 알았어 젤 첨에.

[조사자: 왜 그 사람을 죽이는 줄 아셨어요?] 총소리가 나니까. 나구서 우리는 산으로 갔으니까. 그 사람 이름도 안 잊어버려. 구연도라고. 우리 아버지 또래 되는 분인데. 그래갖고 지금은 집이 전혀 없잖어 거기. 아홉 채 있었는

데 전혀 없고 산막 집만 하나 있어. 지금은 빈집이네 이제. 쪼금 있으면 사람들이 하나도 없을 거야.

[조사자: 거기 사셨다가 나와서 사시는 분들 중에서도 이 사건을 아시는 분들은 없으신가요?] 없지 없을 거야. 그 밑에서 사는 사람들이 알 리가 없지. 사람 죽였다는 것만 알고. [조사자: 몇 명 정도 죽은 거 같으세요?] 글쎄 내가 생각할 때는, 한 5, 60명 그 정도 될라나. [조사자: 북한군은 몇 명이나 끌고 왔어요?] 그놈들은 모르지. 몇 명인가를.

[조사자: 나중에 지키는 사람 두 사람 정도.] 세 사람인가 거기 있었지. [조사자: 쏜 사람들은?] 그 사람들 지키고 있다가. 그 이튿날이 한산 장날이었는데 사람들이 갈 거 아녀. 그때는 장도 한 군데서만 스는 게 아니라 산속에서도 스고 이쪽 저쪽으로 다 다니면서 산속이라도 스고 그랬어요.

[조사자: 러시아 사람들은 어떤 거 하세요? 무역?] 러시아사람들이 살은 이유는 그전에 모집 가서 그랬나, 일본에서 추방시켜갖고 그 불모지 땅에다가. [조사자: 아, 사할린!] 거기에다가 버려갖고 살든 2세들이 모여서. 일본에서 아마 보상을 줄걸. [조사자: 2세들 집성촌으로 모여 사시는 거예요?] 아니, 그 아파트 내에서만. 한 60가구.

[조사자: 피난가시거나 하시지는 않았어요?] 피난 안 했어요 우리 집에서는. 여기다 어디 이 산 꼭대기다 샘에다 죽였다고 그랬어요. 여기가 그래서 동네 이름이 인살리여. [조사자: 사람이 죽었다고 해서?] 샘에다가 사람을 죽였다 해서. [조사자: 아예 지명이 그렇게. 사람을 죽였다는 사람이 인민군인거예요?] 그렇죠. [조사자: 그 산에 샘이 있나요?] 샘이 있는데. 언젠가 가보니께 이상한 게 있는 거 같애. 샘이 아니라.

전쟁준비를 시킨 선생님과 무시한 아버지

송상규

"시대가 위험하니깐 반드시 운동화는 두 켤레 장만해 놓으래."

자 료 명: 20130217송상규(춘천)
조 사 일: 2013년 2월 17일
조사시간: 52분
구 연 자: 송상규(여 · 1933년생)
조 사 자: 오정미, 남경우, 이원영
조사장소: 강원도 춘천시 팔미 1리 경로당

[조사과정 및 구연상황]

경로당에서 만난 송상규 할머님은 백발의 어르신이었다. 전쟁구술을 요청하자 송상규 할머님은 차분한 목소리로 학교이야기부터 시작하셨다. 전쟁을 대비하라는 학교 선생님과 그 조언을 믿지 않은 아버지에 대한 안타까움을 이야기를 시작하셨다.

[구연자 정보]

송상규 할머님은 고향이 춘천이며 한평생을 춘천에서 사셨다. 사범학교 2학년 때 전쟁이 터졌음을 강조하며 이야기를 시작하였고 학교를 다 마치지 못한 아쉬움으로 이야기를 마무리했다. 전쟁으로 인한 수많은 피해 중에서도 '학교'에 대한 아쉬움이 가장 커보였다.

[이야기 개요]

학교 선생님은 전쟁에 대하여 우려하며, 신발 두 켤레와 미숫가루를 챙겨놓으라고 조언하셨다. 그래서 선생님의 이야기를 아버지께 전했지만 아버지는 매번 선생님의 조언을 무시하셨고, 전쟁은 정말 나버리고 말았다. 급히 피난을 나오게 되었고, 그 과정에서 사무라치 고개의 참담한 현장을 목격했다. 가족이 폭격을 맞고 몰살당하거나 턱이 나가 떨어지는 등 죽음과 피로 가득한 고개였다. 다행히도 전쟁에서 살아남게 되었지만, 지금도 전쟁 때문에 끝마치지 못한 학교에 대한 아쉬움이 너무 크다.

[주제어] 학교, 선생님, 아버지, 신발, 운동화, 전쟁 예견, 공비, 대령산, 미숫가루, 피난, 무서움, 사무라치 고개, 몰살

[1] 선생님은 전쟁을 대비해 신발 두 켤레와 미숫가루를 준비하라고 했다.

난, 내가 학교를 좀 늦게 갔거든. 그랬는데, 나 2학년 때. 사범학교 2학년 때 사변이 났어요. [조사자1: 사범학교?] 예. 근데 이제 학교서 선생님들이 말씀 하실 때, 그때 우리 교감 선생님이 전교감님, 박교감님, 유교감님, 세 분이 계셨거던? 그래서 이제 훈련 할 때는. 그때는 주로 우리네도 학교 다녀도 훈련, 전쟁준비처럼 오전에는 공부하구 오후에는 꼭 교련을 시켰어. 교련을

시켜서 우리네는 뭐 36개 방향으로 가는 것까지 다 학교에서 갈켜줬다구. 그런데 하루는 선생님이 그러는 거야. 교감선생님이, 박교감님이 그러더라구.

"이제는 시대가 위험하니깐 반드시 운동화는 두 켤레 장만 해 놓으래."

신발은 튼튼해야 하니깐. [조사자1: 아, 피난 가야 하니까?] 피난 가야 하니깐 신발 두 켤리 하구, 쌀을 볶아서 미숫가루를 해서 전대. 그때에는 전대가 있었어요. 자루를 이렇게 미녕(무명)으로다 자루를 지어가지구 이렇게 어깨에다 메는 전대가 있었는데. 거기다 가뜩 소금하구, 소금하구 이렇게 해서 어디가서 물이라도 보므는 그 미숫가루를 먹구 물이라두 마시게끔. 이 신발은 반드시 두 켤레를 뒀다가. 책가방은 아주 중대한 책만 뒀다가 눟구 지지한 건 가져가지 말래. 그래믄선

"피난을 가기가 쉬우니까는, 아무때고 이 전쟁이 급히 날 것 같으니까 그거는 꼭 학생들이 기억해구, 어머니 아버지한테 그런 얘길 해믄선 그걸 준비 해 놓으라."고.

그래더라구유. 그래서 하루는 집에 와서 그런 얘길 하믄. 그때 우리 아버지가 동네 이장을 보셨어. 지끔 이장. 그러니까는

"그런- 소리를 꼭 그지들이 하는 소리다."

"아니에요, 선생님이 꼭 그랬어요 어머니. 우리두 미숫가루를 좀 해다가 그걸 좀 준비 해 놓자."

그러믄, 우리 어머니도 모르시지. 노인네들이 더군다나. 모르시구 그러는 걸, 우리말을 곧이 안 듣는 거야. 아, 그러는데, 하루는 학교를 갔다가 오는데 별안간에, 그때 무슨 방인지 청년단인지 그런 게 있었어요. 그런데 그 사람들을 소집을 해가지구선

"이 대령산에 공비가 왔으니까는 그 공비가 저녁에는 대령산에서 내려와서 저기 신영강 다리까지 왔다가 다시 들어간다."

그러는 거야. 그래서 포초(보초)막이, 동네마다 포초막이 있었어. 포초 스는 데. [조사자1: 아-.] 길거리에 포초를 딱 스게끔 이렇게 굴을, 이룷게 지붕

만 해놓구 거기 담을 이제 돌 담을 쌓구선 요롷게 내다보는. 고걸 해 놓구 거기서 자민선(자면서) 몇 명씩 포초를 서라. 그랬는데, 아우 그 소리를 들으믄 밤에 어딜 못 나가요 우리두. 한 번두 못 나가구.

"이거 암만해두 전쟁이 난다."

그래 선생님 말씀이 꼭 옳겠는데, 우리 어머니는 뭐 그때만 해두 그냥 농촌에서는 일만 하시지 그걸 모르그든, 그런 상황을 모르니까는 우리말을 곧이 안 들으시는 거야.

"아우, 이상하다, 이상하다. 왜 저렇게 우리 엄만 저래나."

그래믄, 우리 아버진

"에이, 절대 그럴 리가 없다. 이 남조선에선(웃음) 절대 그럴 일이 없다."고 그래시더라구.

[2] 드디어 전쟁이 터지다

그랬는데 어느 날은 이렇게 포초를 스므는 '처벅 처벅'하고 간대요. 그게 분명히 들린대. 그러믄 포초 스던 사람두 그걸 이제 어뜨게, 지서에 가서 얘길 해야 하는데 어뜨게 무슨 뭐이가 있나? 아무것두 모르구 보기만 하구. 이제 그 다음날에 가서나 이제 지서에 가서 얘기를 하구 이랬어요. 그래는데, 아우- 그 소릴 들으니깐 점점 무서워져. 이러더니, 그때가 한- 3월 달? 3월 달쯤 돼서 나물이 많이 나니까는 시골 사람들이 산에 나무를 뜯으러 갔다가 그 사람들을 봤대는 거야. [조사자2: 아-.] 그래가지구선 지서에다가 통보를 해가지구선 지서에서 알구, 시에서두 알구, 경찰서에서 아주 웬만한 사람은. 이제 경찰관들이겠지, 지금 생각하믄. 그런 사람들이 그 대령산을 점령을 해가지구선. 이렇게 그 나물 뜯으러 갔는데 여자가 두 명이구, 남자가 일곱 명이 거기에 있더래는 거야. 그런데 남자 한 분은 이렇게 포초를 스고 있구. 이제 밤에 댕기구 그렇게 활동을 하니까 낮에는 잠을 자얘잖아. 그랬는데 뭣도 몰르구 그 나물이, 나물 뜯느라구 그이는 뭣두 몰르구 올라갔다가 그걸 발견했는데. 아 보니 그 사람도 놀랬겠지. 그니까는 딴 데로 피해가지구선 와가지구 집엘 와서 그걸 연락을 해줘서, 거기 경찰관들이 다- 거기에 올라가구 있다가.

3월 달이야 그때. 3월 달이었는데, 언젠가 이르케 저거 해는데 잡았대는 소식이 들리드라구. 그래서 그 바우 꼭대기 올라가구 거기 바우 굴이 있는데 벌써 굴속에서 그 분들이 자구 있는 거를 그걸 발견해가지구서 우에서부터 아마 총으루다 저거 해가지구서 산 사람으루 다 붙잡았다구 그 소리가 들이더라구. 아 그래더니 거의 모낼 때야. 모낼 때니까 (청중을 바라보며) 4월 달 되지유? 모낼 때니까. 모자리를 해가지구 모를 낼라구 그러는데. [청중: 5월이야, 5월. 6.25 츰 날 때 5월에 났잖아.] 5월. 하튼 음력으로 4월 달 될 거 같애. [청중: 우리 집에서두 모내다가 쫓겨갔어.] 우리두 모내다가 쫓겨갔다니까. 그런데 모내는데 모를 내구 막– 그때 그래는데. 아, 하루는 쿵– 쿵– 소리가 나더라구. 그래서 쿵 쿵 소리가 나니까 이제 이장들부테(부터) 다 이저 불르게 되잖아. 서루 반장 이장이 모였는데, 피란민(피난민)들이 나온대는 거야, 벌써. [청중: 그니까 오월 단오 지냈는데 그롷게 소리가 들렸어. 그러니까 그게 천둥하는 소린 줄만 알았어. 우린 쪼그마니까. 꿍– 하구, 꿍– 하구 그래서.] 예. 꿍– 꿍– 이래요. 그래서 우리네는, 우리는 그때는, 나는 그때는 포 소린 줄은 들었어. 그래두 우리 아저씨되시는 분이 경비대 시절에 그때 군인을 가셨거든. 그래서 그런 얘기를 그 아저씨가 좀 해줘서 듣긴 들었어요. 그래서

"아부지, 저게 포 소리다."

그래니까는 우리 아버지는

"아니다."

그래. 뭘– 저녁 때가 되니깐 그냥 저짝 양구 그쪽이겠지, 의암리쪽 그쪽에서덜 기냥 피란민드이 기냥 지구(짐을 지고) 막– 오는 거야. 그러니까 지끔 동내 국민학교가 요기 저 신촌리 지끔 소년원 있는 그 자리에, 거기가 우리 학교랬었어. 국민학교, 초등학교. 나가 거기서 졸업을 했는데, 거기에 기냥 피란민들이 까뜩한 거야. 그래니깐 그 사람들 밥을 해 멕여야 하니까는 쌀을 걷구, 장을 걷구, 뭐 그니깐 김치 같은 걸 걷어가서 밥을 해주신다구 가시는 걸 나두

"아부지, 가시지 말아요. 큰–일 나요. 우리두 피난을 갈 생각을 해야지."

왜 아버지 우리 선생님이 꼭 그렇게 얘길 했는데 머지않아 난리가 난다 그랬는데

"아– 그런 소리 하지 말라 절대."

우리 아버지는 그렇게 믿으시드라구. 안 밀린대요. 안 밀리니깐, 절대 동네를, 이렇게 저 사람들을 밥을 해 멕이구 있어야 한다는 거야.

[3] 부모님과 피난을 나가다

그래 아버지는 그리 가시구, 나하구 우리 동생하구는 그때 사범학교를 다녔거든. 그랬는데 우리 동생두 짐을 싸구, 나두 짐을 싸구 그랬더니, 우리 어머니가

"그럼 느덜 둘은 큰아버지를 따라 가라."

는 거야. 큰아버지 집을 쫓아 가래는 거야. 아, 그래 뭣도 모르고 피난을 갔다. 저 퉁퉁골이래는 데를 올라갔는데, 밤새-두룩 기다리니 아버지 어머니가 오슈? 아침에 자고 나니 큰댁에서는 그래두 큰댁 언니들은 큰아버지랑 계시니까 괜찮은데, 우린 그 밑이 집인데 아우 아버지서까랑 엄마서까랑 와 가지구서 우릴 기다릴 거 생각이 나드라구. 그래서

"에이, 집으루 가야겠다."

그러구는 큰아버지한테

"아버지가 오셨나 보러 집에 가겠다."

그랬더니 큰아버지가 못 가게 해요.

"괜히 갔다가 괜히 큰일 나지 말고 여기 아무데나 있어라."

그러는 걸

"아녜요, 가야해요."

그래구 집엘 가니까는, 그땐 이렇게 미녕 자아주시는 할머니가, 어려운 할머니가 계셨어. 근데 우리 집에 와서 맨날 미녕 자아주고, 목화솜 씨 발라주고 티 같은 걸 골라주는 그 할머니가 있어. 그래

"할머니, 밥을 해야잖아요?"

"밥을?"

"아니, 그래두 밥을 해야 엄마 아빠가 오믄 먹잖아요."

우리 어머니두 얼루 가시구 없어요. 그래 가서, 내가 바보지, 쌀도 쌨는데 보리쌀을 떠다가 밥을, 보리쌀밥을 이제 입쌀을 눙구 했는데. 어머니가 외갓

집을 갔다 오시는지 어디를 가셨다가 오시구, 아버지도 오시더라구. 그래가지구선, 아버지가 오시더니

"아유, 안 되겠다. 피난을 따라 가야지 안 되겠다. 점점 크게 소리가 나니 어디루 가서 이틀만 숨어 있다가 오면은 그 사람들이 물러간다고 저짝 사람이 그런다."고.

그래. 그러더니 얼루 간대. 그래서 큰댁을 못 쫓아가구 아버지를 따라갔더니, 글쎄 그 앞막에 제당골이라고 있는데, 거기 가서 움막을 나무루다가 이릏게 나무를 짤라가지구서 지붕을 이렇게 해 덮구, 그리구선 거기서 피란을 하니 뭐 고기서 고긴데 가까이 뭐 금방이지. 아우, 그래가지구선 거기서 움막치고 있다가 안 되겠으니깐 거기서 이제 피란을, 그제서부터 이제 나오는 거야.

나가가지구선 죙일- 거기 있다가 밤에 안 되겠으니까 우리 아버지도 그제서는 피난을 가신다구 우리를 데리구선 나와 양덕원 쪽에, 양덕원- 못 미쳐 갔어요. 한치고개래는 데를 갔는데, 거기 가니까는, 한치고개 거길 딱 들어섰는데, 밤-새두룩 간 게 거기 한치고개야. 거길 갔더니 경찰서에서 죄인들, 그 전에 감옥에 갇혀 있던 분들을 아주 많-이 몰고 나오시더라구. 저기 경찰털이. 몰고 나오더니, 아주 그때 혼-났어. 둘을 그 자리서 쏴서 죽이드라구. 그 분들이 그 둘을 쏴 죽이구 그- 여러 명, 수백 명 나온 걸 다- 풀어주시드라구. 그 한치 고개서. 그래가지구선 우리두 그분들을 따라서 기냥 자꾸 자꾸 나가는데, 우리 6.25 때는 양덕원에서 피난했어요. 양덕원 가서 열흘 동안을 있다가 그때 우리나라는 벌써 뺏기구 저 남한으로 내려갔지. 그래가지구선 들어가서, 들어가야 하는데 지께(집주변) 가서 들어가 있으믄 뭘 해요. 들어가니, 그때 보리 한창 베구 모내구 할 땐데 보리두 구새구 뭐 이렇게 됐는데. 그때는 뭐 아주 고요-하지 뭐. 지께 가니. 그래두 지께에서두 벌써 그렇게 되니 벌써 어디를 쳐 나갔는지두 알지두 못해게 벌써 인민군이 쳐 나가구 아군이 쬦계 간 거야. 우리 아군이 쬦계 가구.

그래니깐 우리 아버지서까랑은 그냥 계시구, 그냥 계시다가 가만히 보니까

는 이렇게 보리타작 하구 밀타작을 하는데, 낮에 양복 입으신 분들에 네 분이 오시더니 숭숭숭숭(수군수군) 해더라구요. 그래서

"아이구, 이게 어뚷게 된 건가?"

그랬는데. 우리 어머니는 그래두 눈치가 빠르신 거야. 우리는 쪼끄매서 그걸 잘 몰랐는데 어머니는 알구서는

"어디루 피신을 해얘지 이거 안되겠다. 어디로 가시라."

가시라구 그랬는데 안 가셨어. 그래더니 아버지를 불러가지구 가시는 거야요. 그래가지구선 경찰서루 우리 아버지를 모시구 갔으니, 우리는 보리타작하던 거 마무리 해가지구 있으니, 오셔유? 안 오시잖아. 그래 경찰서에 가셔서 사흘밤을 재우셨다고 그래시던가? 사흘밤을 딱 주무시구 났는데. 그전때, 그르니까 우리 아버지가 나 초등학교 적에 우리 학교에 사친회장이라구, 지금은 후원회장이라구 그래쥬? 그걸루 계셨어, 우리 아버지가. 그랬더니 여기 남면에서 그룷게 같이, 어느 학교에 사친회장 되던 분을 알아가지구선, 저기 뭐야, 인천을 구경을 시켜 주더래, 학교 사친회장들을. 그런데 거기 이제 친했던 분이 남면에 계시는 분을 만났는데 그분이 보더니

"아이구, 왜 여기를 오셨느냐."구.

그래서

"아우, 난 죄도 없는데 이러저러 해 내가 이장 본 죄로 이렇게 날 불러왔다."

그러니까는

"내가 지금 여기서 책임을 지구 있으니까 어느 때 점심시간이 되면 내가 문을 열어줄 테니, 수단껏 여길 비켜서서 춘천 시내로 해서 집으로 가시오."

그러더래요. 그래서 우리 아버지는 그때 거기서 사흘 밤 주무시구선 그분의 은혜, 은혜 받았지. 그래가지구선 나오셔서 그냥 그 지끔 곰짓내 개울 있잖아요. 그 개울루다 빠져가민서 집으루 오신 거야. [조사자1, 2: 오–.] 그래서 그날 지낙(저녁)으루 오셔서, 피란을 해야 헐텐데. 그래니 얼마나 힘들어. 거

기서 아버지를 찾아만 오믄 우릴 죽일텐데. 우리 아버지를 만나기만 하믄 죽을 텐데. 그때 우리 작은댁이 집을 지었어요. 새로 집을 짓구 이렇게 돌서까래를 이렇게 졌는데. 거기를 구녕을 뚫구 아버지를 지붕으루 해서 그리루 들어가, 그 지붕 속에 가서 갇혀 있구, 이제 제수가, 우리 작은 어머니가 밥을 해서 맨날 갖다 드리구 그래니 소변 대변을 어디 가 봐. [조사자1: 아-.] 그래 이제 지붕에서 그룹게 누워 계실 수는 읎구 아주 거기서 이틀인가 계시는데 죄짓구 차라리 (손목을 교차하며) 이게 (수갑을 차는 것을 표현) 낫지, 못 견디시겠더래. 그래서 그냥 밤에 나오셔가지구서네, 이제 아버지는 이를테믄. 아버지 형님, 우리 큰아버지가 그때 청년 단장이었었어. 청년단장이구, 우리 작은아버지 한 분 하구, 그니깐 작은아버지가 세 분인데 소방서에 계시구 이래니깐 그 작은아버지는 만나질 못하구, 우리 셋째 작은아버지하구, 막내 작은아버지하구, 큰아버지, 아버지 네 분이 그냥 바우굴루다가 그냥 피난을 가셨어요.

피난 가가지구선 계시구 우리는 집에 있는데, 뭐 맨-날 와서 우리 집을,

주위를 도는 거야. 그 사람덜이. 그랬는데 우리 아버지를 못 만나니깐, 그해 여름에는 그냥 저냥 지나더니, 아 또 시월 달 피난에. 시월 달에 또 피난이 나더라구. 그때 공비들이 왜 쳐 나왔잖우? 그래서 공비들이 쳐 나오는데 안 되겠어. 그래서 아버지서꺼랑은 그래두 피난을 갔다 집으로 오셨다가 도래 피난을 가니깐 우리를 끌구서내 여기 신남 역전에 나왔어. 역전까지 나오는데, 아 역전에 오니까는 또 죄수들이 나오더래요. 죄 진 사람들을 거그 와서 이, 그러니까 경찰들이 풀어주는데, 여기서 딱콩! 하믄 저기서 딱콩! 하고 그래더래. 총알이 그냥 막– 왔다 갔다 이 산에서 쏘구, 이 산에서 쏘구 그래니깐 아주 그때 이리 이리 해서 마석으로 갔어요 그때, 피난을. 마석으로 피난 가는데, 엄–청 이 개울에 이 발밑 개울에 아주 보따리가 너더군 했다구 그러더라구. [조사자1: 아–.] 뭐 벨 게 다 있다구 그래. 그랬는데 아우 거기까지 왔는데 글쎄 뭐 오두 가두 못 하는 거야, 우리가 포위를 당한 거야. 그래가지구선 죙일 그 역전앞에 남의 집에 가서 이리구 덜덜 떨구만 있는데, 거기 와서 또 죄수들을 풀어주니까. 그 죄수들이 불쌍두 허드라구. 그냥 뛰어 들어오더니

"할아버지, 우리 좀 살려줘요."

그러면서 그냥 얼굴에다 거멍(검정)으루다 막 칠을 하구, 거기 계시는 그 할아버지 옛날에 그 등걸잠배(등걸잠뱅이), 벨 옷을 다 끄내서 피란을. 시월 달 피난에 덜덜덜덜 떨면서. 어떤 사람은 짚둥치를 풀어 헤쳐놓구 거기다가, 속에다 눟구 이룹게, 짚둥치를 묶어서 메달아 달래는 사람두 있구. 어떤 사람은 할아버지, 그때는 나쁜 병두 많이 들었어요. 어쩔 때는 말레이시아 (말라리아를 말함) 같은 병이 들어서. 그래 그 앓는 시늉두 하구. 아우, 쬧겨 갈래니 산에는 공비가 있으니 어드루 쬧겨 가. 그러니까는 피란민처럼 그냥 보따리를 지구 이룹게 해구. 이래니까는, 그래두 이 공비들이 나와서 우리 거길 수색을 하는 줄 알았더니, 점점점점 쫓아가는 거지. 그래서 우리는 거기 역전에서 하루 죙일 있다가

"저녁에는 안 되겠다. 이제 가야지 안 되겠다. 여기 있다가는 우리 꼭 죽으니까 집으로 돌아가자."

는 거야. 뭐 그때만 해두 하룻밤만 피해믄 되는 줄 알구 소니 뭐니 다 끌구 나왔다가. 소를 그래두 가지구선 도래 지께루 향하구 데려갔는데 거 화곡리 이장지께 가니까는 벌써 공비들이 거기 나와 있는 거야. 공비들이. [조사자1: 아-.] 그래가지구선 수근수근하구 난리야. 그래더니 우리를 보더니

"어디를 피난 갔다가 오느라구 그러냐."

"아, 우리는 이러저러 해서 피난 갔다가 온다." 그래니까

"어디까지 갔었느냐?" 그래.

"저- 신남 역전에 갔다가 거기서 되돌아 온다."

그랬지.

"아무 생각하지 말구, 집에 가서 집들 잘 지키구 있으라."

그 분들이 그래구 붙잡지를 않더라구요. 그래서 가가지구선 외갓집에 가서, 우리 퇴갑동이라고 삼 2리에 우리 외갓집이 있는데, 거기 들어가니깐 할머니서꺼랑

"아니, 죽은 줄 알았더니 어떻게 살아온다."

그래서

"어뜩하느라구 할 수 없이 왔다."

그래니까 거기서 남자 어른들은 다시 피난을 가시믄서

"여자들은 안 죽일테니깐 집이 가 집을 지키구 있구, 우리 아버지는 뭐 뭐가 어디 있으니깐 그거는 다, 서류를 갖다가 공회당에다가 갖다가 두구, 집에는 그런 문서가 하나두 읎게 하라."

이래시더라구요.

그래서 그 문서를, 우리 언니는 그 문서를 이렇게 다듬다듬하구 이제 갖다 둘라구. 그래구 나는 그래두 소가 있으니까, 소가요 지께 가니깐 지가 그냥 집으루 올려 뛰어가지구, 고삐를 툭 채가지구 올라가지구 집에 가 있는 거야.

그 마굿간에 가 들어가 있어요. (일동 웃음) 소는 그렇드라구. 막 이제 쇠물이(쇠죽) 버글버글 끓고 있는데, 아 이제 쪼끔 있으믄 이제 눌러서 소 쇠물을 줄라구 그래는데, 아 우리 큰댁에 와서 할아버지를 막 족치는 거야. 벌써 공비들이 내려와가지구서는.

[조사자1, 2: 오-.] 저, 저, 짐병산(금병산) 그쪽에서하구 대룬산에서 내려와가지구 공비들이 우리 할아버지를 막 독촉을 하는 거야. 뭐- 어쨋느냐 저쨋느냐 하면서. 그래는데 아 이렇게 보니까는 벌써 인민군 옷을, 인민군들은 그냥 옷을 입구두 뭘 허연걸 꼭 뒤집어쓰더라구요.

[4] 홀로 남겨져 두려움에 떨다

허연 보재기를 탁 뒤집어쓰고. 그래 보니까는 아우 인민군이야. 내가 뛰들어가면서

"이거 큰일났다. 언니야, 언니야. 빨리 피난 가자."

그러니까

"왜 그러냐."

"저기 큰댁에 벌써 인민군이 왔다."

그러니까 우리 언니두 그 책두 못 가져오구, 우리 둘이서. 우리 어머니서꺼랑은 외갓집이 계시구 동생들하구. 우리 아버지서꺼랑은 그 밤으루다 벌써 피난을 저 바우굴로 가셨는지 얼루 가셨는지 다 가버리시구. 우리 둘이 꼼짝없이 잽혔는데, 안 되겠어서 내가 그냥 가서

"가자."

구 그랬더니, 우리 언니가 그냥 대문으루 나가믄 들키겠으니 어뜩해. 뒤곁으루 뛰어가서 울타리를. 그전에는 울타리두 허술했나봐. 울타리를 그저 하나는, 우리 언니는 울타리 아래루 기어들어가는 걸, 나는 울타리를 (팔을 양옆으로 벌리며) 이렇게 매는 거 있잖우. 그 울타리 담장을 올라서 톡 뛰어들어가서 저 뒷 집이를 가니까. 뒷집에 가니까는 아오 그래두 맘이 놓이드라구. 우리 집이 있는 것보다 나아. 그래서 거기서 그냥 벌벌벌벌 떨고 있는데 우리 언니는 날가지구 그래는 거야.

"너는 쪼끄마니깐 안 붙들어 가기 쉬우니깐 너는 여기 있어라."

[조사자1: 어머.] 집을 지키라는 거야. 언니는 얼루 간대. 그래서

"아오- 그럼 나는 어떻게 하라구."

그래니까 언니가

"너는 괜찮아. 너는 쪼끄마니까 괜찮으니깐 나는 외갓집으로 갈 테니깐 너 혼자 있어라."

그래고는 언니 혼자 뛰어가드라구. [조사자1, 2: 아이고, 어머.]

그래서 한 나절을 그냥 밥두 못 먹구 그냥 거기서 떨다가 안 되겠어서 고 아래 큰댁에. 그 아저씨가 특무상사였었어. 그래가지구서 그 아저씨네 집이를 갔더니 할아버지 할머니가

"너 밥도 아직 안 먹었지?"

그래서 못 먹었다고 하니깐 밥을 주더라구. 뭐 증말 밥인지 뭔지 그렇게 혼자 있으니 얼마나 무서와. 그래구 나는 이제 떨구 있다가

"아유, 이제 나두 엄마한트루 가야겠다."

저녁 때 그냥 외갓집으루 내려가니깐, 우리 어머니는 나를 죽은 줄 알았대. 그래가지구선 어머니는 외갓집으서. 거기서 내다보다가 또 그 사람들한테 들키믄 큰- 일이 나니깐. 그러니까 우리 큰어머니가 집에 오셨다가, 방공호에다가 시간살이를 다 갖다 눴더니 그걸 다 끄내놓라고 그러드래. 그래서 다-

하나 하나 끄내 놓니까는 인민군이 거기서 돌아스라구 그러드래. [조사자1: 어머.] 응. 쏠라구. 그래서 우리 큰어머니가 그냥 그 인민군을 바짓가랭이를 붙잡으면서

"살려달라. 살려달라. 여자가 무슨 죄가 있어서 날 죽일라고 그러느냐."

막- 울으면서 그래니까는 차마 못 쏘드래. 그 사람들두 인간이지. 그래니깐 못 쏘구서. 거기서 그냥 아무것도 몰르구 그냥 그래구서 내리 뛰었는데 우리 외갓집이를, 사돈집이지. 사돈집이를 아무것두 안 입구, 그전에 머라구 그래? 고쟁이? [조사자1: 예.] 응. 고쟁이만 입구, 치마두 다 벳게지구, 그런데 글쎄 거길 가셨었대. 그런데 아우 쫌 있다 보니까는 벌써 우리 할아버지 할머니를 얼마나 공박(협박)을 했는지, 우리 집에 와서 보따리니 뭐니 소에다가 그거 다- 싣구 그래구선 원창 고개루다 다 끌구 갔대잖아, 인민군이. 아유 우린 그때 아주 피란 때 큰- 고생 했어요. 그래가지구선 할아버지 할머니 다 데리구 가구 그때 총살 다 당하는데 그래두 차마 이 노인네는 안 죽이는지 그래두 안 죽였어요.

그래구선 우리는 외갓집을 와 있다가 우리 큰어머니두 머 옷이 있어? 아무것두 읎으니까 우리 외할머니 치마저고리를 읃어서 입구, 이래구선 도래(도로) 피란을 도래 나와가지구 세무소 가서 잤어. 밤에. 그것두 우리두 밤에 움직여야 하는 게, 낮에는 보믄 잽히믄 죽을 테니까. 단지 우리는 죄라고는 이장 본 죄백에 읎지, 우리 아버지가 이장 보구 우리 큰아버지가 단장이구 이래니까는. 그래서 그것뿐만 아니라 그사람들은 책임졌다는 저걸루다 그렇게 죽일라구 그렇게 했지. 그래서 세무소 가서 자구서내 그제선 안 되겠다구 이리 도래, 여기 지금 나 사는 곳이야. 여기 물방앗간께루 해서 저기 설밀고개 있잖우? 그 우에 딱 올라스니까는 아 사람이라고는 기척을 안 해서, 사람을 못 만났는데, 아 점심때쯤 됐는데 거길 오니까는 우리집께 사람이 나타나는 거야. 면옥호집 할머니라구 그 사람의 딸이 거길 와. 얼마나 무서운지 그냥 막 벌벌벌벌 떨면선. 우리는 이제

"이제 저 사람이 가 얘기만 하믄 우릴 찾아올 거다."

그랬더니 우리 어머니가 그래.

"설마한들 우리가 무슨 죄를 졌다구 저사람이 가서 우리를 얘기를 하겠니. 괜찮으니 우리 가자."

그래구선 설밀칠골 저기 수다쟁이네. 거기가 우리 큰어머니 친정이거든. 그러니까 그리 향하구 가다가 글쎄 그렇게 만나서 벌벌 떨었대니깐. 그래가지구 거기에 가서 또 시월 달 피란은 거기서 겪었어요. 거기서 좀 겪으면서 스무하루를 거기 있었어. 스무하루를 거기 있다가 아군이 또 오더라구. 그랬는데 우리 어머니는 하—두 답답하구 그래니깐 저 삼포말루 해서 새고개께루 해서 집으루 가셨어요. 그래서 집에 가서 뭐 음식이래두 곡석(곡식)이래두 날라 온다구 그래시던 이가 안 오시구 우리는 여기 있는데. 그래두 또 어머니가 혹시나 오시나 해서 기다리구 있구 언니 있구. 우리 언니는 왕이야, 증말. 우리 언니는 좀 크다구 해서 언니는 안 가구 나이가 어리다구 나만 자꾸 내보내는 거야. [조사자1, 2: 아이구.] 그래두 갈라구 가는데, 가니까는 우리 외갓집에서 그래는 거야. 외갓집을 먼저 들려서 밤이믄 이제 집엘 갈라구. 작은어머니가 거기 사셔서, 작은댁에는 책임을 안 졌으니깐 그냥 거기서 사셨어요. 그래서 갔더니

[5] 아군이 들어오자마자 다시 동란이 시작되다

"아유, 몌칠 안 있음 아군이 들어온다."

그래니까는 이 방에다가, 그때 베는 다 떨어 봤거든? 그래 베를 방에다래두 널어서 불을 떼서 말려서 방아를 쪄서

"그래두 살아서 오믄들 밥을 해먹어야 하지 않느냐."

그래구서는 방아를 막 쿵 쿵 거리구 작은어머니서꺼렁 찌어주구 이래서 찧는데, 어머니가 오시더라구. 언네(어린 아이)를 하나 업구. 언니를 데리구 가

셨는데 언니를 업구 오셔서. 아우 어머니를 만나니 얼마나 반가운지 몰르지 뭐 그때는. 아주 그랬더니 아우 며칠이 되두 바우굴 속에서 아군 들어오는 것두 몰르구 거기서 계속 나흘인지 닷새가 되도 안 오시는 거야. 그래서 어디루 가신 데를 알아야 가서 얘기를 하지. 그래 닷샌지 엿샌지 있는데 이 아군이 벌써 쳐서, 자꾸 자꾸 점령해서 저리 들어가니깐 아버지, 작은아버지서꺼랑 오시더라구. 아유, 우리 피난 지겹게 했어요.

그래구선 또 동짓달 피난이 또 났어요. 동짓달에 또 피난이 나가지구선 그때 또 후퇴를 했어. 그래가지구선 그때는 할 수 읎이 그냥 저 원주 문막까지 갔었는데, 거길 나갔는데 사무라치고개(삼마치고개) 거기서 길이 딱 맥혀가지구선 오두가두 못 허는데. 밤이믄, 여섯 시믄 올려 보내준다. 밤 여덟 시가 되믄 올려 보내준다. 올라가믄 또 내려오래믄 도래 내려왔다가 또 올라가래믄 올라갔다가 또 내려왔다. 밤– 새도룩 그걸 겪구 있는데, 동짓달이니 얼마나 추워요, 고때가. 그러니까는 애기가 죽어가지구 그냥 천 포대기에다가 돌돌 말아서 그냥 그렇게 길옆에다가 놓구 가는 사람들두 있구, 죽은 사람들두 그냥 옆에 쓰러져 있구. 그냥 이 춘천 시내 피난민이 거기를 올라갔다 내려갔다 밤대두룩 그랬는데. 아침 여덟 시에 또 올려 보내준다 그래서 그때선 이제 넘어갈라구, 그 횡성 사무라치고개를 올라갈라구 그래니까는. 아 이렇게 올라가는데 우리 동생이 딱 보더니

"아버지, 아버지."

그래구는 말을 못하구 아버지를 부르면서 (이마를 가리키며) 이렇게 가리키드라구. 인민군이 벌써, 인민군의 모자를 쓰구. 그 모자를 보더니 우리 동생은 알거던. 그래니까는 이렇게 이마를 가리키는 거야. 말두 못 허구. 그래더니, 아우 그래두 그 사람들 용감하드라구. 당나귀를 타구 그 깃발을 들구 이래구 쳐 올라가는 거야. 그래니 우리는 포위에 꼭 잽혔잖어 글쎄. [조사자1: 오–.] 그 사무라치고개에서 되–게 많이 죽었어요. 우리 피난민들 증말 많이 죽었어요. 아주 막 빡–빡– 했었는데 뭐 그때. 올라갔다 내려갔다 밤새도록

거기 가서 홍천 사무라치고개서 그랬다가. 우리 아버지가

"아유 안 되겠다. 우리 인젠 포위에 맥혔으니 집으루 가는 수밲에 없다."

[6] 사무라치 고개에서 수많은 피난민들이 죽다

그래구선 그 사무라치고개를 저 짝으로 비켜가는 골이 있더라구. 그래 그리 들어서서 가는데, 아 비행기가 그냥 뭐 으르르릉 하구. 정찰기라는 게 돌더니 그제선 쪼끔 있더니 그냥 포가 와서 막- 떨어지는 거야. 그래서 우린 피난가다가 그 도랑에, 물은 읎어두 푹 파인 게 거기에 쏙 업드렸는데, 포가 거기 와서 막 떨어지는데, 우리 앞에 가던, 그 뒷집이두 가구 옆에 집이두 가구 그렇게 갔는데, 죄-들 폭격에 당하는 거야. 소두 거기서 두 마리가 죽었지, 그 애기 업구 가던 엄마두 거기 그냥 폭 엎어져 죽었지. 그래 눈 우에 엎어져 죽으니깐 맨- 피바다야. 아주 눈 속에 피니까 더 빨겋지 뭐. 그래니깐 우리 언니가 태극기를 니쿠사쿠(배낭)에다가 지구 가던 걸 이렇게 딱- 거기다 펴 놨어요. 펴 놓구는 돌루다 돌망을 줏어서 사방을 놓으니까는 그제서 정찰기가 돌더니 우리네 민간인이라는 거를 알았는지 그제서 포를 안 쏘더라구요. 그래가지구선 우리는 살았는데, 우리 뒷집이는 장가가서 첫 애길 낳았어. 그르니 한 삼십 살 넘었지. 그런 아들 죽었지, 영신이라구 걔는 이 포에 맞았는데 (이마를 가리키며) 이게 푹 떨어져서 턱을 덮었드라구. 그렇게 툭 떨어졌는데, 그래두 살았어. 살았는데 그 아버지는 그 골창에 엎어져서 걔가

"아부지, 아부지."

그래더라구. 즈이 엄마는 죽었으니깐. 그래두 그거 가서 못 끌어들이구 나 살을라구, 아주 위급허믄 나 살을라구 그래지 자식이구 머구 읎어. 그 애는 거기서 그냥 피가 뚝뚝 떨어지메 이래구 있어두 거기루 안 끌구 들어가. [조사자1: 오-.] 그랬는데 우리 어머니두 다쳤지, 나두 다쳤지. 그래두 우린 큰 부상은 안 하구 탁 탁 맞기만 해가지구. 그래두 그게 다 곪아 터지드라구요.

그 포에 맞은 자리가. [조사자1: 아–.] 그랬는데 그 집 식구는 소까지 여섯 식구가 다 죽은 거야. 근데두 하루 죙일 있어두 식전 아침에 그 꼴이 됐는데 죙일 있어두 그 등에 업힌 애는 살았어요. 지금두 살았어요. [조사자1: 어머.] 걔가. 영신이라구. 그 (이마를 가리키며 가죽이 턱에 내려온 시늉을 하며) 이게 이렇게 되두 어뜨게 이렇게 (다시 턱에 있는 가죽을 올리는 시늉을 하며) 했는데 그게 어떻게 붙었는지 그래두 걔두 살았었어요. 꽤– 오래까지 살았었는데, 요즘은 몰라. 내가 안 가서.

[조사자1: 그러면 그 얼굴이 괜찮았어요?]

아이구, 얼굴이 멀쩡허지는 않지요. 흠이 많이 났지. [조사자1, 2: 아–.] 그래서 그 집 영자라고 있는데 걔두 살구, 그 아버지 살구, 동생 하나 또 있었어. 걔두 살구. 그랬는데 지끔은 그 분들 다 돌아가셨어. 영국이 아버지랑. 아유 우린 피난 지겹게 했어요. 증말 무참하게 했어요. 그래서 우린 여기 도새울 와서 겨우. 동짓달 피란은 거기서 났어요. 거기서 나구.

우리가 거기 있으면서 거기다가 또 우리 아버지가 도박을 좋아하셔, 놀음을. (웃음) 그래 기껏 쌀이나 그런 걸 좀 저기 집에 가서 밤에, 우리 동행 하나하구, 사촌 동생 하나하구, 우리 큰댁에 일꾼 애가 있었어요. 걔하구, 나하구 셋이 가서 장허구 쌀을 가져오믄, 그거나 잡숫구 가만히 계시믄 좀 어때요. 그걸 도박을 하셔서 읎애시는 거야. 그래두 또 반찬이 읎으믄 그 두릅낭구 뿌레기 있잖아요. 그 뿌레기를 캐므는 요즘 도라지 나물 같은데, 나중에는 그걸 캐다가 먹었어. [청중: 도라지하고 똑같애.] 예, 그렇대. 그래서 난 그건 안 캐봤는데 우리가 갔다가 오믄 어머니서꺼랑 그걸 캐다가 그걸 소금에다 어뜨게 무쳐서 반찬을 해 잡숫드라구. [청중: 원주서, 원주로 피난 가서?] 예. 거기 가서. 그래서 난 그때 거기서 그거 나물을 먹어봤어. 그런데 아유 그거 와서 쌀 가지구 갈래믄 그 사방으루 넘어가믄 거기는 왜 그렇게 폭격을 잘 맞는지. 아주 쬥-일 폭격 맞으믄서 요리조리 피구(피하고). 그게 죽을래야 죽지, 안 죽어요. 그래 내가 할 수 읎이 하두 아버지가 도박 좋아하구, 거기서 동생을 또 홍역으루다 다 잊어먹었어. 그래서 큰 댁에두 하나 잊어먹었지, 작은 댁에두 하나 잊어, 우리 고모두 갖다 잊었지, 우리두. 우리두 거기서 애들 넷을 거기다 파묻구 왔어. 그래구선 그냥 그 삼월 달에 거기서 그래두 겨울을 나다시피 해서 삼월 달에 지께루 향하구 들우왔어요.

[7] 전쟁이 끝나도 학교도 못 갔다

들어오는데 세상에 저 박구매라구 거기 오니까는 미군이 증말 밀짚대 쓰러지듯 한 거야. 거기서 전쟁이 나가지구선 박구메에서 미군, 아군 할 거 없이 거기 얼마나 죽었는지 그 산에. 개울두 읎어요 거긴 도랑 밖에 없는데, 핏물이 흘러서 증말 핏물이 고였드라구. [조사자2: 아-.] 그랬는데 [조사자1: 거기가 박구매?] 박구매. 이 저 대룡산 넘어 박구매래는 데. 거기 엄청 많이 죽었어요. 아유, 별 걸 다 봤어. 그거 그냥 꾹꾹 밟구 그냥 우리네는 기냥 왔다구. [조사자1, 2: 아유.] 그래가지구 할 수 읎이 그냥. 어뜨게 그걸. 그랬는데 그래두 차츰 차츰 들어가가지구 우리나라가 저기까지 쳐 들어간 거야. 그때서 우리가 전쟁을 끝났어야 되는데, 그때는 전쟁이 끝나두 미군들이 행악한다고 그래서 우리 여자들은 집이를 못 오구 박구매 그 바우굴이 큰– 게 두 개 있어요. 근데 그 바우굴 속에서 기–속 (계속) 있는데, 왜 그룽게 이 머리고 옷을 못 빨아 입으니까는 맨 이 덩어리야. 다 이야. [조사자1: (웃음)] 아주. (웃음) 이 덩어리야. 그래서 여자들 한 열다섯 명인가가 거기서 피난하는데 죙일 앉아서 이 잡는 게 일이야. 그래가지구선 우린 공부두 못 허구 한 세상을 그룽게 보냈어. 그렇게 혼났어요. 피란 지겹게 했어. 그래서 아주 피란이란 아주 진저리 넌더리가 나.

[조사자1: 그러면 아버님하고, 큰아버님하고 가셨다가 다시 오시기는 하셨어요?]

예, 오셨어요. 그래두 오셔서 우리 아버지가 구십 넷에 돌아가셨나? 그래두 오래오래 생존해 계시다가 그렇해구. 우리 큰아버지가 한 구십 둘쯤 되서 돌아가시구. 우리 어머니두 구십팔 세에 돌아가셨어요. [조사자1: 오–.] 예. 장수하셨어요. 그래서 그래두 우리 동생들 다 공부. 그래두 걔들은 끝을 마치구. 여자라구 나는 여자라구 학교를 안 보내주구, 그 미군들이 행악을 부렸잖아. 그래니깐 안 보내주드라구. 그래서 나는 중퇴하구 말았어요. 그래가지구 아주 미리 시집을 왔지. (웃음) [조사자1: 아–.] 아이구. 그래서 내가 어떤 때는 그래.

"다시 죽었다가 깨어나서래두 학교를 한 번 다시 가봤음 좋겠다."

그런 생각은 항상 머리속에 있지 뭐. [조사자1: 네, 네.] 그런데 그게 맘대루 되겠어요? (웃음) 그래서 공부두 다 잊어먹구, 아무 것두 못 했어. 그런데 왔는데 우리 동기들은 많–이 죽었어요. 이쪽 사람한테두 죽구, 저쪽 인민군한테두 죽구. 가만히 보믄 동창들이 많이 죽었어. 그래서 아주 증말 어떤 때는 눈물 날 때두 많았어. 나는 피난을 그룽게 했어요. 아주 지겨워. 아주 진저리가 나.

그냥 뭐 이 중공군들두 행악 안한단 소리는 안 해요. 이렇게 보므는 그 사람들두 이렇게 쳐 나올 때는 모르는데, 후퇴 해 들어갈 때는 막 데루가요. 여자애덜. 막 데루가구 우리 친구들두 붙들려가서 아직까지 못 오구, 어디서 죽었는지 살았는지 몰라요. 그냥 그 오빠들이

"아무개는 왜 어디 가서 안 오냐."

그 중공군한테 붙들려 갔대. 그래 그 중공군들 행악 안 한다구 그래두 후퇴해서 갈 때는 행악을 해요. 이 쳐나올 때는 안 그러구. [조사자1: 안 그러고.] 예. 쳐나올 때는 안 그래두 후퇴 해 갈 때는 반반한 여잘 보믄 끌구 가구. 어뚷게 되는 지두 몰라. 어떻게 됐는지 그건 모르지만두, 그때 감서 못오는 애들두 많아요. 그래서 우리 친구들 많이 죽었어요, 그때. [조사자1: 아유-.] 그래서 영 뭐 소식두 모르구 이러는 애들이 많아요. 그렇게 생활을 했어 우린. 증말 무서와. 아우 지겨와 증말 아주. 그래서 이런 얘기를 어떤 때는 우리 손주 애들. 손주딸서꺼랑

"할머니, 피난 얘기 해줘요."

"피난 얘기 그게 뭘 재밌다구 해. 얼마나 무서운데."

그럼 그래두 그게 무서운 게 재밌대. (웃음)

"난리 나지 말아야 해. 아무쪼룩 느 크서 장수할 때꺼정. 피난은 아주 지겹다. 느들은 뭣도 몰르고 난리가 뭔지도 모르지만 난리가 엄청 무습다."

그래. 아 요번에 그 운석 떨어지는 걸 보구 그걸 보니깐 어우. 그 얼마나 참혹했을까. 내가 아침 그거 일곱 시 쪼금 넘으믄 그거 티브이로 보켜주는 걸

"야- 쟤들두 우리네 폭격 당하는 것 같겠다."

그랬어. 그걸 보구. 그랬으니 얼마나 참혹해요. (웃음)

[조사자1: 할머니 결혼은 언제 하신 거예요?] 결혼요? [조사자1: 네. 전쟁 끝나고 하신 거에요?] 전쟁 끝나구 저기 뭐야. 그럼요. 전쟁 끝나구 그 뭐야 휴교령인가? 그거 내려가지구 그 후에 했지요. 해서 난 스물둘 되서 정월달에 시

집을 갔어요. 그래구서 스물세 살에 첫 애기를 낳구. [조사자1: 아-.] 그런데 벌써 우리 첫 애가 오십 아홉 살이 됐어, 이 해에 벌써 지끔 들어서. (웃음) 그래니 얼마나 오래 됐어요.

[청중: 지끔 젊은이덜은 으뚷게 전쟁을 했나, 저기 6.25가 일어났나 궁금하실껄?] [조사자 일동: 예.] 아유 무서왔어요. 그 인민군들은 날마둥 나오래요. 날마둥 나와서 이 동네 와서 조금 낫다는 사람들 보고는 댕기며 선전하래구 이래두, 못 나갔어. 자꾸 피해댕겼지 우리는. 아주 우릴 죽일라구 아주 몇 번을 그냥 저거 했대는대. 그래두 또 우리는 거기서 또 도와주는 사람두 있드라구요. 그쪽 일을 보멘서두 우리한테 정보를 줘요. [조사자1: 아-.] 그래서 우린 살아남았지, 그거 읎으믄 다 죽었어. 우리 식구는 다 멸망했어요. [조사자1: 아-.] 뭐 그런 소리 전해 주지 않구 그냥 자기네 정치대루만 해 나갔으믄 우린 그냥 알지두 못허게 다 죽었어. 꼭 어느 때쯤은 이렇게 되니까는 아주 메칠만 피해라구 피해라구 그래서 증말 나흘동안, 나흘인가 닷새동안 낮에는 집이 있으믄서 밤에만 피했어. 그래니까는 잡으러 왔다가 못 잡아가구, 잡으러 왔다가 못 잡아가구. 이래서 우릴 그때 잡아와서 우리 신남고개 여기 면소 앞에 거기 뒤에서 다- 죽었어. 그때 거기다 기냥 호를 파놓구 우리네 붙들어다 다 그냥 막 쐈다구. 그랬는데 막 쏴 죽이는데 우리는 그래두 거길. 우리가 살을래니까 그래두 그분이 우리한테 은인이지. [조사자1: 그렇지요.] 은인이지 뭐. 그렇게 그쪽 일을. 불구자야. 다리를 찔뚝찔뚝 이룷게 하민서두 그쪽 일을 봐주는 척허구 우리한테 알려주구. 이래서 우리는 그걸 피신을 해서 다 살았어요. 아주 아유- 무섭드라구. 그때는 일단 아무것두 읎는 사람이 왕이야. [조사자1: 응, 응.] 아무것도 읎는 사람이 왕이지, 뭐 재산이래두 쪼끔 있구, 그래두 무슨 책임이래두 지구 있다 하는 사람은 기냥 다- 기냥 다 죽일라구 생각하는 거야. 그래서 증말 그 분이 우리한테 은인이지. 그런데 그 분 돌아가셨어. 그 연세가 많으니까 돌아갔지. 정창길인가? 그 이름두 안 잊어먹어. 우리한테 알려줬으니. [조사자1: 그러니까.] 우리한테 큰 은인이죠. 우리

식구를 다 살렸으니. 아우 근데 그 사람들 나오는 거 보니 그거 증말 그 폭격 속에, 어뚷게 그래두 모자 반듯이 쓰고, 아주 당나귀, 말두 그룷게 아주 크지두 않아. 그런데 그거 타구, 아주 깃발 탁 꼽구.

"어우, 대단하다."

그랬어.

"참, 대단하다 저 사람들. 어뚷게 여길 쳐 들어오냐."

그 사무라치 고개서 엄청 죽었어요. 사람 엄청 죽었어요 그때 아주. 바우굴 속에 들어가서두 지겹게두 살구. 우리는 참 피난 많이 했어요. [조사자1: 그러게요.] 인민군 피난, 아군 피난. 아군들이 또 행악할까봐 산 속에 가서. 아군들이 아니라 미군들이 행악을 첨에는 막 했잖아. 그래서 그냥 여자들은 피신하구. 노인네들만 집이 있구. 폭격에 많이 죽었어. [청중: 막 총으루 쏴가지구 죽였는데 뭐. 자기네 말 안 듣는다구 권총으로 쏴서 여자들 죽이구.] [조사자2: 미군이-.] 많이 죽였어요. 그래서 그때 피난 안 간 언니들은 다 죽었어. 아우 무서왔어. [청중: 평화적으로 끝나야지, 전쟁은, 전쟁은.] 아우 전쟁은 읎어야 해. [청중: 허지 말아야 해.] (웃음) [청중: 평화적으로 끝나구 평화적으루 살아야지 전쟁 무서와.] 증말 무서와요 아주. 아우 자다가 생각만 해두 기냥 가슴이 졸이잖아. 항상 그게 아주. 그래서 아유. 그런 일이 없어야 해. (웃음)

홍천 야시대리의 비극적 사건

김 대 순

"총 끝에다 꽂아가지고는 여그 한방 맞응게 정백이를 맞아가지고 사망했어."

자 료 명: 20130407김대순(홍천)
조 사 일: 2013년 4월 7일
조사시간: 70분
구 연 자: 김대순(여 · 1929년생)
조 사 자: 오정미, 김효실, 남경우
조사장소: 강원도 홍천군 야시대1리 경로당

[조사과정 및 구연상황]

바쁜 농번기 탓에 어르신들 대부분이 모이지 않은 상황에서, 가장 연로하신 김대순만이 노인정을 지키고 있었다. 6.25 전쟁당시의 개인적인 경험과 함께 김대순은 야시대리의 비극적 사건을 주로 구술하였다.

[구연자 정보]

김대순은 강원도 홍천이 고향이며 홍천에서 한평생을 살았다. 그녀는 야시대리사건에 대해서 구체적으로 기억하며, 당시의 사건을 구체적으로 구술하였다. 특히, 가족이 야시대리사건의 피해자였기에, 누구보다도 야시대리사건에 대해 상세하게 구술할 수 있었다.

[이야기 개요]

화자는 6.25 당시 스물 두 살이었는데, 피난 가느라 뱃속 아이를 잃었다. 병원에 가지 못해 첫아이까지 마마로 죽었다. 걸음이 느린 시할머니는 나중에 만나기로 약속하고 먼저 출발했지만 시체조차 찾지 못했다. 개인적인 경험 외에도 야시대리 사건에 대해서도 이야기하였다. 전쟁 발발 전부터 인민군 같은 사람들이 내려와 총이 아닌 칼로 사람의 목을 따서 죽이기도 했다. 그 사람들은 목이 칼에 잘렸지만 일부가 붙어있어 죽지 않고 살아날 수 있었다.

[주제어] 피난, 아이, 죽음, 시체, 야시대리 사건, 인민군, 칼, 살해, 부상, 참혹

[1] 6.25 동란으로 피난을 나가다

[조사자: 그때 있었던 이야기들을, 옛날에.] 그런 애길 핼래면 한도 끝도 없어요. [조사자: 그 한도 끝도 없는 얘기를 해주시면,] 그 6.25 난리났지. 동짓달 난리에 났지요. [조사자: 네. 맞아요.] 또 3월달 난리. 이듬해 3월달 난리났지. 아, 난리만 겪었어요. 그때 스물 둘였었어요. [조사자: 6.25 전쟁 당시가 스물 두 살이셨어요? 그러면 몇 년생이신거세요? 그러면?] 시방 팔십 너이에요. 근데 그때 스물 둘였었어요. [조사자: 아, 그러셨구나.] 그랬는데 우리 애기 그때 열아홉에 나가지고 그거 안고 돌아댕겼지. [조사자: 그면 애기 데리고 피난떠나시.] 댕기다가 죽였어요. [조사자: 아, 첫 아이를.] 예. 그러고 또 우리 즈네 아

빠는 스물 둘에 군인가고. [조사자: 아, 동갑이셨어요?] 예. 말띠래요. 동갑인데. 그래서 그거 네 살 먹은 걸 두고선 군인을 갔거든요. 간 뒤로, 그저 예시방도 그기 있잖아요? 저기 마마라고. [조사자: 네네.] 그 전에는 병원도 없고 그러니깐 그 마마시기다가 그냥 난리에. 하나는 네 살 먹은 걸 업고 뱃속에 또 하나 5월에 낳을걸 베고.

그래고는 뭐야 머리에다 이면 이렇게 이고 피난 나가다가. 3월에 친 난리에 돌아서서 왔지. 인민군 나와서 아군하고 붙어서 막 싸웠는데 막 나가질 못해. 먼저 나간 이는 가고. 우리 시할머니는 우리보다 먼저, 걸음을 먼저 못 걸으니까 빨리 가시라고 해 가시면 우리가 쫓아간다 그러고. 그렇게, 그 고개에 가서 손주가 나가다가 막낸데, 이 저 뭐야. 소금 한 구이 그것만 두고 이러고 가시는걸 업어서 그 고개를 삼마치 고개를 냄겨놓고선 갔는데 들어오시진 못하고 어디가 돌아가셨는지 몰라. [조사자: 아, 시어머니께서?] 시할머니. [조사자: 시할머니께서.]

[2] 목이 잘려나가는 참혹한 야시대리 사건을 겪다.

예. 그랬고. 시어머니 저기 시아버님, 맞동세. 우리 시아주버니는 뭐야 6.25난리가 아니라 동짓달 난리에. 인민군이 쳐, 이 안에서 쳐 내려오기 때매 그랬는데 그 전에는 경찰이라 안그러고 기동대라 그랬잖아. 그랬는데 여그 저 산에 내려온다고 볶아치니까 기동대가, 군인은 안 오고 기동대가 들어와 저 안에 와서 있다가 그 인민군을 하나 죽였어요. 그래니까 그 악독으로다 아주 더 볶아치는데. 그러다가 이렇게 보초스다가 낭구(나무) 꼭대기 드러누워서 밤중에는 요기 위에서 자, 자는데. 우리 영감있는데 그 군인 내려오는데 거그가서 그 담배밭에서 죽였는데. 담배밭을 고랑고랑 시더래요. 그랬는데 그래도 구청에 드러누워서 발을 밟고가도 “아프다.” 소리도 못하고 있고. 그랬는데 돌아가 다 지네 하나 내려가고, 둘 내려가고 또 조금 있다가 서이가고. 나중에는 한 열한명이 내려가더니 여기 그 저 한 총대가 쫓아가면서 내려가면 누구냐고 소리지르니까 저만치 내려가더니. (다른 할머니가 들어오시면서 잠시 이야기가 끊김) 그래가지고는 기냥 돌맹이로다가 이 성산리같이 총을 못쏘고 돌로 땅을 쳐서 그렇게 죽여 놓고. 우리 영감은 발을 밟고 들어가도 발 아프다 소리 못하고. 그러고 다 내려간 다음에 기어가서 고얏나무 새간에 가서 살았어요.

그래고 우리 시아주버니 요기 큰박골이라는데 있는데. 거기서 불러다가 총질을 여기서 이제 성산리같이 못해고요. 이저 인민군은 네모배기 칼이에요. 그런거 총 끝에다 꽂아가지고는 여그 한방 맞응게 여기 정백이(정가운데)를 맞아가지고 사망했어. [조사자: 누가?] 우리 시아주버니가. 그래고는 두 형제 있다가 그러고 하나는 거기서 살아오고.

그러믄 소리 바로 안지르는 사람은 그래도 한번 어디 이 모가지 여기를 맞고선 미끄러지면서 밑에로 굴러가지고선 웅덩이 빠져서 그래 살은 사람이 서이가 있었어요. 그랬는데 한명은 살아있어. [조사자: 어, 지금도?] 여기가 다 끊어져서 여기만 붙어있는거야. 그래도 한 살다가 죽고. 그이도 여기만 붙어 있는데 숨이 안 끊어졌으니까 아주 참혹. 큰 병원에, 춘천 병원에 가서 고쳐 가지고.

[3] 야시대리 사람들은 다 죽었다.

또 그러고 우리네는 모르고 집에 드러누웠다가 여기는 동짓달 여 열나흗날 지나갔는데. 피난가라고 볶아치는 바람에 이제 나가니깐 새-카맣게 내려오더라고요. 뭔 사람인가 했는데. 피난꾼이에요. [조사자: 피난?] 피난 나가느라고. 꼭대기에서 내려오는. 그랬는데 저 여기 올라가면 말고개 올라가서 그걸 넘어서 사람을 하나 여기 사람을 세워가지고 이래고서 안 사는데. 잔등으로 내려가고 우리는 이리 내려오고 그러니깐 성산리같고 그러니깐 총질을 못내게하고. 그 하나만 잔등으로 가가지고 작은말고개라는 고 밑에 돌멩이를 개울에 내려가서 거기서 쏴 죽이고는 쏜게 그 이들은 모가지가 짤렸지 뭐. 그 피를 흐리고 이랬는데도 사람이, 피난했던 사람이 나가서 건져놔서 병원으로 실려가서 그이도 살다가 죽었어요. 그게 아주 참혹해. 그러다가 학교에 가서 피난을 해고. 나오니까는 아주 차가 몇 대가 내려가는지 몰라요. 죽는다고 볶아치고 머리를 이렇게 싸매가지고. 그래서 우리도 그리 가 피난을 가느라고 내려가니깐 모 야시대 사람들 다 죽었다고 볶아쳐서,

"아휴 다 죽었다는데 어떻게 되는지 집에 가봐야되겠다."고.

우리 시아주버니는 여기 칼을 맞았는데 갖다 방에다 눕혀놓고 죽었는데. 우리 또 그때는 스물 둘이니까 영감이, 저 신랑이지 여기 밟히고 아프다가 손이 그렇게 됐으니까 내려와가지고선 집에 와서 있는데 다치진 않았어요 그때는. 피, 저 군인 나가서 다쳐가지고. 앞으로 먼저 들어가는 군인. 그걸로 들어가 가지고는 철원 가서. 맞아가지고는 내려오질 못했고 그러는거. 10연대 와가지고는 살아나와서. 파편자리 뭐 그러니까 헌기가 이렇게 나고 무서워서. 그러다가 사망되고.

그래고는 그래서 동짓달 난리에 사람을 죽이고. 또 저기 3월달 난리에. [조사자: 고생하시고.] 그때는 또 들어가느라고 인민군이. 그랬는데 들어갈 적엔 총을 까꾸로 메고들 들어갔어. 인민군이. [조사자: (웃음) 아, 인민군들이.] 예. [조사자: 너무 급해서? 빨리 들어가야하니까?] 급해기도 해고 맘대로 그렇게 미군 막 못 들어오잖아. 여기 아군이 들어오니까. [조사자: 들어오니까.] 그래서 가고. 인민군이 미군이 들어와서 있으니 막 해니까 들어가고.

집단학살 현장에서 오빠 시신을 찾다

현 덕 선

"다 엎드려있어, 스물네 명이. 그때 우리 오빠를 찾을라고, 사람을 스물 네 명 다 잡아갈라 쳤어요"

자 료 명: 20140121현덕선(제주)
조 사 일: 2014년 01월 21일
조사시간: 1시간 47분
구 연 자: 현덕선(여·1928년생)
조 사 자: 박현숙, 황승업, 김현희
조사장소: 제주도 조천읍 북촌리 (마을회관과 구연자의 집)

[조사과정 및 구연상황]

2012년도 제주도 1차 조사 때 제주대학교 강소전 박사에게 제보자를 소개받았으나 제보자와 연락이 닿지 않아서 인터뷰가 불발되었다. 2차 조사 때 조사자들이 제보자를 만나기 위해 마을회관을 방문했다. 마침 제보자가 마을회관에 계시어 인터뷰가 성사되었다. 마을회관에서 인터뷰를 진행하였으나 주변이 소란스러워 녹음 여건 좋지 않았다. 그래서 제보자에게 양해를 구해서 제보자의 집으로 이동하여 인터뷰를 계속 진행하였다.

[구연자 정보]

현덕선 제보자는 1928년에 제주도 조천읍 북촌리 530번지에서 태어나 지금까지 살고 있다. 자신만큼 4.3사건에 대해 정확하게 알고 있는 사람도 없고, 숨길 것도 없다면서 마음 속 깊이 묻어둔 상처의 이야기를 들려주었다. 구연 과정에서 다소 격한 반응을 보이기도 하고, 눈시울을 적시도 하였으나 대체로 차분하게 구연을 마무리하였다.

[이야기 개요]

4.3사건 때 제보자의 오빠를 비롯한 마을 사람들이 끌려가 24명이 집단학살 당했다. 그리고 한라산 빨치산으로 막으려 북촌마을을 전소시키고, 민보단원들을 학살하였다. 북촌마을 사람들은 함덕으로 피난을 나갔다. 산사람들이 마을로 내려오지 못하게 막기 위해서 마을 주민들은 매일 보초를 섰다. 제보자는 언니를 따라 정읍에 가서 장사를 하였다. 그리고 광주방직에서 일을 하기도 하였다가 다시 제주도로 돌아왔다.

[주제어] 4.3사건, 집단학살, 민보단, 해혼굿, 몰살, 마을 전소(全燒), 피난, 거름, 은신, 보초

[1] 집단학살 현장에서 죽은 오빠

[조사자: 현덕선 할머니시지요?] 현덕선. [조사자: 여기가 주소가 어떻게 되요?] 오백, 북촌리 오백 십삼 번지. [조사자: 오백 십삼 번지?] 예. 이것이 옛날 우리 할머니네. 여기가 일대. 우리 오라바님네 이대, 나 삼대, 울 애기 소대. 이거 소대 오대째 살고 있어요, 지금. [조사자: 아까 이야기는 하셨지만 아까

워낙 시끄러워서 죄송한데 처음부터 다시 이야기를 좀 해주세요.] 처음부터. (조사자에게 앉으라고 권함) 처음부터는 첫 번에 이리 남로당에 가입했어요. 남로당이란 것은 공산당이여요. 남로당을 가입하라구. (조사자에게) 편안히 앉아요, 편안히 앉어. 나도 애기들 몽땅 타향살이. 제일 먼처 공산당을 가입하라고 한 것이 왜정시대여. 일본 일본놈 시대에 이집에서 일본놈 군인이 들어와서 군바, 군바란 건 머리. 그 일본말 군바. 이리 들어와서 그때는 뺨에 허물라니까 약주구 이자 그 사람 내가 일본시대에서 마지막으로 이 쫓겨서 제주도로 왔어. 일본사람 군인 할 때. 우리 한국사람 잘 알지. 한국사람 이쪽 처녀들 다 뽑아가서 조녀로 뽑아가서 일본에 가서 그 못된 일을 다 했어요. 그때 그때 마지막에 부산으로 쫓가가가지구 이리 왔어요. 왜정시대에. 근데 군바, 그 큰몰. 네 개를 똑딜여 지서 있은 때여. 그때가. 것이 왜정시대여. 그서 인자 왜정시대 이제 손을 들르지 않았어.

왜정시대 손 들르기 전이 저거 오름있지요. 섬 오름이라구 해요, 저거. 저거 우리 것이 허구 함덕이 저가요. 그니까 함덕에서 똑똑헌 이가 둘이 허너는 사삼사건을 허녔어. 거 몰라 북촌사람들. 절대 모른다구. 경해서 그디가 바당이 깊어요. 섬오름 이 무적이 높은 바당도 깊으고, 무적이 옅으믄 바당도 옆아요. 열한 살에서부텀 물질해서 팔십 다섯까정 물질을 잘나거든. 그 뒤가 일본은 군납을 댈라고, 그 오름. 기관총 엎딜라고 그 오름에 구먹을 열개를 파다가 해방돼서.

인제 나는 그때부터 해방되니까 남로당을 가입해라 이런 말이 있었어요. 이제 노인당에서 여 사람이 허는 걸 모르니까 그 나간 거 그 아이는, 요 초가집에 살믄서 못살아서 우리 집에서 사니까 노인회장은, 노인회장은 무슨 일곱 살에 뭣을 압니까. 나는 말허기 싫어. 바른 대루만 말을 해두 안 되는디 넘한테. 들은 말을 막 노인회장두 허구 막 그디 사람들 떠들어요. 그란디 아까 그 누게, 고른 사람은 우리보담 두나이 위예요. 그 누게. 그 한 사람. 저 석가란 사람 찾는 사람. 그 여자 찾는 사람. 이름. [조사자: 윤삼례 할머니?]

아니. 윤삼례 말구 나랑 겉이 이 증인 헐 사람 저 영월이 어머니라구. 나름 그 이름 모르겠다. 그 사람네는 왜정시대부터 이 청년들 못 댕겼어요. 청년들 똑똑헌 사람 잡아가요, 이제.

경해서 그때부터니까, 나가 아는디 남로당을 가입하라구 했어요. 그런디 우리 할머니가 못 가입하게 해. 남로당하믄 산에 가야돼, 공산당 된다구. 저 들어오는디 소막, 저 소막을 지서서 소걸름 내서 멀고 돼지, 돼지 질르는데 걸름 내서 섞어서 그 막에를 대맸어요. 저 그렇게 해가지구 거름 속에를 우리 오라바니를 일굽 사람 묻었어요. 들어가서 들어가믄 걸름으로. 그 구멍을 사람 들어간 그 구멍을 막고. 인자 그러믄 산에서는 공산당을 하라구 막 와요. 안보내거든. 이제는 일조합 이조합 일구 이구 허는데 그때는 내뻴래 사리걸 사람 있어요.

근데 우리 동네서 여재는 나를 뽑아갈라고 그랬어, 산에서. 글구 우리 할머니가 막 이 마당에서 뒹굴었어. 나는 일생동안이 이 손재를 봐서 사는데 왜 우리 손재를 돌아가냐. (조사자에게 화장실을 알려주라고 함) 그렇게 해가지구 못 다려가구, 우리 오빠두 다려갈려구 했는데 못 데려갔어.

이대로 살구있다 민보단을 가입하라구 했어요. 민보단을 가입하라구 허구, 마을이 막 이 조근 마을은 단체가 져서 공산당으루 많이 뽑아 가구. 함덕같은 덴 마을이 크니까, 나는 잡아간 죽여두 돼요. 난 허는 대로 허니까. 그래서 여기서 밤 열두시에 나무를 열 단을 구덕에 져서 이제 이 차 댕기는 디가 모살이었어. 그 집에 가서 성안 가서, 성안은 시골에 성안연 있어. 그리 가믄 포랑왕 또 구댕이 바당 솔망 또 차루 한 실러 대니믄 그 구댕이를 폴러 대니고 허니까. 그때에 제주도에 이북사람이 넘어와서 순경이구 군인이구 왔어요. 근디 그 사람들이 이북사람이 아니구 제주 사람이었다믄 제주도가 다 불타야 돼요.

그 사람이 이북서 온 사람이 넘어와가지구 군인을 세 부대가 왔어. 군인이 세 부대가 와도 한라산 빨치산을 못 막었어요. 오광구부대가 들어오믄서, 오광구부대라고 하드라고. 이제 저 이제 조천읍으루 된, 조천, 조천면에만 집중을 했어. 그 오광구부대가 어찌 무서웁대. 정말 이북사람 왔는디 그 오광구부대가 와서, 완전 뭐 총으로 막 그냥 산사람을 다 죽여가.

그때에 우리 오라바니가 민보단을 뽑아났는데 이리와 머니 산사람이 하여. 그니까 자수를 안했다고 이룹게 누워있는데, 이자 우리 오라바님은 두건 쓰고 삭망 멍으래서. 삭망 멍 알지 제주도 사람이니까 삭망 몰라. 사람 죽어서 초하룻날 허고 보름허고. 고향이 어디세요? [조사자: 저는 강원도예요.] 아 강완도. 어디여 고향이? [조사자: 경상도.] 아 제주도말은 안 들리구나. 여긴 어디야? [조사자: 서울.] 서울. 내가 육지를 안 댕겨본 디가 없어. 이 아이가 다 육지대학 나왔어 다. 저건 강원도 법대 나온 놈이여, 저거. 막둥이여. [조사자: 그럼 육지말 잘 하시면 육지말로 해주시면.] 어 육지말로 해야 되겄다. 난 제주도 사투리로 갈라고 헌디, 육지말로 해야 돼.

그렇게 해가지고 나가 영 누워 있는디, 우리 오빠가 그 사람 죽으믄 보름에 삭일을 허고 초하루에 삭일을 했어요, 옛날은. 두 번을 해요. 일 년 돌아와도 삼년 상 허두룩 그렇게 혀. 그란디

"할머니 나 저 민보단에 나오랜. 민보단에 가쿠다"

이룹게 말혀. 금서 우리 할무니가

"그렇게 해라."

이룹게 해서 학교 집으루 나갔어요. 나간데 소식이 없어. 소식이 없언 들어보니까 이제 요래 가믄 요 마을 넘어가믄 함덕이라구 해수욕장이 있어요. 그 마을 이제 북쪽에 해수욕장이 들어가는데 거가 초등학교여. 초등학교가 대대본부가 와서 집중을 했어요. 대대본부가 내가 이 말을 다 하고 죽어야겠다. 북촌 것들 하나투 모른다, 사삼사건 내가 안다 우리 큰아들한테 말했네. 그릴 실려 갔는디 왜 그릴 실려 갔느냐 이제 저 초등학교 북촌 들어오는 초등학교 있지요. 저 서쪽에서 오믄 초등학교 맞을 거여 북쪽에. 그기 가서 초등학교에 가가지고,

난 노인회장 똑똑이 바른 대루 말해두, 그런 노인회장 말 안 들어. 지는 나 똥꼬망도 못 씰어. 나 뒤도 못 따라와. 인자 그룹게 해가지구.

그기서 민보, 민보단을 돌아갔는데 안 오니까 우리 어머니는 저 대바구린 알지. 대부기라가 옛날 벤또였어요. 대바구리루 밥 가지구 마늘 지져가지구, 이제 오는 그 오름 옆이를 가망 보니까 남쪽으루 그 남쪽은 새도로여. 그 또 일조도로가 있어요. 그리가 아들실고 오는 거 봐두 아들인줄 몰라요. 군인이 다 이렇게 해서. 우리 어머니는 그 함덕 이제 해수욕장 곁에 그 저 초등학교 넘어가구 우리 오빠는 인제 이리 실려오는 거 아녀.

아까 오다가 저 멀그랑이라고 한 데 그기가 이장네 밖거리에다 우리 언니가 살았어. 집비를. 그러는데 우리 언니가 야 작은년 하는 말, 제주도 말 조근 년한디 육지말은 작은 년. 막둥이 딸, 막둥이 동생은 좀 맷돌 이 테레비에 나오잖아. 맷돌 걸구 보리 조 이르구 허는 거. 그걸 해내라구 해서 이자 우리 언니는 앞이 메고 나는 중간에 메고 그 이장 마누라는 젤 뒤에서 올렸다 내렸다 혀.

근디 차가 주룩허게 돌려오잖어. 차가 주룩허게 올 때에 이룽게 보니까 군인차라. 탁 대니까 나는 멧돌 궁글리다가 탁 나왔어. 우리 언니는 좀 날귔지. 말을 잘 안해요. 그 우리 언니는 사고 나가 와서 탁 내린 사람보고

"삼춘 어떵헹 삼춘넨 내리구 우리 오라바니넨 안내림수까?"

하니까 이른 사람이 세 사람 내리믄서. 김근식이가 살았어요. 백여섯 난 할아부지. 그러고 잽현년이 한석도가 내려요.

"아이고 아이고 삼춘넨 우리 오라방은 무사하니어렴수까? 우리 오빠는, 육지말이 우리 오빠는 무사한어렴수까난."

말을 안 해줘. 자기는 비밀루 그 마을에서 친척 있으니깐 빼냈어, 군인한티가.

그래 차가 막 동네를 빠져나가. 나는 그때에 공산당들이 이 마을이 하니까 공산당이 내려오라구 해가지구 그 질 웃녁에 소나무 밭이 있어요. 이 마을 사람은 전부 소나무 짤르러 올라갔어요. 근디 내가 막 뛰엉 가다가 이리 말구

또 저짝이가 저 마을로 올라간디 저 올레곶 걸어봤는가. 올레곶 가는 길이 있어요, 이 북촌. 근디 그길 가니까 솔나무 비어 내려오다 야, 육지말로 작은 년이지. 제주도는 조근 년허는디

"야 작은 년아 어디 간대?"

"아이쿠 모르쿠가. 우리 오라방네 죽이러 감수다."

그서 막 돌렸거든. 돌린데 아까 그 지형이 이 저 동쪽으루 오는디 이만 높으구 저 동산 올라가믄 이만 높아요. 높은디, 그 그꺼장 동산을 탁 가니까 그 우리 오빠네 실어간 그 군인차가 올라오드라고. 죽었다, 북쪽으루 사름서 내가 왼쪽으루 걸어가느래난 스물 하나니까 살라고 왼쪽으로 걸어갔어. 나는 죽었다. 산사람한테 안 죽고 이제는 군인한테 죽었다현.

나가 솔직허니 때망대여 어릴 때부터. 뭐 누구와도 지도 안 해. 우리 언니한테도 이겨 나가. 아 어떤 군인이 북쪽에 총을 맨 사람 무섭드라고. 그 죄진 사람을 죽여놔서 헐고 또 어떤 사람은 총을 이렇게 둘러맨 아재는 웃더라구. 저 웃는 놈은 어떤 놈인가 이렇게 생각했어여. 막 뛰었어요. 막 뛴디 이제

가노라면 북촌광 동북 양 새에 웃짝으로 내시빌라고 헌 밭이 있어요. 그 육지 참으로는 오리여. 우리두 오리구 저 마을에서 오리, 그 양 새에 간 죽인 줄도 모르구 동북으루 올러갔어요. 동북을 거 십 리하구 해요, 여기서. 그길 올라 가가지고 딱 그리 보초 섰어요. 산사람 내려오믄 신호허라구 군인들이 세왔어요. 근디 내가 아는 나이였어. 동북 가 있는디

"야, 우리 오빠는 이제 죽이러 실려난 차는 어디 갔느냐?"

하니까는

"누님 여기 아니고…"

우리, 우리 북촌 가리치믄

"저 내시빌리난 읎어."

이룽게 허드라고. 그래 난 산에는 많이 사니까 내시빌리난 알거든. 가서 나도 참 그때가 영리했어. 이 밭이, 밭이 요그 와 담 닿으꾸 또 여그 와 담 닿구 소를 막 그냥 내난. 그룽게 때문에 밭을 천 평이믄 네 개로 갈라요. 글믄 이리만 들으와 먹으믄 담 닿으믄 저쪽은 안 먹그든. 백 평은. 그래서 아담이 터져가꼬 조, 육지말론 서숙을 갈아논 밭이 있었어요. 이 북촌 사람, 이게. 이 오늘 완 있는디 ,아 사삼사건 회장이었어.

"너네 뭐 따냐?"

오늘 와서.

"너네가, 너네 밭에 간 스물 네명 죽은 거 알아?"

그랬드니 딱 들으간 담 닿은, 담 다은디 서숙을 해놨어. 이자 팔년을 놀렸다가 서숙을 갈아요. 탁 담 터진 그때 가 보니까 어서 딱 이 담 이렇게 다와진 뒤루 넘어테 보니까 스물네 명이 다, 이룽게 해서 다 다 엎드려있어, 스물네 명이. 그때 우리 오빠를 찾을라고, 사람을 스물 네 명 다 잡아갈라 쳤어요. 뭐 어떠헝, 나는 무서운 것이 잘 없어요. 어릴 때부터서. 그래 한 사람이 이웃녁 집 사람이 거시 우리 언니 씨고모 남편이여.

"아이고 덕산아. 어떵헝 알아놘디."

아이고 이 사람들 다 가마 연잎바닥 가부댄 저 산으로 올라가네, 산사람 모르게. 요쾨다 우리 돌려 노는 질. 그 차 돌려노는 질 그것이 산들어가는 큰 질이여. 글루 가거네 북촌 강 걸리는디 이거 산일만 아니믄 가마귀들 막 가나네 눈빡아믈

"아이고 덕산아 어떵헝아난."

아 그 사람광 나를 보는디 그 사람 말고는 나는 와서 오빠를 찾어야 될 건디, 어뜬 사람이 이제 한 예순 하난, 난 스물하나여. 그 여자 분이 저 바닷가 사는 어른이 완

"아이구 조그 년 아 넌 무섭지도 안현?"

육지 말은 작은 년이지.

"작은 년은 무섭지도 안현 어떵헝 완연?"

난 그냥 또 돌아온 오빨 찾은헌디 그 어른이 예순하나쯤 났어.

"아이고 작은 년아 완 오줌을 싸라."

그때 그 검은, 몰라요 검은 반마가 있었어, 우리 여 저 남자들. 것다 오줌을 누라혀.

"무사 오줌싸라고 함수까나."

"아구 저 상민이 죽었시니."

나광 말줗던 사람이 개끔이 부럭줗니 물었다. 오줌을 쌌어.

그 어른 하나만 들어갔드라고. 저것들 하나또 몰라. 오줌을 싸는 매기난 그 개끔이 내려가드라구. 소변이 참 약이드라구. 경현 내가 오빠를 찾아가난 우리 올케두 가두 우리 언니두 가구. 그땐 막 마을사람들 아이고. 참 아이고 공수야 헌건 그 산사름 우게 냄편이라. 두 동새, 두 동새. 두 동새끼리 경허난.

경현 우리 올케는 애기나나난 힘이 없구 우린 처녀고. 난 스물 하나구 우리 성은 스물 셋이구 그르니까 나는 지레 죽고 우리 언니는 이제 사진 없구나. 우리 언니는 키가 크구 참 인물이 좋아요. 경헌디 나는 오른짝, 폴에 오른쪽 다릴 업었어. 다릴 업은디 나는 이리만 맞은 걸루 알았는디 이리 맞아 일루

나온 걸 알안. 이리 피난 이리 나오니까 우리 오빠 땀을 흘린다구 허구. 요디 요디서 복장 맞은 피는 이리 내려오니까 고무신 신으니까 끼작끼작 해, 물 들어가는. 꾸작꾸작 소리가 나. 아이구 우리 오빠 오줌 쌌구나. 달렸다. 경현 고리서 차 돌려논 딜 탁, 우리언니는 키가 크니까 우리 언니 신디는 영 아니 허으니까 이리 맞은 건 일루 피가 내린 건 땀으루 생각허구. 이리 맞을 때는 막 서숙대를 막 매여서 살아나. 그때에 또 쏴부니까 일루 이 총은 맞은 구멍 보담 나가는 구멍이 크다고 해요. 경헌디 일루 맞은 때는 그땐 죽은 거라 우리오빠가. 경현 일루 피 흐른 건 오줌 쌌다구, 나는.

'아 살아나게 됐다, 우리 오빠는 살아나게 됐다.'

젓다 차돌리믄 딱 보니까 그땐 북촌사람이 다 알아. 아이고 스물네 명 다 죽이. 나 떨으믄 스물 세 가족이 막 난리가 난거라. 경현 우리 언니가 오면서 대한독립만세 세 번을 삼창을 불렀거든. 그냥 막 악이 나서. 산놈들 보라구 이거 대한독립만세 세 번을 불렀어. 저 방에 갖다 노니까 가시아방이 와낸 눕져나낸 막 동네사람이

"아이고 장선이 업고와 살았어, 살았어."

이룽게 했어. 그룽게 해서 인자 저 정지에 물 없으니까 이 동네 사람이 물을 질러가니까 물이, 바당에서 물이 나와서 거다 질러다 먹었어요. 근디 우리 오빠 가시아방이 와서 죽었다고 해서 이제 했는디 이제는 산사람도 무섭구 법두 무서왔어. 밤이 가서 이자 여기 고싹 돌아오는 여기 오는 거리가 밤에가 묻었어, 우리 오빠를. 기냥 흙 덮어놓고 묻었어.

경허난 이 집이 사는디 산에서 와서

"대한독립만세 삼창을 불렀으난 너네는 공산당을 반대했다, 죽이겠다, 했어."

경헌디 요 웃넉 집이 이른디가 저 옛날에 육지서는 그 나무로 불 때는 부석, 여기서는 거 구들목이라고 혀. 솥을 안 냈두구 그냥 구들목 멀뚱에다 질른디 그 멀뚱 속에 가서 우리 언니허고 나하고 아무튼 한 오일을 곱았어. 산사람한테 안 죽을라고.

그룽게 해서 우리 어머니는 막 이 마을에 돌아댕겼어. 우리 우리 오빠 이름이 장선인디 우리 오빠,

"우리 아들 내놔라, 장선이 내놔라, 단둥 내놔라, 경찰 내놔라."

해두 경찰두 우리 어머니를 안 죽이구 고싹 우리 돌아온 길 우영 이까정을 와. 마을에 막 돌아. 군인도 우리 어머니를 안 죽이고 산사람도 안 죽이더라고. 우리 집이 귀헌 아들, 우리 할머니 열일곱에 시집간 스물 하나에 우리 아버지 하나 믿언. 아들 둔이 세 개 딸 둔이 두 개 이렇게 해나니까, 우리 할머니는 저거허고 우리 어머니는

"우리 아들 내놔라 우리 장선이 내놔라."

막 돌아댕깄어.

[2] 이장네 부부의 죽음

그럭저럭 해 가는게 동짓달 여애셋 날 죽였는디 경찰후원자가 우리 언니 시아버지였어. 신식민이란 사람이 경찰 후원잘 했어. 산에서 내려완. 난 한나 거짓말도 안하고 딱 저 신식민이란 것은 산에서 돌아갔어. 너희는 경찰후원자여 넌 죽인다 허니까 그 사람이 내려와가지고 홍성구라고 헌 사람이 우리 성 시아부지라. 그 사람이 똑똑허니까 경찰에 가서 홍성구를 경찰후원자로 뽑아놓은 거거든.

그 사람은 고서 저 초등학교 오는 길루 우터리에 산에 올라갔어. 그래 우리 성 있을 때 신식민이 못죽이믄 내가 먹는, 약을 먹어서 자살허겠다고 그랬어. 경해 그 사람은 산에 올라가난 살구 우리 오라버니는 죽어서 그때가 보름이 그 동짓달 한 스무 닷새쯤은 됐어. 우리 어머니는 막

"우리 아들 내놔, 내놔."

막 마을을 돌아댕겨. 경해도 산사람도 안 죽이고 경찰도 안 죽이더라고.

경헌디 요 뒤 우리 언니 씨고모 남편네가 고싸 채와 팬 그 옆집이가 성네

집이라, 글루 갔어. 그 사람이 총맞으난. 이리난 못하니까 우리 언니가

"야 조근 년아."

육지말로 작은 년아.

"오라 우리 씨고모 남편네 보러가게."

그리간 이렇게 있었어. 있신디 우리 어머니가 아이고 막창 댕겨가난. 그 이제 그 채단 채단 그기가 집이었어. 아이고 성님, 쉽게 거까 동짓달 스무아흐렌가, 그때가.

"성님와그네 재서 갱국이라고 먹읍서."

그 쉽게난 국이라도 한술 들읍서. 성님 주구 그다현 그뒤간 재서, 영 재섯 밥을 영 먹재나난 추상추상추상 해가난 이젠 그 우리어머니가 나왔어, 신작로에. 저거 일조도로허구 옛날엔 그 차 다니는 데만 높았어. 이젠 막 높여서 차 댕기는 도로가.

경허니까 영 국을 한번 영 떠먹으니까 아이쿠 하는 소리가 나그든. 돌려간 보니까 산에서 와서 하두 이리 공산당이 많이 내려오니까, 보촌막을, 우리가 우리 차 다니는 디 대고 그 거리에서 이제 우리 오가가 저 마을 저 보촌막을 사고 막 함덕까장, 함덕까장 보촌막을 샀어요. 근데 아이코 막 난리가 난 우리 어머니가 확 나가 보니까 그디 보초 사는 사람을 이리 대창으루 찔렀어. 그니까 그 사람은 이제 우리 돌아오는 그 웃녁 집이 우리 언니네 밭이었어. 전봇대에 간 이서불구 산사람들은 경찰루 우리 언니 시아방을 잡어가. 막 대창 철창으루 찔렀어. 그 신작로에 아까 우리 고비 돌려오는디 눕져난 키가 커. 그 대창으루 철창으루 막 찔러노니까 질어, 아주 질어.

경헌디 우리 언니는 시아바지를 모상 아까 이리 들어오는 서쪽 골목이 지네 시집이니깐, 그래 오잰 허구. 우리 어머니허구 다 이리 북촌사람들 거짐, 난 말 안 해요. 이런 사람이나 오믄 말해도 막 노인회장은 나가 번찍하니까 채암 노인회장으로 들어오드니 첨엔 몰라서 지가 말 헐라고 했어요. 경헌디 많이 보니까 현덕선이가 말은 안 혀도 모든 걸 다 아니까 그 노인회장 포기했

어요. 이른 말 허는거. 그 노인회장 말 헌건 일 첫 번 사건 나서 그 말은 안 해났어. 지네 서방님 무신 일 있으니까 육지로 피난갔다가 사삼사건 후에 온 여자여. 그 당골네라, 거가. 당골네.

경해서 인자 우리 언니는 시아바지를 모산 지네 집으로 오구. 아까 우리 들어오는 서쪽 골목에. 우리 어머니는 아이고, 육지말로

"작은 년아 이장네 집이간 진정서 들게 혀."

막 갔어. 막 가는디 우리 어머니가 들어가멍

"아이고 이장님 경찰후원자 죽었습니다. 진정 듭시다."

허연 들어갔거든. 들어간 보니까 저런 저 쇠막이 우리집 대문 저 대문간허구 소막이 있어. 그디 일곱 살 난 애가 있어. 그 밖으네 사정 우리 언니네가 잘 알거든, 이장네.

"어멍아방네, 다 죽였어요."

문을 가서 탁 열어보네. 피가 솔직히 두 가족 죽으니까 이만이나 걸렀어. 이룹게. 그니까 육지말로 작은 년아 요래 고본대기 돌아올 제 웃녁 집이가 친정집이여, 이장 마누라네.

"가그네, 저 어멍이 할아방을 돌아오랑 혀."

"할아방님 읎어. 거시기 딸 죽었수다. 저 이장 마누랑영 이장이 죽었수다."

할 때에 나가 볼 때엔 이장 죽여가난 그 사람이 딸 하나 놔둔 그때가 아들을 뱄드라구. 그 애기가 말달이었어. 그때 당시에 그 사람. 서방 죽여가난 왜 죽이난. 옛날에 창호지, 그 창문이 이런 거 아니여요. 기냥 팍 쏘니까 창을 박박 하믄서 피를 뿜었드라고. 그른디 피가 이 들어가질 못해. 그니까 내가 오다가 고싹 이리 들어오는 웃녁 집에 할아버지 딸 죽었으난 없어. 가보니깐 피가 이만허니까 들어가질 못 혀. 참 나 노망허기 전에 녹음을 해서 이거 법에다 이걸 바쳐야되켠 우리 큰아들보러.

"어머님 경해두 우리한테 말 안 해수까."

저 대학병원에서 퇴근, 퇴근. 저 나 퇴원핸 올 때 그런 말 했어요.

[3] 죽은 마을사람들의 넋을 기리기 위한 굿

경허니까 조근 녇아 집이 가 나막신, 나막신 있어요. 비올 때 신는 나무로 판 거, 높은 거. 그거 가져오라핸 가져가니까 그 어른이 그거 신을 들어서멍 이런 이불로 옷이로 막 뱃겼어, 피를. 뱃겨서 이자 뽈라고 사위를 눕혀놨어. 경해두 그 동네사람은 무서워서 안 왔어. 난 고만이 봐. 징인 내려오믄 막 거짓말루 그 동네 사람이 해가믄 그 동네 헌 사람이 저거 다 거짓말. 그때 무선 어디 배깥에 나오구. 지네가 열 살인데 나와. 아이 우리가 보난 노인회장두 거짓말 했어, 나 앞에서. 그년 한번 나한테 한번 터졌어. 야 너 일곱 살에 너 이장네 죽은 뒤 너가 들어간 봤어? 너 일곱 살에 나오기나 했어? 징인 있어, 사람이. 우리 애새끼가 가서 우리 어머니허고 나하고 가서 했지, 누구. 아이고 이 어멍이, 한번 노인회장 얻어터졌어. 말 못 허는 거지. 눈으로 본 말만 허라구.

경해서 이젠 그디서 허고 이젠 마을 사람들이 막 이 산에, 높은 사람 어멍들이 나왔어. 나와 가지고 이자 우리 언니 시아부지를 관에 들여놔서 옛날은 이 나이롱 줄이 없었어요. 산에서 칡, 칡 끊어다가 그것을 이 줄을 맨들아서 바다에 가서 주워서 우린 다 주워서. 그 관에 딜여놔서 그 끅으로 헌 줄, 요새 나이롱 줄 닮은 걸 딱 묶은디 우리 언니 시아버니 시아버지가 팡 허드니만은 그 줄이 탁 끊어지면서 그 관 관뚜껑이 탁 티잖아. 언니 시아버지는 그기 있응게 우리 언니 시할아버지가 하는 말이, 야, 그때 우리 오라버니 죽은 안에 우리 언니 시할아버지가 경찰후원자 하면서 사돈이면 나가 죽였어. 막 애원을 했거든, 우리 어머니한테. 우리 어머니가 막 울구 돌아댕기난. 경찰 후원자가 막질 못했다는 거지. 민보단을. 나가 죽였어 해가지구 동짓달 보름날 허고 동짓달 스무 이틀 날쯤 죽었을 거여, 그 경찰후원자가. 경허난 우리 성 시할아버지가

"야 사돈네들은 몟 대 외아들두 죽었는디. 너가 이럴 수가 있냐야."

또 관을 줄로 묶었어요. 경헌데 어디 묻으러 가질 못해 산사람이 무사서. 난 산에서 와서 죽여도 좋구 안 무사왔어. 죽여도 돼요. 경해서 인자 해두구 인자 저 집사람허구 무사서 얼릉 이제 우리 고비 돌려오는 디가 사람 안 살았어요. 그 돈아리 가서 그냥 그 동네 가서 얼른 흙, 공동묘지 못 갔어요. 산사람 무서와서.

그도 마을사람들이 산사름 책임자들이 막 와서 당골네가 굿을 했어. 이것은 확실해 이건. 남한 일대는 이거 다 알아야 될 거요. 굿을 허는디 우리 언니 시아버지는 경찰후원잔딘

"나는 모든 거 북촌 것을 다 지고 떠나겠다. 앞으로 북촌 편안허게 허겠다."

당골네가. 그룽게 했어. 이집부터 경찰후원자부터 경찰후원자 가족들은 자기들이 많이 있으니까 경찰후원자부터 질을 치구 말하자믄 이장네 질을 친다는 것은 구신이 와서 사실이 영령헌다는 거여. 질 치는 거. 당골네들 허는 거 알지요? [조사자: 네.] 막 여기 사람 죽으믄 막 몇날 며칠 굿을 해요. 그 당골네가 바른 말 해요. 그렇게 해가지고 잘 알거여 이 추적허러 댕김심.

그 쇠 탁 놓는 그가 쇠여. 그것이 세 개째 부러져. 심방이 허는디. 그 이장 우리 언니네 사는 안거리 이장 허는 말이 북촌을 다 씰어버리겠다고 하는 거야. 미신 나와서 그러는 거야. 이젠 교 믿어, 교를 많이 믿으니까 그거 그런 거 미신이라고 허지요. 미신이라고 허는디 아주 북촌을 씰는디 날짜까정 지정을 허드라고, 당골네가. 섣달 스무, 섣달 열아흐레 날은 북촌을 다 씰어버리겠다. 열아흐레날일 거예요. 요적 사삼. 스무 아흐렌가 열 아흐렐거라. 아주 북촌을 완전 불바다로 맨들, 맨들어 부리겠다고 그 이장이. 막 악이 나서.

경헌데 막 이 마을 산사람 어머니들은 막 서봐달라고 막 절허고 막 혀. 스물 하나니까 확실하거든 내가. 그 인제 설 안 봐주겠다고 혀. 인자 그, 그, 쇠 두개를 놔서 영 놔믄 갈라쳥 엎어치믄 좋구 그짝 사요, 쇠를. 그냥, 바짝. 그서 그 쇠를 세 개, 두 개씩 노믄 세 번씩 꺾어졌어. 그래 당골네 집에 가믄 다 해왔어. 근디 네 개채 안 부러져서 이제 그 굿을 못 쳤어. 못 쳤는디 이자

모을 모을 굿을 하게 됐어. 모을을 잘 되게 해줍서. 근디 아까, 아까 내려가는 디 쪼끔 내려가믄 서쪽 팽나무 밑에서 굿을 했어. 경헌디 그 이장이 나와서 또 그 당골네 보구

"너두 섣달 열 날에는 너두 죽을 거니까 각오해라."

심방이 막 울고 했어. 경허는디 기냥 이제 그 굿을 허구 지났어.

[4] 몰살 당한 북촌마을

지났는디 어 영오시난 빨리 나가 쏴죽여 쏴죽여. 군인들이 들어오잖여. 나 그때 다 이렇게 요 것이 다 이북에서 넘어온 것들이 군인을 했드라고, 맨. 육지간 보니깐 게. 왜 이렇게 혀. 아니 우리 제주 무사 영험수까. 빨리 안오믄 죽여부리까 군인들이. 근디 몰라서 나가보니까 이리 막 불이 그냥 옛날 초가집이니까 학교집 우이로 불붙여오니까 막 불이 붙어오구있어. 우리 학교집이 나갔지. 경헌디 북촌은 죄 없신 사람은 다 죽구 죄 있신 사람만 살아있다 내가 허는 거지. 내가 애기들만 아니믄 그냥 사실대로 막 불어놓고 그냥, 불바다 맨들믄 그냥.

경허니 나가 이제 그때에 아이고 학교집이 걸어가서 이제 오는디말구 욜루 가는 길이 있어. 가만 보니까 북촌사람이 다 가구 잇 학교마당이 교문이 옛날은 저 서쪽 신작로로 냈어. 이제는 이 이 동쪽으로 내있는디 가만 보니까 사람들이 일렬로 다 쪄놨어. 다 쪄노니까 인자 민보단원들 나오라고 민보단원을 막 훈련을 시켜. 경헌디 내가 내중에 육지간 보니까 육지서 똥장군 지던 사람들이 한라산 빨치산, 빨치산 막으러가믄 돈 오십 만원, 그때 돈 오십 만원 커요. 이거 육이오가 이거 몇 년, 칠팔 육, 이십칠 년, 내가 스물한 살 때니까 내가 만이니까. 스물한 살, 허이구 육십육 년, 칠 년이 됐어요.

그때 당시에 나가니까 무조건 다 열루 끄나가믄 다 죽여요. 이 마을로 밭에 와서 죽이다가 이북사람이, 여 우리 동네사람이 부렁청진허던 사람이 왔어.

서방허던 제주도로 여자가. 그 사람이 나는 부령청진왔어요. 허니까 그러믄 자기네 가족을 다 도랑, 저쪽으로 가라 해보니까 벌써 안줄루 가서 넉 줄 쳐 논 너울 밭질로 가서 다 죽였어요. 근데 그 사람네만 애기가 아들 시형제 똘라네도란 이제 다섯 째 새끼가 학교, 이 저 초등학교 특강으로 갔어요.

간디 우리 언니가 허는 말이 손을 들렀어요. 열을 다섯 줄 채 나간디 손을 들믄서 허는 말이, 우린 경찰후원자가족입니다. 그럼 저쪽으로 가라헌디 이것이 이게 우리 아진 열이고 그 다음 열 나가고, 그 다음 열 나가믄 넉 줄만 나가믄 다 나갔어. 열한 줄에서 넉 줄 나가믄 다 가는디, 민보단가족, 민보단가족 나오란 우리가 그쪽으로 나갔어. 그 우리 다음에 갈 사람을 공총 소리난 그냥 그 육지 사람들이 똥장군 지던 사람이 배우도 안헌 사람이 알루 쏴 부렀어.

근디 그 사람이 애길 안났어. 이제는 이런 옷도 있지만은 그때는 광목으루 저고리만 입었어. 하이튼 이래 올라가니까 그 애기가 이래 넘어간 젖 먹구, 저래 넘어간 젖 먹구 막 이래 넘어가. 또 그 이장네 집이 사람 죽어나니깐 헌디 이제 봤드먼 머울, 하인이라 머울, 종이라. 그 사람 그리 가 살게 됐는디 그 사람이 그날 애기 배 맞췄어. 육지 사람이 조선각시라고 헌디. 아 다음 줄에서는 탁탁 티는 거 보니까 욜루 총을 쏴 나갔어. 그니까 이 애기도 안 죽고 이제 가름이 들싹들싹하는 거 아녀. 그니까 민보단원들 보구 저 사람들 한테나 초등학교 저 서쪽으로 던졌어요. 근디 젖 먹은 사람은 직통 일루 맞으니까 그날 죽어부리고. 이것을 산사람이 위에서 나온 말이지, 모을 사람은 무사 몰라. 그 애기 밴 사람은 삼일을 살았대. 욜로만 쏴니까 애기도 살라고 뽈락뽈락허구 사람도 살라고 뽈락. 이것이 우리, 우리 북촌민 아니믄 못가요. 산사람들이 북촌리 다 소각됐다고 허니까 완 본 것이다. 난 이건 본 것인디 그 사람들 입에서 나왔을 것이다, 허는디.

그때 당시 아께 집이 나오라고 한 원인이 있어. 군인을 넘어가시니까 이제 초등학교 우게서 총으로 쏜 군인 두 갤 죽었어. 두 갤 죽을니까 이제 거 이

마을 넘어가믄 거 해수욕장 있잖어요. 그리 가 초등학교가 대대본부가 있었어요. 기냥 그 사람이 군인 두개 죽으난 대대장 보러 겉이 다니구, 젤 높은 사람이랑 겉이 다니구, 차로 군인을 두개 실어난 초등학교 우에 완 조사해노니까, 그 대바구리에 옛날 대바구리 요만허게 짠 거, 밥이 뜨듯한 밥에 마늘지지가 있거든. 이것은 북촌사람의 행동이다. 딴 데 사람이 이케 밥해올 리가 없다. 이건 북촌사람이 공산당이니까 밥을 해다 준거다, 해. 그때부터 군인들이 그냥 완전 서쪽으로 불을 붙였어. 경핸 마지막에 이 또 저 동네가 있어요. 올레곳 가는 길. 그리가 마지막에 붙였어.

경핸 이제 다섯 줄은 이래 오고 두 줄 채는 이제 사삼사건 위령제 지내는 디 갔어. 근디 총소리가 막 타타타타닥 나그난 연대장이 이거 어디서 소리냐. 요새는 군인대장 참모라구 핸 옛날엔 보롱후덕 차라구 했어요. 막 도비해진 차겉이 하니까 찌쁘차라고 헌거, 찌쁘차여. 우리 제주도는 보롱후덕 차라구 허고. 이거 어디서 소리냐니까 군인이 허는 말이

"요 어디 요 오름 뒤에다가 사람 죽이는 소리요."

군인이 이러니까 그 연대장이 그 찌쁘차를 타고 돌아왔어. 근디 죽으러 간 사람을 살려왔어. 이제 사삼사건 위령제 지내믄서 나오라고 오난 외지사람 하나도 몰라. 딱 초등학교 갖다 노니까 우린 스물 하나니까 가만히 보는디 다 이래 모여 앉으믄 죽이지 않을 테니까 연설을 허는디 이제 나보기는 예순 다섯쯤은 봤어. 그 연대장이 젤 높은 사람 할아방인디 젤 크구. 아망 해도 예순 다섯 아니고 옛날은 잘 못나냥 하니까 헌 예순쯤은 나신디 나는 예순 다섯으루 본거여. 경헌디

"죄송합니다. 북촌인민들 죄송합니다. 이제 집이 들어가서 못 살면, 못 살면은 낼은 함덕으로 숢아일 오슈."

이사를 오슈 한 거라. 완 보니까 이 동네 저 철학관네 집 옆에 집 쪼끄만한 집 하나 살았고 또 요 어디 집 하나 살았구나. 그 사람들은 도새기 잡안 친척 간들간 멕이구 그냥 사람은 들어오지두 못해. 그 눈을 맞고 왔어요. 요작이

그 위령제 허는 날은 도샀어. 눈을 맞고 오니까 인자 우리가 가자, 함덕으루 가자. 그니까 아무것도 없지, 다 타부난.

우리 할머니 동생뻘이 작은 년허구 큰 년허구 보내민 지네 집 불란이 붙으니까 이불자릴 주겠다구 했어. 그리가 이부자릴 지구 우리 어머닌 먼저 간디 북촌사람이 하나가 있었어. 북촌사람이 시어간 살믄서 이자 북촌서 다 숆아 함덕으로 숆아를 간디. 그 사램이 이제 해수욕장 허는 그리가 초등학교 넓은 디가 그디 왜목에 사람들은 공산당은 다 아니까 다 뻗으믄 치고 우리 어머니는

"아이고 석도야 거 우리 조근, 작은 년 큰 년은 아람싸여."

우린 내보내구. 우리 시아버지네 우리 큰시어머니네 북촌사람. 요 웃녁집이 사람 다 걸려가는디 우리 시아버지는, 우리 시아버지 우리 시어머니 나는 시집가도 시집을 안사니까, 우리 큰조근시아주방, 우리 막둥이 시아주방 어른 목포간 살다 온대여. 경헌디 우리 둘째 데련님은 그때 줄포 가서 저 지리산 막으러 간 땐디 거 몰랐거든. 넘으 집 살 그때 가니까.

경허구 우리 신랑은 목포 유달산에 간 살 때라. 경헌디 우리 신랑 영하다 보니까 그 지네 집이 그 지네 유달산에 옛날 우유 소를 길렀어요. 목포 유달산에. 그 지네 집에 똥장군 지던 이가

"아저씨."

이렇게 허니까

"아이 큰 애기 어떤 일인가?"

그 집이 머슴이 군인을 왔거든. 오십만 원씩 준대난.

"아이고, 아저씨."

"아이, 어쩌난 아가씨가 이리 왔어?"

유달산에 우유소 질르는 집 막 컸어, 제주도에서. 읍장 했어요, 읍장 허던 사람이 목포로 갔어요.

"아가씨."

아이고, 우리 큰오빤 목포 있구 목포서 이제 사무장이 그것이 우리 큰오빠구 ,우리 줄포 가는디 우리가 가서난 그 사람, 추려낸 사람을 총대가리로 후려서 인자 우리 시아버지는 내보내구. 이 웃녁집인

"나 왜 죽이냐 이놈아, 이놈아."

하난 그 가 그 걸림는 사람이 옛날 초등학교 헐 때에 공불 못허니까 이 웃녁집이 오빠가 공불 잘하니까 걸 좀 무시했던 모냥이라. 그것에서 허구 또 한 사람은 이재훈이 어머니라구 헌 건 그 집 남편은 작은마누라연. 우리 동네서 사는디 이자 저 용선이 각시라 뻗구연 많이 뻗어갔어요, 그때두. 그리 가서 뻗어가낸.

근디 그 사람들을 이제 이 차 댕기는 저 오름 옆에 거 모사리였어요. 죽으러 간데 한 사람은 애기 한난 죽은 척 해난 애기만 총 맞아 엎더지고 한 사람은 소를 파서 그때 돈 삼만 원, 삼만 원을 이 허리에 찼는디 총 다 쏴 갖다 잃어난 탐을 탁 넘재너난 군인들을 고바당 갖다 다 돈도 삼산이 났더라고. 그렇게 해가지고 이자 구별해가지고 또 인자 집단소가 있어. 또 죄 있신 사람 집단소라고 한 건 모여서 그리 가똥, 경찰이. 그렇게 해가지고 이 사삼사건이 그 집단소에 사람은 죄가 덜 나니까 안 죽이고. 그 함덕까장 가서 사삼사건이 이렇게 해서 된다.

이 어린 사람이 노인회장이고 뭐고 넘 걷는 거 들었다고 막 말을 해. 나한테 한 번 당했어. 경해도 나는 이 죽든 사람이라도 좀 살려야겠다. 아 저 서까램이라고 헌디는 우리 헌디가 서까램이여. 일조합이라 헌 데여. 아 이 일조합 할머니가 뭔 말허구 있어. 왜 그 할망이 밥 해가. 산사람은 좀 살릴라고 난. 그룽게 저룽게 나한테 혼났어. 경하니까 그 뒤 몰르는 사람 노인회장한테. 막 질투를 해, 몰른 사람들이. 무신 무시고 뭐검시까 질투를 해. 그 당골네두 저 노인회장한테 맽겨. 그것이 당골네여. 거시기 요집에 살믄 못 살안 우리 집이 밥 먹은 큰 아이들이라. 그서 사삼사건이 이것이 사삼사건인디.

시방 나가 화가 나는 건 이게 이 골목만 아홉 가우여. 아홉 가운디 애기

없신 사람이라. 다 죽은 것이. 우리 오빠네두 민보단으로 죽구 헌디 막 조사가 났어. 소가, 저 소막이 소가 네 마리였어요. 경허구 우리 아부지 일본댕기믄 막 그릇을 내와가꼬 이집이 그냥 누를 막 서숙대 보릿대 해논 놈 막 집이 다 타부렀어, 초가집이는. 아무것도 없어. 수저 하나도 없어.

경헌디 이적 올러간 사람은 죄신 사람만 다 올러가고 이 이리 원욱이 할아방 이장 가치 할아방도 또 그다음에 보은이 할아방도 그 다음에 이 골목에 춘보할아방도 그렇구, 신태할아방도 애기들 업신 사람이라. 또 이제 정욱이 할아방도 죄없구 우리 오라방도 죄없구 또 요 앞집이두 홀아방만 두개 사는 집이 있구. 저 노인회장 고런 집이두 죄 없어. 못 살아부난 산에 뽑아가두 안혀. 그 뒤 그 뒤 둘짜, 저 동생이 우리 오빠네강 스물네 명이 죽었어.

근디 아홉 가운디 죄 있신 사람 하나두 안 죽구 이제 산사람 죄가, 오늘 노인회장 하시길래 아니 사삼회장하지 그래. 야 너네 알고난 이걸 하느냐 왜, 아 그때 보증이 둘이만 맞으믄 우리 오빠는 부모 아니라고 안 올려준 거지. 우리 오빠 두개에 우리 동생 하나에 조카네 ,꼬치달린 거만 다섯이 죽어두 이 재산해두 양재를 돌았어, 우리가. 나는 친정가 안 오겠다해. 양재를 돈디 아 작년 재재작년이 야 너네 올려놨었어. 올리러가는 양재 안 올려준디 우리는 이 집이 재산이 막 하고 소가 다섯 마리카고 우리 형제간들 다 죽어도 하나도 아닌데, 오늘 노인회장한데 아 그때 둘이 동네사람이 보증하는 사람, 이제 우리 동네 보증해줄 사람이 나꺼정 세 개 백인 없어 이 구역엔. 경해서 나 노인회장 찾어 가거낸 너네들 사삼사건이나 어떤 동네 한 사람쓱 뽑아간 사람 왜 죽이나 알고나 거들거리나 허잰, 이젠. 이 사삼사건 덕분에 막 머리가 아파요. 경헌디 그 고싸 또 한 사람은 일만 허고 이런 단체에도 잘 안 돌아다니고 안 댕김서 넘이 허는 말, 허기 싫어 죽는 말만 알지 이것을 세밀히 몰라요.

[5] 언니와 정읍과 광주를 거쳐 제주도로 돌아오다

그렇게 해가지고 살지 못하니까 인자 전라북도 정읍군 고봉면 칠정리를 갈 건디 전라북도 신탱 간다했어. 고생을 말도 못했어. 그래서 우리 언니허고 인자 여기서 오징어를 줍고 정각허고 메누리 막 줍고 해서 우리 성은 한 층을 지고 백 근을 지고 난 다섯, 오십 근을 졌어. 아이고 전라북도 이 사람 이저 뭣이 알아주끄나. 그 나가래요. 그 도독놈인 줄 깡팬 줄 몰랐그든. 거 그 사람이 돌아가자나 우리 언니가 막 잡아 댕겨. 나는 스물 하나도 우리 성은 스물 셋이니까. 그니까 파출소로 막 데려가. 파출소를 왜 갔나. 우리언니는 왜 그 사람 할아버지네 집 가르쳐주게 어디간 보니까 도독놈이더라구, 깡패 도독놈. 그래서 파출소에서 이제 그기서 왔다가 잘못 왔다고. 왜, 정읍군 정읍군 칠정면을 갈건디 신택을 왔냐, 이거야.

근디 인자 그도 도둑놈 필할려구 우리 성은 헌층 지구 난 오십 근을 졌잖아. 그 도리가 어느 한강도린지 몰라. 기차가 넘어가믄 그냥 그리 틀어져 죽을 거라. 목랑이 요만치쓱 놔서 기차 그 거시기를 놨드라고. 그리 넘어가믄 막 울어내. 인제 태, 태 밖이 누웠어, 나가. 울어. 그럼 그냥 그 밑에 사람들은 어디 각시들이. 우리 어디 댕기냐고 하믄 알아요, 육지 말이난. 막 나는, 우리 언니가 제주돈디 정읍을 내려얀디 신택을 내렸어난. 어딜 왔어난 일루가라난. 당신 운 좋았다구. 기차면 기냥 그 한강다리 담은 데 틀어지믄 죽어분다고. 그러믄 우리영 가서 우리영 가서 인자 한림사람, 제주도 한림사람이 그기 산다고 혀.

이젠 가니까 삼례가서 저 정각도 팔고 메루치도 팔고 오징어는 안 팔았어. 팔고 이젠 그기서 거는 난 아침부터 저녁까장 굶으니까 그 쌀밥 해노니까 좁쌀 보리 한 말 먹은 서숙, 보니까 막 먹어, 우리 언니는. 근데 그냥 나는 먹지 않앴어. 그 집이서 북촌사람을 안내해주드라고. 그 북촌 사람넨 집이 가난 너네 누구냐넨. 우리 영영연에 저 이 동네 보고 삼조합이라고 하는데 그때 내뻴래. 내뻴래. 아이고 선서방 동지들이구나. 그 할아방이 저 오름닮은 데 반은, 반은 아리켜줬어. 반은 아리켜. 그래 이제 우리 할머니 오빠네 집에 갔어. 그디 간 살려고 하니까 뭔 물을 이어봤어. 이제 물동이 아니지. 육지서 물동이 질라고 하믄 일어서고 질라고 하믄 저래지고. 그 뒤로 살려고 하니까 논에 새다 흘리고 밭 메러 가고.

그래서 인제 안되겠다. 우리 언니 고치를 백오십 근을 받았어. 제주도 가자 영. 완 보니까 목포 탈옥사건이 났어. 뱃질,이 막아졌어. 고칠 보니까 그 옛날에 칭저울이 끄터리가 쇠 박었어. 우리 몰르구 영 들르니까 쇠 박은디 그 끄터리에 쇠 박아부니까 오십 근이 들어가분거라. 그 우리 성은 막 그냥 또 고봉면 칠정리를 갔어. 아이구 끄터리 쇠박아 속였다구. 그서 그땐 내가 막 우니까.

그때는 그리 전라남도 광주가 젤 방직이 크다고 하드라구, 광목 짜는 방직이. 글루 가는 여자가 있었어. 나는 이자 그때에 제주도 올라고 해서 못 오니까, 탈옥사건 나서 못 오니까 난 제주도 안가고 우리 신랑한테 오난 마누라 어떵헝 살꺼난. 월급 타 마누라 도라강. 여 우리 언니가 그러믄 전남방직에 추석세러 온 사람한테 붙였어. 경해서 그 전남방직이 젤 대한민구에서 커요. 그길 가서 보름을 그 실 떼는 거 베 짜는 걸 배웠는데 나는 일주일에 다 배웠어. 기계를 열두 대를 주더라구. 죽어도 못하겄어. 제주도로 연락을 했어. 그 우리 할머니가 왜 우리 손질 하냐고. 완 보니까 이런 밭을 맬라고 하니까 더웁고 안 되거든. 또 갔어. 또 가서 광목, 그때에 내가 광목을 잘 짜니까 세통을 주게 됐어. 그거깐 그때 허고.

그리서 살다가 어느 날은 영 보니까 밥을 먹으러 식당을 갔는디 두성두성 사람이 없어. 사람이 다 달아나. 전남방직이 그 안에 있어. 눈앞이 영 보니까 우리 군인이 아니여. 나도 똑똑은 했어. 저거 저거 아이고 이북서 내려왔네. 군인 차 타고. 그때 내가 삼, 난 말 안 혀. 이거 참 참말이여. 그때 그냥 다 내불고 놔두고 이불 포대기만 이녕 막 뛰었어. 뛰내려가니까 북촌사람이, 광주 형무소에 간 사람들이 그 형무소 쇳대 가진 사람이 어떻게 도망을 했어. 이북서 내려오니까. 그 사람들이 이 작대를 밀어오니까 형무소 문을 여니까 그 사람들이 내려완 인민공화국 만세하믄서, 이 북촌사람한텐 이런 말 하나투 안 해. 짐차에 올랐드라구, 도락구에. 난 보따리 이구영 인자 아이아이 어떡헌단 그랬지. 거시기 방직에 왔단 영 저 이 섞어 나왔수다난 어디 가는기야. 목포 걸어감선. 광주서 목포를 어떻게 걸어요. 못 걸어간대.

갈에는 인젠 저 함덕 사람네 집일 주연을 못천 내가 이젠 또 방직에 왔어. 옷을, 옷을. 고치짝 인잔 옷 넣는 고리짝 이영 가누려나난 그때 당시에 광주거 짜믄 직전이었어요. 이제사 보니까 전남대학 마당이드라고. 간 보니깐 북촌사람들이 징역 갔던 사람들이 그 마당에 왔드라고. 이거 벨일이여. 고리짝에 옷을 놓고 잉여놓는디 기냥 이북군인들 내쫓을라고 뱅기가 삼십 대 올러가믄 삼십 대가 내려오믄 폭파 때리구 막 쳐. 도리 아래 들어간 한번은 살구. 가단 또 폭파 때리니깐 육지서 이런 부엌이 영 솥 걸어서 허는 부엌이 있드라고. 그 속들이에 대가리 물려난 한번 살구. 그 방직에서 시내로 나올 때 세번을 내렸어. 한번은 막 폭파헐땅 뭐 어디 사람이 막 몰라서 대한민국에서 막 아주 쳐낸거라. 그런디 옆에 사람 이런, 요런 카바돌아간 데 폭포지녀난 그 사람이 죽었어. 그서 나와서 이젠 가다보난 인민군한테 잽혔어. 나 글만 알믄 이거 일기 써놨시믄 정말로. 그디서 영 보니까 이층에 땅끄부대 잽혔어. 이북 땅끄부대에. 땅끄부대 땅끄부대. 땅끄.

근데 아래서 내가 그때 우리 형부가 왜정시대 군인 갈 때 그 히노마루끼가 있어, 일본 기. 그것이 불난 타서 어떵헝 그 포대기 남았냐믄 거 뒤에 간디. 아래서 허는 말이 저사람 저 거시기 반동분자요. 그래서 난 그 이북군인들이 이 기는 어디서 나왔소 허니까 이 기는 우리 형부가 군인 갈 때에 왜정시대 군인 갈 때에 불타 하난 남아난 가주왔다난 이제 거기서 맞대낸 이젠. 그기서 이 한라산 헌 말을 전부 말하니까 그 사람들이 알거든. 내가 여기서 어떵 빠져나가느냐. 그날 밤에 먹을 것을 먹지두 못하구 나 저 일가친척 집에 간 옷을 나서난 동무킹 겉이 가서 놔주드라고. 그때 도망쳐서 인자 또 제주도로 왔어요. 나 이거 저 일기로 써두 이룽게 다 몰라. 이거 어떵 육지사 와서난 나 이거 간단하게 했어.

[6] 십남매 중에 삼남매를 잃은 내력

근디 우리 요 큰아들허고 서울대를 합격했어요.(화자 기침) 그때 하숙비가 백만 원이라구. 전남으로 내려왔어. 저 우리 집이 일본서난 해방된 열일곱 나는 해에 제주도로 왔어요. 아무 것도 몰라. 일본서 중학 나와서 중고 수학 선생이었어요. 근데 심장마비 얼릉 돌아가셨어요.

그래서 내가 십년 애기 열 개 났어. 우리집 아방은 아무튼 오십 날꺼정 꼼딱 말아라. 이 매독이 다 애기 나믄 다 물러지니까. 이룽게 보니까 바당 미역을, 미역, 미역을 큰, 주로 돈이었어요, 바당에서. 두렁바가지 이고 물에 들어갔어. 그땐 고무 옷도 없었어요. 빤스 하나만 입어. 가니까 그리 사람들, 김녕 사람들이 아이고 저사람 어제 애기 밴 사람 어째 물에 들어와난. 어제 애기 뱄는디. 아이 놔두고 갔지. 건디 고무 옷도 안 입을 때는 빤스 하나만 입어난 어디가 제일 후지냐면 강아루 물 들어가는 애기 아자난 자리에 그 썩썩한 물 들어가 그것빽인 안하드라고.

그렇게 해서 아방은 죽어부리고 저 경핸 애긴 십 남매 난디 죽어부리고. 아들 하나는 이자 산에 가서 흙을 해와서 간대기라고 맨들어 풍어. 애기 업엉 가서 머리엔 흙이고 막 내려오는디 자르륵허게 오름에서 자빠지니까 애기 뒷대가리가 터져서 죽어부렀어. 첫 번 아들이.

그러고 또 네 번째 아들은 어떻게 했냐. 막 놔두고 이 집에서 유챌 심는 때가 왔어. 오늘 애기 나고 뒷날. 유채나물 이제 막 육지루 많이 나가요. 걸 심으러 가믄 나는 것두 몰르고 뱃두룽을 이룽게 봤어. 배꼽이 어떤 데냐 파상풍 걸린 줄 몰랐어. 거 죽어버리고.

딸 하나는 감자 빽대기, 그 감자 빽대리 말른 것이 있어요. 저 감저 삶아가지고 이자 썰엉 말린 거 그걸 손에 쥥겨주고 밭에 갖다노믄 그거 약에 걸어진 줄 몰랑 딸이 죽어불고.

삼 남매가 죽고 칠 남매가 남았어. 칠 남매가 남았는디 저 해신리가 십 리여. 이리서 십 리여. 거리 중고등학교가 있었어. 하이튼 오늘 저녁에 낼 열시에 비 온다 그러믄 그것들 도랑강 막 밭에가 오리가 그냥 막 오리쯤 된데가 막 유챌 가져오믄 난 요만헌 덕석에서 막 찌푸라그로 한 데서 부비고 막 던졌어.

경헌디 아들들보고 아부지 없지만은 너네가 공부만 잘 해노믄 살고 공부 잘하믄 내가 물질해가지구 중고등학교까장은 시키겠다고 헌 것이 검지를 안 먹였다고 해서 이것들이 다 서울 간 합격을 해놨어요. 근디 서울대학을 요거 큰아들하고 둘째 딸들을 시킬라고 하숙비가 백만 원 들어부렀어. 인자 그 전남으로 나가니까 내려오니까 그도 오십만 원이라. 경해서 큰아들은 전남대 화공과 나오고 이거는 건축과 나왔어요. 두 번 채 아들. 그렇게 멀쩡했어. 또 이제 남은 놈들이 다 이제 서울로 간 학교로.

나는 살아요. 근디 이 손이 저렸어. 서울 가고 허리 아프난 할망 허리는 곧이를 못 허고 손두 스물네 시간에 헌 시간만 놀았지. 왜 한 시간이냐믄 저리 보릿대루 보리쌀, 보리 볶아놨다가 서숙대를 엎어요. 그때 한 시간만 놀았지 밤낮을 일했어요. 그서 우리 며느리, 육지며느리 우리한테 깜빡해요, 나한테. 우리 어머니는 이룹게 고생해서 우리를 출세를 시켰다.

근디 요짝 다섯 번째 놈이 화공과 나왔어. 요 다섯 번채 놈이 화공과 나와서 뭣을 했냐믄 중국꺼정 가봤어요. 한국타이어 검사원이여. 근디 이건 월급 못 먹겠다. 제주도 들어왔어요. 요 다섯 채 놈이. 서귀포 가 양어장 허는 걸 배웠어, 일 년 동안. 경해서 내가 오천 평을 사놨어. 북촌 다 사람 죽어논 바닷가 밭을 오천 평인디 넘은 십오만 원 줬는디 나는 이십오만 원을 줘 샀거든. 근디 육지사람 들어완 양어장 허자낸 그때 당시에 이십만 원 준 것이 팽당 구만, 구만 원쓱을 주겠다 하는 거 아냐. 근디 아들 두개가 양어장 할커다

그서 애기들이 전부 들어와라 나 산 땅이다. 나는 시집이 건 수저 하나도 안 물렸다 하니까 그때 다른 아들은 안 들어오고 저 딸하고 요 다섯 번째 아들하고 요 두 번 째 아들이 양어장을 해서 잘 됐어요, 잘 됐어. 넘으 월급보다는 돈이 하영.

경허니까 이 육지 사람들이 좋아. 제주도는 왜 남자한테 권리를 안주느냐. 여자들이 다 해서 버시니까 남자는 꼼짝 못 혀. 경헌디 이 여자들이 세여. 여자들이 제주도. 근디 우리 메누리들은 육지, 메누리라. 참 우리 다섯 채 메누리 저 방에 와 살적에 밭에 가서 일을 허고 있으믄 이런 시어머니가, 어떵헌 일 허는 시어머니랑 살꼬. 이룽게 자기가 살아보니까 우리 시어머니가 밤이고 낮이고 일을 해서 이 칠 남매를 육지대학 시켰구나, 해서 메누리가 깜딱깜딱해. 경이루 서울 들어가지 인천 들어가지 인자 저 신제주 들어가지 못살아. 이리서만 살아. 난 이 집이서 죽고 나가겠다구.

[조사자: 할머니는 혼자되신 거는 몇 살에 혼자 되셨어요?] 예순. [조사자: 할머니 예순에 혼자 되셨어요?] [조사자: 육이오 전쟁 때는 할머니가 제주도에 안계셨네요?] 육이오전쟁 때 광주에 있었지. [조사자: 광주에 계셨어요?] 응. [조사자: 그럼 광주서는 물질을 하셨어요? 거기서도?] 그때는 물질 안허고 광주방직엘 갔지요. [조사자: 아 광주방직에서 일을 하셨어요?] 응. [조사자: 그럼 그때 인민군들 만나고 그랬던 이야기.] 으. 그거. 전부 해주고 있어요. 난 이거 하나토 거짓말도 아니고 더 보태지도 안 해요. 이거 육지서 왔제난 다 골아줌주 미국서도 오구 양어장에 있으믄 일본서도 와요. 근디 젊은 때는 말을 잘 헌디 이젠 힘이 없어서. [조사자: 아유 지금도 힘이 좋으시고.]

제주도라 치믄 내가 이룽게 세밀하게 안골아요. 이것은 대한민국 다 이거 이거 다 내놔도 돼요. 현덕선이 잘못했다고 총살해도 난 이 자리에서 죽어도 원 아니여요. 나는 틀린 말은 안 해. 그니까 날 몰랐다고들 노인당에서 보니까 철학관이 전부 하이튼 두 달 동안이 들어서 사삼 책을 만들었어, 이제. [조사자: 그 책이 있어요? 지금 할머니가 가지고 계셔요?] 아니 우린 안주고. 철학관이 돈 받으멍 팔잖아요. [조사자: 팔아? 그럼 할머니 얘기를 팔면 할머니한테 주는 게 없어요?] 아니 나가 했다고 아니고 나한테 들은 지가 소설같이 글을 쓰니까, 자기가 한다고. [조사자: 그래도 할머니 이야긴데.] 나는 그런 거 절대 아니여. [조사자: 그럼 그 철학관 가야 할머니 이야기를?] 다 써놔. 사삼사건 말은 초등학교 나만 돌아가다가 이젠 나한테 다 들어노니까 다 알드라. 지가 강해 이 철학관. 요 동네 사람이다. 그때 그 사람이 열한 살이었어요.

[7] 학살현장에서 살아온 사람

올린 사람들은 조끔이라도 죄 있신 사람들은 다 올리구. 죄 있신 사람은 다 죽으니까 손자들이 없으니까 제사하는디 제주가 하나도 못 가. 그래서 나가 이번 사삼회장보고 니가 뭣 알아서 니가 사삼, 야 나 사삼 저 거시기 올린 부애나서 안 갔다고. 왜 우리 오빠 재산 양재도 안주구, 우리. 아 누님 사민 보징이나 헐까 이룽게 허드라고. 아 근딘 죄 있신 사람들은 손수림까정 다 올렸다고 하는 기야. 이거 사람이 살 거야.

[조사자: 할머니 그 스물네 명 중에 한분은 어떻게 살아나셨어요? 죽었는지 살았는지 확인을 했을 거 아니예요?] 그거 알지 내가. 이렇게 이것은 성 신랑이고 요것은 동생 신랑이라. 그른디 성은 이렇게 왔고 동생 신랑은 이렇게 왔는디 총을 탁 쏘니까, 그 사람이 보니까 이집이라 이집, 요 앞집. 탁 총을 맞으니까 그 사람이 그 동생 신랑 우에가 엎어지니까 그 사람이 워낙 일본 댕기멍 유도 배운 사람이여. 똑똑헌잖아. 그래 지도 기냥 이 동새가 우터리에 쓰러지니까 죽은 척 핸 탁 엎뎌졌는디 암해도 꿈틀거렸던 모양이야. 죽어두 개 가슴이 탕탕해. 그래 총을 탕 쏘니까 일루 이래 총이 나갔어. 그래서 까딱을 못했어, 그 사람이. 이상양이라구, 그 사람.

그 사람네 경 죄 없이 죽어두 손민섭이난 무효가 되잖아. 제소허는 건 성아들이 해두 올리지도 안허고. 시방 난 글만 알아제 지금 그냥 책을 한 스무 권에, 사삼사건을 너네 알고 이 사삼사건. 이제 이리 완 죽은 사람이 다 이북 군인이라. 이북서 넘어완 순경들 군인들 다 죽은 사람이야. 나 오늘두 그랬어. 야, 사삼회장보러. 이 순경이 제주간 죽은 사람이 제주도 사람이고 군인이 제주사람, 제주도 다 없엉. 씰어부려, 씰어부려야 된다고. 나 그렇게 했어.

[조사자: 그럼 그 살아오신 분은 거기서 죽은 척을 하셨어요?] 영현, 영현 있신대 일인 아시 신랑이 커. 성 신랑이 요리 아재만 이 사람이 총 탁 맞아 엎어지니까 탁 엎은디 다리를 옆에서 꿈작거리는 걸 총을 쏴부린 거라. 다리, 다리만 맞았어. 경허구 그 동북가서 보니까 다다다다다 총 쏘다 헌 십 분, 십오 분이 지난 펑펑 쑥 들어간디 그 사람이 이제 제주대학에서 못 찾아두 내가 말 안 해줘. 허는 것들이 사삼이 얄미우니까 말 안 해줘.

그 아이는 어디 따이곤 허믄 이건 삼동이고 저 우리 삼동 끄터리 저 바닷가 집이 살아. 경헌디 그 총각이었어. 그 아이가 열일곱 살이었어. 총을 안 맞으니까 군인 가분 줄 알고 다다다담 담뱃이를 다 복병을 이신디 몰라가지고 살아나잰. 담에 주륵헌디 이 새끼 살았다 풍풍 쏴 부니까 그거 담에서 죽어서 그 사람 몰르구 있어, 제주도 사삼사건에서. 내가 말 안 해줘. 이 북촌 것들 허는 거 미우니깐. 이거 내가 물어봐서 어디서 왔어, 육제서 왔제난 세밀히 말해주지. 미국서 일본서 다 와. 북촌사실을 모르니까, 현덕선이한테. 경해서 현덕선이 듣는 말 다 철학관이고 무시기고 나한테 들을 때에 나만 이기서 들으믄 하지만 나 가게에 가 있으민 꼭 하룻 밤에 한번씩 들은 그 일기를 그 막 써놨어. 책으로 난 사삼사건 책으로 만들어서 판다고 하드라고.

[조사자: 스물네 명이 다 남자 분들이었어요?] 남자, 남자. 아 민보단이니까 다 남자지. 그러니까 이것들을 죽여야 산사람들이 자수한다. 빨치산들이 자수한다. 자수를 혀. 안하지. [조사자: 민보단 스물네 명을 경찰들이 데려가서 그렇게 해요?] 경찰, 아니 경찰에서 뽑아논디 군인이 데려간, 군인이 데견가. 그니까 내가 말허잖아. 나 글 모르니까 너네 아버지들 죽은 사람이 말 허는 대로 글 써라. 글을 쓰믄 내가 대통령 앞에 가서 건의를 허겠다. 왜 대한민국

에서 민보단을 뽑아놓고 민보단을 죽였느냐. 이것은 나는 동생이라 돈만 주믄 너네 아버지 두 형제쓱 죽은 사람 이건 나라에 연금으로 타야된다. 왜 나라에서 민보단 뽑아놓고 산사람 조사한다고 민보단 왜 죽였느냐 해도 이것들이 어리니께는 한 살 두 살이나 고골 몰라. 이제 그냥 묵인 스물네 명은 유공자로 쳐서 돈을 받아야 돼, 나라에서. 왜 민보단 뽑아놓고 또 나라에서 군인이 죽였냐 하는 거야, 나는. 근데 내가 그 스물네 명 가족에서 좀 선생허고 하는 걸 골아도 것들은 한 두 살 세 살 골 모르니까 그냥 내비린다고. 저런 멍청한 것들이 있나. 내가 정말로 한글을 배와서 내가 막 사삼사건 책 쓰잔해루 잊어버리길만 하지 기억이 없어. 이 기억이 언제부터는 기억이 있냐면 팔십 다섯까장은 기억 있구 팔십 다섯 넘으니까 좀 기억이 좀. 잊어버려 내가. 왜 이렇게 잊어부냐. 나 그렇게 혀. 이거 제주도 사람 같으믄 잘 안골아주잰 헌디 어디서 왔소 허니까 육지서 왔대난 이거 하나하나 세밀히 골아줬지.

[조사자: 할머니 북촌에서 서북청년단들이 들어왔잖아요?] 서북청년단에 순경에 막 들어와서 여기서 이제 우리 양어장허는 데서 산폭도 내려완 질에서 군인을 죽였어. 군인을 죽여서 그디다 묻었단, 이제 어서 졌어. 비석도 없고 무덤도 없어. 여기서 오리쯤 간 양새서 세 군데서 산에서 복병했다가 군인 넘어가는 걸 죽였어. 북촌은 싹 죽어 부러야 돼. 안 좋아. 나도 죽고. 미와.

경해도 이제 큰소리 허는 사람은 다 산 쪽에서 쪼금이라도 붙은 사람이거든. 죄신 사람은 겁대가리 몰란 기냥 이리 있시난 나와불란 죽어불고 산에서 못사니까 자기네 가족들은 산에 데려갔다가 내려오니까 다 살았잖아. 우리나라 고르지 못허고 사삼사건 주장하는 사람들도 다 자신이 월급 타 먹을라구 하지. 나라 바로 세울라고는 안혀. 난 경혀. 요 근래두 왔어.

여기 와서 서북청년 죽은 거구 순경들 죽은 거구 것이 다 이북사람이지 제주도 사람이 제주도서 살았다믄, 그 가족들이 나상 살지도 못하게 굴 거여. 순경가족들이. 이 새끼들 제주도놈들 폭도새끼라고. 폭도라고 했어요, 빨치산보고. 육지산가 빨치산이지. 그땐 또 산사람 말 안 들으믄 막 밤이 와서 죽여부러. 또 산사람 말 안 들으믄.

[조사자: 그럼 서북청년단들이 얼마나 있었어요?] 에? [조사자: 얼마동안 있었어요? 마을에, 서북청년단들이?] 서북청년단들이 와서 첫 번은 오광구부대가 와서 너무 강력해서 제주도를 막아냈지. 무조건 산에서 본 사람 무조건 총으로 쏴 부렀어. 농사 지러두 못가. 그난 죄신 사람 고사리 꺾으러 갔단도 죄 없신 사람이 죽었단 말이여. 왜냐믄 여기서 오리쯤을 올라가. 그러믄 이것이 소나무 있신 데라. 옛날엔 소나무가 없었어. 소나무가 막 질, 땔거 심으래두. 그믄 이리가 담을 둘러요 빙하게 둘러가지고, 인자 소나문 가운데 하나 세워 놓고. 그, 그 소나무 우로 뭣을 놓냐믄 나무를 짤라 톡톡 세워놔. 이만 빙허니 둘러놓고 아지트라고 혀. 거 공산당들 곰는, 고 아지트라고 혀. 그믄 그 나물 비어서 덖어놔가지구 그 우터리에 퇴를 올려요. 퇴를 올리믄 이건 공산당 곰은지 몰라요. 그러고 요만이만 담 터요. 요 사름 하나 구멍 들어갈 만이. 구먹을 내. 그럼 쏙 들어가서 안으로 나아요. 그럼 공산당 곰은지 몰라.

오늘도 뭐해, 내가 너네 뭐 공산당 지하실은 너네가 아냐. 지죽거려. 난 노인당에 말을 안 해. 그니까 저것들이 몰르니까, 오늘 쑤군쑤군거리지. 지네가 알믄 지네가 말허겠다고 허지. 난 그것 디서 말하기도 싫었어. 처음에 나가 여정 아장 여기서 전화 와서 여기서 조용히 말해야 되겠다 생각했어요. 이거 무신 나 돈사 받아먹음서 막 질투가 이런 말, 돈 받아 먹음시까부네. 나는 이때두 받은 거두 일본사람이 와서 뭣을 줬냐믄 일본커피가 뭐 물 담은 거 그거 주구 손수건 하나 준거 백인 없는디 나가 아팡 병원에 가보니까 요 동네대가 거근 시계를 하나 타왔다고 하드라고. 난 이때두룩 절대 사삼사건 말 고란 뭐 먹어본 적 없어, 절대. 경헌디 사삼사건 말고는 돈이나 많이 주는가 해가지고 저 사람들이 이제 이리 오니까 현덕선이 돈이나 받고 한다고 이제 의심을 사고 있어. 그런 일 없어. 그런 일 있으믄 자기가 사회에 나가서 바른 말 못헌다고, 사회에서.

이거 옛날 겉으믄 아직 시간 있어. 밭에 가서 일을 허나. 비가 오구 눈이

오구 밭에 가서 일을 해야 돼요. 이거 일두 못허고 이젠 늙은이가 되노난 어디 가도 오도 못허고 있제. 눈이 오고 비가 오고 밭에 강 일을 해야 돼. 뭐 옛날 장갑이 있어, 그양, 맨손에가.

[8] 거름 속에서 은신한 오빠

[조사자: 오빠가 칠 개월 동안 숨어 지내셨잖아요?] 그거 누구 들어오는 디, 저 돌 매다는 디. 막을 이룽게 지서요. 그러믄 돼지 걸름을 해서 몰라요. 또 소 걸름 해서 몰라. 그러믄 소 걸름 돼 지걸름을 그 막 속에 대매놓거든. 것이 그기서 좀 터요. 이 걸름으루 안있구 곰생이를 펴. 근디 그 속에 낭바쳐가지고 인자 그 안에 들어가 칠 개월 동안 놀 때 그 안에 들어가서 이룽게 이자 이렇게 걸름으로 이자 구먹을 깍깍 막아. 그러믄 토벌대가 와도 그리 곰은지 모르제.

[조사자: 그럼 먹는 거는?] 먹는 것은 그 사람들이 낮에만 토벌오지 그러면 저녁때 먹고 그 사람이 오는 시간에는 그 걸름 속에, 소걸름 속에 누가 돼지 걸름 속에 담은주 알아.

[조사자: 근데 오빠가 어떻게 잡혀갔어요?] 민보단으로 뽑아노니까 민보단으로 와서 훈련받으라했겠지만. 그러니까 스물네 명 스물일곱 명이 나가지 않았어. [조사자: 그럼 스물일곱 명이 나갔는데?] 세 사람은 함덕서 친척들이 떼여놓고. [조사자: 그 세 사람, 아까 마차에서 만난 세 사람은 나오고?] 나오고. [조사자: 하나는 살아서 돌아오고?] 저 우리 오빠네도 함덕 현가가 많으니까 심어가는 날 골았심 떼어낼 거라. 너무 억울해. [조사자: 그렇죠.] 너무 억울해. 이제 여그만 아홉 가우라, 요 골목에. 죄 없신 사람 죽어놓고 이집들이 다 비어있어.

[조사자: 그럼 오빠 제삿날이 어떻게 돼요, 음력으로?] 동짓달 보름 날이래믄 십일월 십오일. [조사자: 십일월 십오일. 그럼 스물 세가구가 다?] 다. 여기 없

어. 여기 있신 사람 다섯 사람뱃이 없어. 다 시로 가구 육지로 가구. [조사자: 그래도 어쨌던 그때 사셨던, 기일은 다 똑같네?] 다 똑같으지. 동짓달 보름날이믄 아주 이 북촌이 물, 눈물루 물바다가 된 거라. 젤 첨 죽었으니까. 이제 사람은 몰라. 그 현실을 안보므는 절대 몰르는 거라.

[9] 함덕으로 간 피난

[조사자: 할머니 그때 그 연대장이 사람들 살려나왔다고 아까 얘기하셨잖아요?] 이 넘어간 그 해수욕장이라고 한데서 연대본부가 있었거든. 그 사람이 참. [조사자: 그 연대장 이름을 아세요?] 몰르고 그땐 기냥 초등학교 강단에 올라선 선생이 연설하는 데 올라선 연설하는 데 가본디 나 생각으론 이 사람으론 육십오 세를 봤는데 육십 세는 돼있을 거다, 그 사람.

[조사자: 그 사람이 어떻게 살려나왔을까요?] 아니 이 오름 너매서 하두 총소리가 나거낭 군인들 보고 이 총소리는 어디서 나냐난 이 산 너머에서 군인이 두 사람 죽으니까 군인들이 다 죽여부렸자난. 이리꺼정 다 불붙든 후에 사름이 반절 죽은 후에야, 그것이 옛날에 찌프차라고 허구 군인 타는 차. 또 이촌 할망들은 몰랑. 보릉구덕 이리서 대바구리, 대바구니에 이자 한 쏠랑맹걸험 걸 볼라 종이루. 그곳이 보릉구덕했어. 그 찌프차가 그 보릉구덕차 보릉구덕차, 그 찌프차가 탁 오드니만은 딱 들어오거든. 우린 이신디. 그러믄서 그 어른이 군복 입은 양 그 선생 올라서 연설허는 디가 없어. 그 학교에. 초등학교 고 초등학교 있어. 이런 우에 올라선 연설허는. 그리가 올라선

"저는 연대장입니다. 이게 일찍 알았음 북촌어른들 많이 살릴 건데…"

하도 총소리가 나서 무슨 일이냐니까 요 산 너머에서 군인 두 개나 죽어나가니까 그 연대장한테 안 골아. 그 밑에 놈들만 온 거지. 경해서 밑에 놈들이 와서 죽어난 군인을 찾아보니까 아무것도 없어진 데여. 밥이 막, 그 군인들이 먹다난 돌아난 거라 산에 있을 뜩에. 경해부난 북촌사람이 틀림없다. 경해서

그때부터 나가자믄 쏴 죽인다 쏴 죽인다.학교 동네부텀 불 붙연 이것은. 동쪽이라 이건, 절루 동쪽이여. 마지막에 우리 택에로 들어왔거든, 우리 동네를.

[조사자: 그러면 그 연대장이 함덕으로 피난 나가서 살 수 있는 장소를 마련해 줬어요?] 연설내려가믄서

"여러분들 집에 돌아가믄 집도 없고 쌀도 없구 못 살믄 내일은 함덕으루 피난을 오쇼."

그룽게 연설을 해서 가니까 기냥 여 북촌 산 사람들은 막 가고 저 여기서 십리 오린 간 데 사람들은 그 짝에서 시집온 사람들은 동북 김녕으루 갔지, 그런 사람은. 그러고 이 북촌 사람은 다 함덕으로 가니까. 함덕 가니까, 죄 없신 사람들 다 내니까, 우리는 그 십 리에서 요 다리에서 물질을 해 배 타. 그디 가도. 경해서 우리는 사삼사건해두 불 탄가두 고생을 해. 물질을 잘 허니까 우리 형제가. 이건 이 북촌 강 물질해다가 저기 함덕강 널어서 팔거든. 경해서 일 년 버서 집 하나 샀어. 함덕에서. [조사자: 그리 피난 나가서 물질해 가지고?] 응. 배 탕. 이 저 해수욕장 있신 마을에서 배 탕. 요 다리다 물질영 자물어당 널엉. 그니까 우리는 불탄 가도 고생은 안했어.

[조사자: 그럼 함덕에 가면 피난 나온 마을이 형성이 됐어요?] 아니 우리가 그루 피난 가믄 친척 있신 사람은 다 친척집으루 가구 친척 없신 사람은 넘으 집 피난 살구 허는디. 우리는 어머니두 함덕이구 아버지두 함덕이니까 친척이 있으니까 고생은 안했거든.

[조사자: 친척 집으로 들어가셨어요?] 으. 친척집으루 들어간 잘 먹구 잘 썼는디. 친척집이 살기가 싫다는 거여. 친척집이 살믄서 그기서 이 이 앞에 다리루, 저 섬. 섬에 가서 물질해가서 일 년 동안 버신 돈이 삼만 오천 원이야. 그때 돈. [조사자: 지금 돈으로 얼마나 될까?] 이제루두 한 삼백오십만 원이나 돼지. 경허니까 그때 당시에 산 쪽에 집을 사라고 했어. 산 쪽에서 사는 이만 오천 원이라. 그래 우리는 산 쪽에 집을 주니까 살라고 있는데 우리 할무니가 그땐 밀감난혀구 일 년에 산에 두 번 밖이 안가서 보리허구 서숙헐 때. 산

쪽에는 사람을 못 본다. 일 년에 두 번 백인 조 서숙농사 보리농사는 허구. 바닷가는 물질허는 사람 뱃사람이 일 년 열두 달에 사람이 보여진다 해서 그 삼만 오천 원짜릴. 이만 오천 원짜리 집보다는 헐 팔려도 샀거든요. [조사자: 그게 함덕에서 샀어요?] 함덕에서 했지. 그 집에서 트던 집터가 있어.

[조사자: 그럼 함덕에서 몇 년이나 사셨는데요?] 함덕에서 한 우리는 친척 있어부난 허고 기냥 산사람들을 다 없었다, 이제 자유가 되냐 북촌으로 넘어가라 해서 일 년, 일 년 이년 살아났구나. 그래두 안 오구 집 사고 친척간들이랑 거기서 살았어. 사람들은 그냥 그때 넘어와구 우리는 그리 살면서두 어머니네 할머니는 살아두 우리는 여기 넘어와서 이집에서, 이 집, 불 탄디. 우리 할머니가 백여덟난 해에 저기 소막을 지섰어.

[10] 산사람 출몰을 막기 위한 보초

경해서 우리는 시집이가 여기니까 여기에서 보초를 사. 그 집 불탄 후에두 산사람 못 들어오게 막 보초를 샀어. 성을 막 둘렀지. 이, 이 뒤루부터 바닷가까장 둘르구 저 산으루부터 이쪽에 사람 댕길 남문, 남쪽에는 산에가 밭들어가는 남문 동문 북문 이룹게 해서 네 군데를 해서 이자 입문 지키는 사람 똑똑헌 사람을 세우구 영현 성 옆에 세우는 사람은 미련헌 사람을 세와. [조사자: 그럼 그 성을 쌓는 건 마을 사람들이 쌓아요?] 우리가 샀지. 우리가 돌루. 이 뒤에 성 싼 거 기냥 있어요. [조사자: 아, 있어요, 뒤에? 그니까 산사람들 못 내려오게 할라고?] 못 내려오게. 경했다고 못 내려와져?

[조사자: 그럼 할머니는 함덕에서 아예 다시 북촌으로 들어온 건 몇 년, 몇 년이나 있다가 들어오셨어요?] 우리는 그냥 시집이 이리니까 밭두 이리 있구 집두 있으니까 그냥 들어오지. 몸 들어올 그냥 들어완. 그 성두 우리가 싸구 아제 동문 남문 서문 북문을 네 군데를 터. 바다에 가야허고 동쪽으로 가여 서쪽으로 나문에. 그러믄 그 우리 언니는 서문을 지키구 난 동문을 지켰어. 또 약한

놈들은 그 성빡에다가 보초를 매. 일 보초, 이 보초, 삼 보초, 사 보초, 이룽게 혀.

[조사자: 그럼 보초를 서고 있다가 산사람들 내려오면 신호를 보내서 뭐 어떻게 해요?] 일 보초, 일 보초에서부터 이 보초 신들허고 삼 보초 이제 산사람이 왔다, 이룽게 연락을 허거든. [조사자: 연락을 쭉 해?] 연락을, 연락을 못해. [조사자: 왜요?] 산사람 왔다고 해도 산사람이 밤에 보믄 다 죽이는디. [조사자: 그럼 보고도 못 본 척 해?] 경찰은 맨날 보잔허지만은 마을사람은 산에 강 살믄 맨날 보는 거 아녀. 뭐 연락을 해져? [조사자: 그러면 연락을 안 해서 나중에 피해 받거나 하진 않아요? 걸리면. 연락 안한 게 걸리면?] 연락 그 연락 안 해, 걸리게를 해요. 우리 동네 사람이니까 어떻게 밀고를 해요? [조사자: 그럼 할머니도 보신 적 있어요?] 우리 눈에는 안 걸리는디 저 남문 지키는 사람이, 남쪽에서 산에 오는 사람이. 우리 동문을 지키니까 차가 막 댕기니까 저래 안 허잖아. [조사자: 그럼 눈감아줘, 그냥 집에 갔다 오라고?] 지네 괸당들이닝게 지네 친척들이니까. 이 동문 서문은 잘 안와. 왜 군인차가 막 오거든. 순경차가 막 오구. 남문쪽으로 바다쪽 북문쪽허고 바다, 바다쪽으루 와. 그믄 자기네 친척인데 말 허겄어?

[조사자: 그러면 그 민보단 가입했던 분들 말고는 마을사람들이 밀고해서 죽어간 사람은 없겠어요? 다 이룽게 눈감아주구 해서. 그럼 함덕 집은 나중에 팔고 들어오셨어요?] 옛날 집이니까 뜯었어. 집터는 있어. [조사자: 그럼 여기 북촌에 다시 들어올 때는 그냥 각자 자기가 자기네 집을 다시 지어?] 이제 집터 있으니까 나무에다가 저거 저 챗 번 지슨 집이라 소막간에. 저것이 사람 살아난 데라 북쪽에다가 그냥 막 집을 안이서 주니까 일 년에 한 번 삼 년에 한번 지어 일어주거든. 산에서 새비서. 안이어서 오래 되니까 막 쓰러지잖여, 저기. [조사자: 그러면 집 지라고 나라에서 뭐 해주는 건 없고?] 남자들 산 사람은 집을 지고 이 집은 이거 저렇게 저 초가집인디, 우리가 내부 수리를 했거든. 올려가며 올려가며 인자 보루꾸루 올려가멍 인자 내부 수리를 헌거여, 우리가.

[조사자: 할머니 집은 누가 지었어요? 다시 지을 때는?] 다시 지을 때는 우리 시아버지가 이 집터를 사만 원에 사오니까 이 집 지섰어. 경허니까 이자 우리 시누이가 부산서 죽게 되니까 돈 없으니까 팔겠다고 우리 언니가 샀어, 사만 오천 원에. 또 우리 언니가 아팠어. 그래 난 부모 살던 집이니까 내가 오만 원에 사니까 일재 외할머니 집터는 우리가 샀다.

우리 언니 딸들이 째깐한 때 일기를 써놨는데 그니까 작은 딸이 나영 싸움을 붙었어. 우리 어머니 사는 집인디 이집을 내놔라. 우리 언니 딸이. 큰딸은 그양 있는디 작은딸이. 그러니까 그럼 함덕에 가자. 함덕에 가서 돈 빚져온 집에 가서 말을 했잖아. 경허니까 너네 어머니 이 저 재순이 할아부진, 우리 딸 이름인디 재순이 할아부진 사만 원에 사가고 너네 어멍은 사만오천 원에 사가고 너네 이모는 재순이 어멍은 오만 원에 샀다 해부난. 목포선 완 우리 시아버니는 아들이름으로 안해놓구, 이 집을 나 이름으로 해놨드라고. 저 문패에 딱 허게 현덕선이 집이라고. 이동을 해놨드라고.

예비검속 때 억울하게 아버지를 잃다

양 용 해

"그 올레에 지는 말 타고, 아버지는 말안장 뒤에다가 끈으로 묶고. 그게 지금 아버지 모습은 마지막이에요.

자 료 명: 20140122양용해(제주)
조 사 일: 2014년 01월 22일
조사시간: 1시간 48분 36초
구 연 자: 양용해(남 · 1931년생)
조 사 자: 박현숙, 황승업, 김현희, 박샘이
조사장소: 제주시 삼도1동 (회의실)

[조사과정 및 구연상황]

제보자와 커피숍에서 만나 인터뷰를 하기로 하였으나 사전에 인터뷰 장소를 답사한 결과 주변이 너무 소란스러웠다. 조사팀은 긴급히 커피숍 주변에 있는 관공서 민원실에 찾아가서 조사취지를 설명한 뒤 인터뷰 장소를 대여해 달라고 요청하였다. 공무원의 도움으로 건물 2층 회의장에서 인터뷰를 진행하였다.

[구연자 정보]

양용해는 1931년생이다. 일본에서 생활하다가 해방직후 귀국하였다. 18살에 특공대로 지원하였으나 무산되었다. 21세까지 토벌대 활동을 하였다. 양성교원소 촉탁으로 발령 대기 중에 있다가 23살에 공군입대를 하였다. 복무기간이 다 찼으나 정비기술이 뛰어나 재복무를 하였다. 그는 현재 한국전쟁 유족회 상임대표의장을 역임하고 있다. 구연 중간 중간 서러움이 복받쳐 흐느껴 울어서 구연이 중단되기도 하였다.

[이야기 개요]

양용해는 4.3사건에 대해 비교적 자세하게 들려주었다. 젊은 사람들은 경찰만 나타나면 숨었다. 제보자는 산에 든 사람들을 토벌하는 부대원으로 활동하기도 하였는데, 자신의 부대에서 사촌동생을 잡기도 하였다. 영문도 모르고 유치장에 끌려가서 삐라를 뿌렸다는 누명을 쓰고 온갖 고문을 받았다. 제보자가 목수 일을 하고 있을 때 한국 전쟁이 일어났다. 한 여름에 부친과 웃통을 벗고 밥을 먹고 있는데, 갑자기 기마경찰이 부친 이름을 부르더니 포승으로 묶어 부친을 끌고 갔다. 그것이 부친의 마지막 모습이었다. 예비검속으로 끌려간 아버지는 끝내 돌아오지 못했다. 이후 가족들은 연좌제에 걸려 많은 어려움을 겪었다. 제보자는 북에서 내려온 초등학교 교장선생님의 도움으로 공군생활을 하였다. 250여명의 제주 예비검속 피해자들은 현재 제주국제공항 자리에서 집단 학살당했는데, 그곳에 공항이 지어져서 아직까지 유해를 발굴하지 못하고 있다.

[주제어] 귀국, 농업학교, 4.3사건, 특공대, 토벌대, 죽창, 철창, 물고문, 전기고문, 5.10사건, 함바집, 토굴, 보릿대, 검은 개, 서북청년, 선무공작대, 시발택시, 기마경찰, 예비검속, 교원양성소, 촉탁, 공군입대, 연좌제, 민보단, 희생자, 피해보상, 호마, 성산포 경찰서장, 문용석

[1] 해방직후 일본에서 귀국

[조사자: 선생님께서 몇 살 때 한국전쟁을 겪으셨어요?] 한국전쟁은 제가 1950년도 한국전쟁이니깐 20살이지, 그때. [조사자: 그때는 어디에 계셨어요?] 그때, 한국전쟁 당시는 시골이지. 애월읍이란데 모르나, 알아요? [조사자: 제주도에 계신 거예요?] 어, 제주도에 있었죠. 창전리라고 해서 제주도로 말하면 해변, 중산간, 산간 있으면 중산간 마을이야.

[조사자: 그럼 해방 때부터 쭉 이야기 해주세요.] 해방, 해방직후 때 내가 일본서 왔지. 해방직후 일본서 와가지고. [조사자: 일본서는 뭐하셨어요?] 일본서는 그 때야 학교 다녔지요. 중학교 2학년 때 왔지. 응, 2학년 때 해방됐으니까. '고향에 와야 살기가 편할 거 아니냐.' 해서 가족 전부 솔가해서 저희 지금 집으로 온 거지요. 집으로 왔어.

[조사자: 그래서 전부 쭉 선생님의 삶을 이야기 해주시면 돼요.] 음 글쎄, 해방직후 고향이라고 해서 저희들이 들어 왔잖아요? 들어오니까, 그 당시 얼마동

안은 제가 우리말을 제대로 못했죠. 그런까네, 들어와서이. 또 일본에 있을 때는 제가 한국 사람으로 생각을 안했어요. 언제 한국 사람이라 알게 됐냐면은 저 초등학교, 일본은 진조 쇼가코(小学校)라 그랬어. 5학년 때 내가 부급장이 됐어요, 부급장이. 그때는 담임선생님이 지명하는 거지. 급장, 부급장이라는 거이. 부급장이 됐는데, 하루아침 사이에 바꿔졌어요. 지금도 잊지 못해요. 바뀌진 사람이 일본의 이시모토 다코지라고, 아 이 놈하고 바꿔요. 이 놈은 부잣집 아들이야. 집에 와서 아버지한테 그걸 일러바쳤지요.

"내가 이래이래서 바뀌었었다."

아버지가 대번에 자전거 타고 핵교에 달려가요, 다려가서. 갔다 와서 오다가 중간에, 중간에 그것도 시골이야, 시골길인데. 포장도 비포장도론데. 오다가 중간에 자전거 트럭에 치여서 넘어져서 아버지가 병원에 입원하게 됐어요. 그 때 아버지가 저에게 으, 일본서 낳고 컸은께 모를 거 아니요? 이 너는, 한국에 관해서는 관심 없었어. 밤에 야간에 어디 사거리 갈 때도 저 도요토미 히데, 헤데요시라고 풍전수길이 알지?

(노래를 부르며) "교생 사무라이, 하지도오 미루마리."

요따우 노래나 부르고 데니. 그냥 밤에 으슥한데 혼자 오노라면이 무스워서 노래 벗 삼았어 그냥 그렇게 부르면서 돌아왔어. 그래 '나는 그냥 일본 사람이다.'고만 생각했죠. 그 때 깨달아가지고. 그래서 저 일본서 일본 사람도 어렵다는 거, 저 내가 어려운 중학교를 들어갔어요. 일본어로는 다이쥬, 다이이쥬라고 해서 제1중, 제2중라 그러는데, 다이1중이죠, 나가츄라고. 거기 들어가서 그래도 모랄까이, 그렇게 잘하진 못해도 공부는 아마 그래도 좀 어지, 어지간히 했어요. 생긴 모습 모자가, 신통치 않았는데. (일동 웃으며) [조사자: 아니 똘똘하게 생기셨어요.] 아니 내 공부는 어지간히 아주 참, 머리는 좋지 않은데, 아주 열성을 다했어요, 그때만 하더라도.

[2] 제주도 농업학교 재학 중 만난 4.3사건

그래서 고향에 들어와서 뭐 할 게 있나, 아버지 따라서 농사짓는 거지요. 그래서 아버지가 그래도 교육열이 있어가지고 나를 갖다가 '그냥 내버려선 안 되겠다.' 싶어서 그 당시에는 제주도에 농업학교라고 있었어요. 지금은 저 제주고등학교라고 있어이. 거기에 나를 데려 갔어요. 데려가서 것도 함부로 들어갈 수 없는 학굔데, 아 제주도에서 유명한 학교죠. 들어갈 수 없는 학굔데 누가 인연이 닿아가지고, 아 닿아가지고 교장선생님을 만나게 해줬어. 교장실에 가서, 지금도 조그만하게 안경 써가지고 탄탄한 게 요서 딱 만나가지고 날보고 몇 마디 우리말로 질문을 하대요. 그래 뭘 알아들을 수 있나, 제대로. 대게 짐작은 해요, 뭐가 뭐 이렇게 말하는 게. 아버지 보고 그래 "다메다나."

아 일본말로 '이거는 안 되겠다.' 이기야. 어 '학생들하고 대화소통도 해야 되는데, 대화가 안 되는데 어떻게 받아들일 수 있나?' 그란께 그냥 보내줬어요. 보내서, 이래 갈 데 없고 있은께 마침 시골에 이북사람이 와서 중학교를 갖다가 하나 설립해서 만들은 거라. 지금 아까 갔다 온 데 하귀리, 애월읍 하귀리에. [조사자: 학교이름이 어떻게 돼요?] 단국중학교. 지금 서울에 있는 단국대 거 이름이야, 그 사람이야, 조준구라고이. 설립 돼가지고 거기에 적을 둬가지고 다녔지요. 다니다가 바로 이 4.3을 만난 거 아니에요. 4.3은 1947년 3월 1일이 기점이 돼요. 3월 1일 뭘 했나? 그때는 제주북국초등학교, 지금 북국초등학교 운동장에 모여가지고 아마, '모인다.'라고 해가지고, 우리가 그때 중학교 2학년 땐가 음, 걸었어. 학생이 걸어서 올라면으이 도보로 거의 한 두 시간, 한 세 시간 걸려요. 거기서 걸어가지고 이 아라동, 지금은 아라초등학교지. 아 오라초등학교 여기. 오라초등학교 그 운동장에 일단 중간지점으로 해가지고 거기에 또 모였다가, 거기서 걸어서 또 제주 북국면, 거기서 북국국민학교 걸어오는 때도 한 사오십 분 걸릴게요. 사오십 분 안 걸렸다. 한 사십 분 거리 돼요. 거기 와가지고 거기 연설을 듣고, 연설을. 연설을 그 당시에 연설을 그 유명한 김달삼이라던가, 아 인민군사령관 있죠? 김달삼이. 이런 사람들의 연설을 듣고 나오는데 해산 해 시끄럽다고도 들어갈 때도

"와싸 와싸"

하고 들어갔지요, 학생들이. 나올 때도 마찬, 나올 때도

"해산"

하고 그냥 각개 그냥 전부 흩어, 흐너져서 나오는데. 거 관덕청이란 말 들어 봤어요? 관덕청이 그 당시 제주경찰서 앞인데. 북교초 나오면 바로 '관덕청'이라고 모든 제주도 사람들이 행사할 일이 그 때는 관덕청 마당에서 했었어요. 그 앞에 우리 딱 총소리가 막 나. 그게 4.3이 원인을 제공을 한 도화선이 된 거지요. 한, 그 때 죽은 사람은 못 봤어요. 죽은 사람만 듣고. 사람 한 대여섯 사람 희생됐다 그래요. 그게 결국 응, 뭐 저서 양민을 학살했다 그게 단초가 돼버렸지요. 그 또 시위 군중들이 항의 할 거 아니요? '왜 사람 죽이냐?' 그래 기마경찰이 그냥 그때는 관덕청 마당에 막 말 타고 뛰어다녔어, 경찰관이. 그래서 뭐, 그때만하더라도 어린 나이에 그런저런 돌아가는 시국상황을 갖다가 제대로 알 수 없었까니. 그래서 고향, 고향에 살고 있는데. 고향에 가서 학교 다님서 있는데. 아니 내가 그 참, 1948년 4.3사건이 일어날 때까지 상당히 그 참 뭐랄까이? 저이 제주도의 전체적인 그때의 상황을 말할 것 같으면, 말할 수 없을 정도로이 뭐 '경찰이, 뭔 데가 들어온다.', '서북청년이 제주도에 들어온다.' '지사사 그 참 그 참 이, 좌익들한테서 치여가지고 우리 이쪽의 사람을 갖다 지사를 보낸다.' 그때만하더라도 한국정부가 수립되기 이전이지요? 48년도 수립됐지요? 수립되기 이전이까 미고문단 산하에서, 즉 말하면 군정이, 미군정이 산하에서 우리가 행정을 갖다가 했잖아요, 그때만하더라도. 그러니까 미고문관들이 사실살 제주도 사태를 갖다가 그때만하더라도 상황을 완전히 장악하고 있을때지, 완전히. 그러다가 고향에

들어가서 뭣도 모르고 그냥 우읍하는 가게. 순사들이 차타고 왔다갔다 왔다 갔고 심상치 않아, 그냥 그 참 그런 시국상황이 돌아가요. 4월 3일은 그때 한라산 꼭대기에서 봉황이 일어났잖아요? 그걸 직적 우리가 봤어요, 내가. 봉화가, 봉화이. 불이 가가쨰서 일어났잖아요. 그러다가 전도에 일시에 걸쳐서 남쪽에 목보에 이쪽에 보을마다 산불이 그냥 콱 일어난 거예요. 아주 이, 그렇잖에 밤에 불보면 마음이 아주 겁나잖아요? 전율이 느껴져와 쫘—악. 산봉우리마다 봉화가 그냥 타오르는 거야. 그 봉화를 타오르면서 제주도에 아마 그당시에 산에 있는 무장대가, 무장대가 습격했을 거예요. 지서 몇군 데 습격 했어요. 그래서 경찰도 죽이고, 청년단장이라던가 윗개에 있는 인사에, 주요인사, 인사들을 갖다가 학살했단 얘기를, 이야기가 막 들리지가 않아요? 직접 보지는 못했지만. '아하— 이 마 세상이 심상치 않구나!' 했죠. 저희 경우도 그렇죠, 저희 경우도. 뭐 그때가 4.3이후에 매일 경찰들이 와요. 매일 낮에 오고. 경찰들이 낮에 왔다가 전부 이 내려갔버리면, 중산간 마을일 땜시. 밤에는 또 산에서 내려와요, 산에서. 그당시만해도, 요즘은 개명되어가지고 무장대라 했지만은 그때만하더라도 폭도라 했거든? 산에서 폭도들이 전부 내려와가지고

"식량 내노라, 뭘 내노라."

해서 이러고 또 갖고 가고. 그래서 그때만하더라도 그 언젠가 그게 48년도 4월 달이야, 4월 달인데. 제주도 저 모슬포에 9연대가 주둔해 있었어요, 그 전에. 9연대에 그때 경비정 중령일 때 김익렬이라고. 그 김익렬 중령이, 중령이 '이거 이 사태를 갖다 그대로 방치해서는 안되겠다.' 싶어가지고 그래서 산폭도 대장이지, 아까 말하면 김달삼하고. 그당시에 그 참 이, 구옥초등학교에서 둘이 몇 시간동안 담판했다는 그 이야기가 나와요. 몇 시간동안 담판해가지고 '우리 이젠 전쟁 그만하고, 사람 무장도 해제하고, 무장도 반납하고, 그렇게 해서 내려가면 모두 불문에 붙이겠다.' 그렇게 합의가 됐는데, 그 합의를 깨트리게 된 것은 그 후에 알았는데 이 아까 말하는 오라리. 있죠?

오라리 멀잖아요? 오라리에서 경찰, 경찰관들이, 그때는 응원대라고 해서 이렇게 해서 온 경찰들이 오라리에 민가에 불을 질러버렸어요. 불을 지른 게 그때 또 도화선이 되가지고 김익렬과 김달삼이 단판으로써 서로 협상해서 결과를 얻은 게 완전히 효력이 없어졌지. 서로 그 책임을 전가하게 됐지. 이쪽에선 '폭도들이 한 것이다.', 저쪽에서는 또 '경찰들이 한 것이다.' 그렇게 해서 마, 그당시에 얼마동안은 그래도 '뭔가 추스릴 실마리를 찾아야되지 않을까?' 하다가 근데 그런 것도 아니고. 그후에 계속 사태가 이어지면서 1948년 11월 달에 우리들이 소개령이 내려가지고, 그넌 모냐면은 그 당시 조병욱이가 경무부장이야, 조병욱이. 조순영이 아버지 아니에요? 조병욱이, 경무부장이 제주도에 내려와가지고

"제주도민들은 전부 빨갱이니까."

이거 완전히 거 참 쉽게 말하면, 초토화작전을, 작전이지.

"완전히 초토화 시켜라. 이 빨갱이들을 다 쓸어버리라!"

이렇게 해가지고 지금 말하면, 해안선에서 5킬로 내에 있는 데는 출입을 통제해가지고 모든 차엄폐물, 차폐물 엄폐물. 이걸 전부 밖담도 높으면 밀어, 밀어내고, 소내무도 하나 있어도 그게 은폐물이 될까봐 그것도 베어 버리고. 5킬로 내에는 전부 그렇게 도로 이루어진 정제하게 됐어요.

[3] 소개령이 내려질 무렵, 토벌대 활동

또 그러면서 그 가운데 11월 달에 중산간 이상 마을에 소개령이 내렸어요, 소개령이. '밑으로 내려오라.' 이거야. 내려오면 '집은 불태아 없애버리겠다.' 왜 그러냐 인민군들이 거기와서, 거기와서 주거도 할 수 있고 그러니까. 그대로 중산간서는 산에 무장대하고 내통하기 때문에 도저히 결국 이사태를 갖다가 진압시킬 수 없다고 봐가지고 소개령 낸 게야. 그래가 나 역시 부모님 따라가지고, 부모님 따라가지고. 그때만 해도 시골에 소밖에 없대야, 소에 칠

매 알아? 칠매. 이 짐 싣는 칠매. 그걸 지우고 극히 필요한 가구만 챙겨가지고 그 싣고, 외가땅 애월읍 신읍리라고 왔어요, 신읍리, 신읍리에. 전부 소개해 내려온 사람, 중산간에서 소개해 내려온 사람은 전부 해변마을, 해변마을이라고 바다하고 연접된 마을이라 보고 해변마을이라고 그래요. 거 소개해서 전부 내려왔어요. 마을이 전부, 마을 사람이 전부 자기 연고 떠나서 이리로 저리로 전부 흐드러진거지요. 그래 내려와가지고, 곁은 목숨을 부지하기 위해서. 그때 열여덟 나이에 특공대 자원했어요, 특공대, 특공대. 특공대느 뭐냐? 경찰 따라다니는 거예요, 토벌하러 경찰. 그러면 뭘 가지냐? 죽창 가져요 죽창, 그때 말로. 죽창. (나무 윗 부분을 자르는 시늉을 하며) 대나무로요 우에 깎아서. 그걸 총 대신 어깨에 메고 경찰관 따르면서 토벌다녀요. [조사자: **그게 보급품으로 나오나요?**] 아니, 자기들이 만들어야, 자기들이. 나중에는 그것도 발전해가지고, 내중에 철창으로 바꿨어요, 철창. 철창은 대장간에 가서 거 참, 글자 그대로 철창이지. 이렇게 만들어가지고 나무에 탁 찔러가지고. (창으로 찌르는 시늉을 하며) 그래가지고 그냥 어 그러는데. 그래서 그 놈 메고 경찰관 토벌대 따라가지고 특공대라 해가지고 항상 헤매는 거야, 제주. 때에 따라서는 겨울날에 담도 하나 그때처럼 (배낭을 메고 허리에 끈을 묶는 시늉을 하며) 이렇게 제빵질 해서 이렇게 딱 메가지고, 지서에서 걸어서 약 한 세 시간쯤 걸어가지고 초소에 갔어, 초소에 갔어. 뭐 조사하는 거 아무것도 없어요. 허허벌판인데 움막도 없는 데에요. 거기서 겨울이지만도 거기서 그냥 뭔가 좀 바람 약간만 막을 데 있으면 그속에서 밤새도록 지내요. 그래 밝으면 또 내려오고. 음— 알아요? 정말로 이, 우리 나이가 십팔 세 때야. 그러면서 보내고 내중에 그 가기, 소개하기 전에 이미 경찰관들이 마을에 와가지고. 마을에 와서 마을 사람들 모이라해서 초등학교 교정에 모이도록 하지 않게? 교정에 딱 모이면은 와서 그래요. 그 저 시아버지 보고 시며느리하고 둘이 있다면은 시아버지 보고

"당신 엎드리라."고.

그래서 저 이 아이들 등마하 듯 (엎드리는 시늉을 하며) 이렇게 엎드리잖아요? 이렇게 보고 시아버지 위에 타라고 말을 타서,

"이게 공산주의다, 이게 공산주의다!"

시아버지는 며느리 태워가지고 며느리 태워가지고 기어가네, 등마해가지고. 뭐 거기서 안나왔다 하면은, 안나오면은 집으로 찾아가서

"너 아들 어디갔나?"

"아들 없다."

하면은

"이쪽."

격리시키면서, 따로따로 분화시키면서. 그런 뭐 점승할때라 완전히 이거는 뭐 저승인지 이승인지 구분이 안돼요, 완전히. 그냥 그래갖고는 죽는 거지.

[4] 영문도 모르고 유치장에 끌려가서 당한 고문

그래갖고 그 당시에, 그 당시에 17일 동안 나가 살았어. 어 그 어떻게 살았냐면은 그때는 그 참, 소개하기 전인데, 신읍처 지서장이 내부에 뭘 보냐면은 우리 일가 사람이야, 일가 집안이야, 친척이야. 친척이 어디있어? 그냥그냥 그 당시만해도 경사면 대단한, 그 우리가 보기에는 하느님처럼 되어있죠. 경사에요, 지서장이 경산데. 선글라스 딱 끼고 뒷섬지고 이렇게 나타났다하면은 거기 지나가기가 무서워 발발 떨려, 지사들이라도. 그런데 그래 가서 17일 동안 살면서 취조라는 취조는 다 받아 봤어요. 혼자 앉는 의자 있잖아? (옆에 있는 의자에 팔을 묶는 시늉을 하며) 의자에 팔을 갖다가 이기다 묶어가지고. 이런 의자가 아니죠, 나무걸상 있지 않아요? 걸상. 그럼 물가지고 왜정시대에 왜 놈들이 버리고 간 그 가죽혁대 있어요, 벨트. 가죽벨트. 그러면 이 벨트로 갖다가 이건 뭐 실 새 없이 때려요. 뭐 그냥 그대로 그냥 때리면 어떻게 돼요? 온 몸이 전부 탕 부어 버려요. 그러면 갖다 또 유치장 안에

집어넣고. 그 당시 내가 제일 나이 어리니까 조그마한 한 평 남짓한 유치장에 한 이삼십 명씩이거든. 나는 제일 나이가 어리니까, 지금도 잊히지 않아요. 화장실 뚜껑 위에 막 놨어요. 화장실 뚜껑위에 나는 앉았어요, 앉아. 그것만 아녀. 그때도 전기고문도 받고 물고문도 받아요. 물고문은 어떻게 받냐? 그것도 역시 그때는 저기 나무의자를 갖다가, 쉬운말로 일본에 그 저 벤치지 말하믄. 그래 인자 나무의자 밑으로 (손을 뒤로 묶는 시늉을 하며) 손을 이렇게 집어 넣고 그 아래로 손을 갖다가 붙으로 채와요. (수갑을 차는 시늉을 하며) 이렇게 이렇게 딱– 그러면 박 딱 하면은 움직일 수가 있나? 거기다 수건 덮고 그냥 (물을 붓는 시늉을 하며) 물을 갖다가 그렇게 해. 이거는 어떤 사람도 묻는 말에 그대로

"예."

라고 대답을 하지 않으며 그건 결심 못해요. 그럴 게 아니요? (물을 붓는 시늉을 하며) 그냥 줄줄.

"맞아? 이거 맞아?"

맞죠?

"너 어디 가서 삐라 뿌렸지?"

"예."

허지 않으면

"아니다."

하면은 그냥 (물 붓는 시늉을 하며) 이거니까. 그렇게 안해도 나이 어린 놈이라고 해서 나를 갖다가 17일 만에 나를, 다른 사람들은 다들이 다 죽고 10일 만에 나를 석방해가지고 시말서, 그때

"시말서를 하나 써 받치라."고.

하니까 그때 내가 시말서를 하나 써 붙이니까 '아 요놈, 어디가서 글만 쓰난 놈이이야.' 이거 위험인물이다 이기야. 시말서 조금, 아마 제대로 쓴 게 조금 마음에 들었던 모양이지요? 시말서를. 시말서란 뭐여? 그래도 내가 결

의를 갖다가 자주쯤 얘기를 한 건데, 그걸 내가 이렇게 썼더니 이걸 봐가지고 '이 놈 새끼, 새끼 어디갔어? 어디 글만 쓰고 돌아다닌 놈'이라고. 막 이 '빨갱이 본부에서 있던 놈'이라고. 또 사람을 갖다가. 이건 뭐 이 무자비 정도가 아니에요. 이게 과연 인간이 인간, 인간으로써 답답하게 이럴 수가 있느냐? 이게 참 기가 맥히는 거예요. 내가 어데 뭐 참 삐라 붙인 것도 아니고, 어디 가서 삐라 뿌린 것도 아니고. 그렇다고 해서 어디 쫓아다닌 것도 아니고. 다만 내에게 문제가 있다면 3.1운동 당시 북교운동장까지 학생이, 학생 함께 와서 데모해서 그란 거 밖에 없는데.

[5] 동네 사람들이 적극 동참했던 5.10사건

그래 동네 사람들이요 우리 고향에 동네 사람들이 그 당시만 해서도 그 저 정부수립하기 전, 48년도 5월 10일 날 5.10사건 거 가서, 맞지요? 5.10선거. 5.10선거 당시 이 우리 제주도인민위원회 지령으로 해서 '5.10선거를 갖다가 분쇄해야 된다. 하지 말아야 된다'해서 제주도에서 5.10선거 반대운동을 전개하게 됐어요. 그러던 차에 저들도 맞죠? 저에게는 그때 투표권이 없었죠, 그때는 21세에요, 투표권이. 그때 나이에 제가 투표권이 없는데. 그러나 5.10선거를 반대한다고 해가지고 그때 사라로 가지고 있다가 봉민들어서 자정부살러 갔어요. 10일, 10일 투표한다고 경찰들이 올라와서 그대로 갔는데. 그때만하더라도 우리가 피난가서 보니까 구립주둔한 군인들이 거기 와있었는데, 군인들도 이야기가 빨갱이노래를 그대로 불러요. 무슨 말인지 알아? 군인들도. 뭐 그럴 것이 내중에 9연대가 저 9연대가 김익렬 대장이 연대장 아니에요? 연대장이 지휘하는 9연대가 반, 저 반란해가지고 산에 도망간 또 그런 류인데. 9연대가 산에 많이 도망갔어요, 총, 총가지고, 한라산에 가서. 그래서 어느 마을 할 것도 없이 청년들이 낮에는 와서 경찰관들이 그냥 꽤-심하다 때리고, 그냥 죽여버리고 그래 끌려가고 하니까 갈수록, 갈수록 갈

곳은 바로 산에 밖에 없었다 이기야. 한라산에. 한라산에 전부 올라간 기야. 그게 또 한라산에 가면은 전부 이쪽에서 보기에는 폭도라고 할 것 아니네요? 폭도라고 해서. 그래서 한참 때는 세가 상당히, 무장된 세력이 상당히 강했어요. 어데, 지금 말하면 일주도로. 거 일주도로라는데 해안선에 따라 도로가 있잖아? 그 길가까지 내려와서 복병했다고. 복병했다가 경찰차나 군인차가 내려가면 그냥 기습을, 습격을 해가지고이 많은 군대나 경찰이나 희생, 그렇지 않았겠어요. 그러믄 또 그 무기를 갖다 가지고 올라가잖아요? 그러니 그 아이들도 무기가, 그때만 하더라도 상당히 탈취를 했어요, 수류탄이 없는가 하면은. 그야말로 그 저기 완전히 전쟁은 적이 어디 있다고 하기 때문에 그 목표를 가지고, 거기 있기 때문에 싸울 수 있지만, 이거는 언제 어디 목표가 어디 가있는지, 그럴 것 아니에요? 우리가. 언제 누구한테 당할지 모른단 말이야. 그런 생활이 장장 한, 거의 일 년 가까이 이어져 왔어요.

[6] 마을 주민들을 함바집으로 이주시킨 뒤 마을 전소(全燒)

일 년 가까이. 그래 사람 산단 게. 그럼서 그나마 소개가 끝나서 어느 정도 수습될 무렵에, 무렵에 또 그게 1989년도 쯤 됐죠, 9년도에. [조사자: 89년도에요?] 89년, 아니 49년도. 49년도에 올라 와가지고 본 마을에 원대복구. 수복, 수복이고 그러제? 수복돼서 올라와가지고, 거기 수복되어 올라오는데도 자기 집터 있는 데 가서 집을 못 짓도록 만들어요. 그러니 함바집. 함바라는 말 들어 봤어? 함바이. 함바는 저 건설현장에서 그 참 함바식당이라고 가건물 해가지고 하잖아요? 함바집 지어 가지고 한 집에 식구가 많건 적건, 저 아마 한 서너 평씩 갈라 줬을 거야. 딱 갈라 줬어. 문간 하나 내고. 이렇게 살도록 해서 그 몇 개 마을이 집단으로. 또 거기다가 또 성을 쌓아야 되고, 성을. 성을 쌓으면은 출입구를 갖다 하나 내고, 하나 내고. 또 거기다가 입초를 밤에 서야 돼요. 그렇게 하면서 몇 달 동안 살다가, 살다가 이제는 조금

풀리기 시작하니까 어느 정도 거 참 산에 무장대가 어느 정도 진압이 되기 시작하니까 또 각기 삼 개 마을을 갖다가 한 울 안에 가두었다가, 또 다 분산해서 제 마을로 돌아가도록 해서, 마을에 가서 비로소 그때 참 집을 짓고. 고동안에 있는 집을 갖다가 전부 불태워 버렸어, 전부. 근데 그때만 해도 약삭빠른 사람은 제주도 그때만 해도 전부 모 띠, 띠를 갖다가 띠로 이렇지 않아요? 띠. 저 모라고이. 제주도 말로 세라고 해요, 세. 세로 전부 덮어둘 때 약삭빠른 사람은 미리 그 속에 한번씩 그 세, 띠를 갖다가 전부 걷어 냈어요. 골대만 있을 거 아니야? 그럼 불 붙기가 어렵지. 그 뼈대는 살죠. 그러나 그대로 있는 집은 그냥 전부 불 붙여버렸어요. 완전히 잿더미가 되어 버렸지. 거 참 이, 그러니 살아도 소개할 때도 돼지 같은 거, 뭐 닭 같은 거 이런 거 전부 그냥 내버릴 거 아닙니까? 개 같은 거 누가 데려가요? 그러니 뭐 들에 뭐 개, 들개가 들고냥이, 들개, 뭐 들소, 들말 할 것 없이요 완전히 그냥 아예 아수라장이지요, 아예.

[7] 토벌과정에서 구해준 외사촌의 재입산

특공대, 내가 특공대 다니다가 내- 그 보고 당숙? 아버지의 사촌동생임과. 당숙이랄까? 내 당숙, 아버지 사촌동생. 아버지 사촌동생을 우리부대에서 잡았어요. 그때만 해도 어떻게 살아가느냐 하면은 무장대들이 산에도 올라가지 못 하면은 밑에 내려가면 죽고. 어디 들어 가면은 토굴을 파가지고, 땅을 파가지고, 땅을 파가지고 그 우에다가 뭘 하면 저 보릿대, 보릿대 있죠? 거 보리낭이라 해 제주도 말로 보리낭, 보리낭 해서. 보릿대를 갖다가 눌른두 눌러요, 이렇게. 이게 쌓이잖아요? 뭐라 그래요 그것을? 우리 제주말로 눌른다 그래요 눌. 그 밑에 다가 땅, 땅을 땅굴을 파가지고 들어가서 살거든요. 나도 그렇게 살아 봤어요, 땅굴을 파가지고. 땅굴 파가지고 들어가서 밑에서 경찰관 오면, 경찰관한테

"검은 개, 검은 개 온다."

하면, [조사자: 검은 이요?] 검은 개. 경찰은 검은 옷을 입어 검은 개. 군인은 노란, 노란 군복 입으니까 노란 개.

"검은 개 온다."

하면은 그냥 젊은 사람들이 일제히 그냥 자기가 파 놓은 굴에 들어가는 거야. 그것도 나중에 못 들어가게 됐시유. 그러니까 어떻게 하면은 그 보릿대를 계속 불태워버렸어요. 와서 불 질러 불까. 그러니 거기 있다가 잘못 들어가면 어쩌다 완전히 타서 죽을 거 아니에요? 그러갖고 그러지도 못하고 들에 가서, 들에. 저희들 하믄 거 자갈, 자잘 알죠? 자갈. 조그마한 돌멩이 자갈. 이렇게 보면 자갈이 많이 쌓여 있어요. 밭 경계선 마다 자갈이 막 쌓여 있어요. 그 자갈에 굴을 파가지고 돌을 갖다 들어 와서 내가지고 굴을 파가지고 그 안에 숨어서. 그 안에 숨으면 좋아요. 공기가 잘 통하고. 내가 아주 참 좋아요. 내가 자갈 굴에 숨어 봤는데. 두 사람 정도 앉을 정도로 돌을 치워 가지고 둘이. 어데 발 뻗거나 그럴 생각도 못해, 그냥 이래 그냥 꿇어앉아서 이렇게 할 수 밖에 없죠. [조사자: 보릿대 세운 거랑 자갈 밑이랑 숨기에는 어디가 더 나은가요?] 아니 그래도 어떻게 들어가 있을라면은 그래도 저 그 엎드려 싹 있다 보면은 꼭 반란군 된 거 같더라. 꼭 여기는 발견화 될 것 같아서 그래서 참 여기도 찾고 저기도 찾고 돌아 다녔어요. 그래 특공대로 다닐 때는 그렇게 그때 말로해서 출장 와서 내 당숙을 갖다 그 참, 당숙을 잡아 놓고 또 내 거참 당숙이라 내 말을 못해 봤어요. 마음이 얼마나 거 했겠어요? 못했어요. 그러니 그 저 경찰들은, 무지막지한 놈들은 말이야, 우리 당숙 잡으니까

"큰 전과 올렸다."고.

"폭도두목 잡았다."고.

(큰 소리로) "너네 전부 때려 부수자!"

하면서 그대로, 날보고 대장이라는 좋은 친구 말이야, 나보고 나 등에 업히네.

"나를 갖다가 업으라."고.

그러는데.

"이거 아주 큰 전투의 쾌거를 올렸다."고.

"오늘은 아주 큰 수확을 올렸다."는 거야.

캬아- 저희 놈들 전부 응원대, 서북청년 출신들 응원대들 막 들어올 때야.

그 다음에 내 사촌형 또 저 산에서. 저 한라산 중턱에서. 내 외종사촌을 잡았어요. 우리 부대에서. 그땐 우리 사촌형이 날 보고

"아씨."

우리 제주말로 동생보고 아씨 라고 그래.

"아씨, 나 나 살려줘."

살려 달라 이기야, 어 살려줘. 그래 어떻게 해. 마침 죄를 봐주는 어, 이북에서 내려온 초등학교 교장이 있었어요. 저를 갖다가 폭 아주 아껴주시는 분이에요, 초등학교 교장이. 이 교장 아들이 경찰관이에요. 박정원이라고. 지금은 고인이 됐죠. 이 양반이 날 보고

"형님이냐?"고.

"아 우리 외종사촌 된다."고.

"아, 그러냐?"고.

그러던 거이 어떻게 하다 보니 나중에는 선무공작대로 우리 외종이 배신했어요. 선무공작대 모르죠? 선무공작대란 거는 산에서 내려온 사람이 산 사람들을 갖다가 선무, 결국 홍보해가지고 그 사람을 갖다가 내려올 수 있도록 만든 공작대가 선무공작대요. 선무공작대로, 우리 사촌형님이 선무공작대로 왔어요, 서에. 그러다가 얼마 활동하다가 그대로 그냥 또 산으로 가버렸어요. 활동하다가 가버렸어요. 그건 선무공작원으로 내려왔던 사람들이 모두 군법회의에 회부해서 일제히 형무소로 가게 되니까 그런 걸, 기밀을 알고 '에이, 죽어도 산에서 죽겠다.'나마 그런 마음가짐으로 또 도망간 것 같애요. 산에 갔어요. 결국 죽었지요.

[8] 한국말을 잘 모르는 덕분에 목숨 부지

우리 작은 아버지도 그래요. 우리 작은 아버지는 일본서 권투를 했는데, 권투선수를 했는데, 권투를. 권투를 해가지고 제법 누구 당하더라도 한 사람 해칠 정도로 아주 뭐 힘보다도 기량도 있고 그랬는데. 장가를 갔어요. 장가를 갔는데 어디로 갔냐면 저– 안덕면 동광리여. 동광리라고 안덕면 동광리인데. 그때만 해도 일주도로에 이 버스가 시발택시, 아 버스로 버슨데, 이 트럭을 갖다 개조한 버스야, 트럭을. 트럭 우에다가, 우에다가 집을 얹혀 놔서 그냥 다니는 버스였어요. 그걸 아무나 못 탔어요. 우리가 못 탔지요. 그래서 작은 아버지는 작은 어머니하고 손잡고 왜정시대 병정들이 만들어 놓은 저 우탄질이라고 우탄질. 안한질, 일주도로 돌아가는 거 안한질. 우에서 또 돌아가는 도로는 우탄질. 왜정시대에 일본 놈들이 만든 도로지요. 우탄질을 따라서 거기 처가에 갔다 오다가, 갔다 오다가 어디서 저 토벌대를 만났지요. 토벌대를 만나니까 그대로 작은 어머니 버리고 그냥. [조사자: 도망 가셨어요?] 토벌대 잡히면 죽을까봐 그대로 찌라시를 한 거지. 36계 줄행랑을 와서 그게 마지막이 됐죠이.

그래서 저는 또 뭐냐면은 에- 그래도 외할아버지가 말하면, 한학자야. 외가에 할아버지가 그 지방에서 상당히 아주 그냥 존경을 받는 어르신이지. 어르신이기 때문에 감히 외할아버지 방에 가서 살았으니까 누가 손을 못 대고. 특공대에 갈 수 있는 것도 상당한 거 참 이, 그리고 외할아버지가 존경받는 사람, 어르신이다 보니까, 저를 갖다가 특공대 발탁한 거 그걸 하느님 덕분이라 생각했어요. 왜? 목숨을 부지할 수 있으니까. 그 고생을 갖다가 몰랐어요. 그러나 그 지서에 보면요, 매일 밤낮으로 사람들을 취조하는 걸 앞에서 봐야 할 것 아니에요? 이거는 거짓말 아니에요. 정-말 그럴 수가 있는가 이거야. 어느 여자를 데려 왔다여. 산가에 양치부 각시가 왔대. 각시란 말은 부인이란 말이죠? 양치부는 산에 올라간 사람이지요. 각시가 심어 왔대.

"잡아 왔다."

어 이래 돼요. 밖에서 지금 취조하고 있어. 옷 몽땅 벗겨요. 가차 없다 그 말이야. 그건 뭐 이야기 할 수가 없어요. 알아요? 정말 난 그렇게 (놀라는 시늉을 하며) 확- 전율을 느껴요, 전율을 느껴. 지서에도 성담 쌓잖아요. 성담 쌓으면 지서가 성담으로 어데 정문으로 들어 갈래면은 구불구불 들어와야 돼요. 바로 이렇게 들어오면 질 거 아니요. 일루 들어와서 이리 갔다 이리 갔다. 앞에서 총 쏴도 완전히 방화벽으로 탁 막히게 되어 있지요, 성탑 쌓아서. 어느 누구가 잡아와도 데려 나갔다 하면요, 그 사람 죽었다메, 저 사람 죽을 것이 잖애? 그냥 총으로 쏴 죽일 것이잖아요? 죽창과 철창으로. 그래 죽이는 장소가 있어요, 장소가.

"데려가라."

하면 거기 가서, 가서 철창 (창으로 찌르는 씨늉을 하며) 으로 쑤셔 죽여 버려요. 누가 거기 가서 이는 '내 친척이다.', '이거 내 사촌이다.' 내 아버지라도, 아버지를 잡아도 '내 아버지 그냥 살려 달라.' 소리 못해요. 그럼 '너도 마찬가지야. 너도 가!' 그러면 끝난 거예요. 말 한 마디면. 정말 거 참, 그 뭐랄까요. 그냥 뭐 참 언제 죽어도 모를 목숨이지요. 그나마 그런 속에도 살아남았다는 거 아니에요.

지금도 생각을 해요. 내가 우리말을 제대로 그 당시 익혔으면, 그때 난 이미 갔을 것이다. 그때는 우리말 조금 알고, 일본말은 그냥 예사롭게 써라 써라 했단 말이야. 그러니까 경찰관 이렇게 와서 뭐라고 문초 하더라도 내가 우리말을 모르는 척 해가지고, 더더욱이 전혀 어느 정도 그때는 말하지는 제대로 못했지만은 알기는 알았어요. 이 얘기 한 거는, 그때. 일본에서 와서 2년은 될 때니깐, 알긴 알았어요, 알았는데. 그래도 경찰관이 뭐라 하면 일본말로

"아 나냐? 난데스까? 아 하오, 예스"

이렇게 일본말로 의도적으로 내가 이렇게 까지도 했어요. 그건 뭐냐? 그렇게 함으로써 내 신분에 도움이 될까봐. 그랬을 거 아니에요? 그래서 살아남은 것도 우리말을 제대로 익히지 못한 그런 와중에서도 그렇기 때문에 내가 목숨을 부지할 수 있었던 거 아니냐?

[9] 식사 도중 기마경찰에게 끌려간 아버지

그러다 1950년 한국전쟁이 일어났다. 일어나서 이제는 올라 와서 집들을 갖다가 소개도 끝나고 올라와서 집들을 다 짓게 돼있어요. 나는 그 올라올 때만해도 1948년도에 올라왔으니까 그때 나무를 베서 집을 짓는데, 내가 이저 열 십 팔세에 초가 삼간을 내 혼자 지은 사람이야. 그때만 해도 왜 사람마다 집을 갖다가 새로 지어야 되니까 목수가 없어. 한 마을에 목수가 하나둘 있는 게 불이나. 그러니 '이거를 갖다가 꼭 목수가 필요해야 돼? 이 정도쯤이야 내가 못하겠나?' 했어. 그때는 나무 깎느니 그거 그대로 목수한테 무슨

톱마루라고 뭔가 노미, 끌이라고 그러지. 그것만 가지고 되는게 아니야. 이거 나무를 갖다가 베다가 나무를 깎고. 어떻게 깎느냐? 네모나게 깎아야 될 거 아니에요? 그것도 전부 내대로 했어요. 그거 깎는 거 보고 재잘이라고 했어요. 제주 말로. 재잘이. 그걸 갖고 전부 나무 깎고 그래서 집을 삼 칸을 내가, 열여덟 살에 집을 삼 칸을 딱 하나 지어 놨어요. 지어서 딱 지었어. 그래서 그 집에 내가 좀 살았는데, 그 집에. [조사자: 그 집에 그럼 몇 식구가 살았어요?]

우리가 그때 6.25 당시 아버지, 어머니, 할머니, 우리가 육남매지. 나까지 육남매. 육남맨데. 그래서 한참 그때도 농사지어서, 그 참 여름날이지, 여름날인데. 에- 6.25사변 후에 7월 달쯤 된 땐데, 양력으로. 에- 아버지도 웃통 벗고, 저도 웃통 벗고 조그마한 밥상을 받아갖고. 그때만 해도 제주도 쌀밥이 어딨어요? 이 보리쌀이지, 보리쌀. 먹고 있는데, 경찰관이 말을 타고 마당 안으로 탁 들어왔어요.

아버지 이름 부르면서

"이 양창부 있나?"

아버지가

"예, 접니다."

쌀 가지고, 아마 보리쌀을, 쌀이나 보리쌀을 해서

"쌀 가지고 나와."

에, 전대 알아? 전대. 전대. 에 전대. 조그마한 전대라고 그러잖아요? 전대에 어머니가 아마 그 참, 항아리에서 보리쌀하고 전대에 싸가지고 허리에 차가지고 이렇게 딱 댕여 묶었지요. 아버지 보고 손 내놓으라고 해서 (양 손을 모으며 묶이는 시늉을 하며) 우리 앞에서 아버지 손을 갖다가 이렇게 묶으잖아요. 그때는 저 포승을 채우지 않고, 끄나풀로 이렇게 손을 묶으대요. [조사자: 무턱대고 그렇게 묶어요?] 아이 무턱대고지 무슨. 앞에서 딱 이렇게 묶어요. 그 내가 달려 들어가지고 거 왜 하냐고 할 수가 없잖아요. 어, 딱 묶어요.

그래서 자기는 탁 말 타고, 말안장 뒤에다가 그 노끈을 딱 묶어요. 말안장 뒤에.

(이야기 도중 격해진 감정으로 흐느껴 우심)

[조사자: 생각하시면 너무 가슴 아프시죠?]

나는. 아이 미안해요.

[조사자: 아니에요. 어르신 진정하시고 천천히 말씀해주시면 됩니다.]

말안장 뒤에를 묶잖아요. 집에 들어가난, 우리 제주도에 지금 올레 길, 올레길이 있는데. 사실상 올레길은, 지금 올레길은 그냥 만들어진 올레길이고, 옛날 올레길이란 거는 자기네 집에 집안에 들어가는 골목이 기다랗게 있거든요. 꾸불꾸불. 그것보고 올레라고 했어요. 그걸 모방해가지고 지금 저걸 갖다가 올레라고 그러는데, 옛날엔 그 원래. 올레가 저희집 올레가 상당히 기다랗겠었거든요. 그 올레에 지는 말 타고, 아버지는 말 뒤에, 안장 뒤에다가 끈으로 묶고. 그게 지금 아버지 모습은 마지막이에요. 그 후에 제주시에 해역사령관이 제 할아버지뻘 되는 분 집에 산다는 얘기를 들어서, 제1도 그쪽 이해역 그 할아버지한테 와서 의논이라도 해볼까 하는데 제주시에 올 수가 없었어요. 고향에서. 지금 말하면, 양민증이 없으니까. 양민증이 통행증이거든? 양민증이. 아버지 돌아가신 후에 양민증이 발급된다고 해서 양민증 만들러 마을 리사무소에 갔더니

"너는 안 된다. 안 된다."

그래서 어머니가 통 사정을 하고이

"이 해줘야 될 거 아니냐?"고.

통사정을 해도 그 양민증을 우린 안 해줘요. 안 해주니까 시에 올수가 없잖아요? 올수가 없어. 그래서 결국은 포기해서 뭐, 아버지는, 그 후에 들은 얘긴데, 아버지하고 유치장 숙소에 같이 있던 분이 나와가지고, 동네 분인데. 마을에 고향에 들어오지 않고 외지에 살면서 날 한번 만나자고 해서 만났더니, 아버지는 그때 7월 6일 날 밤, 음력이 7월 6일 날 밤이에요. 양력으로

8월 20일인가? 19일인가 돼요.

"19일 밤, 호명해서 불려나간 뒤 그게 마지막이었다."

그게 나중에는, 지금 국제공항이에요, 국제공항이. 국제공항 그 저, 유해 발굴 됐습니다만은, 아버지라던가 아버지하고 같이 학살당한 그 저 유해는 한 구도 발견하지 못했어요. 그건 뭐냐? 지금도 활주로 밑에 있어요. 활주로 밑에 있어요. 활주로 양 켠에, 양 변에, 양 옆에 있는 유해는 두 군데 발굴해 가지고 유해를 봉안도 해서 안치했지만은, 아버지네 일행은 아직 한 구도 유해를 발굴하지 못 했어요. 응 못했지만은.

[10] 열심히 뒷바라지해 준 동생이 경찰관이 되다

그것이 저희들 살림채가 학교? 제대로 공부 못 했어요. 중학교 겨우 그때 나왔어요. 중학교 나오기도 제대로 공부를 못 해봤어요. 그러니 동생들이, 제가 장남으로서 제가 그러는데 동생들은 어떻겠어요? 그나마 아버지가 저 이, 지금도 생각해요. '아버지가 역시 훌륭했다.' 저 아버지 그 참, 저희들이 그 참, 소위 요즘 말하면, DNA 물려받아서 그런지 그나마 그 참, 동생들이랑 서로 없이 착하게 마음스럽게 살았어요. 동생도 부산에 가서 자기가 저 독학을 했어요. 낮엔 노동일을 하고, 밤엔 고등학교 다니고 그랬어요. 그 동생이 저, 이 경찰이에요. 경찰에 있다는 건 참 아이러니 하지요. 어떻게 희생자 가족이 경찰에 갈 수 있었냐? 에- 있었냐?

그때만 해도 제가 사회활동을 많이 했지요. 그러니까 인맥도 상당히 대단했었어요, 인맥도. 동생을 경찰관을 시켜가지고 경정까지 했어요. 공항대장까지 하고, 경정까지. 정년이 안 됐단 말이야. 정년이 될 수 있는 대도 안 됐어요. 그래 내가 DJ 때 서울에 가서 김중권 비서실장을 만나고이. 만나고 이렇게 했는데. 도저히 이 선 이상은 안 된다는 거야, 한 이 선 이상은. "이건 안 된다, 앞으로." 왜? 벌써 그 저 기록에 이게 소위 말하면, 연좌제야. 연좌제. 연좌제 말 들었어요? 연좌. 연좌 안 된다는 거야. 연좌제라 말이지 안 된다는 거야. 그래 우리 동생이 그 에- 경찰에서 그래도 정년 되어서이 그 경정까지 그래도 무사히 나왔어. 요즘은 우리 동생이 제주도 감사위원회 위원을 하고 있어요. 감사위원회 위원을 나가는데, 아직도 열심히 지역사회를 위해서 일을 해요. 일을 하고.

[11] 촉탁 발령 직후 공군입대

제 경우는 어떠했냐. 저는 그 당시에 일찍 제가 말씀드렸던 이북에서 온 초등학교 교장이 박성룡이란 교장이 있었는데. 저를, 생명의 은인이었어요. '이 새끼 내버렸다가는 틀림없이 경찰의 총에 쓰러진다.' 이거를 갖다가 미리 예감하고 이 선생이 저를 갖다가 신원 보증을 서. 나를 항상 나를 지켜줬어요. 그 저 어머니도 마찬가지야, 부인도. 아주

"절대 우리 곁을 떠나지 말라."

그러더라고. 그래 저를 어디로 보내냐면은 교원양성소로 보냈어요. 교원양성소. 예, 교원양성소. 초등학교 교장, 교원양성소로 보냈어요. 그래서 지금 교원양성소, 제주 시내에 그 집 뒤에 보면은 허물지 않고 그대로 있어요. 거기서 몇 달은 안 있어요. 석 달 동안인가 해가지고 초등학교 촉탁으로. 촉탁하고로 요즘 말하면, 그 계약직이지, 말하믄. 에 촉탁으로 나를 발령해서 갈라니까 그때 또 지서, 파출소에 와서 교장선생 만나가지고

"절대 이 사람은 학교에서 일 못 합니다."

그래 이제 교장 선생님이 날 불러가지고

"지서에 왔다 갔는데, 넌 안 되겠다. 넌 군에 가야 된다."

"너는 마침 내 북한에 있을 때에, 북한에 있을 때 내 제자가 지금 공군에 가 있어서 공군 중위로 윤병호라고, 지금 제주비행장에 와서 근무한다. 내가 가서 부탁할게. 이번에 공군에 네가 들어가라."

그 당시만 해도 제주도가 피난민들이 대거 몰려올 시대란 말이야. 공군에 이 80명 모집하는데, 거짓말 아니야. 북한에서 온 아이들은 전부 그렇게 해 가지고 그 한 7-800명 이상 갔어요. 그나마 용하게 그 합격했어요. 합격. 내가 지금 생각해도 내 실력으로 합격했다고 보지 않아요. 그 윤병호 중위. 이 박성룡 교장이 신신당부를 해서 얘를 맡아달라고 해서 아마 그 틈에 내가 낀지 않았나 봐요. 그래 군대 가서는 어디서 교육을 받냐하면은, 저 경북 경산. 자인국민학굔데 그때. 자인국민학교 학교를 갖다 완전히 폐교하다시피 해서 항공병 학교라고. 공군이 항공병학교. 거기서 내가 교육을 받았지요. 교육을 받아서. 그 당시에 거기서 끝나서 배치되어서 사천으로, 사천비행장으로, 강릉비행장으로, 수원비행장으로 전전을 했어요. 그 근무를 하면서 하다가.

그런데 내가 강릉비행장에 근무할 적에. 그때는 비행기, 비행장이 그 다, 거의 다가 고문관들이 와서 함께 일했어요. 미군 고문관들이. 저를 어떻게 봤는지 모르지만도. 에- 저는 비교적. 비교적이 아니죠. 일을 잘하는 사람이었죠. 아주 열심히. 열심히. 우리 제주 말로 간세이 하는데, 표준말로 태만. 태만할 줄 몰랐어요. 그냥. 거 왜 그러냐? 이 아버지 갖다 제가 신원이 연루된 사람이기 때문에 항상 자기 자신을 갖다 염려하지 않을 수 없었어요. 무슨 말인지 알죠? 미 고문관이 절더러 도미유학을 갔다 오라고 그래서 두 사람 추천하는데 저를 추천을 했어요. 어, 유학을 갔다 오라고. 그래서 발령을 갖다 받아가지고 어디 갔느냐? 대구 칠성국민학교에서 영어전수교육대. 회화링을 해야 돼, 회어링을 해야 되니까. 칠성교육대, 칠성, 대구 칠성국민학교, 거 교정 옆에 다가 조그마한 텐트 쳐가, 텐트 안에 우리가 거기서 숙박하고. 공부는 교실 안에, 그 참 영어 회화 공부를 했어요. 6개월 동안 해서 이제는 다 끝나서 이젠 2-3일 내로 유학을 떠나게 됐어요, 유학을. 나중에 보니까 난 미국대를 간다더니 일본이야. 일본 미 공군연대. 공군본부가 피난 와서 대구에 있었어요. 대구에. 그때 구덕, 덕 자 든 동네에요. 공덕 아니에요, 구덕인가? 아직도 잊어 불지 않애요. 제가 이 저, 이 한문을 둘 째 가라면 서러운 사람이에요. 한문. 그 덕 자 인가 뭐 어디야. 그때 딱 정모 쓰고. 그때는 아무나 정모 쓰고, 정복 입지 못 했어요. 유학가게 되니까 정모 쓰고, 정복 입고 공군본부에 식 하러 딱 갔더니,

"어이, 양 중사."

그때는 이등중사 당제에요. 요즘 이등중사는 하사지요. 이등중사한테 나오라고 해서, 내 나갔지요.

"야, 옷 벗어."

그냥 옷 벗고 보자고 그냥 그 위에 떡 놨지요. 그래서 거기서 마다리 푸대 같은 그 미군작업복 하나 주면서

"이리로 부대로 돌아가라."

에 그래서 들어가라. 이거는 내 마음 속으로 '틀림없이 아버지 뭔가 연관이 있을 것이다.' 지레짐작을 했지요. 짐작을 하고.

그 대구에서 참, 합천 그 지금은 다리 잘 놓아져 있는데. 전두환 대통령이 고향 합천. 그 강에서 차를 빠져서 밤새도록 크– 저 밀다시피 타가지고 부대 사천엘 왔어요. 사천에 와서 2–3일 후에 공군방첩부대. 그때는 보안사단이라고 방첩부대라고 그랬지요, 방첩부대. 출두요구서가 왔어요. 출두요구서. 방첩부대가 어디에 있었느냐? 그때 그 대구 칠성국민학교 그 교사 바로 거기야. 공교롭게도. 또 대구 갔잖아요. 대구 전병 교사 뒤에, 뒷 교사 2층에 그 조사실로 갔어요. 공교롭게도이 저하고 공군동기생이 저를 조사하게 됐잖아요. 부장으로 하고. 그때는 이름이 부기절인데. 부장으로 하고 법원사무국장까지 하다가 지금 사법 사는 친구가 있어요. 이 사람은 지금도

"너 날 조사했잖아?"

난 거짓말.

"조사 안했다."고.

날 보고 얘길 해.

"나 언제 조사했나? 조사 안했다."고.

딱 있잖아요. 있는데. 전부 아이러니 하지 않아요? 나한테 신원조회를 딱 뵈야 줘요. 딱 뵈야 주는데. 그때만해도, 요즘은 인자 뭐 중간에 타자치고, 워드치고 그러지만은 그때만 해도 가리방이야. 가리방 알아? 에, 등사기. 등사기로 철판에 글 써가지고 이렇게 그 가리방이야. 종서로, 횡서가 아니고 종서로 딱 써요. 본인이, 즉 말하면 본인신상 란에 한자야, 란에. 본명의 부, 본명이라네. '본명의 부, 양창보는 4.3사건에 활동하다 형살된 자이며, 본명의 숙부, 작은 아버지는, 작은 아버지 누구누구는 입산활동 하다가 행방불명된 자임.' 딱 썼어요. 그래서 본인의 사상관계, 나는. 도미, 아 '유학중 도주할 우려가 있음.' 주서. 주서라는 거는 붉을 주야. 빨간 글로, 빨간 글로이. 그 빨간 글로 본인의 신상 란에, 거 보고 주서라고 해. 빨간 글, 빨간 잉크지 말하믄 그때는. 볼펜이 아니야. 잉크로 '유학중 도주할 우려가 있음.' 에야. 어떻게 되야? 갈수 없잖아요? 그래서 공군에서 나를 갖다가 제대시켰어요. 불명예제대 시킬 줄 알았더니 그래도 그 저, 생각을 해서 명예제대를 시켰더군.

[12] 뛰어난 정비기술로 인해 재복무 명령을 받다

명예제대를 시켰는데, 부대에서 나를 안 보내요. 부대에서. '이 사람이 나가버리면 비행기 뜰 수 없다'야. 내가 그 참, 아까도 자랑삼아 얘기했지만은 내가 매카닉중에서, 정비사중에서 둘째 가라면 서러운 사람이야. 나는 밤낮을 몰라. 일했다 하면 반드시 그래도 그냥 끝장을 봐야 돼요, 나. 지금도 그 성격이 변함이 없어, 지금도. 끝장을 봐야 돼. 그래서 나를 갖다가 47일 동안 내무반에 감금 시켜 놨어. 감금이라면 이상하지. 연금이지요. 어디 움직이지 못하게 밥 먹고 그대로. 그냥 그대로. 제대한 상태니까 집에 보내지 않았어, 나를. 그러다가 재복무 명령을 내렸어요. 그래 군대 두 번을 갔다 온 거지요. 재복무 명령을 받아가지고 복무하게 되었어요.

그 후에. 수원비행장에서, 강릉에서 수원으로 와서, 수원비행장에서 제대신청을, 그때만 해도 제대가 함부로 못했어요. 육군은 그래도 만기도 있고, 한 5년 근무하면 되는데. 공군엔 그 저, 기술 분야에 있는 사람들은 제대하기가 퍽 어려웠어요. 그래도 저는 제대신청을 하고. '동생들이랑 다 있는데, 내가 하루 빨리 내려가서 농사를 짓더라도 이 동생들을 갖다가 참 맥여 살려야 되지 않겠나?' 해가지고. 그래 제대를, 제대신청해서 제대명령을 받고 돌아왔지요.

[13] 연좌제로 인한 피해들

돌아와서, 고향에 와서. 그 당시에 그 신원조회, 신원조회 딱 한 게 잊을 수가 없어요. 하귀, 저 아까 얘기한 하귀, 애월읍 하귀.

"하귀 파출소 소장 경사 신근순."

딱 그래. 지금도 잊지 않아요. 신근순, 근할 근, 순할 자.

"장전 이장"

고향 말이야.

"이장 강 모. 유지 손 모."

딱 찍어. 그 신원조회에.

그래 내가 고향에 들어오니까 내가 스물다섯 살에 동네 이장을 했어요. 이장을. 그때도 세상을 뭐랄까이. 좀 알지 못하면서 아는 척 한 거지요, 아는 척을. 그래서 동네서 그 저, 이장 한번 해줘야 되겠다고. 불과 장전은 한 이백 호밖에 안 돼요. 요즘은 백 팔십 혼데. 이장을 한 번 해줬다고. 그래 내가 스물다섯 살에 이장을 맡고, 한 1년 6개월 동안 했나? 1년 6개월간. 2년이 임기인데 1년 6개월 동안 하다가. 내가 항상 생각하는 거는 이 세상에 인맥을 쌓지 않으면 살기가 내가 어렵다고 봤어요. 인맥이, 인맥이. 그때부터 내가 인맥을 쌓기 시작했지요. 인맥을 쌓을라니까, 나이도 어리고 하니까. 말하믄, 누구 따라다녀도 제가 고스카이, 일본말로. 우리말은 소사지, 소사, 소사. 쉽게 말하면, 심부름꾼이지. 이런 일을 내가 마다하지 않고 항상 이름 있는 사람 뒤에 따라다니고 이렇게 했어요, 내가. 내가. 그래도 이름 있는 사람들이 나를, 이 촌놈을 어떻게 봤는지 쓸모 있는, 쓸 만하다고 봤는지 가끔 저를 갖다가 일을 잘 시켜요. '이런 거 써라.', '저런 거 써라.' 이런 잘 시켜요. 그러다가 제가 그 저, 그 후에 그 인맥 갖다네, 저는 실력이 없어요. 인맥 갖다네 산림조합에 상무이사 시험을 봤어요. 시험을 봤는데. 역시 그 인맥 갖다네. 그때 신문사 편집국장이라든가, 그 좀, 그 좀이 제주도에 내놓으라 하는 분들이. 국회의원도 2선 국회의원, 아 2대 국회의원인데, 이분도 나를 갖다가 상당히 거 참 이. 그 당시만 해도 제주도 대동청년단 단장하고, 꽤나 이름이 있던 분인데 나를 갖다가 상당히 폭 그 저 나를 아껴줬어요. 이 분들이랑 이렇게 했는데. 그러다가는 제가 삼십 몇 년도인가? 내가 북제주군 재향군인회 회장을 출마했어요. 북제주군. 그 당시만 해도 이 단체가 그렇게 많이 안 되니까. 재향군인은요 여기 관변단체로서 상당히 영향력을 행사했습니다. 요즘은 뭐 새마을위원, 무슨 바르게 살기, 무슨 저 무슨 이런 위원회 저런 위원회 많지만은 그때만 해도 재향군인회하면은, 상이용사하고 재향군인은 즉 말하면, 쌍벽을 이루었어요. 상당히. 그래 완전히 그 저 이거는 그때만 해도 간선이죠. 각 읍면 지회장, 지회장단. 읍면 회장단들이 선출을 했어요. 그래 내가 입후보등록을 딱 했지요. 등록을 딱 해서 선거운동 한참 다니는데, 중정에서 오라 그래. 가운데 중에 오라 그래. 중정에, 요 밑에 중정에서 있는데, 중정에 가다보니까 내 아는 사람도 차가 거기 하나 세아져 있어요. 그 사람 제주도에 이름 있는 사람인데, 대기실에서. 대기실이 아니지요. 정보국장실에, 과장실에 안이면은 나는 밖에서 여직원 있는 데서 기다리고 있는데. 도아가 여직원이 들어갈 때 탁 보니까 그 이름 있는 사람이 그냥 젊은 친구한테 그냥 이 콧빼기하고 막 맞고 있어요. 그걸 딱 봤어요. '아이고, 나도 저렇게 되겠구나.' 뭣땜에 내가 불려왔는걸 내 이미 짐작을 하고 있었으니까. 내가 들어가 보니까 그분은 이미 나가서 없고, 나는 그 협탁 이렇게 모서리로 앉고, 내가 앉을 거 아니요? 앉았는데. 대번에 하는 말은

"야이 새끼야!"

그냥 기를 팍 죽여.

"야이 새끼야. 너 이 자식이. 자신의 신분을 갖다가 알고 있어?"

그 한 마디가 열 마디야.

"네. 알고 있습니다."

(손을 공손히 모으고 대답을 하는 시늉을 하며) 점잖게 이렇게

"알고 있습니다."

"어이, 얼굴 내밀라!"

고 날보고. (얼굴을 앞으로 내미는 시늉을 하며) 얼굴은 이렇게 있지요. 내 얼굴을 그냥 콩등이를 갖다가 콱 (코를 비트는 시늉을 하며) 잡아 틀잖아요. 콱. 눈물이 쑥 딱 놔요. 두 번이나 그렇게 하대요.

"너 알아서 너 잘 처신해."

고만두라 이 말이야. 그래 내가 할 수 없이 내가 고만 됐지요. 이것도 가장 나하고 가까운 사람이 고자질 했어요. 이거 어. 아니 나하고 살 수 없는 사람이야. 이 사람이 저 4.19에, 4.19에 내가 그 저 당 생활을 하면서 국회의원을, 국회의원이 되니까 그 국회의원. 그래갖고 내가 그 지방 비선가 뭔가 할 적에 내가 이력서를 갖다가 도에 갖다 주면, 갖다 주면서 허던 사람이 중정에 들어가니까 나를 갖다가 이거 이 사람이. 아는 사람이 나를 갖다가 그렇게 장난을 쳐요. 그게 그러니까 두 번째 내가 당하지 않았어요? 연좌제로. 이게 연좌제에요.

세 번째는 1976년도. 그 애월 면장으로 내가. 그 공무원 생활은 안했지만은, 저 면장으로 가기 위해서. 어느 국회의원이 나를 애월 면장으로 보낼라고 딱 했는데. 신원조회를 갖다가 딱 보니까, 야- 그 그때 그 신원조회 그대로 올라오는 거야. 한 글자도 틀리지 않고 군대 있을 때에 그 유학 간다고 할

때 그 신원조회 그대로 올라온 거야. 그래 군수가 발발 떨면서 사실은 읍 · 면장은 군수가 임명해요. 시장군수가 임명인데. 말은 시장군수가 임명하지만, 그때만 해도 중앙정보부의 출입관이

"OK!"

승낙을 받지 않으면은 임명을 못 했어요. 내가 임명 못 할 거 아니에요? 그거 봐가지고. 나도, 그때만 해도 그 참, 날지는 못 했지만 뛸 정도는 됐어요. 이쪽저쪽 내가 뛰어다녔지요. 뛰어다녀가지고. 고거를 갖다가 하기 위해서 경찰에도 로비 했어. 그때는 동생이 경찰 들어가서 어– 이게 저 순경 다음에 그거 뭐야? 순경 다음, 경사 밑에. [조사자: 경무? 경위?] 아니야. 경장. 응, 경장할 때야, 동생이. 경장할 때니까 그게 동생도 그 영향력이 전혀 없어요. 그래 내 누가 조금 아는 분이 있어가지고, 통해가지고 결국 요즘 흔히 말하는 정치적이지요. 정치적으로 연이 닿은 사람이 있어가지고 부탁을 드렸더니

"신원조회 올라 오면은 자기가 한번 보겠다."

그래서. 그래서 그 신원조회 올라온 거를 파기 시키고 다시 재차 신원조회를 보냈어요. 경찰에 신원조회를 보냈더니 꼭 그대로 올라오대. 단서에 단서, 비고란에

"본명은 유신체제에 적극 협조하는 자임."

유신체제에 적극 협조하는 그게 임명동기가 되었어요. 그래도 못하겠다는데, 못하겠다는데 그 현역 국회의원이 남산에, 그 중앙정보국이 그때 남산에 있었어요. 남산에 정보국장을 만나가지고, 만나가지고 그 합의 하고 그 정보국장이 이쪽으로, 제주 이쪽 정보과장인가 국장한테 결국 메시지를 보낸 거지. 그래서

"이 사람은 써도 괜찮은 사람이니까 써라."

그래 동의 해줘가지고 그때는 애월, 그때는 애월면이요. 그래서 나중에 읍제가 시작되면서 초대 읍장을 했지요, 내가. 꼭 6년 했어요, 6년을. 애월,

애월읍 알지요? 옆에. 6년을. 내가 이– 마흔 다섯에 하고 쉰하나에 나왔나? 내가 6년 동안 해가지고. 그 참 이, 마찬가지야. 내가 뭐 자랑할 수 있는 거는 아직도 어디 가서 일하더라도 필요한 사람이 되도록 일해야. '뭘 하더라도 필요한 사람이 돼라. 그 시대든가, 그 집단이든가, 그 가정에서가 꼭 필요한 사람이 돼라.' 하는 게 나의 지론인데. 6년 동안 그 하면서 나는 이, 아직도 그때 그 이야기를 갖다 화제 삼고 있는 분들이 더러 있기도 해요. 그게 내 세 번째 그 참 그거야. 그래 내 그 애월에 간 후에. 이장도 신원조회를 해요. 이장도 신원조회를 해요, 하는데. 신원조회 하는데, 이장도 역시 나처럼 그렇게 적용을 받는 사람이 많아요. 그래 나는 그냥. 이장은 또 읍장, 읍면장 이용, 저 임용하는 거지요. 나는 그대로 그 다 눈감고 다 아무 사고도 없어요. 그렇게 연좌제가 우리를 갖다가 괴롭혔어요. 내 동생을 괴롭혔지만, 나도 연좌 때문에 세 번. 군대에서 한 번, 그리고 나와서 그 점 이, 두 번 아닙니까?

[15] 제주 북부 예비검속희생자유족회장 10년

지금은 그래요. 지금도, 내가 지금 전국 한국전쟁 이 회원이 약 백만 돼요, 전국에. 백만이. 백만 대인데, 유족회만 104개 유족회야. 내가 제주 북부예비검속희생자 위원장이야. 아버지 생전에 내 아버지한테 다하지 못한 효도를 갖다가, 내 이거를 갖다 봉사함으로써 그나마 아버지한테 그 참, 다하지 못한 성심을 여기다 내가 몸을, 마음을 바침으로써 그 참 내 스스로도 위안 받을 수 있는 것이 아닌가? 그런 생각에서 시작했어요. 그래 북부예비검속유족회장을 내가 10년을 해요. 회비 한 푼 안 받아야. 아 내가 거짓말 아냐. 안 받고 그대로 해요. 그래서 얼마 전엔 저희 회원이, 저 동문로터리 한복점을 갖다 29년 동안 한다고 그래서 저희 120만 원 짜리 한복을 한 벌 지어 줘서 내 예전에 입고 회의에 가서 자랑 했어요. 내 또 그 한복을 입어서 이야기 할래니까 또 눈물이 나대요. 그래도 일하다 보면, 같은 식구끼리도, 가족끼리도 이렇게 참 저를 갖다가 사랑으로 감싸주는 분이 계시단 걸 생각하니까 참 눈물이 나대요. 그 참 이, 김영순 아주머니라고 한복 하는 아주머닌데. 그 우리 유족회의 회원이 다 해줬어요. 그래서 금년에는 모든 걸 접고, 아 이제 전국 유족회장도 이거 2년 돼요. 2년 되어서 금년 이제 2월 달에, 돌아오는 2월 달에 참 정리가 되면 저도이제 나이도 여든, 이제 새해 넘으면 넷 아니요? 이게. 이제는 모든 걸 접어야지요. 남 묻지요. 젊은 사람들도 많은데 굳이 뭐 내가 해야될 이유가 없지 않겠어요? 하여간 그런 걸로 지금 생을 갖다가 정리 할라고 이렇게 하는 중입니다. 두서없지만도, 어떻게 모자란 부분도 많다 하더라도 그대로 이해 해주세요.

[16] 제주 예비검속 피해자 규모

[조사자: 그러면 아버지께서 예비검속 때 희생을 당하신 건가요?] 아버지가. 응 아버지가. [조사자: 그때가 한국전쟁이 일어나고 바로 다음 달이잖아요?] 응

막 됐지. 예비검속은 7월과, 7월과 8월 사이에 집중적으로 했어요. [조사자: 그런데 그때 이미 인민군이 남한으로 와있는 상태인데, 여기 제주도에서는 경찰이 아직 힘을 쓰고 있을 때였나요?]

그러니까 인민군이 그때 저쪽에서 그 참, 남침한 후에 아주 뭐랄까? 그냥 그때는 이승만이 들어 왔는데, 대구로 왔거든. 대구마저 저기 함락이 되면은, 뭐 서부전선은 거의 다 호남까지 내려와 있었거든. '대구마저 함락이 되면은 부산을 거쳐서 제주로 와야 되겠다. 제주로. 제주로 올라 그러면은 사전 정비, 정비작업이 필요하다. 제주 놈들은 빨갱이가 많다. 불시에 어떤 소동을, 소동을 일으킬지 모르는 놈들이다. 그래서 과거 좌익계에 가담을 했거나, 그런 개연성이 있다는 사람. 전부 예비검속을 시키자!' 이래 예비검속을 시켰죠.

[조사자: 그래서 그때 그 피해자가 제주도만 얼마나 되나요?] 피해자가 제주도만 실제적으로 지금 나타난 사람은 예비검속에 약 한 250명인데, 피해자가 천 명이 넘어요. 그때 더러는, 더러는 저 부두에 있는 주정공장. 어느 주정공장에 절간. 절간이란 고구마 자른 거 건조 시킨 거 절간 아니요? 절간고구마 창고에 있다가 먼 바다에 가서 손발 묶고, 돌 등에 달아매고 바다 수장 시키고 이. 더러는 정뜨르비행장 지금 정뜨르 아니죠. 지금 국제공항. 서쪽 모퉁이에서 굴을 파놓고 그냥 으 세워놓고 그냥 총 쏴서 죽여 버렸지요. 그랬지요.

[17] 예비검속자 인도 거부한 문용석 성산포 경찰서장

그러나 유독 북한출신인데. 성산포 경찰서장 문용석이란 분이 있었어요. 북한에서 왔는데. 이 분만은 예비검속한 분들을 갖다가 해병대가 인도하라 해도 인도 안 했어요, 이분은. 이분은 왜?

"이 사람들은 죄가 없는 사람이다. 내가 이 책임을 진다. 이 사람들 인도할 수 없다."

인도 안 해서 서장은 나중에 전부 석방시켜버렸어요, 그 사람들을. 그러니

제주도의 4개 경찰서죠? 제주시경찰서, 또 모슬포경찰서, 서귀포경찰서 그 관내에 있던 예비검속자들을 전부 해병대에 인도해가지고 예비검속자로 하여금 죽음을 맞도록 했지요. 그래 죄가 있을 수 없는 거 아니요. 물론 교도소에 갔다 온 사람, 형기를 마쳐서 갔다 온 사람. 가족 중에 그 저기 과거 무장대하고 연루 되었거나 어떻게 연고가 닿았던 분. 또 그런 연루해고 조사를 받던 분, 아니면 여론형성층. 요즘으로 말하면 여론형성층. 저 '지역사회 유지로서 저게 저놈이 뭐라고 말하케 되면은 영향력이 미친다.'하는 그 여론형성층. 그런 사람을 갖다가 예비검속을 잡아 넣어가지고 그냥 해버렸잖아요.

[조사자: 과거에 조사만 한 번 받은 경력만 있어도?] 아, 아버지는 조사도 한 번 안 받았어요. [조사자: 그럼 왜 아버님은 왜 그렇게?] 마을에서, 지금 말하면 이 손가락 총. 손가락 총 알아? 손가락 총은

(손으로 총모양을 만들어 가리키는 시늉을 하며) "저놈의 새끼.",

"요놈의 새끼."

요렇게. 동네 사람이. 즉 말하면, 왜정시대에 친일파들이 우익이 많아요. 제주도에도. 무슨 말이면, 해방 뒤에 일본서 막 와가지고 '친일파를 소탕해야 된다!'고 이렇게 하면서 하다보니까, 친일파니 어느새 이 사람들이 또, 이 놈들이 세류에 민감한 놈들이거든. 돈도 있고. 무슨 말인지 알지요? 그래갖고 왜정시대부터 붙은 놈들이 돈도 있고, 세류 따라 민감한 놈들이거든. 그래 저쪽이 유리할 것 같아 그쪽에 붙어먹고. 소위 말하믄, 우익진영에서 행사하면서 이놈들 전부 공산분자다 이렇게 해서 (손가락으로 가리키는 시늉을 하며) 손가락을 이렇게 해서 데려간 거 아니에요. 그래 손가락 총으로. [조사자: 그러니까 (아버님의 일이) 가슴에 더 사무치겠어요.] 그렇지요.

[18] 화해의 손길을 잡아주다

그러나 아까, 아까 그 얘기 했지만은. 그 신원조회 할 때게 장재도 유지해

서 S 모라는 사람은 우리고향에서 유명했어요. 어, 유명해서 그래 간 사람도, 또 산에 올라갔거나 뭐를, 거의 다 연관 안 된 분 없어요, 동네요. 다 뭐 하다 못해 사촌형 같은 데서도 연관됐으니까요. 지나가다

"야이, 빨갱이 놈!"

이렇게 하면, 가슴에서 울컥 내려앉아요.

"야이, 빨갱이 놈!"

부르대요. 그래서 지금부터 3년 전에 그 아들 중에도 아버지처럼 그렇게 나쁜 놈만 있는 게 아니에요. 아들 중에 착한 놈이, 교육자가 하나 있어요. 교육교 나온다고 우리 고향 와 있는데 아주 열심히. 아버지는 그랬지만은. 아주 고향에서는 뭐 아주 쫓겨 다니다시피 다니는 놈들이죠. 형제들 모여 놓고, 우리 형제들 모여 놓고

"야, 누구 아들이 교육교 나오는데 우리가 먼저 손 벌려 주자. 이제는 화해와 상생 아니냔 말이야. 우리 자신이 먼저 손을 벌려서 손을 잡고, 어? 우리가 우리 시대의 이 앙금을 갖다가 후대에 그렇게 물릴 수는 없잖냐? 한번 풀고 가자. 가이 좀 부르자. 내가 불러 설 테니까 우리 화해를 하자."

그래 입후보 하겠다는 아이를, 그 아들을 불러가지고

"야, 이렇게 해서 너를 도와줄라 한다. 네 아버지 때 있었던 일을 갖다가 우리가 모두 잊을라 한다. 너 그렇게 해서 우리 손잡고 미래를 함께 하자."

이렇게 해서 했어요. 그래 내가 그 아이 운동을 갖다 적극적으로 해주니까 우리 고향이나 주변, 아는, 그 내용을 알기 때문에 전부이. 그 화젯거리가 됐어요. 화젯거리가. 그럴 거 아니에요?

"아이, 양 부장님은 절대, 그 집안 갖다네, 그 사람 갖다네 얼마나 애를 먹었는데. 근데 이번에 그 직접 본인을 위해서 선거운동을 하는 거 보니까 아주 깜짝 놀랐다."고.

그런 얘기를 저도 많이 들었어요. 그럴 거 아닙니까, 이게.

[조사자: 어르신은 그럼 공군입대는 몇 년도에 하신 거예요?] 제가— 그때 51

년, 에- 5월 달이지요. [조사자: 51년 5월에요?] 예, 예. 제대는 4년 3개월 만에 나왔으니까, 50 뭐야, 4년이야? 54년 9월 10일인가?

[19] 국민방위병 훈련

[조사자: 그럼 결혼은 언제 하셨어요?] 결혼은 제가 군대 있을 적에 했어요. [조사자: 어떻게 중매로요?] 예, 중매에요. 중매로. 우리, 제가 결혼한 집안은 아주 저 소위 말하면 우익진영입니다. 저희 처남 되는 사람이 제가 장가가기 전에 동네 그 저, 이장하고 그때는 이장이 거의 다 민보단장이라고, 말 들어봤지요? 민보단장을 겸해 있었어요. 겸해서 있으니까 산에서 보기에는 악질분자지요. 악질분자요. 밤새 집에 와가지고 그냥 우리 처남부인하고 처남하고 그냥, 큰처남하고 와서 죽창으로 찔러 죽여 버렸어요. 죽창으로. 불을 지르고. 집은 전부 불태워 버리고.

[조사자: 그런데 어떻게 결혼이 성사가 되었어요?] 성사하는 거는 제가. [조사자: 아버님은 어쨌거나 4.3에 연루가 되셨었고.] 연루가 되나, 연루가 된 건 제가요. 뭔가? 국민방위군. 있죠이? 국민방위군. 제가 초대장을 했어요. 요즘 말하면 소대장이지. 그런 마을마다 국민방위군이 있잖아요. 국민방위군 제가 초대장으로 하면서 3개 마을, 3개 마을이 일일이 소대를 했어요. 그 훈련을 시키러 갔어요. 보니까 우리 집이, 우리 집사람이, 그때만 해도 시골에서 그 첨 소위 초등학교 다닌 사람이 몇 사람이 안 됐어요. 우리 집사람이 그때 그 초등학교 졸업해가지고 부녀회 훈련을 시키고 있더라고? 훈련을 갖다가. 그래서 그게 인연이 되었지요. 그게.

[조사자: 그런데 보니까 저희가 거기 김녕마을에 한 번 갔을 때, 거기 할머니들 말로는 여자 분들만 훈련을 시켰다는데 왜 여자 분들에게 훈련을 시키는 거예요? 제주도에 여자 분들이 많아서 그래요?] 아니에요, 아니에요. 여자 분도 그때는 훈련을, 저 이 제식교련을 했죠, 제식교련을. 남자만 하는 게 아니라 여자도

했어요. 그 여자 제식교련을 하는 데 훈련을 시키고 있어요.

[20] 공군생활과 결혼

[조사자: 그러면 한참 전쟁 때 입대를 하신 거잖아요?] 한국전쟁 후에. [조사자: 네, 휴전되기 전까지 군 입대 하고 계신 건데, 공군에서는 어떤 업무를 맡으셨어요?] 정비사. 전투정비.

[조사자: 그러면 전투현장에는 없으셨고요?] 아니, 그러니까 적진에 출격하는 비행기를 정비 하는 거지. 출격을 보내는 거지. [조사자: 그럴 때 뭐 경험하시거나 조종사에게 들은 이야기는 없으세요?] 아이 그럴 적에, 공군, 지금 저 공군전투비행단에 비행기 띄우면은요 공군참모총장은 파일로트가 되면, 안 되면 안 돼요. 그러니 역대 참모총장이라든가 공군에, 그땐 창군멤버들 지금도 기억하고 있죠. 전부 기억하고 있어요. [조사자: 비행장이 적군에 타격을 받기도 했어요?] 타격은 안 받았어요. [조사자: 위험한 상황은 없었어요?] 그런 건 없고. 하여튼 강릉비행장이 최일선 아닙니까? 최일선이요. 하루에 출격을 갖다가 세 번, 네 번 할 때 있어요. 갔다 와서 또 와서 또 휘발류 주유 받고, 그대로 로케트 포 달고, 폭탄 달고 또 가고. 또 와서 또 가고. 그러니 바쁘잖아요. 그렇게 나가다 비행기가 적진에서 격추되어서 안 돌아 올 때도 있고. 안 돌아 올 때도 있어, 비행장에.

요때 공군 그 사람들이 창설자들이요. 그 사람들 뭐 다, 다 기억하고 있지요. 다 역대 참모총장이라던가. 빨간 마후리 창시자 옥만호 저 공군참모장. 그 사람도 그래요. 그 사람도 빨갱이 가지고, 저 전남 화순 출신인데. 옥만호 대장이. 공군참모총장 했지요. 그 사람도 비행기 빠일롯트인데, 빨간 마후라의 창시자거든. 그 사람 잊어불지 않아요. 빨간 마후라를 갖다 잘라 매고이(천을 목에 매는 시늉을 하며) 빨간 마후라를 갖다가 한 2메타 쯤 길게, 그렇게 활주로를 끌고 다녔어요. (웃음) 그게 결국 공군의 빨간 마후라 되었는데.

그게. 그렇지 않아도 저 공군의 전투조종사는 빨간 마후라를 맸어요. 빨간 마후라를 매었어요. 전투조종사는. 그때만 해도 빨간 마후라 한 거는, 요즘, 그때 나이롱, 나이롱이라 한 거지. 나이롱 마후라. 있지요? 나이롱 아주. 실크도 아니고, 그냥. 나이롱 마후라를 그냥, 빨간 마후라로 맸어요.

[조사자: 그럼 결혼은 몇 년도에 하셨어요?] 결혼을 갖다가 23세에를 군대를 가. 에- 아니 저 1951년도 가고, 53년도에 했구나. [조사자: 그러면 전쟁 중에 결혼을 하신 거잖아요?] 아니. 그때는 결국 집사람이 그래 훈련 시켜도 말 한 마디 못 해봤어요. 훈련을 시켜도. 그냥 이렇게 인사만 이렇게 했지. 훈련, 그때는 갔던 교관, 교관으로서 그래도 그 마을에 훈련을 갔고. 제 집사람은 그 마을의 부녀팀을 갖다가 훈련시키고 해서 그냥 이렇게 인사만 했지, 뭐 앉아서 요즘처럼 어디 무슨 차가 있나, 뭐가 있나. (웃음)

[조사자: 결혼식을 어떤 식으로 하셨어요?] 완전히 구식으로 했어요. [조사자: 그런데 이렇게 크게 잔치를 하거나 그럴 분위기는 아니지 않으셨어요?] 잔치? 그럴 분위기는 아니고. 그때는 군대 가있으니까, 뭐 별로 그 첨 이 그런 거는 없고. 다만 그냥 구식으로. 그때만 해도 제주도는 거의 다 거의 다. 그 얼마 후에부터는. 그때 제 처조카는 그 뒤 대에도 요즘 말하믄, 면사포 쓰고 현대식으로 하대요. 우리 할 때는 거시기 말 타고 훨- 훨. 이런 거 있잖아요? 그렇게 하는 거. 가마 갖고이. [조사자: 그럼 결혼식 하시고 며칠 만에 다시 부대로 복귀 하셨어요?] 그때는 휴가가 많이, 많이 없어요. 잘 줘야 그때 열흘이지. 해병대는 일주일 밖에 안 줘가지고 제 고향 분들은 부산에 오다가 이 풍파가 생기면, 뱃길이 막혀서 부산에서 있다가 그냥 또 부대로 돌아가고 그랬어요. 저는 그래도 공군이니까 최소 열흘은 줬어요. 열흘은 줘가지고. 열흘이면 그때만 해도 상당한 휴가지요. [조사자: 복귀하시고 나면 각시가 보고 싶지 않으셨어요?] 아 보고 싶지요. 보고 싶은 걸 말이라고 해요? (일동 웃음) [조사자: 그러면 소식은 어떻게 전해요?] 그때는 이 편지를 갖다가 계속 편지를 썼어요. 편지를 쓰고이. 아까도 이야기 했지만은이, 저는 군대에 있을 적에

정비를 잘해가지고 박사소리 들었어요. 비행기 정비를 잘 해서. 뭘 잘 한다고 해서. 잘 한 것도 없어요. 허나 열성을 가지고 했죠이. 이 아버지 갖다네 조금이라도 이거 좀, 잘못 자칫하다가 언제 나에게 벼락이 떨어질지 모르기 때문에 아주 최선을 다해서 했죠. 그러고 또 사병들은 저를 보고 양 장군이라고 부르고이. 장교들은 저를 보고 박사라고 불렀어요.

[21] 제주도에 기마경찰이 있는 이유

[조사자: 아까 왜 그 기마경찰 말씀하셨잖아요? 그럼 제주도의 경찰들은 말을 많이 타고 다녔어요?] 아니지요. 요즘은 관광 차원에서 기마경찰이 창립이 되어서, 돼서 있는데. 그때만 하더라도 기마경찰이 얼마 있었어요. [조사자: 그러면 제주도에만 그런 거예요?] 다른 데도 있었어요. 그때는 호마라고 해서, 에– 일본 왜정군인들이 말을 갖다가 많이 끌고 와서 제주도에 내버리고 갔어요. 그게 우리 제주 말로 호달매, 호달매 하거든? 호달마인데, 그거를 갖다가 말하면 호마라 그래요, 호마. 그 호마를 갖다가 경찰들이 많이 이용을 했지요. 아주 커다만한 말이에요. 우리 제주 말은 자끄만 하잖아요. [조사자: 저희가 육지에서 전쟁이야기 들어보면, 인민군 장교 중에 기마장교들을 봤다는 분들이 계셔서요.] 맞아요. 군대도 기마부대가 있고. 우리도 기마부대가 있어요. 스키부대가 있고, 기마부대가 있고.

[22] 예비검속 희생자에 대한 국가의 피해보상 여부

[조사자: 예비검속 희생자들에 대한 피해보상 같은 게 국가에서 이루어지고 있나요?] 내일 변호사가 오는 것도 그것 때문인데. 1심에 승소 했어요, 1심에. 1심에 승소하고 이제 항소심을 할려고 그러는데. 항소심이. 요즘 그 저 판사들이요 정부의 형편을 많이 고려하고 있어요. 그랬으면 안 되는데, 그럴 수밖

에 없는 게 이게 없잖아요. 한 번에 몇 백억씩 이렇게 계산을 해야 되기 때문에 그런 사정을 모르는 것도 아니지요. [조사자: 그래도 그게 돈도 돈이지만, 명예회복이라는 부분이 있기 때문에.] 돈보다도 그것이 국가의 잘못을 갖다 인정하는 것 아닙니까, 이게. 이 한국전쟁 전후를 통해서 죽은 사람이 백만인데, 과거사위원회가 2005년도에 생기, 활동을 시작하지 않았어요? 2005년에 활동 시작할 때 신청한 사람이 불과 8만 명이야. 어, 8만 명이야. 그중에서, 아니 저 8천 몇 명이야. 그중에서 과거사위원회 결정서를 받은 사람이 6천 몇 명이야. 6천 몇 명. 그중에서 소송, 소송에 이른 사람이 3천 몇 명이야. 3천 몇 명은 포기한 거 아니야. 3천 몇 명은 시효를 놓쳐버렸어요. 3년 시효. '이게 과연 이게 되겠나?', '이거 했다가 공연히, 쓸 데 없이 소송비만 날릴 거 아니냐?' 이렇게 소송참여를 못했어. 이 사람들이 약 3천 명 돼요. 다행히 우리는 그래도 시효 이전에 소송을 제기해가지고 1심에서 12월 26일 날, 서울중앙지법에서, 중앙법원에서 승소판결을 받았어요. 이 항소심하고 대법원까지 가야 돼요. 우리가 가고 싶지 않더라도 가야 돼요. 왜? 정부에서 계속 하니까.

이런 것들이여, 4.3이 아직도, 4.3의 역사는 아직도 안 끝났지 않았어? 아직도 진행형입니다. 그래 한국전쟁도 마찬가지야, 아직도 진행형이고. 아직도 우리에게 주어진 숙제가 많습니다. 풀린 게 아닙니다. 아직도 4.3 이후에도 그렇지만, 한국전쟁도 마찬가지 아니여? 지금 유해 발굴할 게 얼마나 많아요? 발굴한 유해도 지금 충북대학교에 있지요. 저 경산에 가면은 코발트 광산에 그 유해가 있지요? 금정, 고양 금정굴 그 유해가 지금 그대로 컨테이너에 있어요. 이런 문제들이, 봉하는 문제라든가. 참 할 일이 태산 같아요. 할 일이 많아요.

[조사자: 오랫동안 건강하셔서 저희 젊은 사람들에게 이런 증언들을 많이 남겨 주세요.]

제주의 전쟁을 말하다

이 복 녀 외

"여자도 하영 죽었어. 그렇게 해서 우리 이제두룩 살아온 것이, 죽지 않으난 살었어요."

자 료 명: 20120206(이복녀외제주)
조 사 일: 2012년 02월 06일
조사시간: 1시간 15분 38초
구 연 자: 이복녀(여·1928년생) 윤한숙(여·1925년생)
조 사 자: 박현숙, 조홍윤, 황승업
조사장소: 제주도 조천읍 북촌리 (마을회관)

[조사과정 및 구연상황]

조사자들이 마을회관을 방문하니 많은 할머니들이 모여 계셨다. 운동기구에서 운동하는 할머니, 모여서 화투를 치는 할머니, 몇 몇 분은 모여서 담소를 나누고 계셨다. 조사자가 조사취지를 설명하니, 한 할머니가 부녀회장님에게 허락을 구하라고 하였다. 부녀회장님에게 조사취지를 다시 설명을 하자

부녀회장님이 할머니들께 협조요청을 해 주셨다. 조사자들은 흩어져서 한 분 한 분의 할머니와 인터뷰를 시도하였다. 오랫동안 물질을 해녀분이 가장 먼저 인터뷰에 응해 주었으나 구연 내용이 오락가락하여 짧게 인터뷰를 마치고 이복녀 제보자의 인터뷰를 진행하였다.

[구연자 정보]

이복녀 제보자는 1928년생으로 23세에 4.3사건을 경험하였는데 교사였던 첫 남편을 4.3사건 때 잃었다. 그리고 5년 후 재가한 남편이 경찰이어서 고생을 했다.

윤한숙 제보자는 1925년생으로 4.3나던 해에 결혼을 하였다. 남편은 전쟁 참전 중 1.4후퇴 때 전사했다. 물질로 자녀들을 키워냈다.

[이야기 개요]

이복녀 제보자: 빨치산의 출몰을 막기 위해 군인들이 마을을 전소하였다. 진압부대 대장이 마을 사람들을 동원시켜 놓고 군경가족을 분리한 뒤 군경가족이 아닌 무리를 총살하였다. 제보자의 부친은 총살 무리에 섞여 있다가 나중에 경찰가족임을 알리고 살아나왔다. 그러나 조부와 조모는 제대로 알리지 못해 총살당하고 말았다. 소방서에서 근무하던 동생도 죽을 고비를 간신히 넘기고 살아 돌아왔다.

윤한숙 제보자: 남편이 한국전쟁 참전 당시 전사하였다. 홀로 힘겹게 물질로 생계를 꾸려나갔다. 4.3때 서북청년단의 횡포가 심했다. 함부로 남의 집에 들어와 사는데, 주인이 월세를 내라고 했더니 총을 쏴 죽였다. 큰아들이 황달에 걸려 죽을 위기에 처했는데, 여수에서 온 군의관이 처방을 해주어 살아났다.

[주제어] 4.3사건, 마을 전소(全燒), 함덕 피난, 학살, 1.4후퇴, 경찰 가족, 총살, 전사, 서북청년단, 월세, 군의관, 황달

[1] 이복녀: 4.3사건 때 겪은 가족들의 죽음

우리 스물셋 나는 해에 사삼사건 나는 해에 불이 타부렀어. 우리 스물셋에. 팔십 일곱인디. [조사자: 성함은 어떻게 되세요?] 이복녀여. [조사자: 이복녀?] 이복년디 우리 저 우리는. [조사자: 나이가?] 팔십 일곱. [조사자: 몇 년 생이세요? 몇 년에 태어나셨어요?] 팔십 셋이나 몇 년 됐나 몰라. [조사자: 띠가 어떻게 되세요?] 용띠. 참 저. [조사자: 잔나비?] 아니 아니 호랭이띠. 범띠.

[조사자: 스물 세살에 사삼이 났어요?] 어 스물, 스물 우리 둘에 사삼은 일어났기는 스물 하나에 일어났는디 우리 제주도 북촌 불붙을 때는 우리 스물 셋 나는 해에다가 불붙었어 시월에다. [조사자: 마을이 불타고 이랬어요?] 마을 전부 불붙을 때에. [조사자: 누가 불붙였어요?] 산에서 와서 이리 다 어디, 군인들이 완 불붙였지 누가 붙여. 군인들이 와서 막 그때 일루 팡팡 절루 팡팡해서.

저 학교 마당에 불러가구 다 나오라 해서. 그래 다 전부해 나가니까 우리는 이제 그 군인 대장 하는 말이 경찰가족과 군인가족이랑 구별을 허라고 했어. 구별을 허난 우리 동생이 밑에 동생이 서에 있었어. 경허니까 우리는 경찰가족으로 이쪽으루 한쪽으루 몰렸거든. 몰리니까 그때에 우리와 같이 와서 온 사람은 많이 살았어. 살았는디 그루제 우리 할아버지네는 노인네니까 저래 죽을 장소로 걸으랜허난. 요 밭에를 온 거야 요 밭들에. 근데 오니까 그냥 총을 다 쏴분 거 아녀. 집들이 걸리넨 요 밭들에 들어걸리넨 우리 할망 할아방네는 일루다 총 맞어 죽어부렀어. 죽어불고 우리 아부지는 죽을 장소에 갔다가 경찰가족이라 해서 그디 스물 하나에 죽는디 우리 아바지는 살아 돌아와서 살다가 팔십다섯 나니까 돌아가구.

우리 집이 신랑은 학교 선생인데 어떵헌 친구네는 숙제를 내는데 그때는 작문 지라고 했어. 작문을 지라고. 이제는 숙젠디. 경헌디 점심 먹으러 오는 순간에다가 이 선생 책상 서랍을 여라넨 '이 개놈들아 잘 있거라. 우리 손에 죽는다.'해서 이제 작문을 져서 도장을 흘러부렀어. 저녁에 그냥 그날 심어다가 저 함덕간 와선 모살굿에다가 죽여부렀지 이. 모살, 구댕이 구댕이 판. 죽으니까 열다섯이 죽으니까 사람 구별을 못했어. 그서 가보니까 우리는 옷이루 찾었지 이. 옷이루 신랑을 찾어와넨 참 그냥 그 오차. 뭐 고생할 순간도 없어 다 그냥 팡팡 다 죽이니까. 그니까 그냥 포롱허듯이 묻었다가 사삼사건 지난 후에야 우리 이제 또 염장을 했어 이. 파다가. [조사자: 염장도 못하고] 그때까지 염장도 못했어. 어디 영 갖다가 흙만 임시 덮었지.

경허구 우리는 그때 경찰가족이니까 우리 새떠머니네나 죽은 어머니네나 서춘들이라도 살았신디 우리 할아방님하고 할마니는 노인네니까 그냥 집들에 가린허넨 돌라와서 으디 와서 할망할아방이 같이 죽어부렀어 그냥. 경허구 우리 어머니는 우리 밑에 동생이 저 함덕 신촌 중학교에 댕길 때에 산에서 와서 학교에 간, 지나서 다녀오는 해난 그냥 자룽거구 이래 함덕광 이짝 질양새 이제 그 사이에 자룽개두 벳겨불구 책두 벳겨서 우리 소관 심어가부렀제 이.

심어가부니까 그냥 반동자여 이젠. 우이서는 이리 붙든 우리 동생이 순경이라핸 반동자여 몰리구 이젠 또 저리서는 이젠 산에 올라서영 또 허구 경허니까 우리 아바지는 여 천량 밑에다 괭이다 박은디 톱으로 싸서 종이를 영 발릉게 할아방 올려두구. 영 문 영 열어그랑게 밭에 영 데리구 여기 영 올라 박으넨 항아리영 들어없어, 그때는 무스그 어찌 항아리 엎어 영 올라강 밥 드리믄 거기서 먹구 옛날엔 요강 사기요강. 그게 있었어. 그걸 영울타리에 올려노믄 거기서 이제 대변두 보구 소피두 보구.

그렇게 허다가 참 우리 아바지는 살안, 이제 두룩이라두 살았는디 우리 세떠바지두 돌아가셔불고. 사삼사건에 이 신능 금성목이라구 헌 디서 죽었어. 쏘아부니까. [조사자: 아 작은 아버지가?] 예. 경허난 우리가족은 다 살았신디 우리 세떠바지가 돌아가셔불고 우리 할망할아방이 돌아가셔불고. 그때엔 우리 살 그 머시 것이 없었어. 쌀두 하나투 없지 집 다 불붙어부렀지.

함덕 가난 이젠 또 우리 어머니는 구굴장새. 이거는 이게 산에 우는 사람 어멍이라 해서 북촌사램이 이 할망이는 아들이 산에 올랐다고 해서 심어가부니까 죽을 장소 가부니까 우리두 다 죽어부지하구 함덕 신촌리가 구들목에가 다 붙구 이. 부엌에가 검질 속에 그땐 검질로 불을 땠어. 나무두 없구 영, 이제부시 연탄이 있시난 뭣두 있시난. 검질 속에 불질 허니까 우리 아버지가 왔어. 어머니는 저리 왔시니까 나오래. 나와서 밥두 먹구 그러해서 우리가 경해 살았는데.

위데 불을 다 붙으다가 우리 어머니네 집만 불 안타부렀어. 그나 우리 어머니네는 그때 뒤에다 감저 두물을 묻고. 감자. 이제 오줌망에 오줌 디아두고 쌀을 이 푸대에다가 담아서 그 위에 담아놔 우에 이제 불치, 불때는 불치를. 불치를 담아놔서 그 쏘를 이제 덖었지. 그거 덖은거 아시다가 이제 함덕 간 아시간 함덕서 우리 저 동생이 구루마를 빌어줬어. 구루마 말 구루마. 그때는 말구루마밲이 없었겠지. 차도 화물차도 없고 해니까. 거니까 와서 이젠 보니까 다 털러 가부렀어. 그니까 그 딴디는 영 팽균되게 놔둔 디는 쌀이 세 푸대 해서 이. 그거를 해다가 우리가 먹고 살어 왔어. 그렇게 우리가 고생을 심하게 했다구.

우리도 신랑도 학교선생인디 그때 죽어부니까 이제는 한 오년 있다가 나도 개가해불구. 경허니까 또 그 뒤 아이들두 우리 손지가 나도 아들이 그때 사삼사건 불붙으던 해에다가 사나이를 났어. 그란데 그 아이가 이제 장개가네. 얼라이를 세개 났는디 그 아이두 폐병 급성폐렴을 걸려서 죽어부렀지. 아이가 세 개만 인제 살었어.

[2] 4.3사건 때 첫 남편의 사망

[조사자: 그럼 첫번째 신랑이 사삼사건 때 죽었어요?] 사삼사건에 북촌 학교 집에서. 심허다가 저 함덕 몰리에다가 판, 구댕이 파서 죽여부렀어. [조사자:

근데 남편분도 경찰가족이잖아요 그런데두?] 그래두 몰르구 그 학생이 그 작문을 져서. '개놈들아 잘 있거라. 너는 우리 손에 다 죽는다.' 영해서 도장을, 선생 도장을 흘려부니까 그럼 교육을 시켰다 해지. 심어가서 죽여부렸지.

[조사자: 무조건 아무나 다 잡아가요?] 아무나 그래. 군인들이 학교 다 어디 고봉면이 고불락들이나 해서 어디루 영. [조사자: 그럼 여자들도 잡아가요?] 여자도 다 심어갔지 뭐. 여자도 하영 죽었는데. 굴속에 고리 쳐부니까. 여자도 하영 죽었어. 여자도 하영 죽었어. 그렇게 해서 우리 이제두룩 살아온 것이 죽지 않으난 살었어요. 산 거 산 생각허므는 기가 막혀서 살 수가 없어. 이제는 이룽게 세상이 좋아서 살기가 좋은데 그때는 우리가, 우리 소건두 멫 번 당했다구. 육이오사변 당했지.

[조사자: 그럼 육이오사변 때는 어떻게 사셨어요?] 그때는 우리가 두린 때니까 이. 육이오사변 때는 그저 여 영 무시기 해가믄 청년대루 영 나가서 이제 봉사두 했구 또 무시기 허니까 그때는 우리가 쫌 위험허게는 안 살었지. [조사자: 오히려 안 위험했고?] 으. 우리는 그때 청년이루 다 나타내지 모든거를 조금씩 허기 따문에 그 저 이북서 들어온 사람들이야 그때. 이북군인들 온 때에. [조사자: 인민군들?] 으. 이북군인들 들어올 때야 그때. 그때는 아무나 죽여부렀어 진짜루.

[조사자: 육이오 때 몇 살이셨어요?] 육이오 때가 우리 열여덟인가 열일곱에. 열일곱에 우리 육이오사변 당했어. 우리 고생 잘 했어. 고생한 거 허믄 말 못하지. 이제 사람들은 막 행복허고 쌀밥 먹구 우리는 저 산에다가 살강 속 헌부대 해강 그거 삶아서 이제 밥 해먹구 바당에강 포래 해다강 밥 해먹구 그렇게 해서, 우리 쌀 꼴 안 봤어.

[조사자: 그러면 남편 시신은 토벌대들 다 가구나서 그때 찾으셨어요?] 으? [조사자: 남편분 시신은?] 사삼사건 끝나서 묻었지. [조사자: 끝나고 바로 묻었어요? 아니면 토벌대들 다 빠지구나서?] 아니 그냥 그때는 어디 못나가 죽여부러. 군인들 딱 포위해부리니 어딜 가지길허고. 경허니까 그냥 몰래 옆에다

그 죽은 장소 옮견. 거리만 땅 파핸 이젠 표시만 딱 해연. 돌개 요만헌거 해다가 이제 영 글루다가 파서 그래 인제 이름을 썼거든. 그때는 그 붉은 빵끼 있었어. 붉은 빵끼, 이 글 쓴데 벗어지지 말라고. 붉은 빵끼해서 영헌 묻은 새에닥 판 영 세왔거든. 경해서 이자 사삼사건 끝난후에야 저 섬오름에다가 묻었어. 저 오름에다 가 묻었어 이녁 밭에다가. 경해서 우리 살기를 잘두잘두 잘두 허구 대녔어. 우리같이 고생한 사람은 없어. 경해두 이제는 양 걷지구 지지두 못허고 일어서지도 못하구 허투루 댕기는대지.

[3] 마을 사람들이 당한 떼죽음

[조사자: 그때 자제분이 어떻게 되세요?] 우리 육남매야. 사남이녀. [조사자: 그러면 사삼 났을 때는?] 사삼 있을 때는 뭐 우리 나 밑에 동생은 경찰관이고 우리 오빠는 부산서 저 한전에 댕기구. 우리 또 그 아래 동생은 소방서 댕기구 또 밑에 동생은 우체국에 댕기구. [조사자: 다 공무원이셨네] 다 공무원이었어. 경한디 경해여도 경찰가족으로 우리가 살았지. 글안했으믄 그때 죽어서.

[조사자: 그러면 경찰가족이라서 산에서 내려온 사람들한테 힘든 일 안 겪으셨어요?] 그때서두 산에서 내려온 사람두 우리가 많이 영 살어났어. 경찰가족이라구 군인이 와서 총 탁 땡기믄서

"너는 빨갱이새끼냐, 어디냐?"

해서 막 총대여놓구 하므는 발발 떨어서 말두 못 걸어. 경허니까 우리 이쪽으로 다 몰리니까 우리두 경찰가족이라구는 저 어디가 멫촌 대구냐믄 육촌데꽈라 사춘 데꽈라 십촌꺼지는 봐준다 했어. 그렇게 해서 많이 살아났어. 그래서 살어난 사람 이제두 있어 산 사람이. 그때 살아난 사람이. 그때는 사는 것이 살만 잃었지 뭐. [조사자: 그때 살아나신 분이 누구셔요?] 그때 산사람이 이제 나도 핬어. [조사자: 다 돌아가셨어요?] 으 나도 핬어. 이제 이 할망네도 다 시아부니까 사삼사건이.

[조사자: 그럼 윤삼례 할머니도 여기 그렇게 사삼 경험하셨어?] 저디가 사삼에 경험은 못했어. 육지 가니까. 육지 갔다와서 시아버지네 고놈 말 들었지. 그 데가 우리보다 아래여. 두알 아래라. 이제 팔십.

[조사자: 그럼 삼춘한테도 이렇게 총부리 대고 빨갱이냐고 물어봤어요?] 거야 모르지 뭐. 우리는 인제 학교에 그 뭐영 상추라도 허러 가다보면 그 퐁나무여 어디시제. 군인들이 대루 여 묶은 호영 살아났어. 소두별에 간다구. [조사자: 어디 간다고?] 어디여 이제 빨갱이 왔쟁 디 왔그라믄 빨갱이들 내려오민 저 개놈들 왔쟁 헌데 인들 죽이러왔징 헌데 대루 꽁꽁 퐁나무에 묶어놨어 우리두. 우리두 남으 구들목에간. [조사자: 어디로 떠났어요?] 으? [조사자: 어디로 떠났어?] 요 어디 퐁나무 있어 어디. 그 퐁나무에 묶어부러.

[조사자: 할아버지랑 할머니도 사삼 때 돌아가셨어요?] 우리 아부지요? [조사자: 할아버지] 우리 할아버지 소심 사삼에 돌아가시구 할머니 송할머니두 돌아가불구. 몰라서 돌아갔지. 집들에 걸으맨 이젠 집들에 보내준다고 허구서 가서 총맞어 죽었는데. 요리, 할마니가 귀막고 할아버지도 귀막으니까 저래 글린 허니까 이제 살려줘, 집들엔 걸린 헌다구 해서 집일 가다가 요 밭에 와서 죽었어.

[조사자: 여기서도 다 모아갖고?] 저 학교집이 다 모여놨다 학교집이. 경허믄 여 문척허믄 한패 그치구 또 한패 문척허믄 그치구. 그룽게해서나간 죽었지. 우리는 구석에 하구. 한번에다 안죽였어. 멧패루 세패 네패루 잘러다가 죽이니까 대장. [조사자: 그럼 한 번에 몇 명씩 모아놨어요?] 한 오십 명씩 죽었지. 북촌사람이 다 나갔신데 뭐. 북촌에 하나투 떨어진 사람 없어. 학교집이 전부 나가서.

[조사자: 왜 다 불러 모았어요? 뭐라고 하고 다 나오라고 해요?] 군인이 나간, 군인이 저래 가다가보니까 어디 요 우에서 군인을 총으루 쏴부렀어. [조사자: 누가 쐈어?] 누가 산에 사람이. 쏴부니까 군인이 서인가 죽었지 이. 동복 가기 전에서 다 죽었어. 요 앞에서 학교집 앞에서 총을 맞었는디 동복 가기 전

에 그사람이 서이 죽어부렀어. 경허니까 그냥 그 사람네가 열받어서 그냥 나오라고 해서 전부 죽어부렀지 뭐.

[조사자: 다 나오라고 해서 몇 패로 나눠가지고?] 그럼. 그냥 허질 안허구. 군인 죽어부니까 우리가 다 불붙여부렀지 그렇코 안했시믄 그렇코 안 해. 군인을 세 사람이 죽었는데 그때에. 어디 요 어디서 그냥 학교주변에서 총 맞어냉게 요만이 가난 죽어부렀네. 경허난 그냥 울타리에 저안현에 빨갱이들 아래완 총으로 다 쏨질허니까 그냥. [조사자: 안 나가면 어떻게 되는 거예요?] 안 나가믄 뭐 집안에서라두 총 쏴서 죽여불지. [조사자: 집안에서라두?] 집 다 불붙여부렀는디. 죽여불믄서 하나둘씩 집 불붙였붔는디 어뚷게 더 살아.

그두 우린 경찰가족으루 벌어댕여두 우리 어머니 친정어머니네 집이 안붙으니까 이, 우리 친정어머니네 집이가 집이 안팎거리라두 막 커. 우리 그뒤 산사람들은 괸당들이구 우리 사춘들이구 다 우리집에 담아져 살았어. 그도 함덕 집단소에 갔다가 이제 친족 있신 사람 친족으로 찾아가낸 가라낸. 경찰가족이라 친족 찾으믄서 가라낸 우리 괸당이 함덕 사니까 거기 가서 살았지. [조사자: 그럼 북촌에 살아남은 사람들은 다 경찰가족만 살아남았어요?] 남은 사람은 몣 개 없어. 경하다가 말적에.

[조사자: 애들은? 애들두 다 데리고 들어갔어요?] 애들두 데리구 가니까 죽었지 뭐. 어디 육지 간 애들만 남었지 뭐. [조사자: 아니 어린애들] 어린이들 금방 난 애기두 다 죽었어. 금방 난 애기두, 어멍 하나두 다 죽었는디 총맞어서.

[4] 동생이 구사일생 살아온 이야기

[조사자: 그때 이웃에 살던 사람 중에 산으로 올라간 사람은 없었어요?] 산에 올라가는 사람 하지 뭐. [조사자: 많았어요?] 으. [조사자: 그럼 가족들이 남아 있는 사람도 있을 거 아녜요] 우리두 동생 산에 올러갔어. 고 학교에 갔다 오다

가 그 학교에 갔다 오난 심어가부니까. 경하는데 그 이리 여 한사람이 우리 어머니 가시난 함덕가 들어가시니까 이거는 이 어멍 산빨갱이 어멍이라구 해서 심어가니까 우리 동생이 와서 빼였지. 그렇지 않았시믄 죽었을 거인디.

[조사자: 그러면 그 동생분이랑 순경 하시던 동생분 다 살아 계세요?] 살았어. [조사자: 저희 소개 좀 해주시면 안돼요? 얘기 좀 듣게] 제주시. 아이고 그것이 번지가 모르쳐. 우리 동생이 소방소에 댕기는 동생이 칼을 몇 박을 맞았신고 나나. 철창이 일루 이래다가 경찰, 가이가 지술했어이. 우에 심어가니까 너무 못 젼디니까 이제 손 들러서 어디 뭣고랑칭이에 군인들 있으니까 손을 들러서 지수헌거야. [조사자: 자수] 자수해서.

경허니 가이는 이젠 군인들이 너가 산에 와난시니까 산을, 그 구댕이를 고래치라 굴을 고래치라 해서 무서웡 못 들어가 가부장허믄 총으로 쏘잰 허니까 들어가다가 보니까 이런 디를 그냥 그 안내 사람들이 철창으로 다 쏴분거 아냐. [조사자: 그 안에 사람들이?] 그 안내 있신 사람들이. 산에 사람들이.

그렇게 해서 우리 동생이 함덕, 우리 불타오른 집이 와내 물구덕, 옛날엔 물허벅에서 물 질었지. 물 질런 허벅을 영 들러보니깐 메모지를 해논거야. 메모지를 해논 것을 어떻해서 보난

"어머니 아바지 살았습니까, 나는 함덕 주둔, 저 주둔포로 귀국해서 내려왔습니다."

이언 우리 동생, 두번째 동생한티 전화를 하니까 함덕 완 찾아보니까 우리 동생이 그리 있거든. 경해서 군인들이 다 치료해준 가이가 살았는디 아 그이가 주소가 잘 잊어부러 모르겄어. [조사자: 전화번호 알려주세요.] 전화뻔호도 몰르구. 가다가 어디가 들면 들루나면 이제 함덕 이구, [조사자: 이구?] 일구 일구 김경화. [조사자: 김경?] 김경화. [조사자: 김경화?] 으. 전화번호가 칠팔삼에 [조사자: 칠팔삼에] 칠사팔사. [조사자: 칠사팔사?] 으. 칠삼팔사. [조사자: 아 칠삼팔사] 전화번호.

[조사자: 이 동생분이 소방서?] 아, 이건 우리 동생아시야. 신랑이야. 이용자

그 신랑이 함덕가이구 우리 동생이 함덕 시집갔어. 그 김경화 이른 사람한티. [조사자: 그럼 김경화 이분은 무슨 경험하셨어요?] 우리 아지방이여. [조사자: 아지방이 뭐하셨어?] 아니 그 뒤 가면은 우리 동생 전화번호두 알고 주소도 알거야. 이한익이라구. [조사자: 동생분 성함이?] 이한익이. 이한익. [조사자: 동생분이 순경이었어요, 아니면 소방서?] 아니 순경허난 아이는 올해 죽었어. [조사자: 아 그럼 산에 올라가셨던?] 이건 산에 올라갔단 지수해 내려온 애, 거 산사람들한테서 막 일루 이래 맨 총맞안 저 철창. 철창으루 일루 찔르믄 일루 달아나고 해선. 경한데 군인에서 다 치료받구 그렇게 했어. 이한익이라구. 거기 강 들으믄 자세헌 내용을 다 알거야. 사삼사건 학교에 갔다오다 어떵헌거 전부다.

[조사자: 할머니 몇 남매셔요?] 우리 사남 이녀. [조사자: 사남 이녀 육남매?] 육남매. [조사자: 할머니 몇째신데?] 나 둘째. 우리 큰오빠가 이제 아홉, 팔십아홉. 나보담 두 살 위여 [조사자: 아직 살아 계세요?] 살았어요. [조사자: 어디 사셔요?] 서울. [조사자: 서울 사셔요?] 서울 살어요. [조사자: 그럼 큰오빠는 다 같이 경험하셨겠네?] 그때는 저 우리 동생네 우리 오빠는 서울 있을 때야. [조사자: 서울 계셨어요. 거기서 뭐 하셨어?] 한전에 댕겼어. [조사자: 한전에 다니셨어. 그래두 거기서 전쟁 경험을 하셨겠네?] 그리 우리 조캐들이 다 박사야 전부에. 그래두 삼남이녀 오남매야. [조사자: 그러면 서울 사시는 오빠도 저희가 만나뵈도 되요? 전쟁얘기 들어보게?] 전쟁얘기 들어봐두 좋지 뭐. [조사자: 이름 좀 알려주시고] 그쎄 전화번호 모르겠어 내가 잊어부러서. [조사자: 서울 어디서 사세요?] 이제 함덕 가 들으믄 그리 가 들으믄 오빠네가 다 알아.

[조사자: 큰오빠는 전쟁 참가하셨어요?] 서울 살았어. [조사자: 전쟁 때 가셨어 군에?] 선생, 저 우리 전장 때에 이리 없었어. 육지 가부런. 경허니까 우리 오빠는 이런 디서 관계가 없었어. 우리 밑에 동생들허구 아래 동생들만. 우리 이제 요 이용자 헌 아이가 가이가 일곱 살에 사삼사건을 당했어. 일곱 살 때여. 그리 강 들으면 우리 한익인 헌이가 산에서 어떵해서 지수당헌거, 어떵헌

불속에서 철창 맞은 거 전부 알아.

[조사자: 이한익 동생분이 그럼 소방서, 소방서 다녔어요?] 으 소방서. 소방서에 살았어. [조사자: 그러면 산에 올라갔던 동생이?] 으. 산에 올라갔다 내려와서 소방서에 시험 봐서 들어갔어. [조사자: 동생이 산에 얼마동안 있었어요?] 저 산에 올라간 때에 한 삼년 더 살았지 뭐. [조사자: 누구랑, 누구 따라 갔어?] 아 가라니까 학교, 신촌중학교 그리 댕길 때에 지당새 태고 댕기다가 그 저 서북믄이 헌데서 잽혀 심어가불고 저룽게 허구 체포만 허구 있어서 우리가 찾어왔다니까. 그때 잽혀 가서 산에 가 살았어.

[조사자: 김경화 아주바이는 계속 제주도에 사셨어요?] 으. [조사자: 이 아주바이는 연세가 어떻게 되세요?] 우리 아씨 신랑? 아씨 신랑이 이제 칠십 하난가 둘인가 됐어난. [조사자: 이한익 동생분은?] 그기는 이제 팔십 다서 여섯, 우리 오래비가 다섯, 팔십 넷. 우리 밑에, 나 밑에 동생허고 나이가 한살 젊으지거든. [조사자: 순경하던 동생은 작년에 돌아가시고?] 작년에 돌아갔어. 그디는 화장실 가우다가 그냥 씨러져서 그 뒤로. [조사자: 그래도 동생덕분이 식구들 다 사셨네요.] 으. 죽어지난 안았지. 다 살았지. 글안했으믄 다 죽었을 거여. 전부 죽을 거여. 다 구루마 빌언 보내어주고 와서 다 집밭내꺼우간에 이제 다 챙견, 다 마차에 실러서 보내여주고. [조사자: 목선이 나갈 때?] 어. 그렇게 해서 살았어. [조사자: 나가서 어디로 가셨다구요?] 함덕. [조사자: 함덕으로?] 함덕 우리 그 친척네 집에 가서 그디서 살았지.

[조사자: 북촌으로는 언제 다시 들어오셨어?] 그디 살다가 이젠 여기 찾어, 그리 살다가 연년있다 집 지스고 오고. [조사자: 집 짓고 들어왔어] 경해도 우리 동생 시에 살았어, 여기 안 왔어. 우리만 왔지. 우리 아씨도 아바지네가 있시니까 와서 살다가 함덕 시집가구. 우리 동생들은 시에따 살았어. 함덕 가다가 들엉. 저 일곡 비석거리헌 디 내려서 어디 거 김경화네 집이 들면 받아줄 거야. 그리 가믄 전화뻔호두 다 알거구. 김경화네 집 어느경 허면 비석거리 헌디가 내려. [조사자: 비석거리 있는 데 지나왔어요.] 아니 함덕 글루 가

믄 비석거리. 그 뒤가 내려부넹게 김경화네가 어느거녀. 경허믄. [조사자: 여기 이용자 동생분은 몇 살이세요?] 우리 아씨가? [조사자: 으 아씨가.] 아씨가 칠십 하난가 두갠가 됐을 거야.

[조사자: 서울 살던 큰오빠 전쟁 났을 때 피난 안 왔어요?] 피난 안 와봤어. 안 와봤어요. [조사자: 한전 일을 했으면 전쟁 때 일 많이 하셨을 거 같은데?] 아니 아니해봤어. 그땐 직장허니까 그런 데는 뭐 저 옛날에 그 북송학교임에 그때 무슨 전신국 있었지. 무슨 전신국 있었어요. 거기서 직장 살았어. 장내 가니깐 시에다간 그양 직장에서 살다가 육지루 또 발령나서 가구. 우리 오빠는 제주도 안 살아봤어.

[조사자: 자제분은 몇 분 계셔요?] 우리 오빠? [조사자: 아니 상촌 자제분 자식들.] 나? 나 삼남 이녀. [조사자: 삼남 이녀.] 우리 큰아들은 저 머시거구 육지가 살구 저 산재보험 과장으로 있어. 산재보험에. 또 세따들은 제주시 학생복허구 적은 아들은 제주시 살아두 저 우길이라헌데 낭구네 거기다가 화장지 공장하구. 딸들은 여기 살구. 가다가 한번 글리 가 들어보믄 우리 동생헌테가 들으믄 학실하게 알거야.

사삼사건을 당해서 산에다가 다 올라 가구. [조사자: 잡으러?] 으 잡아가부니까 그디간 불고를 치른 막 군인도 쏘쳐 안내서두 막 철창 막 쟁여 옆에가 들어가니까 팍팍 찔러부니까 그래두 염통 안 맞으니까 살았어. 막 죽을라구 했는디. 그래서 우리 동생두 고생 많이 했어 사삼사건 때문에.

[조사자: 지금도 그때 생각하면 무섭죠?] 아이구 무섭구 말구지. 발발 떨지. 그른 생각허믄. 다시 그룽게 허믄 약 먹엉 죽어불지 뭐. 그 꼴을 어떻게 봐. 우리 동생 그때 이제 그 경화 처현 아이가 일곱살이야 일곱살에. 노래현 그양 깜짝해가넨 구들목에 막 놓구만 살았어. [조사자: 동생도 그걸 보셨어?] 경핸 함덕 가 살았어 시집가. 경핸 함덕 가다가 거기 가서 한번 물어봐. [조사자: 그럼 이한익 동생분은 어디 사세요?] 제주시. [조사자: 제주시에 살고?] 시에 살아. 시에 저 신제주. 신제주 가믄 우리 아씨가 다 꼴아줄거야. 신제주. 한번

그리 가 들으믄 다 알아.

[조사자: 상춘두 산에 있는 사람들 음식 같은 거 주구 그랬어요?] 그런 건. [조사자: 실제로 다니면서 음식 많이 받아봤다는데?] 아니. 그런 거 했다가 죽을라구. [조사자: 몰래 했다드만.] 아냐 그런 거는. [조사자: 협박하고 위협하고 그러진 않았어요?] 안했어. 산에서 온 사람이야 협박허구 그렇게 돈두 내여노라 쌀두 내노라 안내노믄 환디칼 이만헌 거 이양 싹 파영 야가지를 탁 띠구 우리 아바지두 말 한 부리 쇠만 한 무리 내놓구 돈 천만 원 내놓구 우리 이제 소방서에 댕겼다는 아이 산에 간 해부니까 영허 청장낸허간 우리 아바지두 살았어. 그 이제 이한익이 찾엉가믄 잘 꼴아줄 거야. [조사자: 산에서 내려와갖고 소방서에 있어?] 으. 산에서 내려완 치로 다 받구 시험봐서 소방서 들어간 허다가 정년퇴직했어. 정년퇴직했어. 가이는 고생잘했어. 사삼사건해서. 이 다리가 하나 터져놨어. 다 철창으로 쏴부니까. [조사자: 상촌 소개 받었다고 얘기하고 전화드리고 갈께요.] 그룽게 해서 가.

[5] 윤한숙: 서북청년단의 횡포

[조사자: 성함이?] 나 성함은 윤씨여. 말을 못해여 나이한. [조사자: 몇 년 생이세요?] 구십. [조사자: 구십, 나이가 구십?] 어. [조사자: 띠가 어떻게 되세요?] 쥐띠. 아흔아홉, 저 여든아홉. [조사자: 그냥 윤씨?] 한숙. [조사자: 윤한] 한숙. [조사자: 이름이 세련되신데요?]

수복전이 우리는 저 사삼사건 전인디. 대동아전장, 저기 울안 불판 섬으루 다 불판, 일본사람들 오라가지구. 일본두 우리두 가오두 다 했는디 이 수복날 딕에두 우리 부산으루 서울루 여수루 광주꺼지 막 그 내려오라 했어. 또 저 사삼사건 넘은 그제두 사삼사건 당시가 이 북촌서 시에꺼지 가두 밭에 농사해논 것두 먹을 사람이 없구 소, 소먹이 들어서 다 먹어불구. 그래두 그게 다, 뭐 만나믄 이제 삼대꺼지 아사분다 허니까니 죽여분다 허니까지 못했지.

그래해서 그런 걸 못허구 말도 못허고 숨을 탁 맥혀서 못해봤어요. 말 만나믄 죽인다 허니까 이제. 이 집 세로 줘 사니까. [조사자: 서북청년이?] 서북청년이. 그렇게 해나니까 겁이 나서 말헐 수가 없어. [조사자: 어떻게 집 세로 주셨어요, 무서운데?] 아유 그렇게 저렇게 허멍 살다보니 이제꺼지 살아졌어.

[조사자: 사삼 났을 때 결혼하셨겠어요?] 사삼 난 그제는 이연대가 오라서 여기 막 모사불고 들어갔어. 군인 이연대가 오라가지구 마사가지구 이연대 후연으루 서울 나가제구 그 연대가 모사졌어 두번채루. 중공군 손에 참 우리두 우리 주인이 죽었는디 저 팔월 달에 나가 팔월 십오일 날 음력으로 팔월 십오일 날 나가. 구월 스무이틀날 제사를 지내거든. 그때 아들은 스물 둘에 난 아들이 이제 예순여덕, 육십여덕.

[조사자: 그때 남편분이 돌아가신 거예요?] 으 돌아가셨는데 먹지 못허고 살지 못허고 굶구 뭐 물에 꺼 영 나오믄 이녁 동생이자 이녁 애기자 찰리제 허다 보믄 나도 허다허다 지쳐서 재혼해가지구 딸 둬 개 났어요. 경했는데 지금 같이루 활발시럽게 댕겨졌으믄 왜 못살아요? 활발시럽게 댕기지 못허니까 못 산거야. 우리 부산두 가구 다 허구 부산 살구 그랬어요. 서울두 나들구. 서울두 가 뭉갠디 그떡엔 본 사람이 쌔즉헌 서람이 해불믄 저 사람은 어떻게 했다 허믄 이제 삼대까지 앗아분대는데 못 갔거든.

[조사자: 그럼 서북청년단 세 주구 살면서 돈은 잘 줬어요, 월세는?] 돈이 돈겉은 거 여기 남으 집 살구 우리두 이리서 고생허다 시에가 임시 있으니까니 고생만 허지 뭐. 저 집 빌려준단 그 집세 달라믄 죽여부렀어. [조사자: 집세도 안내고 죽였어요?] 안 내구 죽였지. 내지 말자고 죽인거야. 그 서북청년. 그때 경헌 맘으로 살았어요.

[조사자: 그때 얘기 좀 자세히.] 그 서북청년 허다가 이젠 삼일운동으로 가서 삼일운동하다가 이젠 육이오 났지 사삼사건 났지 육이오 났지. 허난 육이오 난 해엔 울안에 2연대가 오란 사삼사건 당시에 막 모사부렀어. 한루산이 제주도 막 불붙여불구 군인두 막 하영 들오구 이제 갈 뜩에는 2연대 여기 군인

이 또 나가가지구 총 한번 둘러보지 못한 사람들이 다 죽었어요.

[6] 전쟁 중에 사망한 남편

[조사자: 몇 살에 결혼하셨어요?] 나 스물 둘에. [조사자: 스물 둘에, 그럼 해방되고 나서 하셨어요?] 나 저 스물 둘에 나가니까 스물여섯에 그 환경을 봤지. [조사자: 스물여섯에 뭐 사삼을 보셨어요?] 으 사삼도 보구 육이오두 보구. [조사자: 그때는 자제분이 몇 분이셨어?] 둘. 지금 딸은 죽구. 딸은 죽은 아들은 이제 스물, 서른, 예순여덥. 큰아들 시에 있어.

[조사자: 그때 남편 분은 같이 계셨어?] 군인 간. [조사자: 군대 가시고?] 군인 가. 팔 월달에 군인간, 육이오 육이오여. 육이오사변에 갔어. 전장 중에 돌아가셨어. 하두 고생을 허니까 이 시에 살믄 미군 시아시들 대장 오라가지구 바다에 거 다 허래허니까 우리들 다 바다로 허영 배우구 그냥 그때는 저 한루산에 올라가지구 그 미군부대 지슬즉에두 우리 다 일나다녔어. 단으루. 경해 살았어. 고생 많이 했어.

[조사자: 전쟁 통에 전쟁 나가가지구 할아버지 소식이?] 소식 끊으니까 이제 사체두 오고허니까니 저 한루산 거시기 묻혔어. 사라봉 묻혔다가 올라갔거든. [조사자: 편지는 안 왔어요?] 아니 편지가 있었나. 경해서 이제꺼지 살았어. [조사자: 전사통지서 받으셨어요? 집에서?] 으. [조사자: 그때 심정이 어떠셨어요?] 어떡게나겐 살지 못허니까 죽을 거지 뭐. 말 헐 얘기가 더 있나. 어린 나이에, 스물여섯이니까 이제 결혼도 안한 나인디 뭔 말을 허겄어.

[조사자: 나중에 유골도 직접 받으시고?] 이젠 두 번채 다 묻구 사라봉 묻었다가 저 산이 가서 묻어주구. 군인 묻은 그 저 중문묘지에 갔거든. 그리 갔어. [조사자: 어디서 그 참전…….?] 시에. 시. 우리 시에. [조사자: 아니 남편분이 어느 전쟁에서 돌아가셨어요?] 으 신의주 청천강에서 죽었다구. 청천강. 신의주 청천강에서 죽었다구 전화왔드라구. 신의주 청천강. 막 끝마치게시리 우리, 여기서 우리 막 영장 찾아다니다 붙응게 안됩니다. 난 나라에 바친 몸

이니까 언제라두 나라에 바치겠어요 해. 욕두 듣구 고생도 무자게 했어요. [조사자: 왜 욕을 들으셨어요?] 그 할아버지 아나게. 이리 허양 묻겠다구 허지. 자기 고향에.

[조사자: 그럼 태어나셔가지구 여기 북촌리에서 계속 사신 거예요?] 으. 여기서 죽두룩 살았어. [조사자: 사삼 때 마을 사람들 많이 죽었잖아요. 직접 보셨어요?] 으. [조사자: 상춘은 어떻게 나오셨어?] 난 그때 시에 있었거든. 시에 군인 가구 사삼사건이나 육이오나 시에 있어서 봤어. 근디 친정어머니 시아바지 시어머니 시동생들 여기 있구. [조사자: 여기 북촌에 계셨어요?] 으 이제 우리 동새가 아흔일굽. [조사자: 그분들은 어떻게 되셨어요?] 시에 가서. 시에 가서. [조사자: 친정아버지랑은?] 다 돌아가시구. [조사자: 사삼 때?] 아니아니. 저 해방되니까 일본에서 오라서 그냥 바다에 갔단 돌아가시구. 우리 시아주방은 동짓달 보름날 성재라 죽구, 우리집이 주인은 군인 간 돌아가시구.

[조사자: 그럼 할머니 가족 중에 사삼 토벌할 때 이것 때문에 돌아가신 분은 안계세요?] 으 우리 큰오빠가 죽어네. 저 한동 갔어. 한동 [조사자: 한동이 어디예요?] 구좌읍. [조사자: 구좌읍.] 한동 가. 거기 시숙이 있으니까 돌아가셔. 묻은 영장을 파갔어. 우리 오라방 시체를 파 갔어 자기네 괸당이라구. [조사자: 누가 죽였어요?] 저 한동 사람. 한동 누구라 죽었을 거여. [조사자: 왜 파갔어요?] 한 몇 번 오라갔어. 여기 오라간 핸디 우리 묻었나보니까 일러간 막 싸움두 허구 이러갔는데 이젠 자기네가 헌다구 해서. [조사자: 오빠가 뭐 하셨는데?] 뭐? [조사자: 돌아가시기 전에 뭐 하셨냐고!] 일본 간 오라가지구 뭐 못했어요. 일본이 살다가 일본이서 어린 딸 하나 덜구 하나 덜어나믄 죽어부리구 큰년은 살라 인제 육지 어디가 있어요. 우린 그냥 어디가두 그냥 저렇게 했나 싶어서 살지.

[7] 남편 잃고 물질로 생계유지

[조사자: 그러면 전쟁 통에는 어떻게 사셨어요? 할아버지는 돌아가시고.] 그러니까 배고프니까 못살았어. 부산으루 어딜루 가서 물에꺼 허멍 애기랑 우리 동생들이랑 다 살았지. [조사자: 부산은 어떻게 나가셨어요?] 부산이야 그 배 있으니까 배루 나가구 들어오구. 고사리 끊는 거 봐가므 폴러 가구. [조사자: 배 타면 부산까지 얼마나 걸려 시간이?] 시간, 오늘 저녁 다섯 시에 네 시에 타믄 그날 아칙 아홉 시 열 시에 내려.

[조사자: 거기서 뭐 하구 먹고 사셨어요?] 그 저 물질허구 잠수허구. 여기꺼 장 상하구 저하구 폴러강께. [조사자: 부산에서 물질하셨어요?] 으. 서바라루 서바루에 헌들루 대학제주 참 근신대학 해안대학 있음시로. [조사자: 부산하고 제주만 물질하셨어요 아니면 강원도도 가셨어요?] 강완도는 구경으루 가구. [조사자: 구경하러만 가구? 강원도 물이 엄청 차다고?] 강완도도 구경으루 가구 서울은 맹일 늘 나들구. 이모두 있구 오빠두 있으니까.

[조사자: 그럼 전쟁 통에 피난민도 많이 만나셨어요?] 아 많이 만나구말구. 우리 곶지 와서 이북서 오빠들 들오구 저 원산서. [조사자: 원산?] 경해난 우리 오빠들 둘이 원산 살다가 여 제주도 일다니다가 저 서울 있거든. 부산, 부산 있다가 부산 저 우리 어머님 큰오라방 아들이 부산 살았어. 국회 시장 옆에. [조사자: 지금 살아계셔요?] 살았은지 이북 간, 저 미국 갔어. [조사자: 미국에 오빠가?] 응. 애기들, 아들 성제 딸 성젠디 미국 가 있어 지금. 요샌 나가 나두 몸 아프구 해서 못 나댕기구 허니까 오빠네가 미국을 갔는지 여기 있는지 모르겠어.

[조사자: 그러면 부산 왔다갔다 하시면서 장사도 하시면서 물질도 하시면서 전쟁통에는 그렇게 사셨어요?] 그렇게 살았지. 댕가댕가 다만 한 푼이나두 해서 살자구 굶었거든 게. 저 우암으루 울안에 목포 가는 배, 부산이, 시에 사람 다 실는 거는 부산 죽어가난. 무사왔어 우린 버릴 수가 없어. 집을 살당 넘으 집을 빌어 살아두 아적 나갈 것이 없어. 썰이나 몇 줌 있으므는 그거 바구니에 놓구 살라구 애기 손접구 해서 나가지 어떵허난. 이녁 살장허지 어떡해여.

그 미군 부대 오란 한지 살 때두 뭐핸 그 바다에서 바다가 팔더구나게. 그래서 죽으니까 그 사름 급할러믄 그냥 팡팡 그냥 허여난 울지두 않구 돌아오구 이 수장꺼지 돌아오난 그때두 죽은 사람두 있어. 우린 그냥 살드래 살았어. 그 힘으루 여가났어. 그 덕에 부산 저 산지 후이루간 할망넨 먹을 것두 하나 해 들러난 나오랐드라 잘 사는 어른들두.

[조사자: 그렇게 부산으로 장사도 하러 가시고 물질도 하러 가시면 애기는 어떻게 해요?] 애는 어머니신지 다 붙여주시 친정어머닌신지 어머니, 저 갯등에 가믄 그 갯등에 허루 살믄 들어오구 물건 냉겨 들어오구. 여름은 나믄 아파서 일 못허구. 계속 경허므 살다보니 지금까지 살아졌어. 우리는 그냥 이리두 한질바른 집이니깐 그냥 총 들어가믄 그냥 밤이구 낮이구 우리집 사람들만 총질을 허니까 애기 데꾸두 넘으 집으루만 살았어. 내가 노인 할망들보담 날보러 의지헐라구. [조사자: 외로우셨겠어요?] 그믄요. 의지허영 살라구 그양 돌아댕겨.

[8] 군의관 덕에 목숨 구한 큰아들

[조사자: 전쟁 통에 피란민들 만난 얘기 좀 해주세요.] 헌집이 살았어 헌집이 살았어 저 시에서. [조사자: 시에서 한 집에 사셨어요? 피난민하고?] 으. 군의관들 두 사람하고 집이 친족들 죽은 아부지네두 거기 있고. 겉이들 살았는데 두 나들이허므 같이 살았지. [조사자: 어디서 온 사람들인데요?] 해주골. [조사자: 해주?] 해주골. 해주골 살았어. 이제두 동생들은 화신약국 거기 죽은 오래비.

[조사자: 피난 와서 사는 사람들하고 살기는 어땠어요?] 피난 오란 살아두 으저 군의관들 오란 살았네. 우리 큰아들 하난 저 오줌은 소변을 봐가지구 뭐 잽혀오라구 허니까 저 뭐 뭔 병이래 그 황달이가. 황달이라구 이제 저 오줌두 막 싸구 허니까 이제 어디를 가라구. 부산 어디 가라구. 부산을 나가라믄 그,

군의관이 어디 여수, 여수 어디가 그 어른이 전부 몰아가지구 아이들은 주사를 놔줘. 주사 놓구 아들을 지금 살아가지구 예순여덟이여 예순여덟. [조사자: 어릴 땐데 황달이 어떻게 생겼어요?] 병으루 병으루. 영허믄 약이지 뭐이지 사구 영허믄 들어가구 허는 걸 내가 잡아서. 그렇게 저렇게 허멍 죽지 않으니까 살았지 지금까지 살아직을 생각허믄, 내가 영 살믄 생각허니까 죄루나 이룽게 살아지지 뭐허러 영 오래 살아지나 싶어. [조사자: 너무 고생 많이 하셨네요.] 고생은 지독하게 했어요.

4.3 사건과 죽음의 소용돌이

오 선 미

"군인들은 훈련받다가 여자 있으면, 어디 가는 거 봤다가 밤 내를 끄서가벼"

자 료 명: 20140121오선미(제주)
조 사 일: 2014년 1월 21일
조사시간: 47분
구 연 자: 오선미(여 · 1930년생; 가명)
조 사 자: 박현숙, 조홍윤, 황승업, 김현희
조사장소: 제주시 구좌읍 동녕리 (제보자의 집)

[조사과정 및 구연상황]

제보자와 시집살이담 조사 중 만난 인연으로 전쟁체험담까지 청하게 되었다. 4.3사건에 대하여 말하기 꺼려하는 측면이 있었다. 구연 도중 소문나면 잡혀 간다며 겁을 내거나, 가명을 쓰길 원하였다. 김녕 마을이 피해가 없다는 사실을 재차 강조하였고, 김녕은 아무것도 없고 깨끗하다라는 표현을 자주 하였다.

[구연자 정보]

오선미 제보자는 1930년 제주에서 태어났다. 채록 당시 나이가 85세였다. 1947년 4.3사건이 발생하고 조용했던 천굴부리라는 마을에 서북청년단이 들어왔던 당시 제보자는 18세였다. 22세에 결혼하였다. 물질은 16세부터 시작하였고 해방이후 울산, 구룡포 등 육지에서 물질을 해 집도 사고 밭도 사고 자식들 결혼도 시켰다. 젊은 시절 물질하여 번 돈 십오 만원으로 초가집을 사서 살다가 현재는 아들에게 그 집을 물려주고 옆집에서 살고 있다.

[이야기 개요]

4.3 사건 당시 조용하던 마을에 서북청년들이 들이 닥쳤다. 군인들은 산폭도들이 들어오지 못하게 석담을 쌓았고, 초등학교 교사였던 강 선생은 석담으로 끌려가 총살당했다. 아무 죄가 없는 강 선생이 죽고 동네 사람들이 많이 울었다. 동네 처녀들을 학교 운동장으로 모아 훈련을 시켰는데 훈련에 참여하지 않으면 반장이 총으로 쏘겠다고 협박하였다. 군인들은 훈련을 받다가 처녀를 보면 어디로 들어가는지 보았다가 밤에 끌어내어 학교로 데려가 겁탈을 하였다. 제보자는 동네 동생이 장독대 항아리 속에 숨겨 주어 위기를 모면하였으나 군인이 문을 억지로 열어 쏜 총에 엉덩이를 맞아서 죽었으나 보상조차 받지 못하였다.

제보자는 아버지가 멍석 속에 숨어 위기를 넘기는 장면을 목격하였다. 그리고 제보자에게는 외삼촌이 있었는데 연락병이었다. 외할머니가 외삼촌을 항아리에 숨겼으나, 산폭도들이 내려와 몽둥이로 항아리를 부수고 삼촌을 끌어가 죽였다. 전쟁에 나갔던 형부는 죽어 시체만 돌아왔다. 산폭도들의 시신을 본 적이 있는데 발목이 묶인 채로 끌려 내려왔다. 끌려 내려오는 동안 돌에 긁혀 옷과 머리가 벗겨지고 뼈다귀만 남은 처참한 몰골이었다.

[주제어] 4.3 사건, 서북청년단, 산폭도, 물질, 훈련, 항아리, 멍석, 연락병

[1] 조용하던 마을에 들이닥친 서북청년단

[조사자: 저기, 할머니 4.3때 할머니 몇 살이셨어요?] 그때가 우리 훈련받고 할 때, 열여덟인가? [조사자: 어떤 훈련 받으셨어요?] 아이고, 우리 군진훈련 받았지. 그 몸빼가 우리 훈련 받기 때문에 그 몸빼가 나온 거라. [조사자: 왜 훈련을 받게 된 거에요?] 그때 그 거시기 저 일본 서북청년들일 때. [조사자: 그러면 그 전부터 왜 조용했던 마을이 갑자기 서북청년단들 오고.] 서북청년단들은 학교 오란, 막 살면서 허슬 번질한 처녀 있으면 밤 내로 막 몰려들고 잠 우리 못 잤어. [조사자: 그 때가 결혼 안하신 때지요?] 우리 결혼은 스물둘에 하고. [조사자: 그렇지. 열여덟 살 때. 그때 할머니 어디 사셨어요?] 우리 집에 이리 기냥. [조사자: 그러니까, 원래 여기에요? 김녕?] 아니. 딴 데. [조사자: 거긴 어디에요?] 친정에. [조사자: 친정에.] 처녀 때라 친정에 살아났지. [조사자: 그러니까. 친정이 어디에요?] 요. 천구리. [조사자: 천구리?] 요, 천굴부리 허는 데 있어. [조사자: 천굴부리?] 어, 거기 살아. 그때 살아났지. 그때 집했지.

[조사자: 근데 그때 동네는 조용했었을 거 아니에요? 처음에는] 아휴. 처음에는 조용했다가 서북청년 들어왔다 하니까. 기냥 잠을 못잤어. 오죽해야 멍석 펴와내 우리 빙빙 몰아가지고 톡 세왔어. 톡 세우니까 그 멍석을 막 두들데. 그래가고 그때 우리 살아났어. 허슬시기 기냥 심어 갈 걸. 그때 멍석에 몰아 구석에 세우니까. 어떻하네, 기냥 가불데. 막 몇 사람 심어가 놨갔어, 서북청년들. [조사자: 그니까. 그런 이야기들 할머니 보셨던 거] 군인들, 학교 울안에 살면, 그때. 그 당시에는 학생들은 이제 다 못헐게 됐잖아. 군인들은 오기 따문에, 그 군인들을 막 초등학교 서만 살았지. 몇 달, 아, 몇 달 아니고 한 열흘? 한 보름? 그때 기억은 잘 안나는데 오래는 안 살았어. 응, 오래는 안 살고 허다가 해방됐지 허는데 우르르허니 다 떠나불데. [조사자: 그럼, 할머니 동네에 있는 학교에 서북청년단들이 계속 기거하면서, 그 분들이 주로 뭘 어떻게 하고 다녔어요?] 기냥 가르만데만 돌아댕겼지. 나쁜 사람 있으면 기냥 막 총

으로 쏴 죽여버리고. [조사자: 주로 어떤 사람들이세요?] 창으로 쏴 죽여버리고. 아이고, 징그러라 말 못해요. [조사자: 그러니까요. 말을 해주셔야 저희가 이제 역사공부를 하잖아요. 좀 힘드시더라도 그때 보고, 보신 거 경험하신 이야기를 좀 해주세요.]

[2] 초등학교 교사 강 선생의 애꿎은 죽음과 훈련

그때 강치비 선생이죠. 초등학교 선생. 한창 공부시키다가 나오려니 해고, 나오려니 해가지고, 우리 그때는 석담 쌓았어. 저, 뭐 들어오지 못하게. 먹고 즉 말하자허면 군인들 말고 산에 사는 사람. 응, 그 사람들이 못 들어오게 마을 석담을 다 쌓았어. 저기 김녕에 저 바깥에 싹 크게 쌓는데 이젠 우리 이 추사짓는 거기 막 짓었지. 막 짓어 가지고 거기 살면 이젠 여기 보니까 강치비 선생인디 끄서가데, 끄서가니까 밭디 가니까 총으로 쏴 죽여버렸어. 총으로 쏠 때 우리 보지 못했어. 기냥 하도 기냥 매로하구이 기냥 창으로 칼 달물린 창, 요만한 것이 막대기 창으로 그냥 쏘는 디, 우리 그때 겁나났쥬, 그러 후에는 해방됐지 해불아네, 산폭도들 두어서 져불고 군인들도 다 가불고 일본들이 다 가불고 해불아네, 조용했주게. 아휴, 우리 그때 봐나나니까 다시 생각혔어?

[조사자: 그러면 그 선생님 말고도 마을에서] 그 선생만 죽어. [조사자: 마을에서는 그 선생님만.] 어, 그 선생님만 애꿎이 심어다리 죽여부려 [조사자: 그 선생님 이름이 강 뭐라구요?] 강, 지금 이제 나는 모르쿠라, 이름은. [조사자: 그러면 총살하고 할 때 와서 다들 보라고 해요? 동네사람들을] 아니 못 보게 해요. 우리 입초 사는 사람들만 쥑이는 거 봤지. 어, 죽어네, 한 며칠만인 본인들 오라고 해가지고 본 인간들 묻었지. 우리 그때 봐나니까. 막 꿈에 다시 꾸고 잠을 자지 못했어.

그때는 막 그가다가 훈련 나오라면 훈련 받고, 그란 그 식이 그 몸빼 식이 옛날에 굴쟁이 있잖아 그 간 매결에 이런데 이만한 데님 치고 허는, 그거이 있어 났어. 그때 모를거라. [조사자: 모르겠어요.] 그때 그 훈련 받을 때가 그 몸빼가 나왔어요. 그 몸빼를 입어 갈려고 하니까 붙여나서 입어 갈수가 없어. 아이고, 어떻게 입어가쿠네, 그 뒤 훈련 받을 때사 그 가장 갖다가 우에 끼워 가지고 입었던 것이 이제까지 그 몸빼가 나온 거라. 몸빼가 옛날 없어났어. 옛날 굴중이에 간 매견에 가하네 굴중이 만들어 이런데 막 데님치고 댕겨놨지.

[조사자: 그러면 서북청년단들이 와서 어떤 사람들을 훈련을 시켰어요? 모든 동네 사람 다?] 처녀들만. [조사자: 처녀들만?] 시집 안간 사람들만 [조사자: 아.] 허다, 이제 또 군인들은 그 훈련받다가 여행 보면 여자 있으면, 어디 가는 거 봤다가. 이게. 밤 내를 끄서가벼 학교. [조사자: 그래서 어떻게?] 어떻게 거기서 겁탈을 했지, 몇 사람. 군인들은 다 해놨지. 걔 해 놘 거 때문에 우리는 겁나. 대니지도 못했지. 나 바깥에 나 댕겨보지 안했어. 저, 훈련받을 때만 오랑 살짝허게 왔다가 [조사자: 매일 받아요?] 매일. [조사자: 저녁에?] 아침에. [조사자: 아침에, 몇 시쯤에 나가요?] 한 여덟 시쯤에 나가면, 한 열시까지 받아가지고. [조사자: 그러면 누가 와서 처음에 훈련받으러 나오라고 얘기를 해요?] 어, 훈련받으러 오래, 나오래. 응. 반장이 있지. [조사자: 반장이.] 응 채집하는 사람이 있지. 그 사람들 오라고 해가지고, 몇 시에 나오래하면, 어떻게 가야지. 안갔다하면 총으로 쏴불건디. [조사자: 아. 그럼 그 초등학교에 모여요?] 초등학교서. [조사자: 몇 명이나 가서 훈련을 받으셨어요?] 아휴, 그때는 많이 해놨쥬. 처녀들을 그때 잘도 많이 해놨어. 그러니까 무슨 야학을 해줬어? 무신 우리 대에 무신 학교를 가봤어? 눈은 터도 까막이라 일절 못했어. 어디가 어디 처녀가 그래 그거 공부허고 학교 마당이나 가지고 훈련 받을 때나 가지. [조사자: 어떤 훈련 해요?] 기냥 군인가치로 막대기 심어가지고 그걸 총이라고 해서 막 그냥, 바로 군인이나 마찬가지. [조사자: 한 번, 보여줘 보세요.] 엎드러 받쳐라 갈라져라 옆으로 해라 뒤태로 해라. 어이고. 징그러. 우리

그때 해놔 생각을 하면 기가 차. [조사자: 그러면 처녀들은 그렇게 훈련시키고, 그럼 청년들은?] 청년들은 안허고 그때는, 여자들만 심어더라겨. [조사자: 그렇게 여자들만 시켜요?] 응, 처녀들만 심어더라겨. [조사자: 어.]

그러니까 해방되는 해에는 그 산폭도들두 어디간산 다 죽어뻤는지 어디 온 어디 간 줄을 몰라. 근디 결국은 우리가 옛날은 남도 못하게 허니까 고사리, 고사리 얼굴 비레 광법인 언덕이에 그 꽝들이 실리라구려. [조사자: 꽝들이 뭐에요?] 빼. 빼. [조사자: 아. 뼈가.] 산폭도 죽은 빼들 그러니까 살아난디가 그네 영 엉덕뜰에 영 빼가 막 실그렁해, 여 오지 못허지. 어떻게 와 지네가 죽을 건디. 나와도 죽을 거니까 지네가 거기서 이제 언덕에서 자살을 해분 거라. 지넨 이제 그렇게 자살을 해분거라. 가르매도 들어오지 못허지. 들어왔다가는 발묻으면 죽을 건데. 산폭도 산폭도 산폭도 해났지 옛날 산폭도 산폭도.

[3] 처녀를 무조건 잡아가던 시절, 장독대 항아리 속에 숨어 피하다

[조사자: 그럼, 훈련만 받으시고 실제 직접 뭐 한 건 없으시네.] 응. 경해 갔다가이 한 삼 개월 쯤 되난 해방되난 해 기냥 군인들도 다 가불고 산폭도들도 다 죽고 그때는 자유로 됐지. 자유판매 돼빘지. 열여덟에 훈련받아 열아홉에 해방되니까 이제 결혼해 살았지. 그 당시에는 처녀들 못쓰게 돼났어. 나도 홈마 심어갈 뻔 했는데. 동네 따이가 와가지고

"누님, 누님, 자기 곱아, 곱아, 무사 저기 왔어, 왔어."

그란데 옛날에 장 담는 항에 그 속에 곱 안에 두께 덮고, 숨을 못 쉴 거라고 그때는. [조사자: 할머니를 거기다가 숨겼어요?] 숨었지. 숨으니까 그때는 살아나. 기냥

"누님 가부렀수다. 자기 나 없을 때 어떡하네 그려, 어떡하네."

그때 기냥 나왔지. 아휴, 형편없어나 우리 살 때는 제일 고생했어. 열여덟

으로 스물하나까지, 다 그때 제일 고생했지, 훈련받으면. [조사자: 그 숨겨주신 분 진짜 고마우신 분이네요. 그쵸?] 누게? 응. 응. 가에도 이젠 죽어부렀지만은 젊은 가에도 이게 총각이라났지. 그 당시에는

"누님 빨리 나와 빨리 나와. 가벴어 가벴어."

나와보면 다 갔어. 또 뒷날은

"누님 해방되부니까 걱정하지 마세요."

해.

"걱정하지 마세요."

그래, 그때 거기 살은 거라.

[조사자: 그럼, 동네 처녀들은 그렇게 자주 데려갔어요?] 응. 허끄머한 사람은 다 데려가. [조사자: 허끄머한 사람? 예쁜 사람?] 응. 예쁘고 안 예쁘고 처녀는 다 심어가 군인들이라노니까. 그때 한 오십 명은 와 났을거라. 일본 군인들. [조사자: 아, 무슨 순서가 있는 건 아니고 그냥 무작위로?] 응, 무조건. 처녀만 보면 무조건 심어가는거라. [조사자: 그러면 이렇게 저녁에 숨겨 줘요?] 바로 뒷날 사 보내요. [조사자: 뒷날 보내요?] 뒷날 사 보내요. 그날 안 보내요. 결림시로 살게 되게. [조사자: 무서웠겠어요.] 응? [조사자: 무서웠겠다고요.] 뭬? 무서워가지고 밭매러 어디 나가지도 못하고, 어디 우리 해만 져 가면 고불 디렁 마련을 하지. [조사자: 응.] 고불 디. 함써 뚜껑 열어 누웠다가 앉았다가 허슬 어느 정도 돼가면 이제 나오고 그렇게 해났지. [조사자: 근데, 고빌 디가 뭐에요? 할머니.] 숨을 디, [조사자: 숨을 데를 찾는 거야?] 숨을 디가 고빌 디지. 옛날 말로 고불 디, 이제는 숨을 디 했지. [조사자: 그러면 할머니는 항아리 안에 숨어 계셨던 거였고?] 응. 항아리한테 거 숨어났지. 우리가 막 옛날에 어머니 살 때는 큰 항이 있어났주게. 그디 두어이 씩 들어가쥬. 뚜껑을 툭 뚜꺼불면 몰라, 장독인줄 알아가지고.

[4] 북촌, 열여덟 사람의 제사

[조사자: 그렇구나.] 아이고 우리 헐 때가 제일 고생했어. 제일 고생할 때가 우리 여정이 제일 고생했어. 우리 동갑도 이제 거저 다 죽어놓으니까 다섯 사람밖에 없지. 다 죽고. [조사자: 그러면 이 동네에서는 산에 올라가신 분들이 주변분들 중에] 없어. 아무도 없어. 우리 김녕에서는 산폭도된 사람이 아무도 없어. 올라가질 않았지. 김녕 사람들은 근디, 저 북촌. [조사자: 북촌. 음, 맞아요.] 북촌은 서북청년 혼 번에 내려와내 혼 번에 다 죽여부러. 그때 제사가 열여덟 번이나 났어. 열여덟 빠디. 열여덟 빠디 제사라이서. 지금, 이제 지금도 해요. 이제 지금도 한 번에 열여덟 사람 죽여부니까. 하루 저녁에. [조사자: 예, 제주도는 북촌리가 그럼 제일 심했던 데구나.] 그 저 제일 가까운 디죠. 그 산폭도하고 그 북촌은 또 제일 가까운 디라. 그랴 한 번에 열여덟 사람 죽여부라네. 이제도 제사에 열여덟 빠디라. 그기는. 이제도 그냥 제사혀. 북촌은, 북촌 가면 훤하게 알아지지. [조사자: 북촌 갔었어요. 저희가.] 거기 갔어? [조사자: 음, 재작년에] 그때 다 말했을 건디? [조사자: 예, 얘기 들었어요. 4.30이야기 좀 듣고, 그때 음] 북촌이 더 잘 알지 서북청년은 거기서 만드니까.

[5] 물질도 못하던 시절

[조사자: 할머니가 해녀를 몇 살 때부터 하셨다고요?] 나, 열일곱, 열여섯 살에부터 배워. 그냥 처녀시절에는 육지 가서 물질해요. [조사자: 육지 가셨죠? 물질을.] 그땐 속곳 바람이지. 속곳 바람에 울산도 가고 강원도도 가고 구룡포도 가고, 나 안 가본 디가 없어. [조사자: 그럼, 그때는 훈련받고 하실 때는 물질을 못하셨겠어요?] 그때는 못했지. [조사자: 못하셨잖아.] 어이구, 했다거네 그 군인들헌티 [조사자: 난리가 나.] 큰일 나제. [조사자: 그러면 이제 그 사람들이 다 돌아가고 나서, 다시 물질을 하셨잖아요. 그리고 다시 한국 전쟁이 일어났잖아요.] 전쟁. [조사자: 응, 전쟁 때는 어떠셨어요?] 전쟁 땐, 다 못 움직하게

일본서 오라그네 저 들어온다 하면은 우리 옛날은 소남밭에 있지. 소남밭. 우리 김녕은 소남밭이 하 그럼 그 뒤가 천막 쳐. 그래 우리 하루 저녁 가 살다 왔을 거라. 그때 저 일본서 들어왑저 해불허네. 폭발해 분다 해불하. 집은 내비 둬 그 뒤 간에 하루 저녁 가 살아오라 다시는 안댕겼쥬.

[5] 전쟁 때 피난민도 없었던 김녕마을

[조사자: 음, 그러면 전쟁 난 건 어떻게 아셨어요? 할머니.] 다 연락이 나오지. 다 방송에 허고. [조사자: 방송에 뭐라고 나와요?] 그냥 저 일본서 들어왔시니까 자기 숨으래. 빨리 숨어야 되지 빨리 숨지 않으면 폭발로 죽네 해부란, 기냥 다 소남밭에 가 살다가 옛날엔 [조사자: 할머니 해방되고 나서 북이랑 우리랑 전쟁했던 6.25전쟁 때, 그때 방송에서 전쟁이 났다고 피하라고 얘기해요?] 응. [조사자: 그래서 피난을 가셨어? 어디로?] 피난갔지. 소남밭에. [조사자: 소남밭으로?] 솔나무 밭에. [조사자: 요기 가까운데로?] 요기 가까와 요기. [조사자: 딱 하루 나가 계셨어요?] 응. 하루 딱 하루 갔다 기냥 되돌아 경헌한께 해방됐지. [조사자: 할머니네 식구들은 그럼 그때 피난 갈 때 어떻게 뭘 준비해가지고 누구랑 가셨어요?] 쌀, 그때는 보리쌀하고 좁쌀 솥하나 하고 반찬도 안 가져가 장도 안 가져가, 어떻게 우선 이불 가져 가야할 거라. 이불하고 쌀하고 솥 하나만 가지고 물에만 톡톡 저으면 하루 저녁 살잖아. 하루 해 먹었지. [조사자: 누구랑 가셨어요?] 아버지하고 어머니하고 언니들 다 갔지. [조사자: 다 갔고, 어, 그래서 가서 산에서 어떻게 그냥 산에 숨어 계셔?] 어, 그냥 여기 숨어나면, 비행기 소리만 나면 어디가 담에 가서 곱아 숨었다가 또 비행기 소리가 안 나면 바깥에 나오고 하다가 하루 저녁 가 살아왔지. 거 오래 안 살았어.

그냥 저 해방 되부니까. 살고말고 이제 다 자유가 되빘지. 자유가 되니까 이제는 물질도 하러 댕기고 육지도 댕기고, 그라다보니까 물질을 배워서 이젠 결혼해내 아이들을 나게 되고 김녕 어디 시집 가났쥬, 저 한림 협제. [조사자: 한림 협제? 그리로 시집을 가셨다구요?] 그 육지 댕기다가 이젠 할 수 없이 이젠. 여기서 삶 시작해 여기서 고무 옷을 입어서난 그때 돈 벌어나, 집도 사고 밭도 사고 다했지. [조사자: 그럼 할머니 6.25전쟁 때는 시집을 안 갔을 때 아니에요?] 응. [조사자: 그죠? 시집가기 전이죠?] 그때가 스물한 살엔가 길 거다. [조사자: 아, 한 해 전이네? 그럼 할머니 남자형제는 없으셨어요?] 그때는 없어났어. [조사자: 아, 아버지 같은 경우는 전쟁 나가지고 남자 분들 가서 뭐 하는 건 없으셨어요?] 아니, 그건 아무 것도 없었고, 저 우리 아버지가 어머니가 다 늙으니까, 늙으니까 그런 건 없고. [조사자: 음, 그럼 전쟁 났다고 그때 훈련 받던 것처럼 동네사람들 모아놓고 뭐 하는 건 없었어요?] 아니, 아무것도 없어. 옛날이니까 자기 식구가 입 구완하기가 힘이 든데, 보리쌀도 없고 좁쌀도 없어 그래, 입 구완하기가 힘이 드는데 어떻게 해서 몰여?

[조사자: 근데 육지에서 제주도까지 피난들을 많이 왔던데, 이 동네는 피난 안 들어 왔어요?] 아무도 없어났어. 김녕은 아무도 안와. [조사자: 아무도 안와? 왜? 멀어서?] 아니 몰라. 육지에서 사람이 형제간이나 친구들이나 있어야 오는 거지, 제주도를. 김녕은 아무것도 없어. 김녕은 아무도 없었어. 육지에서 아무도 안오라갔어요. 깨끗해요, 김녕은. 제일 김녕마을이 제일 깨끗한 디야. 그런 거 없어. 서북청년도 들어오지 못해. 북촌만같이 뭐사됐기 사람만 다 죽이비지. [조사자: 그럼, 모슬포에 훈련소가 있었잖아요.] 어, 훈련소 거 군인들. 제주 군인들 훈련받으러 가 났쥬. [조사자: 육지에서도 거기 훈련받으러 왔데요. 많이들.] 응, 저 모슬포. 모슬포 거기 훈련 이제도 받았을 걸. 이제도 군인 거기 살걸. [조사자: 음, 아직도 있다고?] 응, 한국군인들 게? [조사자: 예, 한국군인들. 그럼 할머니 인민군 그 피난 온 사람들도 만난 적이 없고, 전쟁 때는] 응, 아무도 없어. 우린 그런 것은 깨끗해. 아무것도 없어. [조사자: 그런 피해는 없으셨겠네요.] 응, 우린 그런 피해는 없고, 아무 피해도 없어났어.

[6] 육지까지 오가며 생계를 책임졌던 물질

[조사자: 그럼 전쟁 났어도 할머니는 물질하고 이러는 거는 여직 그냥 그대로?] 전쟁 끝나야 물질했지. [조사자: 아, 그럼 뭘로 먹고 살아요?] 어떻하긴, 그러니까 못살아. 막 기냥 김녕사람들 못살아. 보리쌀 한 가운데 받아다가. 이젠 톳 있지? 그거 삶아가지고 그거 밥에 섞어가지고 밥해 먹었지. 전쟁 끝나부니까 이젠 이녁 양으로 물질해여. 미역해라 그래, 그거 팔아다가 그래 보리쌀 받아 먹어 좁쌀도 받아 먹어. 쳐쳐쳐쳐 해가니까 이제 살아졌지. 기냥 울산 가던 해에 우리 보리쌀 열두 말씩 캔가 그래. 거기서 물질하면 먹지 여기 내올 때까지. 그때 끝나니까 이제 쌀 쌀나니까 쌀밥으로만 먹음 시작했지. [조사자: 그럼 식구들은 놔두고 할머니 혼자 울산으로 물질을 가요?] 응. [조사자: 그럼 거기 한 번 가면 얼마나 가 있어요?] 아이고, 그때는 한 만오천 원 그때 만오천 원 같으면 이제 한 천오백쯤 될 돈이지. [조사자: 돈이] 나 이 집 물질하느라 산 것이 십오 만원에 산거라. 이거 이집. 오래가지고 초가집이라 한 것이 나가 워낙 물질하멍 고무 옷 입어 벌멍 다 집 짓어래. 아들 저 집 물려주고 난 바깥에 살지. [조사자: 그러면 할머니 시집 온지 몇 년 만에 집을 사신건데요?] 집 산거? 물질을 그때가 한 육십에? [조사자: 음, 육십에] 응. 육십돼사 재라허기시기 들어앉아 삼도 사고, 밭도 사고, 집도 사고, 집도 다 짓고 갱했지. [조사자: 스물두 살에 시집와서 육십에 집을 사셨어?] 육지만 돌아댕겼지. [조사자: 그러니까. 육지로 나가면 얼마동안 나가있다 들어오세요?] 그때가 이월, 음력으로 이월 달에 가면 팔월 달에 들어오지. [조사자: 그럼 애들은? 누가 키워?] 아이들은 외할망씨. [조사자: 외할망씨가. 아.] 그특하모 고생하며 살았어. 우리가 제일 어려운 때 낳놓고 고생을 얼마나 했신지 몰라. 말도 못하게 고생했어. [조사자: 시어머니 계셔도 친정엄마가 해줘요?] 응. 거리가 멀기 때문에. 그래 나 친정에 와빘지. 거리가 멀기 때문에. 육지 가자고 하면은 이리가 울산에 가면은 가까웁잖아. 옛날은 발동기 타. 이제는 객선이 있고

비행기가 있지만은 그때는 발동기 타, 통통통통하는 쪼깐한 배 타 댕겼지. 막 멀미해. 죽어져.

[조사자: 근데 전쟁 때 아무도 들어오지 않는데도 물질을 못하는 이유가 있어요?] 못허지. 전쟁 때 물질하다가 큰일나제. [조사자: 주위에 이렇게 전쟁 때, 물질을 하다가 사고가 나거나 그러셨던 분들 계세요?] 옛날엔 사고가 많이 나났쥬. 할망들. 우리 대에 이제 그 할망들, 그때 속곳 바람이 하니까. 이제 미역 강하러 갔다가는 숨 먹으니 추우니까, 이런 때 추우니까 물에 들어가면 기냥 죽은 사람이 많해. 막 많해요. 바다 위에서 [조사자: 근데 바다를 군인들이 지키는 것도 아니잖아요. 근데 왜 안해요? 물질을] 지키지 않아도 못허지. 이녁 자수대루게. 무서워 가지고. [조사자: 무서워서?] 응. 안해요. [조사자: 그래도 하는 사람 있었을 거 같은데.] 속곳 바람으로 댕기다가 어떡하려? 큰일나제. [조사자: 응] 안돼요. 해방되고 살기가 편안해 가사 육지도 가고 물질도 허고 고무 옷도 일본서 들어완 고무 옷 입음 시작허고 이렇게 했지. [조사자: 음, 아예 물질을 전쟁 때는 못하시는구나.] 그만침 어려웁게 살았다 허는 거지. [조사자: 그래도 하는 사람 있지 않았어요? 동네에서.] 없어. 없어. [조사자: 없어요. 아.]

[7] 군인에게 죽임을 당한 동네 처녀

제일 김녕이 깨끗헌디라. 알고보면. 무신 서북청년 저 그 산폭도들 들어와도 이리 김녕은 들어오지 못해났쥬. 워낙 쎄여 놓으니까. 쎄여 놓니까. 들어오지 못해. 한 몇 달간은 살았을 거라. 게 나여 같이 입초산에 저 남백길이 저 성 생기는데서 거기서 입초산에 허다 이제 군인들, 군인 두 개가 막 술 먹고 돌아와

"문 열지 마라. 문 열지 마라."

경해서 나예. 난 물질도 안갔쥬. 겁나가지고 안가니까 가에는 문 열내 갔

다. 총으로 쏴부니까 이 엉덩이에 총 다마가 들어가지고, 그냥 병원에서 울다가 죽었어. 그래도 무신 보상금이 있어? 아무것도 없었지. [조사자: 그러니까 그 사람이 누군데요? 그 총에 맞아서] 임치비, 가 내가 이름을 몰라. [조사자: 모르겠고, 얘기만 들으셨어?] 임치비 딸이, 나광 동갑이쥬.

"가지 말라. 가지 말아라."

거 죽진허면 헐 수가 없는 거라이. [조사자: 응.]

"가지 말라. 가지 말라."

허니까니

"에이, 가 문 열어줘"

"에이, 가 문 열줘? 저 술 먹은 사람 아니냐?"

술 먹은 사람,

"가지 말라. 가지 말라."

해갔는데, 가 문 탁하고 열어, 총으로 팡 쏴고 그냥 돌아나비.

[8] 외삼촌과 형부의 죽음

[조사자: 아까 처음에 멍석 말아놨다고 그랬잖아요. 그걸 왜 말아놓은 거에요?] 우리 여해 누우면, 이젠 영영 몰아 세워놓으면 사람 없이 주게. 사람 있어? 말아불면 모르지. 그러니까 사람인줄 몰라가지고 그냥 넘어가 불지. [조사자: 사람을 거기다 숨겨?] 응. 그디 그리 말아. 같이 말아 세워놨어. 그렇게 우리 고부며 살았어. [조사자: 거기다 누구를 숨긴거에요? 할머니. 그 멍석 안에 누구를 숨겼어?] 우리 아버지. [조사자: 아버지.] 이래 누래. 이래 멍성같이로 빙빙 빙 몰아 이만해지게. 그때는 어릴 때구란. 요만한 했지. 그래 톡하고 세워불어. 사람인줄 몰라 기냥 넘어가 부렀어. 툭툭툭툭 골라 때려. [조사자: 이렇게 치면서?] 아이고, 오늘은 죽었다. 오늘은 죽었다 해다보다 기냥 가부렀어. 에이, 그런 순간을 다 봐서 [조사자: 그러니까, 그런 세월을] 그런 경험을 우리

겪어서.

무사, 북촌도 가면 알거고, 월정도 가면 알테지. [조사자: 월정도 우리 지나왔어요. 그래도 월정이랑 여기 김녕이랑 별로 거리는 차이가 안 나는데 피해는 거기가 훨씬 큰 가봐요?] 거기도 피해는 하염 봤을거라. 저 거시기 저, 뭐꼬. 우리 외삼촌도 경이 죽었어. [조사자: 그 이야기 좀 해주세요?] 저, 거시기, 저, 우리 외삼촌이 임윤택이? 윤택인가? 막 어릴 때 죽어부러 경연히 이 장독 안에 곱았어, 우리 외할망 말이 장독 안에가 곱아시라 아무 것이

"나와라, 나와라."

안 나오네. 가네 기냥 몽둥이로 그 항을 부시데 끄서가 행원 모래바닥에 가 뒷날 가 보니까 모래바닥에 옷 민짝 벗고, 전동으로 그차 불고, 일로 다 그차 불고, 죽여 빘은게. [조사자: 누가? 서북청년단들이?] 저 거시기. [조사자: 일본?] 아니. 일본서 말고, 산폭도들이게. [조사자: 산폭도들이, 아, 산에 올라가 있던 사람들이] 응. 산에 올라가 있던 사람들이 우리 삼촌이 마을에서 주장으로 댕겨났주게. 억을 세고 막 무서운 데가 없어. 김녕에서 자꾸 연락 지서를 연락한다고.

"나오라, 나오라."

밤내로 하니까.

[조사자: 외삼촌이 지서에다가 연락해주고 이러는 사람이셨어요?] 응, 연락해주고. 밤이 가 그래 월정 서북청년 들어왔은게 빨리 들어오라고 연락병이 했제. [조사자걍 심어다가 다 짤라 죽여, 다리도 한 짝 다리도 다 짤라내고, 다 짤라내고 아무것도 없어.] 매짝같이 다 죽여버렸어. 모사판가. 행원 모사판에 죽여버렸은게. 우리 그때 가왔지 외삼촌이. [조사자: 그 거를 할머니한테 들으셨어요? 그 이야기를?] 응, 외할머니. [조사자: 그 외삼촌이 몇 째 아들이에요? 할머니한테] 그 삼촌이 두 번째인가 첫 번째인가 길걸. 아주 그건 모를쿠다. [조사자: 결혼은 하셨어요? 그때?] 그른 땐 안했지. [조사자: 결혼도 안한?] 그 외삼촌도 결혼도 안했고, 나도 쪼꼴락할 때니게. 조근 때라. 결혼도 안했지. [조사

자: 그렇게 들은 이야기들도 좀 더 아시는 이야기 있으면 해주세요.] 잘 이야기 말 안 해줘, 할망이. 아니 말해줘. [조사자: 다른 사람 이야기라도] 다른 사람도 아니 이야기해줘. 우리 그때 어릴 때라. 난 또 그거 듣지도 안하고 이리 들락 저리 들락 돌아만 댕기면 그거 들을 저기가, 안 들어봤지. [조사자: 그 산에 있던 사람들이 일부러 찾으러 왔나보다. 그렇죠?] 어디 가시믄 우리 외할망 막 낳아서 쳤다블레 월정 모산 행원 모사대가 죽여부서. [조사자: 그럼 산에 있던 사람들이 밤 되면 내려와요 마을에?] 밤에 내려오지 밤 열두 시 한 시 스루에 한 시 되면 내려온데. [조사자: 내려와서 뭘 해요?] 사람 죽이제 지네 축에 안 붙음제 [조사자: 안 붙으면] 응. 안 붙으니 죽여 불제. 그래 우리 외삼촌도 지네 축에 안 붙은제 죽여분거주게. [조사자: 그럼 뭐 식량을 가져가거나 그러진 않아요?] 식량은 가져가지 않여. [조사자: 아 그냥 사람 잡으러 와요?] 어, 사람만 지네 시대 아니 붙으기면 죽여불고, 죽여불고 그러지.

[조사자: 그럼 그 산에 있는 사람들 토벌하러 다니는 사람이 주변엔 없었어? 할머니 주변에는?] 없어. 이거 이제 실코랑 말해놓으면 이제 소문나거나 이제 나 끄집어 내믄 큰일난다. [조사자: 아니, 아니, 그럼요. 겁먹지 마세요. 할머니 그러면] 나 이제 말하는 것도 너무 서붓하다야. [조사자: 그 산에, 산에] 말하고 싶으지 안해.

[조사자: 어느 산이에요? 할머니 주로 이제 거기] 어느 산? 산이 하나 질게 뭐야 [조사자: 산 이름이 없어요? 그냥 뒷산? 이렇게?] 없어, 없어. [조사자: 그 사람들은 거기서 그냥 살아?] 거기 어디 사는지도 모르고 어떠하길래 거 사폭 뜯어 사는 줄 알았단 큰일 나지. [조사자: 그렇구나.] 큰일나, 그땐 죽여부릴건디. [조사자: 지금 생각해도 무서워요? 그 얘기를 하면?] 응, 지금도 그 선생 죽일 때 봐놔부니까 그것만 하설 무섭쥬 훈련받을 때도 매도 맞아놔구. [조사자: 응] 우린 매도 맞아놔서 잘못한다고 [조사자: 어떻게 맞아요? 막 때려?] 막 때려 막 때리 몽댕이로 때리지. 그 사람도 군인 갔다네 죽었지만은 그 사람이 헛슬 주장으로 처녀들 돌아다녀 훈련 해놨쥬. 근데 그 사람도 군인갔다네 죽

어서 [조사자: 왜요 전쟁 때 나가서?] 응 전쟁 때 나가. 군인 우리 군인 한국간 죽은 사람이 많해. 막 많해. 우리 언니 신랑도 군인 갔다네 죽었 [조사자: 형부가?] 보상 돈은 받어. [조사자: 보상은 받아요?] 응, 보상은 받아. [조사자: 언니는 어디계세요?] 저 뒤에, 멀어. [조사자: 제주도 계세요?] 응. [조사자: 그럼 언니는 결혼을 하고 전쟁이 났네요?] 응, 결혼을 하고 전쟁이 났어. [조사자: 그렇죠. 형부가 군에 가시고] 결혼을 해야 돼. [조사자: 언니가 좀 저희한테 얘기 좀 해주시면 안될까요?]아이고, 이제는 귀도 멀고 말이 이럼성 저럼성 이제 노망해 안돼. [조사자: 그러면 언니한테 들었던 얘기라도 좀 해주세요.] 어, 안돼. [조사자: 들었던 얘기 좀 해 주세요. 형부가 전쟁터에 나가서 돌아가셨어요?] 응, 전쟁터에 나가 [조사자: 어디?] 어디 산데 알게 뭐야. [조사자: 어디인지는 못 들었고?] 우리 어릴 때란게 죽었다고 해서 시체만 보냈은게 설 안에 시체 보냈은게. [조사자: 서울에서?] 서울서. [조사자: 그때 언니는 아이가 있었어요?] 아들 하나. [조사자: 아들 하나 키우고 계셨어요?] 그 아들도 이제는 죽어 부렀지만은 [조사자: 왜?] 아파. [조사자: 아파서? 엄마보다 먼저 가셨네.] 응, 죽어부러, 아이고 옛날 삶이 고생이쥬. [조사자: 그러면 언니는 그 자손 한 명? 아들 하나?] 아들 하나. [조사자: 어, 그렇구나]

[9] 여덟명의 제사가 같은 날, 잊혀지지 않는 섣달열여드레

아 북촌강 들어보지, 나한테 뭐하러 와? [조사자: 아, 이제 또 할머니는 물질을 하셨으니까, 전쟁 때 또 물질하신 분들은 어떻게 사셨는지 이제 그런 거는 북촌이 아니라 물질하신 할머니한테 말고는 들을 수가 없으니까] 월정도 많허고. [조사자: 아, 그런데 물질을 못 하셨구나. 전쟁때는] 응, 월정도 만하고 북촌이 많지 잠수들은, 우리는 김녕보다 북촌이 많아. [조사자: 전쟁 때 피해본 데가] 응, 북촌이 많아. [조사자: 그럼 제주도는 전쟁 때 피해본데가 조천 이쪽이 제일 심해요?] 북촌이 제일 심하지 거기가 사람이 많이 죽었지. 헌 번에 허루 저녁에 열여덟 죽어바게. [조사자: 그러게] 쪼꼴락한 마을에 남자들만 열여덟 죽지 않았어? 여자는 아니고 남자들만 [조사자: 그래서 제삿날이 다 똑같애.] 섣달열여드레 날 이젠 잊어 불지도 않어. 섣달 열여드레 날 찍어 부니까 그때 제사를 막하지. 명절 같이로 해여. [조사자: 그건 유명한 얘기인가 봐요?]응 거기가 제일 유명한 마을이라 낫쥬. 이제는 지금도 기냥 말해요. 헌 번에 열여덟 살 모란 서북 청년들 죽여부리라. 총으로 쏴 그때는 창이쥬. 총이 아니고 창. [조사자: 네, 창.] 창으로 다 쏴 죽여 버렸자나. 남자들만 죽였죠. 여자들은 안 죽어 남자들만 다 죽여빘죠. 허슬 젊은 사람은 다 죽여. [조사자: 응, 젊은 사람들을, 그래도 무서운 시절 사셨어요. 그렇죠?] 이제 이말 어디로 내와놓면 큰 일나. [조사자: 예, 저희 공부하는 데만 쓸게요.] 당신 어떻게 알아서 했냐고 닥달시키러 와. [조사자: 세상이 바뀌었는데?] 우리아들은

"어머니 시간 갖지 맙세요. 뭐이 말하지 맙세요."

그러고 나대. 아들이 [조사자: 그러시구나] 일절 말 못하게 해요. 우리 아들은 [조사자: 이 좋은 시절인데도?] 응, 일절 말 못하게 해요.

(예전에 시집살이담 조사했던 이야기와 제주도 노동요에 대한 이야기를 조사자와 잠시 나누었다.)

[10] 발목 묶여 끌려 온 시신

해원도 막 서북청년끼리 막 무서와놔서, 월정하고 행원 제일 무서와놔서 북촌하고 동북하고. 제일 무서와놨지. 좁은 마을에가 그런 건 무서와놔서 우리 김녕만 못 들어오지. [조사자: 왜 못 들어 왔어요?] 못 들어와. 워낙 사람들 쎄여 놓으니까. [조사자: 쎄?] 응, 막 쎄여. 얼마나 남자들 쎄다고. [조사자: 어떻게 해서 못들어와?] 저 산폭도들 다 알지 김녕이 누구누구 헌 것을 다 알기 때문에 못들어와 좀 쎄여. [조사자: 혹시 유명한 사람 있었어요?] 아니 청년들이 그렇게 좋아 김녕을 단체가 좋아. [조사자: 단체가] 응, 단체가 얼마나

좋다고. 우리 아들내미 청년들 이따 회의 할 때 일단 가긴 가지마는 옛날에는 마을 단체가 좋아놔서 싱싱해놨어. 김녕에 저 서북청년이고 산폭도고 들어오질 못했놨지. 지서도 있어불고 꽉 차놨어, 여기. 기미나 하나 까딱 못해요, 김녕은. 동북하고 북촌은 지서도 없고 아무것도 없으니, 그저 먼먼헌디만 월정하고 행원 먼먼헌디만 막 들어다 나갔지 [조사자: 지서가 없는 데가 주로] 사람도 많이 죽었지. 김녕은 그 사람한테 성씨 하나만 심어다 죽여불지. 죽은 사람도 없고 아무것도 없어.

[조사자: 그때 그러면 선생님 한 명만 총살을 시켰어요? 아니면 여러 사람 중에 한 명 이었어요?] 아니, 그 사람 딱 하나. [조사자: 딱 하나.] 그 학생들 공부시킬 적에 심어다 아무 죄도 없인데 심어다 죽여부러고. 아이고, 너무 억울하게 죽은 거 보면. 막 김녕서 얼마나 울었다고 그 사람 죽여부러서. 막 엄헌 사람이쥬. 선생질 허먼게. [조사자: 그 사람이 김녕 사람이에요?] 김녕 사람. 심어다 났닌게. 기냥 옷 벗겨나. 창으로 쏘는데. 아이고, 나 아이고, 지긋지긋해. 나 그때 한 며칠 잠 못 잤어. 우리 앞에서

"너네 이것들 봐라."

여 허면 기냥 끄서, 질질 끄서 가는 디. 저 근디 산폭도 하나 죽었어. 김녕 사람한테, 죽은 거 보니까 발목 여 묶어내 갈라져네 김녕 지릉지릉 끄서오난 이 대가리가 밑짝 벗어져불서.그 돌에 옷 벳겨 지릉지릉 김녕까지 끄서와부러. 저 덕천연한 디서. 아이고, 눈을. 그래 뼈다귀만 남았어. 포마실험으로 김녕 사람들 보래. 이 새끼 알로 우리 김녕에서 저들락질허매 아이고, 아이고, 나 그거 봐나나 생각 것어. 지릉지릉 발목 묶어내 갈라지아 끄서부라니 아무것도 없더라. 뚜껑도 없고, 이 대가리가 아무것도 없어. 밑짝 그 벳겨부러. 에휴, 아이고, 아이고, 징그러와. 그거 두 번 봤쥬, 난. 다른 건 안 보고 다른 때는

[조사자: 그러면 마을 청년들이 쭉 순찰도 다니고 그래요? 그때는] 응, 막 모여댕겨 났쥬. 서북청년들 그 산폭도들 들어오지 못하게 잠 못 자났어. 총소리만

났다하면 그냥 막 몰려들거든. [조사자: 몰려.] 응, 막 총을, 순경들 김녕 그저 살아났쥬, 하영. [조사자: 아.] 순경 돌면 총들 앗아댕기믄 해났지. 해방되부랑게 시원한 걸. 아이고, 징그러와, 징그러와. 우리 클 때가 제일 고생했쥬. 글도 모르고 학교도 못댕기고, 에휴. [조사자2: 학교에서 훈련하실 때는 서북청년단이 훈련시켰다고 하지 않으셨어요?] 저 일본군인들 오란 사람. [조사자2: 아, 일본군인들이요?] 서북청년들 살아난 다음에 일본군인들 오라 살고. 학교에 학생들 못살았어. 학생들 없어났어. 경허다가 해방되고 난 그때사 공부들 하는 사람들 공부허고. [조사자: 그리고 할머니 다시 물질하시고.] 응, 그때는 물질허고 했지. 고생은 우리 말도 못하게 했어.

(손주 호텔에 취직한 이야기를 잠시 나누었다.)

[조사자: 그럼 김녕이 저기 월정이나 북촌이나 이런 데 보다 더 커요? 마을이 더 컸어요? 옛날에는?] 아니, 그거그거. [조사자: 근데 지서가 여기 있었다 그래서.] 김녕은 지서가 있었쥬. 마을이 크쥬. [조사자: 컸어?] 김녕이 마을이 남의 이자 두 개, 세 곱될 걸? 월정으로 비교하면 세 곱은 되요, 마을이. 월정은 쪼끄만하쥬게. 북촌도 허구 동북도 쬐끄만 허구 김녕이 제일 커났쥬. 지서도 헌 번 데만 있어나? 두 반 데 있어났지. 경해니까 든든하네 사람 하나 안죽었지. 월정도 하영 죽고, 행원도 많이 죽고, 북촌이고 동북이고 하영 죽었지, 서북청년들한테. 아이고 산폭도들 들어와서. 같은 사람인데 그렇게 독해요이. [조사자: 그러믄요.] 꼭 보면 우리 꼭 같은 사람이라. 무서운 디도 없고 그란디, 그처럼 사람만 죽이나. 거 별일이라고 지네 측에 안 붙었지게. 산에만 안 올라왔지. 산에 올라가 봤자 먹을 거라게? 아무것도 없지. 아이고, 아이고. [조사자: 아이고, 감사합니다. 그래도 시간 내주시고, 오래 기다리시고 이야기 들려주셔서.] 아니, 저, 커피라도. [조사자: 아니, 괜찮습니다.] 뜨뜻허게.

다리부상으로 살려준 목숨

한 희 규

"이거는 우리 조상님이 너는 이렇게 집을 지켜라하는 그런, 그런 생각에 지금까지 산거지."

자 료 명: 20140121한희규(제주도)
조 사 일: 2014년 1월 21일
조사기간: 83분
구 연 자: 한희규(남 · 1935년생)
조 사 자: 오정미, 한상효, 은현정
조사장소: 제주시 조천읍 조처 2615 조함초 4

[조사과정 및 구연상황]

비바람이 부는 궂은 날씨 탓에, 마을회관은 모두 문이 닫혀 있었다. 소개로 찾아간 한희규 화자는 반갑게 조사자들을 맞이해주셨고, 부엌에 앉아 이야기를 시작하셨다. 하실 말씀이 많은 탓에, 4.3사건 이야기를 해주다가도 화자의 생각과 이념 등으로 이야기가 계속 변하곤 했다.

[구연자 정보]

한희규 화자는 제주도가 고향이고 한평생을 제주도에서 사셨다. 칼칼한 목소리로 6.25 전쟁에 관한 이야기뿐 아니라 자신이 생각하는 삶에 대해서도 이야기하시는 적극적인 성격의 소유자였다. 특히, 자신이 살아 온 인생에 대하여 강한 자신감을 보이는 건강한 화자였다.

[이야기 개요]

너무도 가난한 집에 태어난 화자는 이런 저런 일을 하다 방앗간에서 일을 하게 되었다. 그런데 사고로 다리를 크게 다쳤다. 그 후 6.25전쟁이 발발했고, 마을의 모든 청년들이 군인으로 차출당했지만, 화자만이 방앗간 사건으로 인해 군대에 가지 않아도 됐다. 군대에 간 대부분의 청년들은 모두 돌아오지 못했고 자신은 제주도에서 생활하였다. 그리고 몇 년이 지나 매우 늦은 나이에 장가를 가서 지금까지 제주도에서 살고 있다.

[주제어] 제주도, 다리 부상, 사고, 의족, 군대, 면제, 청년, 죽음, 장가

[1] 다리 사고가 살린 목숨

형님은 군인 가가지고 전사해버렸어, 근데 나는 먹을 것이 없어가지구, 동네 이웃집에 정미소에 들어갔어. [조사자1: 아-] 얻어먹으래, 밥 먹기 위해서. 얻어먹으러 갔다가 대패 이거 댕겨서 의족이라 이게. 내사 군인도 안가고 지금까지 버티고 사는 거지. [조사자1: 다치셔셔 그때? 아. 어르신.] 그때 6.25 저이 4.3 사건이 물 먹었도 그것에 뭐 내가 4.3사건 피해자라고 난 안해. 내가 먹기 위해서 하다가. 원래로는 4.3사건 때 집 다 태워버리고, 내려가 가지고 먹을 것 없어가지고 남의 집에 일을 하러 들어갔다가 이거 하니까 얼만도 보상을 받을 수 있는데, 나는 그걸 원 안해.

[조사자1: 어르신 죄송한데 먼저 성함이 혹시 어떻게 되세요. 어르신?]

한희규 [조사자1: 한자 희자 규자 어르신.] 여깄어 [조사자1: 아, 네 감사합니다 어르신. 이거 저 가지라고 주시는 거에요.] 가져가요. 명함이라는 건 가져가라는 거지. [조사자1: 저도 드려야겠네. 어르신 그럼 몇 년 생이신 거세요?] 35. [조사자1: 아 35] 35. 딱 거기.

[조사자1: 35년생, 그럼 그때 전쟁 때 대충 연세가 어느 정도 되셨던 거죠?] 전쟁 때가 아니고 여기 4.3사건이 넘어와서 6.25가 터졌거든? [조사자1: 네.네.네.] 그래부리니까 [조사자1: 4.3사건 때가 그러면 네 그때부터 얘기해주시면 되요] 그려. 그려. 나가 4.3사건부터 얘기할게. [조사자1: 네.네.네.네. 그럼 그때가 대충 4.3사건 때 나이가] 고것이 진압 되가니까 6.25가 터진 거지. [조사자1: 그쵸.그쵸. 팔십이면 한 열다섯 정도 되셨겠네요? 어르신] 십육세. [조사자1: 십육세, 그쵸.] 그 우리 형 같이 저 지원병들 지원 나가서 다 죽었어. [조사자1: 아 형들이]

우리 형님은 나보단 두나 세나 윈데 먼저 그 소집해 나가고, 우리 친구들은 다 이게 지원서 썼나 보구. 지원서 쓰다가 한 2-3일이면 갈 건데 이삼일 촌지 벌러 일하러 갔다가 난 이 모양이 났지. 우리 친구들 다 죽었어. 형도 전사해버리고. 이거는 우리 조상님이 너는 이렇게 집을 지켜라하는 그런, 그런 생각에 지금까지 산거지. [조사자1: 그러게, 오히려 전쟁 나가셨으면.] 갔어갔어. 우리 군들이 뭐.

[조사자1: 그렇구나. 그러면 4.3사건 때 그때 당시 부모님하고 형제분하고 같이 살고 계셨던 거세요?] 예. 우리 오남매, 아버지 어머니 하면 8명, 7명 7명이지. [조사자1: 근데 집이 다 불태워져서 먹을 것을 찾으러 어딜 가셨던 거세요?]

정미소. 그땐 정미소가 제일 고급이라 하는 거야. 정미소밖에 쌀 나올 때가 없지.

[조사자1: 근데 정미소에 갔다가 어떻게 하다가] 벌이가 없으니까 거기서 한 번이라도 벌어서 먹으려고 거기 들어간 거지. 요즘 같은 그 정미소에서 보상을 다 물어주고, 4.3사건 피해자라고 물어주거든. 근데 나는 4.3사건 피해자라고 안한다고. 하라고 해도 신고 안한다고.

내가 이 채록 후에 뭘 영업을 했냐면, 지금은 그때는 수공으로 전부했지. 돌에다 비석 파는 거 있잖아. 조각. 비석 조각. 이거를 내가 전문으로 하다가 여 다 줘버렸는데. 차라리 살고 먹을 만하니까 난 이예 그만하겠다 해서 다 물어줬지. 너무 돈독에 오르면 오래 못살아. 딱 자기 먹을 만하면 물려줘야 해. 남들 하라고. 그래서 냄겨주고. 내가 이 지금까지 하나라도 하는 사업이 인장업. 뭐 도장파는 거. 그 조각. 그거를 하면서 살다가 그것도 이제 과학이 발달되니까 뭐 이제 싸인으로 다 하고. 그랬더니 뭐야 심심하거든. 수입이 안돼. 그래서 이번 그 저 국회에서 그 안전 뭐 행정부에서 그 단, 폐차 저 이 등기하는 거 그거는 인감 하라고 해가지고 그 그런 거 정도로 완전히 그 저 지금 부댔지. 이장협회 내가 부회장이지 지금, 거긴 명함엔 안 썼지만 명함엔 노인네라 문화재 관리위원 그렇게 만해버렸지만, 아 저 그런 거 저런 거는 대강은 뭐 제주도의 실정을 다 아니까. 그 6.25를 먹어서 뭐 누가 뭐 죽은 거 뭐헌 거 뭐 이거는.

[2] 제주도 사람들이 해병대로 입대한 이유

그때 당시에 우리 그 양반들이 군인 간 전사들 해 놓으고 제주도 해오는 다 과정들이 4.3사건 넘어난 거거든, 그러니까 알 수는 있겠고 우리가 꼬라서 몰라서 그런다는 건 이건 안 되지. 아니까 어느 정도 걸지. 그래가 제주도에서 해병대가 그 그 통으로 가가지고 서울 탈환하는 거 그디 하니까 그때부턴 서울 가면 제주도놈은 빨갱이 빨갱이 하다가, 그 6.25때 해병대 3기생이 그 인천상륙작전에 거기 들어 가가지고, 깃발을 날리니까 그 후로땐 빨갱이 소리가 없었어. 그 누명을 벗겼거든 제주 그땐 왜 그 사람들이, 이게 참 기가 막힌 소리여. 이 사람들이 왜 해병대 지원했느냐. 여기 있으면 죽을 거야 폭도로. 자수하라 하니까 그냥 싹 자수했는데, 그 당시에 지원병 지원했거든. 그래서 이제 해병대로 3기생으로 지원해 인천상륙한데가 이에 한번 땅 잡으니까 빨갱이 소리가 없어졌지.

[3] 4.3과 공산주의에 대한 생각

그런 그런 역사가 있어 제주도엔 그게 아주 큰 거야. 흠, 허 참 우리가 살긴 사는데 힘들게 살았어. 그 저 6.25하고 왜 육지는 육지대로 제주는 제주대로 여주반란사건으로 이게 튕겨가지고 제주 4.3사건으로. 에? 이렇게 하다가. 결과적으로 제주도의 4.3사건 원분인은 하나도 여기 없어. 그 일본에서 있다가. 다 교육받아가지고 일본으로 살 거류민단. 그 저 교련계. 조총련 이래 살다가 여기 와가지고, 그 불쌍한 사람들 막 계급을 주면서 네가 대장을 할랑, 뭐하라, 뭐 이병이다, 그 총 그거 일본 놈 묻어논 총 그거 말이여 쓰던

거 고물난 것들 하나씩 주면서 기를 살려놨단 말이야. 그러니까 여기 모르는 사람들은 그저 좋아서. 큰 책하고 말여. 그래 아버지도 죽이고 형도 죽이고 이식이 나왔거든. 그이 하여튼 복잡해 그걸 생각하면 역사에건만은 잊어버릴 수 없는 치욕이라. 그 부모자식이 공산단이면 뭐 자기도 고모부도 죽이는 건디 무슨 그래 인정이 사람이 없어. 공산이라는 건 근데, 공산이라는 건 우리가 부분적으로 말할 땐 아주 좋은 거야. 그렇지 않어? 너 것도 없고 나 것도 없고 있고 없는 게 다 이게 물질만능주의로 이래. 그 공산이라는 건 자체가 틀린 공산이야. 저기는. 김일성이 하는 공산은. 그 세 개 가진 너희가 나누니까 뭐 싸울게 있냐고. 그게 공평한 공산이거든. 근데 이거는 그게 아니라. 독재로 먹어버리니까 우리 남한을 뭐 지금도 뭐 얼씬얼씬 하겠다. 불바다 만들겠다하단 보치니까 뭐 이 이렇게 지금 허는데, 나도 지금 팔십년, 6.25. 이렇게 거의 백년을. 거의 뭐 이세기를 걷고 있어요. 걷고 있는데 지금 나도 생각이 위험해. 저것이 젊은 새끼거든. 아직 멋도 몰라. 근데 욱하고 말이야, 뚜둘겨라라 해놓으면 어쩔 거야. 이것 때문에 박대통령도 문제가 이것 때문에 심각한 거야 지금. 이거는 우리 국민 스스로가 좀 생각해볼 뭣이 있는데 만날 국회에선 싸우고 뜯고 하니까는, 우리 백성으로 마음으로도 아주 슬퍼. 이건. 아직도. 죽을 날이 멀었다. 난 그렇게 밖에 안 해, 다 죽어서 씨가 없어야 산다고.

[4] 제주도 똥돼지의 유래

사람이 없어야 백, 백리, 십리 요밖에 한 사람만 보아도 딱 볼 때 반가워할 때 요 세상이 돌아오지 않으면은 이제 지금 없어. 지금은 요가다가 아버지가 절로 넘어가도 뭐 이러고 뭐뭐 어머니가 절로 넘어가도 뭐 꼭 말 맞다 “어머니 어디가세요?” 이거밖에 안 하는데, 찾아가서 섣달 보름날, 뭐 정월초하룻날 찾아와서 “어머니 아버지, 안녕하십니까?” 이런 사람들밖에 없어. 육지나

제주도나 똑같아 이제 사람들은 지금, 이게 평균화가 된 거야. 이게 섬이라고 해가지고 이…. 뭐, 말하자면 제주 몰, 몽생이. 이게 없어.

[조사자1: 제주 몽생이?] 제주에 몽생이라고 있지. [조사자1: 그게 뭐에요. 저희 몰라요] 몰새끼. 말새끼. [조사자1: 아 -망아지] 제주도에서는 몽생이라고 불렀어. 육지에서는 서울서. 여기 제주 몽생이라고.[조사자1: 아까 똥돼지 얘기 하시더니] 똥돼지라는 것도 또 있어요. 그거 우리가 다 아는 거지.

그것도 구연대에서 나온 말이야. 제주도에 저 4.3사건 진압하러 왔다가. 어디 촌에 가가지고 대변을 볼라고 하니까 지들 방에 우에 올라가가지고 여기 일을 보는데 설사가 난 모양이래이. 물을 갈아먹으면 설사가 나지. 설사가 나니까 짝 갈기니까. 돼지 놈이 그 아래에 있다가 딱딱 털거든. 뚤뚝뚝 대가리야 터니까. 그게 옷이야 뭐야 딱 베렸거든, 그러니 똥돼지란 말이 거기서 나온 거야. 딴 게 아이라. 똥 먹어서 똥돼지가 아니야. 그걸 또 나는 그 말을 하지만은 다른 당신네 이 말 못 들어. 그래 먹고 살기가 바빠 났어. 이 저 여기 그 4.3사건 딱 진압이 거진 되갈 때는 먹을 게 없어갖고, 바다에 톳, 무 감자 전분 주시, 이걸 또 어서가지고 먹질 못했어. 우리는 그거를 겪어서 다 먹고 쓰고 살 줄 알지만, 지금 아이들은 그 말 뭐라하면 "할머니 상점에 가서 라면이라도 사다먹지." "이 미친놈아 라면이 그때 있더냐." 이제 웃을 말이 많이 있어. 지금. 근데 이제는 내가 그만큼 말했으니까 원래 본론으로 들어가 봅시다.

[5] 4.3 당시의 집안의 사정

[조사자1: 어르신 그러면 정미소 사건부터, 정미소 일하러 가셨다가 뭣 때문에 다리를 잃으신거세요?]

다리는 그 저 일하러 가다, 일해야하거든. 거기에서 노동을 허는데 그 참 발을 잘못디뎌서 벨트에 감겼던 거지. 그때 죽어본 거야. 그때는 뭐 병원도 없고, 병원 있었으면 이거 다 치료된 거야. 지금 만나면 다 치료될 건디, 치료할 수 없으니까 그냥 썩으면 썩은 거고 짜르면 짤라 내야지. 저 거기 데 떼라지.

[조사자1: 얼마나 아프셨을까]

사람목숨이 그렇게 질기더라고, 그냥 다른 사람들 같으면 가부릴 건데, 지금까지 살아서 그래도 노인장도 하고 도래 동장도 몇 십 년 해보고 김영삼이 대통령 때에 저 인물사전? 그것에 내가 있어. 김영삼 대통령 때 인물사전 나온 거, 그 8.. 해방 딱 찍어놓고 그 사전을 보 면은 인물사전이라고 쓴 게 있어요. 거기 내가 있어요.

[조사자1: 거기에 무슨 일로 실리셨어요]

사회로, 거기 뭐 국회, 정계 뭐 이 다 있지. 그 계통이.

[조사자1: 어르신, 어르신이 개인적으로 슬픈 일이긴 하지만, 그 정미소에서 다리가 절단이 되고 사고가 나신 거잖아요. 그래서 군대를 안가신거잖아요.]

그렇지

[조사자1: 못 가신 거잖아요.]

못 갔지. 이리 싸놓고 못간 거야.

[조사자1: 그러면은 누구보다 어르신은 6.25때 이 제주도의 그 풍경을 누구보다 더 잘 알고계시겠네요. 요기 계셨으니까. 요 또래 다른 어르신들은 다 군대를 가서 다 타 지역에 가셨잖아요.]

다 갔어. 다 가고 벼랑 산 사람이 없어.

[조사자1: 그러니까. 그럼 제주도가 그때 어땠어요? 어르신]

그렇게 인심이 좋았던 제주돈디, 인심도 없어지고, 니 먹고 나 먹고 이 뭐 눈둘 때가 없어. 솔직히 먹고살려니까. 에.. 공산화가 그 곧 되올 때는 뭐 친족집에 가서 당신 뭐 돈 좀 내놓으라고. 그 오촌이고 삼촌이고 이래 가가지고 이 산에서 왔으니까 돈 좀 내놓으라고 안내놓으면 이랬단말야.

[조사자1: 폭도들이?]

어어, 그래서 강제적으로 돈을 패어다가 자기네들 운영했거든, 근데 지금까지 부자라는 사람들이 살고 있는 사람들 산에 돈이고 쌀이고 안주어서는 못살게 되있거든. 그래 나가 이 저 회의 때 가면은

"야 이노무 새끼야 너가 그때 돈을 산사람들 올리고 올리라니까 올리니까 살았지. 아니 올리면 아니 올렸으면 넌 벌써 죽었다."

근데 이건 틀림없거든. 솔솔 말을 들으니까 지금까지 산거여 안 들면은 갔지. 그래 사촌이건 부모건 아바이건 뭐 그 공산주의가 바로 그렇게 해났거든. 실지로 그거를 경험한 거니까.

[조사자1: 그럼 그때에 4.3사건 나고]

4.3사건 시대에 말이지.

[조사자1: 그러니까 그때 어르신 누구랑 살고 계셨던 거예요?]

나? 부모. 부모님. 예를 들어 이게 나도 그 구연대가 이 함덕 이 뒤가 이 뒤 주둔해났어, 이 마을에 구연대가. 여기 주둔해가지고 뭐 간도그리 은도그리 하면서 무전기 치고. 그때는 우리가 열. 말을, 우리 집이 말들을 소들을 메야지니까. 소부래, 요 우에 자연부락에 우리가 정해서 살았어. 저 함덕 우에 조금 우에. 근데

"너 이 자식아 어디 연락깐놈 뭐멍 심하더랑"

발질로 후려차고 매도 맞고 그렇게 한디 결과적으로

"뭐 거기는 불을 소탕을 안 한다. 여기 까정은 불을 안붙히고 내려가지 않아도 좋다."

이렇게 말을 해두고 한 일주일 있으니까 다 내려가라고. 갑자기. 이제 다 내려 가라고까 할 수 없이 우리는. 그때 왜 그랬냐면 우리 사촌형이 경찰관이었단 말야. 경찰관 해 놓니까 우리 꺼지 그 공산당아이들 앞에 이젠 피나 보게 된 거야. 너희들 고땐 놈들이라고 고된 친족이라고. 근데 우리 아버지가 하는 말이 너희들 빨리빨리 해가지고 저 시내에 들어가라고, 거기 가서 집을

밀어가지고 거기서 살라고, 그런데 한 며칠 만에 큰아버지가 있어요. 그때 사촌 아버지. 근데 그 공산당에서도 상당히 그 우리허고 친하고 갈 건너고 아버지 네하고 형, 아우야 하는 사람이 하루는 딱 와가지고,

"저 형님고라 오늘 밤만 좀 피해이십서."

그래서 피해입습서나니까 그날 밤에 밤중에 와갖고 큰아버지네 집 불 다 부쳐 버리고, 그래서 당 우리 형님이 아니기 때문에 사촌이기 때문에 우리 집은 살았어. 불 붙혀 버리니까 할 수없이 우리 집에 와 큰아버지 네가 와서 살았거든. 사촌들이. 그 사촌. 이 시에 경찰관 노릇 했어. 그때 그때 당시에 경찰관 집은 아주 그냥 폭살이야 폭살. 그래서 지금까지 경찰관 순직하더라도 우리 집이 우리 큰 사촌이 폭도노릇은 안했지만은 어디 갔다 오다 군인한테 그냥 빵빵해 죽어분디, 이게 군인 앞에 죽어버려서 사망신고를 하는데 그냥 병으로 죽었다며 사망신고 해버리니까 이거 누가 인정해주나.이런 얘기가 많이 있어. 바른대로 올려라 해도 그 다음에 이 그 억울하면은 솔직히 '이인 호보증 해가지고 바른대로 올리세요.' 해서 우리가 그 막 돌아 댕기면서 이것도 우리가 선전을 해놨어. 절대로 이거 뭐 허지 말고 속이지 말고 그대 그때 행실 저 해난 것으로. 솔직히해서 올려 새로 사망신고 내라고. 이렇게 해도 지금 안 해논 사람이 많이 있어. 이 조천. 우리 이 여기 말고, 조천.

[6] 이덕후와 조몽구 이야기

나는 조천에서 왔는디. 근데 그때 당시에는 제주도에서 조천이라면 제일 세. 조천리, 조천면이. 함덕하고 조천인데, 나는 저쪽이요. 여기는 함덕이고. 이게 제주도 빨갱이라는 말이 조천 사람멕히 제일 이덕후. 조천면의 그 대장이. 남군에 가면 조몽구. 이렇게 해가지고 그 둘이가 되가지고 제주도로 몬 거라. 이덕후, 조몽구. 그 조몽구는 저 우에 삼촌이라. 근데 그 사람도 징역을 일단 가본디, 그 재산이 좋았어. 그 동네에서 다 팔아먹은 거라이. 그래

징역 살다가 연연히 기한이 차가지고 나와 보니까 그 재산을 다 동네 놈들이 친족들이 다 팔아먹어버렸다네. 그걸 또 받다놓 체 하니까 기가 막히게 싸운 거라 그 친족들끼리. 할 수없이 내놔야지 뭐. 그 사람이 뭐 폭도로 자기 하는 벌은 다 받았으니까. 본래대로 내줘야지. 그래서 내주다가 살다가 돌아가셨지만은. 그 유명했어.

이 제주도 이덕후, 이덕후는 그 저 박정희 대통령과 같은 소장이여. 일본 시대의 같은 소위. 이덕후가 또 유명한 사람이잖아. 그거랑 조천바리.

[조사자1: 이덕후가 전에 만난 어르신도 그 이야기 해주셨는데 그분이 뭘로 유명했던 거에요?]

뭘로 유명해? 제주도 이 북군에는 이덕후가 왕이고, 남군에는 조몽구가 왕이고 그래서 유명한 거지, 그래서 그 부하들은 김대진이여. 누구네여 뭐 이것들이 다 그 있는디, 결과적으로 다 총살당하고 그렇게 해서 죽는데, 이 4.3사건의 아주 분리가 되고 토벌대장이 우리 저 횡단 내하고 형제뻘이신 한 제길이라고 여기 함덕이라. 그 양반이 서귀포에 살다가 넘들, 넘네 돌아가셨지만은 굉단들이 말이야 우에 있어도 가서 애원을 못했어. 그때 당시에는. 뭐 아버지 어머니도 안 봐주는데 어떡해. 그래서 껌껌하니까는 그때들은 굉단도 찾고 이렇게 해서 지금까지들 반갑게들 살고 이 과정인디. 이 또 말하려면 기가 막혀 기가 막혀. 밤에도 대밭이 한 육십 평 좀. 그 대밭, 왕대, 그 대밭이 우리 밭에 있어났는데 그 대뿌리 밑에를 파가지고 지하실을 파가지고 낮에는 그냥 댓길 뭐 보면서 놀고, 밤에 잠잘 때는 그 지하실에서 살았다고. 그래서 할 수 없이 불 붙혀분 다음에는 밑에를 내려 와가지고 그 깜짝할 사이에 다 불부쳐 놓으니까 먹을 것도 못 가져오고 이래이러니 이제 할 수 없이 식구들만하고 그럭저럭 하다가는 나는 이 공장이라도 가서 어서 밥벌이라도 허겠다고 간댕기다가 딱 다쳐서 이 모양된 거지.

[7] 다리를 다쳤어도 긍정적으로 살아온 삶

난 이게 난 가만히 생각하면 하늘에서 도왔느냐 조상에서 도왔느냐 이렇게 해서 그런 마음을 먹고 살지. 그렇지 않으면 살 수가 없어. 이 몸을 가져도 지금 재산, 이 장애자라고 해가지고 무신 돈 한푼 주는 것을. 단 하나있어 명함에도 있지마는 문화재 관리. 그거 한달에 20만원 그거나 타지. 장애인으로. 장애3급이니까. 그거 말고는 혜택 받는 게 없어. 자동차? 자동차 세금 혜택 받는다. 이 왜 그러냐면은 거진 사람들도 그 내겉이 활발시럽게 이 못해. 왜 그러냐면은 다 뭐 제주도 뭐 도지사 상도 그 이 저 타고, 뭐 이리. 다른 마 지금도 뭐 매양산 뭐 보통 이리 밑에 읍장이 뭐 이런 관계 상대는 뭐 수두룩하지만 그러나 우리 같은 몸을 가져가지고는 그렇게 그런 것까지 받은 사람들 매양 없어. 다 그 남은 저 제주도 관리하는 관할에 270명이 노인회장이라, 노인 회장 중에 나 하나뿐. 이런 사람. 그래도 하나 그 또 가만히 생각하면 하나 기뻐. 나 같은 몸을 가지고도 이런 일 댕기는구나. 안 댕기는 데가 없어 도지사도 깔깔대요 나한티. 나는 그르지. 어디가도 나는 먹을 것이 먹을만 있다. 근데 노인들에 대해서는 좀 다오. 안 줄 수가 없어. 내가 먹을 게 없어가지고 나가 살제 달래긴 뭐하지만, 노인 복지시설에 투자하는 것은 내놓으라고. 그러니 말을 못하지, 와가면은 잘 달래가 보내라고. 슬슬. 그러니 그렇게 해서 재밌게 살아. 나 이 저 몸이 이렇게 해도 절대 낙심은 안해. 그래서 이제 하르방도 나하고 아주 친하지. 형제보다 더 친해. 무던일이 있으면 의논하면서, 여기는 분회장이고, 조천읍 분회장이고 하르방이. 나는 그냥 조천리 회장이고. 각동에도 리도 육개동이라. 여기가 일이삼사오륙구라. 여기가. 난 칠구야. 우리가 칠개동이라, 그러니 칠개동에서 리회장이 내가 이제 리회장이고, 여기도 분회장이고 조천읍의 관리 스물한네군데서 분회장이고 그래서 이게 우리가 저 단결성이 있는 거지.

[8] 4.3 당시의 경험담

[조사자1: 어르신 그러면 4.3사건 때 그 폭도들을 직접 보신적도 있으세요?]

어그야, 뭐 보았지. 보고말고, 그 뭐 부름실해야지, 먹고살라면 부름시 안 해? 부르시하게 되지 별 아니어도 거짓말 아니어도, 아니하면 죽으니까. 그렇게 무서웠어. 삼촌도 없고 사춘도 없고 좀 기가 막혀났어, 그 겪지 않은 사람은 몰라.

[조사자1: 그럼 이 4.3사건 때 다리를 다치신 다음부턴 처음에는 거동을 못 하셨을 거 아니에요?] 그건 이 목발 짚고 다녔지. [조사자1: 그러셨구나..]

그래 이것도 이거 하나 혜택은. 진압 다되고, 음…누… 박정희 땐가. 박정희 때 저 이본가 서울 저 무슨 병원에 전부 이런 사람들 데려다가 무료로 이거 해준 게, 어 그때 서울가가지고 이게 이 의족을 해오고, 해라하니까 다음엔 이젠 서울 또간 해오는 헌 사람도 있는데 요즘은 그게 다 어디 왔냐면은 전주 왔어. 전주. 의족공장이.

[조사자1: 그러면 그 가족 중에 경찰이 있으셔서 폭도들에게 피해를] 아이, 가족 중에 경찰이 있으니 그 막 사춘 오촌까지 피해를 보니까는. 그때는, 그렇게 했어. 끼리끼리 형제끼리는 뭐 죽이라면 해나니까. 위험하고 상당히 위험했어. 우리. 우리 아버지 네가 삼형젠데 삼형제 중에서 제일 우리 아버지가 돈을 많이 가졌어. 근데 그 돈을 안내놓을라해서 우리 형님은 어디 갔냐면은 도망간 거야. 저 대덕군. 충청남도 저, 논산 대덕군에, 그 거기 절에 들어가 버렸어. [조사자1: 절에요-] 절에 들어갔다가 징집 나와 가지고 거기로 군에 간 거야. [조사자1: 아, 절에 들어셨다 해서 출가 하셨다는 건 줄 알고]

그래 징집을, 그 글루 가 가지고 전사했지마는, 내가 어디 거기 제주시. 그 뭐, 뭐냐 6.25참전용사 공원에 있어, 공원에 우리 형님들 다 있어. 거기도 친족이 있어가지고, 형제간이라도 누가 있어 가지고 올려준 사람, 저 올라간 디 기록으로 이름 한자라도, 석자라도. 못 올라간 사람이 상당히 많어. 그러

니 이리 무엇을 해야지. 근데 아무리 잘해도 빠진 게 많아. 지금도 상당히 많아. 그 거기

[조사자1: 추모공원에] 추모공원에 안 올라간 사람이 많아. [조사자1: 그래도 어떻게 형님은 올라가셨네요?] 내가 살아있는 한 여기 이름이라도 올려드려야지. 그 형제간의 도리지. 쉽게 만들어 나라에서 해준다고 해도 집에서도 여길 때 다 올리거든, 형님 자시는 한 사발해가지고, 다 먹어가자고 우리가 다 성의인 거지, 아버지도 할아버지도 와서 잡숴가는 것은 없어, 우리 다 그게 성의지. 다른 사람 먹으라고 만드는 거지]

[9] 형님의 죽음과 제주도의 위기

[조사자1: 큰형님은 전사하시고, 다른 가족 중에는 전쟁 때문에] 아, 다른 사람들, 우리 집안에 전사한 사람이 몇 개 없어, 딱 우리 형님 하나뿐이야. 전사한 사람. [조사자1: 전사하셨다는 건 언제 아셨어요?] 군인을 징집해가지고 한 5개월만이? 그 이등병인거지, 매몰폭탄 터져가지고, 그거 또 무슨, 폭탄이지. 무슨. 그 지뢰에 죽은 사람이 상당히 많아. 넘어가다가 밟으면 때리는 거지.

[조사자1: 어머니가 아주 오열을 하셨겠어요, 장남인데] 할 수 없는 거지, 그래서 우리 어머니가 80, 저 96세까지 살아서, 이안 돌아간 지 4년 됐어, 제일 집안에서 우리 모친이 제일 장수, 제일 오래 살았어. 큰아버지는 뭐 육십, 오십오, 칠십한 게 제일 오래 사셨는디, 다 돌아가셔 버니까 나가 지금 집안에서 왕이라니. 팔십이니까. 내가 이 저 노인네들한티 제일 설교를 잘해드리지요. 나 같은 놈도 이 세상 이렇게 해서 사는데 할머니들 뭣이 뭐 부족해갖고 이럽니까. 자꾸 이 얘기를 해드리고 이러지만은… 상당히 세상사는 게 막 이렇다고 생각해버리지 뭐, 그거 원날 원해봤자 도와줄 사람 없고, 자기 운명으로 생각해야지

[조사자1: 그럼 육이오가 터졌을 때 제주도는 어땠어요? 어르신. 여전히 4.3사건] 어 그거 진압 때문에 계속, 저기는 육지는 육지, 그게 왜 그러냐면 여수반란 사건 당시 그거 끝나고 제주도 와가지고 다 목살시키 불라고 한거 거든, 그 저 이승만이 말고 그 뒤에 누구야 있어. 저저 아이고 이름 잊어버렸다. 그 부 부대통령. 이승만이 말아 [조사자1: 윤보선] 윤보선 말아. 그 있어. 제주도에 원자탄을 터트리려는 그 양반이 있어. [조사자1: 아. 어머] 근데 한발은 불발 맞을 뻔했지. [조사자2: 이기붕 아닌가?]

근데 여수반란 군인이 거진 반란을 진압해 가지고 일로 내려와 보니까 하지. 그냥 내버려뒀으면 폭탄 맞을 것. 완전히 조뭐씨. 조병옥이. 조병옥이. 조병옥이가 폭탄 던지라고 해. 근디 이승만 박사 때에 이승만이가 던지라는 것은 대통령이라서 그랬다지만, 조병옥이가 이 저 제주도

"그 까짓거 뭡니까 대쳐버리쇼"

라고 이런 말을 했다라고 그런 거지.

그것이 내 보니까 차츰차츰 제 우리 내 형뻘이지만은 한대길이라고 제주도 그 한라산 폭도 진압. 완납 완전 진압된 건 구연대도, 그게 구연대가 진압하러 왔는데 오는 건 몇 명이 일연댄가 구연대였지. 구연대. 구연대가 제주도 올 때는 구연대가 봤는데 갈 때는 못 본거야. 어디가 죽었는지 살았는지 어디 행방불명돼서. 그 사람들이 구연대. 그게 그때가 죽어 시체들이나 어디 봐질 건디 집단으로 싹하게 끝가져 버렸어. 그래 지래도 말했지만 일본놈들이 교육받아가지고 공산당 교육받아가지고, 여기 와서 몇몇 데려다 진주강에 대항하려들랑 남군대장하라 북군대장하라 다 이런 식으로 지령만 내려두고 빵나게 타려니까 대장들만 다 살아나고 쫄병들만 죽은 거야 이게. 원래 제주도 사람이 그거 한 게 없어. 다다 저 일본에 있어.

그래서 대한독립 그 만세를 불러도 지금 상장이 조천만세동산에 거기가면은 그 다 되있지마는 자기가 행동을 잘 못해 부리니까는 그 뭣에 놔버리니까는 타가질 못해가지고 그냥 보관되어있어. 지금. 그 상들도 독립만세 상들도,

그 뭣이 사상이 사상관계로다 종강이 되었어. [조사자1: 아. 사상관계로]

그런 게 있어 그런 게. 그거는 난 잘한다 하지. 원래는 사상적으로 해진 사람을 어떻게 공무패를 주느냐. 그럼 나도 공산당하게?

그래서 이거는 견본적으로 지금 그런 책도 있지. 그 친일파. 친일파 문제가 대두된 거지. 일본사람. 지금도 그 친일파 재산 문제가 그 국회에서 저저번에, 요요 작년에? 작년 말에? [조사자1: 재산환수] 재산환수. 친일파 관계가 여기서 지금 우리나라 국회의원 요새끼들이 친일파면 조상들이 친일파로 해사 벌을 받으면 그만큼 기가 죽어야지. 너무나 날뛴단 말이야. 친일파 이 자손들이. 그 내가 억울한 말을 하나 또 하겠어. 우리 아버지 네가 한때 왜놈앞에서 공부 안 시킨다고 소학교. 소학교를 안 보냈어. 그래 한문서당 한문선생 찾아갖고 집에서 독선생 쳐가지고 집에서 한자공부를 한 십년을 한 거야. 근데 지금도 한자를 뭐, 대학교 교수들도 나한테 배우러 온다고. 근데 지금 부모를 원망하지 안하고 우리 부모가 잘했다 이렇게 해요.

"일본놈 앞에 배우지 말아라."

해가지고 학교를 못 다녔어. 그렇게 그 애국심이 하나 있는 것도 그래서 부모를 원망 안 해. 나 학교 안 보내줬다고. 나 이 정도로 살아지면 뭐 그걸로 된거지 뭐뭐. 그래 한자라도 배워 놔뒀으니 모든 걸 다 해가지. 다른 영어 못 배운 것도 좋고, 동양 삼국은 한자만 배우면 다 통하거든. 무조건이거든. 이것만 배워놔도 나도 지금 노인당에서 한자교육을 해두래도, 요즘 애들은 배웠지만은 옛날식으로는 안 돼. 새로운 차원에서 글을 가르쳐야지. 가르치려면 컴퓨터로 해가불지 이거 뭐하냐. 컴퓨터로 안 봐도 딱 쳐야 그 글씨가 나와버리니까. 우리가 가르치는건 소용없다 이거라. 근데 알긴 아는데 뜻을 몰라. 그게 문제지 지금.

아….아주, 우리가 이 대가리로 상상하는 거는 이게 세상이 어떤 세상인지 지금 그 천지인이라이. 천운하고 지운하고 인운인데, 천운에는 하늘에 별이 받고 뭐허고 이런게 있고, 지운은 땅에서 동토도 나고 뭐 지금 사람도 죽고 병도 나고 이러지, 인운에는 사람이 마음대로 하는거라이. 그래 끝말이라. 다음에는 새로운 지구가 와가지구. 천운 지운 인운. 지금은 사람이 뭐든 하거든. 모든 것을 발명하고 모든 걸 하고, 그게 지금 별나라에 사는 것도 옛날 뭐 그 저, 그 빙산이라 해가지고 옛날에 있어난 거지 옛날에 으신 거는 사람이 대가리로 만들 수 없어. 컴퓨터든 요즘 뭐뭐 핸드폰이든 옛날에 다 있어난 거야. 제즈도 교수가 나한테 턱 멎으거야.

"야, 너네 암만 대가리 대가리 농태 봐라 없어난 거는 맨들 수가 없다." 사람이기 때문에 사람하고 살면서 사람이 씨를 주는 거지. 그러면 이거 없어난 건디 사람이 발명한말이나. 이게 나한테 진거라. 대학 안 나온 사람한테, 이거 봐 저 있어난 거는 본을 받고 태어나지마는 없어난 거는 발명을 발명이 아니라 찾아낸 거지. 옛날에 일어난 거 찾는 거지, 발명이 아니라. 그건 깔타구니같은 거야. 지금. 그거는 상식으로 보아도 알지. 있는 있어난 거 찾아본 거 찾은 거지 자기가 맨든 게 아니다 이거지. 그렇게 맞지 않어? 아무리 요새 말이야 지금 하다 못 치니까 달나라에 간다 뭐 이러는 갑다. 그 불법에도 보면은 그 뭐 배가 있어. 하늘, 극락가는 배. 그런게 있는디, 다 있어난건데 우리가 찾지를 못해서 못 사용한 거지. 다 찾어. 지금도 어제도 보니까 해킹, 해킹가 뭐 신가해가지고. 뭔놈의 비밀번호 다 수많은 걸 이게 이기 사람으로 할 수가 없는 거라 대가리로 사람이 자기가 만들어서 자기가 그물에 들어가는 거냐. 총도 마찬가지야. 자기가 만든 거에 사람이 자기가 죽는거지. 총칼이나 뭐 이런거 나 뭐 똑같은 거. 자기가 만들고 자기가 죽는 거. 원래 원원으로 돌아가는 거지. 원. 둥 런게 원. 돌아댕기도 하나.

[10] 가족관계

[조사자1: 어르신 궁금한 게 결혼은 언제하신 거예요? 어르신?] 나 삼십세, [조사자1: 굉장히 늦게 하셨다.] 삼십이세. [조사자1: 삼십이세] 오남매. [조사자1: 왜

그렇게 늦게 결혼하신거세요] 이런디 누가 시집을 오나? [조사자1:그러셔서..]

그래 어떠어떠하다가 뭐 아들 둘, 셋하고 딸 둘 [조사자1: 아이구 잘하셨네] 딸애들은 서울 살아. [조사자1: 왜냐면 그때 왜 보통은 4.3사건 때문에 데릴사위 같은 식으로] 없어. 내가 고랐으면 데릴사위하지. 허허허. 하다보니까 안됐지. 그그 있는데 지금은 에… 이따가 그 행정계통에서 뭐 회의 했대람시 다 이게 그 조천리 노인회장이니까 꼭 읍사무소 회의할 때는 회장들은 안 나가지. 나가 나가면 부르지. 불러야지. 회장이라믄서 리회장이고 동회장이거든 제주도지사하고 읍장하고 이렇게 시장하고 군위대는거랑 똑같이 이렇게 계단이 있는 거지. 다른 데 동회장들은 이 우리만 통 모이는데 다 나와도 읍사무소 이렇게 도회장 회의 때는 못 나가지. 그게 있지.

[조사자1: 어르신 그러면 육이오 때 4.3 어느 정도 소강상태가 되고 6.25때 제주도에서 부모님하고만 살았던 거세요. 다른 형제 없고. 형은 군대 갔지만] 형은 군대 가서 전사하고, 동생 하나 있는데 동생하나는 아예 실명자라. [조사자1: 아, 눈이, 왜왜] 어릴 때부터 나서 8개월인가? 그때가 뭐 옛날 어린아이들 키우는 뭔가 부족했잖아? 이런걸 해서가지고 검질이라고, 짐. 짐. 짐들 뭐이다 살롱하게 지금 말하면 검질이지 검질. 새. 띠. [조사자1: 금줄.] 우에 해까지고 이렇게 뭉질하다가 눈이 상해 부린 거라. 실명되어버리니까 할 수 없이 한 육십 세까지 살다가 돌아가셨어. 한 오년, 오육 년 됐어. 지금.

[조사자1: 부모님, 실명한 동생, 어르신, 여자형제는] 누이동생들은 이제 둘 죽고, 이제 하나 살고 [조사자1: 그 때 전쟁 때는 같이 다 있었고] 다.

[조사자1: 그때는 뭘로 이제 생계를 꾸리셨어요] 그러니까 돌밭, 무밭, 이런게 상당히 뭐 해갔지. 동네 가서 떡이 하나면은 딱딱 갈라가지고 열이 나눠먹고 이렇게 했지. 밥을 해먹을 때가 힘들었지. 이거래 이거 쌀 한줌이면 죽을 쑤면은 한 사발씩 먹고 밥은 한사발이 안되지. 그래 보통 뭐 밥은 한 일주일에 두 서너 번 먹고 나머지는 다 그럭저럭 때우고. 식량난이 제일 곤란했어. 그러니까 왜 그러냐면 육지계통이 잘 안됐거든. 그때 딱 그래니까 육지에서

쌀이 들어와야 하는데 안 들어와 버리니까. 여기서 그냥 고구마 그런 정도, 산에 가면 산나물, 바다에 가면 톳. 그 이것이 주로 식재료가 됐지. 고기 같은 건 메루치. 멜치. 여기가 멜치가 제일 최고로 잘되는 이 함덕인데. 썩은 멜치라고 소문이 났는데, 요즘은 없어 멜치. 다 도망갔어. 그 저 밑에 바다에서 다 잡아버리는 지 몰라도 이제 멜치가 없어. [조사자1: 그러면 그때 제주도라서 피난도 안가시고] 피난을 갈 데가 어디가 있어 여기가 마지막 인디.

[조사자1: 그러니까 그냥 그렇게 인제 집안 계속 보고 계셨던 거세요] 똥맹돌아진 섬인데 어디 갈 거야. 그래서 돌아다니던 이 폭도아이들이 뭘 모르고 뛰다가 날뛰다가 만땅 지금 그게 더러 아주 대장 노릇하던 놈들도 내려와 가지고 싹 다 그게 그 이 그 정신차려가지고 해병대 지원하니까 다 살았어, 다 살았어. 그 가서 죽은 전사당한 사람도 몇 개 있지만은 그 해병대들이 깃발은 제주도에서 폭도라고 그 말이 빨갱이 말이 막 해놨는데, 그 해병대가서 이 철저하게 그 말은 내가 했지? 해병대가 가서 인천 상륙 그 서울 탈환하는 이거를 충성을 해놓니까 빨갱이라는 그때부터 말이 없어진 거라. 와해

이 사람들이 이래죽으나 저래죽으나 죽으면 마찬가지다 이래 복장하거든. 여기서도 자기가 잘못한 죄가 있어 놓니까 죽을 것. 이러면 군이나 가서 죽는다해서 다 지원했거든, 그래서 다 영웅이 된 거라 그 사람들이. 그렇다고 나라를 그렇게 해서 원상복귀한 사람들을 그럼 너 과거에 폭도일 했다고 하면 어떻게 반열할 거야? 어떡할 거야. 그렇게 끝내 와 가지고 이제 영웅들 됐지.

[조사자1: 이덕후랑 조몽구는] 거 안가서 여기서 하다가 그 뭐 죽고. [조사자1: 여기서] 조몽구는 잡혀가지고 가서 그 살다가 기한이 되어서 나오고 [조사자1: 아. 감옥에서] 기간되어서 특사 받아갖고 나와. 이덕후는 그럭저럭하다가 총살됐지. 아이고 그 이게 말하니까 말이지 지긋지긋한 문제라.

[조사자1: 사실 폭도들만 없었으면 제주도는] 어이고, 낙원이지 지상낙원이지. [조사자1: 6.25라] 그 대신 지상낙원이여 요즘은. 요즘은 완전히 우리나라

팔도강산 얘기하는디 팔도강산이라 제주도가 지금 뭐 국제자유도시 아니라. 안직도 국제자유도시하려면 멀었어. [조사자1: 왜?] 그렇게 돼 있어.

나는 하여간 국제자유도시면 나는 좋은 거지. 지금 일본은 우리가 이런 말하면 반대를 해 다. 우리가 육지하고 제주도하고 지하로라도 연결이 아니 되면 한 땅이 아니야 탐라국가지 옛날도. 그럼 지금까지 어딜로 해가지고 지하, 지하를 개통하란 말이여. 겨면 공항놈들이 항공사가 찍소리도 못하거든, 지금 요새끼들 말이여 값도 올렸다 내렸다 지네 맘대로 하니까는 이 알로 지하철로 와가지고, 지하로 이게 딱 육지로 붙혀 버리니깐. 우리도 육지다. 이거를 몰라 지금 사람들이. 뭐 저 돈쳐들이멍 그래. 이건 한번 내놓으면 수 백년해도 헌 땅이 일본 것들이 그냥 지하 이내내 그그 이렇게 된거거든. 이게 무슨 딴 사람이 아니지만 딴 나라도 그런 게 없지마는. 일본놈들 삼십 년 삼십 년 한 개해가지고 부산하고 시모노세키하고 이 알로 이 부산 항권에 개통시키겠다는 거. 30년 계획해갖고. 그런데 왜우이 제주도하고저 해남하고 왜왜 그것도 못 해. 이거 딱 해놓으면 비가와도 바다 구름이 불어도 비행기 안 떠도 이걸로 댕기고 또 얼마나 좋을 거냐고. 국회에서 정부에서 이거를 완전히 기준해야 헌 땅이거든. 지금 독도모냥으로 일본놈이라도 이거 제주도 지네 땅이야 이게 해놓으면 어쩔 거야.

지금 독도도 알로 이거이거 해버려야지. 이걸 맨들어 버려야지. 지금 어느 대통령이 이거 대통령이 몇 개야. 우리나라 지금 바끈디가. 어느 대통령 때 한번이 독도 한 문제를 해결한 대통령이 누구라이거. 이거 이거 젊은 사람들이 생각해봐봐. 이거 지금까지가 독도 독도할거라. [조사자1: 그러게요] 말로만 노래로만 "독도는 우리 땅. 독도는 우리 땅" 해다지. 지금 그게 문제가 아니야.

[조사자1: 해결을 못하고.]

아이거 젊은 사람들 큰 사람들 이이이게 할 말이여. 아니 대통령이 몇 개냔 말야. 이승만 할 때는 이승만이가 나 최고 보여요. 이승만 할 때는 이 시모노

세키 그것도 우리 땅이야. 왜 우리 땅이냐면 우리도 시끄러도 이해 안 해. 왜 그러냐면 거기가 우리나라 문화재가 많에. 그래보니까 우리 땅이다 이거야. 저기 저 지금 저 어디 있잖아 저저기 우이, 평창이 저 이름이 잘, 음 일본어로 요약하자면 그 무신 유리국. 유리국이라고 우리나라라. 원래는. 그런 문제도 국회가 다룬 데가 없어 유리국이라는 나라에 거기도 우리나라 문화재가 많아요. 그 나라에 우리 문화재가 문화재가 거기 들어가잖아. 그 우리나라 사람이 가서 다 만들어놓은거야. 그 우리 땅인거지. 그 이 대마도도 우리 땅인 거지. 죽도만 우리 저 독도만 우리 땅이야? 대마도도 우리 땅이지. 아 그럼 반대로 그러면 독도가 남이 땅이면 대마도도 우리 땅이다 한번 해면 공갈치는 사람 누가 있어. 우리나라 사람?. 이승만이 당당히 내놓으라고 얘기 한거야. 젤로 웃겨. 이승만이가 먹은 거 하나 없지. 전두환 대통령은 고작 먹은거 바꿔놓지도 않았지. 이거 말이 아니야.

[11] 4.3사건 속의 북촌

[조사자1: 어르신 다른 어르신이 말해주셨는데 4.3 북촌이] 최고 망한 데, [조사자1: 최고 망한 데잖아요. 왜 그런 거예요 어르신?] 최고, 아니 그게 왜 그래 목달이가 그렇게 된 거야. 다 하여간에 글루 아니면 통과될 때가 없어. 목이여. 고기를 잡으려면 한목으로 몰아가다 여기서 죽는 거 모냥으로. 거기서 군인이 나가가니까 그리 그 그 빵 한거지. 그래 그 북촌을 몰살시킨 거야. 복수한 거지.

[조사자1: 북촌이 길목이구나] 어. 길목 차단해 가지고 놔 버린 거지. 그래서 거기를 아주 폭삭해 분 거야. 남자가 하나도 없이 다 죽은 다 죽은 거야. 그래서 지금 하나라도 큰 게 어디 일본도 가서 살알랑 울사람들 이럼 정도 이게 지금 그때당시 몇 살난 아이들 큰 사람들 이거지, 그때 당시엔 남자 하나도 없어. 그 전국적으로 그런 일 없어 북촌 같은 게, 순경이건 군인이건 넘어가

는 거 다 폭삭해버리니까 그래 북촌사람 아니었지만 북촌만 덫을 맹근거야. 딴 놈들 가다 적진해가지고 하니까 이 마을 놈이라 해가지고 그 마을 폭삭시킨 거지. 지금 말하면 남 맞을 매를 대신 맞은 거야. 거기 살기 때문에.

[조사자1: 근데 그 구체적으로 몰살이 된 거에요? 그냥 그 마을에 들어가서 남자는 다 성인남자들은 다 죽인 거예요?] 아 모아다놓고 다 죽인거지. 그럼 이게 이 길로 차로 그 전투병을 시껴 가지고 넘어 가는 거 아녀. 여기도 산 여기도 산 질은 여기 한 군데 뿐이야. 넘어가는데 그냥 두드려 까버렸지. 정해 놓니까 이 복수한다고 그 동네 사람들을 막 복살 했지. 그 사건이 제일 북촌에선 젤 크고, 고렇게 숫자 만약에 이 사상자 피해가 난데는 전국적으로 제일 커. 근데 이 지금 그건 영 켜는 디 4.3사건은 공휴일로 만든다고 하는디 나는 도저히 이해가 안 가는데. 왜 그러냐면 여수반란 사건에서도 사람이 수만 명 죽었거든. 근데 거긴 그렇게 잠잠혀. 왜 그러냐 이거야. 똑같은 사람이 죽었는데 여수반란 사건은 왜 지금 그 뭐 공휴일로 해달라고 하는냐 그기는 왜 잠잠하느냐 이거야. 거기는 국외원 도신가 여수는? 그러니까 그게 이상하다 이거야.

[조사자1: 하기야 여수도 큰 도신데]

큰 도시지. 피해를 거기 많이 봤지. 아 거기 때문에 우리가 여기 더 맞을 뻔했단 말이야. 거기 진압을 거진 시켜주고 이래 넘어온 거여. 그 구연대가. 거기 아니었으면 이리 이치기도 골았지만은 폭탄 맞은 거야 폭탄. 폭탄을 두어 개 던져불라고. 그 조병옥박산가 이 양반. 우리 그게 당파싸움하면 나도 이 몸은 영해도 이 민주당? 민주당 당원으로 참 많이 늙었죠. 그러고 이제 늙어가는 건 당해는 건 아니지. 할 게 아니지. 아 사니까 사는 거야 지금. 우린 뭐야 앞으로 뭐 오 년, 십 년 이거밖에 없거든. 해방되는 거 한번보고 죽을 거나. 남북통일을. 그걸 못보고 우린 가게 마련이다 지금.

[12] 제주도에 있으면서 가장 안타까웠던 사건

[조사자1: 그때 군대 안가시고 여기 제주도에 있으시면서 아 진짜 너무 안타깝다라거나 아니면 진짜 고마웠다고 했던 어떤 사람이나 사건이 있으셨어요?]

사건이 안타까운 게 아니라 헌집에 식솔을 폭도가 헌집에 가족을 여덟아홉까지 그냥 폭살시켜분 게 그게 젤 안타까운 데가 있어. 한 식구를.

[조사자1: 한 식구를— 집을 통째로]

집의 한집의 식구를 통채로. 여덟인가 아홉인가. 여여 양천동이라고 하는데 여기. 그게 그런 게 남의 일이라도 애 아프고 거기서 대장님 대장 그 저 대류나 뭐 할망이나 하르방이나 시원하게 죽이는 거지. 아이들이 뭔 죄요. 애 아픈 게 바로 그런 거. 그 그런 일이 뭐 이 종종 있어났지. 헌(한) 집에 식구들 그냥 막 전멸한 거야.

[조사자1: 폭도들이?] 근데 이게 야 경찰관은 뭐 이 사람을 죽였다고 해도 그게 아주 뭐 보기 좋게 잊어부려. 집단적으로 죽인 거는 경찰관도 많아. 교촌 파출소 앞에서 하루 팔십 몇 명 이 저 이렇게 총살했는데, 그건 뭐 해볼 수가 없어. 명령을 불복종하나? [조사자1: 그렇지 명령인데] 예를 그렇게 해야지 원 명령으로 불복종 안하고 이제 할 수 없이 쏴야지. 그 어떡하냔 말이여. 거기서도 그 팔십 몇 명 죽은 데서도 살아난 사람이 있어. [조사자1: 어떻게] 그건 어린아이. [조사자1: 아, 애들] 그것도 뭐 어디 행방불명되어 없어졌지만은 유명한 말이 하나 있죠. 수백 명, 수십 명 죽는데서 어린아이 하나 살아나.

[조사자1: 그 팔십 명은 왜 총살당한 거예요?] 폭도 친척이라고. [조사자1: 아. 폭도 친척이라고] 폭도 가족 [조사자1: 아아, 폭도 가족, 폭도가 족이면 그냥 애들도 죽이는 거예요?] 어어— 아니아니. 폭도가족이 팔십 몇 명은 폭도가족이고 이 아홉인가 한 번에 죽인 거는 그건 폭도가 [조사자1: 가족을 죽인 거고.] 이 가족을 반동분자라고. 그 반동분자라고. 자기네들 말로하면 반동분자지. [조사자1: 그렇죠]

공산당에는 반동분자라는 게 더 있어야하나. 우리 민주주의는 자유주의니까 아무 거나도 뭐 자기가 보고 싶으면 보고말고 싶으면 말래지. 그런데 공산주의에서는 자기네 반대는 반동분자. 처형. 이거 착탈하라. 이거잖아. 이이 무섭긴 무서운 놈의 새끼들. 좀 제도 그렇지만 좀 세상이 좀 위험하긴 위험할 때여. 저 아이가 한 오십대만 되도 김정일이 그 저기네 아방 한때 김정일이 연령만 되도 어느 정도의 뭐 된디, 이게 이 만약에 우리가 생각할 때 거기까지 생각하는 사람은 없더라 이거라. 이승,

저 에. 우리나라가 운이 없는지 이북엔가 저 남한이 운이 없는지 이북엔가 운이 없는지 몰라도 김일성이가 헌, 한달 만 있이나, 한 달인가 몇 달 있시 서울에서 대담을 하기로 되있잖아. [조사자1: 아 죽기 전에] 갑자기 죽어분 거 아냐. 근데 이번에 김정일이도 어느 정도에 그저 여여기 잘되려는지 하니까 갑자기 죽은 거야. 그때 김정, 김일성이는 병사가 아니다 라고 우린 이남에 못 가게 딱 해부린 거야. 이남에 가면 안 된다고 [조사자1: 타살됐다는 얘기가 있었어.]

노망난다고. 그래서 해분 줄 알고.

김정일이도 마찬가지라. 여기가 말로 남한에 이남하고 회의도 허고 거진 해가니까 싹 가버린 거야. 병은 병이지만은 김정일이도. 만약에 연령이 많은 먹은 사람이 형님이시면 우리가 그 이해가 가는데, 이번 김정은이는 저거 지금 이삼십 대 밖에 더 됐냐 말야. 미 벌건 새끼란 말야. 이 아고 지금 상당히 괴로운 때. 그 않아? 그거를 다를 이 뭘 해서 해야 하는데 그것도 생각 안 해고 국회에서 보니까 싸움만 하고 늘 날래 하고 지금 저이 팍만 덜어질라니 아니 민주당은 뭣이고? 새누리당은 뭐이고 그건 뭐 연계가 아니야? 놈이냐? 남남이냐? 아주 하는 게 괘씸하다 이거라. 서로 딱 손잡고 같이 살자 같이 먹자 이래 이래 오지게 좋을 거냐. [조사자1: 맞아요]

아 이거 나 시멀 보면서 국회방송 보면서 난 기가 막힌다. 돌아가지면 이 작은에면 회담하면 여 돌아가시면 죽어나 그때 그 기라. 나가지고 나 참 고게 마 내가 이런 말 같으면 이번 그 저번에 방송한 거 보니까 어느 나라에 우리

나라 국기, 애국가, 이거 뭐 찾아온다며 방송하더라고,

[조사자1: 외국에 있는 우리나라 옛날 국기 같은 거] 옛날 국기, 우리나라에 반송해온다고, 반환해온다고, 근데 내가 듣기에는 제주도 가서 이상한 말 들어보나 하는디 무궁화, 우리나라 애국가에 뭐를 저 내가 그 제일 이상한 게 하나 있어. 동해물과 백두산이 마르고 닳도록이 이 때문에 세 번째가 하나님이 보우아사 우리나라 만세 할때 무궁화 삼천리 화려한 강산인데 화려강산이 되버렸다 이거라. 화려한 강산인데.. 그런데 한 있는 건 화려한 끊은 건 어더져 버린 거지. 화려한 강산인데 한이 없어져버렸어. 화려강산이지 지금. 화려한, 아주 창창하고 번창한 강산인데, 그저 화려할까 말까한 어중치를 그를 땅에 떨어분 거야 지금. 화려한 강산하면 반드시 화려한 강산이지? 근데 화려 강산되버렸단 말이지. 근데 난 이게 가장 미심쩍은 덴 거라 애국가에서. 뭐라 미심쩍은 점이 아니라 과학자들이 했다 성악가자들이 했다 해도 화려한 건 아주 끝 매치고 멋진 거를 말이란 말여 화려강산은 멋지도 아니곰시고 어중치기 말이여. 화려강산. 왜 거짓말이여? 아니 우리가 뜻대로 해불 때, 제주도가서 이상한 말 들었을까 그거 기가 막혀 고것만 들어봐 봐 따지고 따질 말인데, 또 하나 있어이, 우리나라 태국기가 과학자로 과학자들이 어떻게 말했느냐, 붉은 건 태양이다. 푸른 건 물이다. 이렇게 해놓지 않았어? 그렇게 배웠지? 근데 우리가 배우건 그런 게 아니여. 하도락서를 보면은 청천황토라 이거라 풀린 게 하늘이 많지 청천이. 청천황토로 외웠는데 이것도 과학자들이 붉은 거는 태양이다. 아래는 물이다. 이렇게 바꾸 놓은 거야. 그러니 남북 통일이 될 수 있나?

[조사자1: 불과 물이니]

이게 나도 상당히 외국에 이번 가 가지고 그 옛날 국기를 가져와 보면 알아. 옛날 국기는 완전히 그리 돼 있어. 청천황토로. 이게 붉은 게 아니라. 지금도 육지를 보면 땅은 황이, 누르고 땅은 누르고 하늘은 푸르다 이거야. 청천, 황토. 이것이 우리나라 반대형명이 된 거야. 아무리 과학자들이 했다 해

도 나는 이제 이제 말이 시마당 테니야 죽여도 좋다이 거라. 내 옳은 말 하는 거지 뭐. 아 그 민주주의에서 그런 말도 못하게 만드나. 할 수 없는 거지. 나는 사실이 이거다 이거지. 생각해보라고 화려한 강산하면 딱 끝나게 진짜 화려합니다. 이렇게 하는디 화려강산은 화려했는지 뭐했는지 어중치기다 이 거야. 그게 성악가 이거 배워놓은 게 애국가에서 그게 하나 상당히 나도 의심한 거란 말여. 나는 공부를 얼마 안했지마는, 그 뜻이 깊은 뜻들을 마 국기에도 태양이나 뭐담시 해서 원칙은 팔관데 옆에 쩜 찍은 것도 동서남북 저 건곤이감. 이것도 팔관데 4괴로 줄인 건 좋아. 그건 옛날부터 줄여진 거니까 여덟 개로 해났어. 팔괘, 근데 4괘로 옛날부터 줄은 거라, 옛날국기를 보면 8괘로 그냥 있어.

[조사자1: 이렇게 이렇게 여기도 이렇게]

응— 이거 이거. 근데 그게 팔관데 계속해서 24과로 나오네. 돌려 돌려 6과로 맨들어 가면, 그게 무지무지한 그 과라 이게. 지구를 뭐 뒤엎었다 맸다 하는 관데.

그 영화에 중국 그 어느 대에 보니까 태극기 그려진 게 있더라고 바닥에 그 영화에 보라. 근데 그 나라에서도 원래 빨강한 색이 아닌데, 아 누린 거여 누린 거, 저 붉은 누린 거 빨간 건 태양이냐 그래 갖고 그리하고 그건 자기네들이 뭘 웃겨 오거나 저주면 웃기지 아니고 책을 그 애국가를 태워 뭐 화려강산이랬지 화려한. 옛날에 화려한 강산 했어. 아주 딱 끝나게 아! 우리나라는 화려한 나라다. 그래 화려나라라. 화려한 강산하고 화려강산하고 틀리다 이 거라. 그 완전한 게 아니다. 그저 어중치기다 한 거지 화려강산 있는 건, 완전한건 화려한 강산이라야 완전한 거지. 그 의미가 있잖어. [조사자1: 어르신 근데 아버지는 뭐하고 계셨어요?] 우리 아버지? 아버지는 순순히 노동자. 농부. [조사자1: 농사?]

농사. 한데 그 근데 남모르게 욕심이 많으셔. 일본 넘어 가라 아주 이거. 일본에서 오라고해도 우리 작은아버지는 갔는데 우리아버지는 안가. [조사자

1: 남모르게]

그래 날 그래 저 일본놈 앞에 배우지 못하게 해가지고 학교도 안 보낸 거야. 게다 지금은 뭐 아버지를 뭐 탓도 안 해. 그 우리 요즘 요즘 말이여 그 일본 대학 다니는 맹콩 뭐 우리나라 대학 다 댕기는 사람들 있잖아. 지 아들들 뭐 학벌 따져 보래. 미친 놈 아냐. 옛날 뭐 세종대왕도 대학 나왔나. 미친 놈이지. "개지랄 하지 말라"고. 나 이렇게 말한다. 나 맨날 세종대황은 대학 나와서 세종대왕인가. 미친놈들 지럴하고 있네. 나 이러고 다녀. 재밌는 말 한다. 그런 말 하는 사람 못 들었지.

[조사자1: 훌륭하세요, 아주, 그러면 그때 제주도에 있을 때 막 아버님이나 어르신한테 막 나쁘게 괜히 시비 걸거나 그런 거 없었어요? 여기 있으니까?] 우리는 약자라고 시비 걸지도 안 해고 시비 밖에도 안해야 살지. 젤 여군 게, 어둔데 가면 저기 빨개했다. 노름판에서도 가 가지면 여기서 노름도 할 때 안할 때 관찰을 잘해야 돼. 이렇게 하면 낯 모르는 사람. 낯 모르는 사람. 얼굴 모르는 사람 앉으면 노름을 말아야 해. 우리 아는 사람끼리는 어느정도는 예보기라 해도 된다지만 모르는 사람하고는 하지 말라 이거야. 이것만 철학으로 잘 알아둬야 좋아. 무슨 장사를 해도 아는 사람 외에는 모르는 사람이라고는 하지 말라 이거야. 그게 철학이지. 사람이. 그건 내만 살자 하는 게 아니고, 그건 내 몸이 그렇게 발전이 되가면은 다른 사람도 자연히 나쁜 짓을 아니 하지.

[조사자1: 그럼 뭐 저쪽 어르신도 밤에는 저기 뭐지 밤에는 집에 와서 자고 낮에는 숨어 지내셨다 그러더라구요.] 어, 낮에는 숨어지는 게 아니고 밤에는 숨어 자고 낮에는 어디 백긴데 나와서 망보고 그렇게 살지. [조사자1: 대나무밭 밑에다가 이렇게 만들어서 하셨다고] 굴굴. [조사자1: 어르신은 안 그러셨어요? 아버님하고?]나는 밤에 거기서 잤지. [조사자1: 밤에는 굴에 가서 자고?] 바로 울란울란 그 여기 집이면 이 밑으로 들어가면 대밭으로 들어가게 돼있어. 집에서. [조사자1: 집 지하에?] 지하로. 그 대밭 알로알로 지하를 파가지고, [조사자1:

대밭 밑으로] 대는 뿌리가 이렇게 이렇게 해가지고 잘 뵈지 않는다고. 그 지하실 파는 데는 대밭이 제일 좋아. [조사자1: 대나무밭] 어. 대뿌리로 이렇게 해놓으면 티안나고. 기둥 하나씩 하나씩 지어갖고 바닥이면 상당히 좋지. 나무도 안죽고, 대나무도 안 죽고. [조사자1: 멀리 안가시고 집에만] 임시만 방편하는 거지. 그거는 최대한으로 비밀로 하지. 식구들밖에 모르지. 그래서 우리도 많이 피해를 덜 봤지.

[조사자1: 옛날에 제주도에 대나무가 많았나 봐요?] 지금도 뭐 사람이 살아가는데 다 대있어. 사람이 살아가는 덴 대가 있고 없으면 대가 없어. 대하고 사람하고 이이 결렬이 된 거라. 방풍으로 바람막애.

[조사자1: 그렇겠다. 어르신, 부모님, 그 위에 할머니 할아버지 대대손손 제주도에 사신 거예요?] 그래 [조사자2: 어르신 뭍에는 안 나가 보셨어요? 육지엔 안 나가 보셨어요?] 우리 아버지는 육지 한번 안나가봤어. 나는 자꾸 나갔다왔지만, 나는 뭐 작년엔 따신디도 가고 충청도 대전 어디 저 강원도만 나 지금 구경 안 했어. 다 구경하고. [조사자1: 여행으로만 다니신 거]

여행 아녀. 볼일 보러도 댕기고 심심하면 그때도 장가도 안 들고 살림을 안 살 때거든. 자유롭게 돌아다녔지.

그래 그때 당시에 돌아 댕기다가 우리 넛할아버지 있는디 우리 할아버지 사촌, 할아버지 사촌인데, 이 몸이 이렇게 해도 그 성질 내가 성질머리 괴팍해가지고 신작로라면 신작로 알지? 그 길. 이게 이 포장이 안 해 놨거든. 이 길도 돌파고 이렇게 포장. 술을 먹고 목발을 짚으면, 술을 먹어놓으면 신작로가 좁아. 아주 좁아지지. 그러면 버스가 댕기다가 딱 해 와가지고 넘어가나 넘어가. 신작로 좁다는 말은 과연 내가 만든 건. 제주도. 그때도 경해도, 그때는 왜 그렀냐면 내가 그 관계를 해도 어쩐지 내가 그냥 일반인으로 부상을 당했지만은 그때는. 6.25때 나라구한 총살 상처 받아논 상해군인들이 많지. 같이 해분다 이거라. 고쪽하고 합심하고. 뭐 똑같은 시모쟁이 거기서 나가 나온 거지. 너는 너대로 살아라 영 해부었으면 안 붙들 건디, 양심에 가책이 있다 이거라. 총 맞은 거지만은 그래서 술도 먹고 막 뭐하다가 육지로 돌아댕기고 하다가 하루는 집에 와 가지고 정월초하룻날 나간 놈이 삼월 보름날에 삼 개월 만에 들어왔다 이거야.

근데 우리 할아버지가

"너 이루와 봐라. 이제부터는 당장 이 집 여기 떠나라."고.

"떠나고 술하고 담배. 술을 먹고 노름하고 이렇게 하면 나 눈앞에 비지 않고 당장 떠나라."고.

"너 놈을 사람을 에미 자손으로 받아들여가지고 키워다보니까 이건 망나니도 아니고 아주 개망나니다워."

가만히 그 욕을 들어가지고 생각을 해는데

'아. 이게이게 끝났구나. 이거 하르방 앞에 욕을 듣게 되면 사람구실 못할 거 아니냐.'

별짓을 해도 아껴주고 막아주고 이래했다가. 이 통이 나버린 거야. 할아버지 딱 일 개월 만 이리 살다 떠나가겠습니다. 약속을 하라고. 이거 썼어. 그거 쓴 다음부턴 술, 담배 안 한 거야. 그래 안 해가지고 이걸 배운 거야.

[조사자1: 한자를—]

아니 한자는 배워놓은 거지. 비석 하는 걸 배웠지. 그래서 할아버지가 이 문중의 꺼 다 해다 줄 테니까 이거 하나씩 하나씩 해 와라. 돌은 할아버지가 돈은, 비석은 사올 테니까 이거해라. 그래서 할아버지 이 비석 만들고 내가 돈 다음엔 누구해서 돈 벌고, 할아버지 꺼는 그냥 하르방 시키는 대로 다 해, 우리 집안에 꺼는 다하고, 그 나머지는 돈을 벌었지 허는 줄 아니까 다 찾아온 거야. 그래서 성공한 게 바로 오늘날까지 내가 산 거야.

[조사자2: 할아버지가 은인이시네]

그래서 그것도 내가 그 참고 참고 생각을 잘해서 끊으니까 하지, 또 이 그냥 술을 먹었으면 벌써 죽었어. 그런 술하고 노름을 끊어버리니까 자 동네에서 동장해 달라, 동장이 아주 커, 동장을 십년 몇 십 년하고, 그 다음에 이판업 연합회장 뭐 줄줄이 놈 못하는 것만 올라온 거야. 지금 꺼지도 지금 노인회장하지마는 늙어 가면 될기 안될거라는 기 노인회장까지 해야 되나 십 년차라 이거 지금. 4년에 한번이라. 연임해가지고 10년차라.

[조사자1: 그럼 그때 당시에 할머니도 누가 소개시켜주신 거예요 제주도분 할머니도?] 어. 저 우이 저 제주에서 젤 거기 거기가 문화재 이거지. 저 상엄리라고 해가지고. 문화마을. 나보다 하나 우. 여든하나. 한 살 위. [조사자1: 할머님이] 사람이 살아온 역사를 생각하면 기가 막힌 거야. 아무것도 아니야 생각하면. 걸어가다 발 탁 차면. 인생이 뭐이고, 이렇게 달달달 그냥 하다가 열만이라도 시간이 되면 그 와랑와랑 인생이 다 디밀어 화장시켜버리니 아무것도 아니지. 우리가 말결 고 눈으로 볼 때 사람이지 그 이 끝도 모르고 덩치도 모르는 게 인생이야. 소는 죽으면, 이 사람을 일생에 밭을 갈아 돈벌어주고 죽으면 껍데기 팔아 돈벌어주고, 고기 팔아 돈벌어주고, 내버리게 없어 뼈도 팔고, 근데 사람은 별거 없어. 한데 딱 화장실에 가가지고 화장해버리면 그걸로 끝나. 매일 음미하는 게 인생이야. 그런데 그걸 생각을 못 해가지고 국회에서 싸움 그거 기가 막혀 못하러 나와 가지고 싸움 댕겨. 한사람 익혀버리고 배워버리면 되는데, 참 지금 막 좋은데 결과적으로 나와 가지고 안철수 뭐 떠올랐네. 산다고 아주 저저 사람 미치겠네. 삼국지가 거짓말이 아니라. 삼국지 만들어놓은 게 지금이랑 똑같지 뭐야 그게.